달빛조각사

달빛 조각사 19

ⓒ 남희성, 2007

발행일 2024년 10월 1일 | 발행인 김명국 | 발행처 주식회사 인타임 | 출판 등록 107-88-06434 (2013년 11월 11일) | 주소 서울시 구로구 디지털로31길 38-21 이앤씨벤처드림타워 3차 507호 | 전화 070-7732-2790 | 팩스 02-855-4572 | 이메일 in-time@nate.com | ISBN 979-11-03-89939-4 (04810) 979-11-03-32686-9 (세트)

달빛조각사 19

남희성 게임 판타지 소설

The Legendary Moonlight Sculptor

INTIME

contents

항복 선언

푸홀 요새를 지키는 하벤 제국의 북부 총사령관 알카트라는 훌륭한 지휘관이었다.

"수비 위치를 지켜라. 지형지물을 이용하여 적을 물리쳐라. 하벤 제국군이 이런 곳에서 쓰러질 리가 없음을 적들에게 증명하라!"

아르펜 왕국과 북부 유저들은 놀라운 용기와 속도로 무용지물로 변한 성벽을 뛰어넘고, 요새의 방어 시설들을 장악했다.

황소를 타고 몰려오는 마법사 부대, 하늘은 조인족들이 여전히 뒤덮고 있었다.

땅과 하늘을 잇는 파상 공세를 제국군은 힘겹게 막아 내고 있었다.

푸슈쿵!

북부 유저들이 돌진하는 가운데 땅이 갈라지더니 엄청난 크기의 괴물이 솟구쳤다.

크오워어어어어어!

하늘을 향해 내뿜는 가공하기 짝이 없는 포효.

보통의 인간들이 상상할 수 있는 그 이상의 지하 괴물!

땅을 파거나 건물을 절단 낼 수 있는 단단한 앞발과 촉수처럼 생긴 긴 더듬이, 톱날처럼 뾰족한 이빨과 큰 입.

이마와 볼에도 강해 보이기 위하여 움푹 파인 주름들을 새겨 놨다.

앞모습만 하더라도 가히 가관이었는데 몸통은 지렁이나 지네처럼 유연하게 움직일 수 있는 구조였다.

꿈틀꿈틀!

복슬복슬한 털이 달린 40개의 다리와 흔들거리는 꼬리까지 본다면 영락없이 끔찍한 몰골이었다.

"으히이익!"

"괴, 괴물이다!"

"진짜 못생긴 최악의… 저런 마물은 반드시 위드 님이 퇴치해 주실 거야."

"무슨 소리야. 저게 위드 님인데!"

괴물이 40개의 다리를 움직이며 전진하니 제국군은 물론이고 북부 유저들까지 기겁하며 물러나기 바빴다.

방송국들 역시 위드의 새로운 모습을 화제로 담았다.

조인족의 협력을 받아서 현지 리포터들이 하늘을 날아다니며 푸홀 요새 내부의 영상을 중계했다.

"보이십니까. 이게… 저 괴물이 전쟁의 신 위드입니다. 아르펜 왕국과 하벤 제국. 북부의 패권을 둘러싼 이 중요한 전투에 충격적인 모습으로 등장을 했는데요. 강해 보입니다. 저런 모습은 무조건 강할 수밖에 없습니다!"

"시청자 게시판에는 여성 팬임을 밝힌 분들의 글들이 쇄도하고 있는데요. 남성적인 매력이 느껴진다는 평가가 주를 이루고 있습니다."

"이번 전투에서는 어떠한 활약을 할지 많은 기대를 했는데 예상 이상의 위력을 발휘하고 있습니다. 지금 위드가 잡아먹은 유저만 몇 명이죠?"

"공식적으로 확인된 숫자만 127명으로 알려져 있습니다."

"먹고 배출돼서 다시 먹은 사람들은 포함이 안 되었겠죠?"

"물론입니다. 그들은 어차피 다시 먹히니까요."

방송국에서 중계하는 영상은 지상에서 전진하며 헤르메스 길드 유저들을 마구 먹어 치우는 물컹꿈틀이의 모습이었다.

전체 길이만 하더라도 약 20미터에 달하는 거대한 괴물이 아주 빠른 속도로 달리면서 사람들을 잡아먹었다.

인간들이 피하려고 달아나는데도 집게발로 잡아채거나 날렵하게 혀를 쭉 내밀어서 입안에 집어넣었다.

—끄아아악!

벽을 부수고 앞발을 넣어 헤르메스 길드 유저를 끄집어내서 먹었다.

방송 중계진은 흥분해서 목청을 드높였다.

"숨어도 소용이 없습니다!"

"아아, 보셨습니까? 방금 헤르메스 길드 유저가 아닌 하벤 제국 병사 몇 명은 건물 안에 넣어 두고 입구를 부쉈습니다."

"죽지 말고 안전한 곳에서 숨어 있으라는 뜻이 아닐까요?"

"그보다는 잠깐 넣어 놓고 나중에 꺼내 먹으려고 하는 것으로 보이는데요."

"뭘 근거로 그렇게 생각하십니까?"

"입구에 침을 잔뜩 발라 놓고 갔어요."

위드가 열어 놓은 길로 북부 유저들이 뒤따르면서 푸홀 요새의 주요 거점들을 공략하고 있었다.

물컹꿈틀이는 움직이는 전투 병기, 혹은 괴물 덩어리였다.

"재앙이 일어났을 때 독안개 때문에 자세히 볼 수가 없었고, 지금도 흙먼지 때문에 시야가 썩 좋지는 않습니다. 127명은 저희 방송국의 직원들이 직접 손으로 센 숫자라는 점을 알려 드립니다. 짐작건대, 최소 150명은 먹었을 거라고 봅니다."

"이걸 놀라운 전투 공적으로 봐야 할까요. 방금은 스킬을 사용하는 헤르메스 길드 유저를 이마로 들이받더니 바로 먹었습니다."

"거의 씹지도 않고 삼키네요."

"엇, 엉덩이 쪽으로 나왔습니다. 과연 이걸 다행이라고 해야 할지요."

"심각한 불행이죠. 소화가 덜 되어서 다시 먹고 있습니다."

"워리어와 같이 생명력과 맷집이 높은 전사들이 앞장서서 도망치는 것이 보이고 있습니다."

"……."

진행자들 사이에서 잠시 침묵이 흘렀다.

요새를 지키기 위해 모여 있는 악명 높은 헤르메스 길드 유저들이 이렇게 불쌍하게 보일 줄이야.

"어쨌든 놀라운 전적입니다. 푸홀 요새 내부에서 위드의 활약이 계속 이어지고 있는데요. 그가 굳이 이런 모습으로 전투를 펼치는 이유가 있을까요?"

"당연히 상징적인 이미가 나타나리라고 봅니다만 정확한 이유를 지금 시점에서 추측하기는 어렵습니다."

"대충 예상되는 부분이라도 말씀을 해 주시죠."

"왕성한 식욕과 끝을 모를 생명력. 이 부분은 아르펜 왕국의 발전과 번영을 나타내는 것이라고 현장에 있는 이곳의 사람들이 평가하고 있습니다."

"적에게는 공포를, 아군에게는 든든함을 안겨 주는 모습이라고 할까요."

전 세계의 방송국들이 물컹꿈틀이에 대해서 여러 가지 해석을 하며 중계하고 있었다.

—어린이들이 보는 방송에 이런 화면을 내보내지 마세요.
—최악이다. 정말.
—방송 중지 요청드립니다.

시청자들의 불편을 불러올 정도로 처음에는 혐오감 가득한 모습이었지만, 그가 위드라는 사실을 알고 호감과 호기심을 갖고 보게 되었다.

의외로 똘망똘망한 눈동자와 꿈틀거리면서 전진하는 동작이 귀엽다는 평까지 받았다.

예술가로서 이름을 날리기는 어렵지만, 유명해지고 난 이후에는 화장실에서 대충 그린 그림에도 의미를 부여하는 것과 같은 이치.

위드는 최적의 효율성을 앞세웠을 뿐이고 무지막지한 전투력을 발휘하려고 했는데 방송에서 앙증맞은 모습을 억지로 찾아냈다.

벌써부터 위드와 계약한 캐릭터 회사에서는 물컹꿈틀이가 땅을 파고 들어가는 모습이나, 혓바닥을 날름거리며 사람을 잡아먹는 인형들에 대한 개발에 들어갈 정도였다.

광고 업계에서도 위드와 아르펜 왕국, 풀죽신교의 인지도는 최상이다.

연령대를 막론하고 고객들에게 호응이 높았으니 관련 홍보 계획에 바로 착수했다.

주요 아이템은 역시 휴대폰과 이동통신사, 에어컨, 텔레비전이었다.

워낙 캐릭터가 뛰어난 만큼 간단한 콘티로도 광고들의 기획이 손쉽게 이루어졌다.

퀴퀴한 지하 공간에서 최신형 휴대폰으로 영상 통화를 하는 물컹꿈틀이.

그가 땅을 파고 다니는 동안에도 통화는 계속 유지가 됐다.

"역시 초고화질이라 달라. 날 따라와 봐!"

친구들과 휴대폰으로 초고속 인터넷으로 게임을 즐기는 물컹꿈틀이.

창을 바꿔서 무언가를 다운로드받는 데 0.1초 만에 음식과 관련된 영상이 전송됐다.

"맛있겠다. 꿈틀이 텔레콤!"

뜨거운 더위에 에어컨을 틀고 긴 허리를 흔들며 춤을 추는 물컹꿈틀이.

"씽씽 불어라. 씽씽, 씽씽!"

공포 영화를 보다가 대형 TV에서 갑자기 튀어나와서 거실 소파에 앉아 있는 시청자를 향해 입을 쩍 벌리는 물컹꿈틀이 등이었다.

국내 IT와 전자 산업들은 물론이고, 해외에서도 위드의 인기는 놀라웠다.

특히 유럽이나 미국에서는 위드와 관련된 물품들이 어린아이들에게 큰 인기를 끌면서 몇 배나 되는 프리미엄이 붙을 정도였다.

햄버거 가게에서 조각 생명체를 모델로 한 인형들을 나눠 줬더니 매출이 20배가 넘은 것은 물론이고, 아침부터 저녁까지 줄을 선 손님들이 끝이 없었다.

세계 최대 유전 회사의 직원들도 첨단 에너지 개발을 대중들에 홍보하기 위해서 물컹꿈틀이를 연구하는 형태의 광고 기획에 착수했다.

타이어 전문 업체에서도 물컹꿈틀이의 40개나 되는 발에 자사의 제품을 착용하여 악조건 속에서도 험한 지형을 오른다는 광고 기획을 만들었다.

물컹꿈틀이가 광고를 통해 대박을 칠 수 있게 된 것이다.

❀❁❃❋❁❀

네크로맨서 그로비듄의 소멸!

용기사 뮬의 사망!

푸홀 요새의 격전이 치열하게 진행되면서 헤르메스 길드를 대표하는 유저들은 도처에서 목숨을 잃고 있었다.

"덤벼라, 이 나약한 쓰레기들아!"

레벨 483의 컨슬러!

헤르메스 길드 소속으로 그는 자신의 이름으로 군대를 거느리거나 하진 않았어도 나름 유명한 유저였다.

순수하게 검사로서 성장하여 많은 던전들을 클리어했고, 또 위험한 보스급 몬스터들을 사냥했다.

"당당하게 나와라. 너희들은 단지 머리 숫자만 믿고 있는 것이냐!"

컨슬러는 위드를 만나서 싸우고 싶은 마음에 푸홀 요새에 나타나서 한 지역의 길목을 막고 들어오는 북부 유저들을 처리하기 시작했다.

그가 검을 휘두를 때마다 무려 7미터에 달하는 검기가 일어나서 북부 유저들을 휩쓸었다.

컨슬러에 의해서 죽은 북부 유저만 적어도 400~500명은 넘는 상황!

조인족의 피해 역시 커서 하늘에서 그를 낚아채려는 시도를 하다가 30명 이상이 소멸되었다.

헤르메스 길드 유저들을 1명이라도 쓰러뜨리기 위해서는 북부 유저들이 많은 피해를 입어야 했다. 하지만 컨슬러의 경우에는 인해전술로도 쓰러뜨리기 힘든 특별히 강한 유저였다.

맷집이나 지구력, 스킬 운용이 뛰어났고, 기본 검술로도 얼마든지 적들을 제압할 수 있을 정도로 뛰어났다.

"아직도 안 지쳤나?"

"질기다, 질겨. 우리들이 전부 덮치는 수밖에 없을 것 같아."

북부 유저들이 대규모로 돌격 태세를 갖추고 있을 때, 홀연히 나타난 한 남자가 있었다.

떡 벌어진 어깨와 등 그리고 근육질의 몸.

그 남자의 이름은 검사치였다.

"컨슬러라고 했냐. 내가 너에게 도전하마."

검사치가 뚜벅뚜벅 걸어가자 컨슬러는 흠칫 놀랐지만 곧 평정심을 찾았다.

"훗. 도전자인가."

이곳이 밤길이었다면 진작 뒤돌아서서 사과를 하고 도망을 쳤을 만한 근육질 덩어리의 몸과 눈빛을 가졌지만 여기는 〈로열 로드〉.

캐릭터의 레벨과 장비가 곧 깡패였다.

"어리석군. 덤벼 봐라."

컨슬러는 헤르메스 길드의 정보부를 통해서 검치와 수련생들의 존재를 알고 있었다.

개개인의 전투 능력은 매우 뛰어나지만 레벨이나 스킬들은 들쑥날쑥해서 짐작이 불가능한 존재들.

그들이 모이면 거침없는 위력을 발휘할 수 있기 때문에 원거리 공격이나 마법을 사용하거나, 그도 아니라면 각자 흩어져 있을 때 제압하는 게 최선이다.

컨슬러는 날카로운 눈빛으로 상대의 장비를 보고 실력을 가늠했다.

'레벨 330대 정도의 장비 세트군. 싸구려들만 있고 옵션도 좋지 않다. 뭐, 이 정도라도 북부에서는 인정받을 만하지만…….'

컨슬러가 피식 웃었다.

발전한 중앙 대륙에서는 많은 유저들이 최상급의 장비를 찾는다.

옵션이나 성능상 큰 차이가 없더라도 좀 더 좋은 장비의 경우에는 가격이 몇 배씩 뛰었으며, 디자인적인 요소도 큰 영향을 받았다.

소위 말하는 명품들은 중형 자동차보다도 비싼 것이 너무나도 일반적이었다.

헤르메스 길드 유저라면 당연히 최고급의 장비들을 착용하고 있었으며, 그들 내부의 끊임없는 경쟁을 통해서 실력을 향상시켰다.

경쟁하는 엘리트들의 집단, 그리고 자부심으로 똘똘 뭉친 것이 헤르메스 길드 유저였다.

컨슬러는 오만하게 말했다.

"제법 싸울 줄 알 것 같군. 하지만 〈로열 로드〉에서의 전투가 무엇인지를 가르쳐 주지."

"그래, 다 떠들었느냐."

"흣. 전투 전에 길게 나눌 대화는 없을 것 같군."

"그럼 맞자."

검사치가 땅을 박차고 정면에서 뛰어늘었다.

'정말 어리석고 무식하군. 차분히 싸울 줄 모르는 녀석이야. 운동을 좀 하는 부류들 중에 저런 놈들이 있지.'

컨슬러는 옆으로 몸을 움직이며 공격 스킬을 사용했다.

"섬광 찌르기!"

그가 들고 있던 검에 강렬한 빛이 어리더니 섬광처럼 검사치를 향하여 빠르게 날아갔다.

중거리 공격 스킬이면서 공격력을 8배나 늘려 주는 검술 스킬이었다.

공격 속도가 무척 빨라서 상대의 대부분은 피하지 못했다.

적의 방어구를 관통하거나 몸에 직접 맞기만 하면 치명적인 공격 판정을 받기에 컨슬러가 즐겨 쓰는 스킬 중의 하나.

검사치의 정면으로 날아가고 있었으니 도저히 피하지 못할 것만 같았다.

"칼날 비껴 치기!"

검사치도 스킬을 사용하며 검을 휘둘렀다.

무예인으로 전투를 벌이며 그가 직접 만들어 낸 스킬.

섬광 찌르기 공격을 검을 휘둘러서 막는 것 같았지만 실제로는 정확히 칼날로 받아서 옆으로 쳐 내 버렸다.

> 칼날 비껴 치기 반격 기술에 당했습니다.
> 섬광 찌르기가 무력화됩니다. 신체 균형을 0.4초 동안 잃습니다.

휘청!

컨슬러의 몸이 비틀거렸다.

"이런 무슨 말도 안 되는!"

검사치와의 거리는 급격하게 가까워졌고, 일단 반격을 피할 방법은 없었다.

검사치가 보기에는 컨슬러의 모든 곳들이 빈틈이었다.

'이놈들은 아무튼 긴장감이 없어.'

검사치는 〈로열 로드〉를 하면서 식은땀이 흐를 정도로 큰 적수를 별로 못 만나 봤다.

광역 스킬은 피하더라도 피해가 커서 그야말로 겁이 났지만, 막상 일대일로 근접전의 승부를 해 보면 나약하다.

'실전에서 죽도록 맞아 봐야 긴장도 하고 전투의 의미도 알게 될 텐데.'

자신의 장비와 레벨, 스킬만을 믿고 싸우면 정해진 만큼의 실력만 발휘하기 마련이다.

전투에서는 어떤 일이 벌어질지 모르는데, 잔뜩 긴장하고 집중하지 않으면 그 이상의 실력을 발휘하지 못한다.

〈로열 로드〉의 캐릭터가 약한 게 아니라, 그 사람이 약한 것.

"우랏차차차!"

검사치의 검이 현란하게 움직이며 컨슬러를 베었다.

화려한 공격 기술 같아 보이지만 검술 이름이 '우랏차차차'.

최대 99번의 연속 공격을 날릴 수 있는 기술로 몬스터 사냥을 하며 직접 만들었다.

> **우랏차차차 고급 3 (76%)**
> 연속 공격 기술. 어떤 무기로도 사용할 수 있으며, 공격력이 점점 강해지는 효과가 있다. 다섯 번의 공격이 성공할 때마다 적을 1초씩 마비시킨다. 적의 회피, 반격 기술을 38%로 무력회시킬 수 있다.

우랏차차차에 상대하려면 공격을 막으면서 맞받아치거나, 아니면 아예 피해 버리는 것뿐이었다.

컨슬러는 단순무식한 공격에 죽도록 맞았다.

"전면 방패 방어술!"

맞는 도중에 방패를 소환해서 몸을 가렸다.

그런데 들고 있는 방패가 두세 번의 공격에 의해서 옆으로 밀리고 말았다.

'이런 무식한! 검술 스킬이 얼마나 되길래… 아니, 그 전에 힘만 올렸냐!'

가공할 힘에 의해서 방패가 밀리다니 어처구니가 없어서 항의라도 하고 싶은 심정이었다.

어디로 움직이려고 해도 검사치는 거의 동시에 따라왔으며, 공격을 하면 옆으로 돌아 나가면서 피해 버렸다.

양쪽이 다 검을 들었음에도 불구하고 주먹을 뻗어서 닿을 거리까지 와서 공격을 해 대는데 반격은커녕 당해 낼 재간이 없었다.

검치나 사범들, 수련생들을 상대하려면 멀리서부터 원거리 공격 스킬을 쓰는 게 최선인데 이미 늦어 버린 결과였다.

> 하벤 제국의 검사 컨슬러를 제압했습니다.
> 컨슬러는 베조스 지방의 보스 몬스터 페퍼 카쿤을 사냥한 용맹한 검사입니다. 하벤 제국에 소속되어 있는 그가 전쟁 중에 일대일의 승부에서 패배하고 목숨을 잃었습니다.

> 레벨이 올랐습니다.

> 전투 명성이 889만큼 증가합니다.

> 신속한 승리로 민첩이 1 증가했습니다.

> 검술 스킬의 숙련도가 향상되었습니다.

"훗. 이게 전리품이로군."

검사치는 컨슬러가 남긴 검사의 망토를 주웠다. 등에 펼치면 입자 특수 효과로 금가루가 반짝이면서 사방에 휘날렸다.

위드라면 눈이 휘둥그레질 만한 특수 효과!

"검이나 한 자루 더 주우면 좋을 텐데. 부족한 장비는 하나하나 장만하면 될 테지."

검치와 수련생들은 푸홀 요새에서 전투를 통해 한밑천 단단히 잡고 있었다.

알카트라는 전체적인 전투에서 밀리면서도 방어에 유리한 지점들을 끝내 놓치지 않았고 푸홀 요새를 빼앗기지 않았다.

전장의 상황을 제대로 알 수 없는 상황에도 불구하고 효율적인 병력 지휘 능력을 증명하고 있었다.

"이런 막무가내 전투가 어디 있단 말인가."

하벤 제국군의 지휘관들이 깊이 탄식했다.

전력이 50 대 50으로 싸우더라도 어느 한쪽이 좀 유리해진다 싶으면 상대 진영은 자신들이 살기 위해 와해되기 마련이다.

사기가 꺾인 군대가 도망치나 보면 전멸에 가까운 피해를 입기도 하며, 그러한 승리를 통해서 군대는 명성을 쌓는다.

강한 이미지는 싸우기 전부터 적들을 위축시키고 또 다른 승리를 낳는다.

하벤 제국군은 중앙 대륙에서 무적이었는데, 북부에 와서는 태도를 바꾸어서 신중하게 요새까지 지으면서 수성에 힘썼다.

하지만 성벽과 방어 시설들을 하나씩 빼앗기고 있었고, 죽자고 덤비는 조인족이나 계속 덤벼 오는 북부 유저들에게 반격할 만한 마땅한 수단은 갖지 못한 상태였다.

"버틸 수는 있어도… 언제까지고 막진 못한다."

요새전과 수비의 명장인 알카트라에게는 손발이 다 잘린 상태였다.

"타홀 기사단을 투입한다. 요새 내의 적들을 몰아내라."

"옛. 알겠습니다."

하벤 제국군이 자랑하는 타홀 기사단의 출진!

중장갑 기사단으로, NPC들로 구성이 되어 있다.

칼라모르 지역에서 양성한 부대로 개개인의 레벨이 460을 넘을 정도로 좋은 던전과 사냥터를 제공해 왔다.

그들을 무장시키고 먹이고 재우는 데에도 지금까지 막대한 재력이 투입되었다.

중앙 대륙 정복 전쟁에서도 상당한 전과를 올린 타홀 기사단이 출진하더니 요새 내에 들어온 북부 유저들을 대학살하며 전진했다.

그리고 30분쯤 후에 알카트라가 있는 지휘부로 보고가 들어왔다.

"타홀 기사단이 전멸했습니다."

"뭣이?"

"동쪽 홀에서 고립되어서… 전멸했습니다."

"후퇴도 하지 못했단 말인가?"

"일부는 사람에 깔려 죽기도 했답니다."

푸홀 요새 내에서는 기사단을 동원하더라도 금방 어딘가에서 고립되어 버렸다.

방어를 위해 지은 건물들이 조인족에 의해서 장악되어 버린 것이다.

기사단이 돌격하지 못하도록 각종 방어 시설물들을 적극 활용했으며, 건축가들은 건물까지 무너뜨렸다.

"무너집니다. 모두 비키세요!"

탑과 건물들이 우수수 옆으로 쓰러지면서 제국군을 덮쳤다.

푸홀 요새야 하벤 제국에서 지은 것인데 북부의 건축가들 입장에서는 아까울 이유도 없다.

알카트라는 화가 머리끝까지 치밀었다.

타홀 기사단은 그가 직접 키운 전력으로 이런 곳에서 사라져야 할 병력이 아니었기 때문이다.

"제7 마법병단은 안전한 곳에 재배치해라. 요새의 후방에서 적들을 계속 막는다."

"그들이 추적당하고 있습니다."

"호위 병력을 넉넉하게 보내서 후퇴를 돕는다."

잠시 후 들어온 소식.

"마법병단이 괴멸되었습니다."

"호위 병력을 보냈을 텐데."

"요새의 길이 바뀌어서 헤매는 사이에……."

푸홀 요새의 전투는 완전히 시가전처럼 진행되고 있었다.

성문과 성벽은 이미 북부 유저들에게 넘어간 상태이고, 군사 건물들과 주택가, 중앙 도로들에서 전투가 치열하게 전개되고 있다.

대규모의 군대가 주둔할 수 있는 시설인 만큼 규모 역시 컸고, 그 안에서 수많은 사람들이 싸우며 사라져 갔다.

쿠르르르릉!

아르펜 왕국을 막기 위해서라는 군사 목적이었지만 조금은 과시용으로 세워 놓았던 높고 큰 방어 탑들이 무너지는 소리도 들렸다.

"막아 내야 한다. 여기서 참패를 하면 북부의 식민지는 모두 빼앗긴다."

알카트라와 제국군 지휘부에서는 물러설 곳이 없으니 결사적으로 항전했다.

지금까지 피해 상황은 제국군이 65만이 넘게 사망했고, 2만 명에 달했던 헤르메스 길드 유저들 중에서는 남아 있는 병력이

1,000명도 안 됐다.

그들이 모두 목숨을 잃은 것은 당연히 아니다.

뮬과 그로비둔, 그 외의 실력자들이 목숨을 잃고 요새에서의 전투도 한 치 앞을 볼 수 없게 되면서 헤르메스 길드 유저들이 자신들이라도 살겠다고 빠르게 달아난 것이다.

"이런 이기적인 작자들! 전투가 끝난 게 아니야. 어떻게든 전황을 되돌릴 수 있는 기회를 만들 수도 있을 텐데."

북부 유저들이 수십 배에서 100배 이상의 피해를 입은 것을 감안하면 선방이라고 할 수도 있었다. 하지만 오랫동안은 견뎌 낼 미래가 없었다.

푸홀 요새의 내부가 전투에 휩싸이면서 이미 후방에도 북부 유저들이 대거 넘어갔다.

요새는 완벽하게 사방에서 포위되었으며, 심지어 성질 급한 북부 유저들은 공격대를 결성해 다른 성과 도시를 탈환하기 위해서 떠났다.

"위드를 잡는다면… 아니, 위드를 잡는다 해도 지금은 어렵겠구나."

알카트라는 방어전의 명수였지만 이제 절반쯤 체념했다.

사면초가!

밤에도 전투가 이어지더라도 버틸 수는 있다. 하지만 내일이나 모레는 반드시 전멸이었다.

"이대로 쉽게 무너지진 않는다. 전부 죽더라도 끝까지 버텨 보리라."

막다른 길에 몰려 있는 그에게 귓속말이 전해졌다.

―안녕하십니까. 마판 상회의 마판입니다.

'마판. 이 바쁜 때에 무슨… 마판이라고?'

마판이라면 북부에서는 상당히 유명한 유저였고, 북부 식민지 총독으로 있는 알카트라 역시 잘 알고 있었다.

'위드의 최측근 중의 1명이다.'

알카트라는 주변 유저들의 눈치를 보며 귓속말로 답했다.

―알카트라입니다. 무슨 일입니까?
―지금의 상황에 대해서 긴히 드릴 말씀이 있습니다만 좀 만나 뵐 수 있을까요?

상대가 이 정도까지 이야기를 해 오자 알카트라도 분위기를 알아차렸다.

'협상을 하려는 것이구나. 휴전을 할 수만 있다면… 설혹 교섭이 틀어지더라도 시간을 벌면 이익이다.'

알카트라는 조심스럽게 승낙했다.

―물론입니다. 대화 제의는 환영합니다. 제가 요새를 떠날 수 없는 형편이니 이곳으로 와 주시겠습니까?
―제가 직접 가진 않고 그쪽으로 사람을 보내겠습니다.
―이쪽을 떠보기 위해 결정권이 없는 사람을 보내시면 곤란합니다만.
―물론입니다. 저보다도 위드 님과 가까운 사이이니 그분과 합의를 보면 그건 곧 공식적인 결정과 마찬가지가 될 것입니다.

잠시 후에 방어군의 총사령관실에 초록색으로 긴 머리를 물들인 여자가 나타났다.

유린.

위드의 여동생이었다.

◇◈◇◈◇

유린과 알카트라와 지휘부에서는 비밀리에 협상 자리를 만들었다.

알카트라를 호위하거나 참모 역할을 하는 유저들은 최소화했음에도 불구하고 무려 20명이나 되었다.

넓은 테이블의 맞은편에 유린은 아르펜 왕국을 대표하며 혼자 앉았다.

"그런데 혼자 오신 겁니까?"

"네!"

"도움이 필요하시다면 누군가를 불러와도 좋습니다만. 위드 님도 이 요새 안에 있지 않습니까?"

"안 돼요. 오빠는 지금 목 자르느라 바쁘다고 했어요."

"……."

알카트라와 지휘부 유저들의 얼굴이 붉게 달아올랐다.

유린이 말하는 목 자르는 대상이 누군지는 따로 설명하지 않아도 충분했으니까.

알카트라는 잠시 목덜미를 쓰다듬었다.

"정 그러시다면 좋습니다. 협의를 해 보죠. 먼저 아르펜 왕국 측에서는 공격을 중단하고 푸홀 요새에서 물러가는 대가로 우리에게 무엇을 원합니까?"

내줄 것은 내주고 받아야 하는 협상.

알카트라와 지휘부에서는 조건은 들어 볼 테지만 다양한 선택권을 가지고 있지는 않았다.

북부 식민지의 이권을 많이 내준다면 헤르메스 길드에서 그런 조건을 허락하지 않을 것이고, 또 협상 자체를 거부한다면 남은 것은 몰살이다.

'길드에서는 우리가 전멸하더라도 아르펜 왕국과 타협하는 걸 원하지 않을 수도 있지.'

그렇기 때문에 이 협상 자체도 헤르메스 길드에는 비밀로 하고 자리를 만든 것이다.

알카트라는 딱히 어떤 양보도 하기 어려웠지만 전투가 불리해지다 보니 상대의 요구라도 듣기 위해 어쩔 수 없이 협상에 나선 것이다.

'도대체 뭘 요구하고, 무엇을 양보하려고 여기까지 찾아온 거지?'

유린은 딱 잘라 말했다.

"전부 투항하세요. 푸홀 요새를 비롯해서 북부 식민지 전체가요."

"예?"

"군대와 도시, 전부 항복하세요. 지금 안타깝게 당하고 있는 제국군 병사들을 살려야 하잖아요. 그들도 아르펜 왕국 병사로 받아들여 줄게요. 지금까지 만들어 놓은 도시와 마을들도 전부 내주세요."

"정말 그게 요구 사항입니까?"

"네. 이 정도는 해 주세요."

알카트라와 지휘부는 황당함에 말을 잃었다.

'이런 날강도 같은……'

이쪽에서 원하는 건 전투를 잠시 중단하고 시간을 버는 것이었다. 하지만 상대는 제국군의 군대는 물론이고 북부 식민지 전체를 싹 가로채겠다는 속셈.

유린처럼 예쁜 여자가 어떻게 저런 파렴치한 말을 할 수 있는지 깊은 의문이 들었다.

'위드가 시킨 거겠지.'

'아무것도 모르고 위드의 말만 전했던 걸 거야.'

'위드 나쁜 놈. 자신이 말하기도 힘든 걸 여자를 시켜?'

알카트라와 지휘부는 논의해 볼 필요도 없이 단번에 제안을 거절했다.

"차라리 패배했으면 했지. 우리에게는 일고의 가치도 없는 소립니다. 전부 죽더라도 아르펜 왕국에 최대한의 피해를 입혀 주지요."

"아르펜 왕국에 자리를 드릴게요."

"네?"

"아르펜 왕국의 군대를 지휘하시면 되잖아요."

반전에 가까운 제안이었다.

휴전 협상을 나선 알카트라와 지휘부에게 아르펜 왕국으로 오라고 회유를 하는 것이었다.

"오빠가 그러는데, 적이지만 잘 싸우는 거 같다고 했어요. 아르펜 왕국은 인재가 부족하거든요. 북부로 넘어오시는 것도 좋지 않을까요?"

순간 그들의 머릿속이 복잡해졌다.

'아르펜 왕국으로 넘어오라고? 그것은… 미처 생각해 보지 못한 부분인데.'

'헤르메스 길드에 대한 배신이다. 길드에 대해 배신을 하면 보복이 두려워.'

'북부의 편에 선다. 줄을 바꿔 탄다는 이야기인데, 가능한 일인가?'

여러 말 할 것 없이 헤르메스 길드에서는 패배한 총사령관에 대해서는 그간 누려 왔던 모든 권리를 박탈한다.

개인적으로도 쌓아 왔던 명예나 지위를 잃어버리게 되는 것이다.

가혹한 처벌이었지만, 중앙 대륙에서 헤르메스 길드의 권위와 영향력은 절대적이었기에 그들을 배반한다는 건 꿈도 못 꾸었다.

하지만 푸홀 요새에서 아르펜 왕국으로 전향을 하게 되면 헤르메스 길드의 보복을 당장은 걱정하지 않아도 된다.

'아르펜 왕국의 군대 총사령관이라면… 호화로움은 덜할지라도 명예와 인기가 있겠지. 그리고 전장에 나선다면 하벤 제국과 싸워야 하는데.'

모든 것이 부족한 아르펜 왕국군은 이번 전투에도 결국 투입되지 못했다.

그들을 양성해서 제대로 군대 역할을 하게 만들려면 얼마나 많은 노력과 정성이 필요할지 아득하기만 했다.

'하지만… 북부의 유저들과 함께할 수 있겠지.'

알카트라는 헤르메스 길드의 고위층에 속했다.

그럼에도 북부 대륙의 이야기를 방송으로 접하면서 부러웠던 적이 많다.

순수하고 자유로운 세계.

그가 처음 〈로열 로드〉에 빠져들면서 진심으로 행복했던 이유가 북부 대륙에 있었다.

경쟁과 강함, 권력, 부를 추구하느라 잊어버린 가치들을 북부에서 되찾을 수 있다.

'사람들과 같이 무언가를 해낸다는 기쁨은 헤르메스 길드에 그대로 남아 있는 것보다 훨씬 나을 테지.'

물론 이건 너무 순진한 영역에서의 생각이었고, 당연히 제안을 받아들임으로써 받게 되는 손익도 따져 봐야 했다.

위드와 마판은 유린에게 몇 가지 조건들을 추가로 제시할 수 있도록 했다.

아르펜 왕국군의 총사령관, 식민지 중에서 2개 정도의 도시와 땅, 왕국의 명예 백작 작위.

전쟁으로도 푸홀 요새를 정복할 수 있겠지만 북부 유저들이 피를 덜 흘리고, 무엇보다도 하벤 제국의 식민지들을 온전히 얻는 게 중요했기 때문이다.

"고민할 시간이 필요한 제안이군요."

"시간을 많이 드릴 수 없어요."

"알고 있습니다. 시간은 제 편이 아니라는 것도……. 하지만 이런 중대사를 쉽게 결정할 수는 없지 않겠습니까?"

그러자 유린이 화사하게 웃었다.

대학생 선배들로부터 점심값을 뺏어 내며 단련한 바로 그 표정이었다!

"좋아요. 마지막으로 제안을 한 가지 더 드리죠. 오빠는 여러분이 아르펜 왕국으로 넘어오면 퀘스트를 함께하겠다는 제안도 했어요."

"퀘스트?"

"난이도 S급의 퀘스트, 혹은 그에 준하는 의뢰들을 1년에 2회 이상 같이 끼워 드린다고요."

위드의 퀘스트는 당연하게도 방송으로 중계가 된다.

그럼으로써 발생하는 시청료 수입과 인기는 도저히 거절할 수 없는 큰 유혹.

알카트라를 크게 우대해 주는 것 같지만 위드에게도 손해 볼 것은 조금도 없는 제안이다.

위드가 받아서 진행하는 퀘스트들은 웬만한 유저들이 함께하면 바로 죽어 나갈 정도로 극악의 난이도들.

알카트라처럼 믿을 수 있는 실력자를 데리고 마구 부려 먹을 수 있는 것.

하지만 제안을 듣는 쪽의 입장에서는 엄청난 특권이었다.

방송국에서 진행하는 프로그램들 중에서는 위드의 모험이 최고의 시청률을 자랑하며, 또 영웅의 동료가 될 수도 있었으니까 말이다.

'이렇게까지 나를 높게 쳐주는 것인가? 달면 삼키고 쓰면 뱉는 헤르메스 길드와는 완전히 다른 대우이지 않은가.'

알카트라는 시간을 끌지 않고 승낙했다.

"좋습니다. 아르펜 왕국군으로 귀순하겠습니다."

"총사령관님!"

지휘부의 유저들이 깜짝 놀랐지만 그들도 알카트라의 친구들이나 측근들이었다.

알카트라가 나서서 제안을 받아들여야 하는 이유에 대해서 충분히 설명을 하자 이내 납득하고 받아들였다.

그들 역시 기사들이거나 전사들로 레벨이 낮지 않다.

〈로열 로드〉에 깊게 빠져든 인생, 푸홀 요새와 함께 패배자로 남고 싶지 않았다.

북부에서 새로운 삶을 살아 보자는 말이 생각보다 꽤나 설득력이 있었던 탓이다.

물론 하루 전만 해도 반드시 푸홀 요새를 지킬 수 있다고 믿었을 때에는 전혀 먹히지 않았을 테지만.

알카트라는 기왕에 아르펜 왕국으로 돌아서기로 한 이상 선물을 가져가고 싶었다.

"결정이 내려진 이상 제 휘하에 있는 제국군은 물론이고 식민지들을 아르펜 왕국에 귀속시키기 위해 최선을 다하겠습니다. 그리고 헤르메스 길드 유저들이 문제인데… 아직까지 남아 있는 유저들은 단 1명도 살아가지 못하게 만들어 드리지요."

그는 이제부터는 헤르메스 길드에 대한 배반이라고 생각하진 않았다.

아르펜 왕국으로 말을 갈아탔으니 북부와 위드를 위해서 최선을 다할 생각이었다.

유린과 알카트라의 평화협정 타결은 즉시 이루어졌다.

풀죽신교의 거미줄 같은 통신망을 이용하여 북부 유저들에게 소식이 전달되면서부터 푸홀 요새의 전투는 바뀌었다.

"더 이상 병사들과 싸우지 말고 헤르메스 길드 유저들을 찾아라!"

"놈들을 한 놈도 남김없이 없애!"

"밟아!"

알카트라의 지휘를 받는 제국군이 전투를 포기하는 것은 물론이고 헤르메스 길드 유저들이 도망치지 못하도록 막았다.

그러면서 북부 유저들의 학살이 시작되었다.

"건방진 놈들. 대지 역류!"

헤르메스 길드의 고레벨 유저들은 각자 수백 명을 상대로 집단 전투를 펼쳐 내야 했다.

마나와 체력의 저하, 그리고 몰려드는 유저들에 의하여 강자들이 1명씩 쓰러졌다.

마지막 탈출구도 없이 구석으로 몰리자 역으로 대단한 전투를 펼쳐 전원을 제압해 버리는 경우도 있었지만, 그때쯤에는 몇 배가 넘는 북부 유저들이 구경을 하고 있었다.

"이야, 잘 싸우네."

"밥만 먹고 전투만 했나 봐."

"우리 차례까지 올 줄은 몰랐는데 말이야."

계속 투입되는 북부 유저들에 의하여 하나씩, 둘씩 쓰러져야 했다.

일부에서는 헤르메스 길드 유저들이 100명 넘게 모여서 저항을 했지만, 푸홀 요새는 손쉽게 북부 유저들이 장악하고 난이후였다.

끝을 모르고 덤벼 오는 북부 유저들, 고레벨 유저들도 적에 따라서 투입이 되면서 곳곳에서 진압이 되었다.

"난 죽는 게 싫으니 항복하겠소. 포로로 대우를 해 주시오."

몇몇 유저들은 두 손을 들고 싸우지 않겠다는 표현도 했다.

중앙 대륙의 왕국 간의 전쟁이 있었을 시에도 항복한 유저들은 배상금을 지불하고 풀려나는 것이 관례였기 때문이다.

북부 유저들은 당연히 받아 주지 않았다.

"포로는 없다. 그냥 다 죽어."

"무슨. 엄연히 국가 간 전쟁에도 기사나 귀족들은 대우를 해 주는 것이 원칙이거늘!"

"너 같으면 조금 전까지 우리 편 수백 명 죽이다가 힘 떨어졌다고 손들면 봐주겠냐!"

헤르메스 길드 유저들이 끝까지 저항하며 입힌 피해도 있었지만, 그보다는 전체적으로 북부 유저들이 얻는 소득이 훨씬 컸다.

전투 업적에 따른 능력치 증가와 귀한 전리품!

승리에 따른 업적과 스킬 숙련도 증가도 빠뜨릴 수 없는 부분이다.

"우와아아아아!"

푸홀 요새에서는 여기저기서 기쁨의 함성이 터져 나왔다.

헤르메스 길드 유저들이 목숨을 잃으면서 전투도 끝났다.

북부 유저들이 하벤 제국과의 전쟁을 결심하면서 당연히 이기고 싶었지만, 이것은 상상 이상의 압도적인 대승!

막대한 제국군 NPC를 전향시켜서 아군으로 삼았을 뿐만 아니라, 헤르메스 길드 유저들도 남김없이 전멸시켰다.

물론 그들 중 상당수가 이미 피신을 하고 난 이후였지만 적어도 북부에서 대놓고 활동하는 유저들은 사라지게 된 것이다.

헤르메스 길드의 승부수

하벤 제국 참패!

헤르메스 길드의 치욕!

베르사 대륙의 중심축을 완전히 뒤흔들어 놓을 만한 전쟁이 북부에서 끝났다.

KMC미디어의 간판 프로그램인 〈베르사 대륙 이야기〉.

신혜민과 오주완은 여러 명의 전문가들을 모아 놓고 생방송을 진행하고 있었다.

"오주완 씨, 앞으로 대륙의 정세는 어떻게 달라질까요?"

"헤르메스 길드에 의해서 그동안 북부는 상당한 피해를 입어 왔습니다. 무역 금지 조치와 일종의 테러를 통한 파괴 공작. 경제적으로나 인적으로나 손실이 상당했었는데요. 승리를 기반으로 단숨에 복구할 수 있을 뿐만 아니라 국가로서의 기반을 다시 다질 수 있을 것 같습니다."

신혜민이 환하게 방긋 웃었다.

"시청자분들이 많이 궁금해하실 것 같은데 구체적으로 설명을 좀 해 주세요."

"식민지들은 하벤 제국의 재정과 기술이 투입되어서 도시의 기반 공사를 마쳤습니다."

"방송으로도 중계되었죠. 하벤 제국 영주들이 앞으로 헤르메스 길드의 땅이라며 북부의 가상 발전될 곳이라고 인터뷰도 했었어요."

"네. 그런 과거가 있었죠. 현재는 상업 시설과 주택은 물론이고, 영주성과 광장, 시장 등의 도시 시설들을 대부분 꾸며 놓은 상태입니다. 도시 인근에는 농지 개간이나 광산 개발도 진행하고 있고요. 문제는 중앙 대륙에서 데려온 주민들이 적고, 유저들 역시 많지 않아 발전에 한계가 있었다는 점인데⋯ 그 부분을 아르펜 왕국에서 접수하며 단숨에 해결될 것 같습니다."

"북부의 유저들은 정말 많죠. 식민지는 도시들끼리의 연결도 좋다면서요?"

"물론입니다. 헤르메스 길드에서 직접 개발 계획을 수립한 만큼 도로와 선착장, 수로 등 일종의 인프라 시설도 상당히 뛰어납니다."

하벤 제국에서 만들어 놓은 도시들, 향후 북부를 다스리기 위한 교두보 역할을 할 곳들이 한꺼번에 아르펜 왕국으로 넘어가게 되었다.

하벤 제국의 입장에서는 속이 쓰릴 수밖에 없는 상황이었다. 위드에게 탕수육과 치킨을 주문해서 넘겨준 것과 마찬가지였으니.

그때 신혜민과 오주완이 보고 있는 모니터에 짤막하게 두 줄의 글이 떴다.

현재 게임 방송 점유율 72.83%.
전체 방송 시청률 9.361%.

카메라맨 옆에서 PD가 엄지손가락을 치켜들고 있었다. 프로그램의 제작자로서 시청률이 높다 하니 신이 나는 것은 당연했다.

"북부에 있는 도시들은 모두 아르펜 왕국의 것이 되겠군요. 식민지에 살고 있던 주민들, 그러니까 NPC들의 반응은 어떤가요? 중앙 대륙의 경우는 정복지의 주민들이 반란을 일으켰는데요."

"아르펜 왕국에 대해 대환영의 뜻을 표시했습니다."

"주민들이 반기는 이유가 궁금하네요. 국가 소속이 강제로 바뀌는 것일 텐데요. 국왕 위드의 명성이 높기 때문일까요?"

"그것도 이유 중의 하나이겠지만 북부로 이주한 하벤 제국의 주민들은 원래 다른 왕국에 살고 있었습니다. 왕국이 정복당하면서 노예나 자유롭지 않은 신분이 되어 강제 이주를 하게 되었는데 해방을 기쁘게 맞이하는 것으로 보고 있습니다."

"아르펜 왕국에서는 공식적으로 노예제도를 인정하지 않으니까 말이죠."

"그 점이 중요하게 작용했습니다."

신혜민과 오주완은 슬쩍 그들만이 아는 눈빛을 교환했다.

위드의 성격에 대해서 방송 제작자들과 진행자들은 대체로 파악하고 있었다.

노예제도를 운용하여 막대한 부를 착취할 수 있다면 당연히 아르펜 왕국은 노예제 국가가 되었으리라.

철두철미한 착취를 기반으로 한 노예 왕국!

새벽에 보리빵 하나 먹고, 점심에 풀죽 먹고, 저녁에는 일을 시키다가 늦게 재우는 만행도 서슴지 않았을 것이다.

하지만 노예들은 강제 노동을 시킬 수는 있어도 세금은 거둘 수 없었다.

아무것도 재산을 가진 것이 없기 때문에 당연한 조치.

아르펜 왕국에 노예를 인정하면 세금 수입이 감소하는 것은 물론이고, 대량의 인력을 동원하기 편한 크고 넓은 대농장 위주로만 발달하게 될 가능성이 크다.

"지금도 농산물 가격이 너무 싸. 세금 거두기 어려워."

많은 사람들에게 세금을 거두기 위해서 노예제도 철폐!

커피나 사탕수수 같은 품목들은 손이 많이 가는 재배 물품이지만 북부의 인건비는 저렴했다.

아파트에서도 베란다에 화분을 놔두고 애지중지하던 식물 마니아들에게 〈로열 로드〉는 천국이었다.

"이게 자라?"

"와! 발아했다. 싹이 트고 있어!"

"상추 크기 15미터. 홋. 목표치를 갱신했군. 그렇지만 여기서 포기하지 않는다. 꼼냥 님이 세운 23미터 당근의 기록을 깨 보이겠어!"

회원 수가 수천수만 명이 넘는 식물 카페나 커뮤니티에는 자신이 〈로열 로드〉에서 어떤 작물을 키우고 있는지에 대한 글들이 무수히 올라왔다.

아파트 화단이 아니라 제 땅을 가지다니 꿈만 같아요.
사진 몇 개 올려 볼게요.

도시처럼 구획 정리가 된 어마어마하게 넓은 땅, 밀과 보리, 포도는 물론이고 각종 농산물들이 주렁주렁 열려 있는 그림들은 기본이었다.

어제는 〈로열 로드〉에서 하루를 다 보냈네요.
새벽 일찍 별을 보고 일어나서 밭을 갈고, 돌덩어리들을 골라내다 보니 해가 뜨고 밤이 되었어요. 어찌나 뿌듯하던지…….

돌산을 통째로 개간 중인 유저도 있었다.

씨앗을 심고, 인내로 기다려서 마침내 발아하고 꽃을 피우는 그 느낌!
모라타 동쪽 5,000평의 땅에 산약초들 심어 놨어요.
필요하신 분들은 마음껏 캐어 가세요.

ㄴ 모라타 동쪽의 그 땅이라면… 혹시 야생거름 님인가요?
ㄴ 오옷. 모라타 농부 출신의 가장 유명인도 우리 카페에 있다니!

가끔씩 도발하러 오는 이들도 있었다. 평화를 깨뜨리기 위해 악감정을 담은 글을 올리는 것이었다.

제목: 식물 카페 쓰레기들아, 보아라.

여긴 모두 농부들만 있나?
크크크. 올해 핀 유채꽃 따위는 전부 밟아 주지.
꽃 따위는 밟고 태워 비료아 해!

그러나 카페의 사람들은 그들마저도 보듬어 줄 정도로 여유가 넘쳤다.

ㄴ 예쁜 유채꽃 사진 보여 드릴게요. 1년 중 꽃이 피어서 볼 수 있는 시기는 잠깐이랍니다.
ㄴ 안 좋은 일 있으시면 담아 놓지만 말고 자주 찾아오셔서 말씀하세요. 부족하지만 진지하게 들어 드릴게요.
ㄴ 인생이 힘들죠. 유채꽃은 내년에도 봄이 오면 또 피니까 용기와 희망을 가지세요. 아자아자 파이팅!

위대한 성지가 되어 있는 식물 커뮤니티의 사람들이 아르펜 왕국에 있었다.

농부 마스터를 꿈꾸는 미레타스와 함께 엄청난 규모의 경작지에서 식량과 과일, 약초와 기호품들을 재배했다.

귀농을 꿈꾸는 초보 농부들도 많이 유입이 되면서 작물 재배에는 노예제도가 없더라도 무리가 없는 상태였다.

물론 포도나 보리, 올리브, 토마토, 쌀 등의 인기 품목은 대륙 전체로 수출이 되고 있었다.

아르펜 왕국의 병장기와 마차, 의류를 비롯한 생필품 등은 급증하는 유저들로 인해 국내에서 전부 소비되었다.

"자, 그다음으로는 아르펜 왕국의 발전과 베르사 대륙의 정세에 대해서 논의할 시간인데요. 전문가들을 모셔 봤습니다."

신혜민은 차례대로 전문가들을 소개했다.

한때 중앙 대륙 명문 길드의 길드장이었거나, 대단한 업적을 이룬 모험가, 고레벨 유저들.

〈로열 로드〉에서 이름이 많이 알려진 사람들이 방송에 섭외되었다.

"먼저 아르펜 왕국에 대해서 묻지 않을 수 없는데요. 어떻게 보시나요?"

신혜민의 물음에 모험가 출신 유저부터 답했다.

"아르펜 왕국의 기세가 정말 대단합니다. 객관적인 전력으로는 무리가 있지만 이번 전쟁도 어쩌면 이길 수 있다고 생각했는데요. 제 예상을 훨씬 넘어서는 성과입니다. 앞으로도 아르펜 왕국에는 밝은 미래가 있으리라 생각합니다. 도전은 항상 새로운 꿈을 만들어 내니까요."

명문 길드의 대표 출신 유저도 긍정적인 미래를 답했다.

"세력을 크게 일구는 데는 시기가 있습니다. 하벤 제국을 상대로 한 거듭된 승전으로 아르펜 왕국으로 전향하는 유저들은 더욱 늘어날 것이고, 잠재되어 있던 국가의 성장이 한꺼번에 이루어질 가능성이 큽니다. 보통 국가 경영은 계단식으로 차근차근 이루어지리라 생각합니다만 때때로 큰 도약을 통해 새 모습을 만들어 낼 수 있지요."

전문가들은 아르펜 왕국에 대해 긍정적인 전망들을 했다.

"이용한 씨의 의견도 듣고 싶은데요."

이용한은 과거 방송에 나올 때마다 위드나 아르펜 왕국에 대해 부정적인 전망을 쏟아 냈던 적이 있었다.

심지어 하벤 제국이 지금은 귀찮아서 놔두는 것이며 조금 더 커지면 먹어 치울 시기를 기다리고 있다는 발언까지 해서 시청자들의 비난을 흰 몸에 받았다.

"크흠. 전쟁의 승리는 북부 유저들의 저력, 그리고 국왕 위드의 리더십 때문이라고 할 수 있겠죠. 북부는 더 이상 모험의 대륙이 아니라 번영의 상징이 될 수 있을 겁니다."

이용한은 못내 인정하지 않을 수 없었다.

시청자들의 비난이 두렵기도 했지만, 전쟁 승리는 때때로 국가의 큰 발전을 일구어 낸다.

더구나 북부 대륙은 지금 블랙홀처럼 유저들을 빨아들이고 있다.

방송사들이 집계하기로는 초보 유저들의 93.7% 정도가 아르펜 왕국에서 시작한다.

중앙 대륙에서 시작해 봐야 이미 비싼 물가와 세금 그리고 부동산 가격 등을 따라잡기가 힘들었다.

게다가 극심한 빈부 격차와 초보들을 위한 편의 시설 부족 등은 신규 유저들의 발길을 북부로 돌리게 만들었다.

물론 관광지나 도시 개발은 뒤처졌지만 아르펜 왕국에는 다양한 즐거움이 있어서 시설이 뒤처지더라도 유저들은 훨씬 행복해했다.

신규 유저들 외에도 중앙 대륙에서 쭉 살아오던 유저들 역시 수단과 방법을 가리지 않고 북부로 이주하고 있었으니 성장이 가속화되었다.

경제 전문가도 관련 자료들을 제시하며 의견을 밝혔다.

"기술과 자본, 넓은 영토, 공정한 기회, 개발에 대한 의욕. 미국의 컨설팅 업체에서는 아르펜 왕국의 경제 발전 속도를 매달 16% 정도로 추정했습니다."

"매달 16%요?"

"예. 4개월에서 5개월이면 경제력이 2배로 늘어나는 정도죠. 기술력 역시 빠르면 1년, 늦어도 2년 중으로 모든 면에서 새로운 혁신을 이루어 내리라고 봅니다. 상인들의 활동이 두드러지는데요. 상인들의 높은 투자 욕구와 위험 감수는 국가 발전을 급속도로 추진하게 되리라고 봅니다."

진행자인 오주완은 경제 전문가에게 다시 물었다.

"중앙 대륙과 북부는 여전히 큰 격차가 있는데요. 예를 들어 하벤 제국이 선진국이라면 아르펜 왕국은 신흥 국가로 볼 수 있습니다. 과연 그 간격이 줄어들 수 있겠습니까?"

"중앙 대륙은 발전했지만 전쟁으로 시설들이 낙후되었고 기반이 파괴되었습니다. 여전히 계속되어 진정될 기미를 보이지 않는 주민들의 반란과 유저들의 이탈. 그리고 헤르메스 길드 자체의 리더십 위기. 각 영주들의 지나친 탐욕으로 분쟁이 커지고 멀리 내다보지 않는 정치력도 단기간에 극복할 수 있는 부분이 아닙니다."

"물론 하벤 제국이 어려운 형편이기는 합니다. 하지만 중앙 대륙의 수많은 도시와 주민, 그리고 넓은 영토를 감안한다면 지금 이상 국력이 줄어들기도 어렵지 않을까요?"

"그건 단순 계산만 가지고 추측하기 어렵습니다. 〈로열 로드〉의 여러 가지 불확실한 여건으로 봤을 때 국가가 몰락하리라는 가능성도 전혀 없는 건 아닙니다. 역사적으로 봐도 대제국이 갑자기 무너지는 그런 전례는 많았습니다."

"그렇다면 발등에 불이 떨어진 건 이제 하벤 제국 측이 되었다는 말로 듣겠습니다."

✦❖❖✦

"또 패배인가."

라페이는 푸홀 요새의 전투 결과를 겉으로는 담담하게 받아들였지만 속으로는 뜨거운 분노가 타오르고 있었다.

북쪽으로 원정을 보낸 병력들이 싸우기만 하면 지고 있다.

'도대체 왜! 왜 지는 거지?'

불가사의할 정도로 참담한 결과들이 나왔다.

전술과 전략대로 냉정하게 싸우지 못하고, 위드의 꼼수와 북부 유저들이라는 태풍에 휘말려서 날아가는 형세였다.

"1년, 2년 정도의 시간이 있으면 아르펜 왕국이 하벤 제국을 넘을 수도 있다라."

방송국마다 가까운 미래에 대한 전망을 시끄럽게 떠들고 있었지만 헤르메스 길드의 정보부에서도 일찌감치 비슷한 판단을 내렸다.

하벤 제국은 현재 규모의 경제력을 유지하는 정도가 최선이지만, 아르펜 왕국은 눈부시게 발전하고 있었다.

불붙기 시작한 발전의 가속도를 거대한 덩치를 가지고 있는 하벤 제국에서 따라잡기는 어려웠다.

어떤 좋은 정책과 예산을 투자하더라도 실행에 옮겨지면서 왜곡되어 버리고 만다.

극심한 부패와 민심 이반, 혼란스러운 치안 상황까지 겹쳐서 헤르메스 길드에서는 하벤 제국의 주민들을 약탈하고 있는 것이나 마찬가지였다.

바드레이가 라페이에게 다가왔다.

"우리가 세운 제국은 경제력이 무너지고 있는데 아르펜 왕국은 반대로군. 그들에게 이제 날개까지 달아 주게 되었는데 앞으로 어떻게 할 건가?"

전쟁을 담당한 바드레이, 내정을 담당한 라페이.

서로의 능력을 믿고 협력했지만 지금은 둘 모두 불안해하고 있었다.

바드레이는 하벤 제국의 내정에 대해 실망했고, 라페이는 전쟁의 승패에 대해 확신을 갖지 못했다.

'바드레이가 하벤 제국군을 이끌고 올라가서 북부를 쓸어 버릴 수 있다면 그걸로 최선의 상황이다. 하지만 전쟁이 끝나지 않는다면? 또 한 번 패배한다면?'

위드의 전술적 꼼수를 감안한다면 어떤 상황이 벌어지더라도 이상할 게 없었다.

아르펜 왕국이 대평원에서 국운을 건 전투를 피하고 흩어져 버린다면 바드레이까지 출전한 하벤 제국의 대군은 갈 곳을 잃어버리게 될 것이다.

위드를 격파하는 대신에 차선책으로 군대가 흩어져서 북부 전체의 파괴 작업에 돌입할 수 있겠지만 원정군을 지원하는 시간과 비용이 문제가 된다.

소규모 저항군들이 곳곳에서 일어날 것이며, 중앙 대륙에서 힘의 공백까지 생기면 빈란군들에 의해 제국은 엉망진창이 될 것이다.

빠져나올 수 없는 진흙탕에 끌려 들어간 하벤 제국이 먼저 망하는 길이 뻔히 보였다.

라페이는 바드레이 앞에서 순순히 자신의 생각을 밝혔다.

"지금은 너무나도 어려운 상황이 맞습니다. 헤르메스 길드의 무적 신화는 깨졌고, 우리의 군사적, 경제적 우세도 훗날에는 역전되리라고 봅니다."

"돌이킬 수 있는 방법은?"

"정공법으로는… 뭐든 한다면 시기를 늦출 수 있겠죠. 결국 하벤 제국이 정복되지 않고서는 끝나지 않을 전쟁. 군대를 최적화하고, 헤르메스 길드의 규모를 더 늘린다면 오랫동안 버틸 수 있으리라고 봅니다."

헤르메스 길드의 신규 유저를 대대적으로 받아들이는 방안도 고민했다.

영토 확장 과정에서 늘어난 바 있지만 시금만큼의 숫자를 추가로 받아들이는 것이다.

그들에게 치안 확보, 반란군 토벌 등의 임무를 맡긴다면 당장은 수습이 된다. 그러나 어설프게 받아들인 신입 유저들로 인해서 조만간 더 큰 말썽이 일어날 것은 명확했다.

라페이는 고개를 저었다.

"우리가 쓸 수 있는 수단이 얼마 없습니다. 이대로 시간을 보내한다면 아르펜 왕국은 계속 우릴 따라올 것입니다."

"그렇다면 정공법이 아닌 방법으로는?"

"극단적인 방식으로 풀어야겠지요."

라페이는 창가에 서서 웅장한 아렌 성을 보았다.

중앙 대륙을 통일했을 때만 해도 헤르메스 길드가 나머지 땅을 정복하는 것은 시간문제로만 여겨졌다.

압도적인 군사력을 바탕으로 하던 위세와 권위는 벌거벗은 것처럼 사라졌으니 독약 처방이라고 아낄 때가 아니었다.

사실 라페이의 구상에서 벗어난 존재는 위드였고, 또 다른 하나는 베르사 대륙이 너무 넓어졌다는 점이다.

동부와 북부의 개척, 남부의 태동.

수많은 유저들이 〈로열 로드〉에 몰려오면서 헤르메스 길드만으로 감당하기 힘들어진 것이 그 근본 원인이었다.

'물론 이것도 위드의 인기 때문이라고 할 수도 있지만.'

라페이는 조심스럽게 입을 열었다.

"결국 해결 방법은 아르펜 왕국에 버금가는 세금 감면밖에 없습니다. 우리들에 대한 유저들의 반감을 감소시키고, 한순간에 상당히 많은 문제들을 해결할 수 있는 방안이죠."

"세금 감면이 필요하단 걸 모르고 있는 건 아니지. 그런데 지출을 줄인다고 해도 줄어든 수입으로 충분하겠는가?"

"못 버틸 것입니다."

하벤 제국에서 매일 소모하는 막대한 자금들. 거대한 군대를 보유하고, 호화로운 생활을 유지하기 위해서 많은 세금을 거두어야 했다.

헤르메스 길드 유저들의 결속력을 위해서도 그만한 보상을 안겨 주지 않는다면 흩어져 버릴 것이다.

"우리의 뒤에는 회사가 있습니다."

"그들을 말하는 것인가?"

"네. 후원자분들이 헤르메스 길드가 대륙을 정복할 때까지 경제적인 지원을 해 주기로 했습니다."

헤르메스 길드가 주식회사로 바뀌고 나서 현실의 거부들이 투자자로 참여했다.

그들의 입장에서는 〈로열 로드〉의 기득권을 절대로 놓치고 싶지 않았다.

"풀죽신교? 약하고 가진 것 없는 놈들이 숫자만 믿고 덤빈다니 불쾌한 일이로군요. 질서를 어그러뜨리고 규칙을 위반하는 분위기는 곤란합니다."

"다시 일어설 수 없게 철저히 짓밟으세요. 힘의 논리가 무엇인지를 확실히 보여 주고 굴복시켜야 합니다."

"〈로열 로드〉의 패권을 떠나서 그런 이들이 설치고 다니는 일은 봐 줄 수가 없습니다. 지원이 필요하다면 해 드리지요."

라페이는 그들의 대리인과 만났고 어렵지 않게 금전적인 지원에 대한 합의를 이루어 냈다.

"세금에 대한 부분은 그들이 책임을 져 주기로 했습니다."

"어떻게 그게 가능하지?"

"엄청난 자금 투입이죠."

막대한 현금을 쏟아부어 하벤 제국의 지출액을 감당하기로 했다.

"우린 베르사 대륙의 모든 것을 건 승부를 위해 준비해야 합니다. 더 많은 군대를 양성하고 전투력을 키우는 한편으로 세금을 낮추고 규제들을 없애면 유저들이 우리들에 대한 반감을 거두어들일 것입니다. 구심점이 없는 군중은 흐트러지기 마련입니다."

"북부 유저들이 물러서게 만들자는 말인가?"

"네. 그들이 우리에게 맞서지 않아도 충분한 생활수준으로 편의를 누리고 있다면 전쟁에 참여할 이유도 없어집니다. 〈로열 로드〉의 유저들이 더 이상 위드를 따르지 않게 되면 모든 일은 간단해집니다."

기본적으로 북부 유저들을 위드의 편으로만 볼 수는 없을 것이다.

헤르메스 길드가 보기에는 풀죽신교 같은 단체도 자세히 살펴보면 구체적인 조직망이 없을 정도로 터무니없었다.

중앙 대륙을 정복할 때 헤르메스 길드의 조직력은 불과 30분이면 5만 명을 동원할 수 있을 정도였다.

북부 유저들의 원류를 따져 본다면 순수하게 〈로열 로드〉를 즐기고 싶은 사람들.

북부의 원동력은 중앙 대륙에서 거듭되는 전쟁과 명문 길드의 폭정을 견디다 못해서 떠난 유저들이 차지하고 있다.

"우리가 위드를 키워 줬습니다. 세금 감면을 비롯해서 외부로 드러낼 수 없는 몇 가지 조치들을 취한다면 군중은 나서지 않을 것입니다."

"확실히 군중이 없다면 전쟁은 식은 죽 먹기야. 아르펜 왕국의 국가 전력은 보잘것없으니 말이야."

"기회는 많지 않습니다. 어설픈 칼이 아니라, 목숨을 빼앗을 수 있는 날카로운 검으로 위드와 아르펜 왕국을 찢어 놓아야 합니다."

"만약 이번에도 실패한다면……."

"우리들에게도 좋지 않겠지요."

"그것은……."

라페이와 바드레이의 머릿속에 최악의 결과들이 떠올랐다.

막대한 현금을 지원할 국제적인 투자자들을 실망시켰을 때 생기는 결과는 단지 파산만으로 끝나지는 않을 것이다.

"이미 우린 호랑이 등에 올라탔습니다. 내리고 싶다고 해서 내릴 수 있는 단계도 아니죠."

"그건 그렇겠군."

"지금부터의 승산은 우리에게 있습니다. 확실하게 이기는 길을 만들어 보일 것이니까요."

푸홀 요새의 전투가 끝나고 1시간이 지난 후, 하벤 제국의 주요 영주들이 아렌 성으로 모이게 되었다.

하벤 제국 영주들의 표정은 단단히 굳어 있었다.

"북부를 다시 뺏기다니… 장기적으로 보면 제국의 헤게모니 장악을 위해서는 필요한 곳이었는데 말입니다."

"놈들이 이제 우리 제국의 영토까지 쳐들어오지 않겠소?"

"그게 문제야. 제국 명성이 하락하면서 당장 반란군들도 더 날뛰게 생겼어."

"반란군과 위드가 연합을 하면 골치가 엄청나게 아파질 게 분명합니다."

이윽고 라페이와 바드레이, 수뇌부가 회의실로 들어왔다.

시끄럽게 떠들던 영주들의 시선이 그들에게로 향했다.

수뇌부 회의를 통해 논의했던 이야기들을 라페이가 영주들에게 전달할 차례였다.

영주들의 눈에는 다분히 불신이 뒤섞여 있었다.

반석에 오른 듯하던 하벤 제국의 신화와 업적들이 빠른 속도로 무너지고 있었다.

라페이와 바드레이.

이 두 사람의 쌍두마차는 헤르메스 길드를 강력하게 이끌어 왔지만 중앙 대륙을 정복한 이후부터는 흔들리고 있다는 느낌이 강하게 났다.

'제국의 몰락인가.'

영주들이 깊게 우려하는 시선을 보낼 때, 라페이가 먼저 나서서 입을 열었다.

"지금의 제국은 여러 가지 위험에 직면해 있습니다. 반란군 때문에 내정의 안정이 구축되지 않으며, 정보부의 판단으로는 북쪽에 이는 바람이 감히 겁도 없이 중앙 대륙까지 내려올 것입니다."

라페이는 북쪽 바람으로 완곡하게 표현을 했지만 간단한 의미가 아니다.

푸홀 요새를 정복하고 북부의 식민지들을 장악한 아르펜 왕국의 병력이 그대로 하벤 제국의 국경을 넘어올 것이라는 냉철한 전망!

짐작은 하고 있던 사실이지만 중앙 대륙의 북쪽 지방에 있는 영주들의 안색이 딱딱하게 굳었다.

'내 영지에서 전쟁이 일어난다면 쑥대밭이 되겠지.'

하벤 제국의 확장기에 가졌던 숱한 전쟁들, 적들의 도시와 생산 시설을 초토화시켰던 경험을 되새겼기 때문이다.

그때는 제국의 영토 확장이 우선이었기에 도시 파괴에도 거침이 없었지만, 지금은 안정된 기반을 닦아 가고 있었다.

알토란처럼 수익을 가져다주는 도시들이 파괴된다면 영주들의 피해는 막대했다.

거인 기사 보에몽이 굵은 목소리로 물었다.

"설마 하벤 제국이 아르펜 왕국을 막을 수 없는 것입니까? 중앙 대륙을 통일한 우리의 군사력이 어마어마한데도?"

"제국에는 많은 도시와 요새들이 있으니 침략을 피해 없이 막기는 힘들 것입니다."

"말도 안 됩니다. 제국군의 군대와 우리 헤르메스 길드의 유저들은 강합니다! 지금까지 북부에 전력을 기울일 수 없었을 뿐, 그들이 우리의 땅으로 내려온다면 이야기는 달라질 겁니다. 똑바로 전력 비교를 해 보십시오!"

"여기서 중요한 것은 우리가 침략의 당사자가 되었다는 점이 며, 어쩌면 예측할 수 없는 일부 지역에서는 패배를 겪을 수도 있습니다. 지금 우리가 이미 겪어 본 것처럼 전쟁이란 본래 그 런 것이니까요."

헤르메스 길드 유저들 모두가 겪고 있는 당황은 아르펜 왕국 의 국력을 제대로 측정하기 어렵다는 점이다.

모라타 외에는 명색이 국가이지만 별것도 없이 땅만 넓었다. 그러나 제국의 연이은 침략을 유저들의 힘으로 견디면서 오히 려 역공을 취할 정도로 성장했다.

라페이나 헤르메스 길드의 수뇌부에서는 아르펜 왕국이 침 략을 하더라도 도대체 얼마나 되는 병력이 동원이 될지조차 현 재로써는 가늠하기 어려웠다.

아르펜 왕국이 가진 힘은 근본적으로 유저들의 지원에 있기 때문이다.

위드 혼자, 혹은 아르펜 왕국군이라면 아무것도 아니지만, 그 뒤에는 유저들이 있기 때문에 그 저력을 추측할 수가 없다.

"드넓은 제국을 통치하려니 여러 가지 곤란한 일들이 있습니 다. 길게 끌 것 없이 아르펜 왕국과 전투가 벌어졌을 때 생길 수 있는 최악의 상황부터 말씀드리죠. 북부 유저들만 내려왔을 때 그들을 우리 손으로 처치하기는 어렵지 않습니다. 제국의 영토는 넓고 그들은 분산될 수밖에 없을 테니까요."

영주들은 당연하다는 듯이 고개를 끄덕였다.

헤르메스 길드의 전력이 비교 대상이 없음에도 불구하고 고 전을 면치 못하는 이유가 무엇이던가.

독립된 단일 세력이라는 점을 감안한다면 지금의 헤르메스 길드는 막강하다는 말로도 부족할 지경이었다.

하지만 다스려야 할 땅과 인구가 너무나도 많다.

지금까지는 힘과 위세로 불만을 표시하는 유저들을 찍어 눌렀지만 전투의 패배로 인해서 그들이 헤르메스 길드를 우습게 여기고 있다.

"이제 아르펜 왕국이 반란군과 손을 잡거나 중앙 대륙의 유저들이 그들의 편에 점점 돌아선다면… 그들의 세력은 몇 배로 커집니다. 남쪽에서의 사막 부족의 침략도 심각하게 걱정해야 할 부분입니다."

하벤 제국으로서는 최악의 상황까지도 가정해야 했고, 어쩌면 이 일은 실현 가능성이 상당히 크기까지 하다.

북부 유저와 반란군, 반헤르메스 길드 세력과의 연합은 충분히 시도될 수 있는 일이다.

일반 유저들이 충분히 하벤 제국이 무너질 것 같다고 우습게 보기 시작하면 돌이킬 수 없는 수레바퀴가 구르게 된다.

중앙 대륙의 유저들 대부분이 반헤르메스 길드의 기치를 걸고 아르펜 왕국으로 넘어갈 수 있으리라.

위드의 인기, 추락한 헤르메스 길드의 위신이나 민심이 떠난 사실들을 감안한다면 충분히 이루어질 수 있는 일이었다.

영주들의 얼굴이 붉게 달아올랐다.

"그런 말도 안 되는… 실현 가능성이 얼마나 됩니까?"

"정보부의 분석으로도 지금 시점에서 정확하게 알 수는 없습니다. 그러나 아르펜 왕국이 현재보다 몇 배로 커질 여지는 충분합니다. 큰 전투에서 한두 번 더 지게 된다면 그건 최악 중의 최악이 될 테지요."

더 이상 북부 원정의 실패가 문제가 아니다. 제국이 무너질 수 있는 심각한 사안이었다.

제국이 제국다운 패권을 잃어버리면 그들은 통치력을 잃어 넓은 땅을 지배할 수 없게 된다.

명문 길드들의 연합까지도 꺾어 낸 그들이었지만 민심이 완전히 떠나고, 위드가 저항군의 중심이 된다면 아마 방송국이나 유저들이 신이 날 것이다.

최고의 시청률을 연달아 갱신하면서 하벤 제국의 참패를 보도할 것이다.

헤르메스 길드의 세력과 전투력이 아무리 막강하더라도 일이 그만큼 흘러가면 되돌리기가 어려워진다.

라페이는 최악의 상황을 이야기했지만 높은 가능성으로 벌어질 수 있다는 점에서 위기였다.

"그렇기 때문에 우리는 보다 먼 미래를 봐야 합니다. 앞으로의 제국은 적극적으로 세금을 감면하고 통행료와 사냥터 입장료를 감면할 것입니다."

칼쿠스의 이마가 찌푸려졌다.

"세금 감면이라면 얼마 전에 20%나 깎아 주었는데… 얼마나 더 낮출 계획입니까?"

"지금의 삼분의 일로 낮출 것입니다. 통행료와 입장료는 길드에서 허락한 장소들 외에는 전면 무료화 정책을 실시할 것이고요."

충격적인 세금 감면.

모든 세금을 아르펜 왕국보다 약간 높은 수준에서 다시 맞추고, 통행료와 입장료 등은 일부에서만 받기로 했다.

"세금 인하가 시작되면 제국 전역의 치안은 급속도로 회복될 것입니다. 그리고 유저들 역시 위드의 편에 서서 하벤 제국을 공격해야 할 이유도 없어집니다. 적을 줄이고 전력을 집중할 수 있죠."

"그야 그렇게 될 것 같지만……."

영주들은 서로 눈치만 살폈다.

위드의 편으로 뭉친 유저들을 흩뜨려 놓기에 이보다 좋은 수는 없다. 하지만 막중한 세금을 거두어들이면서 그들이 벌어들이는 부와 권력, 그것을 포기하자니 너무나 아까웠다.

"세금 감면으로 민심을 수습한 이후에 아르펜 왕국을 철저히 박살 낼 것입니다."

"그렇다면 전쟁이 끝나면 어떻게 합니까?"

욕심 많은 영주 중의 한 사람이 물었다. 질문을 던지지 않더라도 여기서 가장 궁금한 게 바로 그것이었다.

"원래대로 세금을 올릴 겁니다."

"유저들이 다시 반발을 할 텐데요?"

"위드라는 반대 세력의 핵심이 사라지고 난 이후입니다. 아르펜 왕국이 사라지고 나면 세금을 증가시키고 통행료가 부활하더라도 누구도 막을 수 없을 테니까요."

영주들은 이 방법이 너무 단순하다고 생각했다.

'눈 가리고 아웅이나 마찬가지군.'

보통의 유저들 역시 뻔히 대륙을 통일하면 세금을 원상 복구시킬 것을 의심할 것이다.

　하지만 그럼에도 불구하고 당장 편안함을 주면 적대도는 훨씬 낮아질 것이다.

　현재의 일을 나중에 미룬 것에 불과할 텐데도 효과적인 수단이었다.

　군중심리나 기세라는 것은 크게 꺾이고 나면 쉽게 일어서기 어렵다.

　헤르메스 길드를 싫어하는 유저들은 위드가 목숨을 잃고, 아르펜 왕국이 무너지고 나면 짙은 패배감에 휩싸이게 될 것이 틀림없다.

　바닥까지 무너진 아르펜 왕국이 재기하기는 불가능에 가까울 테지만 한 번 이기면, 두 번 이기기는 더욱 쉬워진다.

　헤르메스 길드에서는 그럴 때마다 철저히 짓밟아서 다시는 반대 세력이 일어나지 못하도록 할 것이다.

　"우리 헤르메스 길드에서도 이렇게까지 할 예정은 없었지만 이는 우리가 전쟁에서 패배했기 때문입니다. 무력만이 아니라 모든 것들을 다 전쟁을 이기기 위한 수단으로 동원하는 총력전 체제에 돌입할 것입니다."

⚜

　푸홀 요새의 전쟁이 끝나고 나서 인터넷 사이트는 뜨겁게 달아올랐다.

〈로열 로드〉를 좋아하는 유저들의 숫자는 전 세계에 퍼져 있었고, 베르사 대륙이 걸린 전투나 마찬가지였기에 결과에 대해 떠들썩한 건 당연했다.

하지만 급속도로 회원 숫자가 증가하는 카페가 있었다.

위드증오연합.

대한민국은 물론이고, 미국, 중국, 일본, 유럽, 호주 등 각국의 사람들이 가입했다.

생성된 이후로 하루 만에 500만의 유저를 돌파하더니 지금은 무려 7,000만 명의 엄청난 숫자를 거느리게 되었다.

위드의 팬카페가 있긴 하지만 인기에 비해서 많지 않은 고작 30만 정도였다.

〈로열 로드〉와 아르펜 왕국, 풀죽신교를 상징하는 한 사람이 위드이다 보니 따로 팬카페 활동이 활발하지 않은 것도 이유라고 할 수 있었다.

위드증오연합 카페 게시판에는 매일같이 악독한 말이 쏟아졌다.

―위드가 밉습니다.
―저는 정말 증오합니다. 그의 말과 행동, 모든 것이 혐오스럽습니다.
―그 인간에 대해서 밤마다 저주를 퍼붓고 잠들고 있습니다.
―위드에게서 샀던 여우 조각상. 후후. 불태워서 부숴 버렸어요! 이런 걸 만들어 놓고도 좋다고 보리빵 먹었겠죠?

그들이 분노한 이유는 단 하나였다.

풀죽신교의 여신 서윤.

그녀가 위드와 친하기 때문이다. 어쩌면 연인 관계라는 믿고 싶지 않은 소문도 있었다.

게시판에는 푸홀 요새의 전투가 벌어졌던 날 서윤을 봤다는 글들도 올라왔다.

제목: 조인족의 고백

저는 조인족입니다.
〈로열 로드〉를 하면서 말입니다.
조인족이라서 좋았던 것도 있고 나빴던 것도 있어요.
인간 유저들은 모르겠지만 저 높은 하늘에서 부는 바람은 대단히 춥습니다.
추위를 견디면서 하늘을 나는 기분은 날갯죽지가 시려 온다고 할까요.
하지만 저는… 후회하지 않습니다.
그녀를 보았으니까요.
캬하하하하핫.

서윤을 직접 봤다는 이 사람의 글에는 댓글이 수천 개나 달렸다.

└ 축복받으셨군요.
└ 가, 가까이에서 보셨습니까? 지금 여신님과 같은 공간에 계셨던 거예요?
└ 평생 쓰실 행운을 다 쓰셨으니 몸조심하세요.
└ 아니, 이 양반이… 지금 날갯죽지 추운 게 문제입니까? 여신님을 직접 알
  현했는데?

제목: 저도 조인족입니다. 훗훗.

긴말하지 않겠습니다.
참 고맙습니다.
저를 태어나게 해 주신 부모님을 비롯해 모든 사람에게 감사드립니다.
싸가지 없는 직장 동료, 말 더럽게 안 듣는 여동생까지도 용서합니다.
31년간 친구도 별로 없이 혼자 살아왔습니다만 후회는 없습니다.

그날 이후로 영혼에 빛이 내렸으니까요.
비로소 살아갈 이유가 생겼습니다.
감사합니다.

ㄴ 부럽습니다. 저도 용기를 내서 삶에 희망을 찾아봅니다.
ㄴ 조인족을 선택하면 여신님을 볼 확률이 더 높아질까요?
ㄴ 가능성이 있다고 봅니다.
ㄴ 저는 무홀 요새에서 이기고 나서 레벨 310짜리 캐릭터를 없앴습니다. 조
　인족으로 다시 태어나기 위해서.
ㄴ 헐. 아깝다.
ㄴ 이 세상에 아까운 건 없어요. 우린 모두 사라져 버리고 말 테니까요. 신이
　존재하는지 아닌지는 모르겠지만, 있다면 가장 잘한 건 그녀를 태어나게
　한 것입니다.
ㄴ 윗분, 말씀 너무 함부로 하시는군요. 불쾌합니다. 말 한마디, 한마디 조심
　합시다. 여신님의 아름다움은 사라지지 않습니다. 영원합니다.
ㄴ 다들 똑똑히 알고 계세요. 여신님의 목소리를 비롯해 모든 것들이 사라지
　지 않을 겁니다. 우린 영원한 역사의 현장에 있는 겁니다.

　위드가 처음 서윤을 보았을 때에도 물론 그녀는 눈이 번쩍
뜨일 만큼 대단히 아름다웠다.

　차갑고 어두운 표정을 짓고 있었지만 아름다움은 숨겨지지
않았다.

　그리고 지금은 밝게 미소를 짓는다.

　전 세계 어떤 미녀들도 비교되기 힘든 미모, 서윤이 있는 자
리에 인간이 다가오면 전부 해산물이 되어 버릴 정도였다.

　어떤 우울한 일, 피곤함이 있더라도 그녀의 얼굴을 보면 마
음까지도 깨끗하게 치유가 된다고 느껴질 정도.

저는 사업 몇 번 말아먹고, 빚내서 작은 김밥집 하나 운영하고 있는데 장사가 안 돼요.
인생에 되는 게 정말로 없네요.
모두에게 미안하고… 자살까지도 생각했는데, 그때 여신님을 뵈었습니다.
저 아직 살 가치가 있겠죠?

ㄴ 어디십니까. 같이 김밥 정모라도 한번 합시다.

서윤의 외모에 대해서는 이곳의 누군가가 정의를 내렸다.

여신님을 보고 나서 처음 1초는 믿어지지가 않아요.
그리고 2초가 지나면 제 영혼이 더 이상 제 소유가 아니라는 걸 확실히 느끼게 됩니다.

서윤을 향한 열병으로 달아오르는 위드증오카페.
푸홀 요새의 전투에서 조인족의 대활약 역시 그녀의 등장 때문이었다는 고백들이 이어졌다.

잠깐… 제정신이 아니었어요.
이성이 흐려지고 뭔가에 취한 것처럼…….
근데 왜 이렇게 뿌듯하죠?

카페의 특성에 맞게 위드에 대한 테러나 보복을 하자는 게시글도 있었다.
하지만 반대 의견들이 줄을 이었다.

ㄴ 악적 위드를 암살하자는 의견 좋습니다. 저도 100% 공감해요. 할 수만

있다면 독단검이라도 들고 덤빌 겁니다. 하지만 그 후의 뒷감당은요? 여신님이 슬퍼하시면요?

ㄴ 으아악! 윗분들, 말 함부로 하지 마시라니까요. 여신님이 슬퍼하는 모습을 상상해 버렸잖습니까.

ㄴ 여신님의 눈에서 눈물이… 커헉. 또다시 심장이 멎는다!

ㄴ 그런 일이 벌어지면 안 됩니다. 인류의 공적입니다. 베르사 대륙이 멸망하더라도 보호해 드려야 합니다. 그만한 가치가 있지 않습니까?

ㄴ 위드는 마음에 들지 않지만 여신님이 웃게 해 줍시다. 우리가 할 수 있는 최선이에요.

ㄴ 아르펜 왕국을 위하여, 그리고 여신님을 위하여.

ㄴ 풀죽신교를 현실의 정식 종교로 만드는 건 어떨까요? 누가 만들면 저는 평생 신도는 물론이고 십일조 헌금하겠습니다.

ㄴ 돈을 거둬들여서 전 대륙은 물론이고 지중해와 태평양 한복판에도 여신상을 세워 놓는 겁니다.

ㄴ 기가 막힌 계획이네요!

떼돈을 벌어들이는 워터파크

아르펜 왕국의 영토 확대와 더불어서 하벤 제국의 전격적인 세금 인하 소식이 대륙을 휩쓸었다.

"만세!"

"세금으로부터 해방이다. 고생이 끝났어."

"말도 안 돼. 갑자기 헤르메스 길드 놈들이 이렇게 순순히 물러나다니⋯⋯."

"뭘 걱정해. 어쨌든 좋은 일이잖아."

〈로열 로드〉의 접속률이 4배나 오를 정도로 유저들의 반응은 즉각적이었다.

중앙 대륙에 있는 모든 유저들은 대환영의 뜻을 표시했다.

"이제부터 진짜 재밌어지겠다."

"응. 난 상인이 될 거야. 물건 잔뜩 떼어다가 팔아야지. 수익금은 대부분 내 몫이잖아."

도시들의 상점마다 유저들로 북적였다.

세금이 전격적으로 인하되면서 물품의 가격들이 절반, 혹은 그보다도 낮은 가격에 형성되었던 것이다.

"갈리코오스의 검 주세요. 벌써 팔렸다고요? 그럼 네르달의 반월검이라도 주세요!"

"여기 주문이요. 쓸 만한 갑옷 있으면 모조리 보여 주세요."

"말. 냉마들을 찾습니다. 최소 몇 년간은 탈 거니까 좋은 녀석으로요."

상점에는 묵혀 둔 호주머니를 여는 유저들로 인하여 발 디딜 틈이 없을 정도로 붐볐다.

유저들은 평소에 사고 싶었던 물품들을 세금이 감면된 싼 가격에 아낌없이 구입했다.

"살 거 있으면 더 사."

"이제 돈 얼마 안 남았는데……."

"벌면 되잖아. 장비 다 맞추고 사냥터에 가 봐라. 쓴 돈 복구하는 거 금방이야."

"사냥터 갈 돈이 안 남잖아."

"몰랐어? 던전 입장료도 다 무료야."

"허억!"

전면 무료화 정책은 한동안 사냥과 성장에서 등을 돌렸던 유저들까지 몰두하게 만들었다.

높은 세금과 한정된 던전 개수로 퍽퍽하던 중앙 대륙의 생활이 헤르메스 길드의 방침 변화에 따라서 극적으로 개선이 된 것이다.

던전들마다 유저들이 찾아오면서 입구에는 파티를 구하는

사람들이 줄을 서서 기다렸다.

"권사가 사제 구해요. 2단계 신성 치료 가능하신 분이면 누구나 됩니다. 제대로 키워 드릴게요."

"바타터의 보스 몬스터까지 사냥할 파티 조직하고 있습니다. 감각 있는 레벨 400 이상으로만 연락 주세요."

"오늘 밤새우고 사냥하실 분이요. 우린 던전 싹쓸이를 위해서 10명 이상으로 모이는 중형 파티입니다."

도시와 사냥터가 북적이고, 그들을 연결하는 도로에도 마차와 유저들이 부쩍 많아졌다.

침체되어 있던 중앙 대륙의 넓고 거대한 땅에 활기가 돌고 있었다.

사방에서 출몰하던 반란군들에게도 변화가 생겼다.

"고향으로 돌아가자. 하벤 제국은 밉지만 이제 돌아가서 농사를 지어야지."

"황제 폐하께서 지난 죄는 모두 없애 주기로 했으니까… 그만두고 생업에 종사할 거야. 가족들을 먹여 살려야 하니까 말이야."

"농부들에게는 땅을 주고, 상인에게는 말과 마차를, 대장장이는 대장간에 취직을 시켜 준다고? 그렇다면 도시로 가야지. 이제 뭘 해도 먹고살 수 있겠어."

반란군들 중에서 제국에 대한 충성심이 극도로 저하된 이들은 끝까지 저항하기로 했지만, 절반 이상이 그대로 와해되고 말았다.

헤르메스 길드의 전격적인 세금 감면이 주는 효과, 천문학적인 자금이 집행되는 경제 조치들까지 이어지면서 각종 개발들이 시작되었다.

> 하벤 제국은 베르사 대륙의 안정과 유저들의 편의를 도모하기 위하여 건설 사업을 본격 추진할 것이다.

황제 바드레이의 이름으로 위대한 건축물들을 30개 동시에 건설한다는 포고문까지 각지에 붙었다.

물론 위대한 건축물들을 짓기 위해서는 그 지역에 다양한 조건들을 달성해야 했으며 숙련된 건축가들과 이에 적극적으로 협조하는 유저들이 필요했다.

실제 시행까지 진행되기에는 많은 시간이 필요했음에도 위대한 건축물 건설에 나선다는 발표만으로도 흐트러진 민심을 다독이는 효과가 생겼다.

헤르메스 길드의 세금 감면은 유저들의 열띤 호응을 일으키며 푸홀 요새의 전투 결과마저 묻어 버릴 정도였다.

❧

이현은 푸홀 요새의 전쟁에서 크게 이겼음에도 불구하고 격한 슬픔을 느끼고 있었다.

그날 저녁에 여동생과 돼지고기김치찌개에 밥을 먹으면서 텔레비전 방송을 시청했기 때문이다.

─하벤 제국이 세금을 큰 폭으로 인하했는데요. 중앙 대륙의 상점과 시

장은 사람들로 붐비고 있습니다. 재호 씨, 하벤 제국의 분위기가 많이 달라졌다면서요?

—네, 그렇습니다. 도시에는 돌아다니는 사람들이 늘어났고, 창고에 쌓여 있던 물건들도 불붙은 것처럼 판매되고 있습니다.

—그렇다면 도시의 안정화가 금방이겠어요?

—하벤 제국에 의해 정복당한 지역에서는 주민들의 반발이 여전해서 단순히 세율을 낮추더라도 쉽진 않겠습니다만 여러모로 큰 변화가 생기리라고 봅니다.

전격적인 세율 인하 소식이 〈로열 로드〉와 관계된 모든 방송국에서 중계되고 있었다.

이현은 돼지고기가 담긴 숟가락을 떨어뜨릴 정도로 놀랐다.

"하벤 제국이 세금을 낮춰 버리다니 이건 도끼로 제 발등을 찍는 행위야."

하벤 제국의 군사력이나 경제 규모라면 아직 취할 수 있는 조치가 많았다.

최소 서너 번의 북부 원정대를 구성할 수 있었고, 또 계획만 잘 세운다면 아르펜 왕국을 초토화시키는 것도 여전히 불가능하진 않다.

그런데도 전격적인 세금 인하로, 패배로 뒤숭숭한 제국을 안정시키겠다는 움직임을 시작했다.

방송에는 헤르메스 길드의 공식적인 입장 발표도 나왔다.

　　헤르메스 길드는 하벤 제국을 중심으로 끝없는 전란이
　　일어나는 중앙 대륙을 통일하여 안정시키기 위해 노력해

왔습니다.

그 길에서 우리는 수많은 동료들과 적을 맞이하였지만 지나간 과거를 후회하지는 않습니다.

변명 같겠지만 우리가 아니었더라도 누군가는 걸어가야 했음을 알고 있기 때문입니다.

전쟁을 빨리 끝내는 것만이 헤르메스 길드가 할 수 있는 최선이라고 생각해 왔고, 그 과정에서는 주민들을 불편하게 만드는 명백한 잘못들도 있었습니다.

하벤 제국은 베르사 대륙을 안정화시키고, 이 땅에서 살아가는 유저들을 위하여 세율을 인하하고 경제개발에 나설 것입니다.

변화를 말로만 들려 드리지 않고, 눈으로 직접 보게 해 드리겠습니다. 앞으로 하루하루 달라질 대륙을 지켜봐 주시기 바랍니다.

이현의 입에서 볼멘소리가 튀어나왔다.

"도대체 헤르메스 길드에는 동업자 정신이 없어."

아르펜 왕국을 계속 공격하고 괴롭힌 것이야 대륙 정복 차원에서 그럴 수 있다고 치자.

장기적으로 볼 때 아르펜 왕국이 핑계를 대서 세율을 높이려면 하벤 제국이 그대로 있어야만 하지 않겠는가.

"저쪽에서 실컷 낮춰 버리면 난 앞으로도 세금을 올릴 수가 없게 되는데……"

눈앞이 시큰해질 정도로 슬픔이 밀려들었다.

청렴결백한 국왕이라든가, 가난한 왕국. 이런 건 관심 밖에 있었다.

아르펜 왕국이 북부를 차지한 대제국이 되어서 경제를 발전시키면 야금야금 세금을 올릴 계획을 갖고 있었다.

영구히 아르펜 왕국을 지배하는 독재자가 되어 주민들을 착취하는 것만이 인생의 목표였다.

"무릇 남자라면 그 정도의 야망은 있어야지."

무척 잘하고 있던 헤르메스 길드였는데 조금의 위기 때문에 방침을 바꾸고 만 것이다.

"역시 악덕 독재자란 참 힘든 거야."

이현과 이혜연은 함께 텔레비전을 보았다.

중앙 대륙에서 활동하는 유저들이 행복해하면서 상점을 바쁘게 돌아다니는 모습이 나왔다.

이혜연과 이현이 한마디씩 했다.

"예쁜 옷이네."

"아깝다. 아르펜 왕국으로 다 데려와서 팍팍 착취했어야 하는데……."

중앙 대륙의 관광지들이 벌써부터 한 달간 예약이 가득 찼다는 방송도 나왔다.

"와! 예쁜 곳이다."

"바가지를 듬뿍 씌울 수 있는 기회였어……."

하벤 제국에서 예정하고 있던 경제개발 조치들에 대한 안내, 그리고 위대한 건축물 건설 소식들도 나왔다.

"중앙 대륙도 살기 좋아지겠어, 오빠."

"집값이 좀 오르겠군."

비슷한 성장 과정을 거쳤음에도 불구하고 전혀 다른 생각을 하는 남매였다.

◈⧉⧉⧉◈

이현은 서윤과 데이트를 하기 위해 옷장에서 2초 동안 옷을 골랐다.

대학교도 쉬면서 매일 〈로열 로드〉만 하고 있었는데, 그래도 매주 잠깐씩은 그녀와 동네 나들이라도 함께 다녔다.

"청바지에… 티셔츠를 입어야 되겠군."

외출용 패션이란 단순하기 짝이 없었다.

청바지는 1년 내내 입을 수 있었고, 계절에 따라서 날씨가 추워지면 티셔츠 위에 점퍼를 하나 더 걸치면 된다.

물론 겨울철 새벽녘에 외출할 때는 두툼한 코르덴 바지도 입었다.

열일곱 살 때부터 수산시장에서 일하는 아저씨들과 비슷한 패션을 꿋꿋하게 고수했다.

서윤과 간단한 데이트를 하는데 매번 바뀌지 않는 패션.

"옷은 편한 게 좋으니까 말이야."

가끔씩 멋을 내고 싶을 때도 있었다.

서윤이 워낙 아름답기 때문에 그녀와 어울리고 싶은 욕구도 있었다.

남들이 봤을 때 잘 어울리는 커플이라는 소리를 한 번쯤은 들어 보고 싶었기 때문이다.

"그래. 아껴 두었던 새 티셔츠를 입어 보자."

이현은 몇 개월 전에 대형 마트에서 이월 상품 할인으로 12,000원에 샀던 티셔츠를 꺼냈다.

부드러운 원단과 착 달라붙어서 편안함을 주는 피팅감, 그리고 꼼꼼한 바느질.

"역시… 옷은 마트표가 달라."

이현은 거울을 보며 만족스러워했다.

가슴에 병아리 1마리가 그려져 있는 옷을 입고 집을 나섰다.

몸보신을 만지며 기다리고 있던 서윤도 청바지에 흰 티셔츠 차림이었다. 간단한 복장이었음에도 불구하고 광채가 났다.

얼굴은 말할 것도 없거니와 완벽한 몸매의 비율.

수백 년 전쯤에 서윤이 태어났다면 충분히 국가 간의 전쟁도 불러올 수 있는 외모였다.

물론 예술가들은 그녀의 외모를 화폭이나 조각상으로 옮기기 위해 무던히도 많이 애썼을 것이다.

"많이 기다렸어?"

"아뇨. 잠깐 놀고 있었어요."

서윤이 몸보신의 털을 부드럽게 쓸어 주며 대답했다.

으르렁!

이현을 보자마자 경계하는 몸보신.

몸보신이 낳은 새끼 5마리도 어미를 따라 꼬리를 빳빳하게 세웠다.

동물들도 바보가 아닌 이상 알고 있었다.

그들의 새로운 주인이며, 착한 마음씨를 가지고 있는 서윤과 이현의 관계를!

'뭔가 수상해. 저 옛날 주인이 악독한 짓을 했을 거야.'

개들의 불신을 받는 이현.

서윤에게 몸보신을 주고 나서 들인 두 번째 몸보신도 매일 그녀의 집으로 도망을 갔다.

바로 옆집임에도 불구하고 이현의 집으로는 오줌도 누지 않는 몸보신 2세.

이현의 눈빛이 매섭게 빛났다.

"누워."

철푸덕.

몸보신은 본능에 각인된 공포에 따라서 몸을 뉘었다.

새끼 강아지 시절 이현이 된장독의 뚜껑을 열 때마다 느꼈던 공포가 뼛속까지 채워져 있었다.

"헤엄쳐."

허우적허우적.

착하고 현명한 어미 개 몸보신이 애교를 부리니 새끼 강아지들도 슬그머니 꼬리를 내렸다.

"이제 좀 바람직하군."

간단하게 강아지들을 제압하고 서윤과의 동네 나들이를 시작했다.

길에서 돌아다니는 동네 고등학생 양아치들부터 마주쳤다.

"안녕하십니까!"

요즘 노는 애들답지 않게 번듯한 자세로 인사하는 학생들.

뒷골목을 주름 잡는 그들 사이에 전설이 있었다.

"이현이라고… 절대 조심해라. 그리고 그놈 여동생은 쳐다보지도 마."

"왜요?"

"찬희 형 알지?"

"예. 이 지역에서 그 형 모르는 사람 있으면 간첩이죠."

"예전에 좀 꼬셔 보려고 집 앞에서 어슬렁거렸다가 이현에게 발각됐다."

"싸웠어요? 찬희 형이 웬만하면 안 지는데."

"말도 안 될 정도로 일방적으로 죽도록 얻어맞았다. 그래서 그날 저녁에 쇠파이프를 들고 찾아가서 놈에게 나오라고 악을 썼지. 애들도 잔뜩 끌고 갔다."

"그런데요? 그놈이 경찰에 신고라도 했어요?"

"그러면 다행이게? 대문에서 이현이란 놈이 양손에 낫을 들고 나왔다."

"……."

"그때 닭을 잡고 있었는지 낫에서 피가 뚝뚝 떨어지더라. 30명 정도를 상대로 맞서면서 얼마든지 들어오라고 하는데… 아무도 못 들어갔다. 아무튼 그날 이후로는 찬희 형도 이 동네 잘 안 와."

그 전설을 듣지 못한 동네 양아치들은 드물었다.

이현이 안현도의 도장에 다니면서부터 이래저래 소문은 더 크게 부풀려졌다.

"평소에 진짜 칼로 훈련한대."

"도장에 다니는 이유가… 칼을 잘 쓰기 위해서라던가? 여동생 건드렸다가 누구 하나 난도질을 하더라도 놀랍지 않아. 충분히 그럴 만하다니까."

"이 동네에서 그런 짓을 저지를 놈은 그 녀석밖에 없어."

"그 도장에 다니는 사람들 봤냐? 조직에 있는 형님들도 그분들은 못 건드린다."

뒷골목 지역사회에서 이현과 그 식구들은 건드릴 수 없는 존재가 되었다.

서윤은 워낙에 예쁘기 때문에 양아치들이나 질 나쁜 남자들이 그럼에도 눈독을 들이고 있었다. 하지만 고도로 훈련된 정식 경호원들에 의하여 일찌감치 차단되었다.

지금은 경호원들을 데리고 다니지 않지만 호위는 더 철저해졌다.

이현을 지켜보던 유병준이 서윤의 존재를 의식했던 것이다.

"이현의 여자 친구인가. 아름답군. 너무 예뻐서 범죄의 표적이 될 수도 있을 것 같은데……."

―중범죄의 발생 가능성은 94.7282%입니다.

"대한민국의 치안이 그 정도로 안 좋은가? 다른 국가들에 비해서는 훨씬 나은 것으로 아는데."

―저 여성의 외모 조건이라면 대부분의 국가에서는 98% 이상의 중범 죄가 발생했으리라고 추측됩니다.

　국가의 치안이나 경찰력마저도 무력할 정도의 외모.

　그녀가 걸어가면 모든 사람들이 쳐다보고 일대 교통이 마비된다.

　과거에 1명의 미인 때문에 전쟁이 일어나고 국가가 무너졌다는 게 과언이 아니었다.

　"그냥 방치해 두면 안 좋은 일이 벌어지겠군. 저 아이가 슬퍼하는 모습을 보고 싶진 않아."

　감정이 메마른 유병준도 서윤이 슬프게 울어야 하는 사건 같은 건 생기지 않길 바랐다.

　위드의 모험을 살펴보면서 〈로열 로드〉에서 과거에 서윤이 굳어 있던 마음이 녹으면서 눈물을 흘렸다는 것은 알고 있다.

　서윤의 얼굴에서 맑은 눈물이 흘러내리던 장면은 가히 그 순간의 아름다움을 믿을 수 없을 정도였다.

　유병준마저도 코끝이 시큰해질 정도였다. 자신이 충분히 젊은 나이였다면 그녀를 위해 모든 걸 바칠 수도 있을 것 같았다.

　〈로열 로드〉 개발이나 전 세계를 뒤흔들 수 있는 재산이 뭐가 중요하겠는가.

　서윤을 오래 지켜보다 보면 외모뿐만이 아니라 그 내면마저도 그만큼 아름답다는 것을 알게 된다.

　"이현 저놈은 가끔 밉상이지만 그래도 여자 복은 있군. 저 아이만큼은 지켜 주고 싶다."

　―경호를 시작하시겠습니까?

"A급 이상의 경호를."

A급 이상 경호라면 인공위성은 물론이고 감청 시스템을 비롯한 모든 감시 역량을 총동원하여 위험한 일이 발생하지 않도록 억제하는 것이었다.

물론 근거리에 10대 이상의 안드로이드가 동원되는 것은 물론이고 치안 정화 작업도 이루어졌다.

—반경 50킬로미터 이내의 범죄자들에 대한 증거 확보와 색출 작업에 들어가겠습니다. 경찰들을 움직여서 완전 소탕하기까지 걸리는 예상 시간은 1주일입니다.

유병준 박사의 명령에 의해 지역 전체가 깨끗해졌을 뿐만 아니라 비밀리에 안드로이드의 호위를 받았다.

이현은 큰길가로 나가서 물었다.

"어디 갈까? 영화관이나 쇼핑몰에 가 볼까? 겨울옷 없지?"

"영화 보고 싶은 거 없어요. 옷도 안 입은 거 많은데… 시장부터 가요."

"먹고 싶은 거 있어?"

"꽃게요!"

"음. 꽃게가 좀 비싼데… 해산물들은 먹을 것도 없는데 가격이. 아냐, 요즘 방송국에서 뜯어 오는 돈이 있으니 그 정도는 먹어 줘도 되겠지."

서윤은 〈로열 로드〉에서 벌어지는 사건들이 이현에게는 아주 중요하기 때문에 그와 많은 시간을 보내지는 못한다는 점을 알고 있었다.

오늘의 데이트는 시장에 가서 꽃게를 듬뿍 사 와서 집에서 쪄 먹는 걸로 합의를 봤다.

　이현의 5년째 단골인 시장의 해산물 가게 아저씨가 은근히 서윤에게 말했다.

　"저놈과 어울리는 구석이 하나도 없는 귀한 아가씨가 어쩌다가… 아가씨, 세상은 넓고 남자는 많아요."

　"아니에요. 전 괜찮아요."

　"그래도 딱해 보여서… 혹시 약점이라도 잡힌 거라면 당하고 있지 말고 꼭 경찰에 신고하게."

　서윤이 받아 본 297번째 신고 제의였다.

　동네에서는 물론이고 보통 얼굴을 마주친 대부분의 사람들은 한 번쯤은 신고를 권했다.

✧◈◈◈◈◈✧

　위드가 다시 〈로열 로드〉에 접속했을 때에는 푸홀 요새에서 여전히 축제가 벌어지고 있었다.

　"키햐하하핫. 마셔, 마셔. 쭉 들이켜."

　"어어, 취한다. 풀술이 걸쭉하니 참 좋아. 먹어도 배가 안 고프다니까. 근데 안주까지 풀전이라니 좀 심한 거 아냐?"

　"던전에 대해서 너무 심각하게 고민할 필요는 없어요. 어두컴컴하고 으슥한 곳이지만… 또 아늑한 느낌이 있는 것이 참 좋다니까요. 언제 한번 같이 가시죠."

　한낮인데도 불구하고 늘어져 있는 북부 유저들.

〈로열 로드〉의 시간으로는 약 3일이 흘러간 후였지만 전쟁의 여파가 고스란히 지역에 남아 있었다.

성벽이 부서져 있고 땅도 곳곳이 파헤쳐지게 되었다.

사방에서 흥청망청 먹고 마시고 노는 분위기.

위드의 입가에 썩은 미소가 맺혔다.

"좋군."

힘든 전쟁을 승리로 마쳤기 때문에 북부 유저들에게는 뒤풀이에서 실컷 놀 자격이 있었다.

전투에서 목숨을 잃은 유저들이 다시 돌아올 때까지 지금의 분위기는 계속 이어지게 되리라.

그들까지 되살아나면 공식적인 축제가 이틀간 개최하기로 예정되어 있었다.

"돈이 꽤 벌리겠지."

물론 축제에 필요한 술과 음식들을 조달하면서 상인들과 마판 상회는 떼돈을 벌 수 있으리라.

전쟁 전이나 후나 상인들에게는 가장 바쁠 때였다.

위드는 마판에게만 의존하지 않고 다른 상인들과도 약간씩의 관계가 있었다.

돈내꺼 상회, 왕바가지 상회, 킹크랩 해운 상회, 와삼 상회, 거북이 상회 등등.

위드는 밑바닥 생활을 경험했기 때문에 돈이 나올 구석을 더 많이 알았다.

국가에서는 낮은 세율을 유지했지만 상인들과 이권을 주고받으면서 바닥에서부터 갈퀴로 쓸어 담았다.

이른바 지하경제의 대부!

그렇다고 모든 유저들이 푸홀 요새에서 놀고만 있는 것도 아니다.

"사람을 살리는 사제님을 간절히 구합니다. 번거로우시더라도 같이 사냥을 가 주실 분!"

"놀고 있는 방패 전사, 아무나 데려가 주세요. 레벨은 256. 맷집 위주로 키워서 열심히 몸으로 버텨 보겠습니다."

레벨이 높거나 부지런한 유저들은 이 부근의 사냥터나 모험을 위하여 떠났다.

"자, 지하 탐험입니다. 출발!"

10대와 20대로 보이는 유저들은 물컹꿈틀이가 파 놓은 땅굴을 통해서 놀기도 하였다.

"힘껏 밀어 봐."

"꿍차!"

일부 개념이 없는 유저들은 성벽 위에서 돌을 굴리거나 무너뜨리는 장난을 치기도 했다.

푸홀 요새는 성벽이나 방어 탑, 내부의 도로들까지 부서져서 복구를 위해서는 많은 비용과 노력이 필요한 상태였다.

위드는 건축가로서 경험은 부족했지만 대략 요새의 상태를 보고 견적을 뽑았다.

"여길 복구하려면 적어도 수백만 골드는 잡아먹겠군. 물론 전쟁용 요새로 되살리지 않는다면 그만큼 돈이 들어갈 이유가 없겠지만 말이야."

군사 요새는 병사들의 훈련도를 빨리 높이고 그들의 사기를 높게 유지한다.

대규모로 군대를 유지하기 위해서는 필수적인 시설, 중요한 길목에 건설되어 전쟁이 벌어지면 적의 침략을 막는 보루 역할도 했다.

위드는 고개를 휘휘 저었다.

"원상 복구는 돈이 많이 들어서 무리야. 그리고 아르펜 왕국의 입장에서는 이곳에서 지킬 수도 없고."

하벤 제국의 군대를 상대로는 푸홀 요새에서 지키더라도 우회하는 병력에 의해 왕국이 쑥대밭이 될 수 있다.

"수리는 하지 않을 테니 그냥 이대로 관리할 수 있는 방향으로… 그대로 폐허로 만들어서 기념품이나 팔아먹도록 할까?"

위드는 요새의 쓰임새를 바꾸고 싶었다.

전쟁기념관 형식의 건물이라면 그럭저럭 인원이 찾아오겠지만 얼마 되지도 않는 푼돈임에 불과하다.

수십 년, 수백 년 전의 역사적인 전투도 아니고 볼품없이 돌무더기들만 쌓여 있는 장소에 무슨 의미가 있겠는가.

어설픈 관광시설이야말로 꾸준한 적자를 만드는 낭비의 전형적인 패턴.

위드는 잘못된 투자 같다는 생각이 들었다.

"기념품 판매 시설도 놔두지 않고 그대로 방치한다면… 아마 몬스터들의 소굴이 될 텐데."

버려진 건물이나 폐허에는 몬스터들이 모여든다.

푸홀 요새 정도의 규모라면 던전이 수백 개쯤 생성되더라도 이상할 게 없었다.

좋은 사냥터가 만들어지면 그것도 나름의 가치가 있는 일이 겠지만 너무 과하면 독이 된다.

푸홀 요새는 그냥 방치해 놓으면 몬스터들의 군단이 몇 개쯤이나 생성될 만한 장소이고 이들이 꼭 한자리에만 머물러 있지도 않았다.

그들 중에서 보스급 몬스터가 생겨나고 단체로 아르펜 왕국을 배회한다면 그 피해와 치안 악화는 어찌하겠는가.

"깨끗하게 치우려면 철거 비용이 엄청날 텐데. 헤르메스 길드에 청구할 수도 없고 말이야."

위드가 지켜보는 와중에도 북부의 젊은 유저들은 놀면서 돌을 떨어뜨리거나 건물을 부수고 있었다.

'저게 다 고치려면 돈이 들어가는 건데. 집을 빌려줬더니 도배나 장판이 엉망이 된 걸 본 집주인의 심정이 이런 것이군.'

그때 불현듯 머릿속을 스쳐 가는 아이디어가 있었다.

"여기를 조각술을 활용할 수는 없을까? 조각술은 사실 쓸데없는 재료들도 예술로 치장해서 비싸게 팔아먹는 거잖아."

조각술에 대한 뿌리 깊은 편견!

땅에 떨어진 나무토막도 손질을 해서 몇 골드씩 받아먹었으니 틀린 얘기도 아니었다.

'돈은 내 손을 떠나면 사라지는 거지. 하지만 이 요새도 분명히 돈을 벌어들일 수 있는 방법이 있을 거다. 집중하자! 생각해내. 세상에는 수많은 꼼수들이 있다. 인생의 성공과 실패는 그걸 찾느냐 마느냐에 달린 거야.'

조각사의 관점에서 푸홀 요새를 다시금 살펴보기로 했다.

대망의 조각술 마스터까지는 고작 1%의 숙련도밖에는 남지 않은 상황.

어중간한 작품을 만들어서는 쉽게 올릴 수 없는 숙련도였지만 정말로 마지막 한 발자국만을 남겨 놓고 있는 실정이었다.

사막의 대제왕 시절에 검술을 마스터했더니 기본 공격력이 500%로 증가했다.

검의 잠재된 능력까지 추가 공격력으로 끌어냈으며, 공격 스킬의 위력도 향상되고 공격 범위 역시 넓어졌다.

검술뿐만 아니라 방어술, 기마술도 마스터로 올랐을 때 효과가 뚜렷했다.

직업 마스터 퀘스트는 당시에도 시간이 없어서 완수하지 못했지만 상당한 보상이 있으리라 짐작됐다.

"문제는 바드레이도 검술 마스터를 할 텐데. 지금은 직업 스킬로 아마도 내가 더 앞서 있기는 하겠지."

위드는 명예의 전당에 가끔씩 올라오는 바드레이의 전투 영상이나 방송국에서 관련 뉴스들을 시청했다.

바드레이는 군대를 이끌고 다니면서 하벤 제국 내의 반란군을 무섭게 소탕하고 있었다.

물론 던전 사냥도 빠뜨리지 않으면서 지금까지 개척된 적이 없는 곳들을 깨끗하게 정리한다.

다른 유저들은 그 대단한 전투력에 감탄할 뿐이지만, 위드는 이미 겪어 봤기에 대충 그 실력을 짐작하고 있었다.

"레벨은 확실히 500대 초중반. 그리고 검술 스킬은 생각보다는 조금 낮고, 다른 전투 스킬들도 효과가 뛰어난 여러 가지를 동시에 운영해서인지 숙련도가 좋진 않아.”

검의 각성, 탄생의 힘, 흑기사의 일격, 다른 하나의 검 소환.

바드레이가 가지고 있는 스킬들은 훌륭하지만 사막의 대제왕 시절보다는 위력이 약했다.

“평균 고급 4레벨 이상 정도로 봐야겠지.”

바드레이의 스킬 숙련도가 비교적 낮다고 해도 그건 어쩌면 크게 중요한 문제는 아닐 수 있다.

앞으로 사냥을 통해서 숙련도는 계속 증가하게 될 테고, 최초의 사냥이나 보상이 큰 퀘스트를 완수하며 쌓은 스탯들은 만만치 않은 부담이었으니까.

“조각술 마스터가 얼마나 좋을지는 모르지만 당장 해야 해. 이곳을 통해서 돈도 벌고, 조각술 마스터도 하고.”

마지막 단계를 돌파하기 위하여 여러 가지 아껴 놓은 것들이 있었다.

조각술 최후의 비기를 통해서 시간 조각술이 중급에 올랐다.

오로지 단 한 번 시간의 박물관을 탄생시킬 수 있었다.

드래곤의 퀘스트를 통해서 헬리움도 챙겨 놓았다.

조각 재료로 쓰기에는 아까운 것이 사실이라서 아직 손을 대지 못했지만 내버려 두는 것도 낭비였다.

직업을 마스터하면 틀림없이 관련 스킬들의 향상은 물론이고 여러 가지 보상이 있을 수 있으니까.

“내가 가진 능력을 몽땅 투자해 보자.”

위드의 눈이 다시금 푸홀 요새를 바라보았다.

지금은 폐허, 막대한 자금을 잡아먹어야 하는 구멍.

그렇지만 생각을 바꾸면 꼭 정상적으로 복구해야 할 이유는 없다.

"군사시설이 돈을 벌어다 주는 것도 아니고, 교통이 편리하고 사람들이 많이 알고 있는 장소는… 당연히 문화와 상업으로 가야 하지 않겠어?"

푸홀 요새에 조각품을 만들기로 결심했다.

이 장소를 아주 새롭게 사람들을 위한 공간으로 바꿔 버리는 것이다.

"폐허에 조각품만 만들어 봤자 가치가 떨어질 테고, 이 어수선한 잔해들이 문제인데. 돈 안 들이고 싹 다 치워 버릴 방법은 없을까?"

위드의 머릿속에 얼마 전에 크게 돈 벌 기회를 놓쳤던 일이 떠올랐다.

"푸홀 요새 전투 전에… 강물을 틀어서 고급 별장 지역을 개발하려고 했었지. 시간이 너무 모자라서 아쉽게 포기했던 계획이었지만. 지금 추진하더라도 이곳까지 물을 끌어오면 별장을 지어서 팔아먹을 수 있겠지."

물에 반쯤 잠긴 푸홀 요새, 그리고 주변 지역에는 계획대로 고급 별장들을 만들어서 분양한다.

전쟁을 경험했던 푸홀 요새의 독특한 경치가 나름의 멋을 자아낼 뿐만 아니라 이곳에 더 많은 관광객들과 수익을 만들어 낼 방법도 떠올랐다.

"서, 설마 이것은……."

위드의 머릿속에 떠오르는 장면이 있었다.

웅장한 초대형 자연 조각품들이 세워져서 놀이기구 역할을 한다. 강물까지 끌어다가 푸홀 요새 지역 전체를 호수처럼 바꿔 놓으면 그건 곧 관광객들을 합법적으로 빈털터리로 만드는 무자비한 시설물이 된다.

육지에서도 물놀이가 가능한 공간!

"꾸, 꿈에 그리던 워터파크다!"

✦°✧☙☙✧°✦

대한민국에서도 여름이면 얼마나 많은 사람들이 워터파크와 바닷가로 떠나는가.

혼자도 아니고 가족이나 연인 단위로 움직이는 그들은 커다란 바가지를 감수하면서도 돈을 쓰겠다는 열의가 있는 사람들이었다.

"육지에서 물놀이만 가능하다면 항상 비싼 입장료는 물론이고 물품 판매나 주차료까지 받을 수 있을 거야."

들어오는 사람마다 입장료를 내도록 하고 아르펜 왕국의 주요 이동 수단인 마차나 황소, 말에도 주차비를 물리는 것이다.

제공하는 음식이나 숙박비도 엄청난 가격을 받아도 된다.

환상의 바가지 시설!

베르사 대륙의 북쪽에는 아쉽게도 유명한 관광지가 별로 없고, 돈이 있더라도 실컷 쓸 만한 장소가 없다.

자신이 착용할 장비에 투자하거나 집을 사는 정도가 전부다.

그런데 이곳에 워터파크를 만들게 된다면 수많은 사람들이

와서 알뜰하게 벌었던 돈을 넘치게 쓰게 될 것이다.

"지역 전체를 물에 잠기게 하면 몇십만 명이 오더라도 무한대로 입장시킬 수 있어!"

기존의 워터파크가 갖는 한계를 뛰어넘는 지역 재개발 사업!

하루에 10만 명만 온다고 가정했을 때 일인당 10골드씩만 쓰더라도 100만 골드.

푸홀 요새의 폐허가 된 시설물들을 활용하고 강물을 실어 오면, 자연적으로 형성된 워터파크이기 때문에 유지 관리비도 최소로 들어간다.

"초기에 자리를 잡고 나면 상업 시설들도 미친 듯이 들어서겠지. 음식이나 기념품이나 옷이나… 마구 팔려 버릴 거야."

위드는 자기 자신이 너무 멍청하다고 생각했다.

요즘 세상에서는 수전노처럼 돈만 밝혀서는 절대 부자가 되지 못했다.

"세금만 높이는 건 구식 방법이야. 돈을 막 쓰게 만들어서 마구 거둬들이는 거야."

소비를 조장해서 꾸준한 돈벌이를 해야 마땅했다.

북부 유저들이 몇 배나 더 먹고, 입고, 놀게 만들면 그게 전부 돈!

아르펜 왕국의 재정 수입은 아직 3,000만 골드 정도에 불과했다. 하지만 이번 워터파크 사업만 잘된다면 충분히 몇 배의 수익을 낼 수 있었다.

입장료에, 여러 가지 명목의 바가지, 별장과 상업 시설의 분양금 그리고 세금!

환상의 4종 수익 세트였다.

　"늦출 수 없는 계획이다. 당장 시작해야 해. 하벤 제국과의 전쟁보다도 더 중요하다."

　위드의 온몸에는 긴장으로 인한 흥분이 흘렀다.

　분명히 처음에는 푸홀 요새의 재개발이나, 조각술 마스터를 염두에 두었던 계획이었지만 지금은 완전히 상업성으로 물들고 말았다.

　"조각 소환술!"

　바로 조각 생명체들부터 소환을 했다.

　누렁이나, 켈베로스, 킹 히드라처럼 땅파기에 힘을 내야 하는 전문직 조각 생명체들!

　그들이 빛과 함께 강제로 소환되었다.

북부 최대의 공사

음머어어어어!

누렁이는 대형 쟁기를 끌면서 굳어 있던 땅을 파헤쳤다.

여전사 게르니카, 검사 빈덱스, 기사 세빌 등은 삽을 들어서 흙을 파냈다.

미로스 강에서부터 푸홀 요새까지 강물을 바꾸는 장대한 계획이었다!

금인이와 은숙이 커플도 물론 부리로 바위를 쪼개며 일을 거들어야 했고 와이번들 역시 마찬가지였다.

꾸에에엑!

와이번들은 모래를 날랐다.

조각 생명체 총동원령에 따라서 모든 조각 생명체가 일을 해야 했다.

데스 웜과 킹 히드라는 강물 속에서 막대한 양의 흙과 돌을 퍼내면서 흐름을 바꾸었다.

조각 생명체들이 공사용으로 사용되고 있는 장면이었다.

─지금 보시는 현장은 위드의 부하들이 무언가 일을 꾸미고 있는 모습입니다. 과연 그들은 어떤 계획을 가지고 있을까요?

─전투가 끝나고 나서 등장한 위드의 부하들. 조인족의 시야를 통해 확인해 본 영상에서 추측해 보면 미로스 강에서부터 푸홀 요새 방향으로 강물을 끌어오려고 하는 것으로 보입니다.

방송국들은 실시간으로 속보를 전달했다.

푸홀 요새의 전투가 끝나고 나서 한동안 잠잠했던 시청자 게시판에도 글들이 막 올라왔다.

> ─뭡니까! 무슨 일이죠?
> ─푸홀 요새에서 또 전투가 벌어지는 것 아닐까요. 먼 훗날의 하벤 제국과의 전투에 대비해서 수로를 파려는 것은?
> ─요새 부근에 수로를 건설하기 위하여 물을 끌어오기에는 너무 큰 공사 같은데요.
> ─경력 21년 건설업자입니다. 저 정도 토목 사업이면 국가 단위의 일입니다. 최소 인허가 과정에서의 비자금만 수백억 단위예요.

위드가 벌이는 일은 방송국은 물론이고 시청자들의 비상한 관심을 끌었고 〈로열 로드〉의 접속률이 올라갔다.

축제를 벌이며 쉬던 푸홀 요새의 북부 유저들도 소식을 듣고는 강가까지 가 보고 깜짝 놀랐다.

"어라, 정말 공사를 하잖아."

"땅도 꽤 많이 파낸 것 같은데 말이야."

데스 웜이 마구 땅을 파헤치고 킹 히드라가 중장비처럼 움직이면서 흙을 밀어낸다.

산더미처럼 쌓여 있는 흙!

그때 북부 유저들에게 일제히 메시지 창이 생성되었다.

띠링!

미로스 강의 건설 현장

아르펜 왕국의 국왕 위드는 거대한 토목 건설 사업을 추진하고 있다. 미로스 강에서부터 푸홀 요새를 지나가는 새로운 물길 형성! 왕국의 토목 사업에 참여한 이들에게는 작업량에 해당하는 공적치가 보상으로 주어질 것이다.

난이도: 국가 퀘스트.

보상: 국가 공적치, 명성.

제한: 아르펜 왕국 소속 한정. 살인자들은 참여할 수 없다. 인원 한정 500만 명.

북부 유저들은 메시지 창의 내용을 보며 깜짝 놀랐다.

"500만 명이 참여할 수 있는 국가 퀘스트라고?"

"아싸, 바로 해야지. 위대한 건축물들이 안 지어지던 참이라서 심심했어. 온몸이 뻐근하도록 노동을 하고 나면 뭔가 해낸 것 같으니깐."

"여신상 건설 현장이 또 떠오르는구나."

"아르펜 왕국의 공적치라면… 북부에서 쭉 활동하려면 중요하기도 하겠지. 땅 파고, 흙이나 나르면 되나?"

아르펜 왕국에서 시작하면서 최소한 몇 가지는 경험해 봐야 하는데 그중 하나가 노가다였다.

혼자서 하라고 하면 터무니없이 힘들고 고된 일이지만 최소한 수십만 명 단위의 사람들이 움직이기에 가능한 대작업!

"술 먹고 놀기도 지쳤어. 땀이나 좀 흘리다 보면 좋은 점이 있지. 인생이 이렇게 소중한 것이구나 하는……."

"후후. 공적치나 좀 쌓아 볼까."

띠링!

> 미로스 강의 건설 현장 인부가 83,190명 모였습니다.

몇 초 후였다.

> 미로스 강의 건설 현장 인부가 893,192명 모였습니다.

그리고 그날 저녁 무렵에는 500만 명이 넘는 인부들의 등록이 끝났다.

전쟁에 참여하고 살아남은 북부 유저들이 그만큼 많다는 뜻이기도 했지만 그보다 훨씬 많은 숫자가 푸홀 요새에서 술만 먹고 놀고 있었던 것이다.

"가자."

"갑시다!"

"근데 장비가 없는데… 삽이나 수레가 있어야 하는 거 아닙니까?"

아르펜 왕국에서는 신비한 일이 자주 일어났다.

어떤 큰일이 있어서 특정한 물자를 필요로 할 때면 귀신같이 나타나는 상회가 있었다.

"마판 상회에서 급히 나왔습니다. 땅을 파헤치는 곡괭이와 황소가 끄는 수레를 저렴하게 판매합니다. 물량이 한정되어 있으니 어서 가져가세요! 참고로 교환이나 수리 요청, 반품은 안 받습니다."

곡괭이의 가격은 30실버, 수레는 20골드!

판매 가격이 모라타의 40배가 넘었다. 이만저만한 바가지도 없었지만 유저들은 불평불만을 토하기도 전에 달려가서 구입했다.

순식간에 품절 사태가 벌어지고 나서 길게 줄을 섰던 유저들이 돌아서야 했다.

그리고 잠시 후, 마판 상회에서는 다시 곡괭이와 수레를 판매했다.

"급하게 물량을 추가로 가져왔습니다. 중간 업자들에게 큰돈을 줬기 때문에 지금부터는 최소한의 마진만 남기겠습니다. 곡괭이는 56실버, 수레는 35골드에 판매합니다!"

가격을 올리면서 2차, 3차, 4차 품절 사태의 연속!

처음에는 비싸다고 생각해도 유저들은 물건이 부족하니 가격 인상을 당연하게 여기게 되었다.

물론 이것은 위드와 마판의 담합으로 벌어진 일이었다.

"1차, 2차 판매 때는 확보한 물건을 5%씩만 푸세요. 그리고 가격을 올린 후에 왕창 버는 겁니다."

"역시 위드 님이십니다. 상인으로서 배워야 할 점이 많습니다. 근데 계속 그렇게 팔다 보면 욕을 먹지 않을까요? 장사를 계속 하려면 마판 상회의 이미지도 중요한데요."

"절반 정도 팔고 나면 중간 상인들에게 넘기세요. 그들에게 비싸게 처분하고 나면 곡괭이와 수레의 가격은 더 오르겠죠. 욕은 그들이 대신 다 먹어 줄 겁니다."

"과연 위드 님이십니다!"

"정치란 이런 거죠."

순수한 뜻으로 국가 퀘스트에 참여한 유저들에게 바가지를 씌우는 두 사람.

북부 유저들은 부지런히 흙을 파서 옮겼다.

위대한 건축물 같은 것이 완공되고 나면 한 손 거들었다는 생각에 특별한 애정이 생겼다.

방송국에서도 취재를 나올 정도였으니 노가다임에도 불구하고 그 열기가 대단했다.

로자임 왕국에서 위드의 피라미드 노가다부터 함께했던 누군가는 말했다.

"1명을 죽이면 살인자고, 수많은 사람을 죽이면 영웅이라고 했던가요? 노가다도 마찬가지예요. 정말 큰 걸 만들면 보람이 있습니다. 일이 조금 힘들다고 빠져 버리면 아무것도 짓지 못해요. 부지런하면 안 되는 일이 없죠. 물론 뭐, 저야 집에 밀린 빨래가 한 달 치가 쌓여 있지만 여기서는 부지런해져요. 정말 신기한 일이죠."

북부 유저들 중에는 〈로열 로드〉만 접속하면 근면 성실해지는 사람들이 많았다.

위대한 건축물이나 도시 건설들을 직접 경험하면서 살았기 때문이다.

눈이 게으를 뿐, 손과 발을 움직이다 보면 뭐든 해낼 수 있다. 위드가 조각사로서 세운 수많은 업적들에 비교하다 보면 퀘스트에 참여하는 정도로는 자랑거리도 안 될 정도였으니까 말이다.

위드는 사람들이 많이 빠져나간 푸홀 요새의 폐허에 우두커니 섰다.

"인기 있는 조각품을 만들어야 해."

자연 조각술을 이용하여 물을 기반으로 한 놀이기구들의 형태로 조각품을 만들기로 했다.

구경만 하는 게 아니라 직접 체험하고 만지고 놀 수 있는 대형 조각품.

문제는 위드가 워터파크를 가 본 적이 없다는 점이다.

뉴스에서 슬쩍 보거나 사람들이 어떻게 놀았다는 이야기만 들었다.

"뭘까. 어떻게 놀아야 입장료가 아깝지 않을 정도로 잘 놀았다고 입소문이 날까."

그를 알아본 수많은 유저들이 숨죽여 지켜보고 있었다.

"전쟁의 신 위드 님이다!"

"캬하. 진짜 실물을 이렇게 뵙게 되는 건 처음이야. 친구들에게 자랑해야지."

"근데 거리에서 지나쳤으면 못 알아봤겠다."

"응. 계속 보다가도 잠깐 고개를 돌리면 잊어버릴 정도로 평범한 것 같아."

군중이 모이는 것만을 기준으로 본다면 연예인을 수백 배 능가하는 인기!

평소에 위드는 광장에서 장사를 하며 바가지를 씌우기도 하지만, 지금은 무언가 심사숙고하는 모습에 군중도 그를 방해하지 않았다.

몇천 명의 유저들과 조인족들이 하늘에서 오로지 지켜보고 있다.

위드는 한참 만에 고개를 끄덕였다.

"그래, 워터파크의 놀이기구들이 대충 어떤 느낌인지는 알 것 같아."

방송에서 봤을 때는 높은 곳에서 내려오는 물 미끄럼틀이 있었다.

드워프의 도시 쿠르소에서도 켄델레브의 조각품을 통해 물 미끄럼틀은 경험해 본 적이 있었다.

켄델레브의 자연 조각품들을 보며 정령 창조 조각술을 깨달았던 기억이 떠올랐다.

"텔레비전에서 보면 비명을 지르며 어린아이들이나 여성들이나 아주 기뻐했지."

위드는 자연 조각술을 펼쳤다. 그러자 지하에서부터 물이 높게 솟구쳐서 조각 재료가 되었다.

손으로 어루만지는 것으로도 형상이 갖춰져서 그대로 유지가 되었기에 조각하는 데 특별히 어려움은 없다.

"켄델레브의 미끄럼틀은 재미는 있었지만 너무 낮았어. 비싼 요금을 받으려면 조금 보완할 필요는 있겠군."

체험이나 상상력이 중요하다. 그리고 무엇보다 전체적인 경관까지도 감안을 해야 한다.

놀이공원이라면 멋지고 아름답게 생겨서 관람객들의 지갑을 순식간에 털어야 하는 것이 관건!

위드의 예술 스탯은 불가능을 가능으로 바꿔 놓을 정도였다.

물 미끄럼틀을 위해 높이 600미터짜리 물기둥들을 세우고, 그것들을 연결하는 물의 흐름을 만들었다.

단순하게 미끄럼틀만 만들면 너무 식상하기 짝이 없었기에 전체적인 형태도 크게 다듬었다.

빙룡을 참고한 물의 드래곤!

온몸이 물로 이루어진 드래곤의 머리에서부터 등을 타고 꼬리까지 쭉 미끄러지는 형태였다.

위드의 등에는 빛날이가 달라붙어서 하늘을 날 수 있게 하여 작업을 도와줬다.

"우오오오! 엄청나다."

"저게 바로 위드 님의 조각품이야."

"엄청 빨리 만든다. 저렇게 대충대충 하는데도 작품이 만들어지는 게 신기하네."

"저게 다 경험이 있기 때문이잖아."

"혹시 우리들을 위한 놀이기구를 만들어 주시는 건가. 햇빛에 반짝반짝 빛나는 모습이란…….."

군중은 시간이 갈수록 모여들어서 이미 몇만 명이나 되었다.

이곳은 위드의 조각 콘서트장이나 마찬가지였다.

"잘됐어. 따로 홍보하지 않아도 될 테니까."

방송국들도 푸홀 요새의 전투가 끝나고 얼마 되지도 않아 위드가 새로운 조각품을 만드니 경쟁적으로 중계를 하리라.

이곳이 북부 유저들의 새로운 명소로 떠오르는 것은 시간문제였다.

약 10시간에 걸쳐서 물로 이루어진 총높이 650미터짜리 대형 미끄럼틀을 만들었다.

식사는 보리빵으로 간단히 해결했으며, 잠깐의 한눈도 팔지 않았다.

"해야 할 일이 너무나 많아. 지금 놀다가는 돈을 못 벌어."

땅에 떨어진 돈을 발견했을 때나, 로또를 긁을 때만큼의 집중력!

마스터에 근접한 조각술 스킬이나 무식할 정도로 높은 예술 스탯은 거대한 물의 조각품의 규모도 쉽게 소화를 해냈다.

미끄럼을 타고 내려오는 물 드래곤의 허리 부분은 롤러코스터처럼 이리저리 꼬아서 급격한 하중 이동을 느낄 수도 있게 제작했다.

한 바퀴 도는 것은 기본, 드래곤의 몸 안에서 다섯 바퀴를 대각선으로 회전하는 구간도 있었다.

"놀이공원이란 아마 이런 느낌이지 않을까."

켄델레브의 조각품을 참고해서 미끄럼틀 도중에 움직이는 물의 조각품도 몇 개 만들었다.

미끄럼틀을 타고 내려오는 중간에 물의 새가 날아와서 부딪치거나, 빛의 조각술을 통해 무지개를 지나가거나 하는 형식으로 다채로운 장치들을 만들어 놨다.

아름답게 솟구치는 분수, 비가 내리는 작은 터널을 멋지게 통과할 수도 있게 했다.

"대충 모습은 그럴듯해 보이지만 어딘지 모를 불안감이 들기는 하는데… 한 번도 타 본 적이 없으니 말이야."

> 만든 조각품의 이름을 정해 주십시오.

"'드래곤 미끄럼틀'로 하자. 아무래도 이름에 드래곤이 들어
가면 어딘가 비싸 보이니까 말이야. 바가지를 씌우기에도 딱
제격이지."

> 〈드래곤 미끄럼틀〉이 맞습니까?

"그렇다."

> **명작! 〈드래곤 미끄럼틀〉을 완성하였습니다!**
> 자연과 어우러진 조각술이 다시 한 번 위대한 작품을 만들어 냈다. 이 크고 웅
> 장한 드래곤 조각품의 용도는 아마도 놀이 시설인 것 같다. 자연과 정령 그리고
> 위엄 있는 드래곤은 많은 생명체들에게 즐거움을 줄 수 있으리라. 물론 너무 커
> 서 이것을 매우 싫어하는 이들도 있을 테지만.
> 예술적 가치: 8,280.
> 옵션: 〈드래곤 미끄럼틀〉을 경험한 이들은 생명력과 마나 회복 속도가 사흘 동
> 안 36% 증가한다. 물과의 친화력이 영구적으로 0.4% 증가한다. 이 지역
> 에 비가 내리는 날이 많아진다. 체력의 최대치 +15%. 모든 스탯 21 상
> 승. 근처의 몬스터 출현율 21% 감소. 드래곤이 이 조각품을 발견하면 적
> 대하게 된다.
> 지금까지 완성한 명작의 숫자: 29.

> 조각술 스킬의 숙련도가 향상되었습니다.

> 명성이 451 올랐습니다.

인내가 2 상승하였습니다.

힘이 1 상승하였습니다.

예술이 1 상승하였습니다.

생명력의 최대치가 150 늘어납니다.

명작 조각품을 만든 대가로 전 스탯이 1씩 추가로 상승합니다.

시간 조각술의 숙련도가 증가합니다.

자연과의 친화력이 14 늘어납니다.

"시작이 좋군."

위드의 조각술 숙련도는 0.1%가 증가했다.

명작 조각품으로도 숙련도를 올리기는 보통 일이 아니었지만 아껴 두었던 비장의 무기인 헬리움이나 시간의 박물관은 사용하지도 않은 상태.

"끝까지 고작 0.9%만이 남아 있을 뿐이야."

조각술 마스터에 대해서 잠시 궁리를 했지만 곧 워터파크를 통해 벌어들일 돈에 대해 생각이 바뀌었다.

"〈드래곤 미끄럼틀〉이 큰돈을 벌어 주면 다른 작은 놀이기구들은 말할 것도 없겠지. 가장 좋은 놀이기구는 워터파크의 인지도를 상승시켜 주기도 할 테니 말이야."

벌써부터 수천 명이 줄을 서서 이용료를 내는 모습이 상상이 갔다.

주말마다 푸홀 요새 워터파크에는 황소와 말을 타고 온 유저들로 인해 주차 전쟁이 일어나리라.

"조인족들은 그냥 날아서 들어오면 되는데. 입장료를 낼 필요가 없잖아?"

전쟁에서 큰 공을 세운 조인족이었지만 막상 돈을 뜯어내려고 하니 매우 꺼림칙한 존재였다.

그에 대한 해결책도 간단했다.

"마법사와 궁병들을 배치해 놔야겠군. 하늘로 날아서 들어오면 마구 쏴야겠어."

달면 삼키고 쓰면 뱉어야 하는 게 인생의 진리.

그사이에 조각품이 완성된 걸 바라보는 군중의 반응은 대단히 뜨거웠다.

"끄아아아. 끝내준다. 저런 규모의 미끄럼틀은 처음 봐."

"말도 안 되는 규모잖아. 조각품을 이런 놀이 시설로도 만들다니 말이야."

"우리들이 열심히 하벤 제국과 싸워 주었으니 그에 대한 보답으로 만들어 준 걸까?"

"당연하지. 위드 님에 대해서 모르는 사람들은 돈만 아는 수전노라고 생각하지만… 절대 그렇지 않아."

"짠돌이 수전노가 아니야? 난 그런 줄만 알았는데."

"절대 아냐. 지금까지 번 돈 전부를 북부 대륙에 투자해서 우리들을 위했을 뿐만 아니라, 세금도 낮게 책정했잖아. 그 마음을 모르겠어?"

"지금도 고맙다는 말도 쑥스러워서 못 하고 대신 작품을 만들어 주는 걸 봐."

군중의 시선도 아주 호의적이었다.

아르펜 왕국의 국왕이라면 권위를 내세울 때도 되었다.

북부 대륙의 지배자인 위드가 스스로를 돋보이게 하더라도 누구도 반발하기 힘들 것이다.

그럼에도 불구하고 항상 낮은 자세로 북부 유저들을 대했다.

단돈 1골드에 조각품을 팔면서도 웃음을 잃지 않는 투철한 서비스 정신!

그때 군중 속에서 누군가가 외쳤다.

"저기요! 저, 그 미끄럼틀… 혹시 정말로 타는 건가요?"

외관상으로는 놀이 시설 같지만 그래도 함부로 조각품을 훼손할 수 없기에 질문을 한 것이었다.

위드는 큰 소리로 대답했다.

"물론입니다. 사람들이 탈 수 있도록 만들었습니다."

"바로 타 봐도 되나요?"

"그럼요."

"만세! 줄을 섭시다."

〈드래곤 미끄럼틀〉 뒤로 순식간에 서기 시작한 줄. 그것은 끝을 모르고 이어졌다.

푸홀 요새를 빙빙 돌면서 형성되어 평원 너머까지도 긴 줄이 이어졌다.

위드는 〈드래곤 미끄럼틀〉의 계단을 타고 올라오는 손님들을 직접 맞이했다.

"위드 님, 저 모라타 출신 유저 순두부라고 합니다. 기억하시는지요?"

"……."

위드가 머릿속의 기억을 뒤집어 봤다.

친구, 선배, 후배 등에서는 그다지 넓은 저장 공간을 가지고 있지 않았지만, 고객이나 호구들 쪽으로는 방대한 기억력을 가지고 있었다.

"지난번에 여우 조각상을 7골드에 구입하셨던 그분?"

"맞아요. 기억해 주셨군요. 저 모라타 왕국군에도 소속되어 있습니다. 전투에 열심히 참여했어요. 비록 공적은 거의 못 세웠지만 세 번 죽었거든요."

"후후후."

"근데 조각품을 제가 사 가고 난 이후부터 1골드에 파셨다는 이야기를 들었는데요."

"순두부 님에게 팔았던 건 특제 프리미엄 여우 조각품이었습니다."

"꼬리가 바로 그날 저녁에 떨어져 나갔는데요. 목도 덜렁덜렁하고요."

"……."

위드는 딱히 둘러댈 말이 생각나지 않았다. 그렇다고 해서 이미 팔아 버린 조각품의 교환이나 환불은 있을 수 없는 일이었다.

악덕 상인의 기본 원칙에 어긋나는 일!

"그렇다면 특별히 물 미끄럼틀은 7골드인데 3골드만 받도록 하겠습니다."

"이것도 돈을 받는 건가요?"

"물론이죠."

"그래도 많이 깎아 주셨네요."

"특별 대우입니다."

"고맙습니다. 평생 팬이에요."

순두부 유저는 3골드를 선뜻 내밀었다.

뒤쪽에 너무나도 많은 사람들이 기다리고 있었으니 더 이상 시간을 끌 여유가 없었다.

게다가 위드가 혼신의 노력을 다해서 만든 초대형 조각품을 최초로 이용한다는 자부심도 가지고 있었다.

순두부는 3골드를 내고 드래곤의 머리 위에 있는 출발대에 앉았다.

"아무튼 이런 영광스러울 데가… 오늘 일은 죽을 때까지 기억에 남을 것 같아요."

"저 역시 순두부 님에게는 항상 고마운 마음뿐입니다."

"그럼 출발할게요."

물의 조각품이기에 지하수가 솟구쳐서 항상 흐른다.

순두부는 미끄럼틀을 타고 힘차게 내려갔다.

"이야호오!"

두 팔을 크게 벌리며 함성을 지르면서 기쁨을 표현했다.

미끄럼틀에서 약 3초쯤 내려갔을 때 순두부와 그를 지켜보던 위드는 거의 동시에 무언가 잘못되었음을 깨달았다.

'너무 빠르다.'

'빨라.'

드래곤 머리에서 허리로 이어지는 급경사에 물까지 세차게 흘렀다.

순두부는 흐르는 물을 따라서 무지막지한 속도로 미끄럼틀을 타고 미끄러졌다. 그 아찔함도 잠시였고, 굴곡이 생기는 지점에서는 공중으로 40미터가량을 솟구쳤다.

"으아아악!"

다행히 밖으로 이탈하지 않고 다시 물 미끄럼틀로 떨어졌지만 세차게 흐르는 물을 따라 또 엄청난 가속도가 붙었다.

"너무 빨라아!"

순두부가 발버둥을 치며 무언가를 잡으려고 했지만 잡히는 건 아무것도 없었다.

군더더기 하나 없이 너무나도 매끄럽게 조각이 되어 있었다.

사실 안전장치 따위도 비용 절감이나 작품의 아름다움을 위하여 전혀 설치되지 않았다.

순두부는 롤러코스터처럼 만들어진 경사를 따라서 옆으로 회전하고, 위로 돌면서 가속해 갔다.

차라리 하늘에서 떨어지면 각오라도 할 텐데 미끄럼틀 안에서 이리저리 튕기고 굴렀다.

"흐구엑!"

드디어 회심의 재미 구간!

물이 고여 있는 웅덩이를 미끄러져서 통과하는 구간이었다.

"저곳이다! 특별한 재미를 주는 장소가!"

위드의 의도대로라면 수상스키를 타는 것처럼 물 위를 멋지게 스치면서 지나가야 한다.

"쿠크엑! 꽤애액!"

그러나 현실에서는 순두부가 물에 고개를 처박고 반발력에 의해 튕겨 나더니 수면 위를 때굴때굴 구르며 통과했다.

"살려 줘어어어!"

그때 물로 조각된 새가 날아와서 순두부의 얼굴에 작렬했다.

"크억!"

안면 강타!

생명력이 541 감소하였습니다.

물보라를 뚫고 다행히 속도가 조금 느려진 것도 같았다. 그리고 빛의 조각술로 만든 무지개를 통과한 이후에 순두부의 몸이 2차로 붕 떴다.

일부러 드래곤의 허리 중심부 사이를 점프할 수 있도록 만들어 놓은 구조물.

"내보내 주세요오!"

순두부는 잠깐 공중에 떴다가 맞은편에 착지하자마자 더욱 빠른 경사를 탔다.

정면으로 앉아서 미끄럼틀을 타는 자세는 초반부터 무너진 지 오래였고, 앞으로 구르고 넘어지면서 때로는 뒤로 구르기도 했다.

1분간의 지옥행 미끄럼틀!

순두부는 거의 죽을 듯한 표정이 되어서 드래곤의 하단부까지 내려왔다.

"으하하하학!"

얼마 남지 않은 땅을 보면서 온몸을 떨며 경기를 일으키는 순두부.

지켜보던 군중도 손에 땀을 쥐었다.

"드디어 끝나 가는가."

"놀이기구가 너무 심한 거 아냐? 근데 죽었겠지?"

"재미는 있을 것도 같은데. 목숨 걸고 타야겠다."

위드는 곤란한 표정을 지었다.

텔레비전을 봤을 때 놀이기구를 탄 사람들의 소감을 들었던 적이 있다.

"시간 가는 줄 몰랐어요. 정말 재밌어요!"

무릇 비싼 가격을 받으려면 적절한 시간 정도는 푸짐하게 때워 줘야 했다. 그래야 돈 아까운 줄 모를 것 아닌가.

그렇기에 마련해 놓은 비밀 장치가 있었다.

"아마도 작동하겠지?"

고장이 난 게 아니라면 멋지게 작동하리라.

이윽고 순두부의 밑에서 거센 물줄기가 하늘로 솟구쳤다.

물의 압력에 따라서 가볍게 떠오르는 순두부의 몸.

다시 드래곤의 허리 부분 중턱까지 올라가고 말았다. 최고의 경사와 회전이 시작되는 구간이었다.

"아, 안 돼! 차라리 죽여 줘."

순두부의 표정에 짙은 절망이 어렸다.

그리고 위드는 그 모습을 외면한 채 다음 손님에게 말했다.

"아직 계산상 시행착오가 조금 있는 것 같네요."

"저게 조금이에요?"

"때때로 불편해하는 손님들도 있을 수 있죠. 떡볶이를 모든 사람이 좋아하는 건 아닌 것처럼요. 이제부터 이용 요금은 1골드만 받겠습니다."

〈드래곤 미끄럼틀〉의 요금은 순두부의 희생으로 1골드로 결정되었고, 표지판도 하나 붙었다.

주의!

놀이기구는 매우 작은 위험을 가지고 있으니 고소공포증이나 물을 두려워하는 분이 이용하더라도 환불은 안 됨.

⋄⋅⋙⋘⋅⋄

위드는 미로스 강의 강물을 끌어오는 동안 자연 조각술을 이용하여 푸홀 요새에 물의 조각품들을 대량으로 만들었다.

물로 이루어진 조각 생명체들 기념 세트는 물론이었으며, 오크 카리취부터 모험을 했던 모든 대상들도 이곳에 작품으로 남겼다.

가히 위드의 모험 일대기와 같은 작품들.

"이곳의 부동산 가격을 최대로 띄워야 해."

아르펜 왕국이야 계속 발전하고 있었지만 그럼에도 방심할 순 없었다.

최근 방송국들의 분위기가 완전히 바뀌었다.

베르사 대륙에 대한 어떤 토론 프로그램을 보더라도 아르펜 왕국의 위기를 말하고 있었다.

—전쟁은 이겼지만, 아르펜 왕국의 최대 약점이 계속해서 드러나고 말았습니다. 유저들에 대한 의존도가 너무 지나치다는 점입니다.

—북부의 유저들이 똘똘 뭉쳐 있으니 좋은 것 아닌가요?

—지금까지는 그랬습니다만 앞으로는 달라질 것입니다. 하벤 제국의 방침이 바뀌었으니까 말입니다.

하벤 제국에서 전격적인 세금 감면, 입장료 무료화 등의 정책을 취하면서 주민들의 반란이 진정되고 있다.

중앙 대륙의 유저들도 고향을 떠나 굳이 북부까지 먼 길을 와야 할 이유를 잃고 말았다.

아르펜 왕국의 새로움과 자유분방한 분위기, 개척 정신은 대단한 강점이었지만 긴 여정과 적응을 위한 불편함을 안겨 주기도 한다.

물론 여전히 헤르메스 길드에 불쾌한 감정이 남아 있는 유저들이 많지만 북부로의 유저 유입은 절반 정도로 뚝 끊어졌다.

아르펜 왕국의 주축을 이루는 〈로열 로드〉의 신규 유저들 역시 중앙 대륙에서 시작하는 숫자가 40% 가까이 늘어났다.

발전된 수많은 도시, 안정된 교역망, 널려 있는 사냥터, 각종 길드와 상점 등 하벤 제국에서 살아갈 이유가 많아진 것이다.

아르펜 왕국의 원동력이 되었던 이민자와 신규 유저들이 크게 감소했으니 기적과도 같은 북부의 성장률도 뚝 떨어지게 될 것이 틀림없었다.

─아르펜 왕국의 유저들 역시 생각이 바뀌리라고 생각됩니다. 굳이 국왕 위드를 절대적으로 따르면서 그의 편이 되어 줄 필요는 없다는 말이죠.

─지금까지의 지지를 보면 쉽게 달라질 것 같진 않아요.

─당연히 그렇습니다. 아직까지는 아르펜 왕국에 대해 형용할 수 없는 큰 애정을 가지고 있으니 침략을 받는다면 기꺼이 나서겠죠. 하지만 하벤 제국의 통치가 아르펜 왕국과 비슷해진다면 그들 역시 흩어지게 될 수도 있을 것입니다.

북부 유저들의 분열.

모라타에서부터 함께했던 골수 북부 유저들이 아니고서야 이젠 하벤 제국의 땅을 정복하기 위해 나서려고 하지 않을 것이다.

즉, 북부 유저들은 방어군의 역할은 해 주겠지만, 공격의 선봉장은 되기 어렵다.

헤르메스 길드에서는 세금을 낮춘 것만으로도 반란군을 지리멸렬하게 만들고, 북부 유저들의 정신력을 삼분의 이 정도는 차단한 셈이었다.

─하지만 간단한 일이 아니에요. 아르펜 왕국의 국왕이 누구인가요. 전쟁의 신 위드잖아요. 불가능을 가능으로 만들고, 상식을 어긋나게 할 정도의 기적을 보여 주었어요.

─위드가 연설이라도 해서 북부 유저들을 결집시킬 수는 있을 겁니다. 어쩌면 훌륭한 웅변을 통해 대부분의 북부 유저들을 이끌고 하벤 제국을 침략할 수도……. 그러나 그런 행동은 훗날 반작용을 일으킬 겁니다.

—어떤 반작용인가요?

—헤르메스 길드는 총력을 다해서 막으려고 할 것이고, 그 전쟁에서 패배한다면 북부는 다시 일어서기 힘들어질 것입니다. 위드의 리더십도 큰 타격을 입고 사라지게 되겠죠. 하벤 제국이 북부를 재침략했을 때 모이는 군중도 줄어들게 될 테고 말입니다.

—이길 수도 있잖아요?

—정복 전쟁은 쉬운 게 아닙니다. 한 번으로 끝나는 것도 아니고…….
전쟁을 할 때마다 북부 유저들의 숫자는 감소할 것이며, 지친 병사들을 데리고 얼마나 싸울 수 있겠습니까? 결국 언젠가는 질 가능성이 큽니다.

푸홀 요새의 승리가 불과 며칠 지나지도 않았는데 아르펜 왕국에 대한 부정적인 보도들이 나오고 있었다.

위드는 방송을 몇 개 시청하다가 다들 비슷한 이야기들을 하는 걸 보고 흥미를 잃었다.

"헤르메스 길드에서 여론을 유도하고 있는 모양이군."

중앙 대륙을 장악한 헤르메스 길드라면 방송에 초대될 만한 유저들을 매수하는 것도 어렵지 않았다.

베르사 대륙의 전쟁은 군사력만 수단으로 사용되지 않는다.

북부 유저들의 무력화, 그것을 헤르메스 길드에서 명백하게 유도하고 있었다.

"원하는 대로 될 수도 있겠지만… 근데 헤르메스 길드도 만만치 않을걸. 내가 아니더라도 그 자리를 노리는 사람들이 많기도 하니까 말이야."

헤르메스 길드의 신화는 이미 깨지고 있었다.

위드는 평범한 방법으로 하벤 제국을 깨뜨릴 생각도 없었다.

베르사 대륙 전체를 놓고 이미 큰 그림을 그리고 있었다.

"헤르메스 길드의 실패를 통해서 한 가지를 배웠지. 대륙을 완전히 정복해야만 독재를 할 수 있어."

악덕 지배자의 꿈!

⚜

대장장이 마스터에 도전하고 있는 드워프 파비오.

헤르메스 길드를 위하여 수많은 무기와 장비들을 제작한 그에게 얼마 전에 귓속말이 들어왔다.

> ─안녕하세요.
> ─오랜만이네. 잘 지냈는가?

파비오는 반갑게 맞이했다.

대장장이 마스터를 꿈꾸며 드워프 왕국 토르에서도 상당한 세력을 구축한 그였다.

헤르메스 길드와도 밀접한 관계를 유지하고 있지만 전쟁의 신 위드와 연락하는 데 거리낌은 없었다.

목표가 대륙 정복은 아니더라도 대장장이로서 큰 야망을 가지고 있는 만큼 위드 정도의 실력자라면 당연히 알고 지내야 했다.

> ─거의 1년 만에 연락이 온 것 같군. 내가 가끔 말을 걸어도 차단되어 있더니 말일세.
> ─벌써 시간이 그렇게 되었나요?

위드가 경매를 통해서 무섭게 파비오의 각종 무기와 방어구들을 팔고 있었다.

그 물품들이 파비오의 손에서 직접 넘어간 것이 아닌 만큼 출처는 명확했다.

북부에서 사냥된 헤르메스 길드 유저들을 통해 얻은 전리품!

경매에 물건들이 오를 때마다 경쟁에 의해 높은 가격들이 형성되었다.

파비오의 작품, 헤르메스 길드 유저의 착용품.

과거에는 헤르메스 길드 유저가 잃어버린 장비를 얻는 것만으로도 괘씸죄에 걸릴 정도였다.

중앙 대륙이라면 척살령이 떨어지는 게 당연했다.

지금은 헤르메스 길드도 유저들의 반발을 고려하는 만큼 강력하게 행동하지 못한다.

물론 북부 대륙에서는 대단한 자랑거리이기도 했고, 아직 사용할 능력이 되지 못하더라도 훗날을 대비해서 돈 많은 유저들이 하나쯤 기념품으로 구매했다.

파비오는 슬며시 흥미를 드러냈다.

위드에 대해서 방송에서 떠드는 것을 100% 믿을 만큼 그는 순진하지 않았다.

아르펜 왕국의 국왕이나 북부의 전쟁이 어찌 되거나 직접적인 관심은 없었지만, 위드의 성격에 대해서는 만나 봐서 알고 있다.

'얍삽하고 치사해도 공짜가 무서운 건 알고 있지. 나한테 연락해서 함부로 터무니없는 부탁을 할 녀석은 아냐.'

지금까지 헤르메스 길드를 돕고 있는데도 손을 떼어 달라거나, 북부로 오라는 무리한 부탁 같은 건 해 온 적이 없다.

위드가 먼저 연락을 취해 왔다면 분명히 대장장이로서의 어떤 조언이나 거래를 원하는 것이리라.

신의 금속, 순수한 마나의 원천.

파비오도 대장장이로서 그것에 대해서 귀에 박히게 들어 봤지만 본 적은 없는 재료였다.

그가 마른침을 꿀꺽 삼키고 빠르게 말을 이었다.

않으니까. 지금 가지고 있나?

—물론입니다.

—대, 대단하군.

—후후후.

—부럽네. 진심으로.

언뜻, 헬리움을 조각품으로 만든다면 대단히 아깝다는 생각이 들었다.

파비오는 상대방 직업에 존중하는 마음이 있었으니 차마 말을 하지 못했지만, 그 생각은 위드도 마찬가지였다.

—나한테 헬리움을 얻었다는 소식을 알려 주려고 연락한 건가?

—비싼 보리빵 먹고 그럴 리가요. 헬리움을 가공하는 데 파비오 어르신의 도움을 받고 싶습니다만…….

—내 도움이라면… 구체적으로 말해 보시게.

—헬리움의 정련과 제작이죠.

—정련이라면 재료를 가공하기 위해서 필요한 기본적인 작업이 되겠지만, 제작은… 설마하니 검이나 갑옷을 만들 것인가?

—그렇습니다.

'헬리움으로 무언가를 만든다.'

파비오의 마음에 결심이 섰다.

공동 작업을 하자는 제의는 어떤 대가를 치러서라도 받아들여야 한다.

대장장이로서 그는 마지막 0.4%의 숙련도를 남겨 놓고 있었다. 수만 자루의 검과 수만 개의 갑옷을 만들어도 오르지 않는 마지막 숙련도.

'어딘가 이상하단 말이야. 왜 마스터가 되지 않는 걸까.'

무기나 방어구 제작은 충분히 했다.

단순 노가다로써 해결될 부분은 아니라는 판단을 요즘에는 하고 있었다.

어쩌면 대장장이로서 기본적인 헬리움과 같은 최고의 재료를 만져 보지 못했기 때문일 수도 있다.

유일하게, 퀘스트에서라도 직업 스킬을 해 본 것은 위드의 검술 스킬뿐.

반복되는 사냥을 통해 검술 스킬이 마스터되기는 했지만, 힘겨울 정도로 강한 몬스터들과 목숨을 걸고 싸워서 승리했었다.

마스터는 제자리에 앉아서 무난하게 질 좋은 병장기를 만들어 내기만 해서는 이룰 수 없는 경지로 느껴지고 있었다.

파비오는 거래에 대해서라면 결정이 빨랐다.

—무엇을 원하나. 내가 줄 수 있는 거라면 뭐든 주도록 하지.
—헬리움으로 검을 만들 작정인데요. 제가 있는 곳으로 오셔서 만드는 데 참여해 주시기 바랍니다.
—아르펜 왕국으로 오라는 말인가?
—네. 헬리움으로 최고의 무기를 만들어서 저에게 주시고, 필요한 제작 비용도 전부 대 주셨으면 합니다.

베르사 대륙 최고의 명장 파비오를 오라 가라 할 뿐만 아니라 아무 대가도 지불하지 않겠다는 이야기다.

파비오는 그 정도 대가라면 물론 만족했다.

—정말 그걸로 되나?
—제 장비들도 공짜로 손을 좀 봐 주시죠. 헤르메스 길드에서 얻은 대장장

이 재료들이 있는데 저한테 맞게 가공해 주셔야 하고요.
—알겠네. 꼭 다른 사람에게 넘기지 말고 기다리게.

북부까지 가려면 꽤 먼 길이었으니 파비오는 곧바로 여행 준비를 갖췄다.

명장으로서 자존심도 내세울 만한 상황에나 내보이는 것이라는 생각이 들었기 때문이다.

위드는 헤르만에게도 연락을 취했다.

검을 만드는 걸 좋아하는 뛰어난 대장장이, 그 역시 마스터를 얼마 남겨 두지 않았다.

—헬리움으로 검을 만들 겁니다. 오셔서 도와주세요.
—알겠네. 바로 가지.

헤르만 역시 하던 일을 그만두고 위드가 있는 푸홀 요새로 향했다.

푸홀 워터파크

　푸홀 요새에는 자연 조각술로 만든 물의 놀이기구들이 자리를 잡았다.

　물론 안전도를 확인하기 위해서 독버섯죽 유저들의 희생이 필요했다.

　"13기 독버섯죽 먹죽입니다. 위드 님의 놀이기구를 이용할 수 있게 되어서 영광… 끄으아아악!"

　꽃과 나무를 심어서 가꾸는 조경 사업은 엘프들의 적극적인 협조가 있었다.

　"저는 스푸니커라고 합니다. 엘프 종족을 선택했죠."

　레벨 480의 랭커, 그는 엘프 중에서도 유명했는데 게시판에 초보자들을 위한 각종 글을 많이 올려놓은 유저였다.

　엘프라면 모두 스푸니커의 글을 한 번씩 봤을 정도로 폭넓고 다양한 정보들을 가지고 있었다.

　"숲의 탄생력이 담긴 엘더 나무의 씨앗입니다. 북부를 회생시키신 적도 있으니 길게 설명하지 않아도 되겠죠. 이걸 드리겠습니다."

위드는 의심스럽다는 표정을 지었다.

"진짜 맞아요?"

"네?"

"요즘 워낙 사짜가 많은 세상이라서……."

"……."

땅에 엘더 나무의 씨앗을 심었더니 푸홀 요새에는 거대한 나무가 자라게 되었다.

랜드마크라고 불릴 수 있는 200여 미터의 큰 나무로 수천 개의 가지를 주변부로 활짝 펼쳤다.

엘프들의 기운을 북돋아 주고 자연력을 향상시킬 수 있는 웅장한 나무가 폐허에 자리를 잡았다.

"후훗. 역시 엘더 나무로군요. 그럼 이만."

스푸니커는 자신이 북부를 위하여 대단한 일을 했다고 생각하며 떠나려고 했다.

위드에게 씨앗을 주는 장면은 수많은 군중이 보았으며, 방송으로도 전해졌으니 인지도 향상이란 목적은 확실히 달성한 상태였다.

하지만 그런 생각은 위드를 너무 쉽게 본 것이었다.

장사를 30년간 한 시장 상인도 위드가 다가가면 마른침부터 삼키는데 작은 수작에 넘어갈 리가 없었다.

물론 위드나 아르펜 왕국에도 이익이 되는 방향이었지만 말이다.

위드는 스푸니커를 붙잡았다.

"잠깐만요."

"예?"

"엘프는 나무를 사랑하지 않습니까?"

"사랑하죠. 푸른 나무야말로 엘프의 자랑이고 긍지입니다."

스푸니커는 대본에나 적혀 있을 법한 대사를 읊었다. 다분히 시청자들을 의식한 멘트였다.

"이곳은 전쟁이 벌어져서 나무들이 별로 없습니다."

"참 아쉽군요."

위드를 잘 아는 사람이라면 지금 위험한 떡밥이 최소 두 번은 던져졌다는 사실을 알아차렸으리라.

그 오싹함도 모르는 채로 스푸니커는 시청자들만 의식했다.

"엘프들이 나무를 심어 준다면 이곳에 올 유저들이 정말 고마워할 것 같습니다."

"물론 그렇지요. 그런 일이라면 기꺼이 동참하겠습니다. 저도 몇 그루 심어 드리면 될까요?"

"5,000그루."

"예?"

"나무들로 울창하게. 5,000그루 정도."

"제가 바쁜 일이 좀 있어서요."

"진정한 엘프에게 이 정도의 일은 어렵지 않지요. 북부를 위하신다면서 성의 없게 엘더 나무의 씨앗 하나만 놓고 가실 분은 아닌 줄로 알고 있습니다만."

위드의 제안도 문제지만 방송 중계를 보고 있을 시청자들을 생각해서도 스푸니커는 제안을 받아들여야 했다.

유명한 랭커였지만 구석에서 삽질을 하고 씨앗을 뿌리고 물을 주는 신세가 되었다.

그가 시작을 하니 다른 엘프들도 따라 하면서 푸홀 요새 워터파크의 조경 문제를 해결.

"공짜로 숙련된 일꾼들을 얻었군."

기꺼이 씨앗을 가지고 왔다가 노동력까지 착취당하는 스푸니커.

미로스 강에서 연결하는 수로도 수많은 이들의 노력으로 푸홀 요새로 점점 다가오고 있었다.

어느덧 푸홀 요새의 전투에서 목숨을 잃었던 유저들도 되살아나서 노동력에 동원되었다.

위드는 푸홀 요새에 조각품을 만들며 모여 있는 군중을 향해 사자후를 터트렸다.

"우리의 승리를 기념하기 위해, 그리고 북부 모두의 기쁨과 행복을 위하여 강물을 이곳에 끌어서 연결합시다. 이곳은 모두를 위한 워터파크가 될 것입니다."

"워, 워터파크! 우으으으으으!"

위드가 조각품을 만들고 강물을 끌어오려는 시도를 할 때만 해도 수비를 위한 호수 요새 정도로만 생각했다.

그런데 지금 귀로 들은 이야기를 의심할 정도로 기뻤다.

북부 유저들을 위한 워터파크라니!

"그래. 우리도 이런 거 하나쯤 있을 때도 됐어."

"워터파크라니 진짜 폼 나잖아."

"캬아. 죽인다, 죽여."

되살아난 유저들은 삽을 사서 강가와 푸홀 요새로 달려갔다.

별다른 건축 장비도 없이 삽질을 하는 것만으로도 강물을 끌어오는 작업이 더 빠르게 진행됐다.

상인들은 위드와 별도의 면담을 가졌다.

이미 북부의 상인들은 심상찮은 푸홀 요새의 변화를 보며 촉각을 곤두세우고 있던 상황이었다.

"워터파크 계획은 알고 계시리라고 봅니다. 워터파크가 내려다보이는 좋은 위치에 호텔과 별장을 분양할 예정인데요."

"저희에게 기회를 주십시오."

"제가 호텔 사업 하나는 기가 막히게 합니다."

"무슨 일이든 다 하겠습니다. 맡겨만 주십시오."

워터파크가 생겨난다면 호텔이나 별장은 물론이고 상업 시설들까지 활발하게 이용될 것이다.

북부의 상인들은 초반에 잡템을 팔아서 연명을 했지만 지금은 한 푼 두 푼 모아서 상당한 부를 쌓았다.

아르펜 왕국은 급속도로 발전하고 있는 국가였다.

북부의 도시들을 개척하는 무역, 생산 시설들에 대한 투자 등을 통해서 상인들은 기록적인 수익률을 달성하고 있었다.

'워터파크 계획이라고? 이건 된다. 틀림없이 성공해. 어쩌면 그 이상의 초대박이 될 수도 있고.'

'돈이 보인다. 이용객들이 줄을 서서 끝도 없이 늘어지게 될 거야.'

워터파크라면 초기에 자리를 잡는 것이 무엇보다 중요했다.

상인이라면 사실 재정적으로는 넉넉한 편이다.

　장사, 무역. 어느 쪽이든 수익을 거두면 돈을 많이 벌 수 있는 직업이기 때문이다.

　하지만 성공한 상인들의 입장에서는 자기가 얼마나 돈을 벌었느냐가 더 이상 중요하지 않다.

　다른 상인들이 큰 기회를 잡았을 때 자신은 놓친다면 그만큼 억울한 일도 없다.

　위드는 그들을 따뜻한 시선으로 바라봤다.

　"저는 상인들에 대해서 고마워하는 마음과 더불어 부러움을 동시에 갖고 있습니다."

　"……?"

　"아시다시피 아르펜 왕국은 상인들이 일찍 자리를 잡아 주었기 때문에 성장할 수 있었습니다. 그에 대한 고마움, 그리고 제가 상인이 아니기에 열심히 일하시는 여러분들을 보니 아쉽고 부럽습니다."

　입술에 침 안 바르고도 거짓말을 하는 위드였지만 이 말만큼은 어느 정도 진실이었다.

　조각사로서 활약하며 상인들이 대박을 칠 때마다 배가 잠깐씩 아파 왔으니까!

　아무리 놀랍고 거대한 모험을 완수하더라도 남이 돈 벌었다는 소식만큼 부러운 것도 없었다.

　위드가 부드럽게 말하면서 분위기는 훈훈해졌다. 하지만 이것이야말로 갑과 을이 계약이나 돈 얘기를 할 때 가장 경계해야 하는 상황이다.

"기회란 역시 모두에게 공정해야 하겠죠. 호텔 사업권이나 토지 분양권은 경매를 통해서 진행하겠습니다."

상인들에게 경매를 붙여서 며칠 전까지는 아무 의미가 없던 황무지를 호텔 사업권과 상가 운영권, 고급 별장 분양권을 붙여서 비싸게 팔았다.

토지 분양 금액만 해도 무려 3,700만 골드!

아르펜 왕국에서 거친 황야를 달리며 한 푼 두 푼 알뜰하게 장사를 해 온 거상들의 호주머니를 제대로 털었다.

"이게 바로 부동산이 주는 기쁨이로군."

가치가 없던 땅에 새로운 의미를 부여해서 파는 데 성공한 것이다.

상인들도 비싸게 사기는 했지만 두고두고 이익을 창출해 낼 수 있어서 만족하는 거래였다.

물론 위드의 입장에서는 실컷 웃을 수 있었다.

"음식이나 물건을 팔 때마다 세금을 거둘 수 있을 테고, 가게 세도 납부를 해야 될 거야."

꾸준히 거두는 세금이야말로 궁극적인 이익.

국가란 합법적인 수많은 수단을 통해서 국민들을 쥐어짤 수 있다.

전투에 도움을 주었던 건축가들도 푸홀 요새에 머무르고 있었다.

북부의 실력이 뛰어난 건축가들이 위드에게 면담을 청했다.

미블로스와 파보 역시 그 자리에 있었다.

"워터파크를 만드신다는 이야기를 들었습니다."

북부뿐만 아니라 대륙 최고의 건축가로 뽑히는 미블로스가 조심스럽게 말했다.

　그가 위드와 만나는 것은 처음이었다.

　오만하기 짝이 없는 하벤 제국이나 명문 길드들을 상대하며 건축물을 세웠던 그였기에 아르펜 왕국의 국왕을 만나며 긴장감을 풀지 않았다.

　"예, 그렇습니다."

　"워터파크에는 다양한 건축물들이 필요할 텐데요. 건축가들이 할 일이 있다면 한몫을 보태고 싶습니다."

　북부에 지어지고 있는 10여 개가 넘는 위대한 건축물들은 현재 전쟁이 벌어지면서 건설이 중단된 상태다.

　건축가들이 전투에 참여한 것도 이유지만 유저들의 도움이 없이는 건설이 불가능한 건축물들.

　평화가 찾아와서 아르펜 왕국이 정상화된다면 공사가 재개되는 것은 물론이고, 파괴된 알카사르의 다리 같은 건축물들도 복구를 해야 했다.

　건축가들이 해야 할 일이 아주 많았지만 워터파크 계획을 듣고 나니 그들 역시 욕심이 났다.

　이런 일에 참여하지 않고 아르펜 왕국의 각종 공사 현장으로 흩어질 수는 없는 노릇이었다.

　"우리에게 맡겨 주면 강물을 파 오는 것에서부터 워터파크 시설물들, 각종 건물들을 최대한 멋지게 지어 보겠습니다."

　미블로스는 긴장한 채로 말했다.

　상대가 어떤 반응을 보일 것인지에 대해 궁금하지 않을 수가 없었다.

위드의 잔머리는 동시에 여러 갈래의 생각을 했다.

'가격을 후려쳐? 말을 잘 듣도록 밀당을 한번 해 볼까. 아니야. 제대로 지어 놔야 이용자들의 돈을 빼먹지. 부실 공사를 해서 이용자 숫자가 감소하면 내가 손해야.'

워터파크가 성공하면 비슷한 업장을 다른 사람들이 따라서 시도할 수도 있다.

아르펜 왕국이 아니더라도 하벤 제국에 더 엄청난 규모로 만들어질 수 있는 것이다.

'진짜 모든 면에서 최고의 워터파크를 만들고, 그러면서도 신속한 공사 일정으로 자금 회수를 빠르게 해야 한다. 그러자면 건축가들의 업무 분담이 필요한데.'

위대한 건축물과 아르펜 왕국의 왕궁 건설 등의 일로 건축가들에 대해서도 대충은 알고 있었기에 대략의 계산이 빠르게 끝났다.

"건설업자… 아니, 건축가님들의 도움을 환영합니다. 제가 계획한 워터파크에 대해서 먼저 알려 드리겠습니다."

위드는 미리 작성해 놓았던 푸홀 요새 워터파크의 스케치를 꺼내서 건축가들에게 공개했다.

푸홀 요새와 그 부근의 평원 전체를 바탕으로 하여 놀이 시설들과 상업 시설, 수영장이 형성된다.

이어서 미로스 강까지 이어지는 긴 물길을 따라 식당가, 광장, 주택가, 고급 음식점, 무기점, 방어구점, 잡화점은 물론이고 각종 직업 길드와 편의 시설, 시장도 건설이 될 계획이었다.

미블로스와 파보를 비롯한 건축가들은 위드가 직접 그린 스케치를 눈이 빠지도록 쳐다보았다.

'모, 모르겠어. 도저히 어디를 표시한 거지?'

'흰 건 종이고, 검은 건 그린 건데. 이건 외계인들이나 쓸 법한 표현 방법인가?'

'기하학과 관련된 표시다. 혹은 수학의 그래프들을 나열한 것일지도. 확실한 건, 이 그림은 암호화되어 있다.'

건축가들이 도저히 무엇인지 알아보기 힘든 스케치.

위드는 각 선들마다 의미를 풀어서 알려 줬다.

"그러니까 이쪽이 미로스 강이고, 푸홀 요새까지 이어지게 할 물줄기죠. 상업 시설들은 이렇게 지을 거고……."

도무지 이해할 수 없는 그림이었지만 설명을 들으니 또 납득은 된다.

다만 잠깐 눈이라도 깜박하면 다시 혼돈으로 빠져들게 만드는 그림이었다.

위드는 물줄기에 떠 있는 개미처럼 생긴 표시를 가리켰다.

"여기 이 그림에 배들 보이시죠?"

"이게 배라고요?"

"네. 강까지는 카누를 빌려줘서 유저들이 뱃놀이를 즐길 수 있도록 할 작정입니다. 물론 이용료는 받아야겠죠. 미로스 강에서는 선착장을 이용해서 고급 크루즈선도 탈 수 있도록 하고요. 항구 바르나까지 배로 운행한다면 여행객들이 아주 좋아하리라고 봅니다. 물론 선박 식당에서 음식도 팔아야 되고 이용료는 더 많이 받아야겠지만요."

이용료를 뜯어낼 수 있는 거창하고 장대한 계획이었다.

파보가 한참 만에 이야기했다.

"근데 이 도시 계획은… 여기 주택가의 면적이 엄청나게 넓어 보이는데 말이야."

"맞습니다. 도시도 같이 건설할 계획입니다. 이미 토지 분양도 끝냈죠."

"워터파크 옆이라니, 휴양 도시인가?"

"예. 여기는 교통이 정말 편리한 곳이죠. 그리고 관광지도 가까이 있고. 큰 도시로 발전할 잠재력이 높은 장소라고 판단했습니다."

위드의 스케치가 더 복잡한 것에는 이유가 있었다.

황무지 한복판의 워터파크는 이용자들의 방문이 한정될 수밖에 없다. 그래서 아예 도시까지 함께 개발하는 초거대 사업을 설계한 것이다.

1차, 2차 등을 거쳐서 총 8차의 확장까지 염두에 두고 있는 메가시티.

아르펜 왕국의 수도로 새벽의 도시가 지어지고 있었지만 그에 못지않은 새로운 상업과 휴양 도시를 건설하는 계획.

위드에게는 믿는 구석이 있었다.

'워터파크가 성공하면, 사골까지 우려먹는 것은 물론이고 맹물이라도 팔아먹어야 해. 부동산 투기는 실패를 안 하는 사업이야.'

〈로열 로드〉는 현실과는 좀 다르다.

억지로 내 집 마련을 해서 수십 년간 빚을 갚으며 살고, 고향을 떠나기 어려운 현실과는 달리, 〈로열 로드〉는 여행을 즐기게 만든다.

모라타가 아무리 좋더라도 몇 년간 그 부근에만 머무를 수는 없는 법.

아르펜 왕국의 면적 역시 충분히 넓은 만큼 돈만 있다면 각 지역마다 집을 하나씩 구매할 수 있었다.

판잣집으로 시작한 유저들이라도 다음 집은 더 넓고 쾌적하며 전망까지 좋은 주택을 사려고 할 수 있다.

각 유저들이 몇 채씩 구입을 할 수도 있었으며, 아직 주택이 없는 사람들도 푸홀 요새 워터파크에 보금자리를 장만할 가능성이 컸다.

'한 채에 1,000골드만 받아도 10만 명이면 1억 골드.'

모라타나 벤트 성 등이 내부 면적으로 확장 가능한 주택 숫자에 한계가 있었기에 신도시 사업은 당분간 계속되어야 했다.

진정한 악덕 국왕은 세금뿐만 아니라 온갖 방법으로 호주머니를 털어야 한다.

다만 위드의 발상은 아주 새로운 건 아니었고 다분히 현실을 기반으로 한 것이었다.

위드의 놀랍고 엄청난 계획은 이걸로 끝이 아니었다.

"그리고 푸홀 요새에 위대한 건축물들도 지을 겁니다."

"위대한 건축물들요?"

"워터파크에만 9개 정도. 땅 투기의 붐을 일으키려면 뭐, 그 정도는 지어 줘야 하지 않겠습니까?"

"……."

건축가들의 부릅뜬 눈. 그것은 믿을 수 없다는 불신을 가득 담고 있었다.

미블로스가 그들을 대표해서 물었다.

"공사 인력이나 위대한 건축물 건설에 대한 필수 조건 충족, 건축 재료들은 우리들이 어찌 충당을 하더라도요. 건설 비용은 도대체 어떻게 마련하실 작정입니까?"

자금 조달에 대한 우려!

모든 사업은 예산이 잡히지 않으면 진행되지 않는다.

대규모 적자가 발생해서 국가가 기울어지는 일도 흔히 벌어지지 않았던가.

그에 대한 위드의 대답은 명쾌했다.

"지금부터 벌어야죠."

❧

푸홀 요새 주택 분양!

북부 최고의 휴양지, 푸홀 워터파크와 가까운 장소에 아르펜 왕국에서 신도시를 만듭니다.

교통의 요지이며 관광과 상업의 중심지가 될 도시, 시간이 멈춘 도시가 될 이곳에는 물과 바람, 예술과 즐거움, 행복한 사람들이 머무르게 될 것입니다.

신도시의 이름은 로열 마리나 파크.

향후 위대한 건축물 9개가 지어져서 이 지역을 베르사

대륙 전체에 알리는 랜드마크가 될 것입니다. 아르펜 왕국 주택건설청에서 신도시 개발을 직접 진행합니다.

담보 제공 시, 대출도 가능합니다.

주택 매입을 서두르세요!

참고!

조인족들을 위한 49층 둥지형 아파트 절찬리 분양 중.
워터파크가 내려다보이는 확 트인 조망권! 각종 직업 시설들과 연계된 탁월한 학습권 보장! 창문을 열면 바로 하늘로 비행을 할 수 있으며, 침실에 마른 풀잎 침대 구비, 거실에는 젖은 깃털을 말릴 수 있는 벽난로도 기본 옵션으로 설치됨. 단, 아파트 내부에 계단은 없음.

1차로 건설 예정인 100만 채의 주택.

각 주택들은 저렴한 건 100골드에서 비싼 건 100만 골드짜리의 대저택도 있었다.

분양 대금의 1할을 계약금으로 먼저 납부해야 했으며 중도금 등을 매달 꾸준히 넣어야 하는 제약도 있었다.

물론 마판 은행을 통한 주택담보대출도 가능했는데, 매달 5%씩의 이자를 납부해야 했다.

"돈이 없는데."

"난 이번에 번 돈을 몽땅 때려 박을 거야. 집 한 채는 있어야지. 그래야 폼이 나잖아."

"신도시인데. 아직 아무것도 없는 곳에 선뜻 큰돈을 내고 분양을 받기는 두려워."

유저들은 반신반의했지만 아르펜 왕국의 열정 지지자들에 의해 30% 정도의 주택은 바로 분양이 완료되었다.

광고만으로도 위대한 건축물 9개를 지을 돈은 충분히 마련이 되었다.

위드는 상당한 미분양 사태에도 불구하고 만족할 수 있었다.

"앞으로 주택은 많이 지을수록 단가가 떨어지겠지. 주택 시공 비용은 계속 분양되는 돈으로 하면 되고, 위대한 건축물의 첫 삽을 뜨면 가격이 더 오르게 될 거야. 그때는 더 오른 가격으로 팔아먹을 수 있겠지."

땅과 건설을 통해서 막대한 돈을 만들어 내는 재능을 보여 주는 위드!

아르펜 왕국은 방향은 다르지만 무서운 속도로 재정을 보충하며 발전했다.

◈◈◈

〈로열 로드〉의 기준으로 15일 후.

짧은 시간이었지만 많은 일들이 있었다.

북부 식민지에 있던 헤르메스 길드 유저들은 재산을 챙겨서 중앙 대륙으로 야반도주를 감행했다.

무사히 빠져나간 유저들도 있었지만 대부분 잡혀서 목숨을 잃었다. 조인족들에 의해 뻔히 행적들이 드러났으니 추격대를 피하지 못했기 때문이다.

북부 식민지에서 살아가는 영주들 중에는 벨로트도 있었다.

　헤르메스 길드의 포섭을 받아서 넘어간 벨로트와 위드가 서로 불편한 관계가 되었다고 주변 사람들은 생각했다.

　위드를 잘 아는 페일은 절대 용서하지 않으리라고 생각하고 말리려고 했다.

　"위드 님, 한 번만 참으세요. 벨로트 님도 나쁜 의도는 아니었을 겁니다."

　"알고 있어요."

　"그래요, 당연히 알고 있… 네?"

　위드가 이상하다는 듯이 페일을 쳐다봤다.

　"공과 사는 구분해야죠. 아무리 친하다고 해도 돈 많이 준다는데 안 넘어가는 게 정상입니까?"

　"……."

　"사람이 그러면 못 써요. 의리가 밥 먹여 주는 거 아닙니다. 영주 자리를 주는데 왜 헤르메스 길드의 제안을 거절해요?"

　위드의 철칙!

　값싼 배신은 용서하지 않지만 충분히 대우를 받고 넘어가는 배신은 이해할 수 있다.

　위드와 벨로트가 만나는 자리에는 제피와 페일을 비롯해 이리엔, 로뮤나 등이 모두 싸움이 벌어지면 말리기 위해서 함께 나갔다.

　"에휴, 딱 걸렸네요. 위드 님이 이렇게 빨리 북부 식민지를 되찾을 줄은 몰랐어요. 세금을 더 올리진 않으시겠죠?"

　"제때 꼬박꼬박 납부만 해 주시면 됩니다."

"저도 영주가 되었으니 요리나 한 끼 해 주세요."

"물론이죠."

위드와 벨로트는 너무나도 쿨하게 재회했다. 사적인 감정은 그리 없는 관계였음에도 불구하고 배신감 같은 게 전혀 없었다.

빵집에 다녀온 친구를 맞이하는 정도라고 할까.

오히려 배신감은 다른 동료들이 더 심하게 느꼈다.

'우린 더 오랫동안 알고 지냈는데.'

'벨로트 님은 영주가 되었는데, 나는!'

수르카가 솔직하게 영주가 되고 싶다고 뜻을 밝혔다.

"저도 영주 해 보고 싶어요. 안 돼요?"

위드가 아르펜 왕국의 국왕이지만 친분을 내세워서 부담을 줄 수 있기에 평소에는 생각도 하지 않았다. 벨로트와 만난 분위기를 타서 불쑥 꺼낸 부탁이었다.

"뭐 남는 게 땅이니까 얼마든지 드리죠."

위드는 제피, 페일, 로뮤나, 수르카에게 하벤 제국의 영주가 도망친 북부 식민지의 지역들을 맡겼다.

'앞으로 골치가 좀 아프겠지.'

성실한 이들을 영주로 임명하면 그만큼 믿을 수 있다.

'주민들을 늘리고 생산력을 향상시키고. 여러모로 노력하면 세금이 늘어나게 되니까. 지금까지 알뜰하게 모은 돈을 전부 투자하게 되겠군.'

왕국 직속의 마을들은 방치되기 쉬운 반면에 영주가 있으면 발전이 빨랐다.

아르펜 왕국에는 기본적으로 많은 영주가 필요한 때였다.

인구가 늘어나고 있고 몬스터들의 영역이 축소되면서 작은 마을들이 많이 생겼다.

왕국의 공헌도를 쌓아서 귀족이나 영주가 되는 유저들이 등장하고 있는 시기였다.

영주는 주민들을 다스리면서 인구 증가에도 힘을 쏟아야 하고, 몬스터의 침략도 물리쳐야 하며 상인들과의 교역에도 신경을 써야 했다.

쌀이나 보리 농사는 기본이고 전략적인 수출 농산물 재배, 광산 개발 등을 통해 마을을 키워 나가야 했다.

과거 모라타 시절과는 다르게 크고 작은 수많은 마을들과 영향을 주고받으며 도시로 성장해 갈 수가 있었다.

영주로서 마을을 키우며 사는 재미!

〈로열 로드〉의 게시판에는 영주들의 뒷담화도 생겨나서 부러워하는 이들이 아주 많았다.

랭커들의 경우에는 몬스터와의 전투나 특정 스킬에서 부각이 되었지만 영주는 사회적인 영향력까지 갖추었으니까 말이다.

푸홀 요새 역시 기반 공사가 대충은 끝이 났다.

위드는 놀이공원을 꾸미기 위하여 물의 조각품들을 만들어 놓았다.

헤엄치는 거북이 수영장

대형 목재 거북이 조각품을 호수에 띄워 놓았다. 배처럼 휴식을 취하거나 노를 저어서 움직이게 할 수도 있다. 물론 별도 입장료 30실버는 필수!
예술적 가치: 1,497.

날뛰는 하마의 개울가

수백 마리의 질주하는 하마를 표현한 물의 조각품이 개울에 있다. 무질서하게 움직이는 물 하마에 맞서서 기절하거나 익사자들이 가끔 생겨날 수도 있을 정도의 익스트림 수영장!

예술적 가치: 2,813.

엘더나무의 물속 그네

50미터 높이의 엘더나무에서 물로 다이빙하며 즐길 수 있는 장소. 물 안에서 움직이는 나뭇가지를 붙잡고 그네를 타는 것이 가능하다.

예술적 가치: 2,291.

산호의 해변

항구 바르나에서 급히 공수해 온 산호를 깊은 수영장 바닥에 깔았다. 각종 물고기들이 살고 있는 것은 물론이고 수영장 전체가 물의 조각품이기에 일정한 파도까지 일어난다. 물속으로 잠수해서 수중 생태계를 구경할 수 있는 작품.

예술적 가치: 4,720.

위드는 입장료를 받을 수 있는 대형 수족관이 있는 아쿠아리움에도 관심을 가졌지만 관리가 어려워서 아쉽게 포기했다.

놀이공원 시설물들을 위해서는 대장장이들과 건축가들의 협력도 받았다.

"놀이 시설이라면 저희들도 만들 수 있을 것 같습니다."

미블로스는 대지 건축술을 쓸 수 있었다.

지반을 단단히 강화하고, 돌을 부수거나, 약간의 재료가 있으면 특정한 암석들을 형성시킬 수 있는 기술이었다.

그는 대리석을 이용하여 광장의 형태를 형성했으며, 수영장의 바닥에도 예쁜 조약돌들을 깔았다.

푸홀 요새 워터파크의 모습이 점점 갖춰지고 있었고, 대공사를 통해 물길까지도 미로스 강까지 연결되기 직전이었다.

✦✧❀❁❀✧✦

공식적인 물길 개통식에는 수십만 명이 넘는 유저들이 모여들었다.

강에서부터 푸홀 요새까지 이어지게 될 수로를 따라서도 100만이 넘는 수많은 사람들이 구경했다.

이런 진귀한 구경거리는 보통 흔히 찾아보기 어렵기 때문이었다.

"위드, 위드, 위드!"

"어서 우리에게 워터파크를 주세요!"

군중은 환호하며 강가에 서 있는 위드를 일제히 쳐다보고 있었다.

위드는 오늘의 행사를 위해 멋지게 조각 변신술을 펼쳐서 1마리의 대형 아귀가 되었다.

창을 들고 늠름하게 서 있는 흉악한 아귀!

허례허식이나 행사를 싫어하는 위드였지만 아르펜 왕국을 풍족하게 만들어 줄 워터파크의 탄생일이니 조각 변신술까지 아낌없이 사용했다.

위드는 창을 들어 사방을 가리키며 천천히 한 바퀴 돌았다.

이른바 식전 행사로 나름 폼을 잡는 것.

"뭐야, 저 우스꽝스러운 모습은!"

"무슨 의미야. 호응을 해 주려고 해도 알 수가 있어야지."

군중은 도대체 뭐 하는 것인지 의문이었지만 곧 누군가가 외치기 시작했다.

"워터파크, 워터파크!"

"워터파크!"

모든 유저들의 입에서 함성 소리가 터져 나오고 있었다.

돈을 쓸어 담을 수 있는 분위기가 무르익은 그때였다.

"물이여, 일어나라!"

위드는 창으로 강둑을 강하게 찔렀다.

흙과 모래로 막혀 있던 둑이 터지면서 강물이 무서운 속도로 새로 트인 물길을 따라 흘렀다.

콰아아아아아!

세찬 물길이 흐르는 광경은 수로 옆에서도 군중이 볼 수 있었다.

"우와아아아아!"

물줄기가 넓은 수로를 가득 채우면서 밀려왔다.

그 힘이 얼마나 거셌던지 마치 지진이라도 일어난 것처럼 땅까지 흔들렸다.

막 공사를 마친 수로라서 온통 흙탕물이었지만 푸홀 요새를 향하여 일직선으로 흘러갔다.

물론 푸홀 요새까지는 눈으로도 보이지 않을 정도로 먼 거리. 조각 생명체들과 유저들이 합심하지 않았더라면 쉽게 뚫을 수 없는 거리였다.

산과 절벽가까지도 통과하여 흐르는 물줄기는 그대로 계속 뻗어 나갔다.

"대, 대박이다!"

"끝내준다, 진짜!"

수로 근처에 모여 있던 유저들은 장대한 광경에 입을 다물지 못했다.

인간의 노력이 보여 주는 기적과도 같은 모습.

자신이 곡괭이질을 하고 몇 번 흙을 옮겼던 일이, 사람들이 모이니까 불가능을 가능으로 만들었다.

북부 유저들의 가슴에 자긍심의 원천이 또 하나 생기는 순간이었다.

한참이나 긴 시간이 흐른 후에야 물줄기는 푸홀 요새까지 도달했다.

푸홀 요새와 그 주변의 평원 일대를 미로스 강의 강물이 천천히 채워 갔다.

사람들의 발목에도 차지 않았던 강물이 점점 높아져 간다.

"으아… 진짜 물이 차오른다!"

"이게 정말 되는 거였어? 끝내주잖아!"

푸홀 요새에서 미리 입장료를 내고 기다리고 있는 유저들 역시 수십만 명.

조인족들은 미로스 강의 물길이 터질 때부터 물줄기를 따라서 역시 100만 마리가 한꺼번에 이동하는 장관을 이루었다.

"째재잭. 멋있다."

"이게 아르펜 왕국이지! 〈로열 로드〉에서 그 누구도 해내지 못한 위업을 달성하고 있는 위드 님만이 생각해 낼 수 있는 계획이야."

"우리들도 도왔어. 까아악!"

조인족 유저들에게도 평생 기억 속에서 사라지지 않을 명장면이었다.

물줄기가 몰려오는 그 자체만도 대단했지만 그것이 사람들의 노력에 의해 만들어졌기에 더 대단했다.

폐허와 물의 조각품, 그리고 유저들이 있는 장소의 수위가 점점 높아졌다.

무릎까지 찼던 물이 슬슬 허리까지 잠겨 왔다.

"끼얏호!"

그때부터는 유저들이 자유롭게 헤엄을 치기 시작했다.

푸홀 요새의 시설물들도 상당수는 파괴되었다. 그나마 아직 멀쩡한 성벽이나 탑에서 뛰어내리면서 다이빙까지도 즐겼다.

수십만의 유저들이 물에 빠진 개미 떼처럼 움직이는 광경들.

정말 물에 잠기게 될지 반신반의하며 근처에 있던 유저들이 서둘러 입구로 달려갔다.

워터파크의 입구는 무너진 성벽의 일부를 개조하여 조악한 수준이었다.

"여기 입장료요!"

"빨리빨리 통과시켜 주세요!"

아직 태반 이상이 미완성인 워터파크이기는 했지만 사람들이 많았으니 부족함 따위는 어떻게 되어도 좋을 신나는 공간이 됐다.

즐거운 체험이 있는 장소!

베르사 대륙에서 강변이나 바닷가에 가면 공짜로도 헤엄은 칠 수 있지만 지금의 이 분위기는 따라올 수 없었다.

미로스 강에서부터 몸을 던진 후 물줄기를 따라서 모여드는 유저들!

푸홀 워터파크의 입장료는 아직 1골드에 불과했다.

하지만 그날만 하더라도 무려 700만 골드가 넘는 수익을 거둘 수 있었다.

새벽에도 계속 입장권이 팔렸고 그들이 먹는 음식들만 해도 엄청난 이익이 났다.

간이식당에 자리를 편 요리사들은 대박을 터트렸고, 다음 날에는 오전에만 해도 전날의 매출을 훨씬 뛰어넘었다.

시간이 멈춘 날

푸홀 워터파크의 초대박!

첫날에는 물놀이를 즐기기에 여념이 없었지만 이튿날부터는 사람들의 옷이 바뀌었다.

남성이나 여성이나 점점 짧아지고 훤히 맨살을 드러내는 드레스 코드.

누가 시킨 게 아니었는데도 푸홀 워터파크가 마음에 들었고 사람들이 모여 있다 보니 노출이 과감해지기 마련이다.

"으아… 눈을 둘 곳이 없어. 너무 볼 게 많아."

남성 유저들은 짧은 사제복을 입고 지나가는 미녀를 보며 고개를 못 돌렸다.

팔다리가 늘씬한 엘프들도 시선을 집중시켰다.

아르펜 왕국에 숨어 있던 미녀들이 몽땅 푸홀 워터파크로 모인 것만 같은 상황.

"한번 꼬셔 볼까?"

"어려울 것 같은데."

"밑져야 본전인데 도전해 보자."

즉석에서 만남도 이루어졌다.

"저기요. 저 독버섯죽 5기인데요. 저희들이랑 죽이라도 한 사발 하실래요?"

"전 대나무죽인데요. 대나무죽밥이라도 괜찮으시다면요."

현실에서는 조금 냉정하게 가릴 수도 있지만 〈로열 로드〉의 즐거운 분위기에 휩싸여서 헌팅 성공률이 높았다.

"이 가격에 이렇게 놀 수 있다니, 현실에서의 휴양지는 완전히 끝이다."

"비행기 타고 동남아 갈 필요가 없어진 거 같아."

하벤 제국을 물리치고 나서 전광석화처럼 푸홀 워터파크를 만들어서 그 흥겨운 분위기가 이어지게 만든 위드에 대한 찬양도 끊이지 않았다.

"북부 유저들이 전부 나서기에 나도 딸려 오기는 했지만 우릴 이용하는 건 아닌지에 대한 의심이 있었거든."

"나도 마찬가지야."

"하벤 제국과 싸우는 데 써먹고 나중에 내팽개치는 상황이 오지 말란 법은 없잖아. 전쟁에만 계속 끌고 다니면서 희생양으로 만들 줄 알았는데 반성해야 되겠다."

"응. 위드 님이 왜 추앙받는 줄 알겠어. 유저들을 위한 마음을 갖고 있지 않았다면 이 워터파크는 절대 생길 수가 없겠지."

"성자 위드 님이라고 부르자."

남자들 사이에서 위드에 대한 호감도가 대폭 상승.

여성 유저들 역시 위드를 좋아했다.

"그는 좋은 국왕이죠."

"고생을 사서 하는 것 같아요."

"뭐, 그런 사람이 있으니까 북부가 살 만해지는 것 아닐까요. 그 이상은 관심 없지만요."

"남자로서의 매력이요? 그건 좀……. 오크 카리취였을 때는 매력이 좀 있긴 했지만요."

위드에 대한 북부 유저들의 고마운 마음은 확실했다.

푸홀 요새의 전투를 성공적으로 끝마치고 나서 위드나 아르펜 왕국에 조금쯤은 아쉬운 마음이 생길 수 있었는데 깨끗하게 사라진 것이다.

아침과 낮, 새벽 무렵에도 건축가들과 위드, 많은 유저들은 공사를 계속했다.

워터파크는 기본적인 형태만을 완성시켰을 뿐이고 사람들이 걸어 다니는 길이나 휴식 공간도 만들어야 하고 수영장도 단장해야 한다.

위드는 물과 얼음의 조각품도 만드느라 쉴 틈이 없었다.

북부 유저들은 실컷 수영을 즐기다가 조각품 구경도 하고 사람들과 이야기도 나누고 근처에 사냥도 다녀왔다.

돈을 벌기 위해서 신도시 건설에도 참여했다.

그리고 푸홀 워터파크의 진정한 매력은 밤이 되어서야 드러났다.

"자, 날이면 날마다 오는 것이 아닙니다. 격정적인 연주를 하는 바드 놀라쓰가 왔습니다."

"놀라쓰!"

밤무대 전문 가수인 바드 놀라쓰의 흥겨운 하프 연주가 시작되었다.

뜨거운 정글에 눈이 내리고
얼어붙은 호수에 표범이 물을 마시러 왔어
할짝할짝할짝할짝
호숫물은 시원해! 맛있어!

얼음표범 2마리가 사냥을 나섰네
발걸음이 떼어지지 않아 그대로 있었네
아, 배는 안 고픈데 눈물이 나네

놀라쓰의 악기 연주 실력은 바드 길드에서 3개월마다 주최되는 콩쿠르에 나가도 좋을 정도로 훌륭했다.

다만 그의 엉뚱한 가사는 분명 문제가 있었는데, 위드의 영향을 받은 것이었다.

최근 바드 길드에는 위드를 존경하는 신입 바드들 때문에 음정이나 가사가 엉망진창인 유저들이 갈수록 늘어 가는 추세!

어쨌든 신나는 음악이 연주되면서 워터파크의 분위기는 더욱 달아올랐다.

광장을 건설할 예정인 넓은 황야에는 모닥불들이 피워지고 통나무로 의자와 테이블 설치가 끝났다.

"자, 달립시다!"

"오예!"

흥겨운 음악에 유저들이 춤을 추고 즉석에서 부킹을 하는 나이트클럽으로 변신했다.

일부에서는 레몬풀죽 술, 고구마죽 술을 절찬리에 판매했다.

술과 음식을 판매하는 상인들은 시간당 들어오는 돈을 믿을 수 없을 정도였다.

워터파크의 밤이 무르익어 가면서 엄청난 황금 시장이 아르펜 왕국에 열리게 된 것이다.

❖⋙☾☽⋘❖

베르사 대륙이 다시 한 번 들썩였다.

말 그대로 큰 전투가 벌어지고 난 이후 아무것도 없는 폐허에 가장 뜨거운 관광지가 만들어졌다.

"북부다. 북부로 간다!"

"제일 빠른 말을 주시오. 아니, 흥정을 할 시간도 아까우니 돈부터 받으쇼!"

하벤 제국의 유저들이 물밀듯이 북부로 밀려오고 있었다.

사실 현대인의 감성은 냉장고처럼 차가웠다. 경치가 좋은 곳이야 보면 감탄을 하지만, 곧 봐도 그만, 안 봐도 그만이다.

"하벤 제국이 대륙 정복을 하든 말든 나랑 무슨 상관이야."

"〈로열 로드〉가 어떻게 되든… 난 몰라. 반란군도 지겹고 말이야. 세금도 낮춰 준다니까 그냥 살 만한데?"

"발전된 제국을 놔두고 뭐 하러 먼 곳까지 가서 고생을 해.

인생 편하게 살아야지."

워터파크로 인해서 아르펜 왕국의 경쟁력이 훨씬 강해졌다.

낮에는 물놀이를 즐기면서 재미를 만끽할 수 있었고, 맥주한잔과 함께하는 밤문화까지 있는 워터파크라면 망설일 이유가 없었다.

"레죠야, 나 사실 할 말이 있는데."

"나도 하고 싶은 말이 있어."

"나부터 할게. 앞으로 나 칼라모르를 떠나기로 했다."

"어? 너도?"

"그렇다면… 너도 푸홀 워터파크로 가는 거야?"

정겨운 고향 같은 것도 눈 한 번 질끈 감으면 그만이었다.

일찍이 없었던 대규모 인원들이 북부로 몰려갔다.

하벤 제국의 국경수비군들이 튼튼히 틀어막고 있었지만 유저들은 어떻게든 개구멍을 찾아냈다.

강을 건너거나 바다를 이용하기도 했을뿐더러 하늘에 날아다니는 조인족들을 유혹했다.

"저, 여기 넘겨주시면 10골드 드릴게요."

"째잭. 선불입니다."

조인족 초보들에게는 중요한 고소득 인원 수송 아르바이트자리가 생겼다.

그렇게 날로 붐비는 푸홀 워터파크!

불과 일주일의 입장료와 세금 수입만 9,000만 골드를 넘어섰다.

위드는 앉은자리에서 떼돈을 벌고 있었다.

"이게 웬 돈이냐!"

아르펜 왕국의 국왕으로서 재정 상태를 확인했더니 믿어지지가 않는 상태!

"2억 8,000만 골드라니."

하벤 제국이라면 한 달도 안 되어서 벌어들일 수 있는 돈이었지만 가난하던 북부에서는 평소 보던 숫자의 단위가 달랐다.

무엇보다도 주택 분양이 활발하게 계속되고 있었으며, 입장료 수입도 날로 기록을 경신하고 있었다.

"역시 먹고 노는 사업이 최고였군."

위드는 이럴수록 얼굴을 딱딱하게 굳히며 기뻐하지 않았다.

"방심할 수는 없어. 잘나가다 망하던 게 내 인생이었으니 말이야."

그럼에도 입꼬리가 슬며시 올라가면서 썩은 미소를 완성시켰다.

"만반의 준비를 해야 해."

워터파크 계획이 언제까지 지금처럼의 수익을 가져다줄 수 없다는 건 자기 자신이 더 잘 알았다.

"초기 개장 수익이지. 식당도 개업 초기에는 잘되기 마련이잖아."

북부의 유저들은 현재, 전쟁 이후로 비정상적으로 푸홀 요새에 많이 모여 있다.

일주일만 지나더라도 모험과 사냥을 위해 원래 있었던 장소로 돌아가게 될 테고, 그러면 입장료 수익도 푹 가라앉고 말 것이다.

다시 유저들이 찾아오게 만들려면 워터파크의 시설들은 물론이고 문화까지도 계속 개선을 시켜야 한다.

위드에게는 다른 누구도 없는 조각술 최후의 비기, 시간의 박물관이 있었다.

특정 지역의 시간을 영구히 멈출 수 있는 기술.

〈로열 로드〉에서 형성된 예술과 문화에 대해서는 실제 예술가들도 깊은 관심을 가졌다.

"조각술 최후의 비기요? 시간과 예술의 결합일 텐데… 아, 그 무궁무진한 가능성이 기대가 됩니다."

"보통 우리가 상상하던 것 이상을 보여 주었던 위드죠. 다양한 조형미의 조각품은 물론이고 모험과도 접목시켰다는 점에서 생활에 한층 더 다가설 수 있게 되었죠."

"일반인들이 조각술에 대해 관심을 갖게 되었습니다. 예술이 가상현실에서 중요한 자리를 잡았고, 새로운 가능성을 창조한다는 점에서 도약이라고 할 수 있습니다."

예술계에서도 관심을 갖는 〈로열 로드〉.

그 정점에 있는 것이 조각술 최후의 비기였고, 시간의 박물관은 보석 같은 스킬이었다.

시간의 흐름을 멈춰 버린다면 무수히 많은 예술적인 시도들이 가능해지기 때문이다.

"이 기술이라면 확실히 사람을 끌기에 충분하겠지. 홍보용으로는 이보다 더한 스킬은 없을 거야."

위드는 빙룡을 불러서 올라탔다.

"가자. 제대로 놀아 볼 시간이다."

쿠오어어어어어어.

대기를 가르며 푸홀 워터파크의 하늘을 나는 위드와 빙룡!

한가롭게 물놀이를 즐기던 군중의 시선이 일제히 하늘로 모여들었다.

"위드 님이다!"

"왜 그러지? 무슨 일이야?"

조인족들도, 이유는 알 수 없지만 빙룡의 뒤를 멀리서 따르고 있었다.

째재잭!

위드와 빙룡이 푸홀 워터파크를 두 바퀴 도는 동안 조인족 10만 마리가 모였다.

하늘의 자유로운 비행자들.

하늘에서 거칠 것 없이 날아다니고 누군가가 앞장서면 속도를 겨루기 위해서라도 날개를 함께한다.

머릿속에 복잡한 계산이나 생각 따위는 접어 두고 그저 자유로움을 즐기면 된다.

배가 고프면 지상으로 내려가서 벌레나 곡식을 먹으면 되는 행복한 삶.

"슬슬 이목은 충분히 끌어 준 것 같고."

위드는 현실을 살면서 텔레비전을 통해 정치인들에게 많이 배웠다.

아무리 좋은 정책이라도 조용히, 사람들이 모르게 하면 의미가 없다.

반면에 나쁜 정책도 은근하게, 다른 큰 사건을 터트려서 묻어 놓으면 반감이 덜하다.

"홍보 효과를 위해 더 높이 올라가 보자, 빙룡아!"

쿠오어어어어어.

포효하는 빙룡이 수직으로 하늘 높게 상승했다.

구름을 뚫고 솟구친 빙룡과 위드.

아직 조인족들이 따라오기 힘든 고도까지 순식간에 올라가고 나니 북부 대륙이 멀리까지 보였다.

대기오염 따위는 없는 맑은 세상, 수십 킬로미터가 내려다보이는 광경은 그야말로 장관이었다.

강줄기와 평원, 산맥들이 어우러지고 꽃과 나무들이 색을 더했다. 한 폭의 멋진 그림처럼 보였다.

"처음 북부에 왔을 때는 하얀 설원만 보였는데. 세상이 많이 변했구나."

위드의 기억 속에 과거가 짧게나마 스쳐 지나갔다.

북부로 퀘스트를 하러 와서 죽도록 고생만 했던 시간.

모라타 마을의 퀘스트에서는 혼자였지만, 죽음의 계곡에서는 서윤과 알베론이 있었다.

"조각품도 만들고 소소하게 행복했던 시간이지."

지금에 비하면 부족한 건 많았어도 그리운 때였다. 물론 그 시절로 다시 돌아가고 싶은 마음은 추호도 없었다.

"슬슬 시작해야지."

위드는 자연 조각술을 펼쳐서 비구름을 만들었다.

"구름 조각 하는구나."

"비 오면 시원하긴 하겠다."

이제 제법 익숙한 모습이었고, 지상에 있는 군중도 조각술을 펼치나 보다 하고 잠시 방심했다.

⁕⁖⁑⁘⁙⁕

대륙제일의 화가 페트.

그는 푸홀 워터파크에서 군중과 함께 하늘을 올려다봤다.

"비를 내리게 하는 건 대단한 일은 아니지."

유린의 오빠로서 위드는 인정했지만 화가의 직업이 갖는 자존심을 버리진 않았다.

"촉촉한 비라. 조각사가 아니라 대장장이의 길을 걸었으면 훨씬 좋았을 텐데."

드워프 파비오도 헬리움을 다루기 위해 푸홀 워터파크에 도착해 있었다.

"역시 위드 님이야. 진짜 우리나라 대통령이 되었으면 나라라도 팔아먹었을 분이지."

마판 상회에서는 마판이 다른 상인들과 함께 나와 있었다.

워터파크에서 돈을 긁어모으느라 바쁜 그들이었지만 오늘의 일이 성공하느냐, 실패하느냐에 따라서 벌어들일 수입이 달라졌다.

"취칙. 이상한 짓을 저지를 것 같은 분위기네요."

오크 세에취도 검둘치와 같이 하늘을 올려다보았다.

"막내가 오늘 꼭 와서 보라고 했으니 뭔가가 있겠지."

"취익. 기대가 돼요."

세에취는 든든한 남자 친구를 보며 만족했다.

'남자의 매력은 아는 사람만 아는 거야.'

검둘치의 얼굴은 좋게 봐도 잘생긴 편은 아니었다. 하지만 몸이 너무 듬직했다.

두꺼운 팔뚝과 탄탄한 복부와 허벅지.

미국 유학에 박사 학위, 높은 학벌을 갖춘 엘리트인 그녀였지만 점점 검둘치, 정일훈에게 빠져들었다.

이미 전원주택에 사는 부모님에게도 소개를 시켜 주었는데 그날 정일훈은 엄청난 사고를 연달아 쳤다.

"엄마, 마당에 바위 치워야 하지 않아요?"

"응, 그래야지. 너무 커서 포클레인이라도 구해야 하는데 그게 어디 간단한 일이니?"

정일훈은 사과를 먹으며 앉아 있다가 고개를 들었다.

"마당에 박혀 있는 저 돌 말씀이십니까?"

"응, 그래요."

"고작해야 120킬로그램 정도밖에 안 되어 보이는데요. 연장까지 쓸 필요 있나요?"

정일훈이 마당으로 걸어가는 것을 가족들은 가만히 보기만 했다.

그냥 바위를 보고 돌아와서 얼마나 큰지 자신의 의견 정도를 말할 줄로만 알았던 것이다.

"끄응차!"

정일훈이 바위를 두 팔로 잡더니 힘을 좀 썼다.

꿈쩍도 하지 않던 바위였지만 조금씩 들리더니 뽑혀서 이내 가슴 높이까지 들렸다.

"구석으로 치워 놓겠습니다."

정일훈이 바위를 들고 걸어가는데 차은희와 그녀의 부모님은 입을 떡 벌리고 지켜보기만 했다.

꽈아아앙!

땅에 바위를 놓으니 떨어지는 소리가 장난이 아니었다.

"아하하."

차은희는 어색하게 웃고만 말았다.

처음에는 학벌이며 모아 놓은 재산 등을 캐묻던 그녀의 아버지가 조용해졌다.

"마당이 참 넓고 좋네요."

"전원주택이라서 그렇지. 도시 생활은 할 만큼 했으니 자연과 벗 삼아 사는 게 낙이라네."

집 구경을 하는 와중에 창고에 쌓여 있는 나무들이 정일훈의 눈에 띄었다.

"참나무 같은데, 겨울에 장작으로 쓰시려고 놓으신 건가요?"

"흠흠, 그렇네."

차은희의 아버지도 대학 교수 출신의 엘리트. 하지만 처음보다는 훨씬 목소리가 정중해졌다.

겨울에 땔감으로 쓰려고 산 참나무, 15톤 트럭 한 대 분량이나 되었다.

"저거 다 패려면 땀 좀 나겠는데요."

"그렇지. 매일 번거롭고 무거워서 보통 일이 아니야."

"기왕 왔으니 제가 해 드리겠습니다."

"어떻게 이런 일까지 시키나. 그냥 있게. 나중에 우리가 해도 되네."

차은희의 엄마도 웃으며 말했다.

"놔두세요. 전기톱도 마침 고장이 나서 못 써요."

"전기톱이요?"

나무를 넣고 위에서 누르면 그대로 깔끔하게 절단이 되는 전기톱이 요즘은 편하게 보급되어 있었다.

정일훈의 눈에 한구석에 처박힌 녹슨 도끼가 보였다.

"저거면 충분하겠는데요."

"으응?"

정일훈은 도끼를 들더니 참나무를 겹쳐서 세워 놓고 그대로 내리쳤다.

쩌억!

수박이 갈라지듯이 깨끗하게 갈라지는 참나무.

"오랜만에 하니 재밌네요. 간단히 식후의 운동 삼아서 해 보겠습니다."

정일훈의 도끼질이 계속되었다.

가볍게 갈라져서 쌓이는 장작들.

10분, 20분, 30분이 넘어도 도끼질은 지치지도 않고 계속되었고 정일훈의 팔뚝에는 힘줄과 근육들이 꿈틀거렸다.

"아……."

차은희와 그녀의 엄마 눈에는 애정이 가득했다. 도저히 눈을 뗄 수가 없는 광경이었다.

"사위… 잘 얻은 거 같다."

"역시 그렇죠?"

✧◈❀◈✧

위드는 우선 비구름으로 푸홀 워터파크에 비가 내리게 했다.

크게 의미 없어 보이는 행동이었지만 곧 사용할 스킬의 효과를 높이기 위해 필요했다.

"일단 눈으로 보이는 게 정말 중요하니까."

비구름을 조종해서 개구리 수영장, 호텔 일부 부지, 입구 부근에 빗물이 내리도록 했다.

굵은 빗줄기들이 내리는 워터파크.

위드는 깊게 심호흡을 했다.

"바로 시작하자. 시간의 박물관!"

띠링!

시간의 박물관
한 지역의 시간을 영구히 멈추게 하는 스킬. 불가사의한 기적의 공간! 모든 사물이 멈춰 있는 공간에서 새로운 빛과 형태의 예술이 펼쳐진다. 스킬이 사용되면 되돌릴 수 없다. 오로지 베르사 대륙에서 단 한 번밖에 사용되지 않는 스킬이니 신중하게 결정해야 한다.

스킬을 사용하겠습니까?

위드는 침을 꿀꺽 삼켰다.

'지금이라도 취소할까? 아냐. 어렵게 얻은 스킬이지만 돈을 벌려고 쓰니까 아깝지 않아.'

이만한 관중이 모이고 또 즐길 수 있는 기회는 흔치 않았다.

시간의 박물관이 만들어지더라도 엉뚱하게 사람들이 없는 장소가 설정된다면 그 의미는 퇴색되어 버리고 말리라.

예술도 많은 사람들과 함께할수록 가치가 높았다.

"더구나 시간이 멈추고 난다면 추운 겨울도 이곳만큼은 사라지게 되겠지."

워터파크에 겨울이 없다면 사시사철 돈을 벌 수 있었다.

"무조건 사용한다."

위드의 양손에 환한 빛이 일렁였다.

파아앗!

시간 박물관이 사용될 영역을 지정하십시오.
시간이 멈춰지는 공간의 한계는 현재의 예술 스탯에 따라 반경 4킬로미터 이하로 한정됩니다.

"4킬로미터라면 충분하군."

위드는 까마득히 멀리에 있는 지상을 향해 두 손의 빛을 발산했다.

비를 내리게 한 수영장의 일부 지역, 놀이공원의 삼분의 일. 그리고 조각술이나 예술품들을 전시하도록 넓은 공터를 지정했다.

　시간이 멈춰 있다면 그것을 이용한 방법은 무궁무진했다.

　프레야 여신상이나 빛의 탑을 공중에 띄울 수도 있는 것이고, 화가들이 하늘에 물감으로 그림을 그리는 것도 충분히 가능했다.

　시간이 멈춘 것을 이용하여 다양한 아이디어들을 통한 예술품들이 등장하게 되리라.

　시간의 박물관은 조각술 최후의 비기로, 개인만이 사용하기에는 너무 아까운 기술이었다.

　"이곳은 내가 조각품을 만들 수 있는 공간이지만 마땅히 베르사 대륙의 모든 예술가들도 공유해야 해. 그리고 창의적인 수많은 예술품들이 나온다면 그 혜택은 모두가 함께 받을 수 있겠지."

　예술을 위한 도시가 관광을 위해 만든 푸홀 워터파크에서 꽃피우는 것이다.

　중앙 대륙에 있는 예술가들의 도시 로디움과는 달랐다.

　북부 최고의 관광지로 예술을 즐길 준비가 된 사람들, 시간이 멈춰 있는 새로운 공간.

　예술가들이 즐기면서 일할 수 있는 훌륭한 도시가 되리라.

　예술가들과 상상도 할 수 없는 큰 기회를 나누는 것이었다.

　"크흐흐흐. 돈이 엄청 벌리겠군."

　문화적 다양성은 사람들의 마음을 풍요롭고 행복하게 만들기 마련이다.

　푸홀 워터파크에 예술품들이 잔뜩 생기면 경쟁력이 향상되어 관광객들이 더 많아질 것이고, 그것은 곧 매출과 직결되는 문제였다.

"예술은 돈이야, 돈!"

내일 베르사 대륙이 멸망하더라도 조각품으로 1명의 고객에게 바가지를 씌우겠다는 정신!

> 시간이 멈춰지는 공간이 지정되었습니다.
> 이 공간에서는 동식물의 성장이 멈추고, 물리적인 한계를 뛰어넘게 될 것입니다.

> 시간의 박물관 스킬이 시작됩니다.

위드의 몸에서 찬란한 빛이 쏟아져 나와 지상으로 향했다.

✦✧◊✧✦

빙룡을 타고 하늘을 날고 있던 위드에게서 장엄한 빛이 넘실거리면서 흘러나왔다.

"우와아아아아!"

지상에서 구경하던 군중이 탄성을 터트렸다.

"저건 퀘스트야?"

"기술 같은데……."

"처음 보는 기술인데. 저렇게 큰 기술도 있나?"

"혹시 대재앙 아냐?"

"설마 우리들한테……."

하늘에서 위드를 뒤따르던 조인족들도 놀라서 사방팔방으로 흩어졌다.

째잭!

꼬꼬댁!

조인족들에게도 빛이 뒤덮였지만 아무런 해가 없었다. 하지만 갑작스러운 방향 전환 때문에 수많은 조인족들이 머리를 부딪쳤다.

위드에게서 흘러 나온 빛이 대지의 반경 수 킬로미터를 뒤덮었다.

푸홀 워터파크 일부 지역을 향하여 오래도록 내려오는 빛무리. 한참이 지나도 아무 변화가 없는 듯 보였다

하지만 사실은 이미 시간의 박물관이 완벽하게 작동되고 있다는 증거였다.

하늘에서부터 쏟아지던 빗줄기가 그대로 멈추고, 바람에 날리던 낙엽들이 움직이지 않았다.

"어떻게 저럴 수가 있지?"

"으아… 좀 이상한 분위기다."

멀리에서 구경하던 조인족들부터 멈춰 버린 세상을 볼 수 있었다.

아무 움직임도 없다 보니, 창조적인 예술품이 가득 차게 될 앞으로는 몰라도 지금은 황량한 느낌을 지울 수가 없었다.

"이상하다. 짹짹."

"저기 가면 죽는 건가?"

조인족들도 구경만 할 뿐 선뜻 다가설 수는 없었다.

위드조차도 부작용을 우려해서 시간의 박물관 지역에 들어가지 않았다.

그리고 그때, 그 누구도 예상하지 못한 일이 벌어졌다.

유령처럼 희미한 형체를 가진 수많은 사람들이 시간의 박물관 내에 생성된 것이다.

멋진 갑옷을 입고 있는 기사, 우아한 드레스를 입은 귀부인.

농부들이 농기구를 등에 짊어지고 돌아다녔으며, 8마리의 말이 끄는 마차도 시간의 박물관 내에서 오고 갔다.

띠링!

옛 세상의 방문자들이 나타났습니다.
니플하임 제국의 멸망 이후, 그곳에서 살던 사람들의 대부분은 목숨을 잃었습니다. 억울하게 목숨을 잃은 그들의 영혼들을 사악한 엠비뉴 교단이 사로잡게 되었습니다. 엠비뉴 교단의 사제들은 그 영혼들을 봉인의 항아리에 넣어 지하 깊숙한 곳, 균열의 너머에 놔두었습니다. 영혼의 괴로움을 통해 사제들의 흑마력을 높일 수 있었기 때문입니다. 엠비뉴 교단이 파멸하면서 균열의 너머도 파괴되었습니다. 사람들의 영혼도 구속을 벗어나게 되었지만, 이미 오랜 시간이 지난 후였고 그들은 여전히 고통받으며 북부 대륙을 맴돌아야 했습니다. 아르펜 왕국이 등장하고 빠른 발전과 높은 행복도를 보이자 그들은 부러움과 친밀감을 가지게 되었습니다.
그들, 오래전 니플하임 제국 사람의 영혼들이 자유의 틈새를 통해 시간의 박물관을 찾아왔습니다.

아르펜 왕국의 국가 명성이 64 늘어났습니다.
국가 영향력의 확대에 따라 영토가 확장됩니다.

지역 명성이 5,424만큼 높아집니다.

조각술 최후의 비기가 가진 위력.

멸망한 니플하임 제국의 사람들.

그들까지 유령의 형태로 등장하면서 대규모 퀘스트들이 만들어지게 되었다.

째재잭!

쿠오오오오오.

위드가 무슨 짓을 하나 궁금해하며 날아다니던 조인족과 대지에 있던 유저들은 그 광경들을 보았다.

그들에게도 일제히 메시지 창이 떴다.

메시지를 확인한 군중의 반응은 재빨랐다.

"가자."

"갑시다."

푸홀 워터파크의 입구에는 아르펜 왕국 주민 NPC들이 입장료를 받고 있었다.

신규 개장에 따른 임시 입장료 인상 안내

안내 말씀드립니다.

푸홀 워터파크를 대륙 최고의 물놀이 공간으로 만들기 위해 막대한 시설 투자가 진행 중입니다.

날로 오르는 인건비와 물가 상승에도 불구하고 입장료 인상을 최소화하려고 하였으나 부득이하게 오늘 하루만 3골드 98실버를 받겠습니다.

내일부터는 다시 정상적으로 1골드에 입장할 수 있으니 손님 여러분들의 많은 양해를 부탁드립니다.

하벤 제국도 던전 입장료를 인하하는 판국에 약 4배로 인상한 입장료 바가지!

4골드에 가까운 돈이라면 아직 가난한 유저들이 많은 북부에 적지 않은 금액이었다.

그럼에도 내일부터는 다시 원래대로 1골드에 입장할 수 있으니 딱히 원망할 수도 없었다.

단 하루만 기다리면 돈을 아낄 수 있다.

하지만 군중심리란 무서운 것이어서 궁금증을 참고 기다릴 수 있는 유저들은 거의 없었다.

게다가 퀘스트까지 대거 발생했으니 오늘 하루 동안 입장하지 않으면 큰 손해를 보는 느낌!

"잔돈 필요 없어요."

"어서어서 열어 주세요."

북부 유저들은 입장료를 4골드, 5골드씩 던져 주고 바로 안으로 들어갔다.

푸홀 워터파크의 입장료 신기록 갱신은 시간문제였다.

⋘⋙

단기간에 급조된 푸홀 워터파크.

그 주변으로는 고급 별장들은 물론이고 관광 도시까지 건설되고 있었다.

많은 사람들이 방문하고 물자가 동원됨으로써 자연스럽게 교통망도 발달했다.

남쪽으로 하벤 제국의 식민지 지역으로 연결되고, 북쪽으로는 모라타와 새벽의 도시로 이어지는 새로운 중심축!

시간이 멈춘 곳에는 유저들로 북적거렸다.

"안녕하세요."

등에 커다란 망치를 들고 다니는 유령들이 대답했다.

"반갑군. 나는 대장장이 알폰소라고 하오. 금속을 다루는 방법을 배우고 싶다면 알려 주지."

니플하임 제국의 유령들로부터 새로운 기술도 전수받을 수가 있었다.

"땅에 씨앗을 뿌렸는데 빨리 자라지 않는다고?"

"제 정성이 부족했던 걸까요?"

"아니네. 식물을 키우는 비법은 자고로 거름이지. 어떤 거름을 쓰느냐에 따라서 다른데… 혹시 식물 성장 촉진 거름술이라고 들어 봤는가?"

유저들은 현재에는 없는 과거의 기술들을 습득할 수 있었다.

전투 기술들은 많지 않지만 생활에 필요한 다양한 기술들이 있었다.

"요리라. 요즘 사람들은 맛있는 파스타 만드는 법을 잊어버린 것 같아. 자네들이 원한다면 전수를 해 줄 수가 있는데… 아, 제자가 되라는 건 아니야. 그저 심심하기 때문이지."

"아름다움에 대한 추구, 예쁜 옷을 만들려면 실밥 따는 법을 배워야 하지. 비싸게 옷을 주고 샀는데 늘어진 실밥을 보면 그만큼 실망스러운 일도 없지 않은가."

"자네, 손빨래를 해 본 적 있나?"

나무나 바위, 물처럼 기초적인 자원들을 다루는 기술들도 있었다.

"근데 공짜로 알려 주시나요?"

"니플하임 제국의 땅에 살아가는 후손들에게 그 정도는 해 주어야겠지. 자네들은 사람들을 위해 많은 일을 해 주었군."

모라타에서부터 북부 유저들이 시작했다.

아무것도 없던 폐허에서부터 유저들이 살아갔기 때문에 그들은 주민들이나 아르펜 왕국을 위해 공적치를 쌓게 되었다.

주민들의 뒤통수를 치거나, 아르펜 왕국을 배반하는 퀘스트들은 거의 하지 않는 것이 자연스러운 문화가 되었다.

아르펜 왕국을 위해서 쌓은 공적치들이나 명성을 바탕으로 기술을 배울 수 있었다.

"자네들이 한가하다면 나를 좀 도와주었으면 좋겠군. 내가 예전에 죽기 전에 보물을 하나 가지고 있었는데 말이야. 아직도 그곳에 그대로 있을까?"

"라호낙의 늑대 소굴에 대해서 알고 있는 사람을 만나다니 반갑군. 이런 일은 다른 사람과 나눌 일은 아닌데, 난 이미 죽었으니 상관없겠지? 내가 지금부터 하는 이야기를 잘 듣게. 보물이란 말이네. 그것도 대왕 늑대가 감춰 놓은 보물이야!"

특히 연계 퀘스트들도 대거 생성되면서 엄청난 부가가치들을 형성하게 되었다.

기존에 북부 대륙에 있던 퀘스트들에 추가되는 연계 퀘스트들은 물론이고, 완전히 새로운 퀘스트들까지!

난이도 F급 수준의 간단한 물품 운송 의뢰들은 유저들이 성공한다고 하더라도 아르펜 왕국에 도움이 될 건 없었다.

하지만 난이도가 높은 퀘스트들은 다르다.

'금괴 발굴 의뢰', '고대의 보물', '잊혀진 황금 사원', '보석 구슬의 비밀'.

니플하임 제국의 수많은 보물들.

땅속에 묻혀 있는 그것들을 찾아내면 전부 아르펜 왕국의 세금이나 경제력을 높이는 것이었다.

몇몇 유저들은 워터파크의 입구에서부터 들어오는 사람들이 납부하는 입장료를 보며 시기심 가득한 대화를 나누었다.

"진짜 돈 잘 번다. 방금 10분간 버는 돈만 해도 몇만 골드는 되겠어."

"장난 아니네. 완전히 대박 났어."

장사 잘되는 식당을 가면 그 집 하루 매출액 계산부터 하는 버릇을 가진 사람들!

실제로도 푸홀 워터파크에서 벌어들이는 수입은 일시적이나마 하벤 제국을 넘어설 정도였다.

위드는 아르펜 왕국의 재정이 튼실해지자 토목 사업을 재개했다.

전국에 전쟁으로 인해 중단된 위대한 건축물의 공사를 진행시키고, 파괴된 마을을 복구하는 데 자금을 투자했다.

불과 한 달 전이라면 아르펜 왕국의 1년 세금 수입 정도는 고스란히 갖다 바쳐야 했을 대사업이었다.

"크으, 돈을 너무 많이 썼군. 알거지가 되어 버리겠어. 왕국 재정 확인."

아르펜 왕국의 금고
왕국 보유 자금: 478,312,394골드.

"4억… 7,000만 골드? 내 금고에 이렇게 많은 돈이 있단 말이야?"

상상을 초월하는 일이 벌어지고 있었다.

위드는 어릴 때부터 생활비를 쥐어짜면서 살아왔다.

어디 아낄 곳이 있는지를 하루에도 몇 번씩 확인했고, 낭비되는 돈이 없도록 절약하는 게 습관이 되어 있었다.

아르펜 왕국의 재정도 넉넉했던 적이 없어서 항상 쪼들렸고 금고에 남아 있는 돈도 적었다.

도시를 확장하거나, 위대한 건축물이라도 지으려면 위드가 가진 돈을 몽땅 털어 넣은 후에 유저들로부터 기부금을 받아야 했다.

다른 영주나 국왕들처럼 사치를 하거나 군사력을 확장했다면 진작 부도가 났어야 할 가난한 왕국.

하지만 푸홀 워터파크가 개장한 이후로 상황이 바뀌었다.

"충분히 지출했는데도 돈이 남아."

일반 직장인으로 치자면 카드값 내고, 세금 내고, 대출금 전부 갚고, 식비와 생활비로 넉넉하게 사용하고 나서도 돈이 남는 것과 마찬가지였다.

"돈이 남아. 쓰고 싶은 곳에 다 써도 돈이 남다니… 돈이 남을 수가 있는 것이었나?"

돈이 남는 것에 대한 벅찬 감동!

위대한 건축물을 더 짓고 싶었지만 북부 대륙의 건축가들과 노동력이 부족해서 무리였다.

하벤 제국의 북부 식민지들은 교통이나 도시 건설에도 투자가 꽤 이루어져서 추가로 들어갈 돈도 많지 않다.

매일 각종 퀘스트들과 공적치로 인한 보상이 진행되고 있었지만, 그 정도야 아르펜 왕국의 경제 발전으로도 메울 수 있는 부분이었다.

위드에게는 정말 감회가 새로웠다.

"이젠 나도 부유층인가. 앞으로는 200원 비싼 소금을 사 먹어도 되는?"

"아르펜 왕국으로 넘어가겠습니다. 영광입니다."

"진정으로 북부의 주민이 된 기분입니다. 앞으로도 잘 부탁드립니다, 국왕 폐하."

"통치권을 인정해 준다면야… 우리도 아르펜 왕국의 지배권을 존중해 주기는 하죠."

위드는 하벤 제국 식민지의 영주들과 따로 자리를 만들었다.

영주 중 일부는 아르펜 왕국으로 기꺼이 넘어오겠다는 의사를 밝히면서도 거만하게 굴었다.

"그러나 우리가 지금까지 투자한 것에 대한 지분은 인정해 주셔야 합니다."

위드는 입꼬리를 일그러뜨리며 웃었다.

"지분이요?"

"우리의 도시들은 사유재산 개념으로 이해해 주셔야 될 겁니다. 우리는 이미 헤르메스 길드에 상당한 돈을 지불했습니다. 이 부분을 감안해 주지 않는다면 아르펜 왕국에도 이롭지 않을 것입니다."

"어떤 점에서요?"

"후후. 그걸 꼭 말해야 합니까?"

칼지코라는 이름을 가진 유저는 근엄한 표정을 지었다.

〈로열 로드〉가 아닌 현실에서 오랫동안 사람을 부려 본 말투와 표정이었다.

"궁금해서요. 헤르메스 길드가 북부에 있는 여러분들을 도와

주진 못할 텐데요."

"우리가 쓸 수 있는 수단은 헤르메스 길드뿐만이 아닙니다. 동원할 수 있는 인맥도 상당하고, 뭐… 굳이 번거롭게 그런 방법을 쓸 필요도 없죠. 남에게 주느니 차라리 도시를 부수고 주민들을 학살해 버리면 될 테니 말입니다."

칼지코라는 유저를 중심으로 절반쯤 되는 영주들이 똘똘 뭉쳤다.

아르펜 왕국에 당당하게 요구할 것을 말하고, 그것이 이루어지리라고 확신하고 있었다.

북부의 식민지가 초토화된다면 아르펜 왕국의 입장에서도 손해가 클 것이고 정치적인 책임도 모두 져야 할 것이기 때문이다.

"우리가 원하는 건 많은 게 아닙니다. 고작해야 세 가지밖에 안 되죠. 문서로 약속하는 영구적인 영주 지위의 보장, 독립적인 자치권 인정 그리고 왕국에 납부하는 세율을 최소 5년 동안 절반으로 감해 주는 것입니다."

"그게 다입니까?"

"우리들은 5년 이후에도 아르펜 왕국의 평균 세율보다는 낮았으면 합니다. 뭐, 그 점이야 당연히 우리들의 노력이 들어간 것이니 이해해 주실 수 있겠죠."

그 말을 들은 위드는 곰곰이 생각에 잠겼다.

칼지코를 비롯한 영주들은 그걸 보며 회심의 미소를 지었다.

―협상이 잘 마무리될 것 같습니다.

영주들끼리 흐뭇하게 귓속말을 나누기도 했다.

조건 없이 항복 의사를 밝힌 식민지 영주들이 오히려 불만을 가질 판국이었다.

위드의 고민이 제법 길어졌다.

'이것들을 어떻게 죽이지?'

협상안을 받아들이는 고민 따위는 누렁이가 먹다 뱉은 풀만큼도 하지 않았다.

인사 정책에 관여할 수 없으며, 정치적인 간섭도 불가능하다면 향후 복잡한 정치적인 문제가 될 수 있었다.

식민지 영주들끼리 계파를 형성해서 대항한다거나 하는 일도 충분히 가능했다.

더구나 이미 세율에 대해서 말을 꺼낸 이상 협상은 불가한 상황이었다.

위드를 전혀 모르고 요구한 조건이었다.

"결정했습니다."

"아르펜 왕국을 위해 현명한 판단을 하셨길 바랍니다. 나이를 먹어 보면 알 테지만 젊은 혈기란 때때로 화를 불러일으키지요."

"그래서 심사숙고했습니다."

위드는 칼지코와 그 주변에 뭉쳐 있는 유저들의 얼굴을 하나씩 살폈다.

무려 37명이나 되는 영주들.

북부 식민지의 절반에 달하는 대표들이다.

그중에는 로빈을 비롯한 정, 재계에 영향력을 가진 '멋진녀석들' 길드도 포함되어 있었다.

돈과 권력을 바탕으로 영주의 자리를 얻은 이들이 그 구성원이었다.

한마디로 금수저를 물고 태어난 자들!

"어떤 결정인지 말해 주시오. 우리는 바쁜 사람들이니까 말이지."

"척살령입니다."

"척살령이라고?"

"예. 지금 이 순간부터 여러분들에 대해 척살령을 내릴 것입니다."

칼지코와 그 옆에 있는 영주들의 입가에 비웃음이 걸렸다.

"우리 제안을 받아들일 의사가 없으니 협상 결렬이란 뜻이군. 그런데 척살령 따위를 진행할 길드나 부하들이라도 있으시오? 아르펜 왕국은 북부 유저들이 도와줘서 그동안 버텨 왔지만 내실은 보잘것없을 텐데."

"북부 유저 전체에 여러분들에 대한 척살령을 내릴 것입니다. 국왕의 칙령으로 퀘스트를 만들어서 여러분들을 처리하면 공적치를 주는 것이지요."

"으음."

영주들의 안색이 조금 굳었다.

아르펜 왕국의 공적치라면 북부 유저들 중 많은 이들이 탐낼 것이다.

영주들 중에는 장비는 최고급으로 갖췄어도 사냥 실력이 뛰어나지 않고 레벨도 낮은 이들이 많았다.

공식적인 척살령이 내려지면 살인자 상태도 되지 않기 때문에 그들을 상대로 한 사냥이 시작되리라.

'그렇게 되면 북부에서는 살아갈 수 없다.'

영주들의 머릿속에서 스쳐 지나가는 생각이었다.

그 마음을 알기라도 하듯 위드가 여유롭게 이야기했다.

"중앙 대륙으로 가더라도 마찬가지입니다. 거긴 헤르메스 길드가 지배하는 땅이지만 그들은 수많은 유저들 중 일부에 불과하죠. 여러분들을 처리하고 아르펜 왕국으로 오는 유저들에게는 큰 포상을 내릴 겁니다."

"포상까지……."

"아르펜 왕국은 이민자들을 환영하니까요. 관광지를 비롯해서 도시 안이나 던전, 요새, 도로, 그 어디에서도 안전하지 못할 겁니다. 바다나 섬? 거긴 이미 아르펜 왕국이 장악하고 있습니다. 여러분들의 움직임을 조인족들이 하늘에서 지켜볼 것이고, 지나다니는 사람들은 검을 뽑아 들겠죠."

위드는 잔잔하게 말했지만 그 말에 담겨 있는 의미는 베르사 대륙 전체에서 살아갈 수 없다는 것이었다.

물론 꼭 일이 그렇게 진행되지 않을 수도 있다.

원래 식민지 영주들은 헤르메스 길드와 밀접한 관련이 있었으니 북부의 도시들을 포기하고 중앙 대륙에 간다면 어느 정도 안전해진다.

하지만 언제든 등 뒤의 습격을 걱정해야 할 것이며, 유리하다고 생각했던 협상에서도 이익은 하나도 없이 손해만 잔뜩 보게 되는 것이었다.

기세에서 밀린 칼지코가 발작하듯이 외쳤다.

"도시는? 기반 시설을 건설해 놓고, 주민들이 사는 도시가 초토화되어도 괜찮다는 뜻이지?"

위드가 눈빛을 강렬하게 빛냈다.

부당하게 수도 요금을 1,500원 더 받으려고 하던 집주인을 끝내 굴복시켰던 바로 그 눈빛!

"그렇게 하십시오."

"뭐라고?"

"머리가 좋은 분들이니 아시겠지요. 푸홀 워터파크는 어떻게 생겨났습니까?"

"……!"

전쟁으로 인해 폐허가 된 푸홀 요새가 워터파크로 베르사 대륙 최대의 대박을 터트리고 있었다.

그들이 만든 시설과 도시가 폐허가 되더라도 전혀 두렵지 않다는 의미였다.

"워터파크는 이미 한 번 써먹어서 다시 쓸 수는 없을 텐데?"

"저는 조각사이고 건축가이기도 합니다. 대장장이의 능력도 있고 조선업도 익숙하지요. 재봉이나 채광, 낚시. 가지고 있는 기술들이 다양합니다. 무너진 도시? 그쯤이야 더 멋지게 복구해 보이죠. 수많은 사람들과 함께 말입니다. 그 안에 여러분들이 있을 자리는 없을 겁니다."

칼지코와 그를 따르는 영주들은 당혹스러웠다.

자신들이 내밀 수 있는 카드는 더 이상 없는 상태였다.

'처음부터 협상 조건이 잘못된 터무니없는 제안이었던가?'

'손해를 보는 일은 하지 않아야 정상이지만, 여긴 〈로열 로드〉의 세상이다. 어떤 기발한 반전이 있을지 모르니 오히려 우리 무덤을 판 거나 마찬가지가 되어 버렸어.'

영주들의 얼굴에 불안함이 가득 서리는 것을 보면서 위드는 더욱 느긋해졌다.

'잘 걸려들었군.'

도시가 부서지면 복구한다는 건, 말은 좋아도 그게 쉬울 리 없다.

금전적인 피해는 물론이고, 인력과 물자도 상당히 많이 소모된다.

북부의 노동력을 아무 곳에나 투입한다면 그만큼 발전도 늦어지게 될 것이다.

위드도 딱히 북부 식민지들이 대량 파괴되면 쓸 수 있는 수단 같은 건 생각해 놓은 게 없었는데 먹혀드는 모습이었다.

칼지코가 곰곰이 생각하다가 한결 누그러진 말투로 마지막 저항을 시도했다.

"다시 판단해 보게. 척살령이나 도시 파괴가 꼭 아르펜 왕국에 이로운 것만은 아닐 텐데. 그리고 우리들은 하벤 제국에 의해 임명된 영주들이야. 실질적으로 도시를 다 키워 놨더니 무력에 의해 빼앗고, 척살령을 내린다는 건 침략이고 횡포가 아닌가. 이런 폭거가 용납되리라 생각하는가?"

"여러분들이 선택한 길입니다."

"전쟁의 신 위드의 명성이 바닥에 추락하게 될 텐데. 정의나 명분 따위는 어찌 되어도 좋다는 뜻 같군. 이 모습이 여러 방송국들을 통해서 보도되고 사람들이 실망하더라도 상관없다는 이야기겠지?"

중앙 대륙에서의 침략 전쟁은 흔히 일어났어도 아르펜 왕국에서는 아니다.

칼지코는 최후의 수단으로 위드의 명성을 걸고넘어졌다.

정당하지 못한 횡포, 갑질을 방송국을 통해 알리게 된다면 위드와 아르펜 왕국에 가장 큰 피해를 입힐 수 있다는 계산을 짧은 순간 해낸 것이다.

'잘했어.'

'이런 논리라면 상대도 감당할 수 없지.'

영주들이 회심의 미소를 지을 때였다.

위드의 얼굴에 깊은 안타까움이 어렸다.

"모두 제 잘못입니다. 이러한 상황까지 오게 된 것은 제가 아르펜 왕국을 이끌 역량이 부족하기 때문입니다."

"으음?"

"아르펜 왕국은 자유와 평등, 정의를 국가의 기본 정신으로 삼고 있습니다. 중앙 대륙과는 달리 북부 대륙은 저뿐만 아니라 시민들의 힘으로 함께 이룩해 온 것입니다."

위드는 입술에 침을 듬뿍 발랐다.

매끄러운 거짓말을 할 때의 기본자세였다.

"그야 당연한 거 아닌가. 우리도 정당한 대우를 바랄 뿐……."

"북부의 미래와 자유, 행복을 위하여 국왕의 입장에서 욕을 먹어야 한다면 먹겠습니다. 도시를 빼앗거나, 여러분들을 죽여야만 수많은 사람들이 낮은 세금과 자유를 누릴 수 있다면, 저는 더러운 길이라도 기꺼이 걸어갈 것입니다! 이 모든 건 값싼 명성 따위가 아니라 북부 유저들을 위한 것이니까요."

"……."

식민지 영주 연합의 대표 칼지코도 아무 말도 하지 못했다.

위드가 잡아서 끌어온 대의명분!

결정과 책임을 북부 유저들을 위해서라는 말로 돌려 버리다니, 이 장면이 방송국을 통해 나온다면 사람들이 더욱 열광할 것이다.

영주들의 기득권을 인정해 달라는 협상을 하려고 했는데 거창한 명분으로 압박해 오는 것이다.

'이건… 거의 국회의원 아닌가?'

칼지코가 항변했다.

"우린 무, 무리한 요구까지는 하지 않겠다. 영주로서의 지위 보장과, 세금 인상을 하지 않겠다는 약속이면 될 것이다."

위드가 그 말을 못 들은 체하고 확인 사살을 하듯이 말을 이었다.

"아르펜 왕국과 북부 유저들을 위하여, 전쟁에 패배한 하벤 제국에서 임명한 여러분이 북부에서 살 권리를 박탈하는 바입니다.”

　“권리 박탈이라고? 우린 명령만 내리면 도시를 다 파괴해 버리 릴 수 있는데도?”

　“도시를 파괴하고 싶다면 그렇게 하십시오. 저는 수단과 방 법을 가리지 않고 막을 것이고, 그로 인한 피해와 비난을 감수 하겠습니다.”

　“…….”

　위드는 참을 수 없는 격정이 일어난 듯이 손으로 잠시 얼굴 을 가렸다. 손을 떼고 나니 굵은 눈물이 줄줄 흘러내렸다.

　“저는 결코 용서하지 않을 것입니다. 여러분들이 베르사 대 륙에 발붙일 수 없도록 해 드리겠습니다. 보잘것없는 작은 명 성 따위가 중요한 게 아니라, 모든 사람들을 위해서요!”

　“……!”

　“이것으로 협상을 마치겠습니다. 바쁘신 분들인데 그만 일어 나도록 하시죠.”

　위드는 그 말만을 남긴 채로 일어나서 빠르게 걸어 나가 버 렸다.

　앞으로 어떤 행동을 하더라도 절대적인 정당성이 부여된 것 과 마찬가지였다.

　대략 1시간 정도가 지난 후.

　위드의 측근으로 대외적으로 알려진 마판에게 영주들이 비 밀리에 접촉해 왔다.

　때마침 마판은 워터파크의 입구 주변에서 어슬렁거리고 있 었다.

"저희들이 무리한 요구를 해서 위드 님의 기분을 상하게 만든 것 같습니다. 마판 님이 잘 말해서 척살령을 취소해 주시면 안 될까요?"

"그게요, 저도 들어주고는 싶지만 어려운 부탁이십니다. 안 될 거예요."

"솔직히 저희들이라고 중앙 대륙으로 돌아가고 싶겠습니까. 오늘 협상이 알려지고 나면 하벤 제국에서 받아 주지도 않을 것 같고요."

"사정은 알겠지만 위드 님과 이야기를 하려면 뭔가 내세울 게 있어야 할 텐데요."

"어느 정도 대가를 지불할 용의는 있습니다."

"제 생각이긴 하지만 세금 수입의 70% 정도만 바치면 어떨까요?"

"70% 정도만이라고요? 그건 하벤 제국을 넘어서는 폭리가 아닙니까?"

"도시는 건설해 놨어도 노는 땅, 사람도 별로 없잖아요. 북부 유저들이 와서 경기가 살아나면 세금 수입은 지금보다 100배 이상 늘어나겠죠. 그리고 치안과 군사력을 왕국에서 책임져 줄 테니까요."

"그야 그렇지만… 치안은 지금도 괜찮은데 말입니다."

"여러분들이 돈이 아쉬워서 영주가 되었던 건 아니잖습니까. 이미 다 가진 분들인데. 명예와 즐거움을 위해서 영주가 되셨죠. 아르펜 왕국의 영주가 되고 유저들로부터 존경을 받는다면 그 가치는 충분하지 않을까요?"

거의 존재감이 없던 아르펜 왕국의 군대까지 팔아서 세금 징수에 정당성을 갖췄다.

위드에게 저항했던 대부분의 영주들은 어쩔 수 없이 마판의 말을 수긍하며 받아들이는 쪽을 선택했다.

처음부터 이런 조건이었다면 단단히 따지며 협상을 해 봤겠지만, 최악으로 몰린 상황에서 타협을 구하는 입장이었기 때문이다.

칼지코와 7명 정도의 유저들은 자신이 한 말대로 도시에 불을 질렀다.

"모두 태워 버려라. 더러운 아르펜 왕국에 가져다 바치느니 다 타 버리는 게 낫지."

그 모습들은 방송국을 통해서 중계도 되었다.

드넓은 도시의 건물들이 차례로 붕괴되고, 주민들이 불에 타 죽었다.

개간한 땅에 심어 놓은 작물들도 모두 태워 버렸으며, 우물에는 독을 풀어서 쉽게 다시 사용할 수 없도록 만들었다.

그 장면들을 지켜본 사람들이 올린 글들로 방송국의 시청자 게시판은 온통 난리가 났다.

—죽이자! 저것들을 〈로열 로드〉에 발붙일 수 없도록 해야 됩니다.
—역시 하벤 제국의 떨거지들. 저것들을 가만두면 안 됩니다.
—아르펜 왕국에서 척살령을 발표한 걸 보고 위드도 헤르메스 길드와 같은 길을 가는 줄 알았는데… 이런 일이 있었네요. 진심으로 죽어 마땅한 놈들인 것을.
—저놈들 얼굴 똑바로 기억합시다.

욕과 항의의 글들을 관리자들이 지속적으로 지우고 있음에도 불구하고 도저히 인력으로 따라갈 수 없을 지경이었다.

아르펜 왕국으로 편입된 식민지 도시들의 성문에는 커다란 포고문이 붙었다.

아르펜 왕국과의 통합을 축하하는 영주들이 친애하는 북부 유저분들에게 인사드립니다.

우리 영주들은 전쟁의 신 위드를 존경하고, 자유로운 아르펜 왕국의 국민이 되기를 손꼽아 기다려 왔습니다.

어릴 때 이후로 잊었던 그 마음이 방송에서 아르펜 왕국을 보면서 되살아났습니다.

아르펜 왕국으로의 합병 축하금으로 당분간 우린 70%의 세금을 기꺼운 마음으로 납부할 것입니다.

보잘것없는 작은 정성이지만 북부가 발전하고 수많은 사람들이 행복해지기를 바랍니다.

포고문은 위드와 마판이 함께 적어 준 글귀를 억지로 내건 것에 불과했다.

북부 유저들의 사기를 더욱 드높이면서 하벤 제국에 엿을 먹이는 내용!

식민지의 경제를 빠르게 활성화를 시켜야 했으니 북부 유저들이 남아 있는 영주들에게 악감정을 갖지 않는 것을 목표로 했다.

게다가 아르펜 왕국의 다른 영주들이 보란 의미도 있었다.

새로 들어온 영주들이 70%씩의 세금을 납부한다면 워터파크가 대성공을 거뒀더라도 다른 영주들이 세금 감면 같은 건 꿈도 못 꿀 것이기 때문이었다.

　그리고 역시 북부 유저들의 마음을 울린 것은 마지막 한 줄이었다.

　풀죽! 풀죽! 풀죽!

고요의 사막

　인공지능 베르사.

　유병준 박사에 의해 탄생한 베르사는 자체 학습을 통해 진화를 거듭하면서 인터넷은 물론이고, 세상의 곳곳을 감시하고 있었다.

　모든 데이터들은 베르사에 의하여 분석되고, 위험 요소들도 분류된다.

　유니콘 그룹의 재무투자는 물론이고, 계열사의 인수와 매각, 기술 개발에까지 관여하고 있었다.

　넓은 인터넷의 세계, 인공지능 베르사가 따로 신경을 쓰는 게시물이 있었다.

> **제목: 사채업자들을 처리하는 방법으로 무엇이 좋을까요?**
> **작성자: AI.BERSA**
>
> 자꾸 귀찮게 구는 사채업자가 있습니다.

100여 개가 넘게 달린 댓글들.

사채업자들은 그 댓글들의 의견을 참고해서 보리빵과 참치
통조림만을 지급하고 있었다.

최근 몇 개월간에는 조회 수도 거의 올라가지 않았는데, 불
쑥 누군가가 새로 댓글을 달았다.

베르사는 즉시 댓글을 쓴 주소지를 찾아냈다.

감시 위성과 첩보용 안드로이드를 통해 영상을 확인하는 데
까지 걸린 시간은 고작해야 16초.

댓글을 작성한 이는 초등학교에 다니는 어린 꼬마였다.

"인철아, 밥 먹어야지."

"네, 엄마!"

그냥 무시해도 되지만 베르사는 짧은 순간 인간 세계의 모든 법령들을 조회하고 결론을 내렸다.

—불법 감금.

인간 세상의 법은 베르사에게 중요하지 않았다.

인공지능에게는 인간들이 살아온 수백 년의 시간도 일종의 데이터에 불과할 뿐이었으며, 법이나 사람들의 결정도 시시각각 바뀌기 마련이다.

하지만 베르사에게 주어진 유병준 박사의 명령은 '치워 버리라'는 것.

—박사님에게 신경 쓰이지만 않으면 명령을 수행한 것이다. 인간의 결정을 믿어 보자.

꿰꿰꿰꿰꿰

"오늘이 며칠째지?"

악질 사채업자 권택.

작은 방에 갇혀서 사는 그에게 유일한 낙이라면 텔레비전을 보는 것이었다.

감금 생활에 익숙해지면서 리모컨으로 연예인들이 나오는 프로그램을 돌려 보다가 코미디도 봤다.

〈로열 로드〉를 지켜보면서 위드의 활약이나 하벤 제국의 전쟁을 지켜보는 것도 큰 재미였다.

'도대체 어떤 놈들이 나를……. 풀려나기만 하면 반드시 복

수한다.'

보리빵과 참치 캔을 먹으면서 꾸준히 몸을 단련했다.

과거에 다른 조직원을 반쯤 죽여 놓은 이후로 잘못되어 교도소 생활을 했던 적도 있으니 이 정도는 그에게 아무것도 아니었다.

그뿐만 아니라 다른 사채업자들 역시 육체를 계속 단련하고 있었다.

〈로열 로드〉를 보면서 근육을 키우고 격투술을 연습하기도 했다.

'나를 이 정도 가두어 두었다면 분명히 무슨 용건이 있는 거겠지. 자기네 조직으로 영입한다거나… 아니면 피를 뿌려야 할 것이다!'

사채업자들은 길게 가두어 놓지는 않을 거라고 생각했다. 그것이 어느덧 8개월이 넘었지만 희망을 잃지 않았다.

'바라는 요구 사항이 큰 것 같군. 나를 개처럼 길들이려는 속셈이겠지.'

사채업자들은 단단히 벼르고 있었다.

그러던 어느 날 갑자기, 잠에서 깨어나니 공기가 달라졌음을 느꼈다.

빠앙!

멀리서 들리는 자동차 경적 소리.

"커억!"

권택은 놀라서 눈을 뻔쩍 떴다.

잠시 어리둥절했지만, 정신을 차리고 보니 뒷골목의 쓰레기

더미에 파묻혀 있었다.

❧❀☙

수십여 명의 사채업자들은 거의 똑같은 날 세상에 다시 풀려 나왔다.

"크으… 밖이다."

권택은 이유 따위는 모르지만 일단 갇혀 있던 곳을 벗어나서 밖으로 나온 것이 기뻤다.

호주머니엔 돈 따위는 한 푼도 갖고 있지 않았다.

"여자와 돈. 그래, 다시 시작해 보자."

지난 몇 달간의 감금 생활.

PC방으로 가서 자신들에 대해 검색도 해 봤다.

> 악덕 사채업자들, 배를 타고 외국으로 도주
> 검찰, 인터폴에 수배를 요청해 끝까지 추적할 것

"내가 동남아에 간 것으로 되어 있다니? 그리고 아무도 안 잡 혔어? 지금도 경찰을 조심해야 되나?"

권택은 이상하다고 생각하면서 자신들에 대한 기사들을 계속 찾아봤다. 그리고 기사 밑에 있는 악플들을 봤다.

> ㄴ 동남아 가서 고추 잘려라.
> ㄴ 인간쓰레기 새끼들. 다시는 대한민국에 돌아오지 마라, 퉤!
> ㄴ 쥐새끼들이 도망치는 실력 하나는 끝내주네요.

"이런 잡놈들을 봤나!"

권택은 몇 개월이나 지난 악플들에 일일이 댓글을 달았다.

> └ 동남아 가서 고추 잘려라.
>   └ 너 지금 어디냐. 당장 만나자. 내장을 다 뽑아 줄 테니까.
>
> └ 인간쓰레기 새끼들. 다시는 대한민국에 돌아오지 마라, 퉤!
>   └ 쓰레기라고? 어디 쳐맞아봐야지? 전화번호 적어라.
>
> └ 쥐새끼들이 도망치는 실력 하나는 끝내주네요.
>   └ 어딘지 말만 해. 지금 간다, 새끼야!

악플을 쓴 당사자가 보리라는 보장도 없지만 열심히 댓글을 달았다.

그때였다.

띠링!

접속해 놓은 메신저가 울렸다.

> —권택. 있나?

연락 온 사람의 대화명은 'no.4철권'이었다. 채무자들을 주먹으로 무자비하게 팬다고 해서 붙은 별명이기도 했다.

권택은 어설프게 키보드를 두들겼다.

> —철권 형님, 잘 지내셨습니까?
> —못 지냈다. 보리빵과 참치 캔만 죽어라 먹었다.
> —아니, 형님도?

권택은 잠시 멍해졌다.

자신만이 아니라 동료들 전부가 갇혀 있다가 풀려났다는 사실에 분노했지만 곧 위안도 되었다.

'잘됐군. 나만 억울하게 갇혔던 게 아니었어.'

사채업자의 의리!

안 좋은 일을 다 같이 당했다 하니 그나마 마음이 편해졌다.

─큰형님은요?
─돌아오셨다.
─어디 계십니까? 찾아뵙겠습니다.
─국제클럽 지하로 와라.
─그곳이 아직도 남아 있습니까?
─비어 있다. 다른 조직원들도 오늘 전부 모일 것이다.
─바로 출발하겠습니다.

권택은 PC방에서 조용히 일어났다.

알바생의 눈길이 그를 향했지만 인상을 한 번 써 주고 화장실을 가는 척하다가 바로 뛰어서 도망쳤다.

◈◈◈◈◈◈

국제클럽 지하.

텅 빈 창고에 악질 사채업자들이 모두 집결했다.

"어떤 놈들이 우릴 이렇게 만든 것인지 알아내야 합니다."

"전쟁입니다, 전쟁!"

"그대로 토막 내서 안구부터 쓸개까지 몽땅 팔아 줍시다."

사채업자들은 열을 올리면서 분노를 표출했다.

몇 개월간 갇혀 있을 때에는 의식하지 못했지만, 밖으로 나오고 나니 채무자들을 윽박지르던 흉악한 성격이 터졌다.

"모두 진정해라."

한진섭은 빈 술병들이 담긴 박스 위에 앉아 있었다. 국제클럽 지하는 한때 가짜 양주를 제조했던 곳이다.

기사들을 찾아보고 나서 이곳만큼은 안전한 것을 확인한 후에 모였던 것이다.

입을 꾹 다문 사채업자들의 시선이 한진섭에게로 모였다.

한진섭이 뿌드득 이를 갈았다.

"놈들이 누군지 찾는 것은 다음 일이다. 찾기만 하면 처절한 복수를 해 줘야지. 나를 건드린 대가를 치러야 할 것이다."

"당연하신 말씀입니다, 형님."

채무자들에 대한 대출 기록이 담긴 장부는 물론이고 감춰 뒀던 거액의 돈들이 날아갔다.

그것만이라면 어떻게든 재기할 수 있겠지만 조직을 키우면서 형성했던 정치, 경찰 계통의 인맥이 몽땅 망가지고 말았다.

한진섭은 분노하면서도 차분하게 말했다.

"당장은 우리가 드러내 놓고 활동할 수가 없는데 은신 자금이 필요하다. 좀 잠잠해지기는 했어도 우리 영역에서 돌아다니다가는 금방 경찰에 붙잡히겠지."

권택이 허리를 숙였다.

"그렇습니다, 형님. 역시 형님이십니다."

"1, 2년 정도는 숨어 있으면서 분위기를 봐야겠다. 지방으로 내려가거나 기사에 나온 대로 해외로 뜨는 것도 좋겠지. 그러자면 최소 10억은 필요한데 말이다."

과거에는 10억 정도가 아주 큰돈은 아니었다. 하지만 지금은 다들 가지고 있는 돈이 없었다.

"돈 빌려 갔던 채무자들을 조져 볼까요?"

"지금은 안 돼. 우린 경찰한테 쫓기는 신세라는 걸 명심해."

빌려준 돈도 받을 수 없는 상태.

그때 사채업자 중 1명이 제안을 했다.

"이현 말입니다."

"이현?"

"예. 예전에도 그놈을 털어 보려고 하다가 붙잡혔잖습니까. 그 계획을 다시 추진해 보는 건 어떻겠습니까. 〈로열 로드〉로 한창 잘나가는 놈을 건드리면 돈이 꽤 나올 텐데 말입니다."

"10억이 나올 수 있을까?"

"그냥 달라고 하면 안 되겠지만 여동생을 납치한다면 그 이상도 낼 놈이 아니겠습니까?"

"알려지면 시끄러워질 텐데."

"어차피 경찰에 쫓기고 있는 거, 크게 한 방 터트리고 잠적해 버리죠."

"나쁘지 않군."

과거에 조직이 멀쩡하던 시절에는 뒤끝 없이 철저한 계획을 세워야 되었지만, 지금은 이판사판으로 달려들어서 짧고 굵게 처리하면 된다.

"좋아, 놈을 친다."

사채업자들이 이현을 목표로 삼아서 머리를 맞대고 세부적인 이야기들을 나누었다.

쉬이이익.

그리고 투명한 가스가 그들이 있는 국제클럽의 지하에 가득 찼다.

"끄으으."

약간의 두통과 함께 권택은 잠에서 일어났다.

"머리가……."

눈을 뜨고 주변을 둘러보니 국제클럽이 아니라, 몇 개월간 갇혀 있던 익숙한 골방이었다.

변한 게 있다면 쌓여 있던 보리빵과 통조림이 더 많아졌다는 것뿐.

"잠시 꿈을 꾸었구나."

권택은 리모컨을 손에 쥐었다.

익숙한 촉감과 완벽하게 외우고 있던 채널들의 순서.

그는 위드의 모험을 보기 위해 〈로열 로드〉와 관련된 채널로 돌렸다.

꽃☆❀☆❀

위드는 아르펜 왕국의 내정 모드에서 북부 식민지들에 대한 복구를 시작했다.

> 총투자비 230,000,000골드.
> 건설 투자를 진행합니까?

무려 2억 3,000만 골드.

불타서 폐허가 된 도시를 재건하는 것은 물론이었으며, 이 지역에 위대한 건축물도 짓도록 했다.

> **평화를 위한 개선문**
> 아르펜 왕국의 전쟁 승리를 기념하는 거대한 문. 전쟁을 통해 하벤 제국에 빼앗긴 땅을 되찾았다. 이곳에 세워진 개선문은 평화와 번영을 위한 상징이 될 것이며, 국가 명성과 국왕의 통치력에 긍정적인 영향을 줄 것이다. 전쟁에 참여한 용사들에게는 특별한 명성과 경험, 스탯이 부여된다.
> 건축 비용: 최소 980만 골드.
> 최소 건설 기간: 4개월.
> 참여하는 인원과 공사 중의 사고 여하에 따라 건설 기간이 늘어날 수 있다. 숙련된 건축가들이 필요하다. 작업에 참여한 건축가들은 특별한 경험을 얻을 수 있다. 다수의 조각사와 미술가들이 동원되어야 한다. 작업에 참여한 예술가들은 이름을 드높일 기회를 얻을 수 있다.

> 위대한 건축물 평화를 위한 개선문 건설을 개시하겠습니까?

건축 비용을 본 위드의 입가에 거만한 미소가 맺혔다.

"980만 골드라니 헐값이군. 워터파크에 초대형 오징어라도 몇 마리 풀어 주면 그냥 벌 수 있겠어. 시작해."

> 평화를 위한 개선문 공사가 국왕의 명령으로 진행됩니다.

아르펜 왕국에서 짓고 있는 위대한 건축물들만 20개가 넘어가고 있었다.

집중적으로 빠른 건설이 이루어지진 못하겠지만 이것도 괜찮다고 생각했다.

"왕국의 통치 면적이 넓어졌어. 그리고 시작하고 나면 어떻게든 진행이 되니까."

왕국의 각지에 지어지고 있는 건축물들.

일감이 있으면 건축가들의 공급도 늘어나기 마련이고, 초보 유저들에게도 할 일이 생긴다.

예산만 넉넉하다면 공사 기간이 조금 늘어나더라도 완공까지는 문제가 없었다.

"국가를 위한 건축물도 좀 세워 봐야겠군."

넉넉한 자금으로 프레야의 대성당이나 대도서관처럼 문화와 교육적인 시설 이외에도 국가를 위해서도 돈을 쓸 수 있게 되었다.

아르펜 왕국의 규모가 커지고 인구가 충분히 많아졌기 때문에 그만한 부가가치가 형성되는 것이었다.

여러 특별한 건축물들은 주민들의 충성심을 향상시킬 뿐만 아니라 국왕에게 카리스마나 명성을 높여 주기도 한다.

"더 이상 유명해질 것도 없지. 명성은 지긋지긋해."

꼭 건축물들이 긍정적인 영향력만을 가지고 있는 것은 아니었다.

하벤 제국에서도 황제 바드레이를 위한 조각상이나 미술품, 건축물들을 많이 세웠다. 그 결과는 반발하는 주민들의 사기저하였다.

"황제의 조각상에 금을 발라 놓았다는군. 우리들을 수탈해서 얻은 돈을 저렇게 쓰다니 정말 파렴치해."

"우린 하루 벌어서 하루 먹고살기도 힘든데. 제국을 위한 건물들만 번지르르하잖아. 통치자 놈은 우리들이 어떤 모습으로 사는지 알기나 할까?"

낮은 충성심과 주민들과의 친밀도는 악영향만을 주었다.

불과 얼마 전까지 반란이 일어나서 주민들이 건물과 조각상을 부숴 버리는 경우도 빈번하게 일어났었다고 한다.

위드는 그런 측면에서는 독재자의 꿈을 이루기 전이었으니 아직까지는 괜찮았다.

"기술 부분은 돈보다는 유저들이 스스로 갈고닦는 편이 낫겠고, 퀘스트도 좀 살펴봐야겠군."

내정 모드에서 퀘스트 부분을 선택했다.

국왕의 권한으로 유저들에게 지급되는 퀘스트 보상 비율을 늘리거나 특정 퀘스트를 임의적으로 생성할 수도 있었다.

대지의 궁전이 벌써 형태가 갖춰져서 어느 정도 완성되었기에 가능한 기능.

왕국의 병사들이나 관리, 영주성에서 유저들에게 특정 물품이나 몬스터 퇴치, 재료를 조달해 오라는 퀘스트를 주고 그에 대한 보상금의 수준을 높이는 게 가능했다.

물론 위드는 기능이 생성된 이후 보상금을 늘려 본 적은 한 번도 없었다.

〈로열 로드〉에서 가장 쓸모가 없는 기능이라고 생각하고 있었다.

"국가 퀘스트 발동."

100여 가지가 넘는 종류의 국가 퀘스트들이 표시됐다.

전쟁이나 납치, 파괴 등의 드러낼 수 없는 임무를 비롯해서 조경 사업까지 온갖 종류의 임무들이 있었다.

위드는 국가 퀘스트로 한쪽 구석에 있는 조각품을 선택했다.

"왕국의 곳곳에 내 조각품을 세워 놔야겠어."

돈이 남아돌고 나니 어두운 야망이 샘솟았다.

광장이나 성문처럼 수많은 사람들이 드나드는 곳에 자신의 동상을 세워 놓는 것이야말로 진정한 독재자의 로망!

인류 역사상 이 유혹을 이겨 낸 독재자는 단 1명도 없었다.

"400개. 아냐. 너무 적어. 작은 마을들까지 전부 볼 수 있도록 2,000개 정도는 세워 놓자."

기꺼이 국가 퀘스트를 결정했지만, 막상 투입할 자금이 문제였다.

"전부 해서 1만 골드 정도 쓸까? 아냐, 그건 너무 많은데… 배부르게 먹을 수 있는 보리빵이 몇 개야."

정작 돈을 쓰려고 하니 깊은 고민이 이어졌다.

조각품 2,000개라면 1만 골드도 헐값이었지만 그것도 아까웠다.

조각품을 팔아먹을 때는 비싸게 받고 싶었지만 막상 주문을 넣으려니 한 푼이라도 더 깎고 싶은 심정!

"예술은 무슨. 어차피 원판이 너무 훌륭하니까 누가 만들어도 잘하겠지. 있는 그대로만 조각을 하면 되니까 말이야."

위드는 예산을 3,000골드로 책정했다.

동상 하나에 단가가 고작해야 1골드 50실버.

"돈이 남아돈다고 해서 함부로 쓰면 안 되지. 음, 이걸로 사지는 충분해."

나머지 예산은 경제 발전이나 치안 강화에 전부 다 쏟아 넣었다.

새로 편입한 넓은 땅을 개발하기 위해서는 투자가 필수였다.

❖❖❖❖❖❖

위드는 파비오와 헤르만이 도착했다는 소식을 듣고 셋이 만나는 자리를 마련했다.

"크흠, 오랜만이군. 하지만 이자는 왜 있는가? 헬리움을 다루는 건 나 정도의 실력자만이 가능한 것인데."

"검을 만드는 건 내 전공이지. 평생 검을 만들어 온 나와, 이것저것 돈 되는 일에 다 끼어들었던 드워프와 같은 급에 놓는 건가? 실망이군."

드워프 명장 파비오와 헤르만은 상대방을 보자마자 신경전을 펼쳤다.

"가장 비싼 금속을 얼마나 다뤄 봤나?"

"돈이 중요한가? 검에 담겨 있는 진정한 가치를 봐야지."

그들은 상대를 같이 불렀다는 것에 대해 화를 냈지만 헬리움을 꺼내는 순간 소란이 잦아들었다.

"이, 이것이… 신의 금속."

파비오가 떨리는 손을 내밀었을 때 위드는 헬리움을 다시 감췄다.

"먼저 계약서부터 작성하시죠."

"무슨 계약서?"

"세상에 믿을 사람이… 아니, 드워프들이 어디에 있습니까? 단칸방 월세를 계약하더라도 계약서가 필수죠."

"그런가. 하긴, 무슨 말인지 알겠네."

위드는 미리 작성한 내용의 계약서를 보여 주었다.

1. 위드가 갑, 파비오와 헤르만이 을이다.
2. 을은 최선을 다해서 귀중한 재료 헬리움을 이용하여 갑이 사용할 검을 만든다.
3. 을은 각자 헬리움에 대한 보증금으로 3,000만 골드씩을 맡긴다. 또한 검을 제작하는 동안 정해진 지역을 벗어날 수 없다. 돈이 부족하면 그에 상당하는 다른 재물이나 보증품을 맡길 수 있으며 이에 대한 가치 판단은 갑이 한다.
4. 을은 물품 제작 기간에 갑의 요청이 있으면 어떠한 종류의 일이라도 수행한다.
5. 완성된 물품이 갑의 마음에 들지 않으면 다시 만든다. 총 3회의 기회를 주며, 그 후에도 마음에 들지 않

으면 을은 모든 권리를 포기하고 떠난다.

6. 계약 조건에 대한 비밀은 무덤까지 가지고 간다. 이를 발설할 시에는 배상금으로 1억 골드를 지불하며 어떠한 종류의 보복이라도 감수한다.

......

"이, 이것은……."

"완전 노예 계약서 아닌가?"

파비오와 헤르만은 사회 경험들이 꽤 있는 중년들이었다.

그들이 한창 회사 생활을 하던 때 하청업체들과 계약을 하긴 했지만 이 정도의 갑질 계약 조건은 생전 처음이었다.

위드가 나긋나긋하게 웃으며 말했다.

"그냥 관례대로 적어 본 계약 조항입니다. 크게 신경 쓰지 말고 사인만 하세요."

"관례라니. 이런 관례는 본 적도 들은 적도 없네만."

헤르만이 정색을 했지만, 위드는 여전히 미소를 머금은 채 말했다.

"종이쪽지에 적혀 있는 조항들이 뭐가 중요하겠습니까. 서로 간에 믿음이 중요한 거죠. 두 분 모두 최고의 실력을 가지고 있을뿐더러, 제가 깊게 믿는 분들이라서 문제가 생길 거라고는 보지 않습니다. 열심히 해 주시면 다 되는 거 아닙니까?"

"하지만 이런 조항들은 받아들이기가……."

헤르만이 망설이고 있을 때, 파비오가 계약서에 자기 이름을 적었다.

"난 하겠네."

파비오는 〈로열 로드〉의 초창기부터 대장장이로서 천문학적인 큰돈을 벌어 왔다. 그에게도 3,000만 골드는 당연히 엄청난 금액이었다.

하지만 대장장이 마스터가 눈앞에 있는 지금, 그까짓 돈은 아깝지 않았다.

위드나 헤르만 역시 마찬가지였다.

다들 스킬의 마스터까지 숙련도가 1%도 남아 있지 않은 상태였다.

최종 단계의 벽이 가장 크고 높다고 하지만 누가 먼저 넘을지는 아무도 모르는 상황.

위드의 경우에는 얼마 전까지 0.9%의 숙련도가 필요했었는데, 시간의 박물관이 만들어지는 순간 한꺼번에 0.4%의 숙련도가 증가했다.

조각술 최후의 비기에 단 한 번밖에 사용이 불가능한 스킬이다 보니 대작 2개 이상을 만든 효과가 생긴 것이다.

남아 있는 숙련도는 0.5%.

파비오와 헤르만이 절대 공개하지 않았지만 그들 역시 비슷한 숙련도를 필요로 하고 있었다.

위드의 시선이 헤르만에게로 향했다.

"파비오 어르신은 받아들였습니다. 안 하실 겁니까?"

"끄응. 할 수 없군. 돈이 없는데 물건이라도 받아 주는가? 가진 거라고는 검 몇 자루와 재료들, 그리고 모라타의 집 한 채인데 말이네."

"부동산도 담보로 잡아 드리죠."

헤르만도 순순히 사인을 했다.

경쟁 관계를 이용한 갑질 계약 완료!

"역사에 길이 남을 명검을 만들어 주시기를 기대하고 있겠습니다."

위드는 그 두 사람에게 헬리움을 맡겨 놓고 남부 사막 지대로 떠났다.

'헬리움도 조각 재료로 나쁘진 않지. 그렇지만 이미 한번 사용해 본 재료이기도 하고… 저걸로도 온전한 마스터까지는 좀 부족할 거야.'

대장장이들이 마스터를 위해서 뛰고 있다.

위드의 목표는 노가다의 상징이라고 할 수 있는 조각술 마스터인 것이다.

그 대망의 작업을 위해서 특별한 시도를 해 볼 때였다.

⟡⟐⟡

콰콰콰콰콰.

위드는 수백 미터 규모의 모래 폭풍이 다가오는 것을 담담이 지켜봤다.

그가 있는 곳은 뜨거운 태양이 작열하는 사막 한복판.

노들레와 힐데른의 퀘스트를 하던 때에 하염없이 걸었던 고요의 사막이었다.

"크으. 덥군."

위드는 수통의 물을 꺼내서 마셨다.

달군 프라이팬의 모래와 같던 과거와는 달리, 그래도 온도가 조금 낮아졌다.

"전자레인지에 3분 돌리던 걸 2분 55초만 돌린 기분이야."

사막도 팔로스 제국에 의해 부족들이 많이 늘어나 있었다.

사막 정찰대들이 고요의 사막 경계선까지 가끔씩 출몰할 정도였다.

중앙 대륙의 발 빠른 상인 유저들은 사막으로도 진출했다.

브리튼 연합과 자유도시에서 무역을 하던 상인 유저들은 하벤 제국으로 인해서 큰 피해를 입었다.

보석과 광물들의 헤르메스 길드의 독점 정책!

식료품처럼 큰돈이 안 되는 물품들만 남겨 놓고 헤르메스 길드에서 싹 쓸어 가거나 엄청난 세율을 매겼다.

"더러워서 못 살겠다."

상인들은 좌절하고 다른 직업으로 전직하거나 백수가 되고, 혹은 북부 대륙으로 넘어왔다.

일부 상인들은 아직 하벤 제국의 손길이 닿지 않는 남부 사막 지대에서 교역을 했다.

그들 덕분에 사막 부족들의 성장이 빨라지긴 했지만, 헤르메스 길드의 감세 정책에 의해 다시 중앙 대륙으로 돌아간 상인 유저들이 많았다.

지금은 검치와 수련생들을 비롯하여 들끓는 전사 유저들이 남부 사막 지대에서 주로 활동한다.

팔로스 제국과 관련된 퀘스트에 따라서 하벤 제국과 전쟁을 위해 전사들을 이끌고 나선 이들도 꽤 되었다.

10대 금역 중 하나인 고요의 사막까지 와 본 유저는 〈로열 로드〉에서 손꼽히는 모험가 몇 명을 제외하고는 아직 드문 실정이었다.

고요의 사막을 정복한 유저는 단 1명도 없었다.

"도저히 사람이 살기 힘든 곳이지. 스킬이 봉인되어서 생존 자체가 힘든 지역이니 말이야. 여기서 조각품을 만들어 본다면 어떨까."

위드는 푸홀 워터파크를 만들면서 몇 가지를 착안했다.

'과거에도 조각술로 지형을 바꿔 놓은 적이 있었어. 사막에도 비를 내리게 하고.'

노들레의 퀘스트는 비가 오지 않았더라면 힘들었을 수도 있었다.

'조각술 스킬이 늘어나면서 많이 편해졌다. 솔직히 노가다다운 노가다도 별로 하지 않았지.'

조각술 스킬이 초급 1레벨, 2레벨이었을 때는 나무토막 하나 깎기도 힘들었다.

지금은 대충 조각칼을 놀리기만 하더라도 우습게 단단한 바위들을 매끄럽게 깎아 냈다.

빙룡, 불사조를 비롯하여 빛의 탑과 같은 거대한 조각품들도 조각술 스킬의 도움을 받지 않았더라면 불가능했을 일.

'갈수록 쉬워지는 조각술. 뭘 만들든 예전처럼 고되고 힘들지는 않아. 예술적 가치는 여러 가지 판단 기준이 있겠지만 최악의 상황에서 극복하는 것도 큰 의미가 있겠지.'

단순 반복은 할 만큼 했다.

똑같은 조각품을 만든다고 해서 스킬 숙련도가 오를 시기는 지났다.

규모가 큰 작품들, 몇천 미터에 달하는 조각품도 어쩌면 제작이 가능할 수는 있겠지만, 그건 갈수록 예술과는 거리가 먼 것이다.

'헬리움. 그것도 어느 정도 숙련도에 도움이 되겠지만 그것에 목을 매어서도 안 돼.'

헬리움도 처음은 아니었다. 귀중한 조각 재료도 꽤나 많이 사용해 봤다.

비싸서 써 보지 못하던 재료들도 퀘스트나 사냥을 통해 직접 입수해서 조각품을 만들어 봤다.

위드가 사냥을 하는 중간마다, 심지어는 퀘스트와 전쟁을 치르면서도 조각품을 만들었으니 지금까지 제작한 게 수십만 개는 족히 될 것이다.

그중에서 걸작, 명작, 대작으로 인정받는 작품은 불과 0.1% 정도였다.

좋은 재료와 거대한 작품 등을 통해 시간을 들인 조각품은 높은 평가를 받았지만 지금은 그 믿음도 깨어졌다.

'애초 계획은 파비오 님이나 헤르만 아저씨와 함께 헬리움으로 조각술 마스터를 하려고 했지만 그걸로 충분한 숙련도가 오른다는 보장은 없어.'

위드의 잔머리가 비상하게 회전했다.

0.4%에서 숙련도가 오르지 않는다는 파비오의 이야기를 우연찮게 듣고 나서 방법이 잘못되었다는 생각이 들었다.

파비오가 중앙 대륙에 최고의 대장장이로 군림하면서 얼마나 좋은 재료들을 많이 다루어 보았겠는가.

대장장이 스킬이야 궁극의 재료를 활용하면 좀 더 나을지 모르지만, 조각술은 아니다.

조각술 마스터들 역시 평범한 인생을 살지 않았으며, 그들이 남겨 놓은 작품들도 불굴의 의지와 노력이 있었다.

자신의 인생을 성찰하면서 목숨을 다해서 만든 작품들.

그것이야말로 최후의 대작이라고 할 만하다.

예술가들이 죽고 나서 뒤늦게 인정을 받는 이유도 아마 그것 때문이 아니겠는가.

'검술의 마스터는 단순하게 강해지면 됐지. 그러나 그 길은 훨씬 길었고, 전투마다 목숨을 걸었다. 맞아. 어떤 일을 완벽하게 제대로 할 줄 안다고 말하기 위해서는 목숨을 걸고 제약을 극복해 내야 해. 조각술을 마스터한다는 것 역시 그럴 거야.'

위드는 그런 생각으로 가장 척박한 최악의 환경인 고요의 사막으로 돌아왔다.

〰〰◈〰〰

위드가 사막에서 처음 목표로 한 것은 정착이었다.

고요의 사막은 베르사 대륙의 10대 금역 중의 한 곳이며, 스킬의 사용이 불가능한 특성을 가졌다.

> 극심한 무더위로 인해 체력이 빠르게 줄어들고 있습니다.
> 생명력의 최대치가 29% 감소했습니다. 식욕이 사라졌습니다. 음식을 섭취
> 하더라도 그 맛을 음미하지 못해 회복력이 제한됩니다. 심각한 갈증을 느끼
> 고 있습니다.

"허억."

위드는 한번 경험을 해 봤음에도 불구하고 사막을 걸으면서 지독한 더위를 다시 느꼈다.

드넓은 사막에서 솟구치는 열기와 강렬한 태양광.

옷 밖으로 드러난 얼굴과 팔에 불로 지지는 듯한 기운이 이글거렸다.

"목숨을 걸어야 하지만, 그래도 이건 너무 미련한 방법이야. 조각품을 만들기도 전에 죽겠다."

고요의 사막에서는 생존 스킬들도 사용이 불가능했다.

위드의 조각술의 비기들은 어떤 상황에서도 적절한 도움을 주지만 고요의 사막만큼은 아니다.

"생존을 위한 최소한의 장비는 필요하겠어. 그동안 필요한 건 다 현장에서 구해서 썼지만 여기서는 무리니까."

고요의 사막을 나와서 인근의 마을로 잠시 들어갔다.

팔로스 제국의 찢긴 깃발이 휘날리는, 이름 모를 작은 마을에서 생필품들을 구입하기로 했다.

마을로 들어서는 순간 메시지 창이 울렸다.

띠링!

비를 부르는 자의 호칭은 예전에 했던 모험의 결과 때문에 주어졌던 혜택이다.

"사막의 대제왕이었던 시절은 대단했지. 수십만의 사막 전사들을 거느리고 말이야."

위드는 옛 추억에 잠시 잠길 수 있었다.

부실한 지도에도 나와 있지 않은 마을에는 사람들이 많이 살았다.

팔로스 제국을 건국하고 비를 내려 주었기 때문이다.

마을 시장에서는 식량이나 천막, 낙타가 모라타보다 무려 17배나 비싼 가격에 거래되었다.

위드는 사막에서 쓸 만한 물품들을 골랐다.

"많이 사니까 싸게 주세요."

"이 정도면 거의 원가인데……."

"아저씨, 그렇게 양심 없이 장사하면 안 됩니다. 바가지 씌우는 게 뻔히 보이는데. 제가 바가지 한두 번 씌워 본 줄 아세요?"

"뭐라고! 건방진 손님 따위가. 좋게 대해 주려고 했더니 사고 싶으면 100골드 더 내놔!"

> 물건들의 가격이 7%씩 오릅니다. 구매하지 않는다면 친밀도가 하락할 것입니다.

근처에 다른 사막 마을이라고는 도저히 찾아볼 수도 없는 상황이었다.

위드는 어쩔 수 없이 호주머니에서 100골드를 더 내고 사야 했다.

"이럴 수가! 간신히 200원 비싼 소금의 심리적 충격에서 벗어나고 있었는데……."

총 구매 가격 2,149골드.

낙타와 생활필수품, 식료품들을 구입해서 고요의 사막으로 다시 돌아왔다.

쿠흐흐흐흥!

순순히 따라오던 낙타부터 고요의 사막에서는 불길함을 느꼈는지 한 발자국도 떼지 않으려고 들었다.

"이리 와!"

위드의 기마술도 적용이 안 되었으니 억지로 낙타를 끌고 움직여야 했다.

❖⬥⬥⬥⬥❖

고요의 사막은 겉으로 보기에는 태양과 모래밖에는 없는 곳이었다.

10대 금역들 대부분의 신비와 수수께끼를 간직하고 있듯이 고요의 사막도 그중의 하나이기 때문에 보이는 모습이 전부는 아니다.

'예전에 퀘스트를 하면서 들은 이야기들이 있는데, 고요의 사막에는 신비한 오아시스들이 있다고 했지.'

신과 요정의 장난일지도 모르는 오아시스들은 아무도 모르는 자리에 생겨났다가 사라지기를 반복한다는 전설이 떠돌고 있었다.

위드가 그 소문을 바탕으로 고요의 사막에 들어선 지 사흘째였다.

"헛소리였어. 몽땅 사기꾼들이야."

맑은 물이 샘솟고, 탐스러운 열대 과일들이 주렁주렁 열려 있는 오아시스는 환상이었다.

사흘을 헤매는 동안 봤던 것은 오로지 모래와 태양뿐이었다.

"그냥 보이는 모습이 전부잖아."

> 호칭! 극지의 탐험가
> 험난한 지역을 걷는 동안 체력 소모가 60% 감소했습니다.

위드는 끝도 없는 모래사막을 걸으면서 생각했다.

'내가 정말 멍청한 걸까? 그게 아니면, 노들레와 힐데른 퀘스트를 하면서 이 지역을 경험했는데 또 여길 올 리가 없어.'

서윤과 함께 걸을 때는 같이 의지할 수 있었다.

왠지 그녀의 얼굴을 보기만 하면 팔다리에 힘이 났다.

뜨겁고 목이 타들어 가는 갈증 속에서도 옆에서 걷는 그녀가 있었기에 고요의 사막도 짧게 느껴졌다.

‘하지만 지금은 옆집에 살고 있지. 오늘 저녁에는 내가 좋아하는 김치볶음밥을 해 주기로 했어.’

　현실의 곁에 그녀가 있었기에 예전처럼 좌절하지 않았다.

　지금은 서윤이 해 주는 맛있는 요리를 먹으면서 〈로열 로드〉에만 전념할 수 있는 환경이 된 것이다.

　“아자아자! 덤벼라, 사막아!”

　위드가 씩씩하게 걸었다.

　낙타가 더 이상은 못 가겠다면서 금방 주저앉았지만 곧 목줄을 잡아서 끌고 갔다.

무모한 도전

낙타에 챙겨 놓은 짐은 식량 한 달 치와 물 열흘 분량, 그리고 조각 재료.

위드의 등에도 커다란 배낭에 물과 소금, 15일 분량의 식량이 담겨 있었다.

더 많은 식량과 물을 담지 못한 것은 짐이 늘어날수록 사막을 행군하기가 힘들기 때문이었다.

물론 지금도 식량과 물은 엄청난 무게로 어깨를 짓누르고 있었다.

> 강인한 의지로 더위를 극복합니다.
> 열사병으로 인한 고통이 17% 감소합니다. 현기증에서 벗어났습니다. 식은 땀이 진정되면서 체력 저하 현상이 멈춥니다. 정체를 알 수 없는 울긋불긋한 반점이 다시 사라졌습니다.

"으으, 죽겠다."

어느덧 열흘이 지났다.

사막에서는 높은 인내력과 맷집 스탯이 큰 도움이 되었다.

인내력 스탯만 무려 35개가 증가할 정도의 강행군.

노들레의 퀘스트를 했던 시절과는 달리 스킬을 쓸 수 없어도 1,200이 넘는 인내력과 체력 때문에 밤낮을 가리지 않고 몇 배나 빨리 이동했다.

"설마 이런 지구력까지 조각사에게 필요했던 건 아니겠지? 하기야 천재적인 조각사가 있어서 사막에 오지 않고 쉽게 마스터했을지도 모르는 일인데."

위드는 왠지 재능은 자신과 거리가 먼 것처럼 느껴졌다.

태양이 정수리 바로 위에 있는 것처럼 느껴졌다.

햇빛에 노출된 피부들은 가렵고 뜨거웠다.

알 수 없는 피부병이 온몸에 돋아났다가 프레야 여신의 축복에 의해서 사라지기도 했다.

"이 길을 헤스티거도 걸었다는 거겠지."

위드가 고요의 사막에 온 또 다른 믿음의 근거가 있었다.

'헤스티거도 해냈다. 그러면 나도 할 수 있어.'

조각 부활술로 되살린 헤스티거는 말했다.

"엘프들을 고향까지 데려다주고 나서 대제를 찾기 위해 세상을 방랑했습니다. 그러면서 요정들과 함께 온갖 장소들을 다가 보았습니다. 남부와 서부, 고요의 사막을 지나고 수몰의 늪과 봉인된 자들의 땅을 지나서 죽은 자의 손톱으로 만든 배를 탔습니다."

"손톱으로 만든 배? 별걸 다 타 봤군. 계속 말해 봐라."

"신들의 영역에까지 가서 대제의 흔적을 찾으려고 했지요. 하지만 그곳의 수문장과 싸우고 나서 거인들의 땅에 도착하여……."

고요의 사막에도 끝이 있었다.

그리고 또 다른 세계로 이어지는 일종의 관문이기도 하다.

'10대 금역은 독특한 지형이나 출현하는 몬스터의 강함만으로 붙여지는 게 아니라 모두 하나씩의 스토리와 역할을 가지고 있어.'

베르사 대륙에 특정한 역할을 하거나, 또 다른 중요한 관문이 된다.

헤스티거는 고요의 사막을 넘어서까지 모험을 이어 나갔었기 때문에, 이곳이 무조건적인 죽음의 지역이라는 생각은 들지 않았다.

'위험한 만큼 존재의 이유가 있을 테지. 그리고 극한의 환경에서 목숨을 걸고 조각술을 완성시킨다.'

위드의 다짐 속에 마침내 오아시스가 나타났다.

푸홀 워터파크만큼은 아니었지만 꽤나 넓은 물에 작은 숲까지 있는 모습.

푸헤헤헹!

지쳐서 비실거리던 낙타가 미친 듯이 뛰었다.

위드는 이미 결과를 알고 있었기에 체력을 아끼면서 천천히 걸었다.

그리고 한참 후에 오아시스는 가까워지지 않고 사라졌다.

사막의 신기루!

낙타가 망연자실해서 멍하니 있는 동안에 위드는 생각했다.

'희망이 절망으로 바뀌는 순간, 끊임없이 마음의 시험을 받는 거지. 그렇지만 난 절대 포기하지 않아. 조각술의 마스터는 그만큼 중요하다.'

지금 이 순간에도 바드레이는 사냥으로 레벨을 올리고 있을 것이다.

파비오나 헤르만도 예상과는 달리 헬리움을 가공해서 마스터를 하지 말란 법도 없다.

수억 명에 달하는 〈로열 로드〉의 유저들.

그들 역시 놀고 있지는 않을 것이니 그대로 가만히 있는 건 도태되는 것과 마찬가지였다.

"최초로 조각술 마스터를 하면 떼돈을 벌 수 있어."

위드에게는 역시 돈이 가장 중요했다.

❧

한 달.

고요의 사막을 오로지 남쪽을 향해서만 걸으면서 보낸 시간이었다.

> 고요의 사막에서 30일을 보냈습니다.
> 베르사 대륙의 역사상 고요의 사막에서 단기간에 가장 긴 거리를 이동했습니다. 호칭 '사막의 빠른 발걸음'을 획득하였습니다. 본인과 동료들의 이동속도가 16% 증가합니다. 체력 소모가 저하되고, 열사병의 위험을 낮춥니다.

자연과의 친화력이 45 높아집니다. 통솔력이 21만큼 증가합니다. 인내와 맷집이 27씩 늘어났습니다.

"나쁘지 않군."

위드의 피부는 검게 그을렸다.

인간은 적응의 동물이라는 말처럼, 어쨌든 사막에서 아직까지는 버텨 냈다.

싸구려 낙타도 비실비실하던 처음과는 달리 힘차게 발걸음을 옮겼다.

전투를 거치진 않았어도 사막에서의 경험치가 쌓이면서 늠름해진 것이다.

"그만 처먹어라."

단점이라면 성장하면서 갈수록 음식에 욕심을 내고 있다는 사실이었다.

위드는 부쩍 줄어든 짐을 봤다.

'아껴 먹었지만 고작해야 20일 정도 버틸 수 있겠는데.'

하루에도 백번 북쪽으로 돌아갈 생각을 했다.

지금은 다시 돌아갈 수 있는 거리를 지나쳤다. 전진해서 오아시스를 찾아내지 못한다면 영락없이 죽음뿐이었다.

'죽음을 거부할 수 있는 힘에 의해 언데드로 사막에서 되살아나면 두 번 죽는 건데.'

레벨 하락은 물론이고 마스터가 1%도 남지 않은 조각술 숙련도까지 떨어지게 될 것이다.

위드는 고개를 저었다.

'가 보자. 이게 옳은 길이라고 생각해. 다시 돌아간다면 남는 건 아무것도 없어. 정의가 항상 패배하는 세상이지만 그래도 가끔씩 실수는 있겠지.'

사막을 걸으면서 힘들어질 때면 지나온 인생에 대해서도 생각했다.

전혀 앞이 보이지 않았던 배고프고 어두운 시절이 있었다.

'전기를 끊는다고 몇 번씩 사람이 찾아오고, 불과 일주일 식비도 없던 때가 고작 몇 년 전이지. 그에 비하면 아직 20일 정도는 먹을 음식과 마실 물이 있어.'

고요의 사막에서 되돌아선다면 다신 이곳에 도전하지 못하게 되리라.

목숨을 잃더라도 끝까지 가 보고 싶었다.

'끝까지 걷자. 목숨을 걸고 최악의 환경에서 조각품을 만들려고 했는데, 정작 그때가 다가오니 포기할 수는 없는 거잖아.'

하루가 지났다.

밤낮없이 최소한의 휴식을 취하면서 계속 걸었다.

또다시 하루, 이틀이 지나고 얼마 남지 않은 물과 식량이 계속 줄었다.

가끔씩 보이는 거라고는 놀리려는 듯이 나타나는 허황된 신기루뿐이었다.

위드와 낙타는 사막을 묵묵히 걸어갈 뿐이었다.

처음에는 그렇게도 말썽을 부리던 낙타가 지금은 포기한 것인지 얌전히 따르는 것이 고마울 뿐이었다.

열흘 정도가 지났을 때는 물을 아껴 마시면서 더욱 심한 강행군을 했다.

위드의 입술은 바짝 말라서 갈라졌다.

말을 하려고 해도 목이 타들어 가는 고통 때문에 나오지 않았다.

고개를 숙인 채 휘몰아치는 모래바람을 견디면서 걸었다.

'고요의 사막을 통과해야 한다. 오아시스를 찾아내지 못한다고 해노 아르펜 왕국이 있는 대륙의 북부 면적을 감안하더라도 계속 걷는다면 그 끝에 도착하게 될 거야.'

아직까지 냉정한 판단을 하고 있었다.

그렇게 14일 정도가 더 지나자 식량이 먼저 다 떨어졌다.

체력을 지키기 위해서 먹었던 마른 육포가 바닥을 드러낸 것이다.

사막에 잘 견디는 낙타조차도 기진맥진해서 쓰러지기 직전.

위드는 목이 갈라진 쉰 소리로 말했다.

"더 가자. 아직 갈 수 있는 힘이 남았어."

낙타를 독려하면서 4일을 더 걸었다.

굶주림과 탈진에 이를 정도의 지친 몸. 메시지 창이 뜨지 않더라도 한 걸음씩 떼기 힘들 정도로 몸 상태는 최악이었다. 드디어 마지막 수통의 물 한 모금 정도만이 찰랑였다.

'이대로 죽는 것인가. 고요의 사막에 대해서 내가 잘못 생각하고 있었던 것인가. 조각술 마스터의 마지막 순간에 두 번 연속으로 죽어서 보는 게 끝나 버리나.'

수통을 쳐다보는 낙타의 눈이 간신히 끔뻑거렸다.

이 못된 주인이 그 물을 자신에게 줄 리가 없다고 생각하고 있는 듯.

위드는 수통을 기울여서 낙타의 입에 물을 부어 주었다.

'난 어차피 되살아나면 마음껏 물을 마실 수 있지만 넌 이게 마지막이겠지.'

낙타가 NPC라는 점은 알고 있었다.

그럼에도 두 달 넘게 꼬박 함께 사막을 걸은 사이라서 미운 정도 들었다.

위드는 마지막 수통의 물을 낙타에게 양보했다.

꾸으응.

물을 마신 낙타의 몸이 약간이나마 회복되었다.

"너한테는 미안하지만 계속 가 보자. 아직 죽지 않았으니까 말이야."

위드는 포기하지 않고 다시 사막에서 남쪽을 향해 걸음을 옮겼다.

뜨거운 태양은 지긋지긋하게 내리쬐고 있었다.

> 탈수증상으로 인해 생명력이 319 감소했습니다.
> 현재 생명력이 10% 이하입니다. 탈수증상이 계속되면 중대한 병에 걸리거나 목숨을 잃을 수 있습니다.

7만이 넘는 생명력이 5,000도 남지 않았다.

체력도 바닥이 난 지 오래라서 그저 걷고 있을 뿐이었다.

'오아시스가 나타나면 좋을 텐데. 고요의 사막을 이겨 내진 못했지만 최소한 오아시스라도……!'

한 걸음, 한 걸음을 뗄 때마다 강하게 염원을 했다.

하지만 바라던 물과 음식은 나타나지 않았고, 끝없는 모래 능선만이 보일 뿐이었다.

위드는 1시간을 넘게 걷다가 마침내 고개를 모래에 파묻고 쓰러졌다.

'더 이상은 안 되는구나.'

> 탈수증상이 한계를 넘어섰습니다.
> 육체의 제어 능력을 상실했습니다. 의식을 잃습니다. 수분 보충이 없다면 목숨을 잃을 것입니다.

죽음만을 남겨 둔 상황.

위드가 정신을 잃어 갈 때, 마찬가지로 비실비실한 낙타가 주둥이를 들이밀었다.

'이놈이……'

낙타의 누런 이빨이 위드의 목덜미를 향하고 있었다.

'날 잡아먹으려고 들다니, 죽음을 거부할 수 있는 힘으로 되살아나면 바로 낙타꼬치구이다.'

위드가 마침내 의식을 잃었다.

덥석.

낙타는 위드의 옷깃을 물더니 남쪽으로 계속 걸어갔다.

푸흐으으응.

지치고 느린 걸음이었지만 네발로 모래사막을 행군했다.

거친 바람 속에서 능선을 넘고 태양을 향해 걸었다.

이름도 없는 낙타.

위드가 가끔씩 '덤탱이'라고 부르던 낙타도 조금씩 죽어 가고 있었다.

갈증과 체력의 한계.

눈을 끔뻑이면서도 걷기를 멈추지 않았다.

목숨이 꺼져 가던 낙타의 눈에 마침내 오아시스가 보였다.

드넓은 숲과 맑은 물이 흐르는 호수.

사막의 동물들이 뛰어놀고 있는 천국이었다.

쿠훼에에엑.

위드를 입에 문 채로 달리는 낙타.

가까이 다가가면 신기루가 되어서 사라져 버렸던 오아시스였지만 지금은 그렇지 않았다.

후후훙.

낙타의 코가 벌름거렸다.

숲과 물의 신선한 냄새를 맡을 수 있었다.

고된 여행에 지친 낙타는 위드를 입에 문 채로 호수로 뛰어들었다.

❖❖❖❖❖

"크윽. 숨, 숨이 막혀…….."

위드는 괴로움 속에서 정신을 차렸다.

"어푸푸, 뭐야."

입속으로 들어오는 물을 뱉어 내고 몸을 일으켜 보니 맑은 물이 고여 있는 호수였다.

작은 동물들과 나무 그늘이 있는 낙원.

먼 곳에는 모래 폭풍이 일어나고 있었지만 이곳은 거짓말처럼 평화로웠다.

고요의 사막에 있다는 신비의 오아시스!

"아닐 거야. 모두 꿈이겠지."

위드는 고개를 흔들었다.

"정의 따위는 없어. 꿈과 희망 같은 걸 믿고 노력하며 살아가도 정당한 보상을 못 받아. 비겁한 자들이 승리하는 세상이야."

오아시스를 앞에 두고 푸념을 계속했다.

띠링!

고요의 사막에 존재하는 전설의 오아시스를 발견해 냈습니다.
사막의 여신 페트라가 숨겨 놓은 전설의 오아시스. 고요의 사막은 수많은 여행자의 무덤이었습니다. 여행자들은 모래 안에서 신비와 영원을 찾아서 헤매었지만 끝내 이 오아시스를 찾아낸 것은 극소수에 불과했습니다. 길 잃고 죽어 가는 자들의 축복. 이 오아시스를 발견한 이에게는 위대한 행운이 부여됩니다.
호칭 '고요의 사막을 걸은 자'가 부여됩니다. 고요의 사막에서 이동속도가 45% 빨라집니다. 페트라의 은총으로 전설의 오아시스까지 10배 빨리 도착할 수 있습니다. 고요의 사막을 벗어나서 북쪽으로 돌아갈 때 역시 시간이 단축됩니다.
사막에서 목숨이 위험한 순간이 오면 일시적으로 5분 동안 생명력이 125,000만큼 높아집니다. 사막이 아닌 지역에서는 생명력이 2분 동안 20,000만큼 높아집니다. 단, 한번 발동되면 일주일간은 효과가 사라집니다.

발견자로서 영구적인 혜택이 주어집니다.
체력과 마나 최대치 1,000 증가. 투지, 카리스마, 행운, 인내력, 지구력, 매력, 용기 스탯이 모두 7씩 높아집니다. 이 모험 발견을 보고한다면 그에 따른 추가적인 명성과 업적에 대한 보상이 뒤따를 것입니다.

"이, 이럴 수가! 진짜 찾아왔구나."

위드는 고개를 처박고 물을 마셨다.

벌컥벌컥.

맑은 물은 미지근했지만 아무리 마셔도 끝없이 들어가는 것만 같았다.

> 갈증이 해소되었습니다.
> 체력의 최대치가 원래 상태의 80%로 회복됩니다. 마나가 다시 생성됩니다.
> 탈수증상으로 인한 현기증과 의식 불명 증상이 사라졌습니다. 높은 맷집과 인내력으로 인해 3시간 이상 수분 공급이 계속된다면 신체 상태는 거의 대부분 정상으로 돌아가게 될 것입니다.

쭉쭉 올라가는 메시지 창!

"드디어 고생길이 끝났다. 고요의 사막에서 오아시스를 찾아낸 거야."

위드가 실컷 물을 마시고 있을 때, 옆에는 낙타가 있었다.

"덤탱아. 너도 살았구나. 네가 날 이곳까지 데려와 준 거 같은데 생명의 은인……."

찹찹찹.

오아시스의 물을 혀로 날름거리면서 핥아 먹는 낙타.

'낙타가 마신 물이다.'

위드의 얼굴이 순간 굳었지만 오아시스에는 다른 동물들도 물을 마시고 있었으니 그걸 탓할 수는 없었다.

"그, 그래. 너도 먹고 살아야지."

머릿속에는 낙타 지갑이나, 낙타 가방이 떠올랐어도 갖은 고생을 다해 준 부하를 구타하진 않았다.

누렁이가 봤다면 드디어 주인이 인간이 되었다고 할 상황!

위드의 계산은 현실적이었고 냉정했다.

"날 데려와 준 공로를 봐서 참는다. 그러니까 이걸로 서로 빚진 건 없다고 봐도 되겠지. 어차피 난 널 돈을 주고 산 입장이니까 말이야."

푸흐허어엉.

낙타가 듣거나 말거나 합리화를 마친 위드였다.

✦✧✦✧✦

위드는 몸 상태가 어느 정도 정상으로 돌아오자마자 메시지 창부터 살폈다.

"고요의 사막을 걸은 자. 이건 모험과 생존과 관련된 호칭인데. 그 혜택이 엄청나군."

죽기 직전에 생명력이 증가하는 건 생존에 정말 큰 도움이될 수 있었다.

고요의 사막을 걸을 때만 해도 미친 짓이라고, 다시는 하지 않으리라고 생각했었다.

"이런 혜택이라면 또 와 볼 만한데."

화장실 들어갈 때와 나올 때가 다른, 마음의 변화.

발길에 차이던 모래가 그렇게 지긋지긋했지만 지금은 꽤나만족스러웠다.

위드는 주변을 둘러보았다.

마을에서부터 함께 데려온 낙타가 모래 구덩이에 앉아 쉬고 있었고, 물가에는 온갖 동물들이 번식하고 있었다.

띠링!

> 희귀 생물, 긴뿔턱사슴을 발견하였습니다.
> 동물을 자세히 관찰하여 그 특징을 보고한다면 보상을 받을 수 있습니다.

"식량이 풍족하군. 어쨌든 당장은 죽을 위험이 없고."

오아시스의 여러 희귀 동물들도 식량으로 보일 뿐.

나무에는 주렁주렁 탐스러운 열매들도 열려서 음식은 풍족했다.

"그런데 집도 있군."

숲 근처에 지어진 허름한 오두막이 보였다.

나무를 베어서 튼튼하게 만든 게 아니라 썩은 나뭇가지들을 주워서 얼기설기 만든 집.

"여기에도 사람이 살았던 것인가?"

위드는 의아하게 여기며 오두막으로 다가갔다.

'유저들 중에서는 아마도 이곳을 발견한 게 내가 처음일 텐데. 그렇다면 여긴 전설의 오아시스와 관련된 보상이 나올 가능성이 가장 크다.'

심장이 두근거렸다.

〈로열 로드〉를 하면서 몇 번이나 느꼈던 대박의 기운!

'보물 상자를 발견했을 때의… 아니야. 또다시 방심하지 말자. 언제 뒤통수를 맞을지 모르니 항상 경계해 봐야 돼.'

오두막에 들어가기 전에 땅바닥에 가깝게 몸을 낮추고 주변부터 살폈다.

낙타와 다른 동물들이 이상한 인간이라는 듯이 고개를 돌려 쳐다봤지만 그쯤은 아랑곳하지 않았다.

'적의 침입 가능성은 일단 없고. 인기척이나 함정도 보이진 않는다.'

긴장으로 입술에 침이 바짝 마를 정도였다.

'과연 이 오두막이 행운이 될지, 불행이 될지. 지금까지 내 인생을 돌아보면 전혀 짐작할 수도 없는데. 그냥 조용히 조각품만 만들까?'

위드는 고개를 흔들었다.

6개의 번호가 맞아야 하는 로또에서 5개가 맞은 상황이었다.

마지막 번호 1개를 안 맞춰 보고 2등 상금만 수령한다는 것은 있을 수 없는 일.

끼이익.

마침내 위드는 오두막의 문을 열었다.

금방이라도 쓰러질 것 같은 외관과는 달리 잘 정돈된 집 안에는 침대와 탁자가 있었다.

탁자 위에는 붉은 기운이 감도는 한 자루의 검과 책 한 권, 그리고 깃발이 놓여 있었다.

"역시 발견에 대한 보상이다. 근데 저 깃발은……."

위드는 깃발의 표식을 보고 깜짝 놀랐다.

"팔로스 제국의 문양이잖아?"

노들레의 퀘스트를 하던 와중에 바빠서 대충 팔로스 제국의 문양을 만들어야 했다.

그때 '에라, 모르겠다. 보리빵이 나오나 풀죽이 나오나. 아무거나 대충 짓지, 뭐.'라고 중얼거리면서 사막을 상징하는 일자를 좌우로 긋고, 그 위에는 조악한 형태의 검 한 자루가 꽂혀 있는 문양을 만들었다.

그 표시가 이제는 남부 사막의 도시들에서 상징처럼 그려진 것은 물론이고, 여기에서까지 찾아내게 될 줄이야.

"일단은 아이템을 얻게 될 모양인데. 빈집에 남겨진 아이템이라. 아주 전형적인 횡재했을 때의 패턴이지."

위드는 입가에 침을 흘리면서도 간신히 검에서는 시선을 돌렸다.

"기대가 되지만 조금은 미뤄 놔야지."

가장 맛있는 음식을 나중에 먹기 위한 준비.

본능적으로 검으로 오른손이 가려는 것을 왼손으로 막아야 했다.

"신중해야 돼. 방심하지 말자."

덥석 검부터 잡기에는 혹시라도 저주가 걸린 물건이 아닌지 의심도 들었다.

고요의 사막에 있는 전설의 오아시스.

뭐가 됐든 퀘스트 난이도 S급 이상과 연관될 여지가 있었다.

물론 아이템 역시 그만큼 대단한 등급의 물건이 나오리라.

위드는 낡은 책에 적혀 있는 제목을 읽었다.

위대한 사막 전사에 대하여

"음. 사막에서는 상당히 평범한 제목인데… 이것은!"

위드의 눈이 부릅떠졌다.

책을 쓴 이의 이름을 봤기 때문이다.

사막 전사 헤스티거

⋘⋙

유병준 박사는 위드의 사막 횡단을 지루하게 지켜봤다.

"어리석군. 적당히 하다가 아닌 것 같으면 돌아와도 될 텐데 인생까지 떠올리면서까지 걷다니, 독한 놈이군."

의지와 포기하지 않는 정신력. 그러면서도 살아날 것이라는 확신이 있었기 때문에 고요의 사막을 이겨 낼 수 있었으리라.

잡초처럼 밟히더라도 더 강해져서 헤르메스 길드를 상대로 아르펜 왕국을 지켜 낸 이유가 느껴졌다.

"지독해. 거의 두 달 가까이 지났어. 대륙의 정세가 급변하고 있는데도 사막에 가다니 욕심이 없는 건가?"

위드의 현재 위치라면 아르펜 왕국에 남아서 얻을 수 있는 이익이 굉장히 크다.

북부 대륙의 수많은 영양가 높은 퀘스트들을 독점하고, 지위와 인맥을 통해서 최상의 사냥 팀을 조성할 수 있을 것이다.

위드의 전매특허나 다름없는 신속한 사냥으로 던전을 오가면서 성장한다면, 그 결과는 〈로열 로드〉의 상위 랭커까지도 위협할 수 있었다.

눈앞의 확실한 이익들을 포기하고, 자신에게 주어진 일을 해결하기 위해서 고요의 사막을 걸었다. 말은 쉬워도 누구나 할 수 있는 일은 결코 아니었다.

유병준 박사가 문득 물었다.

"베르사, 헤스티거가 고요의 사막을 정복하는 데 걸린 시간이 얼마나 되지?"

위드의 시간 여행 때문에 과거의 역사들 역시 다시 쓰이게 되었다.

헤스티거의 모험 역시 역사가 바뀐 중요한 부분이었다.

—143일입니다.

"그래? 위드보다도 훨씬 더 오래 걸렸군."

—헤스티거는 5마리의 낙타에 짐을 실어서 갔습니다. 고요의 사막을 클리어하기 위해서는 일정한 거리 이상을 걸어야 하고, 물과 식량이 전부 떨어져야 한다는 조건이 있었습니다.

고요의 사막은 인간이 가진 인내심의 한계를 시험하는 장소였다.

물과 식량을 많이 가져갈수록 사막은 끝없이 넓어지며 높은 한계를 원하게 된다. 그렇다고 해서 얼마 되지 않는 물과 식량을 가져가는 것도 해답은 아니었다.

넓은 사막에서 정해진 최소 거리 이상을 걷지 못한다면 오아시스가 나타나지 않아서 그 자리에서 말라 죽을 뿐이었다.

또한 그 자리에서 오래 쉬어도 사막은 계속 넓어진다. 끝없이 쉬지 않고 부지런히 걸어야만 했다.

고요의 사막은 먼저 해답을 알고 있더라도 결코 클리어하기 어려운 지역.

달빛 조각사

어쩌면 유저들의 수준이 오른 먼 훗날에도 10대 금역 중 최악으로 남게 될 가능성이 컸다.

　"위드의 인내심은 대단하군."

　—조각술 마스터를 하면 큰돈을 벌 수 있다는 믿음 때문일 것입니다.

　"돈을 아주 좋아하는 녀석이지. 코코아값도 100원을 덜 준… 잠깐. 위드는 왜 고작 1마리의 낙타만 사막까지 끌고 간 서지?"

　유병준 박사는 합리적이지 않은 사실 때문에 당혹스러웠다.

　"잔꾀가 많으면서 의외로 철저하게 야비한 녀석이다. 그런 무모하고 멍청한 짓을 할 녀석이 아닐 텐데."

　고요의 사막이 쉬운 곳이 아니라는 점은 위드가 경험으로 잘 알고 있었다.

　과거에도 죽을 뻔한 장소에 부실한 낙타 1마리에 물과 식량을 실은 것은 도저히 납득이 안 된다.

　낙타 수십 마리에 식량과 물을 가득 채우면 훨씬 오래 버틸 수 있는 만큼 사막을 횡단하기 쉽다고 생각하는 것이 타당한 결론이었다.

　그게 곧 함정이 되어서 사막을 정복하기는 훨씬 힘들었을 테지만 말이다.

　"설마… 그 녀석이 고요의 사막에 대한 중대한 단서를 발견했던 건가?"

　—이유를 분석해 보겠습니다.

　인공지능 베르사는 지금까지 나타났던 위드의 성격과 판단력, 경험들을 총동원해서 빠르게 결론을 도출해 냈다.

　짧은 순간 동안 유병준은 생각했다.

'〈마법의 대륙〉에서부터 〈로열 로드〉까지. 수많은 난관들을 극복했던 것은 어쩌면 두뇌와 본능적인 감각이 아니었을까. 위드, 보면 볼수록 대단한 놈이군.'

─고요의 사막에 대한 단서는 페트라의 신전에 있습니다. 남부 사막 지대에 있는 모래 언덕에 파묻힌 신전은 발견되지 않아 어떤 유저도 클리어한 적이 없습니다.

"그렇다면?"

─위드는 낙타값이 아까웠던 것 같습니다.

"뭐라고?"

─돈이 아까웠고, 바가지까지 써서 낙타를 1마리밖에 구입하지 않았던 것으로 보입니다.

✦⫷◈◈◈⫸✦

위드가 베르사 대륙에서 자취를 감춘 지도 두 달이 지났다.

처음 며칠간은 푸홀 워터파크에 위드를 만나기 위한 수많은 사람들이 몰렸다.

풀죽신교의 광신도들!

"위드 님 어딨어, 위드 님!"

"우리는 믿습니다. 오오. 위드 님을 믿습니다. 독버섯죽의 영광이여!"

"이제 위드 님을 따라야 합니다. 위드 님의 말씀이 법이고 그분의 행동이 도덕적인 지침이 됩니다. 위드갓!"

풀죽신교 원리주의자들은 푸홀 워터파크를 걸으면서 위드의 조각품들을 향해 절을 했다.

일부 유저들이 광신도를 연상시키는 이상한 분위기로 흐르고 있었지만 사실 별다른 이유는 없었다.

'뭔가 재밌잖아.'

'음. 이런 기분이란 말이지. 더 열심히 믿는 척해야지.'

'캬하핫! 이 구역에서는 내가 더 미친 놈이다.'

위드가 엠비뉴 교단을 물리친 것이나 북부에 아르펜 왕국을 세운 업적에 감명도 받았지만 그냥 풀죽신교의 열성 팬들이 노는 방식 중의 하나였다.

하지만 어디에도 위드는 나타나지 않은 채 한 달이 지났다.

"사냥터 가셨구나."

"바람처럼 왔다가 또 사라지는 분이니까. 언제 또 멋진 조각품을 워터파크에 만들어 줄지 모르잖아."

푸홀 워터파크는 개장을 하긴 했지만 사방에서 공사가 진행 중이었다.

멋진 미남들과 늘씬한 미녀들로 붐비는 워터파크.

당연한 이야기지만 입장료와 물품 판매 수입을 위해 푸홀 워터파크는 24시간 영업을 했다.

특히 밤이면 그 화려함은 더해 갔다.

위드가 푸홀 워터파크를 떠나기 전이었다. 조각품 노가다를 하고 있을 때 여동생 유린이 찾아왔다.

"오빠, 워터파크에 내 작품 만들어도 돼?"

"어, 그래."

"알았어."

오빠와 여동생의 전형적인 짧은 대화.

유린은 물빛의 화가인 만큼 워터파크에 그녀의 실력을 발휘하기로 했다.

"물아, 일어나라. 얍!"

유린이 물을 예쁘게 솟구치게 만들고 빛과 색을 더했다.

태양이 지고 난 어두운 밤이면 워터파크에서는 물과 빛이 어우러지는 화려한 분수 쇼가 펼쳐졌다.

그 아래에서는 사람들이 맛있는 음식을 먹고, 춤을 즐겼다.

불야성을 이루는 워터파크!

위드가 모습을 감춘 지 한 달여가 지난 이후부터는 아르펜 왕국의 사람들은 이야기했다.

"위드 님의 소식이 들릴 때가 됐는데."

"무슨 또 엄청난 퀘스트 하고 있을 거 같아. 조만간 방송을 통해서 볼 수 있겠지."

"매번 그렇게 열심히만 살 수 있겠어? 조각 변신술을 써서 어딘가에서 푹 쉬고 계시겠지. 휴양지 같은 곳에서 말이야."

"위드 님이 그럴 분이 아니잖아. 아르펜 왕국에서 사냥하고 있을 거야. 그동안 미해결 던전들을 격파하면서 말이야. 바드레이를 이겨야 하지 않겠어?"

하벤 제국에서도 위드의 행적에 대해서는 비상한 관심을 가지고 있었다.

전격적인 세금 인하, 지금은 제국 운영비도 건지지 못하는 손해 보는 장사를 하고 있었는데 다행히 치안이 잡히고 경제가 회복되는 중이다.

그런데 위드가 어디에 있는지도 모른다는 사실은 찜찜한 일이었다.

"정보대에서도 아무런 소식이 없습니까?"

"아예 땅으로 꺼지기라도 한 것처럼 어디서도 전혀 나타나지 않습니다."

"제국 내에서 활동하고 있을 가능성은요?"

"현재로써는 없습니다. 그렇지만 신출귀몰한 녀석의 특성을 감안하여 첩보 활동을 늘리겠습니다."

사냥터의 요금 감면과 이용 제한 해제.

그 때문에 중앙 대륙의 유명한 사냥터들과 좋은 퀘스트들에는 엄청난 인파가 몰리는 중이었다.

새로운 스킬이나 영구적인 스탯을 얻을 수 있는 던전과 퀘스트들이 있기 때문에 중앙 대륙 유저들이 대거 붐볐다.

"위드가 제국에서 강해지고 있는 것만큼은 막아야 합니다. 암살대의 출동 준비를 계속 갖춰 놓고 만약에라도 그가 나타나면 바로 공격할 수 있도록 하세요."

"암살대를 더 많이 늘리도록 하겠습니다. 위드를 죽이고 싶어 하는 유저들은 길드 안에 많으니까요."

"위드가 전사라면 객관적인 비교가 가능할 텐데… 조각사라서 갈수록 좋은 직업 같군요. 어떤 식으로든 강해지니까요."

라페이는 옅게 한숨을 내쉬었다.

검사, 기사, 전사류의 직업이라면 레벨이나 스킬들을 감안하여 전투력을 측정하고 대처할 수 있다.

조각사의 특성을 극대화시킨 위드의 경우에는 스킬의 조합이나 발전 가능성이 무궁무진했다.

"그가 어디서 무엇을 하고 있건 간에 나타나지 않는 건 우리에게 희소식이 아닙니다. 그가 새롭게 모습을 드러낼 때마다 깜짝 놀랄 만한 스킬을 선보이고 퀘스트의 결과를 발표했으니까요."

"퀘스트나 사냥을 하다가 그냥 죽었을 수도 있지 않을까요? 무리한 퀘스트를 진행하다 죽는 건 흔한 일입니다만."

"그렇게 단순했으면 좋겠지만… 위드의 생존력은 바퀴벌레 이상이라는 점이 문제겠죠."

❦

위드는 헤스티거가 쓴 책을 펼쳤다.

"보물 지도일까? 아니면 보상이 엄청난 퀘스트? 어쩌면 팔로스 제국의 보물을 이놈이 다 빼돌려 숨겨 놓았을지도 모르는 일이야."

책의 각 장에 있는 주제들이 보였다.

사막 전사의 올바른 인성에 대해
약자를 보살피는 방법
탐욕을 이겨 낸 자가 성공한다
참아서 쌓는 소중한 긍지

잘못된 실타래를 풀기 위해서는 끝이 없는 인내가 필요하다

땅에 떨어진 물건에는 원래 주인이 있다

한 번 양보하면 뿌듯하고, 두 번 양보하면 명예롭다

꼼꼼하게 주변 사람들을 챙겨라

어린아이들과 노인들, 여성들에 대한 존중만큼 위대한 배려는 없다

"이게 뭐야."

뭔가 기대감을 품고 책을 읽었던 사람을 반성하게 만드는 주제들.

"팔로스 제국의 황제를 헤스티거가 안 되도록 했기에 천만다행이지. 아마 그랬다면 이 대륙은 양보와 헌신 같은 미덕들이 가득했을 거야."

얍삽한 인간들이 비난을 받으며 편법이 통하지 않을 것이다.

도저히 위드가 살아갈 수 없는 험난한 세상!

위드도 〈로열 로드〉로 성공한 만큼 자서전을 한 권 정도 집필할 생각은 있었다.

고생 끝에 남의 것을 뺏어라

주인이 있는 물건은 없다. 막판에 챙긴 놈이 임자다

불의에 눈 한 번 질끈 감으면 네 인생과 가족들이 평화롭다

남에게 부탁은 하되, 들어주진 마라

키우던 강아지도 배신한다

양심에 걸릴 만한 일을 저질렀으면 꿀잠부터 자라

주변인의 경조사에 대비하여 사건들을 만들라. 준비된 자만이 뜯어먹히지 않는다

험한 세상을 살아가는 빛나는 지혜!

거짓과 권모술수가 판치는 현대에서 성공하기 위한 격언들이었다.

물론 세상을 살다 보면 자기 자신만 생각한다거나 남을 등치려는 악독한 마음만 품고 있기는 정말 쉽지 않다.

불쌍한 사람들을 돕고 싶은 마음, 자기보다 어려운 처지에 있는 이들에게 아낌없이 베풀고 싶은 유혹.

편법보다는 정당한 방법으로 승부하려는 쓸데없는 고집.

비난을 받으면 반성을 하고 바르게 살려는 갈등.

아르펜 왕국의 국왕으로서 유저들이 행복해하는 걸 보며 가끔씩 뿌듯한 기분이 들려고 할 때가 있었다.

그 때문에 얼마나 많은 정신적인 고통을 겪었던가.

"전부 이겨 내야지. 나약해져서는 안 돼. 수많은 갈등과 유혹들을 이겨 내야만 인생의 승리자가 되는 것이지. 착취하는 독재자의 길은 외로운 법."

위드는 헤스티거의 책을 수학 교재 보듯이 빠르게 뒤로 넘겼다. 그리고 맨 뒷장에서 조금 다른 내용을 발견하고 말았다.

위대한 사막의 대제왕

"음, 이건 뭐지?"

　대제의 흔적을 사막 어디에서도 찾아내지 못했다. 팔로스 제국의 전사들이 대륙을 이 잡듯이 뒤졌음에도 불구하고 그분은 어디론가 사라지고 말았다.
　수많은 전사들이 나에게 황제 자리를 맡으라고 한다. 나약한 원로원을 쓸어 버리고 절대 권력의 기치를 세우라고 말하고 있다.
　붉은 사자단의 힘이라면 하루아침에 세상을 바꿀 수 있었다. 하지만 내가 인정하는 유일한 단 한 분, 그분이 건국한 제국이기에 나는 제안을 거절했다.

"이런 멍청한 놈!"
위드는 탄식이 나오려고 했다.
아무리 헤스티거와의 사이가 찜찜하더라도 이건 아니었다. 누군가 차려 놓은 밥이라면 감사한 마음으로 김이 모락모락 날 때 먹어야 하지 않겠는가.
"착하게 살다가 고생하면서 돈 잃고 권력 잃는 전형적인 케이스구나."

　악마의 교단을 무찌르고 나서 나는 엘프들과 세상을 여행했다. 수많은 장소에 가서 대제의 흔적을 찾았고, 새로운 세상을 보았다.
　그리고 이제 나는 운명의 이끌림을 따라서 이제 고요의

사막을 지난다.

이 너머는 요정들도 말해 주지 않는 신비하고 위험한 세계. 어쩌면 이 오아시스가 내 여행의 마지막 휴식처가 될 수 있겠지.

조각 부활술로 되살린 헤스티거가 고요의 사막을 지나서 몇 단계의 모험을 더 하고 신들의 영역, 거인들의 땅에 도착하기 전에 써 놓은 글.

"여기까지 와서 헤스티거의 흔적이나 봐야 하다니, 이놈의 팔자는 왜 이래."

위드는 불평을 하면서도 뭔가 건질 것이 없나 하고 글귀를 계속 읽었다.

이곳까지 와서 내가 남긴 글을 읽는 이여.

고요의 사막을 걸어왔다면, 그대 역시 사막에 대해 온몸으로 느끼게 되었을 것이다.

작물을 키우기 힘든 척박한 땅, 우리들은 스스로의 힘으로 싸우고 부족을 지켜야 했다. 살기 위한 싸움이 끝없는 분쟁으로 이어져서 모두가 고통을 받았을 때, 그 악순환을 단번에 종식시킨 것은 위대한 대제왕이었다.

"알긴 제대로 아는군. 흠흠. 사막이 조금이나마 살 만한 곳이 된 건 전부 내 덕분이지."

팔로스 제국을 헤스티거에게 넘겨주기 싫어서 원로원 체제를 만들었던 기억은 까맣게 사라져 버린 후였다.

　나는 대제왕과 함께하면서 강해질 수 있었다.

　그분은 전사들이 목숨을 걸어야 할 정도로 위험한 전투에 뛰어들었다.

　나는 그분이 왜 그렇게 서두르는지, 약자들에게 엄격하고, 적에게 잔인한지를 알지 못했다. 때때로 부하들에 대한 지나친 규율과 아량 없는 처벌에 반감도 가졌지만 깊은 뜻을 뒤늦게 알게 되었다. 세상을 장악하려는 사악한 집단, 우리가 사막을 위해서 싸우고 있을 때, 전 대륙에 살아가는 생명들을 생각하고 계셨던 것이다.

　어찌 그 위대함을 우러러보지 않을 수 있을 것인가? 내가 대제왕의 등과 어깨에 걸려 있는 막중한 무게를 제대로 헤아리지 못했던 것이다. 팔로스 제국을 건국하고 나서 모든 영광과 권력을 누릴 수 있음에도 불구하고 떠나 버린 모습에서 우러러볼 수밖에 없는 초연함을 느꼈다.

　그대 역시 대제왕에 대한 이야기를 듣고, 심장이 뛰었던 사막의 사내일 것이다. 직접 대제왕을 따랐던 전사로서 후예에게 작은 선물을 남긴다.

　내가 익힌 기술들과 엘프들에게 받은 검이다.

　책자의 뒷부분에는 잘생긴 헤스티거가 시미터를 휘두르는 모습이 그려져 있었다.

　띠링!

고요의 사막에서 페트라의 오아시스를 찾아낸 최초의 유저가 되었습니다.

혜택: 사막 전사의 고유 스킬들을 배울 수 있다. 단 조각사의 직업적인 한계로 인하여 360일이 지난 후에는 익히고 있던 사막 전사의 스킬이 소멸된다. 사막 전사의 스킬들은 숙련도뿐만 아니라, 자연과의 친화력이나 인내력에 따라 위력이 강화된다.

사막 전사 최상위 전투 스킬, 용암의 강을 습득할 수 있습니다.

용암의 강

초고열의 화염을 일으켜서 벽과 땅을 녹여 용암으로 만든다. 장애물들을 녹이며 일직선으로 돌파할 수 있다. 땅에 흐르는 용암은 생명체가 접근할 시 폭발한다. 용암의 유지 시간은 일으키는 열기에 따라 달라진다. 사막 전사에게 화염의 기운을 추가한다. 생명력을 회복할 수 있으며, 공격력과 스킬의 위력을 강화한다.

사막 전사 최후의 공격 스킬, 대파멸의 모래 폭풍을 습득할 수 있습니다.

대파멸의 모래 폭풍

사막 전사들은 태양의 기운과 거친 바람을 견뎌 냈다. 사막 전사가 모래 폭풍을 일으키면 자신을 중심으로 모든 것이 파괴된다. 모래 폭풍이 일어나는 동안, 이동속도 165% 증가, 공격력이 최대 360%까지 높아진다. 35%의 확률로 사막 전사들의 영혼이 함께 소환되어 적을 공격한다.

"용암의 강과 대파멸의 모래 폭풍!"

위드의 가슴이 감동으로 벅차올랐다.

"그래도 제대로 하나 건졌구나."

조각 부활술로 되살린 헤스티거가 용암의 강을 쓰는 모습을 보며 얼마나 부러워했던가.

고요의 사막을 힘들게 걸어왔던 보람이 여기서 느껴졌다.

"그리고 이 검이 문제인데 말이야."

위드는 엘프의 검이라는 물건을 봤다.

딱 봐도 고색창연한 것이, 요즘 것이 아니라 오래된 검이라는 느낌이 왔다.

사막의 대제왕 퀘스트를 할 때 중앙 대륙을 침공하면서 수많은 보물들을 약탈하고 봤지만, 그것들에도 꿀리지 않는 명검.

선명하게 살아 있는 검날과 검자루에 박혀 있는 두툼한 푸른 보석. 알 수 없는 은은한 기운이 검을 감싸고 흘렀다.

"적당한 무게감에 공격력만 좋아도 더 바랄 게 없는데… 저건 느낌이 딱 마법 검이야."

위드는 검을 가리지 않고 써왔다.

아가사의 거룩한 검이나 차가운 로트의 검, 콜드림의 데몬 소드도 상당 기간 사용했다. 레드 스타는 주인인 드래곤이 나타날까 봐 가슴을 졸여 가면서 사용했다.

손에 맞는 좋은 무기는 구하기도 어려웠고, 상성의 문제도 있었다.

검사 전용 무기 같은 건 대부분 검술이나 특정 공격 스킬을 강화시켜 주는데, 위드는 난잡하기 짝이 없는 잡캐라서 효과가 적은 편이었다.

디자인 같은 건 신경도 안 썼는데 마음에 드는 명검이 나타난 것이다.

"고생을 하긴 했지만 어쨌든 공짜로 얻는 검이란 말이지."

위드는 3년간 묵혀 둔 적금을 찾을 때처럼 가슴이 설렜다.

"감정!"

로아의 명검

엘프들의 고대 기록《평화로운 큰 숲의 탄생》에 나오는 검. 고대에 지옥에서 튀어나온 흉맹한 마수 카르큘라가 입에서 불을 내뿜어 숲과 들판을 태웠다. 카르큘라의 피부는 그 어떤 것으로도 잘리지 않았고 작은 상처를 입어도 금방 회복되어 버리고 말았다. 인간들과 엘프들이 절망하고 있을 때 하이엘프 로아가 나타나 카르큘라를 쓰러뜨릴 때 사용되었다는 검이다. 인간들은 최고의 명검으로 뽑는 데 주저하지 않았다. 처음에 누가 만들었는지는 알 수 없으며, 그 이후에 엘프들의 보물로 내려오게 되었다.

내구력: 65/65.

공격력: 145~265.

제한: 레벨 650 이상. 자연과의 친화력: 3,200.

옵션: 매우 가벼움. 민첩 +26%. 숲이나 산에서의 전투 능력이 향상된다. 모든 스탯 +42. 대형 몬스터의 경우, 3배의 피해를 입힌다. 입힌 피해의 절반에 달하는 만큼 적의 최대 생명력을 감소시킨다. 1시간 동안 효과 지속. 치명적인 일격이 발동되면 상대의 방어력을 7%씩 약화시키며, 최대 63%까지 중첩된다. 불과 바람, 물, 땅의 정령의 기운을 빌릴 수 있다. 방어력 +117. 검을 활용한 스킬 사용 시 마나 소모를 절반으로 감소시킨다. 마법 보호 76% 약화. 보호 마법 '큰 숲의 가호' 사용 가능. 예술적인 검. 소유자의 예술 스탯을 35만큼 높여 준다.

큰 숲의 가호

생명력 36% 회복. 최대 1분 동안 자신과 그 주변에 강철목들이 자라게 하여 적의 공격으로부터 안전해진다.

"뭐가 이렇게 많아."

옵션들을 읽으면서 눈이 호강하는 기분이었다.

"공격력에 상대 방어력 약화, 내 방어력에 따로 방어 스킬까지 다 있네?"

깨알같이 붙어 있는 특성들은 버릴 게 하나도 없는 종합 선물 세트!

위드는 도무지 믿기지 않아서 몇 번이나 감정 상태를 확인해 봤다.

심지어는 진짜인지 의심스러워서 검을 이빨로 깨물어 보기까지 했다.

콰드득!

> 어금니가 부러졌습니다.
> 생명력이 378 감소합니다.

"진짜가 맞네."

위드는 온몸에서 기운이 빠져나가는 기분이었다.

"내게 이런 행운이 찾아오다니… 도무지 믿기지 않지만, 이게 진짜야."

순간 눈앞에 스쳐 지나가는 가족들의 모습.

전기와 가스가 끊긴 집에서 라면을 부숴서 여동생과 나눠 먹던 과거까지 떠올랐다.

"이 검만 있으면 그동안 못 잡던 몬스터들을 쓸어 버릴 수 있겠구나. 그리고 경매를 올려서 판다면 대체 얼마를 받을까?"

경매로 추정 불가능.

지금까지 경매 역사상 나온 어떠한 무기보다도 월등한 스펙을 가졌다.

　사실 레벨 제한이나 자연과의 친화력 제한이 있기 때문에 아직은 사용 가능한 유저도 없는 형편이었다.

　하지만 고급 무기일수록 결국은 수요에 비해 공급이 모자라지기 마련이다.

　헤스티거가 남긴 무기 역시 역사에 기록될 정도로 희귀한 물건이었다.

　대장장이 스킬로 고급 무기를 만들려고 해도 특수한 재료를 필요로 한다는 점을 감안하면 당장 팔려고 하더라도 살 사람들이 줄을 섰다.

　중동 부자들은 이런 희귀한 무기들은 소장을 위해서라도 산다고 하니 경매에서 가격을 측정한다는 것은 기준이 없으니 내놔 봐야 알 수 있는 일이었다.

　"일단 내가 쓰자."

　위드는 결심을 굳혔다.

　지금의 레벨이 451, 자연과의 친화력은 2,245였다. 대장장이 스킬의 착용 제한 효과로 쓸 수 있었으니 당장 사용을 하는 게 옳았다.

　새로운 장비를 사용한다면 헤르메스 길드와의 싸움에서 유리해지는 것은 물론이고 방송국들에서도 대단히 주목할 것이니까.

　"고맙다, 헤스티거. 이런 식으로 은혜를 갚는구나."

　위드는 주변을 둘러보다가 오아시스 부근에서 작은 돌을 발견했다.

돌을 집 앞에 세워 놓고 두 번 절을 하는 것으로 보리빵 하나 없이 헤스티거의 제사를 치렀다.

"명복을 빌어 주마. 계속 착하게 살아라."

질투에서 비롯된 무수히 많은 갈굼과 비난에도 불구하고 멋진 사막 전사가 되어서 모험을 하고, 팔로스 제국을 위한 안배까지 하다니, 역시 훌륭했다.

"마음 같아서는 낙타라도 1마리 잡아 주고 싶지만, 뭐… 그렇게까지 할 의리는 없으니까 말이야."

값으로 환산한다면 정확히 1실버 미만의 의리.

위드는 얼마 남지 않은 헤스티거의 책자를 꼼꼼히 읽어 보기로 했다.

팔로스 제국에 산더미처럼 쌓여 있던 보물들, 그 일부라도 얻을 수 있을지 모르기 때문이었다.

약간 찝찝한 부분은 남아 있었지만 그렇다고 해서 읽지 않을 수는 없었다.

사막의 시험을 통과한 이여.

이제 그대의 어깨에는 막중한 사명이 있다.

대제왕이 이룩했던 업적이 먼 훗날에는 까맣게 사라질 수도 있는바, 팔로스 제국의 영광과 번영, 사막 부족들을 위한 길을 걷도록 하라.

띠링!

사막의 패자

끝을 모르는 모래사막에는 팔로스 제국의 드넓은 영광이 묻혀 있다. 사막 전사들은 위대한 제국의 부활을 위한 안배해 놓았다. 전사들의 피에 흐르는 명예와 투쟁심. 사막에 사는 사람들은 진정한 강자가 나타나 대제왕의 길을 걷기를 모두가 기다리고 있다.

사막 전사들의 뜻과 의지를 하나로 모아라. 사막의 시험을 통과한 그대가 부른다면 전사들은 기꺼이 아껴 두었던 칼을 꺼내고 따를 것이다.

난이도: S. 사막 퀘스트.

보상: 대서사시 〈팔로스 제국의 건국〉으로 연결될 수도 있다.

제한: 역사적인 사막 전사의 인정.

사막에서 가장 큰 업적을 달성한 상태입니다.
퀘스트가 강제로 부여됩니다.

퀘스트가 수락되었습니다.

대제왕의 퀘스트!

사막에 뿌려진 수많은 팔로스 제국과 대제왕에 관련된 퀘스트의 파편 중 큰 것이 덥석 걸려든 것이었다.

"그래. 이젠 이 정도는 예상했지. 이놈의 팔자가 좋은 일만 생기긴 않더라고. 예전에 내가 이미 달성했던 팔로스 제국을 또 건국해나 하나?"

위드의 입가에 가볍게 맺힌 미소는 이 정도의 고난으로는 지워지지 않았다.

'난이도 S급의 연계 퀘스트? 힘들다고 투정을 부리던 것도 몸보신이 새끼이던 때 이야기야. 이젠 고작해야 배고플 때 자장면 두 그릇 정도 먹는 것밖에는 안 되지. 그릇을 깨끗이 비우고 군만두까지 먹을 수 있어!'

앞으로 해야 할 일이 많기에 퀘스트를 바라고 있던 상태는 아니었다.

낮은 레벨이나 스킬 마스터부터 확실히 하고 니시 한가롭게 퀘스트를 해도 되지 않겠는가.

그럼에도 지금까지 성장해 온 중요한 바탕이 퀘스트였으니 썩 나쁜 기분만은 아니었다.

"나중에 퀘스트를 성공하면 방송권 판매에 캐릭터 인형까지 팔아먹을 수 있단 말이지."

이미 견적 정리가 끝난 상태!

"근데… 큰 발자국의 땅이라는 퀘스트도 있었잖아?"

위드의 이마가 조금 찌푸려졌다.

세상의 끝을 넘어서 역사상 최고의 모험가 로드시커의 영혼을 깨워야 하는 퀘스트.

이것도 조각 부활술로 되살린 헤스티거에 의해서 받았던 의뢰였다.

"이놈이 은근히 날 고생시킨단 말이야."

❀❁❂❁❀

꽈아아앙!

거인의 발길질에 지축이 뒤흔들렸다.

"산개해서 공격합니다. 전부 집중하세요."

"넵!"

"거인 사냥에 성공해 봅시다!"

100여 명이 넘는 유저들.

그들은 숲에서 일사불란하게 흩어지면서 거인의 이목을 교란시켰다.

거인은 인간들이나 엘프 유저들을 손으로 잡아서 먹으려고 했지만 마음대로 되는 게 아니었다.

"크우오와아아아아!"

> 거인 알타메스가 포효했습니다.
> 투지가 꺾입니다. 이동속도 감소! 모든 스킬의 숙련도가 일시적으로 36%만큼 감소합니다. 최대 생명력이 절반으로 줄어듭니다. 10초 동안 당한 모든 공격은 치명적인 피해를 줍니다.

온몸이 저릿저릿하게 떨리는 포효.

거인이 걸어 다닐 때마다 발길에 나무뿌리가 뽑히고 땅이 깊게 파였다.

"1분대 공격 시작!"

"옛!"

거인의 뒤에 있던 유저들이 화살을 쏘아 댔다.

마법사 유저들은 중력 강화 마법을 시전하여 거인을 느리게 만들었다.

"총공격!"

유저들은 저마다 무기를 들고 용감하게 거인을 향해 달려들었다.

그중에는 페일과 메이런, 로뮤나, 이리엔, 수르카, 벨로트, 화령, 제피도 있었다.

"페일 님만 믿어요."

"최선을 다하겠습니다. 그렇지만 전투는 궁수인 저보다는 다른 분들이 지휘하시는 편이 더 낫지 않을까요?"

벨로트가 웃으며 말했다.

"아니에요, 페일 님이 우리 중에서 가장 강하고 판단력이 좋아요."

"저를 너무 과대평가하시는 것 같은데요."

"부인할 수 없는 확실한 근거가 있어요. 위드 님의 전투 노예니까요."

"……."

진홍의날개 길드가 발견한 거인족의 세계.

거인의 레벨은 최소 700을 넘는 것으로 알려져 있었다.

평균적으로 돌아다니는 거인의 대부분이 750 정도 된다고 봐도 됐다.

유저들이 아직은 상대하기 버거운 수준이었지만 거인들은 스킬을 거의 쓰지 않았다.

엄청난 괴력과 덩치, 맷집을 가졌지만 끈질기게 공격하면 쓰러뜨릴 수 있다.

"위드 님도 없고, 심심한데 가 볼까요?"

"위험할 것 같은데요."

"위드 님을 따라다니는 것보다는……."

"인정이요."

페일과 일행들 역시 아르펜 왕국에서 사냥하다가 심심해서 거인들의 땅까지 놀러 오게 되었다.

그 외에도 수많은 강자들이 거인들의 땅에서 사냥하기 위해 찾아왔다.

진홍의날개는 새로운 사냥터와 보물이 잠재되어 있는 세상의 문을 열면서 엄청난 명성을 얻을 수 있었다.

유저들이 거인과의 전투에서 매번 이기는 것은 아니라서 효율이 좋진 않았다. 그럼에도 이겼을 경우에는 새로운 금속이나 마법 재료들을 많이 얻을 수가 있어서 대박의 꿈이 있는 동네였다.

페일과 그의 동료들을 비롯한 유저들이 개미 떼처럼 덤벼들었다.

수르카는 용감하게 접근해서 강렬한 주먹질을 하고, 이리엔은 전투를 하고 있는 사람들을 위해 광역 회복 마법을 마구 걸어 줬다.

수많은 마법과 공격들이 작렬하고 거인의 난동에 의해 일부 유저들이 목숨을 잃었다.

"끄오어어어!"

거인은 생명력이 절반 이하로 줄어들게 되자 도망치려고 했지만 정령술사들이 소환한 흙과 철의 정령들이 끈질기게 달라붙었다.

거인이 도주할 예상 경로에는 이미 함정들도 계속 설치되어 있었다.

북부의 고레벨 유저들은 위드의 영향으로 자연스럽게 토목 공사에 익숙해지게 됐다.

미리 대규모로 땅을 파 놓고, 칼날을 거꾸로 심어 놓아서 거인의 움직임을 약화시켰다.

제피의 무한대로 늘어나는 낚싯줄도 마치 거미줄처럼 엮여 있으면서 거인의 발목을 잡았다.

거인이 쓰러질 듯 말 듯 하면서 세 번이나 부활하며 유저들을 공격했다.

하지만 거인들과의 전투도 동영상을 통해 엄청난 분석이 이루어진 후였다.

유저들은 방심하지 않고 끝까지 공격을 가했다.

거인 알타메스가 영원한 안식에 들어갔습니다.
전투에 참여한 이들에게는 군신 아트록의 공적치가 3씩 부여됩니다.

"우와아아아!"

"만세! 해냈다!"

유저들이 커다란 함성을 터트렸다.

❖❖❖❖❖❖

새로운 스킬과 장비를 얻었음에도 불구하고 위드가 기쁨을 만끽하는 시간은 잠시였다.

"고요의 사막까지 온 목적부터 달성해야 되겠지."

조각술 스킬의 도움을 받지 못한 상태로 작품을 만들기로 결정했다.

재료도 특별한 건 없었다. 대신 고요의 사막에는 고운 모래들이 온통 가득했으니 오아시스의 물을 이용해서 진흙처럼 뭉쳤다.

'수없이 많이 해 본 토끼나 여우 조각품부터 하자.'

눈을 감고도 만들 수 있는 익숙한 형태였다.

손가락으로 점토를 다듬듯이 해서 토끼의 형상을 만들었다.

조각술의 도움을 받지 못했기에 질감이 대리석처럼 매끄러운 형태는 나오지 않았고, 꼬리나 귀가 쉽게 떨어져서 다시 붙였다.

토끼 조각품
고요의 사막 오아시스의 흙으로 만들어진 토끼. 흔하고 단순한 형태다.
예술적 가치: 2.

위드 스스로 봐도 흙으로 형상만 꾸며 놓은 것에 지나지 않았다.

예술품이라기엔 흔하게 판매하는 싸구려 기념품 정도였다.

"음. 옛날이 떠오르는군. 진짜 어설픈 나무 조각품밖에는 못 만들 때였지."

조각술은 상당히 어렵다.

조금만 집중력이 흐트러지거나 실수를 하더라도 작품의 가치가 뚝 떨어진다.

게다가 새로운 시도를 하지 않으면 작품성은 물론이고 사람들로부터 인정을 받을 수도 없었다.

"조악한 형태로 아무거나 대량 생산한 후에 바가지를 씌워서 팔아먹을 생각밖에 못하던 때였어."

초보 시절의 아름다운 추억에 대한 회상!

조각술 스킬이 적용되지 않으니 진흙 조각품을 만드는 것 하나하나가 어려워졌다.

조금만 힘을 가하더라도 진흙이 뭉개져 버리고 말았다.

"처음부터 다시 시작하자. 흙의 특성에 대해서 이해하는 섯부터야."

위드는 오아시스에서 나무 열매와 물을 마시면서 밤새도록 조각품을 만들었다.

입자가 고운 모래는 조각 재료로 적합하다고는 할 수 없었다. 그렇지만 재료 탓을 하는 건 진정한 조각사가 아니라고 생각했다.

위드는 물을 적셔서 진흙을 만들고 손으로 주물럭거렸다.

"공짜 조각 재료들을 한정판이라고 속인 후 바가지를 듬뿍 씌워서… 아니, 이게 아니지. 과거는 버리고 진짜 조각다운 조각을 해야 해."

조각술은 재료의 영향을 많이 받을 수밖에 없는 예술.

'검술 마스터도 나보다 강한 적들을 상대로 이뤄 냈지. 편안하게는 조각술 마스터를 이루지 못할 거야. 재료와 스킬. 모두 최악에서 승부를 한다.'

위드는 하룻밤을 꼬박 새워서 다음 날 뜨거운 태양이 떠오를 때까지 130개의 진흙 조각품을 완성시켰다.

"다 했다."

오아시스에 다섯 줄로 늘어서 있는 조각품들.

"이것들의 예술적 가치를 다 합치면 대충 250 정도로군."

예술적 가치가 전부 1이나 2 정도밖에는 안 됐다. 당연하게도 조각술 숙련도는 0.1%도 오르지 않았다.

"이게 아닌가? 그냥 푸홀 워터파크에서 헬리움을 가지고 조각이나 할 걸 그랬나?"

아르펜 왕국으로 돌아가려면 고요의 사막을 다시 횡단해야 한다.

간신히 산 정상에 올랐더니 이 산이 아니라고 하는 것보다도 심각한 상황이었다.

✥◈◐◎◑◈✥

노력과 끈기.

성공적인 삶을 위해서는 필요한 부분이었지만 위드에게는 그것을 넘어서는 집요함이 있었다.

"만들자, 만들어!"

오아시스에 그냥 주저앉아 뜨거운 햇볕이 내리쬐는 대낮에도, 밤하늘이 수많은 별들로 반짝이는 새벽에도 조각품을 만들었다.

'뭐든 만들다 보면 늘겠지. 조각술의 도움이 컸던 것은 사실이지만 그동안 나도 경험과 감각이 쌓였어. 스킬 도움 없이는 제대로 만들지도 못하는 조각사라면 그게 무슨 마스터일까.'

처음으로 돌아가서 조각술을 시작한다는 느낌을 살렸다.

'그리고 보니… 조각술 마스터까지 노가다 방식으로 해결하

는군.'

위드는 지금까지 만들었던 수많은 조각품들을 떠올리고는 고요의 사막의 흙으로 뭔가를 만들었다.

빛의 탑
흙으로 만든 커다란 탑. 웅장한 느낌이다.
예술적 가치: 74.

조각술을 쓰지 못하니 그 어떤 작품이라도 특징을 살리기가 힘들었다.

밤이 되면 모라타를 아름답게 밝히던 빛의 탑이었지만 모래를 높게 쌓은 투박한 탑에 불과했다.

'사람의 심금을 울리는 건 결국은 마음이야. 조각술은 예술이지, 기술이 아냐. 검술은 적을 이겨서 강해지는 걸로 끝날지 모르지만 조각술은 사람을 감동시키지 않으면 의미가 없어.'

위드가 자신이 조각했던 유명한 작품들만을 만든 것은 아니었다.

조각 변신술로 꽤 대단한 인기를 누린 오크 카리취를 비롯해서 리치 더럴, 벌새, 야만 전사. 최근의 물컹꿈틀이까지도 만들었다.

조각술 마스터까지 0.5%가 남아 있는 숙련도에서 0.1%도 증가하지 않았다.

약간 기대를 하긴 했지만 역시 이 정도로는 어림도 없었다.

"그래도 고작해야 남은 건 0.5%잖아. 아주 미세하게라도 숙련도가 조금은 늘었겠지."

살갗을 태우는 햇빛을 견디면서 종일 조각품을 만드는 생활도 고요의 사막을 걸을 때에 비하면 할 만했다.

　"포기하지 않아. 조각술 마스터를 마치기 전에는 떠나지 않는다."

　고요의 사막을 걸어오면서 생각했던 조각품이 있었다.

　낙타가 함께 걷기는 했지만 오롯이 혼자 생각하고 발걸음을 옮기던 인내의 시간.

　참기 힘든 고독과 고통, 무수히 많은 생각들 중에서 만들고 싶었던 작품.

　"역시 이 사막에서 살아갔던 사람들이지."

　노들레와 힐데른의 퀘스트를 했던 시간은 위드에게도 감명 깊었다.

　몬스터들을 닥치는 대로 때려잡으면서 점점 강해지던 짜릿한 경험.

　퀘스트가 긴박했기 때문에 망설일 틈도 없이 지나 버렸던 시간이지만 즐거웠던 경험이다.

　"그 추억들을 제대로 이곳에 남기자. 나밖에 할 수 없는 조각품이 있었어."

　위드는 모래를 쌓아서 실제와 비슷한 비율로 사람의 형태를 조각하기 시작했다.

　"모든 것을 그대로. 비록 그때 나누었던 기억과 시간이 사라져 버렸을지라도 말이야."

　대제왕 위드의 기억은 자기 자신이었기 때문에 너무나도 뚜렷하다.

그 대신에 사막에서 만났던 사람들과 부하들을 조각했다.

수천 명 이상의 사막 전사들이 위드를 따랐다.

한두 번의 전투로 죽어 버린 이들도 있었고, 팔로스 제국에 끝까지 남은 이들은 소수였다. 하지만 그들을 기억하며 1명, 1명 조각을 했다.

"이놈은 쓸모가 많았는데 일찍 죽었지. 좀 더 부려 먹었어야 했는데……."

위드는 기억에 의존하는 한편, 약간의 편법도 썼다.

당시 사냥 장면이나 퀘스트는 방송을 통해서도 중계되었다.

방송 영상을 보고 참고하여 조각품들을 만들 수 있었다.

물론 영상을 통해 봤다고 해도 사람의 성격이나 느낌까지 조각술로 표현한다는 건 대단히 어렵다.

개개인의 특징과 성격, 인물에 대해 이해하지 않고서는 불가능한 일이었다.

위드는 체계적으로 조각술에 대해서 배우진 못했어도 작품들을 만들면서 쌓은 경험으로 스스로 깨달았다.

"조금 나아졌군."

모래로 조각품을 만드는 건 실수를 저지르더라도 조금씩 수정이 가능하다는 점에서 다행이었다.

"전일이가 이렇게 생겼었지. 흠."

위드의 조각품이 오아시스의 공터에 1명씩 세워졌다.

처음에는 그저 부하들을 만들려고 했지만 짙은 아쉬움이 있었다.

"그때의 모습이 완벽하진 않은 것 같아. 모래바람이 부는 사막을 빠르게 꿰뚫는 패기가 있었는데 말이야."

부하들이 사용하는 무기와 복장, 특유의 자세들까지 떠올리면서 조각을 했다.

"그래도 여전히 부족한데."

사막을 질주하던 부하들은 대부분 낙타를 타고 있었다.

위드는 아쉽지만 지금까지 만들었던 조각품들을 부숴 버리고, 낙타를 탄 모습으로 처음부터 다시 조각했다.

그것도 낙타를 타고 시미터를 손에 든 채로 맹렬히 질주하는 사막 전사들의 모습을!

거친 모래바람이나 뜨거운 태양마저도 굴복시킬 패기를 가슴에 안고 있는 사막 전사들.

형태가 훨씬 복잡해지고 까다로워진 만큼 절반쯤 공들여 만든 작품이 우수수 무너져 버리기 일쑤였다.

"다시 만들자. 진짜 마음에 들 때까지 말이야."

팔로스 제국의 기틀이 되었던 사막 전사들과 꿈을 가진 청년들을 표현하면서 조각술에만 집중했다.

어떤 일이라도 건성으로 하게 되면 시간만 자꾸 보게 되고 아주 느리게 흘러가는 것만 같다. 그러나 일에 몰두하다 보면 시간 가는 줄도 몰랐다.

작품의 전체만을 살필 뿐 하루, 이틀의 날짜가 지나는 것은 의미를 잃어버렸다.

진정한 노가다란 시작한 일을 축소시키거나 중간에 포기해서는 안 됐다.

정말 제대로 해낼 때까지 포기하지 않는 노가다야말로 진정한 위드의 자산!

"효율을 더 높이긴 해야겠어."

작업이 익숙해지면서 따로 물과 흙을 반죽하는 기계를 만들었다.

대형 맷돌 같은 것을 낙타와 오아시스의 순진무구한 희귀 동물들이 돌리는 것이었다.

"놀리지 않으면 너희들은 내 오늘 저녁밥이다."

강제 노역과 착취의 개시!

오아시스를 벗어나면 동물들도 생존이 힘들었기 때문에 위드의 말을 따라서 흙을 반죽했다.

남부 사막을 질타하고, 대륙을 제패한 대제왕이었지만 지금은 오아시스의 폭군!

위드가 손으로 흙을 반죽해서 쓰는 것보다 동물들을 이용하여 숙성시켜 놓는 편이 훨씬 더 단단하고 쓰기가 편했다.

"역시 성공하려면 부하들을 잘 부려 먹어야 돼. 세상은 혼자 사는 게 아니라 더불어 사는 거란 말이 맞아."

조각품을 만드는 시간이 훨씬 단축됐다.

흙으로 빚어내느라 정교한 표현을 하는 데는 한계가 있었지만 손가락으로 꾹꾹 눌러 가면서 다듬었다.

일찍 죽어 갔던 사막의 혈기 넘치는 청년들은 물론이고, 끝까지 함께했던 수천 명의 전사들.

최정예 사막 전사들의 모습이 고요의 사막 오아시스에 만들어졌다.

하나하나가 위드가 할 수 있는 최선의 조각품이었다.

헤스티거의 모습은 흙으로 만들어 냈어도 유별나게 눈에 띌 정도로 잘생겼다. 그 때문에 콧대를 조금 낮췄지만 원래 모습과 크게 차이가 날 정도는 아니었다.

"이젠 내 차례로군."

위드는 흙으로 자신의 모습을 빚기 시작했다.

쌍봉낙타의 등에 앉아서 시미터를 휘두르며 전장을 포효하는 모습을!

다리 길이는 조금 늘여서 몸의 비율을 좋게 하고, 이목구비를 선명하게 만드는 정도는 기본이었다.

"이게 진짜… 있는 그대로. 내가 할 수 있는 최선이고 최고의 작품이 될 거야. 재료는 더 나은 걸 쓸 수도 있었겠지만… 가장 가치가 있는 조각품이겠지. 그래도 역시 고급 재료를 사용할 걸 그랬나?"

모래 폭풍을 헤치던 전사들을 사막에 만들었다.

그렇기 때문에 후회는 없었다.

띠링!

만든 조각품의 이름을 정해 주십시오.

"이건… '위대한 사막의 대제왕과 아이들'로 할까?"

〈위대한 사막의 대제왕과 아이들〉이 맞습니까?

"아냐. 좀 유치한데… 굳이 나를 일부러 띄울 필요도 없겠지. 그냥 '사막 형제들'이라고 하자."

부하들이기는 했지만 그들과 함께했던 추억과 재미는 기억

할 만한 것이었다.

누구나 〈로열 로드〉에서 모험을 하면서 짜릿함과 멋진 승부를 꿈꾼다.

전사들이 남부 사막을 활보하다가 대륙을 제패하여 역사에 남은 일은 실로 대단한 모험이었다.

수백 년 전의 오래된 과거라서 팔로스 제국의 흔적을 지금은 찾기 어렵다는 점이 아쉬울 뿐이었다.

〈사막 형제들〉이 맞습니까?

"맞아."

띠링!

대작! 〈사막 형제들〉을 완성하였습니다.

고요의 사막, 전설의 오아시스에 탄생한 불후의 대작! 궁극의 길에 단지 마지막 한 발자국만을 남겨 놓은 조각사의 손에 의해 완성되었다. 아무나 올 수 없는 장소. 끝없는 인내와 도전을 필요로 하는 전설의 장소에 만들어진 조각품이다. 사막의 가장 위대하고 빛나는 순간에 있었던 전사들. 조각사의 순수한 노력과 땀으로 만들어진 이 조각품은 최고의 가치를 지닌 사막의 보물이 될 것이다.

예술적 가치: 13,800.

옵션: 〈사막 형제들〉을 본 이들은 생명력과 마나 회복 속도가 하루 동안 55% 증가한다. 사막 지역 낙타들의 출생률과 건강 상태를 86% 높인다. 이동 속도 26% 상승. 전 스탯 45 상승. 불과 바람의 속성 33% 증가. 중급 5 레벨 이하의 검술 스킬이 영구적으로 숙련도가 높아진다. 영구적으로 인내와 투지가 10씩 증가한다. 전사들이 모래가 있는 곳에서 신체적인 특성이 강해지는 효과를 2배로 높인다. 다른 조각품과 중복으로 적용되지 않는다.

지금까지 완성한 대작의 숫자: 19.

조각술 스킬의 숙련도가 향상되었습니다.

명성이 850 올랐습니다.

예술 스탯이 64 상승하였습니다.

인내가 49 상승하였습니다.

지구력이 16 상승하였습니다.

대작 조각품을 만든 대가로 전 스탯이 3씩 추가로 상승합니다.

〈사막 형제들〉이 남부의 불가사의로 지정되었습니다.
사막 전사들의 후예가 탄생할 확률을 높입니다. 그들은 뛰어난 투쟁심과 전투에 대한 자질을 갖게 될 것입니다. 전사들이 이 조각품을 보면 전투 스킬을 터득할 수 있습니다.

위드는 솔직히 고생을 했으니 걸작이나 명작 정도는 기대했다. 대작이라니 생각했던 그 이상이었다.

"어디 보자. 스킬 확인 조각술!"

조각술 고급 9 (99.8%)
조각을 할 수 있다. 아름다운 조각품은 고가에 팔리기도 한다. 영예로운 조각품들을 만들며, 대륙에 이름을 떨칠 수 있다.

"0.3%가 올라갔구나."

남부 사막에 와서 3개월 정도 고생을 한 것에 비하면 보상이 작다고 할 수도 있었다.

고요의 사막을 정복했고, 헤스티커의 유산도 얻었으니 나쁘진 않은 결과였다.

"약간의 조각술 숙련도만 더 올리면 이제 다신 이 노가다를 할 일도 없겠지."

조각술 노가다를 다시 할 일이 없다니 왠지 서운한 기분마저 들려고 할 때였다.

띠링!

─베르사 대륙이 창조되고 지금까지 기나긴 시간이 흘렀습니다.

"응? 이건 또 뭐지?"

갑자기 메시지 창이 뜬 것은 물론이고 하늘에서부터 영롱하고 신비로운 여성의 목소리가 들려왔다.

─대지에는 따사로운 햇살이 비쳤고, 촉촉한 비가 내리며 식물들이 싹을 틔우고 자라났습니다. 바다와 땅에는 생명체들이 살아가면서 기쁨과 슬픔을 알게 되었습니다.

"또 퀘스트인가?"

─짧은 생을 살아가는 생명체들은 그 치열한 감정을 남기기에 망설이지 않았습니다. 인간들은 환희와 고통을 표현했고 문명이 성장하면서 이는 정신적인 풍요로움을 이끌어 냈습니다. 인간들이 이룩한 예술에서 최고의 경지에 도달한 자를 여신 헤스티아가 초대하였습니다.

위드는 그동안 프레야 교단을 방문했음에도 불구하고 조각
술 마스터까지는 스킬 숙련도가 부족했기에 퀘스트 보고를 남
겨 놓았다.

그사이 조각술 최후의 비기도 찾고, 하벤 제국과의 전쟁도
해야 했으니 굳이 보고를 미루었던 것이다.

그런데 조각술 마스터 퀘스트의 완료창이 떴다.

아울러 최후의 단계로 이어진다는 메시지까지!

"이거 설마… 진짜 마스터가 되는 과정?"

위드의 입가에 썩은 미소가 번져 가려고 할 때였다.

조각술 마스터가 되기 위한 마지막 단계일지도 모르는데 거
부한다면 멍청한 일.

다시 여신의 초대가 올 때까지 엄청난 시행착오와 노력을 해
야 할지도 모른다.

위드는 거만하게 턱을 45도 각도로 치켜들었다.

"뭐, 다른 바쁜 일은 없으니 특별히 초대를 받아들여 주도록 하지."

하늘에서부터 장엄한 빛의 계단이 생성되어 오아시스로 내려왔다.

"걸어서 올라오란 뜻이구나."

눈치 하면 100단.

위드는 빛의 계단으로 걸어 오르기 시작했다.

빛의 계단마다 여신 헤스티아의 상징이기도 한 불꽃이 화려하게 타오르고 있었다.

"꽤나 멋있는데."

빛과 불로 이루어진 계단을 통해 하늘로 올라가는 위드.

그가 지나간 곳의 계단은 빛이 사그라지며 멋지게 사라졌다.

앞으로 걸어가야 하는 계단만이 쭉 남아 있었다.

'이 장면이 나중에 방송국을 통해서 나간다면… 후우, 정말 끝내주겠구나.'

30분 후.

위드는 상당히 높은 곳까지 올라가서 훤히 주변이 내려다보였다.

산이나 호수가 없기 때문에 발밑의 오아시스를 제외하면 끝없는 사막이 펼쳐져 있었다.

'다리가 조금 아픈데. 그리고 왜 이렇게 무서운 거야. 바람이

붙면 너무 찔하네.'

까마득히 높은 하늘에서 와삼이를 타고 구름을 뚫고 비행을 즐겼었다. 그렇지만 그때는 떨어지더라도 각종 스킬로 인해 살 자신이 있었을 때였다.

"올라가다 보면 나오겠지. 고요의 사막으로 단련한 몸이니까 아직은 참을 만해."

그리고 2시간 후.

> 무리한 육체 활동으로 인해 심하게 피로가 쌓였습니다.
> 체력과 최대 생명력이 감소했습니다.

지상은 사막을 넘어서 바다까지도 보일 정도였다.

"허어억! 왜 이렇게 높아. 여기서 되돌아갈 수도 없잖아!"

위드는 빛의 계단에 달라붙어 두 팔과 두 다리를 이용해 엉금엉금 기어 올라갔다.

✦⁘⁘✦

"이건 아니네."

"내 검이 훨씬 더 낫지."

위드가 떠나고 난 이후, 헬리움을 맡게 된 파비오와 헤르만은 시시때때로 싸웠다.

"내 도안을 보게. 훨씬 명검의 품격이 느껴지지 않나?"

"품격은 무슨. 흔해 빠진 구식이구만. 진정한 검은 날카로운 예기에 있지. 그리고 완전무결한 금속 가공 능력을 바탕으로 완성되는 것이야."

"난 방어구가 아니라 온전히 검 하나만을 보며 걸어왔어. 내 뜻과 방향이 옳을 거네."

"진정한 대장장이라면 필요에 따라 금속을 다룰 줄 알아야지. 반쪽짜리는 한계가 있어."

"뭐라고? 말 다했는가?"

"이제부터 시작이네. 대장장이에 대해 가르쳐 주지."

파비오와 헤르만은 서로 비슷한 40대 중반의 나이에 둘 다 고집불통이었다.

공동 작업을 통해 헬리움으로 대륙 최강의 검을 만들려고 했지만 의견 조율이 불가능했다.

한쪽은 대륙 최고의 대장장이로 군림해 오던 드워프이고, 다른 한쪽은 수량은 작지만 최고의 검만 만들어 오던 장인이다.

대장장이란 직업도 고집과 자부심으로 먹고사는 특성이 있어서 매사에 충돌했다.

파비오는 근엄했고, 헤르만은 사람들에게 인자했다. 하지만 단둘이 있을 때는 나이와 위신 같은 건 의미가 없었다.

"이렇게 된 거, 실력을 겨루지."

"좋아. 나야말로 바라던 바. 누가 진짜 최고의 검을 만들고, 이 헬리움을 쓸 자격이 있는지를 가려 보도록 하세."

"대결을 받아들이도록 하지."

파비오와 헤르만은 신의 금속이라는 헬리움을 놔두고, 강철을 제련하여 명검을 만드는 대결에 푹 빠졌다.

방송국까지 개입하며 한 달을 넘게 겨룬 승부의 결과는 결국 애매모호했다.

성능은 파비오가 약간 더 좋았지만 검의 완성도나 아름다움은 헤르만의 것이 더 뛰어났던 것이다.

서로가 상대를 호적수로 여기고 있었으니 이 정도의 결과에 만족할 리 없었다.

"다시 한 번."

"이번에야말로 진짜 검이 뭔지를 보여 주지."

재대결에서도 근소한 차이로 파비오가 이겼다.

그가 만든 검이 역사적인 명검이 되었던 것이다.

대장장이로서 흔하지 않은 경험.

파비오는 드디어 헬리움을 손에 넣게 되었다. 하지만 헤르만은 뒤에서 미소를 지었다.

"승부는 아직 끝나지 않았다. 진짜 전설의 명검을 만드는 건 나야."

헤르만에게도 검을 만들 분량의 헬리움이 있었다.

사실 위드는 그를 부르면서 조건을 달았던 것.

"여신의 기사 갑옷을 녹인 겁니다. 지금 재가공하면 더 좋은 제품이 나올 수 있겠죠?"

"정말 주는 건가?"

"네. 그리고 대장장이 마스터에 대해서는 제가 대제왕 퀘스트 중에 들은 게 있습니다."

"오! 그런 정보가 있었나? 닥치는 대로 다 죽이는 줄로만 알았는데."

"중앙 대륙을 정복하며 만난 대장장이 마스터를 죽이며 알아 낸 것이죠."

"……."

"아무튼 마지막 단계에서 숙련도를 올리려면 지금까지 없었 던 특별한 검이나 전설의 명검을 제작해야 합니다."

"명검이라면… 지금까지 딱 한 번밖에 못 만들어 봤는데."

"최고의 검을 만드는 것이 대장장이 마스터의 기본 조건입니 다. 그리고 그 검의 주인이 대단한 모험을 성공시키거나 사냥 을 해야 되죠. 대륙 전체에 명성을 떨쳐야만 대장장이 마스터 로 인정을 받는 겁니다."

"간단하지 않은 문제군."

헤르만이 파비오가 왜 그렇게 좋은 검들을 만들고도 제자리 걸음이었는지 알아차렸다.

좋은 검들을 많이 만들었지만 진짜 최고의 검은 못 만들었기 때문이었다.

일찍부터 대장장이로서 두각을 드러냈고 헤르메스 길드와 협력하여 희귀한 재료들을 물 쓰듯이 했기 때문에 검 하나하나 에 정성을 쏟지 못했다.

헤르메스 길드 유저들도 그 검을 가지고 위험한 퀘스트보다 는 안정적인 사냥에 치중했다.

"헬리움을 가공할 수 있게 해 드리는 대신, 이곳에 파비오 어 르신이 올 겁니다. 제가 먼저 마스터를 해야 하니 그분과 대결 을 해서 시간을 끌어 주세요."

"정말 그걸로 되는가?"

"네. 승부의 결과는 상관없이 길면 길수록 좋습니다."

파비오는 하벤 제국에서 헬리움을 얻기 위해 아르펜 왕국까지 왔고 대결을 하면서 시간을 날리고 말았다.

◈❂◎◎◎❂◈

광전사의 직업을 가졌음에도 불구하고 서윤은 검을 내려놓았다.
'그를 지키는 일이 아니면 싸우고 싶지 않아.'
평화와 마음의 안정을 찾은 그녀.
다른 랭커들이 빠르게 그녀의 레벨을 추월해 가고 있었다.
서윤은 대신 임시지만 위드가 없는 동안 아르펜 왕국의 국왕 대리 지위를 맡았다.

◈❂◎◎◎❂◈

대지의 궁전.
국왕을 비롯한 고위 귀족들이나 영주들이 모여서 정책을 벌일 수 있는 그랜드 홀.
아르펜 왕국의 주요 인물들이 빠짐없이 한자리에 모였다.
그 숫자만 무려 300여 명!
모라타에서 시작됐던 아르펜 왕국이 지금은 거대해져서 넓은 땅에 수많은 유저들이 살아가고 있었다.

주민들 중에서 세력과 도시의 대표, 걸출한 능력을 가진 유저들이 참석한 것이다.

새로 병탄한 하벤 제국의 식민지의 영주들도 자리에 있었다.

그들도 3개월 정도가 지나면서 아르펜 왕국의 영주로서 확실히 자리를 잡았다.

"아르펜 왕국이 가야 할 길은 멉니다. 하벤 제국과의 전쟁보다는 내실을 다져야 할 것입니다."

"하벤 제국을 내버려 둔다고요? 그들이 더러운 야욕을 포기할 것 같습니까?"

"군비를 강화해야 합니다. 우리 아르펜 왕국은 토목 사업에 너무 돈을 쏟아붓고 있어요."

"위드 님의 결정을 무시하시는 겁니까? 위대한 건축물이나 푸홀 워터파크, 강에 놓인 아름다운 다리와 방대한 땅을 연결해 주는 교통망을 생각해 보세요. 도시 건설이나 경제 발전에도 얼마나 도움이 됩니까. 일반 유저들은 위드 님의 정책을 환영하고 있어요."

"결과가 좋다고 해서 다 좋은 건 아닙니다. 과정을 살펴봐야지요. 한 사람의 독단적인 결정으로 인해……."

"위드 님이 국왕이니 그 정도 자격은 있습니다. 애초에 여긴 위드 님의 왕국이지 않습니까?"

"노예근성은 버립시다. 우리도 영주로서 의견을 제시할 수 있죠, 충분히."

"토목 사업의 예산을 줄이는 것은 건축가들을 무시하는 겁니다. 건축가들을 더 존중해야 돼요."

각양각색의 사람들과 세력을 대표하는 자들. 이런 자리에서는 정치가 빠질 수 없었다.

　왕국의 행정이나 주요 직책들도 국왕 위드가 독점하고 있다.

　고위 귀족들이나 영주들은 이점에 대해서도 단단히 따져 볼 생각을 하고 있었다.

　시끄럽게 떠들고 있던 그들의 앞에 임시 국왕 대리를 맡은 서윤이 등장했다.

　"……."

　바늘 하나 떨어지는 소리도 들리지 않을 정도로 고요한 침묵이 흘렀다.

　'아름답다.'

　'여신이다. 풀죽신교만이 아니라 온 세상의 여신이다.'

　'크으. 오늘 여신님을 보게 되다니 제대로 꾸미고 올걸.'

　서윤이 부드럽게 웃으면서 말했다.

　"위드 님이 오랫동안 자리를 비우셨어요. 그래서 여러분들이 왕국에 요구할 것이 있다고 해서 제가 대신 참석했어요. 부득이한 사정이 있었지만 회의를 시작하기 전에 먼저 정중히 사과드릴게요."

　벤트 성의 영주.

　차가운장미 길드의 수장인 오베론이 고개를 저었다.

　"인생을 살다 보면 이만한 일은 얼마든지 벌어질 수도 있는 것이고, 또 그리 중요한 것도 아닌데 사과라니요. 도저히 받지 못합니다. 거두어 주십시오."

　"오베론 님이 말씀 잘하셨습니다. 전혀 저희들에게 죄송해하실 필요가 없어요."

"맞습니다!"

그랜드 홀에 모인 유저들은 서윤의 사과를 보며 안타깝게 느껴졌다.

'약속 시간에 늦거나 어쩔 수 없이 안 올 수도 있지. 그게 뭐라고…….'

'위드 님이 안 와서 전혀 불쾌하지 않아. 너무 고마워.'

'앞으로도 쭉 안 왔으면……. 올 필요 없을 거 같아.'

한없이 관대해진 사람들.

서윤이 간단히 다시 한 번 고맙다는 인사를 한 후에 회의 안건으로 넘어갔다.

"아르펜 왕국에 공식적으로 요구하시는 사안 중 하나가 토목 사업의 축소가 있네요."

"……."

침묵이 흘렀다.

누구도 먼저 나서서 말을 할 수가 없었다.

'토목 사업. 누가 그런 이야기를 했던가? 아아, 아무것도 기억이 나지 않아. 미모에 빨려 들어갈 것만 같다.'

'여신이여. 오! 여신…….'

서윤은 기록을 살폈다.

"모나크 님이 통치하는 도시 룬드에서 토목 사업에 대한 비판을 공개석으로 하셨는데요. 이 자리에 오셨으니 좀 더 정확한 의견을 말씀해 주실래요? 불만이 있으시면 뭐든 말씀해 주세요."

모나크는 〈로열 로드〉 상위 1,000위 안에 드는 강자였고, 아르펜 왕국에서 룬드라는 항구도시의 영주이기도 했다.

모든 사람들의 시선이 잠깐이지만 모나크에게로 향했다. 그들의 표정은 한결같이 찌푸려져 있고 험악했다.

"에… 그게."

모나크는 엉거주춤 자리에서 일어났다.

"토목 사업이… 그러니까 인력 투입도 그렇고, 몇몇 지역에서는 대단히 비효율적인… 아, 아니. 제가 잘못 생각하고 있었던 것 같아요. 잘못 생각했습니다. 아르펜 왕국의 정책은 지금 이 상태가 딱 좋습니다."

서윤은 부드러운 미소를 지었다.

위드의 정책이 사람들로부터 칭찬을 받으니 기뻤던 것이다.

영주들은 그 미소만으로도 아주 만족했고 행복해했다.

"저기 국왕 대리님. 제안이 있습니다."

평소 과묵한 것으로 유명하던 칼데스가 손을 번쩍 들었다.

"말씀해 주세요."

"예. 저희 도시에 가까운 산맥에서 광맥이 발견되어 광산을 대규모로 개발하고 있습니다. 아르펜 왕국에는 광물 부족 현상이 상당히 심하지 않습니까? 재정 지원이 있으면 더 빨리 개발이 가능할 것 같은데요."

"좋은 의견이시네요. 정확한 자료를 보내 주시면 검토를 해 보고 내일까지 답변을 드릴게요."

"감사합니다."

서윤은 능숙하게 행정에 대한 업무들을 처리했다.

영주들도 무리한 요구는 입 밖으로도 꺼내지 않았다. 회의가 벌어지기 전까지 팽팽하게 벌어졌던 언쟁도 사라졌다.

아르펜 왕국 발전을 위한 진지하고 즐거운 토론이 벌어지고 있는 현장이었다.

'아르펜 왕국의 영주로 계속 남아야겠다.'

'하벤 제국이 북부를 정복하면 난 무조건 저항군이 된다.'

'음… 아들을 낳으면 이 자리에 꼭 참석했다고 알려야지. 동영상을 유산으로 물려줘야겠다.'

서윤을 중심으로 정치나 분열 따위가 끼어들 수가 없는 현장이었다.

◆◈◐◑◈◆

위드는 죽을 고생을 하며 빛의 계단을 올랐다.

수많은 별들이 가까이 있는 곳.

발아래로는 아름다운 푸른 행성의 베르사 대륙이 까마득하게 작게 보일 정도의 높이였다.

열 번도 넘는 헤스티아의 축복이 없었다면 체력 저하로 인해 죽었을지도 몰랐다.

위드는 빛의 계단을 타고 자신이 올라온 푸른 행성을 자세히 살폈다.

바다와 구름, 육지들의 지형이 어렴풋이 보였고, 아르펜 왕국이 있는 부분에서 새벽의 도시나 번성한 모라타의 흔적도 찾을 수 있었다.

우주에 가까운 곳에서 보니 대단히 아름답고 커다란 행성의 모습이었지만 위드의 메마른 감성은 그걸 구경할 여유 따위는 없었다.

　길을 걸으면서도 반경 400미터를 훑어보며 떨어진 돈을 귀신같이 찾아내는 시각이 발동됐다.

　'절망의 평원을 넘어서 신대륙이 있군. 저긴 아직 못 가 본 지역 같은데… 상당히 넓어. 고요의 사막의 전체 형태가 저렇군. 던전이 있을 법한 지역이 있어. 그리고 10대 금역들은…….'

　행성의 전체적인 모습을 머릿속에 담아 두었다.

　언제 써먹을지 모르기 때문이었다.

　수학이나 영어는 금방 잊어버려도 〈로열 로드〉의 잡다한 지식 같은 건 철저히 외우는 위드의 두뇌!

　이윽고 빛의 계단 마지막에는 넓은 원형의 제단이 보였다.

　여신 헤스티아는 제단의 화려한 불길 위에서 위드를 기다리고 있었다.

　'위험하진 않겠지?'

　위드는 눈치를 보며 조금 꼼지락거리다가 제단 앞으로 걸어갔다.

　─인간으로서 지극한 예술의 끝에 다다른 자여, 신들의 영역에 온 것을 환영합니다. 이곳에 온 인간은 최초로군요.

　헤스티아의 다정한 목소리.

　위드는 관록과 아부의 경험이 넘치는 모험가답게 정중하게 제단 앞에 한쪽 무릎을 꿇었다.

　"저는 발길이 바쁜 여행자이며 부지런한 조각사입니다. 여신

께서 창조한 세계와 생명들이 아름답기에 조각사로서 이만큼
해 올 수 있었다고 생각합니다. 그러니 모든 영광을 헤스티아
여신에게 바칩니다. 여신이시여, 이곳이 신들의 영역입니까?"

─신이 존재하는 장소. 정확히 말하자면 인간 세상과 연결
되어 있는 신들의 영역의 입구입니다. 평소에는 수문장이 지키
고 있어요. 제가 있는 제단에 올라오면 신들의 영역으로 기게
될 것입니다.

위드는 주변을 둘러보았다.

흉악한 마수의 형태로 일렁이는 빛의 형체들이 있었다.

침입자가 있다면 언제라도 물질화되어 공격해 올 것이다.

'이놈들은 진짜 강할 것 같군.'

최소 헤스티거 정도는 되어야 이곳을 강제로 돌파할 수 있으
리라는 직감.

'수문장이 있다면 그만한 가치도 있겠지. 신계의 보물 같은
것도 나중에 언젠가는 풀리게 될 거야. 전부 훔칠 수 있다면 좋
을 텐데.'

위드는 또 하나의 정보를 머릿속에 입력해 놓았다.

─세상에 아름다움을 조각하는 이여. 이제 그대에게 중대한
사명을 부여하려고 합니다.

"무엇이든 말씀해 주십시오. 제 목숨을 바쳐서라도 여신 헤
스티아 님의 말씀을 따르겠습니다."

위드는 어차피 강제 퀘스트의 가능성이 컸으니 이것저것 재
보지 않고 긍정적인 말을 했다.

─그대는 살아오면서 조각사로서 많은 아쉬움을 가졌을 것

입니다.

"그야 당연한 걸 말이라… 아, 아닙니다."

위드는 무심코 맞다고 대답할 뻔했다.

다행히 헤스티아는 신경 쓰지 않고 말을 이어 갔다.

―그대는 세계에 무수히 많은 예술품들을 남겼지요. 다양한 크기와 형태, 주제를 표현하면서 세상에 기여하였습니다. 역사를 기록했고, 사람들의 마음을 움직였으며, 문명 발전을 이끌어 냈지요. 그러나 인간으로서, 물질로서의 한계를 넘어서지는 못했습니다.

위드는 헤스티아의 말에 귀를 기울였다.

조각술은 주제도 중요하지만 일단 그 재료의 특성을 적극적으로 감안해야 했다.

그 자체로 아름다운 훌륭한 조각 재료들은 대부분 쉽게 구하기 힘들 정도로 귀하고 작았다.

위드의 능력에도 한계가 있어서 머릿속에 구상하는 모든 조각품들을 그대로 표현한다는 것은 굉장히 힘든 일이었다.

―조각사로서 지극한 예술의 길의 새로운 장을 열어 갈 인간이여. 이에 나 헤스티아는 그대에게 기회를 주고자 합니다.

위드는 침을 꿀꺽 삼켰다.

'여신이 이곳까지 불러와서 기회를 준다고 한다. 뭔가 큰일이 벌어지겠구나. 엄청난 보상이 있는 퀘스트일까? 돈이나 실컷 받았으면 좋겠는데.'

―그대는 인간으로서 표현할 수 있는 조각술의 한계를 넘게될 것입니다.

"한계를 넘는다고요?"

─그대의 조각품은 이 세계의 일부가 될 것이며, 모든 이들이 볼 수 있을 것입니다. 그로써 지극한 예술의 끝에 도전할 수 있을 것입니다.

띠링!

조각술의 마스터 도전

조각사 위드는 그동안 무수히 많은 조각품을 만들어 왔다. 여신 헤스티아가 그에게 새로운 기회를 주었다.

신의 권능을 이용하여 별의 조각품을 만들라!

이제 당신은 베르사 대륙의 밤하늘을 비추는 커다란 별을 만들어 조각해야 한다. 녹이거나 자르거나, 그 어떤 방법을 써도 좋다. 조각사의 손길이 닿은 별은 앞으로 영원히 세상을 비추게 될 것이다. 그 작품의 특성에 따라 당신에게 조각품의 축복이 내려지게 된다. 이 축복은 다른 조각품의 혜택과 중복으로 적용된다. 단, 조각술 마스터를 위한 최후의 작품에 실패하면 퀘스트는 실패로 끝나고 여신 헤스티아를 실망시킨 징벌이 따를 것이다.

헤스티아로부터 물질 창조와 자유 비행, 불을 다루는 권능을 부여받았다. 우주 공간에서는 어떠한 이유에서도 목숨을 잃지 않겠지만, 지상에 발을 내딛거나, 생명체들에게 영향을 주면 불사의 혜택은 사라진다.

난이도: 조각술 마스터 퀘스트.

보상: 조각술 마스터. 헤스티아의 영광의 선물.

제한: 고급 9레벨 99.8% 이상의 조각술 숙련도. 퀘스트 실패 시에는 10%의 조각술 숙련도가 감소하며 명성을 35,000만큼 잃어버릴 것이다.

조각술 마스터 퀘스트의 최종 단계!

별 조각술!

위드는 혀를 내둘렀다.

'진짜 마지막이라서 그런지 스케일 한번 제대로 끝내주네.'

땅바닥에 떨어진 썩은 나무토막도 아까워서 조각을 하고 있었던 자신에게 행성 하나를 온전히 맡겼다.

그저 태양이나 달처럼 사람들의 눈에 작게 보이기만 할 뿐이지만, 수많은 별들 중의 하나가 자신의 조각품이라면 그 자부심과 영광이란 어마어마한 것이었다.

'내 이름의 별이 생기는 거지. 물론 땅 투기를 한다거나 작품 관람료를 받는 건 불가능하겠지만 말이야. 음. 그 점들은 너무 아쉽군.'

헤스티아의 권능이 부여되었습니다.
1회에 한하여 별을 생성할 수 있습니다. 조각에 필요한 무제한의 불을 다룰 수 있습니다. 우주 공간을 비행할 수 있습니다. 지금부터 퀘스트가 완료될 때까지 어떠한 경우에도 죽지 않습니다. 단, 인간들이 있는 세상으로 내려가게 되면 퀘스트 포기로 간주, 육체가 소멸하게 될 것입니다.

위드는 주먹을 불끈 쥐었다.

"이것만 해내면 진짜 마스터구나. 드디어 조각술을 끝내고 새로운 노가다를 할 수 있어."

별의 시작

무한히 펼쳐져 있는 거대한 우주 공간, 뜨겁게 작열하는 태양과 별들의 바다.

위드는 조각술 마스터 퀘스트의 마지막 단계를 위해 베르사 대륙이 있는 행성을 떠나 우주 한복판에 섰다.

"스케일 한번 끝내주는구나!"

〈로열 로드〉에서 밤하늘을 수놓던 별들이 선명하게 보이는 것은 물론이고 아득히 먼 지역까지 시야가 확장되었다.

크고 작은 유성들이 긴 꼬리를 끌고 상상할 수 없는 빠른 속도로 지나쳐서 끝없이 날아간다.

아득히 먼 곳에는 별들의 사이에서 가스와 먼지들이 푸른 성운을 형성하며 오묘하게 빛났다.

무한하게 넓은 공간과 그 너머의 신비.

베르사 대륙이 있는 행성에서처럼 중력의 이끌림을 벗어나 거대한 우주에 위드는 혼자 두둥실 떠 있었다.

우주에 진출한 느낌은 위드에게 평소와는 다른 외로운 기분이 들게 했다.

"이런 광경을 봤다면 사람들이 사소한 일에 아웅다웅하면서 살지 않을지도 모르는데 말이야."

인간, 시간, 지역, 나이.

그 모든 한계를 넘어서는 감동이 느껴진다.

달과 태양계 주변 행성들의 모습도 훨씬 크게 볼 수 있었다.

"인간은 너무 좁은 지역에서만 땅 투기를 하고 살고 있었어."

베르사 대륙이 있는 곳보다도 수만 배쯤 큰 행성에는 인력에 끌린 위성들이 움직이면서 빛의 고리들을 만들었다.

눈이 보이는 만큼의 세상을 살아간다면, 우주를 보기 전과 그 후는 달라질 수밖에 없으리라.

위드는 온몸을 떨었다.

"우주에 조각품을 만들게 되다니 영광이야."

아름다움.

장엄함.

신비로움.

역사 속에서 우주를 동경했던 사람들이야 얼마나 많았던가.

언제나 고개를 들어 올려다보기는 하지만 막상 갈 수는 없는 세계.

작은 행성에서 인간이 생각하고 상상하는 것을 벗어나 우주에 발을 내딛는다.

위드는 짤막하게 우주에 온 첫 번째 감상을 남기려고 했지만 뭔가 막막했다.

"에헴. 과학 시간에 졸지 말 걸 그랬군. 그러면 우주에 대해서 좀 더 아는 체할 수 있었을 텐데."

뭔가 아는 게 있어야 우주나 별들에 대해서 한마디라도 꺼낼 게 아닌가!

아무래도 지금의 모습은 이대로 방송으로도 나가게 될 가능성이 컸다.

'좀 더 멋있게 보여야 해. 이놈의 인기 때문에라도 팬 관리가 필요하단 말이야.'

위드는 자체 편집을 시도하면서 태양과 달, 수많은 행성들을 처음 본 것처럼 놀란 표정을 지었다.

"이것은 인류의 위대한 첫 번째 발자국……"

어딘가에서 들어 본 듯한 말. 하지만 진정한 핵심은 그다음에 있었다.

"결국 인간은 더 넓은 세상으로 진출할 것이다. 그리고 강남 아줌마들과 부동산 중개업자들이 행성을 사고팔 거야!"

드넓은 포부!

이 무한히 넓은 우주에서 월세라도 받지 말란 법은 없지 않은가!

조물주보다도 뛰어난 건물주를 넘어서서 행성주가 될 수도 있는 것.

시커먼 우주 공간에는 시작과 끝을 알 수 없는 별들의 바다가 있었다.

황홀할 정도로 두렵고 아름답고, 경이로우면서도 적막하다.

약 3분 정도는 위드도 우주에 대한 감상에 푹 취해 있었지만 한차례 하품을 하고 나서는 평소처럼 삭막한 감수성으로 돌아왔다.

"근데 〈로열 로드〉에 우주까지 구현이 되어 있다니…….."

위드의 머릿속이 조금은 복잡했다.

모험을 하지 못한 신대륙도 남아 있다.

10대 금역들은 물론이고 인간들이 못 본 비경들도 즐비하다고 한다. 그런데 불현듯 드는 예감.

"언젠가 설마 우주에서도 모험을 하게 되진 않겠지?"

위드의 눈에 보이는 우주는 너무나도 크고 광활했다.

수많은 별들이 있었고, 그 색마저도 다르다.

이곳에서 오로지 단 하나의 행성만 개발되어 있다면 너무나 아쉬운 상황이었다.

"어딘가에 베르사 대륙이 있는 행성 같은 게 또 있고, 마법이 극도로 발달하면 차원의 문을 열어… 여러 외계 종족이나, 또 다른 인간들이 사는 세상이 있고. 에이, 그럴 리가 없지. 아마 그 정도까진 아닐 거야. 암! 그렇고말고."

✧◦✧◦✧◦✧

어딘가 알 수 없는 곳의 넓은 광장.

"케기 끼르?"

"캬루루룩. 카캬룻."

"으히디헤 마루."

"흐키야! 흐키야!"

"푸쿠다랍 말르씨 아타카이테?"

"블라라오 바오카듬."

"알라쌉 알라쌉! 호리 알라쌉. 모그리 제바타 3000키리!"

"푸하 손젠드 라미?"

"마느라……."

⟨❖⟩

위드는 조각술 마스터를 위해서 여신 헤스티아의 의뢰에 따라 별을 조각해야 하는 입장이었다.

"조각품이나 일단 만들자. 우주에 다녀온 기념으로 광고를 찍고, 혹은 책이라도 내서 돈을 긁어모으는 건 차차 진행해도 되니깐 말이야."

베르사 대륙에서 볼 수 없다면 아무런 의미가 존재하지 않기 때문에 가까운 곳에 별을 만들 생각을 했다.

그렇지만 정작 베르사 대륙이 내려다보이는 위치에 자리를 잡고 나니 달의 존재가 상당히 거슬렸다.

"근데 달이 움직이잖아."

우습지만 기껏 별을 만들었더니 달과 충돌하는 일도 배제할 수 없다.

"우주에 중앙선을 그려 놓을 수도 없고 아무 곳에나 만들면 불법 주차나 마찬가지지."

위드는 더 먼 우주 공간으로 달을 지나쳤다.

스스로 빛을 발하는 태양을 중심으로 움직이는 행성들.

베르사 대륙이 있는 아름다운 푸른 행성이 멀어져 가는 건 기묘한 느낌이었다.

　마치 돈이 가득 담겨 있는 봉투가 떠나가는 것과 같다고나 할까.

　"적당히 먼 곳에 만들자."

　위드는 베르사 대륙이 있는 행성과 떨어지는 걸 감수하면서도 외롭게 별들의 바다를 향해 날아갔다.

　무섭게 가속도가 붙어서 마치 영화에서 보던 것처럼 빛보다도 빠르게 흘러갔다.

　아름답고 영롱하게 반짝이는 보석 같은 은하계가 정면에 있었다.

　"이런 광경이라니… 음. 이래서 사람들이 큰돈을 들여서 우주를 오는 건가? 인간으로서의 제약을 벗어나서 미지의 세계를 바라보는 느낌이야."

　태양을 중심으로 한 행성은 12개나 되었다.

　위드는 붉은 행성들이나 알 수 없는 수정 같은 행성에도 가까이 다가갔다.

　혹시나 싶은 마음도 있었다.

　'여기에 토끼나 고양이가 살고 있는 건… 퀘스트를 받을 수도 있지 않을까.'

　0.1%의 가능성도 없을 테지만 누군가 와 보는 건 정말 처음일 것이기 때문에 확인을 해 봤다.

　하지만 가까이 가서 보면 삭막한 모래로 가득 차 있는 거대한 행성들일 뿐이었다.

생명이 존재하지 않는 광대한 별에는 지독한 외로움이 느껴졌다.

위드는 태양계를 지나서 드넓은 외곽 지역에 자리를 잡았다.

행성들 밖에서 적당한 자리를 잡는 것만 하더라도 상당한 시간과 관찰을 필요로 했다.

태양을 중심으로 도는 행성들의 규칙적인 운행 배경을 피해서 만들어야 하는 것은 물론이고, 우주에 돌아다니는 운석들도 감안해야 했다.

위드가 만들려고 하는 것은 베르사 대륙의 밤하늘에 빛나는 별이다!

"멀수록 잘 보이도록 더 크게 만들어야지."

태양계의 외곽 지역이라 어떤 별을 만들더라도 상관없는 꽤나 넓은 지역이었다.

위드는 잠시 눈을 감았다가 떴다.

'드디어 대망의 조각술 마스터구나. 퀘스트만 실패하지 않는다면 말이야. 그토록 고생했던 과거가 mp3처럼 흘러가는군.'

위드는 〈로열 로드〉 역사상 전무후무할 스킬을 사용했다.

"별 생성!"

시커먼 우주 공간에서 신비로운 하얀빛의 일렁임이 있었다. 그리고 뜨는 메시지 창.

띠링!

이 지역에 별을 생성하겠습니까?
별의 형태와 재질, 크기를 정해야 하며 스킬은 한 번만 사용할 수 있습니다.

"만들어 보자."

별이 생성됩니다.
손으로 잡아 형태와 크기를 바꿔 주십시오.

빛의 일렁임이 공처럼 둥글게 뭉쳐 있었다.

"설마 이건?"

위드는 여동생의 볼을 가지고 놀 때처럼 양손으로 잡아서 좌우로 늘려 봤다.

쭈우우욱!

고무공처럼 쉽게 늘어나는 모양.

양쪽이 아닌 한쪽 면만 잡아당기더라도 중심은 그대로인 채옆으로 계속 커졌다.

처음에는 야구공 정도의 크기였지만 금방 수백 미터짜리로 커졌다. 게다가 원하는 대로 계속 늘어났다.

"이런 방식이라면 진짜 초대형 조각품을 만들겠구나. 어느정도의 크기가 적당하지?"

땅이란 넓을수록 좋은 법!

14평이나 17평의 소형 아파트가 각광을 받은 시대도 분명히있었지만 거주 비용과 가격이 싸다면 누가 좁은 아파트에 살겠는가.

머릿속에 베르사 대륙이 있는 행성의 수십억 배 크기가 스쳐지나갔다.

"다시없을 초대형 조각품을 목표로 해야지."

위드는 빛의 일렁임을 잡아서 늘리고, 또 늘렸다.

빙룡이나 킹 히드라와 같은 조각품은 별의 조각품에 비하면 먼지만큼도 못하다.

끝을 알 수 없는 광활한 우주 공간에서는 은하계조차도 티끌처럼 작았다.

도대체 〈로열 로드〉가 어디까지 확장이 된 것인지는 알 수 없지만 우주 공간에서 원하는 규모로 만들 수 있었다.

"내가 완전히 잘못 생각하고 있었어. 밤하늘을 올려 볼 때의 낭만? 조각술 마스터는 맘껏 크게 만들어 보라고 별의 조각품이로구나!"

어두운 밤하늘에 떡하니 존재하는 거대한 별이 벌써부터 눈가에 아른거렸다.

"낭만이나 예술성이 도대체 뭐야. 조각술 마스터라면 역시 묵직하니 크고 봐야지. 어마어마하게 말이야!"

위드는 빛의 일렁임을 잡고 우주를 날기 시작했다. 있는 대로 한껏 크게 만드는 것이 목적이었다.

❖❦❧❦❖

유병준 박사는 가끔 세상이 불합리하다고 여겼지만, 최근에는 그 생각을 코코아에 햄버거를 먹으면서도 자주 했다.

"저딴 게 무슨 예술가라고……."

별의 조각품을 크게 만들 수 있다는 사실에 기뻐하면서 있는 힘껏 늘리기만 하는 위드의 모습을 화면에서 보자니 기가 찰 정도였다.

〈로열 로드〉의 조각품 감정 시스템은 실제 인류 문화와 역사를 반영한다.

세상에 드러난 모든 진짜 예술품과 기법, 예술가들과 인간의 감동이나 경험 같은 것을 데이터베이스화해서 조각품이 완성되는 순간 가치를 자동으로 책정했다.

물론 〈로열 로드〉의 자체적인 역사와 구성, 조각사 개인의 경험이나 기록도 측정해서 반영됐다.

"조각술 마스터는 직업 마스터에서도 가장 힘든 축에 드는 것인데, 저런 식으로 하다니… 어쨌든 마지막 단계에 왔군."

유병준이 볼 때 위드는 너무 잘나갔다.

먹고살기에 충분할 정도의 돈도 벌었고, 인기도 누렸다.

심심해서 인공지능으로 살펴본 여자 친구인 서윤에 대한 분석도 있었다.

—아름다움의 서열에 대한 분석 말씀이십니까?

"그래. 저 아가씨가 어느 정도의 미녀일지 궁금하군. 저런 미녀는 내 인생에서 본 적이 없는데 말이야."

—사람이나 인종, 국가마다 미에 대한 기준과 가치 판단이 다양합니다.

"모든 국가들, 사람들이 갖고 있는 표준적인 기준들을 반영하도록."

—외적인 아름다움은 물론이고 지혜와 성품, 우수한 유전자의 특성까지 감안하여 분석을 시작하겠습니다.

보통의 인공지능이라면 며칠은 걸릴 만한 작업이었다.

미에 대한 다양한 가치의 척도는 물론이고, 인공위성이나 인터넷에 존재하는 인물들의 사진 및 동영상, 사람들의 반응, 방송 자료들까지도 감안하여 미모를 분석했다.

― 지구상에서 아름다움을 기준으로 평가했을 때 정서윤의 서열은 1위입니다.

"그, 그 정도인가?"

― 지적인 능력을 비롯한 유전자가 가지고 있는 대부분의 특성들이 우수한 수준입니다. 진화의 측면에서 볼 때, 현생 인류보다 4세대 정도 앞선 유전적인 특성을 가지고 있습니다. 특히 겉으로 드러나는 미모에서는 아시아권은 물론이고 미국, 유럽, 아프리카, 남미, 남자들의 99.697%가 서윤 양을 최고의 미녀로 꼽을 것입니다.

"포함되지 않은 나머지는 뭐지?"

― 시력에 장애가 있거나, 지독하게 독특한 취향을 가진 소수의 변태들입니다.

"나이와 상관없이 말이냐?"

― 모의실험 결과, 장난감을 가지고 노는 어린 남자아이부터 숟가락을 들 힘이 있는 남성 노인들까지 한결같이 서윤을 평생 자신이 본 중에서 최고의 미인으로 꼽을 것으로 결론이 났습니다.

"믿기 어려울 정도야. 구체적인 사례는?"

― 울고 있는 2세 이하의 어린아이도 서윤을 보면 울음을 멈출 가능성이 98%입니다. 그리고 실제 영상 판독 결과, 서윤이 시장에서 장을 볼 때 가까운 곳에서 울던 아이들이 울음을 454건 멈춘 사례가 있습니다. 실제 발생 확률은 100%였습니다.

"뭔가 오류가 있을 것이다. 재측정해 봐라."

인공지능은 다시 수십 번의 계산을 해 본 후에 답했다.

—모든 데이터베이스를 통해 확인을 마쳤습니다. 최근 70년 안에 태어난 사람 중에서 가장 아름다운 미녀입니다.

"그 전에는 더 아름다운 미녀가 있었나?"

—미에 대한 판단은 시대에 따라 달라질 수 있습니다. 자료 부족으로 인해 과거를 정밀하게 분석할 수는 없었지만, 현재의 미인상이 형성된 70년 내를 기반으로 한 최고의 미녀입니다.

유병준은 깊게 탄식했다.

"위드에게는 너무 아깝구나."

—꼭 그렇지만은 않습니다, 박사님. 위드를 만나기 전까지 서윤의 미모는 전 세계에서 1, 2년에 1명은 출현할 정도였습니다.

"지금 더 아름다워졌다는 말인가?"

—그렇습니다.

"큰 변화는 없는 것 같은데."

—최고의 미모는 디테일에서 완성되는 것입니다, 박사님.

유병준은 별의 조각품이 만들어지는 광경을 지켜보며 전혀 미덥지 않았다.

"구체적인 주제도 정하지 않고 일단 크게 만들어 보려고 하다니. 저렇게 무계획적일 수가 있나?"

퀘스트의 마지막 단계인 만큼 차분히 결과를 기다려 볼 수도 있지만 인공지능에게 물어보기로 했다.

"위드가 과연 직업 마스터를 성공할 수 있을까? 〈로열 로드〉 최초로? 헤스티아를 만족시킬 만한 작품이라면 간단하지 않아. 기필코 대작을 만들어야 할 텐데."

―성공할 것입니다.

"확률은?"

―95.3%입니다.

"아주 높은 수치인데. 근거는?"

―위드의 승부사적인 기질을 봤을 때 기회를 놓치지 않을 것입니다. 그리고 그가 조각하게 될 작품의 주제가 서윤과 관련이 있을 가능성이 97%입니다.

"그렇다면 조각술 마스터는 끝난 것이나 다름없겠군."

❖❖❖

위드는 빛의 일렁임을 어마어마하게 크게 키웠다.

가까이에서 보면 크기가 가늠되지 않아 전체를 살피기 위해서는 우주로 멀리 날아가야 했다.

"주변에 다른 별보다 작은 것 같은데… 안 돼. 더 커야 해."

먼 우주 공간에서 봐도 확연하게 느껴지는 강대한 존재감!

수많은 별들 중에서도 빛의 일렁임의 크기가 절대 꿀리지 않았다.

"별이라면 크고 밝아야지."

고등학교 과학 시간에 배웠던 우주에 대한 것도 어떤 별이 몇만 배쯤 더 크고 밝다는 정도밖에는 기억이 안 났다.

특히 태양의 규모는 태양계 행성들 전체를 합한 것보다도 수백 배 거대했다.

"크기가 모든 것을 우선한다. 암!"

위드는 철저히 확인하기 위해 마판에게 귓속말도 보냈다.

> —마판 님, 지금 바쁘세요?
> —아닙니다. 말씀하세요.
> —물어볼 것이 있어서 그런데, 그곳이 밤인가요?

베르사 대륙도 지역에 따라서 해가 뜨고 지는 시간이 조금씩 달랐다.

> —네, 저녁입니다. 하벤 제국의 수도인 아렌 성 부근에서 밀무역을 하고 있습니다. 케케케.
> —그렇군요.
> —이곳이 밤인지 물으시는 걸 보니 위드 님은 지금 어디십니까?

위드에 대한 소식을 궁금해하는 것은 마판도 마찬가지였다.

퀘스트나 사냥을 할 때는 귓속말 기능을 아예 차단해 버리기 때문에 친하더라도 대화를 나누지 못할 때가 많다.

물론 위드와 함께 일주일 정도 사냥을 하고 나면 친한 동료들도 한동안 귓속말 기능을 꺼 버리고 잠적했다.

> —하늘을 보세요.
> —음… 밤이라서 아무것도 안 보이는데요. 아렌 성에 계십니까?
> —아렌 성은 아니고… 그보다 좀… 멀어요. 하늘을 보고 찾아보세요.
> —지금 와삼이나 빙룡을 타고 계시는 겁니까?
> —하늘이 아니라 그보다도 훨씬 멉니다. 북쪽에 빛나는 별 같은 거 안 보여요?
> —보이는데… 오! 저곳에 저렇게 큰 별이 있었군요. 처음 보는데 엄청 밝은데요.

> ―거기 있습니다.
> ―예? 그 방향에 계신다고요?
> ―아뇨. 별 옆에요.
> ―…죄송합니다만 이해를 못 하겠습니다. 다시 어딘지 정확히 말씀해 주시 겠습니까?
> ―지금 우주 한복판이라고요.
> ―쿠헉! 거기서 뭘 하고 계시는데요?
> ―별 만들어요.

마판에게 패닉을 안겨 주고 나서 필요한 정보들을 얻었다.

별이 얼마나 크고 밝게 보이는지, 혹은 주변부의 별자리에 대해서까지도 꼼꼼하게 체크를 했다.

위드가 만드는 별의 조각품이 주변 별들에게 묻히거나 가려 져 버린다면 그것만큼 심각한 실패는 없기 때문이다.

> ―근데 별을 만드는 퀘스트도 있습니까?
> ―뭐, 조각술 최후의 비기 퀘스트 하고, 마스터 되려고 하니까 퀘스트 생기 네요.
> ―정말 부럽네요.
> ―별로요.
> ―진짜 대단하십니다.
> ―별일 아니에요.
> ―존경합니다. 앞으로도 쭉 이끌어 주세요.
> ―별말씀을.
> ―조각술 마스터도 미리 축하드립니다. 대륙 최초의 마스터가 되시겠네요. 근데 자꾸 별로 시작하는 말로 대답하시는데… 의도하신 거죠?
> ―별이 아름답게 빛나는 밤이군요.

위드는 유린에게도 귓속말을 보냈다.

> —사랑하는 예쁜 여동생아.
> —뭔데. 라면 끓여?
> —네가 〈로열 로드〉에서 좀 다녀 봐야 할 곳이 있어.
> —어딘데?
> —그림 이동술로 다녀오면 되니깐. 세계 각 지역을 돌아다니면서 밤하늘의
>   그림을 그려 줘.
> —몇 장이나?
> —100장이면 아쉬운 대로 될 것 같다.

화가에게 100장이면 보통 노가다가 아니었다.

> —알았어, 오빠. 내일까지 해 줄게.

하지만 위드의 여동생에게는 그 정도도 가뿐한 일.

기본적으로 도배, 장판, 시멘트 배합, 변기 설치 정도는 여자
인 유린에게도 가능한 일이었다. 가끔 장독 묻는다고 야밤에
뒷마당에서 삽질할 때도 있었다.

"깊게 묻어야지. 헤헤."

열심히 땅을 파는 여동생을 보면 위드도 섬뜩해졌다.
'나중에 좋은 남자 만나야 할 텐데. 내 여동생 손에 피 안 묻
히려면.'

❖❖❖

이현은 캡슐을 나와서 컴퓨터 모니터로 이혜연이 그린 그림

들을 봤다.

지역이 다르더라도 밤하늘의 방향만 같다면 모습들은 대부분 비슷했다.

"베르사 대륙에서 충분히 먼 곳이라 별자리에 큰 차이는 없군. 별이라… 어떤 조각품을 만들어야 할까."

주변의 별들과도 잘 어울려야 함은 물론이고, 크고 환한 존재감을 가져야 한다.

손에 닿지 않고 먼 밤하늘의 별로 비추기만 하기에 낭만적이기도 했다.

시원한 바람이 부는 저녁, 별이 빛나는 하늘을 보면서 사람들은 마음을 열고 행복을 느낄 수 있다.

"조금만 마음을 열면 행복은 가까이 있는 거지."

보증금 300만 원에 25만 원짜리 월세에 살다가, 보증금 1,000만 원에 23만 원짜리 월셋집으로 옮겼을 때도 얼마나 기쁘고 만족스러웠던가.

변기와 화장실 타일의 퀄리티부터 차이가 났다.

"별자리를 보면 모타라에서 북쪽이군. 위치는 잘 정하긴 했는데 말이야. 뭔가가 계속 아쉬워. 도대체 그게 뭘까?"

이현은 서윤이 해 주는 밥을 먹고 다시 캡슐로 들어갔다.

✧❦❧✧

조각품의 크기는 주변 별들의 크기와 밝기를 감안하여 결정이 됐다.

달을 제외하고는 가장 크고 밝았다.

"아쉽지만 이 정도만 할까. 가공하는 것도 고려를 해 봐야 하니까 말이야."

위드는 허전하긴 했지만 넘치느니 약간 부족한 게 좋다고 이쯤에서 만족하기로 했다.

사실 거리를 감안해서 작게 보이는 것이지, 직접 비교한다면 달 정도는 깔아뭉갤 수 있을 정도로 거대 사이즈였다.

별의 크기가 결정되었습니다.
별을 구성하는 재질 중에서 다섯 가지 주요 광물을 직접 고를 수 있습니다.
선택한 광물들은 별에 더욱 풍부하게 매장이 될 것입니다.

위드의 퀘스트 창에 수많은 특성을 가진 광물이나 원석들이 등장했다.

지질학 박사가 보았다면 눈을 부릅떴어야 할 정도로 종류가 다양했다. 지구상에 모든 금속이나 광물들은 물론이고 우주에 존재하는 광물들까지도 분류가 되어 있다.

사소한 부분이었지만 〈로열 로드〉를 탄생시킨 놀라운 기술력이나 치밀함이 엿보이는 장면!

"돌이 다 거기서 거기지, 왜 이렇게 많아."

위드의 경우에는 대부분 흔해 빠진 광물들은 그대로 넘겨 버리고 보석과 귀금속류로 이동했다.

"혹시나 했는데 정말 있구나."

황금이나 다이아몬드와 같은 특성도 고를 수가 있었다.

"행성이 보석으로 가득하다면… 캬햐. 이거야말로 진정 고급

스러운 땅 투기가 아닌가."

　조각술 마스터를 위해 대작급의 예술품을 만들어야 하지만, 땅 투기의 유혹은 참을 수가 없는 것.

　고양이가 뚜껑 열린 참치 캔을 놔두고 지나갈 수는 없는 법이었다.

　"다이아몬드로 하자. 별의 품격을 감안할 때 다이아몬드 산정도는 3~4개 있어 줘야지."

> 다이아몬드가 결정되었습니다.

　"금도 필요해. 금으로 된 강과 바다가 흐른다면 정말 끝내줄 거야."

> 금이 결정되었습니다.

　"그리고 값이 나가는 건… 루비. 루비 평야 정도는 있어 줘야 따뜻한 느낌이 들지 않겠어?"

> 루비가 결정되었습니다.

　"이쯤에서 전체적인 균형과 조화를 조금은 생각해 줘야 되겠지. 사파이어와 백금도 하자. 사파이어 언덕이나 백금 계곡 같은 것도 멋질 거야."

> 사파이어가 결정되었습니다.

> 백금이 결정되었습니다.

다섯 가지 보석과 귀금속으로 결정되어 버린 위드의 별!

이쯤 되면 슬슬 조각술 마스터가 문제가 아니었다.

베르사 대륙이 있는 행성의 수만 배가 되는 보석이 매장되어 있다면 도대체 그 가치가 얼마이겠는가.

"부지런히 레벨을 올려야겠어. 언젠가 꼭 내가 여길 차지하러 돌아온다."

위드가 우주 정복에 대한 야망까지 불태우게 되는 계기였다.

❧

아렌 성의 뒷골목.

늦은 밤, 간판도 붙어 있지 않은 빈민가로 지역 상인들이 몰려들었다.

"올리브를 사러 왔습니다."

"누구의 소개로 오셨습니까?"

"무기점 주인 파할이 말해 줬는데요."

"그렇군요. 마침 잘 오셨군요. 신선한 물품들이 있습니다. 후후후."

"저기 품질은……."

"믿으셔도 됩니다. 최상품이니까요. 일단 보고 결정하시죠."

지역 상인들은 지하 창고로 가서 산처럼 쌓여 있는 올리브와 각종 말린 과일들을 보며 탄성을 내질렀다.

"캬아. 이렇게 많은 식료품들은 처음 봅니다."

"저희 마판 상회… 아니, 싸게팜 상회에서는 넉넉한 물량만이 아니라 유통 마진을 최소화해서 공급하고 있습니다. 얼마든지 원하시는 물량을 가져가세요!"

북부의 마판 상회!

전쟁과 푸홀 워터파크로 상상을 초월하는 돈을 벌어들이며 거대한 부를 쌓았다.

하벤 제국에서 밀무역의 영향력을 넓히고 넓혀서 아렌 성까지 진출한 것이다.

북부의 저렴하고 품질 좋은 식료품을 대거 중앙 대륙으로 가져와서 지역 NPC 상인들을 통해 공급했다.

띠링!

교역이 성립되었습니다.
상인 젠타의 만족도가 대단히 높습니다. 지역 명성이 20 증가하였습니다.

친밀도, 영향력, 탈세!

중앙 대륙에서 하벤 제국의 영향력은 세금을 낮추면서부터 급속도로 줄어들었다.

마판 상회는 최소한의 이윤만을 남기면서 독버섯처럼 자라났다.

"하벤 제국의 장인들이 파는 물건을 구입하세요."

"이런 구매 가격으로는 마진이 적습니다."

상회에 있는 상인 유저들이 의문을 가졌다.

매번 전설에 가까운 성공 신화를 써 온 마판이었지만 적자를 보는 거래를 하는 이유를 알 수 없었다.

"장인들과 친해지는 거죠. NPC나 유저나 가릴 것 없이요."

"친해지지 않고도 물건은 살 수 있는데요?"

"우리의 목적은 물건을 사는 게 아니에요. 사람까지 사는 겁니다."

"사람?"

"일단 친해지고 나면 몽땅 북부 대륙으로 끌고 갈 테니까 말입니다."

"……!"

상회를 통해 영향력을 퍼트린 후에 전부 북부로 데려갈 무서운 계획!

중앙 대륙은 일찍부터 기술 발전도와 경제가 번영했다.

전쟁으로 한동안 밑바닥을 치기는 했어도 그 깊은 뿌리가 어디로 가겠는가.

마판은 푸홀 워터파크가 만들어진 이후에 위드와도 비밀리에 회동을 가졌다.

아무도 알지 못하는 으슥한 곳에서, 그것도 일부러 밤에!

"레벨 200 이상의 장인 1명에 5만 골드는 주셔야 합니다."

"음. 너무 많군요."

"이쪽도 위험부담을 감수해야 합니다. 그러니 3만 골드?"

"시간도 돈이니 서로 생각해 놓은 금액을 이야기하죠."

"18,973골드."

"14,980골드."

위드와 마판은 팽팽하게 눈싸움을 했다.

먼저 감는 쪽이 패배!

그러나 매번 그렇듯이 먼저 패배한 건 마판 쪽이었다.

"크흑. 받아들이겠습니다."

중앙 대륙의 쓸 만한 NPC들을 모조리 끌고 갈 계획을 세운 마판 상회.

유통으로 시작했던 마판 상회는 어느새 인신매매 사업까지 확장하고 있었다.

✧◈◍◈✧

〈로열 로드〉에서는 밤 사냥이 큰 인기를 끌고 있었다.

기본적으로 던전에서는 낮과 밤의 구분이 없기도 하지만, 밤에는 동물들의 활동이 왕성해졌다.

사냥꾼의 직업이 아니더라도 추가 경험치나 전리품의 혜택을 입을 수 있기 때문에 밤 사냥을 포기하지 못했다.

위드라면 어차피 24시간 사냥을 하기 때문에 상관없어도, 기왕이면 유저들은 짧은 시간에도 높은 효율을 원하는 것이었다.

"저기, 있잖아… 나 고백할 게 있는데."

"응."

대지의 궁전 성벽에 앉아 있는 커플이 있었다.

남자 마법사와 여자 검사.

사냥터에서 눈이 맞은 흔한 커플이었다.

"우리……."

남자 마법사가 사귀자는 말을 어렵게 꺼내려고 할 때, 여자 검사가 하늘을 가리켰다.

"저기 봐 봐."

"뭔데? 와이번이라도 지나가니?"

모라타 왕국에는 조인족들이 흔했고, 와이번들도 운이 좋은 날에는 볼 수 있었다.

"별이 있어."

"별?"

남자는 '별이야 당연히 있겠지.'라고 구시렁거리면서 고개를 올려서 하늘을 봤다. 그리고 깜짝 놀랐다.

북쪽으로 달의 절반 정도 되는 크기의 밝은 별이 또렷하게 보였다.

"저거 뭐지?"

"처음 보는 별이야. 분명 며칠 전까지만 해도 없었는데."

그 시간 베르사 대륙의 곳곳에서 밤하늘에 빛나는 별에 대한 이야기를 나눴다.

들판과 산, 강은 물론이고 도시에서도 유저들은 하늘을 올려다봤다.

먼바다에서 대형 범선을 타고 항해하던 선장이나 해적들도 마찬가지였다.

"저 별은 뭐야?"

"신기하네. 무슨 퀘스트라도 벌어지고 있는 걸까?"

전설과 신비가 있는 〈로열 로드〉.

유저들은 가벼운 흥분을 느꼈다.

매연과 빛의 공해에 찌든 현대인은 밤하늘을 볼 일이 거의 없었다.

어두운 밤에 빛나는 건 인공위성이나 비행기 정도가 고작!

〈로열 로드〉에서는 밤에 사냥을 하다가 보석들처럼 반짝이는 밤하늘을 보면 그만큼 낭만적일 수가 없었다.

따로 경치 좋은 곳들을 찾아다니지 않더라도 맑은 밤하늘에 시원한 공기만 있다면 최고의 데이트 장소.

도시의 야경이 아름다운 모라타나 새벽의 도시라면 연인들끼리 걷기에 정말 좋았다. 그리고 주민들이 말하기 시작했다.

"헤스티아의 신전에서 여신의 신탁이 내려왔다고 해."

"자네는 혹시 느끼고 있나? 위대한 탄생이 다가오고 있는 것을 말이야. 정말 오랜만의 반가운 일이지."

유저들은 각 지역에 있는 헤스티아의 신전으로 달려갔다.

헤스티아의 사제 유저들 역시 의문으로 가득했다.

"뭔데요? 뭡니까?"

"어떤 신탁이죠?"

대사제의 자리에 있는 NPC는 사람들에게 밝혔다.

"여신 헤스티아가 직접 이 세계가 낳은 최고의 예술가를 마지막으로 시험하고 있습니다."

신전을 가득 메우고 있던 유저들은 대사제의 말을 듣자마자 중얼거렸다.

"위드?"

"위드네."

이런 일을 저지를 사람은 위드뿐이었다.

바드 마레이가 정중하게 물었다.

"대사제시여, 최고의 예술가는 대체 무엇을 하고 있습니까?"

"무한하게 넓은 공간에서 예술가는 여신 헤스티아의 권능으로 단 하나의 작품을 만들고 있습니다. 그는 다시없는 큰 공적을 세운 모험가이기도 하며 명예로운……."

"역시 안 보이더니 모험을 하고 있었어. 이런! 멋진 노래를 만들 기회를 놓치다니. 아, 이건 조각 퀘스트인가."

마레이는 땅을 치고 후회했고, 유저들의 눈에는 부러움이 가득했다.

"세상에, 이젠 우주에서도 조각품을 만들어. 대박이다."

"대체 얼마나 명성을 쌓고, 퀘스트의 전설을 쓰면 이런 퀘스트를 다 수행하냐."

"차원이 다르네, 달라."

"위드. 역시 쥐새끼처럼 숨어서 활동하고 있었군."

"앗. 우리 사이에 헤르메스 길드원이 있다."

밤하늘에 유난히 빛나는 별은 유저들에게 금세 유명해졌다.

레벨이 높은 궁수 유저들은 남다른 시력을 가져서 망원경을 낀 것처럼 별을 확대해서 볼 수 있었고, 샤먼과 마법사들도 비슷한 관찰 마법을 가졌다.

"이글 아이 마법으로 위드의 별을 보여 드립니다. 2골드에 모셔요!"

마을마다 장사를 하는 마법사들에 의해 유저들의 긴 줄이 늘어섰다.

망원경의 가격은 10배 이상으로 폭등!

"소식 들었어? 북쪽에 빛나는 별이 위드 님의 조각품이래."

"말이 돼? 하늘에 조각품을 만드는 것이 말이야."

"하늘이 아니라 우주라는데? 별의 조각품을 만드는 거래. 조각술 마스터로 말이야."

위드가 모험을 한다는 소문은 불과 2~3시간 만에 베르사 대륙 전체로 퍼져 나갔다.

도시와 들판을 가리지 않고 유저들은 하늘을 올려다봤다.

"저게 다 뭐야? 자세히 보니까 무지 반짝여."

"누런 게 다 금? 엄청 예쁜 보석 별이다."

"그러게 말이야. 진짜 어마어마한 게 나올 것 같아."

아기별

이현의 집 앞으로 고급 승용차들이 줄줄이 주차되었다.

한국의 방송국들은 물론이고, 〈로열 로드〉의 인기를 업고 탄생한 전 세계의 게임 방송사들.

해외 주요 방송국들에서도 임원들을 보내서 조각술 마스터 퀘스트 중계에 대한 협의를 위해 몰려온 것이다.

"이 골목도 자주 오니까 익숙하군."

"나는 주소까지도 외우겠어."

방송국의 임원들은 안면이 있는 이들과 함께 반갑게 인사를 나눴다.

"손 전무님, 요즘 주말 시청률 많이 오르셨던데. 방송 주제도 참신하고."

"걸 그룹들 모험시키는 내용으로 새로운 프로그램 하나 짜볼까 하고 있습니다. 모라타에서 황소와 새끼 와이번도 키우고요. 걸 그룹이 식상하긴 해도 장면이 예쁘지 않겠습니까."

"그거 좋군요. 요즘은 가수들 콘서트도 〈로열 로드〉에서 한답니다. 장소 섭외하는 것도 쉽고, 무대장치나 관중의 반응도 색다르고 좋다는군요."

"알고 계셨군요. 새벽의 도시와 모라타에 있는 공연장들은 대관 일정이 1년 치가 벌써 가득한데 말입니다."

"추가 공연장도 계속 만든다죠? ORK 통신에서도 아르펜 왕국에 공연장 기획하고 있지 않습니까?"

"워낙 다른 건축 일들이 바쁘다 보니… 북부에서는 사람이 많아도 손이 귀해서요."

실제 가수들에 의한 경쟁도 볼만한 요소였다.

다양한 가수와 연주가들이 〈로열 로드〉에서 캐릭터를 생성하고 바드로서 노래 실력을 겨루어서 유명세를 얻어 가는 과정들이 방송으로 중계되었다.

시청자들의 반응도 뜨거웠고, 아르펜 왕국의 열풍을 이어 가는 요소 중의 하나였다.

약속 시간은 오후 3시.

정확하게 점심과 저녁 식사 사이에 이현의 집 문이 열렸다.

"보신아, 예쁘게 잘 자랐구나."

방송국 관계자들이 서둘러 이현의 집으로 들어갈 때였다.

KMC미디어의 직원들은 이현의 집 강아지들에게 비싼 갈비를 가져다줬다.

"착하지. 많이 먹어라."

어느새 훌쩍 큰 몸보신 2세와 그 새끼들이 갈비를 와구와구 뜯어 먹었다.

다른 방송국 직원들은 계약을 하러 온 마당에 도대체 뭐 하는 짓인지 의문이었다.

"저럴 필요까지 있을까요?"

"허, 참! 지금이 정승집 개한테도 인사를 하던 조선 시대도 아니고."

방송국 관계자들은 웃으면서 이현이 기다리는 거실로 들어갔다.

⊰⊱⊰⊱⊰⊱

"손 부장님, 이쪽 자리에 앉으세요. 박 이사님, 이사 승진 축하드립니다. 편하신 자리를 준비했습니다."

이현의 집은 거실이 넓은 편은 아니었다. 가끔씩만 손님들이 찾아오기 때문에 의자의 개수도 모자랐다.

"자리가 편하진 않겠지만 이걸 깔고 앉으세요."

이현은 여러 명의 방송사 관계자들에게 방석을 나눠 주면서 바닥에 앉으라고 했는데 외국인들은 당연하게 받아들였다.

"고맙습니다, 미스터 리."

하지만 한국 방송사 관계자들은 방석을 보면서 미묘한 신경전을 벌였다.

방송국의 지위나 시청 점유율을 떠나서 무작위로 방석을 나눠 준 것 같지만 은근한 공통점이 있었다.

'지난번에 왔을 때는 맨바닥에 앉았는데, 설날 선물로 산삼을 보냈더니 이번에는 의자다.'

'명절 선물 세트가 부실했구나. 크으. 구멍 난 방석을 받다니, 우리 회사 홍보부 직원들은 일을 어떻게 한 거야! 이놈들을 그냥!'

이현은 마시는 물에도 차이를 뒀다.

아무런 선물도 가져오지 않고 협상을 위해 온 순진한 사람들에게는 찬물.

현관을 들어오면서 뭐라도 하나 선물을 내민 사람은 오렌지 주스.

마트에서 흔히 파는 오렌지 주스였음에도 불구하고 그걸 못 받은 사람들은 미묘한 박탈감을 강하게 느꼈다.

'쪼잔하다는 말은 들었지만 이 정도라니…….'

'엄청나다. 나한테는 오렌지 주스를 절반만 따라 줬어! 선물의 질은 마음에 들었지만 양이 좀 모자랐다는 뜻이 아니었을까.'

'다행이다. 그래도 난 주스라도 가득 줬으니깐 말이야. 협상 과정이 조금이라도 순조롭겠어.'

외국 방송국 관계자들은 웃으면서 재미있어했다.

'위드? 개그 감각이 있구나. 딱딱한 자리가 될 줄 알았는데 재밌어. 멋지다.'

'원더풀.'

그리고 이어진 방송 계약의 자리.

이현은 간단히 현재 진행하고 있는 퀘스트에 대해 설명했다.

"대충 알고 찾아오셨겠지만 조각사 마스터 퀘스트입니다. 그것도 마지막 단계!"

"오오."

방송국 관계자들은 자리에서 들썩일 정도였다.

스킬 마스터 경쟁이 한창 벌어지고 있기는 하다. 그렇지만 직업 마스터 퀘스트 경쟁은 너무나도 극악에 가까운 난이도 때문에 대부분이 포기한 상태였다.

살인적인 퀘스트의 양과 위험!

직업 마스터 직전에 목숨을 잃기라도 하면 안 되기 때문에 다들 몸을 사렸다.

'전쟁의 신 위드나 되니 마스터 퀘스트의 끝까지 갔구나.'

'역시 노가다의 신.'

'퀘스트 같은 건 전부 해내는군. 정말 평범해 보이는데… 겉보기와는 달라.'

'독한 놈. 저걸 우리 CTS미디어가 진작 독점으로 잡았어야 했는데.'

'한국인들은 도대체 뭐 하는 종족이지? 가상현실 세계는 결국은 한국인들이 지배하고 말 거야.'

이현은 거만하게 방송국 관계자들을 쓱 둘러봤다.

"하지만 제가 진행하고 있는 게 일반적인 마스터 퀘스트는 아니죠. 여기까지 오게 된 과정에 대해서는 조각술 최후의 비기가 있기 때문인데. 아마 조각사 마스터가 또 나오더라도 다시는 볼 수 없을 겁니다. 크윽. 좀 아쉽기도 하고 섭섭하기도 하네요."

지나간 고생은 추억과 경험으로 미화되었지만 가끔 악몽을 꾸기는 했다.

이현은 전혀 아쉽지 않았어도 분위기를 조성하기 위해 옆구리를 꼬집어서 눈물 한 방울을 쥐어짰다.

"어쨌든 이번 일을 성공하면 최초의 마스터가 될 가능성이 크고, 별을 조각하는 건 따로 설명드릴 필요 없이 전대미문의 일일 겁니다. 보고 싶어 하는 시청자들은 꽤 되겠죠."

길게 설명할 필요도 없다.

방송국들 내부에서 판단하기에도 높은 시청률을 장담할 정도의 근거는 충분했다.

'이건 먹힌다.'

'최고의 흥행 아이템이야.'

위드의 퀘스트는 항상 높은 시청률을 기록한다.

위드가 시장에서 말로 손님을 끌며 조각품을 만들어서 팔아먹는 내용으로도 10%의 시청률이 어렵지 않았는데, 최초의 마스터 퀘스트를 완료하는 순간이라면 시청률 확보는 확실하다.

'지금 밤마다 기대하면서 별을 보고 있는 유저가 한둘이 아니고.'

'풀죽신교. 위드의 광팬들이 있으니 그들의 욕구를 해소해 줘야 한다. 그래야만 시청자 게시판의 풀죽 테러를 막을 수가 있어.'

방송국 게시판마다 풀죽을 외치는 시청자들에 의해서 점령된 상태. 위드의 퀘스트나 사냥이 대박을 칠 때마다 게시판이 풀죽으로 가득했다.

1년쯤 전에는 방송국 홈페이지의 몇몇 이용자들이 풀죽, 풀죽, 하는 것이 혐오스럽다는 의견을 내기도 했다.

게시판 운영자 역시 별다른 내용 없이 풀죽만 적는 글들은 광역 삭제를 진행했다. 그리고 얼마 후 방송국들은 크게 후회했다.

사이트 이용자 숫자 급감!

풀죽을 외치는 유저들이 〈로열 로드〉의 열성 팬들이었기 때문이다. 〈로열 로드〉를 시작한 시간은 길지 않지만 그렇기 때문에 더 왕성하게 활동을 한다.

풀죽 유저들이 외면한 방송국들은 인터넷 사이트의 활동뿐만 아니라 시청률에도 손해를 봤다.

지금은 각 방송국 게시판에서 풀죽신교 소속을 인증하고 글을 쓰는 유저들이 삼분의 이를 넘어섰다.

어디 한국뿐이던가. 전 세계의 〈로열 로드〉와 연관된 방송국은 물론이고, 각 인터넷 주요 사이트들이 풀죽신교 유저들에 의해 장악되고 있는 형편이었다.

웨이보, 페이스북, 트위터와 같은 소셜 커뮤니티에서도 풀죽 유저들이 왕성하게 활동한다. 기자들이나 연예인들도 기사나 인터뷰에서 풀죽신교 소속임을 흔하게 인증했다.

심지어는 영국의 유명한 경제 신문에서는 이런 평가도 내놓았다.

풀죽신교는 디지털의 새로운 혁명이 될 것이다

더 이상 모르는 사람이 많지 않은 풀죽신교는 자유와 모험, 행복을 기치로 〈로열 로드〉에서 탄생했다. 놀고, 즐겁게 놀고, 재미있게 놀자는 그들은 즐거움이 갈수록 적어지는 각박한 현실의 새로운 조류가 되고 있다.

(……)

풀죽신교의 확장성은 놀랍다.

매일 100만 명 이상이 새로 가입하고 있으며, 나이와 능력, 그 어떤 제한도 없다. 평범한 사람도 풀죽신교에 가입하고 수많은 하부 조직 중 소속 단체가 정해지면 그곳의 정체성을 따르게 된다. 용감하고, 근면하며, 헌신을 배우며, 희망적인 미래를 위해 자기 분야의 능력을 개발한다. 풀죽신교의 흐름은 시민 의식의 새로운 도약이라고 할 수 있을 것이다.

아울러 경제적으로도 풀죽신교의 영향력은 무시 못 할 정도가 되었다. 세계적인 백화점, 아웃렛 들은 물론이고, 항공사, 호텔, 놀이공원, 이동통신, 고급 레스토랑 들은 발 빠르게 풀죽신교 멤버십을 만들어서 제공하고 있다. 연회비 없이 제공되는 이 서비스는 '풀죽 프렌들리'라는 이름으로 충성도 높은 이용자들을 사로잡는 역할을 톡톡히 해냈다.

매출액이 수백조에 달하는 기업들이나 경제 연구소들도 풀죽신교의 경제적 파급효과에 대해 연구했다.

―풀죽신교의 소셜 네트워킹 서비스가 시작된다면 어떻게 될까? 수억 명의 가입자를 기반으로 전 세계 소셜 네트워킹 시장을 장악할 수 있지 않을까?

─풀죽신교 전용 방송국 개국 가능성은?

─문구류에서부터 패션, 아동, 스포츠, 명품 잡화, 이동통신까지 풀죽신교 마니아들을 활용한 브랜드의 진출이 손쉽게 가능할 수 있다.

세계적인 기업들과 연구소들에서는 가상현실을 기반으로 태어난 디지털 경제 혁명을 예언했다. 아울러 풀죽신교의 교리는 제3세계에서 독재에 저항하거나, 자유와 민주주의를 일으키는 정치 혁명 세력으로의 대두도 충분히 가능하다.

방송국 관계자들은 반드시 이현과의 계약을 달성해야만 하는 상황이었다.

이현은 종이쪽지를 하나씩 나눠 줬다.

"각자 적고 싶은 금액을 적으십시오."

WPS미디어의 신 전무가 먼저 종이쪽지를 받았다.

"금액을 적으면요?"

"생방송 계약은 경매식으로 진행하겠습니다. 국가나 방송 점유율과는 관계없이 높은 금액을 제시한 7개 회사와만 거래를 하겠습니다. 하루가 지난 후의 방송에 대해서는 따로 제한을 두지 않고 업계 평균만큼의 로열티를 받도록 하죠."

"으음."

방송국 관계자들이 쪽지를 받아들이면서 치열한 눈치 싸움을 벌였다.

달빛 조각사

'생방을 위해 얼마나 적어야 할까?'

'몸값이 올라도 너무 올랐다. 하지만 메이저 방송국으로 거듭나려면 반드시 생방을 잡아야 해.'

'투자한 만큼 수익은 충분히 뽑히지. 우리 방송국에 광고를 넣는 기업들을 감안하면. 그런데 적절하게 써서 될까? 다른 방송국에서 확 크게 지르는 게 문제인데.'

방송국 관계자들이 고민에 휩싸였을 때, 이현의 차분한 말이 이어졌다.

"참, 생방송과 중계방송의 광고 판매 금액의 15%도 저한테 주셔야 합니다."

"네?"

"중요한 부분은 아니지만 어느 정도 지분은 인정해 주셔야 될 것 같아서요."

"……."

방송국 관계자들은 고심하여 쓸 수 있는 최대한의 금액을 작성했다.

시청자 숫자가 많은 중국과 미국, 일본의 방송국들은 기꺼이 거액을 지불했다.

평균 시청률이 높은 KMC미디어를 비롯해서 국내 방송국들도 현장에서 바로 결정되었다.

방송국 관계자들이 돌아가려고 할 때, 이현은 명함도 나눠 줬다.

보통의 명함이라면 업체명과 직위가 적혀 있는데 이현의 명함은 달랐다.

이현 10월 5일
서윤 4월 22일
이혜연 7월 9일
할머니 1월 7일

"이게 뭡니까?"

명함을 받아 든 OTS미디어의 최 부장이 의아하다는 듯이 물었다.

"우리 가족 생일입니다. 좋은 날들은 알고 계셔야 할 것 같아서요."

"……."

방송국을 상대로 제대로 갑질을 하는 이현이었다.

◈◈◈◈◈

위드는 자신이 만들고 있는 별에 임시로 이름을 붙였다.

"B612라고 할까?"

어린 왕자의 별!

어릴 때 유치원의 서가에서 읽었던 동화책에서 본 이름이 떠올랐다.

"음. 하지만 시대가 바뀌긴 했지. 조금 더 단순한 이름으로 '아기별'이라고 하자."

제대로 모습이 갖춰지지도 않은 둥그런 별이었다.

가까이에서 보면 한없이 거대하지만, 멀리서 보면 우주의 수많은 별들 중의 하나.

지구처럼 푸른 행성에 흰 구름이 존재하는 것도 아니고, 광물들 외에 특징을 알아보기는 힘들었다.

"슬슬 모습을 갖춰야지."

습관처럼 자하브의 조각칼을 꺼냈다가 행성의 거대한 크기로 인해 도저히 견적이 나오지 않는 걸 보고 다시 집어넣었다.

최소 대재앙을 일으켜야만 작은 생채기라도 낼 수 있으리라.

"시원하게 해 보자."

위드는 우주에서 멀리 떨어진 후에 양손을 앞으로 내밀었다.

"신의 불꽃!"

두 손에서 화염 폭풍이 일어났다.

무엇이든지 녹여 버리는 헤스티아의 권능.

1만 킬로 이상 떨어진 우주에서 아기별을 향해 화염 폭풍을 적중시켰다.

처음에는 별 반응도 없던 아기별이었지만 곧 표면이 붉게 달아오르면서 일부가 녹아내리고 있었다.

"어릴 때 딱 이런 걸 원했었어."

위드는 지극히 만족스러웠다.

동네 아이들이 어디서 썩은 나뭇가지 몇 개에 불을 붙여서 감자나 고구마를 구워 먹으려고 애썼던 기억이 났다.

자고로 불장난이라면 행성 하나 정도는 통째로 태워야 제맛!

게다가 몇 시간 정도로는 간에 기별이 가지 않을 정도로 훌륭한 노가다감이기도 했다.

"근데 도대체 뭘 만들어야 할까? 진짜 조각술 마스터를 위한 마지막 작품이 될 텐데.”

위드는 불의 기운을 잠시 거두고 생각에 잠겼다.

조각품이란 다른 모든 분야처럼 한계를 가진 예술 분야다.

그 한계 속에서도 새로운 시도를 하며 생각을 담는 것이 조각술.

“우주에 만드는 별이란 부담감도 있어. 또 다른 새로운 영역에 대한 위험부담이 있단 말이지.”

크기와 재질, 조각술이 가진 기존의 한계를 완전히 뛰어넘는 것이지만, 제약도 생긴 셈이었다.

너무 큰 무대를 주었기에 어지간한 작품으로는 양에 안 찬다고 할까.

“우주에 어울릴 만한 작품이라. 빛이나 배경을 이용해야 하는데, 주변과 어울리려면 확실히 쉬운 건 아니야. 도대체 어떤 별이 멋진 거지?”

우주의 한복판은 소리 하나 들리지 않고 적막하고 외로웠다.

세상을 살다 보면 누구나 혼자라는 느낌을 가끔씩 받기도 하지만 문을 열고 나가면 사람이 있다.

우주에서는 물리적인 거리만 하더라도 아주 멀리 떨어져 있었다.

“최소한 대작을 만들어야 하는데 말이야.”

위드의 어깨도 무거웠다. 그러나 고민의 시간이 그렇게 길지는 않았다.

조각술 마스터 전에 만드는 마지막 작품.

그렇다면 가장 만들고 싶었던 조각품을 만들면 되는 게 아니겠는가.

"지금 이 순간에 내가 가장 만들고 싶은 조각품은… 분명히 있지."

위드의 입가에 음흉한 미소가 그려졌다.

평소의 썩은 미소와 크게 다르지는 않았지만 행복이 어려 있었다.

로또 1등에 당첨되어서 주식을 샀는데 100배 대박이 나고, 그 이후에는 금수저가 된 정도의 행복함이었다.

❧

"쉬잇! 만드는 거 같다. 별의 모습이 약간 바뀌었어."

"도대체 어떤 차이가 있는 건데? 궁금해 미치겠네."

"정 궁금하면 텔레비전으로 봐. 캬아! 진짜 멋진 작품이 나오겠구나."

베르사 대륙의 도시마다 사람들은 밤이 되면 하늘을 올려다봤다.

술을 마시거나 음식을 먹으면서도 하늘을 보는 사람들로 인하여 광장이 붐비고, 테라스에 유저들이 북적였다.

소수의 유저들은 호기심을 이기지 못해 궁수 길드로 가서 시력 스탯을 익히고 나서 레벨이 오르면 스탯 포인트를 분배할 정도였다.

마판 상회에서는 재빨리 망원경을 대량으로 제작하여 또다시 떼돈을 벌 수 있었다.

수많은 유저들이 베르사 대륙에서 지켜보는 가운데, 위드의 아기별 조각이 진행되었다.

　며칠 동안 행성의 표면에서 큼지막한 덩어리가 잘려 나가더니 녹아 버렸다.

　별의 오른쪽 상단부에 수박처럼 둥근 형태가 드러나는 모습을 보면서 유저들은 생각했다.

　"사람이겠구나."

　"마지막 조각품은 역시 사람이겠지."

　"그러면 그 대상은 풀죽여신님?"

　"가능성이 커. 밤하늘의 별에 여신님의 모습을 조각한다면… 매일 밤 그 얼굴을 볼 수 있잖아. 캬하! 취한다."

　"완벽해. 진짜 더 바랄 게 없어."

　베르사 대륙에서는 프레야 여신, 헤스티아 여신이 유명했지만 대중의 인기도에서 그녀들은 이미 밀려난 후였다.

　사람들이 그저 여신이라고 부른다면 그것은 오로지 풀죽신교의 여신을 뜻한다.

　얼음 미녀상은 매일 수십만 명의 성지순례자들이 돈다는 유명 관광지였다.

　문화와 예술이 발달한 아르펜 왕국은 수많은 그림과 조각품들이 거래된다.

　위드의 조각 생명체들도 초보 조각사나 화가들이 흉내 냈지만, 여신 서윤의 조각상은 꿈과 환상의 작품이었다.

　신성불가침!

　수많은 조각사들이 서윤을 조각했지만 시도한 만큼 좌절을 겪었다.

"아, 안 돼. 도저히 그 아름다움을 십분의 일도 표현할 수가 없어."
"외모는 대충 비슷한 거 같은데… 왜 이렇게 그 느낌이 안 나지? 감성이 부족해. 내가 만든 조각품은 그냥 기계로 찍어 낸 것이나 마찬가지야."

특히 풀죽신교의 교도들은 밤하늘의 별을 보면서 기대에 부풀었다.
"여신님께서 별이 되어 지켜 준다면 아르펜 왕국은 절대 망하지 않지. 매일 밤을 기다릴 것이다."
"크으. 기꺼이 순교다, 순교."
밤하늘의 별은 유저들이 보는 오른쪽 부분만 계속 조각이 되고 있었다.
어깨는 좁고, 아마도 머리가 될 둥그런 부분은 비율상으로 커다란 형태로 다듬어졌다.
"말도 안 되잖아. 여신님께서는 저렇게 머리가 크지 않은데."
"조각을 위해 간단한 형태만 일단 갖춰 놓았을 거야. 그 후에 정교하게 다듬지 않겠어? 눈, 코, 입만 하더라도 그건 미의 시작과 끝이지."
"처음부터 완벽한 모습을 조각하기란 불가능해. 아무리 지금까지 여신님의 조각품을 자주 만들었던 위드 님이라고 할지라도 말이야."

"위드 님이 마스터 퀘스트를 하려면 여신님의 매력을 최대한 살려 봐야지. 그래야만 본래의 미를 표현할 수 있어."

"암. 이미 예술의 범주를 넘어섰으니까. 여신님의 실물을 본 나로서는 그날 전과 그날 후의 영혼이 달라졌다고 할 수 있어."

두툼한 목선과 머리 크기에 비해 좁고 둥그런 어깨 라인. 짧은 다리와 통통한 상체까지 이어서 만들어지면서 베르사 대륙의 유저들은 혼란에 빠졌다.

"여신님이 아닌가?"

"어떻게 그럴 수가? 위드 님이 지금 이렇게 중요한 순간에 배신을 때리는 거야?"

풀죽신교의 교도들은 물론이고, 이미 1억 명을 돌파한 위드의 안티 카페도 들끓었다.

제목: 위드의 조각품 반대 청원 운동입니다.

위드가 풀죽여신님을 조각하지 않는 것 같습니다.
얼마나 경박하고 무엄한 행동이란 말입니까?
대륙을 비춰 주는 여신님의 존재를 탄생시킬 수 있는 기회인데요.
인생은 짧습니다. 풀죽여신님을 보는 순간만이 완전한 행복이고 평안한 시간입니다. 여신님의 조각상은 그 어떠한 가치로도 대체할 수 없으며 수많은 사람들에게 기쁨과 행복을 잔뜩 안겨 줄 것입니다.
위드는 지금까지의 성공에 취해서 배은망덕하게도 우리들과 풀죽여신님을 배반하였을 것입니다. 이 파렴치한 행위에 대해서는 분명히 단죄해야 마땅합니다.
하지만 우리는 그가 밉더라도 다시 기회를 주어야 합니다. 당장 지금 만들고 있는 조각상을 중단하고, 풀죽여신님을 조각한다면 위드를 용서해 줄 것입니다.

베르사 대륙의 유저들은 전설적인 아름다움을 자랑하는 서

윤을 못 보는 것이 너무도 안타까웠다.

✥◈◈◈✥

위드는 조각품을 만들면서 많은 생각을 했다.

"순수한 느낌을 살릴까? 활짝 웃는 모습으로? 음… 그보다도 성별부터 결정해야 하는데. 더 조각하면 되돌릴 수가 없어."

어떤 조각품이든 순식간에 형태를 계획했던 위드지만 이번 조각품은 변수가 너무 크고 많았다.

대략적인 형태는 잡았지만 구체적으로 어떻게 조각해야 할지 쉽게 손이 안 간다고 할까.

"서윤의 외모를 어느 정도 닮긴 해야 해. 그렇다고 너무 비슷하게만 하면 느낌이 단순할 거야."

통통한 작은 손, 짧은 다리.

상대적으로 큰 상체와 머리.

조각품의 대상이 될 일반적인 형태만이 만들어졌다.

"에라, 모르겠다. 그냥 느낌이 가는 대로 따르자. 내 머릿속에 떠오르는 이미지대로… 어느 하나를 결정할 수는 없잖아. 마지막에는 결국 이게 정답이야."

화염으로 행성을 녹이면서 조각을 계속해 갔다.

세상의 예쁘고 아름다운 모습들을 다 집어넣는다고 해도 성에 차질 않는다.

그러나 막상 서윤의 모습을 떠올리면서 조각을 하고 나니 모든 모습들에 애정이 넘쳤고 귀여웠다.

두툼한 볼이나 앙증맞은 턱살까지도 한없이 사랑스러웠다.

"성별은 여자로 하자. 딸이나 아들이나 어느 한쪽으로 택하기는 힘들어. 그래도 딸이 예쁜 짓을 더 많이 할 것 같으니깐."

위드가 만드는 조각상은 돌이 갓 지난 아기였다. 생명의 탄생만큼 아름답고 거룩한 것이 또 있겠는가.

여자아이냐 남자아이냐에 따라서 조각품의 느낌은 완전히 달라질 수 있었지만 일단 딸을 선택했다.

"맏딸은 집안 재산이라는 얘기도 있으니깐 말이야."

사람은 태어나서 성장하고, 인연을 맺고, 자식을 낳고 살아간다.

대부분의 인간이 100세를 넘겨서 살기는 힘들다. 그동안 주어진 시간을 소모하면서 공부도 하고, 일도 하고, 사랑도 하면서 세상을 살아간다.

기뻐하고, 슬퍼하고, 화를 내고, 감사해하기도 하면서 인생을 겪는다.

그 삶에서 다시없을 소중한 가치가 있다면 바로 아기가 아니겠는가.

어린 아기가 꼬물거리면서 태어나 하루가 다르게 자란다.

몸을 뒤집는 법을 배우고, 방에서 기어 다니고, 말을 하는 법을 엄마와 아빠의 품에서 배운다.

위드는 가난하던 시절에 어린 여동생을 업고 돌보면서 미래를 상상해 봤다.

'나 같은 놈이 결혼을 하고 가정을 이룰 수 있을까?'

집을 돌아보면 한숨만 푹푹 나왔다.

기저귓값, 분윳값조차도 너무 비싸 보였다.

'돈 한 푼 없이 사랑을 하고 싶진 않아. 이건 너무 힘든 일이 잖아. 차라리… 평생 혼자 살면 누군가에게 피해를 줄 일은 없겠지.'

사랑을 돈 때문에 못 하는 건 비참한 일이지만 위드에게는 당연한 현실이었다.

'돈 때문에 난 사람을 좋아해서도 안 되는구나. 그럼 애도 못 낳겠군.'

위드는 길거리에서 부모의 손을 잡고 환하게 웃는 아이들을 보면 부러웠다.

남자와 여자가 만나서 사랑을 하면 결혼해서 아이를 낳고 함께 늙어 가게 된다.

평범한 일상이나 다름없는 일이었지만 어린 아기야말로 사랑과 행복의 결정체라고 할 수 있었다.

'분윳값과 기저귓값을 극복해야 돼. 그건 정말 단단히 각오해야 하는 일이야.'

위드는 사랑하는 사람과 아기를 키우면서 살아가는 미래를 꿈꿨다. 돈을 많이 버는 것만이 아니라 함께하고 싶은 사람과 행복하게 살고 싶었다.

'정말 마지막으로 멋지게 조각하고 싶은 건 내 마음에서 쭉 정해져 있었어.'

"……."

서윤은 아르펜 왕국을 관리하는 일로 바빴다.

북부 대륙 전역으로 상업이 발달하고 문화적 영향으로 국경이 넓어지고 있다 보니 신경 써야 할 사소한 일들이 정말 많이 생겼다.

돈은 아무리 아껴서 쓰더라도 모자랐고, 왕국치고는 영토가 넓었고 인구는 기하급수적으로 증가하고 있다.

정책을 어떻게 펼치느냐에 따라서 발전이 확 달라졌다.

서윤은 이현에게 국왕 대리를 받아 낼 때의 일을 떠올렸다.

"아르펜 왕국에 대한 권한을 좀 주세요."

"뭘 얼마나?"

"행정, 사법, 예산, 군사에 대한 전권이요."

"그건 내가 가진 통치권 전부나 마찬가지잖아."

"일을 잘하기 위해서 필요해요."

"설마… 아르펜 왕국에 모인 돈을 전부 들고 튈 생각은 아니겠지?"

이현이 의심스러운 눈초리로 그녀를 보았다.

"……."

서윤은 대꾸할 가치도 없는 말이라서 가만히 있었다. 그러자 이현의 상상의 나래는 더욱 커졌다.

"하벤 제국에 뒷거래를 해서 왕국을 팔아먹거나, 아니면 모

달빛 조각사

라타나 새벽의 도시, 푸홀 워터파크를 사람들에게 팔아도 되지. 기획 부동산처럼 50평씩 나눠서 팔아 버리는 거야. 그 돈으로 부자가 되어서……."

이현의 상상력은 딱 거기까지였다.

바로 옆집에 사는 서윤이었고, 또 그녀가 그런 짓을 하지 않을 만한 이유도 충분했다.

가지고 있는 재산이 이미 꽤 된다는 것 외에도, 그녀 정도의 외모라면 돈은 의미가 없었다.

방송 출연 계약서 몇 장 정도만 써 주면 돈이야 얼마든지 벌 수 있었다.

"알았어. 맘대로 해."

국왕의 자리를 실질적으로 대행하고 있는 서윤이었는데, 그녀는 작은 마을의 영주들을 임명하는 일에서부터 모든 업무를 진행했다.

사냥터로 가서 레벨을 올리지는 않았지만, 아르펜 왕국의 발전에 그녀의 공헌이 지대했다.

〈로열 로드〉에서 바쁘게 많은 일을 하고 있었지만 서윤은 이현을 좋아하기 때문에 일상생활에도 관심을 가졌다.

과거에 새벽에 신문 배달을 하면서 딸기우유 하나가 그렇게 먹고 싶었는데 먹지 못한 게 한이 되었다는 이야기를 들은 이후부터는 냉장고에 꼭 3개씩 사 놓았다.

하나만 놔두면 아깝다고 못 먹는 게 까다로운 이현의 성격이었으니까.

몸보신과 새끼들의 사료를 비싼 걸 먹이더라도, 일부러 싸구려 마대 자루에 담아 놓아야 했다.

안 그러면 강아지들을 구박하는 경우가 부쩍 늘어났다.

서윤에게 이현이 〈로열 로드〉에서 조각품을 만드는 것은 특히 관심의 대상이었다.

자신의 조각품을 만들어 주었던 추억이 그대로 생생했다.

여러 번 조각품을 만들면서 그 모습과 형태들이 갈수록 마음에 들었다.

이현이 그녀에게 주는 최고의 선물이었다.

'조각술 마스터로 만드는 이번 조각품도 나에 대한 것일까?'

은근히 작품이 완성되는 날이 기다려졌다.

밤하늘의 별까지 그녀의 모습을 조각한다면 이보다 낭만적이고 멋진 선물은 없으리라.

'직접 물어보진 않을 거야. 기다려야지. 하지만……'

서윤은 캡슐로 들어가서 〈로열 로드〉에 접속했다.

—마판 님.
—네.

서윤의 부름을 받고 마판은 밀무역을 하다가 중단하고 귓속말에 전념했다.

마판에게도 서윤은 여신이었다.

—하늘을 볼 수 있는 대형 망원경이 필요해요.
—아… 네. 알겠습니다. 최고의 대장장이들을 섭외해서 제작해 보겠습니다.

—빨리 부탁해요.

—네. 근데 예산은 어느 정도로 하실 생각입니까? 일단 제 돈으로 만들어도 상관은 없긴 합니다만.

—200만 골드요.

—네?

—제가 가지고 있는 돈을 다 낼게요. 200만 골드로 먼 곳까지 선명하게 볼 수 있는 대형 천체 망원경을 설치해 주세요.

말을 하는 서윤의 얼굴이 붉게 달아올랐다.

대형 망원경까지 제작 의뢰를 넣고 기다리고 있던 서윤.

그녀는 매일 밤하늘을 꼼짝도 하지 않고 올려다봤다.

우선 임시로 작은 망원경을 사서 위드가 조각하는 별을 지켜보았다.

하지만 별의 모습이 조금씩 드러나면서 자신이 아니라는 게 느껴졌다.

"……."

서윤은 조용히 묵혀 놨던 검을 챙겨 들고 던전으로 향했다.

일부러 아무도 없는 상급 던전을 찾은 그녀는 오랜만에 몬스터 사냥을 시작했다.

그리고 광전사의 직업 특성답게 밤샘 사냥으로 지치지 않고 강한 적들을 맞이해서 전부 날려 버렸다.

예전이었다면 이 정도면 기분을 풀고 사냥을 끝냈으리라.

"…아직 부족해."

서윤은 일곱 곳의 던전을 몽땅 쓸어 버렸다.

그 여파는 현실에도 미쳤다.

서윤은 언제부터인가 이현과 이혜연의 음식까지 챙겨 주고 있었다.

　이현이 차릴 때도 있지만 아무 말이 없거나 하면 그녀가 항상 시장에서 장을 봐서 요리했다.

　김치찌개에서 돼지고기가 없어졌고, 떡볶이에서 하이라이트인 삶은 계란이 사라졌다.

　냉장고의 딸기우유를 혼자 다 마셔 버렸고, 심지어 몸보신에게도 간식을 챙겨 주지 않았다.

　"오빠 뭐 잘못한 거 있어?"

　"잘 모르겠는데?"

　"분명 있을 거야. 정말 중요한 것 같아."

　서윤은 집에 있을 때는 그나마 나았지만 시장에 가서는 고개를 숙인 채로 말도 거의 안 했다.

　그녀가 지나가고 난 자리에는 시장 상인들이 몰려들어서 쑥덕거리면서 대화를 나눴다.

　"이현, 그 미친놈이 무슨 짓을 한 거야?"

　"무슨 일인지는 몰라도 파렴치한 짓을 저질렀을 겁니다. 틀림없어요."

　"역시 여자가 생긴 거 아니겠습니까?"

　"설마… 저런 아가씨를 놔두고?"

　"사람 일은 모르는 거 아닙니까."

　동네 전체에서 이현에 대한 비난 여론이 고조되고 있었다.

　평소에 보여 주었던 건실한 이미지 같은 것은 서윤의 침울한 표정으로 인해 전부 사라지고 말았다.

그러면서도 서윤은 〈로열 로드〉에서 여전히 밤하늘을 올려다봤다. 그래도 어떤 조각품을 만드는지는 상당히 궁금했던 것이다.

조각품이 다른 여자의 모습은 절대 아니기를 바랐다.

'저 모습은… 아기?'

머리 부분부터 조각되어서 비율이 처음에는 이상했었다. 몸의 형태가 만들어지자 귀여운 아기의 느낌이 또렷해졌다.

아기의 얼굴은 아직 조각 중이었지만 눈, 코, 입은 활짝 웃고 있었다.

장난기가 담겨 있기도 하지만 한없이 귀엽고 사랑스러운 아기의 표정.

'그리고… 날 닮았어. 눈매와 입이……'

서윤은 오랫동안 망원경에서 눈을 떼지 않았다.

그리고 다음 날, 이현의 밥상은 장어, 전복, 낙지, 삼계탕으로 상다리가 휘어질 정도였다.

최고의 노가다 장인

위드는 아기의 형태를 기본적으로 조각했지만 그걸로 끝은 아니었다.

행성을 정교하게 다듬는 작업은 가히 노가다의 끝이라고 할 수 있겠지만 전체적인 구도가 먼저였다.

"애 혼자 있으면 너무 외롭지. 그건 아동학대야."

아기를 안고 있는 엄마를 조각해야 더 잘 어울릴 것이다.

위드는 잠시 고민을 했다.

'조각을 해도 괜찮을까?'

〈로열 로드〉의 밤하늘에 서윤이 아기를 안고 있는 모습으로 조각한다면 멀쩡한 여자의 혼삿길을 막는 것이 되리라.

'그래도 내 곁에서 떠나보내진 않을 거야. 아무리 힘들고 어려운 일이 있더라도.'

위드는 다시 조각을 시작했다.

아기와 눈을 마주치면서 밝게 웃고 있는 여성의 모습.

물론 그 사람은 눈을 감고도 선명하게 떠오를 정도로 익숙한 서윤이었다.

서윤의 아름다운 얼굴이 행성의 왼쪽에 조각되어 갔다.

정교하게 작품을 가다듬지 않은 상태였음에도 불구하고 벌써부터 눈을 떼기 어려울 정도의 작품이 나타났다.

'얼굴이 더 예뻐진 거 같은데. 아름다움이 그냥 막 묻어 나온다. 그래도 예전보다는 지금의 모습대로 조각해야지.'

매일 보는 그녀를 정성스럽게 하나하나 조각했다. 익숙해서 나태해질 수도 있었지만 조금도 그러지 못했다.

서윤의 조각품은 조금이라도 부족한 부분이 있으면 티가 크게 나기 마련이라서 손가락 마디의 길이 하나까지도 정교하게 했다.

'결혼을 하고, 아기를 낳고 같이 산다라… 그렇게 되면 좋을 것 같긴 한데. 나중에 말이야. 흠. 너무 늦지 않고 좀 빨라져도 상관없을지도.'

위드는 땀을 뻘뻘 흘리면서 조각품을 만들었다.

우주라서 행성들의 이동을 보며 대략적인 시간을 가늠했다.

열흘 정도의 시간이 꼬박 흐른 후에 서윤과 아기가 전체의 6할 정도는 만들어졌다.

'외모가 더없이 아름답지만 그게 전부는 아니야. 엄마의 느낌을 살리자.'

아쉽게도 위드에게 엄마의 따스한 품은 기억에 많이 남아 있지 않았다. 오히려 제대로 기억하고 있는 건 유린을 등에 업고 빈병을 주우러 다니던 어린 시절이었다.

추운 겨울에 포대기로 여동생을 업고 다닐 때는 몰래 울기도 자주 울었다.

정말 심하게 고생하던 시절에는 힘든 줄도 몰랐다. 그냥 하루하루를 견뎌 내는 것에만 모든 힘을 다 쏟았다.

'엄마라… 그래. 여기서부터는 내가 조각하고 싶은 대로 해야지. 똑같은 판박이가 아니라 내가 느끼는 대로. 느낌으로 가는 거야.'

서윤이 아기를 안고 있는 자세에서부터 눈빛과 표정까지 모든 것을 느낌에 맡겼다.

그녀의 아름다움이란 강력한 무기였지만 거기에만 의존하지 않았다.

아기를 안고 있는 예쁜 엄마를 조각하려던 목적은 아니었다.

조각을 하면서 잊고 있었던 엄마의 따스한 품을 떠올렸고, 애정으로 가득 차 있던 눈빛과 목소리들을 되새겼다.

'엄마가 아기를 돌보고 있는 거야. 난 아빠가 될 거고. 그래. 그거면 됐다. 다른 소소한 건 아무래도 좋아.'

황금 비율, 구도 같은 부분은 너무 크게 신경 쓰지 않았다.

그저 위드가 조각을 하는 것은 어머니의 따스한 품을 떠올리면서 서윤과 그녀의 딸.

그리고 미래에 그 모습을 지켜보는 행복한 자신만이 마음에 가득했다.

'조각술 마스터? 좀 돌아가면 어때. 정말 내가 하고 싶은 걸 하니까. 이 조각품만큼은 설혹 예술적 가치가 낮거나 실패하더라도… 별을 만드는 기회를 날려 버리더라도 후회하지 않아.'

별을 조각하는 건 평생에 단 한 번 있을 기회일지도 모른다.

후회하지 않기 위해서, 좋은 결과를 위해 억지로 이것저것 가져다 붙이는 게 아니라, 가장 하고 싶은 것을 찾았다.

'그래. 진짜 하고 싶은 작품이었어.'

위드는 작품을 만드는 내내 후회하지 않았고, 잘못 만들었 거나 더 나은 게 있을지 모른다는 고민에 빠지지도 않았다.

'정말 내가 만들고 싶은 조각품이야. 그리고 이건 내 인생에 서 최고의 작품이다.'

⋘⋙

헬리움을 가지고 대륙 최고의 명검을 만들고 있던 파비오.

베르사 대륙 최초의 마스터!

헬리움은 과연 소문만큼 대단해서 헤르만과의 대결을 통해 서 날려 버린 시간 따위는 아무래도 좋았다.

불꽃 속에서 살아 움직이는 헬리움을 제련하고 담금질하여 검을 만든다.

파비오는 자신의 손에서 최고의 명검이 탄생하고 있다는 걸 확신했다.

"조만간 작업이 끝난다. 이 검이야말로 당분간 깨어지지 않 을 전설의 명검이 될 것이다."

검사만이 아니라 수많은 직업인들에게도 존중을 받는 명장 파비오.

그의 높은 자부심을 충족시킬 만한 검이었다.

헤르만과의 대결을 통해서 부족한 부분을 깨닫고 채우기까지 했으니 마스터에 대해서 의심할 여지가 없다.

　낮과 밤을 가리지 않고 검에 심혈을 기울이던 파비오에게도 듣는 귀는 있었다.

　'위드도 조각술 마스터 퀘스트에 도전한다…라. 퀘스트를 놓고 보면 나보다 빨리 끝내겠군.'

　그를 북부 대륙으로 끌어들이고 시간을 지체하게 만든 꼼수에 대해서 원망은 안 했다.

　좋은 거래였고 스킬 마스터를 위한 기회가 되었다.

　'승부를 해서 이겼고 실력으로 최초의 마스터를 먼저 할 뿐이다. 내 검이 더 먼저 만들어져. 대장장이가 모든 직업 중에서 처음이 될 것이다.'

　파비오는 늦은 밤, 위드가 만들고 있는 행성을 봤다.

　'마지막 작품. 과연 괜찮은 걸 만들고 있을까? 대장장이 마스터를 위해서 그렇게 헤매고 다녔던 나는 정말 어려웠었는데 말이야.'

　뜨거운 불길 속에서도 검을 다루는 대장장이 직업의 특성상 높은 시력을 가지고 있어서 선명하게 별의 형상을 알아볼 수 있었다.

　파비오의 입이 크게 벌어졌다.

　"저것은, 으음… 완성되려면 아직 시간이 필요하기는 하겠지만……."

　오랫동안 별의 조각품을 올려다보던 그의 입가에 쓸쓸한 웃음이 그려졌다.

"그렇구먼. 역시 내가 좀 부족한 부분이 있었어."

파비오는 대장간으로 돌아와서 날카로운 예기를 번뜩이는 검을 봤다.

무엇이든 베어 버릴 것 같은 강한 검!

신의 금속인 헬리움으로 가공하여 검신에서는 찬란한 광채가 뿜어져 나왔다.

위드가 봤다면 진짜 최고의 검을 만들었다고 박수를 쳤을 검인데, 파비오에게는 다른 아쉬운 면이 보였다.

"더 따뜻한 검, 강하고 날카로운 검으로 그치는 것이 아니라 위대한 검을······."

별의 조각품을 보기 전에는 알 수 없었던 더 나은 형태가 보인다.

파비오는 여기서 심하게 갈등했다.

'이대로 그냥 검을 완성시킬까? 스킬 마스터가 정말 눈앞이야. 이 정도의 검만 완성이 되더라도··· 위드의 조각품을 보기 전에는 이걸로 충분하다고 생각했지 않은가.'

대장장이 스킬 마스터의 과정 중에서도 정말 마지막에 다다랐다.

파비오는 대장간을 서성이면서 수없이 검을 봤다.

강하고 날카롭게 번뜩이는 헬리움 검.

'완성된 검으로 스킬 마스터를 할지 안 할지도 모른다. 그런데도··· 이걸로 좋을까? 만약 마스터하더라도 아쉬움은 남을 것 같다.'

파비오는 최초의 마스터라는 욕심 때문에라도 검의 완성을 포기하기 어려웠다.

지금까지 쭉 만들어 왔던 검의 제작이 아니라 역사적인 명검을 탄생시키고 싶은 대장장이의 욕구 역시 강렬했다.

"이건… 후."

파비오는 결국 대장장이다운 선택을 하기로 했다.

스킬의 마스터가 아니라, 다시 처음부터 역사에 남을 만한 명검을 만들기로 한 것이다.

"대장장이 마스터라. 다시 하자. 방법이 잘못되었다는 걸 늦게나마 깨달았는데, 제대로 된 길을 가야지."

〈로열 로드〉가 시작되고 나서 대장간에서 작업하는 일을 멈춰 본 적이 없는 파비오였다.

그간 그렇게 열심히 달려왔던 일이지만 뒤늦게 새로운 가치가 느껴졌다.

"대장장이가 조각사보다 못하다고는 생각하지 않아. 다만 별의 조각품을 보면서 느낀 부족함까지 담아서… 진짜 걸작을 만들어야지."

꿈에 그리던 재료, 헬리움으로 대륙 최고의 명검을 완성해 내기 직전이던 파비오는 작업을 새로 하기로 했다.

"대장장이 마스터를 하고 나면 조각사나 되어 볼까? 진지하게 고려해 봐야겠어."

❖☙◈☙❖

노가다에 최적화된 위드라고 해도 행성을 통째로 조각하는 건 정말 쉬운 일이 아니었다.

밤샘 작업은 기본이었고, 굶주림에 시달렸다.

행성의 면적은 너무나도 방대했으며, 산이나 강, 호수를 표현하며 조각품을 장식하는 일도 필요했다.

서윤과 아기는 수수하게 표현해도 예뻤지만 커다란 별을 조각하며 대상만을 밋밋하게 만들어 놓을 수는 없었다.

넘쳐 나는 광물인 금과 루비, 다이아, 백금, 사파이어를 가지고 화려하게 주변부를 장식했다.

망원경으로 별을 관찰하면 서윤과 아기의 주변에 반짝이는 별들이 내리는 것과 같은 효과를 주었다.

"그래도 뭔가 좀 아쉬운데."

위드는 행성에 있는 황금의 강이나 다이아몬드 산, 백금 호수를 보면서 모자람을 느꼈다.

"물론 고급스럽고 비싸 보이기는 하지만 말이야. 이대로는 정성이 부족하다는 느낌도 들고 조각품의 품격을 떨어뜨리는 것 같기도 해."

가족과 지극한 모성애를 표현하는 작품에 귀금속이 어마어마하게 사용되었다.

보석과 금으로 장식된 다채로운 색상들은 화려하고 예뻤지만 작품과 어울리는 면은 부족했다.

위드는 잠시 고민을 하다가 작품의 질을 높이기 위해 서윤과 아기가 있는 곳을 제외하고는 전부 갈아엎었다.

"그래. 역시 귀금속이 모자랐어."

더 크고 넓은 황금의 강, 다이아몬드 산맥, 댐으로 물을 가둬

놓은 것 같은 광활한 백금 호수를 만들었다.

"보석을 쓰려면 아예 제대로 써야 어설픈 느낌이 들지 않아."

위드는 우주에서도 관찰될 수 있도록 거대한 규모의 조각품들을 더 만들었다.

황금 유모차, 다이아몬드 장난감, 사파이어 인형, 루비 카시트, 백금 분유와 기저귀!

태어날 때부터 부유한 집안의 아이들에게 금수저를 물었다고 하지만 그것들의 차원을 뛰어넘는 장식품들이었다.

"이게 좀 낫네. 작품의 질이 훨씬 향상된 느낌이야."

위드는 서윤과 아기의 조각품을 계속 정교하게 다듬었다.

우주에서 본다면 대략적인 형태는 만들어졌지만, 땅에서 가까이 보면 부족한 곳들은 있다.

평생을 바쳐도 다 할 수 없는 작업이었지만 적당히 할 수 있는 만큼만 하기로 했다.

"완벽한 작품을 만들려고 한다면 끝이 없지. 이 작품은 느낌이 중요하니깐."

서윤과 아기의 조각상이 처음 생각했던 것보다도 너무나도 마음에 드는 모습으로 조각되었기에 감히 더 이상 손대고 싶은 생각도 들지 않았다.

자칫 잘못 건드려서 지금의 모습이 훼손되기라도 한다면 그보다 더 아쉬운 것도 없기에.

> 만든 조각품의 이름을 정해 주십시오.

"조각품은 이름은……."

막상 지으려니 말문이 탁 막히고 마땅한 이름이 잘 생각이
나질 않았다.

"금성, 수성, 목성… 뭐, 이런 걸로 해야 되나?"

별에 붙이는 이름이었기 때문에 왠지 모르게 뒤에 성이 들어
가야만 익숙했다.

"처자식으로 하자."

⟨처자식⟩이 맞습니까?

위드는 지금 느끼는 감정으로 이름을 정했다.

사랑을 하고 아기를 낳는 일.

남들에게는 지극히 평범한 과정일지라도 본인 자신에게는
최고의 예술이 아니겠는가.

'인생이 예술이구나.'

살다 보면 힘든 일들이 이어지더라도 가족들과 느끼는 감정
들은 모두 소중할 것이다.

위드에게 처자식은 사랑과 행복을 의미했다.

"맞아."

조각품의 이름을 정하고, 그에 대한 가치가 흘러나오기까지
아주 짧은 시간.

'후회는 없다. 망하더라도… 그건 작품이 모자란 게 아니라
내 실력이 부족한 탓이야.'

위드는 지금의 작품에는 후회가 없었다.

스스로 느끼는 감정만큼은 지금까지 조각한 작품 중 가장 훌
륭했다.

대작! 〈처자식〉상을 완성하였습니다.

신이 인정한 궁극의 경지에 다다른 조각사의 작품! 갓 태어난 아기와 어머니의 모습을 가장 아름답게 표현한 작품입니다. 헤스티아 여신마저도 감탄하게 만든 이 작품은 두 가지의 새로운 기록들을 만들었습니다.

별의 탄생.

사상 최대 규모의 조각품.

찬란한 별이 된 이 작품은 모든 대륙의 주민들이 볼 수 있게 되었습니다. 인간의 한계를 넘어 궁극의 경지에 다다른 조각사 위드는 베르사 대륙이 존재하는 한 영원히 추앙받는 이름이 될 것입니다.

예술적 가치: 58,492.

옵션: 〈처자식〉상은 베르사 대륙에 발생하는 자연재해의 피해를 감소시킵니다. 베르사 대륙의 아직 캐내지 않은 광물과 귀금속의 매장량을 28%까지 높입니다. 희귀 광물이 매장된 광산과 온천을 무작위로 생성합니다. 천문학에 대한 지식 발전으로 인해 별을 관찰하는 이들은 영구적으로 지력 스탯이 2 오릅니다. 사제와 성기사들의 회복과 축복에 관한 신성 마법의 효과가 영구적으로 5% 향상됩니다. 행운을 하루 동안 7%만큼 증가시킵니다. 질병의 회복을 빠르게 합니다. 조각술 퀘스트에 대한 주민들의 보상이 높아집니다. 생명력과 마나의 최대치가 하루 동안 23% 커집니다. 전 스탯 50 상승. 장거리 이동속도 35% 증가. 영구적으로 모든 스탯이 1씩 증가.

지금까지 완성한 대작의 숫자: 20.

명성이 5,381 올랐습니다.

예술 스탯이 91 상승하였습니다.

인내가 15 상승하였습니다.

지구력이 4 상승하였습니다.

지혜가 7 상승하였습니다.

매력이 115 상승하였습니다.

우주 공간에 최초로 진출하였습니다.
첫 번째 발자취를 남긴 인간으로 생명력과 마나의 최대치가 5,000씩 높아집니다.

〈처자식〉상의 소유권은 위드 님에게 있습니다. 조각품이 부여하는 효과가 위드 님에게만 1.5배가 적용됩니다.

대작 조각품을 만든 대가로 전 스탯이 3씩 추가로 상승합니다.

대작 조각품!

위드는 담담하게 받아들였다.

조각품의 규모나 업적으로 판단했을 때 대작 조각품이 나올 가능성은 어느 때보다도 크다고 판단하고 있었으니까.

그리고…….

띠링!

조각술 스킬의 숙련도가 정점에 달했습니다.
조각술의 마스터가 되었습니다. 바위를 깎고, 나무의 결을 이해한 끝에 조각의 표현법을 완전히 이해했습니다. 지고한 조각술의 끝에 도달하여 이제는 더 이상 나아갈 곳이 없는 상태가 되었습니다.

조각품의 예술적 가치가 200%가 됩니다. 조각술과 관련된 스킬들의 마나 소모가 감소하고, 효과도 증가합니다. 조각품으로부터 감상 효과를 200%로 받습니다. 모든 스탯 40 증가. 예술 퀘스트를 제한 없이 받을 수 있습니다. 동시에 수행할 수 있는 퀘스트의 숫자가 5개로 늘어납니다. 뛰어난 통찰력을 얻어 모든 스킬의 숙련도가 6%만큼 빠르게 높아질 것입니다. 다른 생산 스킬과 예술 스킬의 숙련도가 10%만큼 빠르게 높아질 것입니다. 물품의 잠재적인 능력을 끌어내어 원래의 특성을 15%만큼 늘립니다. 완성된 조각품은 한 가지씩의 특수한 영향력을 지역에 퍼뜨립니다. 조각 생명체들의 체력과 힘이 30%씩 늘어납니다.

호칭 '조각술의 마스터'를 획득하였습니다.

명성과 관계없이 왕을 만날 수 있습니다. 예술가들과 학자, 상인의 존중을 받을 것입니다. 화술과 카리스마, 기품의 효과가 늘어납니다. 특정 NPC들 중에서 절대적인 충성을 다짐하는 이들이 나타날 것입니다.

위드의 온몸이 떨려 왔다.

"조각술을 마스터했다. 최초의 직업 스킬 마스터가 나라니!"

다른 스킬도 아니고 극악의 난이도를 자랑하는 조각술의 마스터.

"역시 이 세계 최고의 노가다 장인은 나였어!"

❖❖❖❖❖

베르사 대륙의 유저들은 밤을 기다리게 되었다.

해가 지고 어둠이 내리고 나면 밤하늘에 유난히 빛나는 별을 볼 수 있다.

"크으윽! 위드 님이 우릴 배신하지 않았어."

"보라. 얼마나 아름다운가. 세상은 더욱 살 만한 곳이 되어 가고 있다."

"예뻐. 진짜 가까이 있으면 빠져들 정도로……."

아기를 안고 있는 서윤의 모습이 조각되어 갈수록 밤이 아름다워졌다.

일찍이 사람들이 별로 관심을 갖지 않는 것이 밤하늘의 별이었다.

현대사회에서는 미세먼지로 밤에 별을 볼 수 없게 된 지도 오래되었다.

어두운 하늘에 반짝거리고 빛나는 건 인공위성이거나 비행기인 경우가 대부분이었다.

하지만 먼 곳에 있는 별이야말로 인간 사회를 넘어선 미지의 영역이고 무궁무진한 가능성이다.

꿈과 희망, 낭만이 공존하는 끝없는 영토.

신문이나 방송에서도 위드의 별 조각품이 기사화되었다.

〈로열 로드〉에 탄생하는 어머니와 아기별
별의 생성과 우주에 대한 이야기
조각사 마스터의 마지막. 별의 의미
가상현실의 한계는?
우리가 잊고 사는 넓은 세계

사람들이 흥미를 가질 만한 사건이라 뉴스나 라디오에서도 보도되었다.

어린이 방송에서 천문학, 지질학에 대한 교육용으로도 좋은 반응을 얻었다.

　　아기의 행복
　　사랑의 시작과 그 결실
　　새 생명 프로젝트

사회적인 분위기로도 낮은 출산율로 인해 고민하는 국가가 한둘이 아니었다.

선진국이나 개발도상국 대부분이 어느 정도 먹고살 만해지면 출산율이 감소한다.

결혼을 하지 않거나, 아이를 낳지 않으면 인구를 유지하는 데 도움이 되지 않는 것은 물론이었다.

국가적으로 출산을 장려하기는 하지만 근본적으로 아기를 잉태하고 낳는 일은 힘들기는 해도 당사자들에게 대단한 기쁨을 안겨 준다.

수많은 일들 대부분이 그렇지만 막상 해 보지 않고서는 절대 알지 못하는 행복한 일.

위드가 아기와 엄마의 모습을 조각하면서 각국 정부에서는 출산장려프로젝트들까지 다시 점검하게 되었다.

세계의 방송국들은 어린아이들이 출연하는 예능 프로그램의 비율을 부쩍 늘릴 정도였다.

조각술 마스터까지 되자 위드는 한껏 썩은 미소를 지었다.

"음. 역시 순전히 내 실력이 뛰어나서 여기까지 오게 됐군."

험난했던 과거를 돌이켜 보며 게슴츠레 눈을 감았다.

"운 따위는 없었어. 내 노력과 재능이 있었던 거야."

자화자찬!

스스로에 대해서 만족스러운 기분을 만끽했다.

"조각술도 마스터했고, 스탯도 많이 얻었고… 별 의미 없지만 명성도 꽤나 늘었지. 명성은 진짜 의미 없긴 하네."

생명력과 마나의 증가는 그동안 몇 대 맞으면 허덕이던 자신에게 크게 도움이 되는 것이기도 했다.

드디어 대망의 조각술 마스터!

솔직히 검술이나 궁술, 하다못해 워리어 마스터로 맷집이라도 크게 높아졌다면 그 효과야말로 막대했겠지만 어쨌든 최초의 마스터였다.

"그동안 서윤의 미모가 조금 도움이 되긴 했지만 순전히 내 실력이지."

조각술을 하면서 이따금씩 들었던 의혹.

'그냥 내 조각술이 좋은 게 아니라 모델 덕분 아냐?'

서윤을 조각하면 대부분 결과가 매우 훌륭했다.

만약에 조각술 분야만이 아니라 서윤을 대상으로 사진을 찍는다면 국제인물사진대회에서 1등 수상은 아침 굶고 저녁에 양념 반, 후라이드 반 먹기였다.

싸구려 똑딱이 카메라라도 부족한 사진 기술이나 성능은 모델이 전부 극복해 줄 것이다. 오히려 기종의 한계를 뛰어넘었다는 극찬이 뒤따르더라도 이상하지 않다.

그냥 대충 발로 버튼을 눌러도 서윤의 구석구석 숨겨진 미모가 어떻게든 나올 테니깐.

화가로 그림을 그려도 마찬가지다.

열심히 아름다운 그림을 그리려고 할 필요가 전혀 없다. 그냥 서윤을 있는 그대로 그리면 된다.

세기의 명화가 그냥 나올 것이며, 여성의 아름다움에 대한 최상의 표현이 되어 줄 것이다.

"아니라고 말하고 싶지만⋯ 왠지 설득력이 있어. 이유가 충분해."

위드가 잠시 멍해 있는 사이에 화려한 빛무리와 함께 여신 헤스티아가 나타났다.

베르사 대륙에서의 모습과는 달리 헤스티아의 형태는 수천 미터에 달할 정도로 커진 채 물길처럼 일렁거렸다.

'드디어 퀘스트의 끝.'

위드의 심장이 가볍게 콩닥대고 있었다.

'양념치킨 다리를 잡을 때의 기분일까. 아냐, 좀 약해. 로또 번호가 4개 정도 연속으로 맞아떨어지던 때의 감동에 가까워.'

헤스티아의 맑은 목소리가 전달되었다.

―조각사여. 그대는 나의 부탁을 위해 이곳에 별을 만들어

주었군요.

위드는 우주 공간에서 정중하게 한쪽 무릎을 꿇고 고개까지 숙였다.

"헤스티아 여신님을 실망시키지 않기 위해 최선을 다했습니다. 부족한 실력이지만 여신님을 위해서 노력했습니다."

—조각사여. 조금 더 긍지를 가지세요. 그대의 예술은 사람들을 행복하고 풍요롭게 만들어 왔습니다.

"제가 한 게 뭐 있겠습니까. 사람들은 고마움의 대상을 잘못 대하고 있습니다. 저의 조각품은 전부 헤스티아 여신님의 은총 덕분입니다."

커피믹스 하나에도 꿇을 수 있는 정말 저렴한 무릎!

아부만큼 쉽고 빠른 효과를 가지며 또 공짜인 것도 없다.

물론 돈이라도 걸려 있다면 헤스티아의 머리끄덩이라도 잡고 싸울 준비도 완료되어 있었다.

—그대의 작품을 평가해 봐야겠군요.

조각술 마스터 퀘스트의 마지막으로 작품 평가의 시간.

위드는 느긋하게 기다렸다.

〈처자식〉상은 본인이 할 수 있는 최선이었을 뿐 아니라 높은 예술적 가치를 얻은 대작의 조각품이었다.

잠시 후 〈처자식〉상을 살펴본 헤스티아의 말문이 열렸다.

—그대의 작품은 정말 훌륭하군요. 놀라워요. 기대를 완전히 뛰어넘었어요.

"고맙습니다."

—사람들은 그대의 별을 보면서 밤을 보내고 새벽을 기다리

게 되겠지요. 사람들은 그대의 별을 보며 아름다움에 경탄할 거예요.

위드는 자기 자신의 행복이나 염원을 담아서 만든 조각상이었다.

매일 밤 하늘을 보면서 〈처자식〉상을 확인한다면 스스로도 얼마나 뿌듯할 것인가.

'관람료도 못 받는데… 그래도 뭐, 다들 좋아한다면 나쁘진 않겠지.'

—그대의 별에 감동했어요. 작은 답례로 베르사 대륙의 모든 생명체들에게 신의 축복을 전달하겠습니다.

헤스티아가 모든 생명체들에게 일주일간의 축복을 내렸습니다. 모든 유저들의 신앙 스탯이 영구적으로 2 증가합니다. 기간 동안 경험치 획득률이 6% 증가합니다. 행운이 증가합니다. 사냥을 통해 희귀 아이템이나 전리품을 획득할 가능성을 높입니다. 추위로 인해 고통받지 않습니다. 〈처자식〉상을 본 이들은 하루에 한 번씩 즉각적으로 체력과 생명력이 8%까지 회복됩니다. 동물의 번식과 식물의 성장 속도가 빨라집니다. 특정 도시들은 기술적인 번영을 이룩하게 됩니다.

"으음."

위드의 아랫배가 살살 아프려 하고 있었다.

좋은 일이 있다면 나누기보단 혼자 독차지해야 기쁘지 않겠는가.

사람들에게 천만 원씩 나눠 주기보다는 혼자 1억을 받는 편이 더 나은 이치!

헤스티아의 목소리가 정중해졌다.

—태초의 조각술을 알아낸 것에서부터 지금까지. 그대는 누구도 걸어 본 적이 없는 길을 따라서 이곳까지 왔습니다. 조각술의 정점에 도달한 이여.

　"예, 여신님."

　—영광스러운 조각술의 마스터에 오른 이로서 베르사 대륙의 예술계를 위해 앞으로도 꾸준히 헌신을 다하겠습니까?

　"……."

　위드의 머릿속에서 선뜻 그러겠노라는 생각은 안 들었다.

　'지금까지 지겨웠는데… 앞으로도 계속? 됐어. 그냥 사냥이나 열심히 할래.'

　하지만 이미 영업용으로 전환된 입은 알아서 대답했다.

　"예술에 모든 몸과 마음을 바쳤습니다. 조각술은 그 아름다움을 보는 이들의 마음까지 감싸 주는 예술. 조각사로서 살아온 삶에 한 점의 후회도 없고, 앞으로도 쭉 그 긍지를 지킬 것입니다."

　조각술의 찬양!

　위드는 2단 아부를 위해 입술에 침을 촉촉이 발랐다.

　"조각술을 통해 배운 건 많습니다. 땅에 떨어져 있는 돌멩이 하나, 나무 한 조각도 조각사의 노력과 상상력이 더해지면 새로운 마음을 얻습니다. 아직도 예술이 무엇인지는 알지 못합니다만, 조각을 통해 제 마음을 표현하면서 살고 싶습니다. 이것이 저의 행복입니다."

　—과연! 조각술을 마스터하여, 수많은 어려움을 이겨 내고 이곳까지 온 이답군요.

거짓말탐지기가 있었다면 시끄럽게 삑삑 울렸을 테지만 위드의 대답은 헤스티아를 만족시켰다.

로자임 왕국에서부터 온갖 NPC들을 감언이설로 꼬여 냈던 위드의 아부성 발언!

—조각술 마스터로서 나의 부탁을 들어준 보답을 해 주어야겠지요.

위드는 그저 프레야 교단의 신검 가르고 같은 것이라도 하나 내려 주기를 바랐다.

'최강의 검이나 방패. 그거면 된다. 헬리움으로는 헤스티아에게서 얻어 내지 못한 다른 걸 만들면 돼.'

머릿속에서 분주히 견적을 내리고 있을 때였다.

—그대에게 불을 내리겠어요.

"불이요?"

—제가 가진 기운의 일부. 그대는 이 불을 어디서라도 피울 수 있을 것입니다.

띠링!

> 여신의 선물!
> 헤스티아가 자신의 일부인 신성한 불을 당신에게 선물했습니다. 신성한 불은 예술과 생산, 전투를 위해 모두 활용할 수 있습니다. 모든 가치를 드높이며, 때때로 기적을 일으킬 것입니다. 신성한 불 스킬이 생성되었습니다.

> 신앙이 30 증가했습니다.

아마도 세상이 험하기 때문이었으리라.

위드는 0.1초 만에 반응했다.

"스킬 확인! 신성한 불!"

신성한 불
헤스티아의 상징. 신성한 불은 스킬 레벨과 신앙심, 지혜로 위력이 결정된다. 일정량의 마나를 소모하여 물질을 녹이거나, 태우고, 무기에 덧씌워서 적을 공격할 수 있다. 예술 작품의 창조에 도움을 준다. 종교적인 작품을 만들 수 있으며 아주 높은 확률로 신앙이 부여된다.
생산을 위한 제련에 2배의 효과가 추가된다. 광물에서 순수한 결정체를 얻을 수 있으며 이를 가공한 장비에는 헤스티아의 축복이 적용된다.
전투 중 공격과 방어에 사용할 수 있다. 모든 공격 스킬에 화염 계열의 피해가 7% 적용된다. 스킬 레벨이 오를수록 2%씩의 피해가 늘어난다. 화염 스킬은 2배씩 적용된다. 마족, 언데드 계열에는 5배의 추가적인 피해를 준다.

"오오오."

위드의 눈가가 파르르 떨렸다.

'조각술 최후의 비기를 얻고, 여신의 퀘스트까지 마무리했으니 보상이 높을 거라고는 예상했지만, 이번엔 뒤통수를 맞지 않았어.'

뒤통수 조심!

행성을 조각했는데 기념품 하나 던져 주고 끝나는 것까지도 예상했었다.

명예나 명성처럼 먹고사는 데 하등 도움도 안 되는 수치나 높여 주고 끝나는 건 최악의 결과였는데 대단한 스킬을 얻어 냈다.

'전투에도 좋고, 생산 스킬에도 좋고… 다용도네.'

위드는 벌써부터 미래까지도 생각하고 있었다.

조각사의 길이 마지막에 도달했으니 그다음 계열의 직업도 얻어야 한다.

수많은 직업들이 물망에 올랐다.

'이번에는 엉뚱하게 달빛 조각사 따위의 직업만 얻지 않으면 된다. 〈로열 로드〉에 대한 방대한 지식과 경험이 있으니까. 그리고 신성한 불은 어떤 직업에도 정말 큰 도움이 되겠지.'

성기사들처럼 신성력에 의해서 강화되는 힘!

위드의 쓸데없이 높기만 했던 신성력 1,200 스탯을 써먹을 수 있는 날이 온 것이다.

'물컹꿈틀이에게 날개가 달린 격이군.'

띠링!

조각술의 마스터 도전 퀘스트 완료!
장대한 여정이 끝났다. 조각사 위드는 불가능으로 여겨지던 수많은 업적들을 베르사 대륙에 남겼다. 여신 헤스티아의 부탁에 따라 별을 조각함으로써 그의 존재는 조각술의 역사에 다시없을 전설이 되었다. 대자연을 변화시키며, 조각품에 생명을 불어 넣고, 조각품을 본질을 이해하고, 정령의 존재를 되새기며, 빛의 검을 깨달은 자! 이제 꿈을 꾸는 청년들이 그가 남긴 위대한 발자취를 따라 걷게 될 것이다.

레벨이 올랐습니다.

레벨이 올랐습니다.

레벨이 올랐습니다.

조각술 마스터 퀘스트를 완료하여 명성이 50,000 올랐습니다.

생명력이 8,000 증가하였습니다.

마나가 10,000 증가하였습니다.

예술 스탯이 80 상승하였습니다.

전 스탯이 20 늘어납니다.

자연과의 친화력이 25 늘어납니다.

메시지 창의 홍수!

지금까지 누구도 이룬 적이 없는 업적이고, 기나긴 시간 동안 노력해서 조각술 마스터 퀘스트까지 마쳤다.

위드의 입가에 만족스러운 미소가 그려졌다.

두 번째 직업

거인족의 세계.

"공격해요, 공격!"

"3마리입니다. 우린 할 수 있어요."

"풀죽, 풀죽, 풀죽!"

북부의 고레벨 유저들을 주축으로 한 원정대가 거인들의 땅에 진출했다.

진홍의날개 길드가 주축이 되어서 개척한 새로운 영토를 모험했다.

"으쿠와아아아아!"

거인 발데스카가 포효했습니다.
투지가 꺾입니다. 이동속도 감소. 모든 스킬의 숙련도가 일시적으로 25%만큼 감소합니다. 최대 생명력이 절반으로 줄어듭니다. 10초 동안 당한 모든 공격은 치명적인 피해를 줍니다.

거인들은 강했지만 그만큼 승리하면 얻는 것도 많았다.

베르사 대륙에서 구경하기 힘든 무기와 방어구, 마법 재료, 광물 등을 대량으로 확보할 수 있는 기회였다.

엘프들에게는 거대 식물과 씨앗을 얻는 퀘스트가 대량으로 발생하여 거인들의 땅까지 진출했다.

"대장님, 공격 준비가 되었습니다."

유저들이 다가와서 말하자 페일은 턱을 슬쩍 들어 올렸다.

"네. 그럼 생강죽 공격대도 전진 공격에 나서도록 하죠."

"출동이다."

거인들은 맷집과 생명력이 높아서 최소 100여 명 이상의 유저들이 한꺼번에 공격해야 잡을 수 있기에 공격대가 필수!

페일은 만장일치로 원정대장을 맡았다.

"여러분, 어째서 부족한 저를 믿고 대장으로 삼으십니까?"

"당신은 위드 님의 전투 노예입니다."

"……"

위드의 전투 노예라는 수식어는 〈로열 로드〉 어디에서나 통했다.

메이런, 로뮤나, 이리엔, 수르카, 벨로트, 화령, 제피까지도 크고 작은 무리를 이끌었다.

테로스와 진홍의날개 길드는 기꺼이 주도권을 넘겨줬다.

"저희들을 원정대의 대표로 삼아도 됩니까? 여기까지 개척해 오신 건 진홍의날개 길드의 고된 노력이 있어서인데요."

제피는 원정대를 맡으라는 제안에 의심부터 했다.

지금까지 탐험에 결정적인 공적을 세웠고, 원정대를 이끌면

서 상당한 이득을 취할 수 있는데도 뒤로 빠진다는 게 납득이
안 됐다.

'무슨 의도가 있지 않고서야……'

제피의 의혹에 테로스가 힘없이 웃었다.

"여러분이 나서 주셔야 됩니다. 우리들의 힘만으로는 무리였
습니다. 북부 유저들이 주축이 된 이상 제가 이끌 자리가 아닙
니다."

"과거에 진홍의날개와 관련된 사건을 사람들도 잊을 때가 되
었는데요."

"모험으로 조금의 공을 세웠으니 그럴 수도 있겠죠. 하지만
여기서 원정대를 이끄는 것보다는 안정적으로 살고 싶습니다.
위드 님께 잘 말해 주셔서 아르펜 왕국에 작은 땅이라도 얻을
수 있었으면 좋겠네요."

기나긴 떠돌이 생활을 하던 진홍의날개 길드는 내부 회의 끝
에 아르펜 왕국에 정착하기로 결심했던 것이다.

아르펜 왕국에서 북부 유저들과 함께 마을을 발전시키면서
사는 재미가 있을 것 같았다.

"그렇다면… 무슨 말인지 잘 알겠습니다. 위드 님께는 좋게
말씀해 드리겠습니다."

"잘 부탁드립니다."

페일과 제피는 서로 눈을 마주쳤지만 곧 슬그머니 외면하고
말았다.

'믿을 사람을 믿어야지. 그래도 후환이 두려우니 내가 알려
주진 말자.'

'세상의 인식과 실제와는… 정말 큰 차이가 있어.'

페일은 위드로 인해 아르펜 왕국의 영주가 되었다.

드넓은 평야와 곡창지대, 아름다운 강이 있는 북부 대륙이었지만 그가 맡은 땅은 산맥이 우거진 곳이었다.

"왜 하필이면……."

"궁수니까요. 궁수에게는 산맥이 잘 어울리죠. 그리고 이 땅에는 비밀이 숨겨져 있습니다."

"비밀요?"

"저 산맥에 잠자고 있을 광대한 자원! 그것을 파내면 대륙 최고의 부자가 될 수 있는 거죠."

말은 좋았지만 결국 걸어서 들어가기도 힘든 산골 마을의 영주가 되었다.

자원을 확인하기 위해서는 산맥을 파 봐야 알 텐데 그것도 전부 다 노동과 돈이 필요했다.

"여, 영주님, 배가 고픕니다."

"먹고 잘 곳이 없어요."

막상 페일은 다스리는 주민을 무시할 수 있는 성격도 아니었다. 빈곤한 산골 마을의 주민들을 위해 가진 돈을 털어 넣어야했다.

제피는 강가에 있는 인구 200명의 어촌 마을을 받았다.

"경치가 멋진 곳이네요."

산골 마을이 아니라는 점에서 다행이었지만 위드의 여동생인 유린을 좋아하는 처지라서 따질 입장도 아니었다.

그런데 위드의 요구 사항이 뒤따랐다.

"항구를 개발해서 무역의 중심지로 만드세요."

"무, 무역요? 여긴 특산품은 물론이고 시장이나 교역소도 없는데요?"

"이대로 멈춰 있으려고 하지 말고 발전을 해야죠. 주변 도로 망도 연결하면 충분히 가능한 일입니다. 고급 주택과 별장도 지어서 휴양 도시로도 개발하고, 생산 기반 시설도 좀 있었으면 좋겠군요. 이렇게 좋은 땅을 놀리면 안 되니까요."

"저 그럼 아르펜 왕국의 자금 지원이라도……."

"크고 예쁜 강이 있잖아요. 강이 있는데 돈이 따로 왜 필요합니까?"

"……."

"도시를 발전시키면 유린이랑 같이 구경 오도록 하죠. 6개월이면 항구도시가 만들어질 수 있겠죠?"

제피는 속으로만 생각했다.

'악마다. 악마.'

유린을 포기할 수는 없었기에 가진 돈을 다 마을에 털어 넣었다.

낚시꾼으로 유유자적 지냈던 제피는 가진 재물이 꽤 많았지만, 그 돈을 다 투자하고 빈털터리가 되자 거인들의 땅에 사냥하러 와야 했다.

그가 벌어야만 매달 도시에서 적자 나는 금액을 메울 수 있었기 때문이다.

'크흑.'

'아이고.'

페일과 제피는 곡소리 나려는 걸 참으면서 테로스의 예정된 불행을 내버려 뒀다.

'어쩌면 자유로운 떠돌이 생활이 나을 수도.'

'아르펜 왕국의 영주가 되려면 탈탈 털리는 위험을 감수해야 하지.'

페일은 거인들의 땅에서 모험가 유저들을 바탕으로 지도부터 만들었다.

"여기에도 꽤 넓은 대륙이 있네요. 이곳의 산들은 감히 올라가지 못할 정도로 높고, 연못은 바다 정도의 면적이고."

북부의 레벨이 400대 후반에서 500을 넘은 유저들도 회의에 끼었다.

"거인들의 집과 성채도 있습니다. 여긴 웬만한 병력으로는 어림도 없겠네요."

"거인 1마리가 레벨 700대 정도니까 지금으로써는 엄두도 못 낸다고 봐야죠."

"불가능입니다. 확실히."

이름만 대면 알 만한 고레벨 유저들 100여 명이 자리를 했는데도 페일의 지휘를 얌전히 기다렸다.

전사 파이톤.

일대일의 승부로는 누구도 이길 자신이 없는 강자도 페일의 말을 듣고 있었다.

'위드와 사냥을 쭉 해 왔다니 인정해 줘야 돼. 와! 이건 역사

서에 따로 기록이라도 해 놔야 할 인물이 아닌가?'

페일과 양념게장, 파이톤은 위드라는 대악마에 의해 단단히 결속되었다.

그들의 우정은 어지간해서는 깨어지지 않을 정도였다.

◈◈◈◈◈

거인들의 땅 원정대.

모험가 체이스가 며칠 만에 원정대로 복귀하며 정보를 가져왔다.

"포로들이 있답니다."

"포로요?"

"거인 성채 안에 사람들이 갇혀 있답니다. 요정과 엘프도 있고요. 그 외 다양한 종족들이 있습니다."

모험가 체이스의 말에 원정대가 들썩였다.

"정말입니까?"

"예. 자세히 설명하기보다는, 그냥 퀘스트를 보시는 편이 빠를 것 같네요."

모험가 체이스는 원정대원들에게 퀘스트를 공유했다.

띠링!

감금된 노예
놀랍게도 거인들에게 갇혀 있는 포로들에 대한 소식을 들었다. 비참한 생활을

"오오! S급 난이도의 퀘스트."

원정대원들은 눈치만 봤다.

과거에 S급 난이도의 퀘스트는 절대 불가능한 난이도였다.

방송으로 위드가 퀘스트를 해결하는 걸 보며 얼마나 혀를 내둘렀던가. 그렇지만 진홍의날개 길드가 거인들의 땅을 밝혀낸 자체도 S급 난이도의 퀘스트였다.

'전투 퀘스트라면… 위드 님처럼 복잡하게 생고생할 일은 없겠는데.'

'여기 북부 최고 수준의 유저들만 모였다. 머릿수로 밀더라도 할 수 있지 않을까?'

'매번은 힘들겠지만 한 번 정도라면.'

북부 유저들만 1,000여 명.

진홍의날개 길드에서 시작해서 거인들의 땅으로 넘어온 최상위권 유저들이 계속 늘어난 덕분이었다.

심지어는 중앙 대륙의 유저들도 헤르메스 길드가 아니라면 거인들의 땅에 탐험을 왔다.

"한번 가 보죠. 이런 퀘스트가 존재하니까 〈로열 로드〉가 멋진 거 아니겠습니까?"

"위험부담이 너무 큽니다. 수백 명이 죽을 수 있어요. 거인들이 지키고 있는 성채에서 포로를 구하는 퀘스트는 실패할 가능성이 크고요."

"방법을 찾아야죠. 방법을. 무조건 안 되는 퀘스트라고 할 수는 없습니다."

"현실적으로 인원 숫자가 많다고 유리하지도 않죠. 거인들이 일제 돌격이라도 하면 큰일인데요. 죄다 밟혀 죽을 겁니다."

"거인들의 성채에 방어 시설은요?"

"성벽 외에는 딱히 없어 보였습니다. 그들 하나하나가 공성병기니까요."

"성채를 함락시키진 못하더라도 우리 정도의 전력으로 해 볼만은 할 거 같은데요."

사람들은 격렬한 토론을 벌이다가 원정대장인 페일의 선택을 기다렸다.

"어떻게 하는 게 좋을까요?"

"저야 뭐……."

페일은 선뜻 결정을 내리지 못하고 우물쭈물했다.

이럴 때 화끈하게 퀘스트를 받자고 하면 그 뒷감당이 어떻겠는가.

'거인들과 싸우다가 망해서 다 죽으면…….'

실패했을 때의 사태를 고려하니 도저히 선뜻 내키지 않았다.

'하지 말자고 해야 하나. 너무 중요한 결정이야.'

페일은 별의 조각품을 완성해 낸 위드에게 귓속말을 보내기로 했다.

위드는 조각술 마스터를 하고 친한 사람들로부터 칭찬과 선물을 받기 위해 귓속말을 잠시 열어 둔 상태였다.

—…사정이 이렇습니다. 퀘스트를 받을까요, 말까요?
—좋네요. 퀘스트 받으세요.
—알겠습니다.

페일은 위드의 확인을 거치고 나서 원정대원들에게 말했다.

"퀘스트를 하도록 하죠."

"와아! 난이도 S급 퀘스트다!"

최고 수준의 유저들일수록 죽음으로 잃는 페널티는 막대해졌다.

그렇다고 해서 언제까지나 수준이 낮은 전투나 퀘스트만 한다면 무슨 재미가 있겠는가.

믿음직스러운 원정대원들과 같이 거인들과 싸우며 퀘스트를 할 생각을 하니 북부 유저들의 분위기는 매우 밝았다.

"퀘스트 공유해 드리겠습니다."

모험가 체이스는 북부 유저들에게 자신의 퀘스트를 나눠 주었다.

페일은 결정을 내리고 나자 한결 가벼워진 기분으로 위드에게 귓속말을 보냈다.

—조언 고맙습니다.
—뭘요.
—위드 님이 보시기에는 이 퀘스트의 승산이 충분했기 때문에 받으라고 하신 거겠죠?

페일은 믿는 구석이 단단히 있었다.

불가해의 난이도로 여겨지던 퀘스트를 공략하고, 엄청난 끈기로 조각술 마스터까지 마친 위드라면 페일이나 다른 동료들이 못 본 측면까지 봤으리라.

'상상도 못 할 공략법이나 승리에 대한 확신이 있었을 거야. 그 길을 따르면 퀘스트는 어렵지 않다.'

페일은 스스로도 합리적인 판단을 내렸다고 생각하면서 위드로부터 설명을 듣고자 기다렸다.

—승산요? 모르겠는데요?
—예?
—그걸 제가 어떻게 알아요?
—저기… 우리도 충분히 성공할 수 있다고 봐서 퀘스트 받으라고 한 거 아닌가요?
—성공할 수도 있고, 못 할 수도 있고. 다 하기 나름이죠. 인생이 그런 것처럼.
—그럼 왜 퀘스트 받으라고 하셨는데요?
—어차피 제 일 아니라서 대충 대답한 건데요?
—헉!

페일의 안색이 하얗게 질렸다.

❖⊰◈◈◈⊱❖

이현은 오랜만에 집 청소도 하고 요리도 준비했다.

"전복삼계탕이나 해 볼까? 든든하게 보신도 하고 말이야."

조각술 마스터 퀘스트의 방송으로 인해 돈과 명예, 인기를 얻었다.

인생에서 중요한 건 두둑한 현금뿐!

죽을 때는 재물이 하나도 필요 없다지만 죽기 전까지는 가장 소중한 게 아니던가.

"특별히 너희들도 호강을 좀 해 봐라."

이현은 키우던 닭과 강아지들에게도 며칠 전에 먹다 남긴 새우깡을 던져 줬다.

푸드득.

닭들이 경쟁하며 새우깡을 쪼아 먹긴 했지만, 강아지들은 하품을 하면서 먼 곳으로 달려가 버렸다.

장난치며 뛰어노는 강아지들의 털에서 좌르르 흐르는 윤기!

서윤이 고급 음식을 듬뿍 먹여서 키우다 보니 강아지들에게는 매일이 천국이었다.

"저런 배부른 녀석들."

이현은 인상을 쓰면서 새우깡을 잘 숨겨 놨다.

"다음에는 하루 굶기고 먹여야지."

간만에 시간이 조금 남았다.

대학을 휴학하고 하루 종일 시간이 날 때마다 〈로열 로드〉를 하는 일상에는 변함이 없었다.

이틀에 한 번씩 할머니에게 병문안을 다녀오고, 이혜연에게 뭔가 트집을 잡아서 잔소리를 했다.

"너, 치마가 너무 짧아."

"오빠, 무슨 말이야? 무릎 아래까지 내려오는 치마인데?"

"음. 요즘 머리 매일 감는 거 같은데, 연애하는 거 아냐?"

"그냥 감는 거야. 이틀째 아무 데도 안 나가고 집에만 있었으니까."

이현이나 이혜연이나 서로 그러려니 하고 대화를 나눴다.

이현이 괜한 트집을 잡을 때야말로 기분이 최고라는 사실을 여동생도 알고 있었다.

정말 먹고살기 힘들 때는 멍하니 벽만 보고 있던 오빠를 기억하고 있던 이혜연이었으니까 잔소리를 대충 넘겼다.

'그래도 여자 친구한테는 잔소리를 안 하겠지. 저렇게 이쁜 언니니깐.'

이혜연은 강아지들과 놀고 있는 서윤을 보면서 가끔 놀랐다.

햇살에 비치는 장면이 그렇게 아름다울 수가 없었다.

'예뻐서 부럽다.'

여자들도 예쁜 여자는 좋아했다.

편한 반바지를 입어서 드러난 매끈한 다리에 잠시 시선을 뺏길 정도였다. 그리고 이현이 등장했다.

두둥!

대악당처럼 나타난 이현이 서윤에게 눈을 찌푸렸다.

"밥?"

"먹었어요."

"반찬은?"

"냉장고에 있는 걸로 대충 챙겨 먹었어요."

마당에 앉아 있던 이혜연은 살며시 미소를 지었다.

오빠가 서윤을 챙기는 광경이 그렇게 아기자기하고 행복해 보였다.

"바지가 그게 뭐야?"

"집에서만 입는 거예요."

"오래 쪼그려 앉아 있으면 다리에 피 안 통해."

"병원에서 혈관 건강하다고 했어요. 그리고 몇 분도 되지 않아서 괜찮아요."

"강아지 알레르기가……."

"없어요."

"오늘도 머리 감은 거 같은데?"

"내일은 안 감을 거예요."

이현은 서윤과 이혜연과 같이 든든하게 삼계탕을 먹었다.

과거에는 시장에서 닭을 조금 사서 며칠에 나눠 먹었지만, 이제는 당당하게 1인 1닭!

"꺼억!"

이현은 길게 트림을 하며 거실에 드러누웠다.

'실컷 먹고 배부르다. 이게 행복이지.'

이현이 슬며시 눈을 감고 졸자, 서윤이 다가와서 조심스럽게 무릎으로 머리를 받쳐 줬다.

이혜연이 보고 있어서 뺨이 붉게 달아오른 모습이었지만 이현을 바라보는 눈빛에는 사랑이 가득했다.

이혜연은 혀를 찼다.

'저런 언니가. 뭐가 아쉬워서… 우리 오빠가 정말 우주를 구

했나?'

이혜연은 심술이 나서 잠든 이현과 서윤만 놔두고 방으로 들어가기 싫었다.

'부럽다, 정말.'

거실에서 버티기 위해 텔레비전을 켰다.

방송국에서 선물로 받은 곡선 대형 텔레비전!

이혜연이 평소에 드라마를 좋아하긴 하지만 요즘에는 잘 안 봤다.

여자 주인공들의 외모가 서윤보다 훨씬 못해서 몰입이 되지 않았던 것이다.

태양에 반딧불 정도라고 할까.

남자 주인공과 여자 주인공이 좋아하면서도 오해하고 싸워봐야 서윤이 등장한다면 대번에 초토화되어 버릴 상황이었다.

'음악 방송도 효린 언니가 요즘 활동을 잘 안 하고.'

여기저기 채널을 돌리다가 도착한 곳은 KMC미디어!

"어! 혜민 언니."

〈로열 로드〉와 관련된 방송인 중에서 가장 유명한 사람 중 하나인 신혜민.

〈베르사 대륙 이야기〉의 MC인 그녀가 오주완과 같이 특집 프로그램을 진행하고 있었다.

거인들의 땅.

난이도 S급 퀘스트.

―혜민 씨도 저곳에서 함께 모험하고 있다고요?

―네. 조금 전까지만 해도 동료분들과 같이 있었답니다.

―생방송을 진행해야 해서 퀘스트를 못 하다니 정말 아쉽겠습니다.

―어쩔 수 없죠. 그래도 시청자분들에게 현장의 모습을 더 잘 설명해 드릴 수 있어서 다행이라고 생각해요.

이혜연은 금방 텔레비전에 집중했다.

'그래, 오빠 동료들이 모험을 하고 있었지. 북부 유저들이랑 같이.'

북부 유저들에 대해서는 항상 관심을 두고 있었다.

이현의 표현대로라면 북부 유저들은 '풀어서 기르는 닭'이라고 할까.

'나도 빨리 강해지면 같이 다닐 수 있을 텐데.'

이혜연이 아쉬워하면서 텔레비전을 봤다.

서윤은 방송에 어떤 이야기가 나오거나 상관하지 않고 이현이 잠든 모습만 보고 있었다.

―거인들의 땅까지 진출하시다니, 혜민 씨의 모험도 나중에 방송으로 중계해야 할 것 같습니다.

―에이, 거기까지는 아니에요. 동료들이 워낙 뛰어나셔서 같이 끼어 있는 정도랍니다.

―동료분들이라면 구체적으로 누굴 말씀하시는 건가요?

―그게… 너무 많은 분들이 계셔서요.

―굳이 꼭 집어서 한 분의 이름을 댄다면? 역시 위드 님의 전투 노예라고 할 수 있는 그분이겠지요?

―네. 잡담은 이 정도로 하고 방송 계속 진행하겠습니다. 이제 북부 유저들이 거인 성채에 도착했습니다.

신혜민이 페일과 사귀는 건 이미 〈로열 로드〉 내에서는 파다

하게 소문이 퍼져서 방송을 위한 소재가 되어 있었다.

그녀가 짓궂은 농담을 받아넘기면서 타이밍 좋게 화면이 〈로열 로드〉로 전환되었다.

페일을 비롯한 1,000여 명의 북부 유저들.

뒤늦게 소식을 듣고 부랴부랴 달려온 북부 유저들과 중앙 대륙의 유저들까지 합세해서 200명 정도가 더 불어나 있었다.

거인들의 성채는 큰 산처럼 보일 정도로 거대했다.

성벽의 높이만 100미터를 넘었다.

―실제로 보니 더 기가 막힌 광경입니다. 안개가 조금 끼어서 성벽의 높은 부분이 제대로 안 보일 정도네요. 혜민 씨, 저길 대체 어떻게 공략한다는 말씀이죠?

―일반적인 공성 무기는 당연히 통하지 않을 거예요. 거인 성채에 대해 지금까지 모은 정보로는 부실한 곳이 꽤 있다고 해요.

―부실한 곳이라면… 혹시 개구멍 말씀이십니까?

―네. 거인들의 기준으로 성벽의 틈새 같은 개구멍을 통해 잠입이 가능하다고 보고 있어요.

―성채로의 잠입이라. 듣기만 해도 위험할 것 같습니다. 그럼 밤까지 기다리게 되나요?

―밤에는 거인들의 시각과 청각이 더 예민해진답니다. 그래서 아마 곧 잠입이 시작될 예정이에요.

페일과 북부 유저들이 장비를 챙기는 광경들이 나왔다.

밝고 화려한 색상의 갑옷을 입고, 밧줄이나 갈고리 같은 장비도 챙겼다.

거인들이 유난히 어두운 것에 반발하는 특성을 노리고 준비하는 것이었다.

─지금 북부 유저들이 거인 성채로 들어가고 있습니다.

KMC미디어는 장중한 배경음악을 깔았다.

1,000여 명이 훌쩍 넘는 고레벨 유저들이 몸을 낮추고 거인들의 성채로 다가갔다.

성채의 높은 곳에서 경계를 서는 거인들이 꾸벅꾸벅 졸고 있었다.

─진입합니다. 모두 들키지 않도록 조심하세요.

─살아서 만납시다. 파이팅!

북부 유저들은 제각각 흩어져서 벽의 틈새로 들어갔다.

그때부터는 화면이 전환되어서 각 유저들의 시각을 바탕으로 한 것들이 나왔다.

거인 성채 내부의 광활한 광장과 큰 건물들.

거인들은 잠을 자는 시간이기 때문인지 돌아다니지 않았다.

"지역 안전부터 확보합시다. 레인저와 암살자 부대는 정찰을 해 주세요."

"예, 알겠습니다."

북부 유저들은 그간 같이 사냥을 하기도 했지만, 레벨들이 높아서 자기 밥값은 스스로 할 정도가 되었다.

사방으로 흩어져서 정찰 업무를 하는 북부 유저들.

그들은 성채의 각 건물들에서 감금되어 있는 포로들을 찾아냈다.

모험가 체이스가 잠금장치를 풀어냈다.

"이리 나오세요."

"쉿! 조용히. 여러분들을 구하러 왔습니다."

노예 82명을 해방하였습니다.
금속 기술자 7명, 마법사 4명, 예술가 3명이 포함되어 있습니다.

인간과 엘프, 드워프, 요정 들을 구출해서 성채 외부로 이끌었다.

"갇혀 있는 이들이 더 많습니까?"

"네. 지하까지 적어도 1,000명은 될 거예요."

"인원이 그렇게 많아요?"

"여긴 금광이 있는 장소라서요. 성채 지하에는 가끔 단단한 금속도 나와요."

"그걸로는 뭘 하죠?"

"거인들이 쓰는 물건을 만들어요. 정말 단단해서 쉽게 부서지지 않죠."

북부 유저들은 포로들을 구출하고 정보를 입수하면서 이 퀘스트의 규모나 보상이 크다는 걸 짐작했다.

그리고 계속 이루어진 구출 작전!

다수의 포로들을 구하면서 시간이 지체되었다.

잠든 거인들의 옆을 북부 유저들과 포로들은 발걸음 소리까지 죽여 가면서 이동했다.

크르릉.

푸에췩!

하지만 경계를 서던 거인 중에서 잠에서 깨어난 놈이 있었다.

"어디서 싱싱한 인간 냄새가 나는데……."

거인의 눈에 성벽의 틈새로 빠져나가는 포로들이 보였다.

"크와아아아아! 포로들이 도망친다아!"

경비를 하던 거인은 날벼락과도 같은 외침을 터트렸다.

"끌. 뭐라고? 포로들이 도망쳐?"

"일어나라. 모두 일어나!"

거인 성채 곳곳에서 포효성이 들리면서 잠든 거인들이 깨어났다. 거인들의 움직임은 느렸지만 쿵쾅대며 뛰어다니자 땅이 흔들렸다.

"도망치긴 틀렸어요. 거인들이 성벽으로 모이고 있습니다."

"젠장! 이렇게 된 이상, 싸웁시다."

"그냥 싸우면 다 죽어요."

"숨고, 싸우고 해야죠. 퀘스트를 받을 때부터 이런 일이 벌어질 거라고 짐작했을 거 아닙니까? 도망치려고 하면 추격당해서 몰살입니다."

북부 유저들은 힘을 합쳐서 싸우기로 했다.

페일이 통신 채널로 유저들을 지휘했다.

> 페일: 걸렸습니다. 길게 설명할 것도 없지만 아직 퀘스트는 실패한 게 아닙니다. 도망칠 수 있는 상황에 있는 유저들은 포로들을 데리고 가십시오. 성채 내부에 갇혀 있는 분들은 동료들과 함께 싸울 준비를 하세요. 죽더라도 버티면서 시간을 끌어야 합니다. 한 번의 죽음을 겪더라도 퀘스트는 성공시킬 수 있습니다.

퀘스트 성공에 대한 희망!

처음부터 어려움을 알고 있던 북부 유저들이었기에 당황은 했지만 각자 할 일을 찾았다.

"한두 번 죽어 본 것도 아니고."

"생방송까지 타고 있을 텐데. 도망치다가 죽는 건 싫어. 멋지게 싸워 보자."

"갇혀 있던 분들은 어서 나오세요! 저희들이 안전한 곳으로 안내하겠습니다."

북부 유저들의 움직임이 재빨라졌다.

포로들을 구출하고, 일부는 거인들과 싸우고 저지할 준비를 갖춰 갔다.

KMC미디어를 비롯한 각 방송국에서는 거인들에게 발각된 순간부터 상승하는 시청률 곡선을 보며 환호성을 터뜨렸다.

"7%입니다. 5분 만에 2%가 더 치솟았어요."

"다른 방송국들은?"

"2%씩은 찍고 있습니다."

"편집 팀 더 투입하고… 동시 영상 중계 시스템 더 확보해!"

생중계로 방송되는 화려한 영상들.

북부 유저들 중에서도 정예들만 모여 있다 보니 거인들을 상대로 뛰어난 수준의 전투가 벌어졌다.

과거 명문 길드들이 경쟁을 위해 무리하게 보스급 몬스터를 사냥하던 것처럼 박진감이 넘쳤다.

"벌레들아! 평생 너희들의 운명은 벗어나지 못할 것이다."

거인들이 땅을 짓밟고, 북부 유저들을 쳐서 성벽으로 날려 버렸다.

　북부 유저들은 포로들을 데리고 도망쳤던 이들까지 다시 돌아와서 용감하게 싸웠다.

　"해낼 수 있습니다. 거인을 전부 쓰러뜨려요!"

　유저들 중의 일부는 성채 내의 건물들을 파괴했다.

　거대한 건물이 무너지게 되면 장애물들이 생긴다. 유저들에게도 불편하겠지만 몸집이 작은 탓에 훌륭한 은폐물이 된다.

　거인들이 자유롭게 뛰어다니는 걸 막아 주는 효과가 있었다.

　"풀죽, 풀죽, 풀죽!"

　북부 유저들은 마약과도 같은 단어를 외치면서 덤벼들었다.

　풀죽신교!

　이젠 그 기원을 떠나서 여럿이서 싸우는 전투가 벌어지면 풀죽이라는 단어를 외치면 된다.

　불가능을 가능으로 바꾸는 힘은 없다.

　막강한 적이 약해지지도 않는다.

　그러나 적어도 그 단어가 있는 한, 동료들이 자신을 버리고 도망가지 않으리라는 확신이 있기에!

　"풀죽, 풀죽, 풀죽!"

　북부 유저들은 가진 모든 스킬을 퍼부으며 높은 거인을 향해 뛰어올랐다.

꧁꧂

　─굉장합니다. 쉽게 밀리지 않아요. 모두가 놀라운 전투력을 발휘하고

있습니다. 1명이 죽었지만, 그 틈을 타서 거인의 머리 위로 누군가가 뛰어 올랐습니다.

―네. 기회를 놓치지 않네요.

―대단한 집중력입니다. 신혜민 씨가 보기에 퀘스트가 성공할 것 같습니까?

―북부 유저들이 주축이 된 원정대잖아요. 퀘스트 성공을 떠나 끝까지 버틸 것 같아요.

―최후의 일인까지요?

―절대 물러서지 않을 것 같아요.

오주완과 신혜민이 흥분을 감추지 않고 진행했다.

그만큼 화면에 잡히는 영상은 치열하고 박진감이 넘쳤다.

거인 성채에서 동료들을 버리고 도망친다면 충분히 살 수 있는 틈이 보였다.

그럼에도 북부 유저들 중 누구도 개구멍으로 빠져나가지 않고 거인들을 향해 돌격한다.

사제나 성기사들은 땅을 뒤흔들며 거인들이 달려오는데도 꿈쩍하지 않고 동료들을 치유했다.

거인 성채에서 부서지는 큰 건물들과 작렬하는 마법과 공격 기술들!

"음."

이현이 어느새 눈을 뜨고 텔레비전을 보고 있었다.

"오빠, 소리 좀 줄일까?"

"아냐. 그냥 놔둬 봐."

이현은 거인들과 북부 유저들의 전투를 잠시 구경했다.

마음으로는 당연히 북부 유저들의 승리를 원했다.

'우리 집에 키우는 닭들이 몰려 나가서 싸우는 기분이야.'

실제로 거인들의 땅에서 얻은 재물과 마법 재료들은 아르펜 왕국에서 가공과 판매의 과정을 거친다.

생산 직업들만 경제력을 향상시키는 게 아니라 원정대에서 확보하는 재물들도 아르펜 왕국에 소중했다.

이현의 눈이 날카롭게 빛났다.

'저 모습을 보니… 다음 직업은 확실히 결정됐네.'

어쩌다 잘못 선택한 직업이었지만 중간에 바꾸지 않고 조각사의 끝을 봤다.

다음에 선택할 직업도 확실히 중요했다.

대장장이나 재봉사는 조각사만큼이나 극악의 난이도를 자랑하지만 관련 스킬을 중급 이상 익혀 놓았다.

조각술을 마스터하는 과정에서 얻은 손재주와 습득력을 고려한다면 생산 계열 직업을 마스터하는 것도 가능했다.

전투 계열처럼 화끈하진 않지만 조각사처럼 은근히 뒷받침이 되는 직업!

먼 미래를 감안한다면 생산 계열 직업을 한번 거치는 것도 좋았다.

'사막 전사나 검사가 갈등돼서 고민이었지.'

검술이 고급 6레벨.

검술 역시 끝이 머지않았기 때문에 구미가 당겼다.

부족한 생명력과 공격력을 높이고, 다양한 원거리 공격 기술, 대규모 광역 스킬들을 익히면 전투력이 확실히 강해질 테니까.

고요의 사막에서 조각품을 만들며 헤스티거가 남긴 스킬인 용암의 강과, 대파멸의 모래 폭풍도 쓸 수 있었다.

그동안은 조각사라서 반쪽짜리였지만 전투 계열로 직업을 바꾸면 완전해진다.

이현의 고민은 앞으로 어떤 직업을 얻느냐였는데 북부 유저들이 싸우는 장면을 보니 대충 마음의 결정이 섰다.

'전투에서 가장 강한 직업. 사실 그런 건 없지. 어떤 직업이라도 상황이나 활용하기에 따라서 달라. 그래… 퀘스트를 한다고 올리지 못했던 레벨도 따라잡을 때가 되었지.'

스탯과 스킬 숙련도.

실속을 지독하게 챙겼기에 〈로열 로드〉의 상위권 랭커들에게도 밀리지 않았다. 하지만 이 정도로 〈마법의 대륙〉을 제패했던 이현의 성에 찰 리가 만무했다.

'레벨을 올려서 다 때려잡아야지. 지금까지 기초를 다져 놨으니까 조금 빨리 달려도 괜찮아.'

이현은 서윤의 다리를 베고 누워 있다가 일어났다.

"좀 다녀올게."

❖⋙⋘❖

위드가 다시 〈로열 로드〉에 접속했을 때에는 어두컴컴한 밤이었다.

아우우우우.

어디선가 늑대 울음소리가 들리고 빛의 탑이 번쩍이는 모라 타의 뒷산.

조각품을 만들고 나서 헤스티아의 권능에 의해 베르사 대륙으로 돌아왔다.

"흠흠. 뭐, 별로 중요하진 않지만 일단 만들어 놓긴 했으니 봐 보기나 할까?"

위드가 영 귀찮은 듯이 밤하늘을 올려다봤다.

북쪽 하늘에 떡하니 큼지막하게 반짝이는 별이 있었다.

대작! 〈처자식〉상을 감상하였습니다.
밤하늘에서 반짝이는 〈처자식〉상! 조각술의 역사를 새로 쓴 본인이 만든 조각품을 봤습니다.
조각술 마스터의 효과로 작품의 감상 효과를 2배로 받습니다. 영구적으로 지력이 5 오릅니다. 행운이 하루 동안 17.5% 늘어납니다. 생명력과 마나의 최대치가 하루 동안 57.5%만큼 증가합니다. 전 스탯 125 상승. 장거리 이동속도 87.5% 증가. 영구적으로 모든 스탯이 3씩 늘어납니다. 조각술 마스터 퀘스트의 달성으로 〈처자식〉상은 다른 조각품 감상 효과와 중복됩니다.

역시 대작 조각품!

"조각품의 효과가 무시무시하구나."

위드는 〈처자식〉상으로 인해 조각술 마스터로서 2배의 효과를, 그리고 본인의 조각품이라서 50%의 효과를 더 받았다.

추가적인 효과들을 전부 뺀다면 대작 조각품치고는 조금 약하다고 생각할 수도 있으리라.

그렇지만 밤하늘에 떠 있는 별은 누구나 볼 수 있기에 모든 이들이 쉽게 조각술의 혜택을 누릴 수 있었다.

"헤르메스 길드 놈들. 그리고 아르펜 왕국에 세금 안 내는 녀석들은 못 보게 해야 하는데.”

　조각술 마스터 퀘스트. 그것도 최후의 비기를 얻고 난 이후의 작품이라 베르사 대륙 전역까지 영향을 미치게 되었으리라.

　“그래도 역시 조각사를 하길 잘했지.”

　달빛 조각사에 대한 아쉬움이 후련할 정도로 사라졌다.

　드디어 조각사로서 불이익을 받을 게 하나도 없고 그동안 얻은 혜택을 입을 차례였으니까.

　솔직히 조각사를 하면서도 검사, 대장장이, 재봉사, 요리사, 낚시꾼, 선박 제작사, 광부, 약초 채집과 관련된 다양한 스킬들을 올려놨다.

　이미 잡캐의 정점에 있었기 때문에 2차 직업을 어떤 것을 얻더라도 상관없을 정도였다.

　“자, 그러면 새로운 직업을 얻으러 가 볼까?”

　위드의 발걸음이 무척이나 가벼웠다.

　물론 시간을 아껴야 했기에 발걸음이 대단히 빨랐다.

　샤샤샤샥!

⬥⬦⬥⬦⬥

　모라타의 뒷골목에서 지하로 이어지는 음습한 터널.

　어두운 로브를 뒤집어쓴 수많은 자들이 해골 지팡이를 들고 들락거리고 있었다.

　“이번에 뼛가루 시세가 너무 오른 거 같지 않아요?”

　“아이고, 죽겠어요. 두꺼비 눈알은 돈을 주고도 사기가 힘들어요."

"좀비 살점 사실 분? 떨어져 나온 지 얼마 안 된 신선한 살점이 5킬로 정도 있어요."

네크로맨서 유저들!

초보 유저들은 시체를 데리고 사냥을 하기보다 마법 연구와 언데드 소환을 통해 스킬 레벨을 올리고 있었다.

위드는 평소처럼 초보자 복장으로 뒷골목에 들어왔다.

그에게도 조각사 마스터 퀘스트를 끝내면서 대대적으로 방송에 출연했다는 부담감이 눈곱만큼은 존재했다.

"음… 간단하게 입어야지. 국왕이라고 사람들이 특별하게 여기면 안 되잖아."

연예인들의 공항 패션을 제법 의식하고 있었는데, 네크로맨서 유저들은 그를 힐끗 쳐다보더니 계속 할 일을 했다.

"귤껍질 사세요."

"썩은 계란이요. 1실버에 한 바구니 드립니다."

지나치게 평범한 외모에 어두운 뒷골목!

위드에게 신경 쓰는 유저는 아무도 없었다.

"흠흠. 영웅에게는 함부로 다가가기 힘든 구석이 있지. 카리스마에 몸이 떨린다고 할까."

스스로 납득하면서 음습한 네크로맨서 길드로 들어갔다.

❦

"그대, 고귀한 분이여. 마나의 원리를 탐구하여 죽음과 어둠을 지배하는 길을 걸어가겠습니까?”

“응.”

“삶과 죽음을 탐구하는 네크로맨서에 대해서 너무 쉽게 생각하시는 것 같습니다.”

“다 알고 왔어.”

“단단한 심장과 냉철한 두뇌, 그리고 사람들의 질시 어린 시선을…….”

“알았으니까 빨리해.”

위드는 오랜만에 네크로맨서 바라볼을 만나서 전직을 의뢰했다.

‘또 생고생을 하면서 직업을 얻을 필요는 없겠지.’

아르펜 왕국의 국왕.

게다가 바라볼은 모험을 하면서 만난 인연도 있어서 대화를 나눌 수 있었다.

네크로맨서는 마법사의 상위 직업!

지혜와 지식, 마법을 다루는 능력을 시험받아야 하는 것은 물론이고, 복잡한 전직 퀘스트까지 통과해야만 얻을 수 있는 귀한 직업이었다.

하지만 위드는 바르칸의 마법서로 인해서 언제든 네크로맨서로 전직이 가능했다.

“…알겠습니다. 부디 죽음을 지배하여 불멸의 생명을 얻으시기를.”

바라볼은 비쩍 마른 손을 위드의 머리 위에 올렸다.

띠링!

네크로맨서로 전직합니다.
흑마법과 언데드 소환 마법을 익힐 수 있습니다. 생명력의 최대치가 10%
증가합니다. 마나의 최대치가 150%로 증가합니다. 명성의 영향력이 20%
감소합니다. 신앙심의 효과가 35% 줄어듭니다. 조각사를 마스터하고 새로
운 직업을 얻는 것이기에 조각술 스킬에 페널티는 부여되지 않습니다.

마법사들은 생명력이 작았지만 조각사는 그보다도 못했기 때문에 약간이지만 오르는 효과가 있었다.

전사에서 마법사 계열로 바꾸면 힘이나 민첩이 떨어지기도 하는데, 원래 직업이 전투와 관련이 먼 조각사라서 그런 약점도 없었다.

'조각사가 진짜 허접한 직업이긴 해. 이럴 땐 오히려 낫군.'

위드는 전직에 대한 고민을 며칠 동안 했다.

조각사의 경우에는 마지막 단계를 넘기까지 수많은 극복을 해 왔는데 또다시 엉뚱한 직업을 얻을 수는 없다.

요리사와 같은 비전투 계열 직업으로 사냥터에서 코스 요리나 만들고 있을 수는 없었으니까!

다만 그렇게 된다면 국왕의 직업 효과를 받아 아르펜 왕국은 풍성한 맛집들이 있는 미식 왕국으로의 발전에 도움은 되었으리라. 푸홀 워터파크의 음식점들의 바가지가 더욱 심해졌을지도 모를 일!

바라볼이 손으로 기초 교관들을 가리켰다.

"죽음을 다스리는 마법을 익히려면……."

"됐어."

위드는 용건이 끝났으니 그가 뭐라건 무시하고 배낭에서 책

을 꺼냈다.

바르칸이 직접 저술한 네크로맨서의 마법서
흑마법의 두 번째로 어려운 학문인 언데드의 제조에 대해 적혀 있는 마법서. 기초 수준에서부터 고급 단계에 이르기까지 언데드에 대한 모든 제조법이 적혀 있다. 천재적인 마법사 바르칸 데모프가 직접 저술하여 이해하기는 어렵지 않다. 다만 언데드를 생성하고 다루는 데에는 막대한 마나가 필요하므로 함부로 사용할 수는 없을 것 같다.
내구력: 30/30.
제한: 직업 마법사. 레벨 300. 지혜 500. 마나 8,000. 네크로맨서로 전직 가능.
옵션: 흑마법에 대한 저항력 +25. 언데드를 제조하는 능력 +2. 지성을 갖춘 보스 언데드를 만들 수 있다. 언데드의 생명력이 향상되며, 신성력에 대한 저항력이 생긴다.

'사전 준비는 확실해.'

이미 확보하고 있던 네크로맨서의 바르칸의 풀 세트!

바르칸의 마법서는 네크로맨서 전직이 가능하게 만들어 주는 기능을 가지고 있었다. 하지만 진정한 가치는 언데드의 소환과 제조에 대한 마법들이다.

'온갖 마법들이 다 있지.'

위드는 마법서로 언데드 소환 마법부터 습득했다.

띠링!

스킬, 언데드 소환을 습득하였습니다.

언데드 소환 초급 1 (0%)
시체를 활용해서 언데드로 만들 수 있다.

"음. 드디어 본격적인 네크로맨서군."

예전에 조각 변신술로 리치가 되어 언데드 소환 스킬을 썼던 적도 있지만 임시로 얻었던 스킬이기 때문에 처음부터 다시 배워야 했다.

그럼에도 불구하고 걱정되는 마음은 전혀 안 들었다.

'조각술만큼 안 오르는 스킬은 거의 없어. 네크로맨서가 어려워 봐야 아무것도 아니지.'

초반에 피나는 고생을 하는 걸로 유명한 네크로맨서들이다.

사냥은 어렵고, 마나는 부족하고, 기껏 일으킨 시체는 약해서 금방 쓰러져 버리거나 지배력을 상실한다.

언데드들을 바탕으로 큰 규모의 전투를 유지할 수 있는 네크로맨서라면 빠르게 성장할 수 있었는데, 그 전까지는 고행의 길을 걸어야 한다.

그렇지만 위드의 레벨은 이미 454였다.

'초반의 어려움은 빠르게 극복한다. 그리고 네크로맨서로 지내면서도 검술이나 생산 스킬을 올릴 수 있고 말이야.'

네크로맨서를 마스터할 때쯤에는 상황을 봐서 검사나 무예인, 사막 전사. 혹은 대장장이 쪽의 생산 스킬을 다음 목표로 삼을 수 있을 것이다.

2차, 3차, 4차 노가다까지 계산이 이미 끝난 상태!

'이 정도는 되어야 드래곤 1마리를 때려잡을 수 있겠지.'

헤르메스 길드도 목표였지만 역시 결국은 드래곤!

장비로는 악마 투구, 타락한 성자의 지팡이, 바르칸의 풀 세트를 보유하고 있었으며, 조각사로서 가지고 있던 스킬도 여전히 활용이 가능했다.

스킬, 시체 폭발을 습득하였습니다.

시체 폭발 초급 1 (0%)
시체를 폭발시켜서 주변을 파괴하는 매우 강력한 마법.
시체의 크기와 품질에 따라 위력이 달라진다.

골렘 제작, 저주, 뼈 방어 마법까지 차례로 다 습득했다.

위드의 네크로맨서 스킬이 향상되면 익힐 수 있는 기술은 더욱 많았다.

'초보 네크로맨서지만 무서울 게 없어.'

모든 면에서 초급 네크로맨서와는 차이가 나리라.

네크로맨서 스킬도 스탯이나 장비가 뛰어나서 초반에는 굉장히 빨리 상승시킬 수 있을 것이다.

편의점 알바와 대기업 회장 정도의 격차!

위드는 느긋하게 말했다.

"캐릭터 정보."

캐릭터 이름: 위드
성향: 신이 인정한 정의로움   레벨: 454
직업: 전설의 달빛 조각사 마스터, 네크로맨서
칭호: 세상을 바꾸는 조각사   직위: 아르펜 왕국의 국왕

명성: 305,399   생명력: 97,845   마나: 69,141
힘: 1,847   민첩: 1,255   체력: 322
지혜: 440   지력: 517   투지: 634

지구력: 449	인내력: 1,315	예술: 3,513
카리스마: 723	통솔력: 956	행운: 304
신앙: 764 +435	매력: 954 +30	맷집: 631
기품: 556	정신력: 322	용기: 414
명예: 887	통찰력: 101	공격력: 9,502
방어력: 2,693	자연과의 친화력: 2,288	

마법 저항: 불 49% 물 46% 대지 43% 흑마법 44%

* 모든 스탯에 20개의 포인트가 추가된다.
* 예술에 추가로 80개의 포인트가 부여된다.
* 달이 뜨는 밤에는 30%의 능력치의 향상이 있다.
* 아이템 특화.
* 모든 생산 스킬을 마스터의 경지까지 배울 수 있다. 모든 아이템 제조와 제련
  의 스킬에 우대 적용. 최고급 스킬들을 배울 수 있다.
* 특이하거나, 예술적 가치가 높은 조각품을 만들면 명성이 상승한다.
* 조각품과 생산 스킬, 전투 경험, 퀘스트로 인하여 전 스탯이 381 증가합니다.
* 모든 스킬의 숙련도가 6% 빠르게 향상됨.
* 착용하고 있는 바하란의 팔찌로 인하여 전 스탯이 15 증가한다.

어마어마한 내용이 담긴 캐릭터 창!

'이제 빨리 할 일이 많군. 거인들의 땅에서 노다지가 사라지기 전에 말이야.'

〈로열 로드〉에 접속하고 나서 불과 20분 정도가 흘렀을 뿐이었다.

거인들의 땅에서는 아직 북부 유저들의 피가 튀는 혈투가 벌어지고 있으리라.

그들이 대부분 죽기를 바라진 않았지만, 또 그렇더라도 크게 상관은 없었다.

맛있는 음식은 나눠 먹을 입이 줄어들수록 좋았으니까.

"더러운 진흙을 산다고 하셨습니까?"

"응. 열 뭉치만 줘."

"한 뭉치에 3실버입니다만… 국왕 폐하께서 직접 구입을 원하시니 2실버만 받겠습니다."

"1실버만 낼게."

"그렇게는 도저히 안 됩니다."

"어허… 나 국왕이야."

"안 됩니다. 2실버 주세요."

> 흥정이 실패했습니다.
> 네크로맨서 상인 그렉과의 친밀도가 하락하였습니다. 명성이 1 감소했습니다.

위드는 네크로맨서 길드에서 간단한 마법 재료 몇 가지를 구입했다.

골렘 제작의 경우에는 재료가 꼭 필요했다. 현장에서 대충 쓰면 좋은 품질의 골렘을 만들기 어려웠다.

'이제 슬슬 가 볼까.'

그때 네크로맨서 바라볼이 다가와서 말했다.

"네크로맨서 길드에는 좋은 영혼이 부족합니다."

"영혼?"

"크고 강대한 힘을 가진 영혼은 언데드로 만들기도 좋고, 생명의 근원에 대해 연구하기 적합하죠. 어려운 부탁이 되겠지만 영혼을 모아 오면 그에 대한 보상을 하고 싶습니다."

띠링!

'난이도 B급이라.'

위드는 오랜만에 미소가 흘러나올 지경이었다.

난이도 S급!

혹은 그 이상의, 대륙 전체의 영향력을 가진 퀘스트만 하다가 B급 정도의 난이도라니 반가웠다.

서울대에 수석으로 입학한 학생에게 조금 과장해서 구구단을 물어보는 격!

'단순히 재료만 확보하면 되는 퀘스트야. 전투 계열의 퀘스트란 말이지.'

예술이란, 노력을 하더라도 결과를 짐작하기 어렵다. 복잡하고 까다로운 조각술 퀘스트가 아니었다.

전투 계열 길드에서 흔히 볼 수 있는 전리품 획득의 퀘스트.

전투를 해서 승리를 거두고 퀘스트로도 경험치와 추가 보상을 받을 수 있는 일석이조의 의뢰.

'이렇게 단순하고 좋은 걸 주네.'

영혼 갈취는 네크로맨서에게는 필수 스킬이었다.

언데드와는 상관이 적지만, 중급 이상의 보호 마법을 발휘하거나, 저주를 퍼부을 때 주로 사용한다.

바르칸의 마법서에 당연히 적혀 있는 스킬이었다.

"뭐, 어렵지 않지. 기꺼이 모아 오마."

퀘스트를 수락하였습니다.

⚜

"방어 진형을 버려요!"

"꺄아악!"

"제자리에 있지 말고 움직여요. 위치를 계속 바꾸면서 흩어지세요."

북부 유저들은 집요하게 항전을 했지만 1,200명을 넘어가던 숫자는 절반 정도로 줄어든 상태였다.

"풀죽, 풀죽!"

그럼에도 도망치는 유저는 없었다.

끝까지 거인들을 공격할 뿐!

"빨리 갑시다."

"이쪽으로 거인들이 모여들고 있어요. 도주로를 바꾸세요."

"포로 구출은요?"

"4팀이 아직 안 왔습니다. 거인들을 따돌릴 미끼가 더 필요해요."

페일은 원정대의 대장으로서 무모한 죽음을 원하지 않았다.

'이렇게 된 이상 희생자들을 위해서라도 퀘스트는 완수한다.'

북부 유저들과 협력하여 거인 성채에서 포로들을 구출해 빼돌리고 있었다.

'지금까지 구한 사람이 400여 명. 아직도 포로는 많이 남았는데.'

페일은 거인들이 지어 놓은 큰 집의 지붕에 뛰어올랐다.

등 뒤에 메고 있던 화살통에서 화살을 꺼내 전광석화처럼 시위에 걸었다.

"다연발 관통 화살!"

페일이 쏜 화살이 빛과 함께 수십 갈래로 갈라지더니 주변의 거인들을 맞혔다.

"쿠어어!"

거인들이 조금 괴로워했지만 100만이 넘는 생명력과 맷집 때문에 쓰러지지 않았다.

"벌레!"

거인이 페일을 발견하고는 득달같이 달려왔다.

페일은 날렵하게 공중제비를 돌면서 거대한 건물들 사이를 뛰어다녔다.

화살을 시위에 걸어서 쏠 여유도 없어서 그대로 던졌다.

미약한 타격!
상대의 단단한 피부에 의해 3의 피해를 입힙니다.

화살 던지기.

궁수들이 비상용으로 쓰는 공격 보조 스킬이긴 했지만 그래도 대미지가 1,000~2,000은 나왔는데 어림도 없었다.

"간지럽구나, 벌레야!"

거인은 페일의 공격을 무시한 채로 달려와서 건물을 몸으로 들이받아 통째로 부숴 버렸다.

"큭!"

페일이 건물과 함께 부서지지 않기 위해서 공중으로 뛰어올랐다.

민첩이 높은 궁수인 만큼 10여 미터를 높이 뛰어오를 수가 있었지만 그래 봐야 거인의 눈높이였다.

거인의 양손이 박수를 치듯이 합쳐질 때, 페일에게 날아오는 한 줄기 얇은 낚싯줄.

"꽉 잡아요!"

페일은 낚싯줄을 단단히 잡았다. 그 순간 놀라운 탄력으로 당겨져서 거인에게서 벗어날 수 있었다.

낚시꾼 제피가 지켜보다가 페일의 생명을 구한 것이었다.

"고맙습니다."

"뭘요."

페일은 다른 건물에 착지해서 거인을 향해 화살을 쐈다.

거인들의 몸에 화살뿐만 아니라 마법이나 스킬들이 작렬하고 있었지만 약한 공격에는 끄떡도 하지 않았다.

북부 유저들이 거인 1마리씩에게 한참 동안 맹공을 퍼부어야 쓰러뜨릴 수 있었는데, 성채에서 다수의 적에게 짓밟혔다.

"도저히……."

페일은 절망했다.

전투가 계속 이어졌지만 북부 유저들이 목숨을 잃는 경우가 더 많이 생겼다.

지치지 않는 체력과 맷집, 생명력을 가진 거인들에 비해 북부 유저들은 그나마 가지고 있던 마나까지 고갈되어 갔다.

거인들은 성벽에 기대 쉬면서 빠른 속도로 생명력을 보충했지만 북부 유저들은 사방에서 쫓기면서 사냥을 당했다.

간신히 무너진 건물 틈새로 숨는 것이 고작이었다.

"어렵다. 이건……."

페일이나 북부 유저들의 힘과 체력이 떨어져 나갔다.

도망치자니 죽어 간 동료들이 떠오르고, 그렇다고 싸움을 이어 나가기에도 승산이 안 보였다.

그때 성벽이 있는 방향에서 들리는 노랫소리.

오늘 날씨가 참 좋구나

딱 빨래가 빳빳하게 마르겠어

이불도 빨고, 속옷도 빨고

햇볕도 쨍쨍

내가 왔네, 내가 와

"커억."

"이, 이건……."

음정, 박자를 기묘하게 비틀어 버린 노래 솜씨에 북부 유저들의 귀가 괴로웠다.

거인들이 커다란 발로 짓밟는 걸 간신히 피하는 와중에도 선명하게 들리는 노랫소리.

무슨 의미인지 모르겠고, 알아서도 안 될 것만 같은 가사!

"이것은?"

"이 소음이 익숙해요!"

"악! 귀가 썩을 것 같아."

간신히 버티고 있던 수르카.

다친 사람들에게 모든 마나를 퍼부어 치료하고 있던 이리엔.

큰 집 안에서 마법을 시전하던 로뮤나.

그녀들이 먼저 노래의 주인공을 밝혀냈다.

"노래방을 수십 년 다녀도 절대 만나기 힘든 음치야."

"그건 위드 님인데?"

"비슷한 음치는 많아도 위드 님 같은 음치는 없어!"

북부 유저들은 노래가 들리는 성벽을 향해 고개를 돌렸다.

태양을 뒤로하고 나타난 초보 전용 마법사 로브.

전쟁의 신 위드의 등장이었다.

"위드 님이다!"

"위드 님이 오셨어!"

북부 유저들 중에서도 고레벨들로 구성된 이들은 위드의 얼굴을 알았다.

방송을 통해서나 하벤 제국과의 전쟁에서 멀리서라도 봤던 덕분이다.

위드의 등장에 겨우 버티던 페일이 환호성을 올렸다.

"왔다!"

거인들에게 밀리고 있던 지금까지의 전황이란 더 이상 의미가 없게 느껴졌다.

불가능을 뒤집어 버리던 위드의 기적이 이곳에서도 벌어지리란 기대감으로 가득했다.

삐약삐약
병아리도 신이 나지
꼬끼오
살찐 양념반후라이드반이 울고 있네
오늘은 날씨가 좋은 날
대청소를 시작해 보세

위드는 노래를 마치고 3초 정도의 여운을 즐겼다.

음악이 주는 감동과 환희!

살아남은 북부 유저들이 감격에 찬 눈동자로 자신을 보고 있었다.

'노래는 진짜 끝판왕이다.'

'직업이 조각사가 아니라 바드였다면 100% 망했다.'

위드는 함성을 터트렸다.

"전투 중지! 모두 알아서 숨어!"

사자후 스킬을 사용하였습니다.
스킬의 영향 범위에 있는 모든 아군의 사기가 200% 상승합니다. 존재하는
모든 혼란 상태가 해제됩니다. 5분간 통솔력이 300% 추가 적용됩니다.

오랜만에 터트린 사자후!

유저들을 상대로 통솔력이 발휘되진 않겠지만 거인 성채에 있는 이들이 충분히 들을 수 있도록 커다란 소리였다.

"어라?"

"뭐라고요?"

"왜 숨으라는 거지? 이제 없던 힘까지 쥐어짜 내서 싸워야 하지 않나?"

북부 유저들은 갑자기 등장한 위드의 고함 소리를 따르기 힘들었다.

아르펜 왕국의 국왕이라는 지위나 그동안의 업적을 감안한다면 존중해야 마땅하다.

지금까지 수많은 동료들의 희생에도 불구하고 억지로 힘을 쥐어짜 내서 버텨 오던 그들이다.

위드가 등장하자마자 숨으라는 말에는 심한 거부감이 들려고 했다.

그때 원정대장인 페일이 소리를 질렀다.

"모두 숨으세요! 위드 님이 이 전투를 책임지실 겁니다."

위드의 충실한 전투 노예 페일!

원정대장의 말까지 듣고 나니 북부 유저들은 정신이 번쩍 들었다.

"우선 말을 따르고 보자."

"그래. 위드 님이잖아."

"무슨 짓을 저지를지 모르기도 하고."

대지의 궁전을 몽땅 무너뜨렸던 전적도 있는 위드라는 사실이 뒤늦게 떠올랐다.

북부 유저들은 급히 엄폐물을 찾아서 몸을 날렸다.

위드는 거인 성채를 훑어보며 곧바로 견적을 뽑았다.

'거인들의 레벨은 700대. 기술은 거의 쓰지 않고 무지막지한 생명력으로 싸우는 단순한 녀석들. 그래도 숫자가 많으면 버겁긴 하겠지.'

전투 기술을 안 쓰고, 거대한 덩치를 가져 빈틈이 많다고 해도 레벨이 곧 깡패였다.

주먹에 맞거나 밟힌 유저들은 거의 빈사지경에 이르렀고, 거인 성채의 거대한 건물마저도 부딪치면 붕괴되었다.

힘과 크기에서 비교도 안 되는 전투를 치러 온 북부 유저들. 그들에게 전투 경험과 용기가 없었다면 지금까지 버티는 것도 불가능했으리라.

'사냥하기 어려운 녀석들이 널려 있어. 시체의 높은 레벨은 훌륭한 언데드의 재료가 되지.'

살아서 움직이는 거인이 55명.

이미 죽은 거인이 22명.

그 외에 북부 유저들이 600명이 넘게 죽었다.

'여긴 네크로맨서에게는 삼밭이야. 캐내는 사람이 임자다.'

위드는 품에서 조각품을 꺼내 들었다. 그리고 첫 번째 스킬을 사용했다.

"조각 파괴술! 이 모든 것이 지혜가 되어라."

조각 파괴술을 사용하였습니다.

걸작 조각상이 파괴된 고통! 슬픔! 예술 스탯이 5 영구적으로 사라집니다.
명성이 100 줄어듭니다. 예술 스탯이 1 대 4의 비율로 하루 동안 민첩으로
전환됩니다.
예술 스탯이 너무 높기 때문에 한꺼번에 전환이 이루어지지는 않습니다.

지혜 1,250이 고급 스킬 2레벨의 '정신 집중'으로 바뀝니다.
마법이나 기술의 효과가 220%로 늘어납니다.

지혜 6200이 고급 스킬 1레벨의 '흐릿한 파괴의 영역'으로 바뀝니다.
마법 공격 스킬의 범위가 확대됩니다.

지혜 882이 고급 스킬 5레벨의 '진한 어둠'으로 바뀝니다.
흑마법과 네크로맨서 스킬을 강화합니다.

지혜 1,030이 고급 스킬 6레벨의 '마력 재생'으로 바뀝니다.
마나의 회복 속도를 높입니다.

지혜 1,600이 고급 스킬 1레벨의 '골렘 제작'으로 바뀝니다.
네크로맨서를 보호하는 골렘을 만들 수 있습니다.

지혜 1,000이 고급 스킬 1레벨의 '흔들리는 환영'으로 바뀝니다.
적들에게만 보이는 환영은 당신을 안전하게 지켜 줄 것입니다.

조각사로서 쌓아 온 3,493의 무지막지한 예술 스탯이 지혜
로 변환!

고작 440밖에 되지 않았던 지혜 스탯에 스킬로 전환된 걸 감

안하더라도 7,670개가 뻥튀기되었다.

위드가 원래 네크로맨서로 쭉 성장했더라면 지혜 스탯이 적어도 3,000은 넘었을 것이고, 스킬들도 마스터에 임박했을 것은 틀림없었다.

그럼에도 조각 파괴술 스킬 하나로만 이루어 낸 놀라운 효과였다.

"대재잉부터 일으켰으면 좋았겠지만… 포로들이 다 죽어 버릴 테니 좀 아쉽긴 하군."

명작 수준의 대재앙으로 전투의 문을 열었다면 아마도 완벽했으리라.

거인들에게 맞춤형 재앙을 일으켜서 북부 유저들과 협력할 수 있었을 테니까.

"뭐, 유저들도 많이 죽을 수 있었겠지만. 아무튼 이놈의 세상은 억지로라도 날 착하게 살도록 만들어 버리는 것 같아."

위드는 투덜거리면서도 장비를 갈아입었다.

초보자용 마법사 로브 따위는 조심스럽게 배낭에 집어넣고, 새로운 장비들을 꺼내서 몸에 걸쳤다.

"룰루루. 많기도 하네."

바르칸의 해골, 어둠 지배자의 부츠, 지옥 망토, 지옥 군주의 로브, 소멸과 영겁의 반지, 연옥의 목걸이.

불사의 군단을 지배하던 바르칸 데모프의 장비 일체, 풀 세트였다!

기본 레벨 제한이 600을 넘어가고, 언데드 소환과 저주, 흑마법에 관련된 무시무시한 특수 옵션들이 주렁주렁 달려 있는 장비들.

위드가 지금까지 보자기에 꽁꽁 싸 놓기만 했던 장비들을 모조리 꺼내서 입었다.

> 바르칸 데모프의 세트 아이템을 전부 착용하였습니다.
> 세트 효과가 적용됩니다.
> 언데드 소환 마법의 스킬 효과가 강화됩니다. 언데드로부터 생명력과 마나를 1%씩 흡수합니다. 생명력의 한계가 사라집니다. 추가된 생명력이 음습한 구석에 보관되었습니다. 본체에 강대한 공격이나, 신성력에 의한 타격을 입지 않는 한 피해를 입지 않습니다.
> 취약! 50미터 안으로 접근한 생명체들은 육체 능력이 30% 이상 저하되고, 매초 생명력의 일부를 갈취당합니다.
> 엄습하는 공포! 극심한 공포를 느끼게 됩니다. 투지가 낮은 생명체들은 곧바로 목숨을 잃고 언데드가 됩니다.

아이템의 효과!

그러나 장비의 상태를 확인하기도 전에 메시지 창이 연달아서 떴다.

> 착용하고 있는 장비들의 페널티로 일시적으로 스탯들이 감소합니다.
> 신앙이 340 사라졌습니다. 행운이 106 사라졌습니다. 매력과 기품이 현재의 절반으로 적용됩니다. 명예로 인한 효과를 받지 못합니다. 베르사 대륙의 주민들과의 친밀도가 감소합니다. 당신을 만난 일부의 주민들은 극심한 공포와 억압을 느낄 것입니다.
> 흥정 스킬이 사용 불가 상태가 되었습니다.

엄청난 페널티!

위드는 막 네크로맨서로 전직했으니 직업에 따른 페널티는 적었다.

그렇지만 바르칸 데모프의 장비는 역시 그 자체가 저주라고 할 정도로 위험한 것들이었다.

신앙심이나 정신력이 약하다면 그 순간 육체를 빼앗겨 버릴 만한 장비!

보통은 각종 제한들 때문에 착용하지도 못할 테지만 헤르만이나 파비오처럼 뛰어난 대장장이들은 쓸 수는 있다. 다만, 입는 순간 육체의 시배력을 잃어버리고 바르칸 데모프의 현신이 되리라.

'무지막지하긴 하군.'

어쨌거나 전사나 기사 계열의 직업을 얻었다면 더 생각할 필요도 없이 깔끔했다.

위드가 조각사로 성장하면서도 사냥 중에는 일반 검사들처럼 몬스터들과 싸워 왔으니까.

사막의 대제왕 시절이 정점으로 어느 정도 검사나 전사의 끝을 봤다고 할 수도 있었다.

노가다로 꾸준히 쌓은 스탯과 쓸 만한 장비들, 신성한 불, 사막 전사의 스킬!

여기에 조각술만 잘 이용하더라도 남들보다 유리하게 성장할 수도 있었을 것이다.

네크로맨서의 경우에는 신성력에 의한 거부 반응도 심하고, 여러 가지 제약이 존재했다.

사제들의 축복과 치유를 못 받는 것에서부터 명성 하락, 친밀도 감소.

언데드 소환 스킬의 레벨이 높아질수록 마음대로 활약하기 힘든 페널티들이 계속 추가가 된다.

대규모로 언데드를 끌고 다니면 이론상 사냥 속도야 10배나 20배 이상으로 늘릴 수 있지만, 그에 못지않은 막대한 제약이 뒤따르는 것이다.

'이런 건 다 조각술 최후의 비기를 얻지 못했거나, 조각사를 마스터하지 않은 네크로맨서에게 해당되는 이야기들이지.'

위드는 길거리에 떨어진 지폐 뭉치를 보듯이 날카롭게 눈을 빛냈다.

남들보다 약간 더 나은 정도로 어중간하게 만족할 생각은 없었다.

조각사로서 정점을 찍었으니 〈로열 로드〉에서 최고가 될 생각이었다.

❖❂❉❂❖

신혜민과 오주완.

그들은 거인들의 땅 방송을 슬슬 마무리하려던 참이었다.

북부 유저들이 끈질기게 싸우고 있긴 하지만 그들의 몰살을 끝까지 방송할 필요는 없는 것이다.

퀘스트 실패로 어느 정도 결정이 난 이후부터는 방송을 끝내기 위한 멘트를 준비하고 있었다.

"북부 유저들의 저력이 굉장하네요."

"이번에는 실패했지만 자체적으로 어려운 퀘스트에 도전한 것만큼은 인정해 줄 수 있을 것 같습니다."

"다음번에는 더 나은 결과를……."

신혜민이 페일의 사망을 떠올리며 콧날이 시큰한 걸 참으며 말을 이어 나갈 때였다.

스튜디오의 PD와 제작진 사이에서 큰 소란이 일더니 작가가 손을 크게 흔들었다.

'뭐지?'

신혜빈과 오주완의 이어폰으로 막내 작가의 떨리는 목소리가 들렸다.

─위드… 전쟁의 신 위드가 거인 성채에 나타났어요!

'……!'

신혜민은 위드를 자주 만나서 익숙하긴 했지만 이 순간만은 달랐다.

'결과가… 달라진다.'

북부 유저 1,000여 명이 모인 거인 성채 공략.

여기서 1명만이 새로 가세한 것뿐이지만 이후에 벌어질 일들은 엄청난 변화가 뒤따를 수밖에 없었다.

위드에 대해서 아는 사람들이라면 누구나 비슷한 말을 할 것이다.

"위드가 등장한 데는 이유가 있습니다. 심심해서 왔을 거란 건 말이 안 돼요. 견적이 나왔기 때문이죠."

저렴한 단어로 견적!

실제로는 더 큰 의미를 가지고 있었다.

전장의 모든 걸 파악하고 뒤집어 놓을 준비가 되었다는 뜻.

〈마법의 대륙〉에서부터 전쟁의 신으로 불렸던 것은 그가 나섰을 때 기존에 정해진 결과 따위는 의미가 없다는 것을 증명해 왔기 때문이다.

'위드가 왔구나!'

오주완은 더욱 놀랐다.

위드의 모험이나 사냥을 알고 준비하던 방송과 갑자기 벌어지는 건 내용이나 시청률이 확 달랐으니까.

신혜민과 오주완이 빠르게 눈을 마주쳤다.

'계속?'

'고!'

거인들의 땅 생방송 연장에 대한 제작진의 결정이 전달되진 않은 시점이다. 그렇지만 위드가 나타났는데 방송을 중단한다는 건 방송국이 망할 작정이 아닌 이상에는 말도 안 됐다.

특히 KMC미디어의 시청률 증가와 영역 확대에는 위드가 가장 큰 공을 세웠다.

"거인들의 땅. 거인들은 정말 대단한 것 같네요."

"저곳에서 끈질기게 싸우고 있는 유저들은 아직 포기하지 않았습니다. 기적을 만들기 위해서요."

신혜민과 오주완은 잠시 호흡을 고르면서 중계를 계속 이어나갔다.

―방송에 위드 출현까지 남은 시간 3분. 더 짧아질 수도 있어요.

막내 작가의 목소리가 다시 들렸다.

아직 생방송 영상으로는 위드의 등장이 나오지 않았다.

〈로열 로드〉의 중계 시스템은 4배나 되는 현실과의 시간 차이가 발생했다.

불필요한 장면의 편집과 연출, 음악 작업을 입히면서 계속 몇 분 정도씩 지연이 생긴다.

때때로 1시간 이상의 차이가 나기도 하지만 최고의 연출자들이 달라붙은 이상 곧 진정한 생방송에 가깝게 진행이 될 것이다.

최선을 다하지 않으면 다른 방송국보다 영상이 밀려서 시청률을 빼앗길 테니까.

"아, 정말 안타깝네요."

"거인들은 단순하지만 확실히 강합니다. 너무 많은 거인들이 있고 성채라는 구조가 그들에게 훨씬 유리하게 작용하는 것 같습니다."

위드의 등장을 알고는 있지만 극적인 효과를 극대화하기 위해서 일상적인 대화를 나눴다.

'대충 텔레비전을 틀어 놓고 있던 시청자들도… 위드가 나왔다고 멘트를 하면 깜짝 놀라겠지?'

잠시 후 위드가 화면에 나타났다.

최악의 노래와 함께!

음악으로는 엉망진창이지만 묘한 기대감을 갖게 해 주는 꽥꽥대는 박자의 노래.

"시청자 여러분, 놀라지 마세요. 전쟁의 신! 아르펜 왕국의 국왕이며 조각사 마스터, 위드가 나타났어요."

신혜민은 멘트를 하면서 가슴에 뿌듯하게 차오르는 행복을 느꼈다.

진행자로서 위드의 등장을 알릴 때의 기쁨, 시청률이 폭발할 것을 예감하고 있었기에 피로가 사라지며 활기까지 돌았다.

오주완의 목소리 톤도 높아졌다.

"갑작스러운 등장입니다. 아무리 미화해도 결코 멋지다고는 할 수 없는… 그러나 수많은 마니아들을 거느린 노래와 함께 나타났습니다!"

위드가 등장했는데 평소처럼 느긋하게 방송을 한다는 건 오주완에게도 있을 수 없는 일.

하지만 잠시 후 진행자들이 경악한 것은 위드가 새로운 장비를 착용했을 때였다.

"장비를 바꿔 입습니다. 로브에 해골과 갈비뼈가 그려져 있네요. 저건 네크로맨서 전용 장비예요. 일찍이 바르칸을 사냥하고 얻어서 입은 적이 있는 … 사람들 사이에서 바르칸 풀 세트라고 불리는 장비입니다!"

"네크로맨서 세트라고요? 그러면 이건… 시청자 여러분, 위드가 조각술을 마스터하고 얻은 새 직업은 네크로맨서인 것 같습니다!"

그 순간 밀려오는 시청자들에 의해 게시판은 폭발할 지경이 되었다.

❖❖❖

"으억……."

"갑자기 시청률이 계속 오르고 있습니다. 30%도 넘길 기세입니다."

"부장님, 〈로열 로드〉와 관련된 인터넷 게시판마다 위드가 등장했다는 글들이 올라오고 있어요."

"친구나 동료들끼리 휴대폰으로 연락을 주고받으면서 텔레비전을 보는 모양입니다."

거인들의 땅 전투를 중계하던 방송국들은 갑작스러운 위드의 출현에 대박이 터진 기분이었다.

분 난위로 시청률이 올라오고 있었고, 발 빠르게 기업들로부터 광고 문의도 쇄도했다.

"비상 걸어! 모두 지금 이 프로그램에 집중한다. 다음 편성은 뭐지?"

"20분 후에 〈던전 공략 24시〉입니다."

"정규 방송 미루도록 통보해. 이 전투가 언제 끝날지 모르지만 끝까지 생중계한다."

✦✧✦✧✦

신혜민과 오주완은 위드가 바르칸의 풀 세트를 착용하는 모습을 중계하면서도 속으로는 중대한 의문이 들었다.

'네크로맨서라.'

'근데 왜 네크로맨서지?'

위드의 새로운 직업에 대해 호기심이 있었다.

사실 방송가에서도 유저들이 직업을 마스터하고 그다음 직업을 얻는 부분에 대해서까지는 깊이 있는 분석을 못 해 봤다.

어떤 직업이라도 한 분야에서 마스터를 하는 건 지극히 힘든 일이라서, 두 번째 직업을 갖는 의미까지는 미처 생각을 안 해 봤기 때문이다.

'더군다나 두 번째 직업도… 강해지고 익숙해지려면 시간이 꽤나 걸릴 테니까.'

검사를 마스터하고 그다음에 마법사를 하는 건 단점의 보완이 아니라 안 좋은 선택이었다.

마법사로서 공격 마법을 쓰는 것보다도 마스터가 된 검술 스킬이 월등한 전투력을 보일 수밖에 없다.

한 직업의 마스터까지 오를 정도로 성장의 방향이 맞춰진 상태에서 새로운 분야에서 처음부터 시작한다는 건 그만큼 어려운 일.

아예 생산이나 예술 계열의 직업으로 빠진다면 따져 볼 필요도 없다.

기사에서 전사나 워리어로 가는 정도의 변화야 애초에 비슷하기 때문에 스킬을 몇 가지 더 익히는 정도가 되리라.

위드처럼 조각사라는 예술 계열의 직업을 마스터한 이후로 새롭게 얻을 수 있는 직업의 가짓수는 무궁무진했다.

'하필이면 마법사 계열의, 그것도 네크로맨서를 해야 할 이유가 있었을까?'

오주완은 궁금증을 오랫동안 참는 성격이 아니었다. 시청자들의 의문을 해소해 줄 필요도 있었다.

"혜민 씨, 위드 님은 그동안 진행한 퀘스트와 본인의 경험 때문에 상당히 많은 직업 중에서 마음대로 고를 수가 있었을 것 같지 않습니까?"

"네, 그렇죠."

"기존의 전투 방식으로만 봤을 때 검사나 무예인 혹은 흑기사 같은 직업이라고 볼 수 있었는데요."

"검술을 중심으로 활용했죠. 조각사이기 때문에 다양한 기술을 익히고 사용하고 있었어요."

"정말 누구도 따라 하지 못할 잡캐의 전형이었죠. 온갖 대단한 스킬들, 조각술의 비기는 물론이고 검술로도 놀라운 장면들을 보여 줬는데… 대체 왜 네크로맨서를 두 번째 직업으로 얻은 겁니까?"

신혜민은 대답할 말이 없어서 조금 당황했다. 위드의 직업 결정에 대해서는 그녀도 따로 들은 것이 없다. 하지만 추측되는 건 있었다.

"아마도 일반적인 이유는 아닐 것 같아요."

"일반적이지 않다니요?"

"보통 네크로맨서를 선택하는 이유는 빠른 성장과 비슷한 수준에서는 적수가 없을 정도로 강하다는 이유죠. 하지만 약점이 커서… 지금까지 대단한 모험을 했던 위드 님이 이런 이유만으로 네크로맨서가 되진 않았을 거예요."

"맞습니다. 네크로맨서가 초창기에는 사냥과 전투력 부분에서 그 어떤 직업보다 좋다고 평가를 받았습니다만 이후로는 약점이 너무 많이 노출되었죠."

"지금은 오히려 네크로맨서를 선택하는 유저들이 별로 없을 정도로 인기가 줄어들었어요."

네크로맨서는 비슷한 레벨의 유저 100명과도 싸울 수 있다.

언데드만 충분히 준비되어 있다는 전제하에!

끝없이 부활하는 언데드의 물결.

사냥 속도 역시 던전을 순식간에 쓸어 버릴 정도로 순식간이었다.

대부분의 네크로맨서 유저들이 레벨을 빨리 올렸었고, 다른 유저들이 껄끄러워했던 이유다.

그렇지만 후반으로 갈수록 신앙심의 하락이나 불행, 죽은 자의 힘으로 인한 페널티에 시달리게 된다는 점도 알려졌다.

네크로맨서가 다른 직업보다 성장이 빠른 편이긴 하지만 조화로운 성장의 측면으로만 보면 큰 결함을 가진 셈이었다.

더구나 신성 공격에 취약해서 사제들이 치유의 빛으로 언데드를 녹여 버리면 되살리지도 못한다.

불사의 군단처럼 언데드로 대륙을 제패한다는 건 굉장히 어려운 일.

공중으로 습격을 하거나 원거리에서 마법으로 직접 네크로맨서만을 노릴 수도 있었다.

신혜민이 조심스럽게 단언했다.

"제 생각에는요, 네크로맨서의 장점이라는 빠른 사냥. 이런 건 평범한 유저라면 모르겠지만 위드 님에게는 만족스럽지 않을 거예요. 원래 사냥 속도는 빠른 편이기는 했고, 경쟁자가 하벤 제국이나 무신 바드레이인데 네크로맨서가 되었다고 해서 마냥 그들을 따라잡을 수는 없거든요."

"제 생각과 같네요. 하벤 제국은 중앙 대륙의 주요 사냥터와 고급 장비들을 꽉 잡고 있죠. 헤르메스 길드의 지원까지 적극적으로 받습니다. 네크로맨서가 되어서 사냥 속도가 빨라진다고 해도… 혼자 힘으로 그들을 추월하기는 아주 힘들지 않을까 합니다."

위드의 레벨은 의외로 상당히 낮다고 많이 알려져 있었다.

오주완은 추측일 뿐이기는 해도 단지 네크로맨서가 되었다고 해서 바드레이를 힘으로 제압할 수 있다고는 생각지 않았다.

특히 헤르메스 길드에서 일대일로 싸워 줄 이유가 없었으니 애초부터 의미가 없다.

다수와 다수의 전투, 혹은 전쟁 규모로 일이 커졌을 때에는 위드에게는 풀죽신교나 북부 유저들의 지원이 있다.

굳이 언데드들을 직속 부하로 소환하여 전쟁을 치를 필요는 느껴지지 않았다.

"네. 거기에 직업 페널티까지 받게 되면… 성장에는 안 좋죠. 신앙심을 위주로 스탯이 감소한다고 하지만 명예와 정신력은 물론이고 힘이나 민첩, 체력 같은 스탯도 조금씩 떨어지게 되니까요."

"네크로맨서는 자주는 아니더라도 지식과 지혜를 제외하면 다른 대부분의 스탯이 하락하는 최악의 페널티를 가지고 있죠. 그 떨어지는 스탯만큼, 혹은 그 이상으로 지식과 지혜가 오르긴 하지만…….."

"위드 님은 어떤 스탯이라도 떨어지는 걸 아까워할 분이에요. 예전에 제가 보리빵을 항상 오른손으로만 드시는 이유를 물어본 적이 있거든요."

"그런데요?"

"왼손으로 바꿔 잡으면 오른손이 보리빵을 뺏기는 기분이 든다고 하셨어요."

"…흠. 묘하게 설득력이 있군요. 어쨌든 균형 있는 성장으로 보면 네크로맨서는 유리한 선택이 아닙니다."

오주완은 말을 하면서도 네크로맨서에 대해 미심쩍었고 의문이 잔뜩 커져만 갔다.

방송의 진행자로서 〈로열 로드〉에 대한 지식이야 대단히 많았지만 과연 위드가 그보다 모르고 했을까.

퀘스트의 이해도나 사냥에 있어서는 그 누구도 따라오지 못할 정도로 최고로 꼽는 유저인데?

'네크로맨서가 나쁘다는 건 아냐. 하지만 그걸 왜 했지?'

신혜민이 조심스럽게 입을 열었다.

"네크로맨서로는 그로비듄 님이나 쟌 님과 같은 유명한 유저들이 있지만, 위드 님은 처음부터 네크로맨서의 직업을 공개하기까지 했죠."

"예. 수많은 업적 중의 하나였죠."

"다른 직업들도 마찬가지지만 네크로맨서는 이해도나 활용하기에 따라서 많이 달라질 것 같아요. 위드 님이 대체 어떤 장점을 보고 네크로맨서를 했는지는… 앞으로 지켜봐야 할 것 같네요."

"새로운 모습을 보여 줄까요? 네크로맨서라면 언데드를 끌고 다니면서 사냥하는 것만 떠오르는데요."

"위드 님이 그렇게 평범하게 사냥할 것 같진 않아요. 어떤 기적을 보여 주더라도 놀랍진 않을 거예요."

〈로열 로드〉와 관련된 모든 게시판에 폭주하듯이 글들이 올라왔다.

—네크로맨서!
—크으… 취한다. 〈로열 로드〉 난일 최강의 직업.
—네크로맨서가 좋은가요? 주변 사람들한테는 민폐인데. 던전에 네크로맨서 있으면 사냥하기 힘들어요.
—그건 그렇죠. 방송에서도 이야기가 나오지만 단점도 많고 주변 사람들도 싫어하고.
—네크로맨서 했다가 복잡하고 어렵고 더럽다고 접은 제 친구도 있어요. 레벨 410이었음.
—실망. 다음 직업으로는 정원사 할 줄 알았는데. 위드 님이 꽃꽂이하는 모습 보고 싶음.
—베르사 대륙이 멸망해도 그럴 일은 없을 듯.
—크흐흐. 위드 님이 리치로 변해서 퀘스트 하는 거 못 봤어요? 그냥 다 쓸어 버릴 듯.
—그건 조각술로 변신해서 했던 거고요. 그런 식으로는 꾸준한 성장은 힘들 텐데. 아니, 애초에 왜 네크로맨서를 한 거죠?
—베르사 대륙은 앞으로 죽음과 시체, 공포로 물들 것입니다. 피의 네크로맨서 위드가 등장했으니까요.
—대마왕 위드를 처치하라!
—윗분들. 농담도 잘하시는 듯!

"좋아."

위드는 날아갈 것만 같은 산뜻한 착용감을 느꼈다.

몇백 년은 된 것 같은 로브와 망토, 해골에서는 썩은 악취가 뿜어져 나왔지만 아이템의 효과만큼은 명품이었다.

마법 아이템들의 경우에는 희귀하고, 부르는 게 값이다.

약간의 옵션 차이에도 발휘할 수 있는 마법력이 크게 달라지기 때문이었다.

바르칸의 풀 세트처럼 네크로맨서에게 최고의 능력을 부여해 주는 장비는 현재로써는 유일했다.

대장장이 스킬 때문에 착용에 필요한 수치들이 낮아져서 입을 수는 있었지만 온전한 위력이 안 나오는 게 이 정도다.

바르칸의 풀 세트를 제대로 발동시키려면 네크로맨서 스스로가 언데드, 그것도 리치가 되어야만 했다.

"아직 끝나지 않았지."

따로 얻은 타락한 성자의 지팡이와 악마 투구까지 착용함으로써 정비 끝.

"지옥을 보여 줄 시간이군."

위드는 타락한 성자의 지팡이를 땅에다 내리치며 주문을 외웠다.

"일어나라, 눈 감지 못하고 잠들지 않은 원혼들이여! 일어나서, 여기 살아 있는 자들과 너희를 죽인 자들에게 복수하라! 데드 라이즈!"

1단계의 언데드 소환 마법!

위드를 중심으로 넓은 일대가 검게 물들었다.

"끄극!"

"후키에에엑!"

북부 유저들의 시체들이 100여 마리의 좀비, 구울, 스켈레톤들로 바뀌어서 우글거리며 일어났다.

무지막지한 크기의 거인 좀비도 둘이나 됐다.

가까이 있는 시체들도 있었는데 거인 성채의 먼 곳에서부터 언데드를 소환했다.

"데드 라이즈!"

언데드 소환 스킬은 낮지만 마법을 빠르게 연속으로 캐스팅하면서 계속 언데드를 소환해 냈다.

> 언데드 소환 스킬의 레벨이 2로 상승했습니다.
> 지배할 수 있는 언데드가 늘어나며 조금 더 많은 생명력을 보유합니다.

언데드 소환의 스킬 레벨 상승!

초급 1레벨의 언데드 소환이었기에 막강한 언데드를 일으키면서 쉽게 2레벨이 됐다.

북부 유저들은 물론이고, 거인들의 시체까지 언데드 소환 스킬에 많은 숙련도를 준 것이다.

조각사를 마스터하면서 스킬 숙련도가 빨리 오르는 효과도 작용!

어차피 대부분의 스킬들이 초반 3, 4레벨까지는 금방 오르는 편이지만 빠른 성장은 언제나 기분 좋았다.

"후훗. 한 단계씩 올라가는 행복. 이게 바로 노가다의 성취감이지."

위드는 거인 좀비의 능력이 궁금했다.

"언데드 상태 확인."

이름: 크로바　　　　　　　　　　종족: 하급 언데드
성향: 무질서한 암흑
레벨: 301　　　　　　　　　　　　직업: 연약한 좀비

명성: 5　　　　　생명력: 723,021　　　마나: 50
힘: 310　　　　　민첩: 150　　　　　　지혜: 5
지력: 5　　　　　맷집: 10　　　　　　　행운: -200
신앙: -200

언데드 소환에 의해 탄생한 거인 크로바의 좀비이다. 위대한 혈통을 가진 거인
의 육체가 좀비가 되면서 신체 능력을 심하게 상실했다. 초급 1레벨 언데드 소
환의 페널티로 인해 신체의 유지 시간이 3분 20초로 제한. 동족의 피와 살을 얻
으면 신체 유지 시간이 약간 늘어난다. 맹독 보유!

　건물처럼 거대한 거인 좀비가 일어서긴 했지만 힘이 부족해
서 기우뚱거리며 비틀거리고 있었다.
　'이건 크기만 하고 불량품이구나. 좀비가 감히 나설 만한 전
장이 아니긴 하지만.'
　전투 능력에 대해 기대할 것은 없지만 그래도 생명력은 그런
대로 쓸 만했다.
　'시체 폭발을 시키면 끝내주겠어.'
　거인을 온전한 레벨 700대의 몬스터로 볼 수도 없었다. 덩치
가 크고 힘이 세며, 생명력이 많은 특징을 가져서 사냥하기 위
해서는 적어도 수십 명의 인원을 필요로 한다.
　그러나 만약 하늘을 날아다니고 브레스를 내뿜는 본 드래곤
의 레벨이 700대였다면 고작 몇 마리라도 원정대를 전멸시켰
을 정도로 끔찍했을 것이다.

마법사나 마녀, 혹은 그 외에 대규모 공격 스킬을 발휘할 수 있는 상대였더라도 전투력이 몇 배쯤은 늘어났을 것이다.

사막의 대제왕으로서 강해져 봤던 위드의 판단에 거인들의 전투력은 냉정하게 레벨 600대 초중반 정도.

무지막지하게 많은 생명력이나 회복력 때문에 대규모 인원이 아니면 사냥하기가 부담스러울 뿐이었다.

"공격을 시작해라!"

위드가 언데드들에게 명령을 내렸다.

"캬캬캿."

"낄낄. 죽음의 지배자께서 명령을 내렸다."

언데드들이 가까이 있는 거인을 향해 공격을 개시했다.

거인 좀비가 비틀거리면서 걸었고, 구울은 꽤 날렵하게 뛰었다. 스켈레톤 군단이 뒤를 따랐다.

"크와오오오오!"

"추악한 종자가 나타났다. 위대한 동족을 오염시킨 저놈의 영혼을 없애야 할 것이다!"

"더러운 힘을 쓰는 놈이 있구나!"

거인들의 적의가 일제히 위드에게로 향했다.

수많은 북부 유저들이 있었음에도 불구하고 거인들의 붉은 눈빛이 위드와 언데드들에게만 향했다.

'이런 건 역시… 예측했던 부작용이긴 하지만.'

네크로맨서!

그것도 동족을 언데드로 일으킨 네크로맨서에게는 극심한 혐오감을 갖는다.

〈로열 로드〉의 네크로맨서와 관련된 카페에서는 이에 대한 설움도 자주 나타났다.

> ─퀘스트를 완료했는데 친밀도가 하락했어요.
> ─사냥을 하면 할수록 사람들이 안 좋아하는 것 같아요. 경비병이 절 쫓아 내리려고 해요.
> ─악명이 쌓입니다. 어디로 가야 할까요.
> ─밤이 아니면 도시 출입도 안 돼요. 흑흑.

전투 중 최대의 적대도를 가져서 가장 위험한 직업이 되는 네크로맨서!

언데드들에게 공격 명령을 내린 후, 위드는 재빨리 뒤로 물러났다.

"비겁한 벌레부터 처치한다."

거인들이 땅을 울리면서 달려왔다.

스켈레톤들이 뼈로 된 무기를 휘둘렀지만 거인들에 의해 코끼리 앞의 개미들처럼 사정없이 짓밟혔다.

일부의 거인들은 조금 전까지 동족이었던 좀비 거인에게 덤벼들어서 힘을 겨뤘다.

"불쌍한 크로바. 편안한 안식을 얻어라."

좀비 거인이 잠시 버티다가 박살 나고 말았지만 다시 육체를 재구성하고 일어났다.

바르칸의 장비 중 소멸과 영겁의 반지의 효과!

> **소멸과 영겁의 반지**
> 바르칸 데모프의 반지. 그의 마력과 원한, 죽음의 기운이 오랜 시간 깃들어 있

다. 정신력이 약한 이는 반지에 의해 잡아먹힐 것이다. 언데드에 대한 불사의 연구가 일부 이루어져서 반지에 봉인되어 있다.

내구력: 30/30.

방어력: 25.

제한: 레벨 650. 지혜 2,000. 정신력 200.

옵션: 마력 흡수. 파괴된 언데드를 복원한다. 마법 '대소멸' 사용 가능. 지혜 +150. 지식 +100. 네크로맨서 마법에 소모되는 마나를 25% 감소시킨다. 리치가 착용했을 시, 주변 지역의 모든 살아 있는 생명체로부터 일정량의 생명력을 계속 흡수한다. 잃어버리지 않는다. 전투 명성 +8,000.

스켈레톤의 뼈다귀들이 산산조각 나서 쓰러졌으며, 다시 복원되고 있었지만 거인들을 막기에는 무리였다.

"일어나라, 눈 감지 못하고 잠들지 않은 원혼들이여! 일어나서, 여기 살아 있는 자들과 너희를 죽인 자들에게 복수하라! 데드 라이즈!"

언데드 소환 마법을 다시 펼쳐서 거인 좀비 둘과 스켈레톤을 100마리 더 일으켰다.

이것으로 잠깐 언데드의 머릿수가 채워졌지만 순식간에 거인들에 의해 밟혀서 사라졌다.

1인 군단이라고 불리는 네크로맨서의 등장이었지만, 거인들에게는 언데드들이 거의 피해를 못 줬다.

'최소한 둠 나이트라든가 리치로 구성된 부대를 데리고 왔어야 해.'

산전수전을 다 겪은 위드는 물론 예상하고 있던 부분이다.

최강 직업 중의 하나인 네크로맨서로 전직했다고는 하지만 초급 1레벨, 2레벨의 스킬로 무엇을 하겠는가.

스물이나 되는 거인들이 곳곳에 숨어 있는 북부 유저들을 무시한 채로 위드에게 일직선으로 달려왔다.

"숨어만 있지 말고 위드 님을 도웁시다."

분개해서 일어나려던 북부 유저들은 큰 덩치에도 불구하고 쪼그려 앉아 있는 파이톤을 봤다.

그 옆에는 하수구 구멍에 페일도 몸을 숨기고 있었다.

"어이, 그쪽 분들."

파이톤이 손짓으로 앉으라는 신호를 보냈다.

페일이 낮은 목소리로 속삭였다.

"그냥 가만히 있어요. 계획이 뭔지는 몰라도 지금은 끼어드는 게 손해예요."

"예?"

"위드 님은 많이 알수록 걱정할 필요가 없는 분이거든요."

"친해질수록 걱정을 안 하게 된단 뜻인가요?"

"그게 아니고… 시야가 넓다고 할까. 머릿속에 무궁무진한 꼼수가 있다고 표현을 해야 맞을까, 잘 모르겠네요. 어쨌든 거인들의 행동은 위드 님의 예상대로일 겁니다."

"그럴 리가요?"

파이톤도 한마디 거들었다.

"모든 걸 파악하고 있다고 봐야겠지. 적들의 전력뿐만 아니라 아군까지도. 마지막 땀 한 방울까지도 쥐어짜 내서 사냥에 집중시키던 모습을 떠올리면… 저 인간이 뒤통수를 맞는다는 상상은 어지간해서는 잘 안 떠올라."

북부 유저들은 통신 채널로도 일단 지켜보자는 의견을 내며 기다렸다.

엄청난 장비를 착용한 채로 언데드를 소환하며 물러나고 있는 위드가 쉽게 위기에 빠질 것 같진 않았던 것이다.

거인들이 대단하긴 하지만, 상대는 밟고 태워도 안 죽는 바퀴벌레 대왕이라고 할까.

위드는 씩 웃었다.

"걸리적거리는 게 없어서 좋군."

거인들이 질풍노도처럼 언데드들을 물리치며 빠르게 접근하고 있었다.

"죽어라, 잔악한 벌레야!"

3명의 거인이 위드를 붙잡기 위해 거대한 손을 펼치며 몸을 날렸다.

아찔한 순간!

위드는 착용하고 있던 지옥 망토를 넓게 펼쳤다.

"공간 왜곡!"

띠링!

지옥 망토의 보호 스킬을 사용하였습니다.

공간을 왜곡시켜서 적의 접근을 봉쇄합니다.
남은 스킬 사용 횟수: 2.

위드에게 가까이 접근했던 3명의 거인들의 사라지더니 5킬로미터의 공중에 나타났다.

"벌레야아아!"

"죽여 버릴 테다아아아아아!"

거인들의 억울한 고함 소리가 메아리치듯이 울렸다.

지옥 망토가 가진 방어 스킬, 공간 왜곡은 상대방의 크기에 비례하여 하늘로 띄워 버리는 것!

마법 저항력이 강한 상대라면 이에 대해 대항할 수도 있었지만 거인들은 속수무책이었다.

생명력이 엄청난 거인들이라 땅으로 떨어지더라도 꼭 죽는 건 아니다. 오히려 추락하는 거인을 보며 겁에 질린 건 유저들이었다.

"으아아아아!"

"이쪽이야? 이쪽?"

까마득한 높이에서 거인이 추락하는 건 심장이 떨어질 것만 같은 두려움을 느끼게 했다.

가까이 있던 유저들이 피하기 바빴지만 거인들은 바람에 휩쓸려서 먼 곳에 추락했다.

쿠구구궁!

그들의 피해를 확인하기도 전이었다.

위드를 쫓아오던 거인들은 동족들이 당하는 것을 보고 건물이나 바윗덩어리들을 뽑아서 위드를 향해 집어 던졌다.

"깔려 죽어 버려라, 벌레야!"

"없어져라, 추악하고 사악한 종자!"

거인들이 공격 스킬을 사용하진 않아도 그들이 원거리에서 던지는 바윗덩어리들은 무시무시한 파괴력을 가졌다.

어중간한 방어력이나 생명력을 가진 유저라면 즉사할 수 있을 정도의 공격.

위드를 향해 통째로 집어 던진 건물이 날아오면서 부서지며 수많은 파편으로 변했다.

일반 유저들이라면 오금이 저릴 정도의 상황이었다.

"이 정도는 되어야 재미있지."

막상 위드에게 정확히 날아오는 파편들은 얼마 되지 않았다.

고급 1레벨의 흔들리는 환영!

거인들의 시야에 위드는 여러 곳에 흩어져 있었던 것이다.

위드는 재빨리 뛰어올라 바윗덩어리들을 피했다.

네크로맨서라면 육체가 약하다는 인식을 갖고 있다.

일반적으로는 보일 수 없는 몸놀림이었지만 지금까지 힘과 민첩에만 스탯을 투자하며 몬스터와 근접전을 펼쳤으니 이 정도야 어려운 게 아니었다.

위드의 주변은 바위와 건물 파편들로 인해서 모조리 파괴되었지만 그는 멀쩡했다.

"으아! 저 움직임 봐."

"미쳤다! 저건 인간으로서 할 수 있는 게 아냐."

"판단력이나 시야 보소. 말이 되나?"

"환상 그 자체네."

북부 유저들은 입을 벌리고 감탄하기 바빴다.

위드의 움직임이 그 정도로 대단한 건 아니었지만 북부 유저들의 눈에 단단히 콩깍지가 쓰여 있었다.

자신들이 힘겹게 상대하던 거인들을 혼자서 맞서고 있었으니까!

'위드 님이 저런 행동을?'

페일은 긴장한 채로 지켜봤다.

거인들이 던지는 엄청난 크기의 바위나 파편들을 스치듯이 피하는 광경은 어려움을 떠나 아찔한 묘기라고 불러도 좋을 정도였다.

목숨이 10여 개쯤 있다고 해도 감히 해내기 어려운 행동.

'이 정도는 해내야지.'

위드는 단단히 믿는 구석이 있었다.

찰나의 조각술!

도저히 피할 수 없는 상황에서는 바위에 얻어맞기 직전에 시간을 멈추면 된다.

자주 쓸 수 있는 방법은 아니지만 효과는 가장 확실했다.

"크오오오!"

거인들은 자신들의 장기인 건물이나 바위 던지기가 먹히지 않자 다시 달려들었다.

위드는 수북하게 시체들이 쌓여 있던 지역으로 거인들을 끌어들였다.

거인 성채의 곳곳에 흩어져 있던 시체들을 언데드 소환으로 한곳에 모았다.

거인들이 딱 적당한 지점에 도착했을 때!

"시체 폭발!"

위드는 네크로맨서 최강의 공격력을 가진 마법을 사용했다.

쿠구구구궁!

시체의 생명력에 따라서 위력이 결정되는 스킬이 거인 성채에서 작렬했다.

❖❖❖❖❖

위드는 언데드로 소환하여 거인 좀비 6마리를 한자리에 모았다.

북부 유저들의 시체도 스켈레톤이 되어 차곡차곡 쌓였다. 이미 거인의 시체가 3구 있던 곳이 정해진 자리였다.

그 시체들이 마법의 영향으로 일제히 폭발했다.

> 거인 알렉그로의 시체가 폭발했습니다.
> 반경 43미터의 영역에 생전의 생명력에 비례한 피해를 입힙니다.

> 대규모 시체 폭발!
> 폭발의 영향력이 확대됩니다. 기절, 마비, 중독, 혼란의 추가 효과를 일으킵니다.

> 시체 폭발 스킬의 레벨이 2로 상승했습니다.
> 시체의 파괴력이 6%만큼 커지며, 범위가 넓어집니다.

초급 1레벨의 상태에서 시전된 스킬이었음에도 불구하고 위력이 엄청났다.

북부 유저들은 땅이 뒤흔들리는 것을 온몸으로 느꼈다.

"이, 이게 무슨⋯⋯."

"이게 마법이라고?"

"뭐든 잡고 버텨요!"

미증유의 거대한 폭발!

지금까지 네크로맨서들이 시체 폭발을 일으켰던 것 중 역사상 이보다 더 화려하고 엄청난 사건은 없었으리라.

위드가 다시 시체 폭발 주문을 외울 때마다 뭉쳐 있던 시체가 엄청난 폭발을 일으키면서 터져 나갔다.

달려오던 거인들이 폭발에 휩쓸려서 사방으로 튕겨 나가며 큰 부상을 입었다.

지금까지 북부 유저들과 싸우면서 줄어든 생명력에 시체가 폭발하면서 입은 막중한 피해까지!

거인 4마리가 목숨을 잃고, 다른 녀석들도 커다란 타격을 받았다.

전투 업적! '하늘을 뒤집고 땅을 뒤흔든다'를 달성하였습니다.
한 지역을 초토화시켰습니다. 한꺼번에 700만이 넘는 마법 피해량을 달성했습니다. 모든 스탯이 1씩 증가합니다. 영구적으로 지식과 지혜가 3씩 오릅니다. 마나의 최대치가 1,300 늘어납니다.

레벨이 올랐습니다.

위대한 전투 업적으로 인하여 명성이 3,784 올랐습니다.

레벨 증가와 업적 달성, 거인 4마리의 사망!

시체 폭발은 생전의 생명력에 10배까지의 피해를 주변에 입힌다.

위드의 스킬 레벨이 아직 낮기도 했지만 거인들이 서로 가까이 붙어 있던 건 아니라서 몰살시키는 것은 무리였다.

거인들 중 생명력이 없는 녀석들만 모아 놓고 마법을 터트렸더라면 결과가 더 좋았겠지만, 그러자면 북부 유저들의 적극적인 협력이 필수.

거인들을 한곳에 모으기도 힘들뿐더러, 체력과 생명력이 떨어진 북부 유저들을 지휘하기도 어렵다.

현실적으로 타협해서 이루어 낸 성과가 이 정도였다.

"일어나라, 눈 감지 못하고 잠들지 않은 원혼들이여! 일어나서, 여기 살아 있는 자들과 너희를 죽인 자들에게 복수하라! 데드 라이즈!"

위드는 언데드 소환 마법을 다시 펼쳤다.

마나가 모이는 대로 계속 사용하는 언데드 소환!

남아 있는, 흩어져 있는 시체들을 언데드로 일으켰다.

하급 언데드들이지만 수백에 달하는 숫자가 거인들을 향해 질주했다.

로아의 명검

　뒤집힌 판!
　네크로맨서는 신앙심과 체력의 감소라는 극악의 페널티를
받지만, 시체를 부하로 일으키거나 폭발시키는 강력한 한 방이
존재했다.
　"크르르르."
　"끼끽!"
　"살점을 씹고 싶어. 살점을 줘!"
　스켈레톤들이 뼈마디를 달그락거리며 끊임없이 거인들에게
덤벼들었다.
　"후케에악!"
　스켈레톤이 쓰러진 거인의 몸에 올라가서 뼈칼을 내려쳤다.
　우지직!
　단숨에 부러진 뼈칼.
　"쿠엣?"

스켈레톤이 해골을 갸웃하더니 자신의 다리뼈를 들고 거인을 마구 때렸다.

막강한 거인의 생명력!

1시간 동안이라도 스켈레톤에게 맞아도 될 정도였지만 그래도 어쨌든 피해를 주고는 있었다.

"싸워라, 뼈다귀들아!"

위드가 일으키는 스켈레톤 궁수와 스켈레톤 마법사들은 어설프게라도 진형을 갖추고 원거리 공격을 했다.

푸슈슛!

뼈 화살을 쏘고, 푸른 불꽃을 거인들을 향해 던졌다.

"크으으으!"

위드가 일으키는 언데드들은 텅 빈 눈동자에서 푸른 광망을 일으켰다.

"크아아악!"

양손에 도끼를 하나씩 들고 포효하는 스켈레톤!

〈로열 로드〉의 각종 마법의 위력이나 효과에 대해 할 일 없는 수많은 대학생들이나 학자들 사이에서 연구가 이루어졌다.

전문적인 이론과 수학 공식들.

일반인들은 전혀 알 수 없고 잠이 쏟아지게 만드는 수학 공식들로 가득한 논문까지 내놨다.

언데드 소환은 특히 까다로워서 몬스터와 네크로맨서의 스탯, 마법 스킬 등을 기본으로 하고 특수한 지리적인 환경이나 배경까지도 감안해야 했다.

시체들 각각의 생전의 능력이나 성향, 과거까지도 언데드 소환에 크고 작은 영향을 준다.

하지만 대체로 언데드 소환은 스킬 레벨과 스탯이 75% 정도, 시체의 품질이 25% 정도라고 봤다.

물론 토끼 사체를 일으켜서 어둠의 기사인 둠 나이트를 만들 수는 없다.

지고의 경지에 달한 네크로맨서 마스터라면 가능할지도 모르지만 그건 유저들 중에서는 아직 누구도 도달한 적 없는 영역이었다!

상황에 따라 한계는 있었지만 보통의 경우 시체의 품질이 사분의 일 정도는 영향을 주었다.

북부 유저들의 시체들이 뛰어나서 높은 스탯을 가진 꽤나 튼튼한 스켈레톤이 되었고, 가끔은 보스급도 출현했다.

"육체의 주인! 나는 피와 살육을 원한다!"

보스급 스켈레톤이더라도 외모상으로 위압감을 줄 뿐, 거인에게 큰 피해를 못 입히는 건 마찬가지였지만!

"콜 데스 나이트 반 호크. 콜 뱀파이어 토리도!"

시커먼 연기를 일으키면서 반 호크와 토리도가 등장.

그들은 바람을 일으키면서 정중하게 무릎을 꿇었다.

"드디어 죽음의 힘을 얻기 위한 길을 걸어가는 것인가, 주인이여."

"위대한 군주의 소환에 응했다."

오랜만에 소환한 반 호크와 토리도의 태도는 정중했다.

네크로맨서로 전직하면서 언데드에 대한 지배력이 상당히 높아졌다.

위드는 부하들을 향해 당당하게 말했다.

"너희들이 앞으로 해야 할 일이 많을 것이다. 자주 언데드 군단을 이끌어야 할 테니까."

암흑 군대의 총사령관이었던 반 호크는 기대감을 감추지 않았다.

"베르사 대륙을 모조리 죽음으로 물들이는 것인가? 죽음의 기사들이 말을 달릴 수 있는 건가?"

전쟁과 죽음의 광기!

데스 나이트 반 호크가 모처럼 활력을 찾으려 하고 있었다.

바르칸 데모프의 강력한 불사의 군단은 대륙을 집어삼킬 뻔했다.

위드가 네크로맨서가 된 이상, 거침없는 언데드들이 대륙을 휩쓸 수 있는 것이다.

"아니. 귀찮고 힘든 짓을 왜 해. 그냥 나 혼자 잘 먹고 잘 살려고 네크로맨서 한 거야."

"……."

"사막 전사였을 때도 시원하고 기분은 좋았지만… 생각해 보니깐 부하들 키워 봐야 배만 아프더라고."

대륙 최강자가 되었던 헤스티거만 떠올리면 아직도 라면 맛이 뚝 떨어졌다.

"대륙을… 죽음으로 물들이기 위해 지고한 네크로맨서가 된 것 아닌가."

"언데드 끌고 다니면서 혼자 다 해 먹으려고 네크로맨서 한 거야. 그리고 죽음으로 물들이기는 무슨. 베르사 대륙이 도살장이냐. 특히 아르펜 왕국에서 니들 데리고 사냥하면 악취 때문에 민원 들어와서 안 돼. 집값도 떨어져. 푸홀 워터파크 반경 1,000킬로 부근에서는 절대 언데드 소환 금지다."

모라타에서도 네크로맨서 길드는 집값을 하락시키는 혐오 시설!

그런 측면에서는 조각사보다 더 무시받는 네크로맨서!

위드는 쓰러진 거인들이 일어나기 시작해서 길게 말할 시간이 없었으니 스킬부터 사용했다.

"언데드 강화!"

> 데스 나이트 반 호크의 생명력이 6% 증가합니다.
> 공격력이 4% 강해집니다. 움직임이 빨라집니다.

1레벨의 언데드 강화 스킬!

반 호크의 움푹 파인 눈가가 번뜩였다.

"이게 뭔가, 주인?"

"최선을 다한 거야."

"……."

"무기 부여나 방어구 생성 같은 스킬도 있긴 한데, 그냥 안 쓰는 게 낫겠다."

위드가 기본적인 언데드 강화나 장비 스킬을 쓸 수는 있지만 현시점에는 별 도움이 안 된다.

반 호크는 암흑 군대의 총사령관이라는 전직은 제쳐 두더라도 얼마 전에 어비스 나이트가 되기도 했던 보스급 언데드.

꾸준히 퀘스트와 사냥을 함께하며 레벨이 500을 넘었고, 토리도 역시 마찬가지였다.

'이 녀석들을 잘 부려 먹기만 해도 네크로맨서로 성장하는 건 쉽지.'

위드는 단단히 결심했다.

지금까지의 고난은 아무것도 아니었던 것처럼 부려 먹어 주리라!

목표는 오로지 혼자 잘 먹고 잘 살기!

"언데드들을 이끌어라."

"알겠다, 주인. 그런데 언데드들의 상태가 썩 좋지 않은 것 같다."

반 호크는 스켈레톤들을 보면서 불만을 표했다.

데스 나이트 반 호크는 스스로도 강한 기사였지만 부하들을 이끌면 그들의 능력을 더 크게 이끌어 낼 수 있었다.

"데스 나이트는 없는가?"

"어."

"…듀라한은?"

"아직 수준이 안 돼서."

"내가 지휘할 병력은 약하다. 그리고 적은 너무 강하다."

"싸워서 이길 생각은 안 해도 돼. 그냥 언데드들을 데리고 버텨라. 미끼 역할만 해 주면 된다."

"…미끼라고?"

"시간만 오래 끌어 주면 된다. 언데드 계속 일으켜 줄 테니깐 부서지면서라도 버텨."

"암흑 기사의 긍지를… 불사의 군단의 자부심을 버리라는 말인가."

"긍지나 자부심 같은 게 떠오르다니, 요즘 맞은 지 오래됐나? 해골 좀 단단해진 거 같다?"

"……."

위드가 네크로맨서가 되어 더욱 고통받게 된 반 호크!

"토리도. 너도 거인의 피를 빨면서 버텨라."

"알겠다, 주인."

토리도는 서둘러 명령을 받아들였다.

유서 깊은 뱀파이어 귀족으로서 기품을 지키기 위해 눈치 빠르게 안 맞는 게 최선.

반 호크가 등장하면서 언데드의 생명력과 전투 능력은 더욱 향상되었다.

빨라지고, 생명력도 늘었다.

최소 한 등급씩은 강해졌다고 할 수 있었다.

"습격하라! 피에 흠뻑 취해라! 우린 불사의 존재들이다."

"키키킷!"

반 호크의 지휘에 따라 스켈레톤들이 날뛰면서 거인들을 공격했다.

두려움 따위는 모르는 해골 부대!

일반적인 사냥터에서는 언데드들이 꽤 도움이 되었을 테지만 막강한 거인들에게는 덤벼들어도 제압하기는 무리였다.

"온통 썩은 것들이구나!"

"비겁한 놈들. 으아아아아!"

기절이나 혼란 상태에서 점점 회복된 거인들이 분노하며 스켈레톤들을 짓밟았다.

높은 적대도로 인해서 언데드들이 첫 번째로 표적이 되고 있었다.

물론 거인들의 눈에 띄기만 한다면 모든 녀석들이 위드를 공격하게 될 것이다.

시체 폭발에 호되게 당한 거인들은 함부로 날뛰지 않았다. 생명력이 심하게 떨어진 녀석들은 후방으로 빠져서 동료들의 보호를 받았다.

언데드를 일으키기에도 부족해진 시체를 폭발시키면서 추가적으로 사냥할 기회는 거의 보이지 않았다.

그것은 곧 거인들의 활동 반경 역시 위축되었다는 의미.

위드는 페일에게 귓속말을 했다.

—언데드들이 시간을 끌어 줄 겁니다. 부상자들을 회복시키고, 빨리 포로들을 구출해요.
—예, 알겠습니다.

페일은 북부 유저들을 지휘하여 포로들을 구출하도록 했다.

벨로트, 화령, 제피, 수르카, 로뮤나.

저마다 원정대의 한 무리들을 이끌고 있었으니 움직임이 빨랐다.

"지금입니다. 빨리 움직이세요."

위드가 등장해서 유저들의 부담이 가벼워지기는 했다. 그렇다고 해도 북부 유저들은 크게 지쳐 있어서 전투적으로 사냥에 나서기는 무리가 있었다.

거인들이 언데드와 싸우느라 정신이 팔려 있는 동안 북부 유저들은 포로를 구하기 위해 뛰어다녔다.

건물 사이로 뛰어들었고, 감옥으로 돌진했다.

이판사판이라 위험을 감수하는 일을 꺼리지 않았다.

위드는 무작정 언데드를 일으키고, 그들의 지휘는 반 호크에게 맡겼다.

> 언데드 소환 스킬의 레벨이 3으로 상승했습니다.
> 스켈레톤의 뼈가 단단해집니다. 일정 확률로 소환되는 구울이 빨리 움직입니다.

시체의 품질 때문에 언데드 소환 스킬이 빠르게 늘었다.

신선한 해물이 있다면 라면 수프만 넣어도 최상의 맛을 낼 수 있는 것.

물론 지금의 전장에서 큰 의미는 없었지만 스켈레톤이 조금 강해지긴 했다.

네크로맨서들에게 스켈레톤의 생명력이 100, 200씩 높아지는 것을 보면서 뿌듯해하는 재미도 있긴 했다.

초보 유저들일수록 비록 스켈레톤이나 좀비라도 애착을 갖고 돌보기 마련이니까.

스켈레톤은 앞으로 영원히 부려 먹어야 할 부하들.

"조각 소환술!"

위드는 조각 소환술로 누렁이를 불러들였다.

> 조각 소환술을 사용하였습니다.

마나 53,203이 소모되었습니다.

조각 생명체와의 거리로 인해서 엄청난 마나 소모가 일어났다. 15만이 넘던 마나도 3만 이하로 줄어들었다.

음머어어어어!

붉은 기운까지 모락모락 뿜어내면서 등장한 성난 누렁이!

선상한 근육질의 몸에는 위엄까지 깃들어 있었다. 감히 황소라고 할 수도 없을 정도로 큰 소!

"주인, 좀 어두워진 것 같다. 음침한 기운이 느껴진다."

"인생이 다 그렇지. 누구도 앞일은 모르는 거야. 한 달만 안 씻어도 간지럽고 그렇잖아."

"음머어어어. 한 달 정도는 괜찮다."

"하긴 나도 그렇긴 해. 전투 준비는 되었겠지?"

"싸움은 무섭다."

"처자식 먹여 살리려면 부지런히 벌어야 한다."

"알겠다, 주인!"

소심하기 짝이 없던 누렁이는 오랜만의 소환에 온몸에서 투지를 뿜어내며 뒷발로 땅을 긁었다.

위드가 조각술을 마스터하면서 조각 생명체들도 덩달아 강해졌다.

누렁이의 경우에는 평소에는 온순하기 짝이 없지만 분노 상태가 되면 무서운 전투력을 발휘한다.

"주인, 저놈들을 이길 수 있는가?"

"못 이겨. 그러니까 도망쳐."

위드는 누렁이의 등에 탄 채로 거인들의 시선을 끌었다.

"잔악한 벌레!"

"맛있는 소고기다."

거인들이 위드와 누렁이를 손으로 잡으려고 했지만 너무나도 날쌘 움직임 때문에 쉬운 게 아니었다.

재빠른 질주와 자유자재의 방향 전환.

위드와 누렁이를 쫓아오는 거인만 대여섯이 되었다.

쿵쿵쿵!

"벌레다. 고기다!"

"저놈들은 내 것이다!"

거인들이 무거운 몸으로 달릴 때마다 지진이라도 난 것처럼 땅이 흔들렸다.

"저놈들에게 잡히면 어떻게 되는지 알지?"

"죽는 건가?"

"난 죽겠지만 넌 정확히 말하자면 잡아먹힐 거야. 맛있는 부위의 살점들은 신선하게 육회를 뜨겠지. 그리고 부위마다 잘라서 굽고 삶으면서 아마 꼬리도 남겨 놓지 않을 거야."

음머어어어.

"울지 마. 자존심을 지켜. 넌 최상급 소고기니깐."

장애물과 건물의 구조를 통해서 생쥐처럼 빠져나가는 누렁이였다!

'아쉽군. 거인들이 조금만 약했더라도 잡아 볼 수 있을 텐데.'

언데드 군대가 활동하면서 북부 유저들이 퀘스트를 하는 데에는 훨씬 편해졌다.

거인들이 도망 다니는 언데드를 때려잡고 위드와 누렁이에게 신경 쓰는 동안에 북부 유저들은 바퀴벌레나 쥐처럼 샛길과 개구멍을 이용해서 포로들을 구출했다.

"틀림없이 난이도 S급의 대단한 퀘스트였는데. 이거 뭔가 모양새가 좀……."

"좀 전까지 결사 항전의 자세로 싸우고 있었는데요. 그래도 안 죽은 건 좋긴 한데."

북부 유저들은 고개를 갸웃했다.

무사히 퀘스트를 완료할 수 있을 것 같은데도 어딘가 드는 찜찜함!

위드는 땅에 쓰러져 있는 거인들의 시체에도 다가갔다.

"영혼 갈취!"

거인 발로쓰의 영혼을 얻어 냈습니다.
포획한 영혼으로 언데드에 대한 연구나 스킬 강화를 할 수 있습니다.

네크로맨서 길드에서 받은 퀘스트 완료를 위해 거인이나 북부 유저들의 시체에서 영혼을 갈취했다.

어차피 획득한 영혼의 개수에 따라서 보상을 받는 것이었지만 주변에 널려 있는 시체들을 알뜰히 챙겼다.

누렁이를 탄 목적도 그것에 있었으니까!

영혼을 얻어 내면서 구석에서 포로를 구출하고 있는 모험가 체이스도 만났다.

"위드 님, 반갑습니다."

"예, 저도 반가워요."

"여기까지 오셔서 우릴 도와주시다니……."

모험가 체이스가 눈물을 글썽였다.

위드가 얼마나 바쁜 사람인데 이곳에 찾아왔단 말인가.

북부 유저들이 위급에 빠진 걸 보고 두 발 벗고 나섰다고 하니 진한 감동이 밀려들어 왔다.

위드가 마치 받을 돈이 있는 듯한 말투로 이야기했다.

"대화는 나중에 하고요."

"아, 제가 생각이 짧았습니다. 지금 언데드를 지휘하시느라 바쁠 텐데."

"그게 아니라 퀘스트 공유 좀요."

"예?"

"먹고살자고 하는 짓이잖아요. 저도 숟가락 좀 올릴게요."

"……."

⁂

거인 성채의 포로 구출 퀘스트!

위드는 북부 유저들과 같이 지하에 갇혀 있는 포로들까지 탈출시켜서 퀘스트를 완료할 수 있었다.

감금된 노예 구출 퀘스트 완료

거인들에게 붙잡혀 있던 포로들 중 절반이 넘는 인원은 무사히 빠져나왔다. 그들은 기꺼이 가지고 있던 보물을 넘겨줄 것이며 안전한 지역으로 안내해 줄 것이다.

명성이 1,458 올랐습니다.

경험치를 획득하였습니다.

퀘스트에서 놀라운 공을 세웠습니다.

베르사 대륙인으로서 최초로 거인 4기를 한꺼번에 사냥했습니다.

호칭! '거인 사냥꾼'을 획득하였습니다.
무자비한 거인을 사냥한 이에게 붙는 영광된 호칭! 거인을 공격할 때에 피해를 9%만큼 높입니다. 거인들의 땅 지역에서 명성의 효과를 크게 발생시킵니다.

북부 유저들 중 총 800여 명이 죽었지만 퀘스트가 끝났다.

살아남은 유저들은 큰일을 해냈다는 감격과 함께 아쉬움을 나누었다.

"너무 많이 죽었어."

"후… 난이도 높은 퀘스트가 어렵긴 하구나."

"방송도 나오고… 우리도 유명해지는 건가?"

"당연하지. 어쨌든 위드 님과 같이했잖아. 전 세계 사람들이 우리들에 대해서 알게 될걸."

북부 유저들이 차려 놓은 밥상을 당당히 떠먹은 위드!

"고맙습니다. 위드 님 덕분입니다."

"뭘요. 할 수 있었기에 했을 뿐입니다."

"크흑. 기왕이면 조금만 일찍 와 주셨으면……."

"그게, 바쁜 일이 좀 있어서요."

위드는 차마 서윤의 다리를 베고 누워서 낮잠을 자다가 늦었다는 고백은 할 수 없었다.

강력한 지지 단체인 풀죽신교!

수많은 유저들로 이루어진 그 단체가 그 말을 듣는 순간 마시던 풀죽을 뒤집어엎어 버리고 검을 뽑아 들 테니까!

'그녀에게 반찬 투정이라도 하면… 혹시 큰일 나는 거 아닌지 모르겠어.'

✦◦◌◦✦

생존한 북부 유저들은 어딘가 허전함을 느꼈다.

"그게… 에휴."

"아. 아쉽네. 이런 거까지 바라면 안 되지만."

"그러게. 그래도 1마리 사냥하기도 힘들던 거인인데."

"1마리 사냥할 때마다 대박이라고 했었잖아, 우리."

유저들은 포로들을 구출해서 간신히 목숨만 건져 거인 성채를 벗어났다.

뒤늦게 돌아보니 거인들에게서 나온 전리품을 거의 대부분 얻지 못했다는 사실을 깨달았다.

유저들이야 죽을 때마다 친한 이들끼리 유품을 챙겨 주긴 했지만, 거인들에게서 나왔을 게 틀림없는 아이템들!

"크으. 다 버려두고 나왔네."

"어쩔 수 없지."

승리를 거두었는데도 유저들의 어깨가 조금 처졌다.

"아이템을 챙길 기회가 없던 건 아니었는데. 위드 님이 숨어 있으라고 해서."

"그런 데까지 신경 쓸 정신이 어디 있어? 싸우다 보면 어쩔 수 없지. 퀘스트 성공한 걸로 만족하자. 방송도 탔고 말이야."

"응."

북부 유저들은 지나간 옛일이라고 생각하고 말았다.

그들이 건물 잔해에 숨어서 돌아다니는 동안, 당당하게 거인 성채를 활보했던 건 위드뿐이었다.

위드가 모든 위험을 무릅쓰지 않았더라면 승리는커녕 몰살을 면치 못했을 테니 원망을 하기도 어려웠다.

루다라는 유저가 웃으면서 말했다.

"설마 위드 님이 다 챙긴 건 아니겠지?"

"에이, 무슨 말도 안 되는 소리를."

근처에 있던 유저들은 모두 웃어넘기고 말았다.

그들이 보기에도 거인들의 아슬아슬한 추격에 위드 역시 몇 번이고 목숨의 위기를 넘긴 건 마찬가지였으니까.

비록 몇 번 도주하다가 거인들의 시체를 지나갔다고 해도 쫓기다 보면 그럴 수도 있는 일이다.

유저들의 머릿속에 비슷한 의혹이 스쳤다.

'만약이긴 한데… 진짜 아니겠지?'

의심은 가지만 물증은 없는 상태!

훗날 거인 성채로 다시 들어가서 확인을 하더라도 시체들은 사라지고 만 후일 것이다.

완벽하게 감춰진 진실.

다만 튼튼한 누렁이의 다리가 무거운 짐으로 후들거리고 있었다.

✧◦◦◦◦✧

구출된 포로들은 가지고 있던 거인들의 광물 미그리움을 내놓았다.

"가진 건 이것밖에 없습니다. 저희들에게는 크게 중요하지 않은 것이니 받아 주세요."

황금처럼 반짝이는 미그리움.

퀘스트에 참여한 유저들은 각자 황금 20킬로그램씩과 다섯 덩이씩의 미그리움을 받았다.

위드는 물건의 상태부터 확인해 보기로 했다.

"감정!"

미그리움

거인들의 땅에만 묻혀 있는 단단한 금속. 마나가 포함되어 있진 않지만 대단히 단단하다. 이것으로 무기나 방어구를 만든다면 매우 훌륭한 물품을 제작할 수 있다. 1등급 대장장이 아이템.

내구력: 230/230.

옵션: 대장장이 숙련도 상승에 도움을 준다. 무기로 만들면 높은 내구도와 날카롭게 연마할 수 있다. 물리 저항력에 특화된 방어구를 제작할 수 있다. 은은하게 빛나는 재질.

위드의 입꼬리가 살짝 말려 올라갔다.

"괜찮군."

미그리움을 무기나 방어구로 만들면 장비를 2개는 갖출 수 있어서 대단히 큰 소득이었다.

포로 구출 퀘스트의 특성상 도중에 죽은 이들도 임무가 성공으로 끝났으니 나중에 받을 수 있다고 한다. 그렇지만 거인을 사냥한 경험치를 못 얻었고, 전투 업적을 달성하지 못했으니 상당히 아쉬운 일이었다.

"이건 나중에 시간 조각술을 늘리는 데 써야 되겠군."

위드는 미그리움을 아끼지 않고 조각술에 쓰기로 했다.

헤르만이나 파비오가 아니라면 직접 착용할 정도로 좋은 장비를 만들기는 힘들었다.

조각술 마스터로서 미그리움의 작품을 만든다면 부여되는 효과는 엄청날 것이다.

"예전이었다면 이렇게 아까운 재료를 고작 조각품을 만드는 데 쓰지 않았겠지."

거침없이 무시하는 조각술!

마스터를 했다고 조각사에 대한 평가가 달라진 건 눈곱만큼도 아니다.

네크로맨서라는 새로운 직업을 얻긴 했지만 조각사로서 가졌던 비기들도 그대로 쓸 수 있었다.

조각 검술, 정령 창조 조각술, 대재앙의 자연 조각술, 조각 변신술, 조각품에 생명 부여.

다섯 가지의 비기와 스스로 창조한 조각 부활술.

최후의 비기인 시간 조각술!

다양한 스킬들이 있긴 하지만 무작정 스킬들만 많다고 해서 강해지는 건 아니다.

그냥 스킬들만 많이 익히고 싶다면 아예 〈로열 로드〉를 시작하고 50레벨까지는 검사, 100레벨까지는 마법사, 200레벨까지는 궁수, 이런 식으로 전직을 거듭하다가 이도 저도 아닌 최악의 잡캐가 되어 버렸을 테니까.

'조각술의 비기들을 완벽히 익혀야 해. 이 스킬들이 내 기본기가 되어 줄 것이고, 가장 든든한 밑천이야.'

조각술의 비기들은 공격적으로 가장 탁월하지도 않고, 또 완벽하지도 않다.

결함이라면 중대한 결함을 가진 스킬들.

조각 부활술과 생명 부여는 레벨이 하락하는 심각한 결함까지 있었고, 대재앙의 자연 조각술 같은 경우에는 하루에 한 번밖에 쓰지 못한다.

그마저도 예술 스탯 20개를 영구적으로 잃어버리고, 사흘 동안 모든 스탯이 15%씩 하락한다.

대재앙의 효과야 넓은 지역 전체를 죽음의 땅으로 만들 수 있을 정도로 막강하다지만 몬스터들이 그 정도까지 뭉쳐 있는 경우는 드물었다.

더군다나 레벨 500대가 넘는 몬스터들이 대재앙으로 몰살당하지도 않는다.

하지만 조각술의 비기들은 특정 상황을 뒤집어 놓을 수 있을 정도로 효과가 탁월했다.

검술이나 궁술, 언데드 소환 등이 전투에서 성과를 보이는 능력이라면, 조각술은 전략 자체를 뒤집어 놓을 수 있는 무기들이다!

조각술의 비기에 다른 스킬이나 전투력과 결합되었을 때는 상상하기 힘든 위력을 만들어 내리라.

'네크로맨서로 전직한 이유도… 네크로맨서의 단점을 최소화할 수 있는 몇 가지 꼼수가 조각술에 있기 때문이지.'

위드가 사악하게 웃을 때, 구출된 포로들이 말했다.

"가까운 곳에, 거인들로부터 안전한 은신처가 있습니다. 저희들이 살고 있는 마을이죠. 그곳으로 안내하겠습니다."

위드와 북부 유저들은 거인 성채 부근을 떠나서 포로들의 안내를 따라 이동했다.

마을로 가는 동안에 위드는 오래된 동료들과 이야기를 나누었다.

"위드 님! 조각술의 마스터, 꼭 해내실 줄 알았어요! 역시 타고난 노가다꾼."

"축하드려요. 결국 해내다니… 집요하시네요."

수르카와 로뮤나의 얄미운 축하!

위드는 여유롭게 받아넘겼다.

"뭘요. 다 제가 잘난 덕이죠."

이리엔은 보조개를 드러내며 웃었다.

"〈처자식〉상 정말 예쁘게 잘 봤어요. 그렇게 가정적인 감성이라니… 뭘 만들지는 정말 중요하잖아요. 저는 조각품으로 황금의 독재자나 네크로맨서 같은 걸 만드실 줄 알았는데."

"예?"

"기왕 네크로맨서가 될 거였다면 조각술의 효과를 보는 게 좋았잖아요. 언데드 같은 것도 조각해 놨으면 끝내줬을 텐데 말이죠."

미처 생각하지 못했던 부분!

위드는 얼굴이 하얗게 질린 채로 화령과 벨로트와도 인사를 나눴다.

"잘 지내셨죠?"

"네. 위드 님도요?"

오랜만에 화령이 다정하게 웃어 주었다.

벨로트가 은근히 둘이 대화를 나누도록 사람들에게 눈치를 주려고 할 때였다.

페일이 사람들을 데리고 왔다.

"위드 님, 이쪽은 진홍의날개 길드의 대표인 테로스 님과 그 동료분들입니다."

"반갑습니다. 전쟁의 신 위드 님을 뵙게 되어 영광입니다. 북부 원정대에서 잠깐 함께했던 적도 있었습니다만… 거인들을 상대하는 모습은 정말 인상 깊었습니다."

한때는 명문 길드로서 대단한 힘과 영향력을 가졌던 테로스. 그가 먼저 고개를 숙이면서 인사를 해 왔다.

"뭘요. 그보다도 저를 찾아오신 용건은 뭔가요?"

위드는 웃으면서 물어봤다. 하지만 눈은 전혀 웃고 있지 않았다.

조각 생명체들 중에서도 누렁이의 갈빗살을 볼 때처럼 날카로운 눈빛!

"그게, 우리 길드가 통째로… 아르펜 왕국에 정착하고 싶습니다."

"예?"

"중앙 대륙에서 친하게 지내던 몇몇 길드와도 이야기를 나누어 놓았습니다."

"어떤 이야기를요?"

"전쟁에서 패배하고 해체된 길드들이 하나둘이 아닙니다. 철저한 감시를 받으면서 헤르메스 길드의 힘에 눌려서 지낸 이들이죠. 길드가 와해되어서 사람들도 흩어졌지만… 그래도 연락을 주고받고 있던 사람들이 모두 아르펜 왕국으로 오고 싶어 합니다."

"몇 명이나 되죠?"

"구체적인 건 연락을 해 봐야 알겠지만 저와 친한 이들, 그리고 그 지인들까지 포함하면 1,000여 명은 될 것 같습니다."

헤르메스 길드에 의해 격파된 명문 길드들.

중앙 대륙의 고레벨 유저들이 대거 넘어오겠다는 것이다.

"아르펜 왕국은 오는 사람을 막지 않습니다. 근데 왜 제 허락을 받으시려고 하죠?"

"그게… 욕심입니다만, 영주가 되어 작은 땅이라도 다스리고 싶어서요. 물론 세금은 꼬박꼬박 바칠 생각입니다."

위드는 주저하며 이야기하는 테로스의 손을 덥석 잡았다.

"아르펜 왕국에는 좋은 땅이 많이 있습니다. 물고기들이 헤엄치는 맑고 아름다운 강이 있고……."

"……."

멀리서 제피가 시선을 회피했다.

"산에는 풍부한 천연자원과 관광지가 있죠. 사냥터와도 가까울 거고, 아르펜 왕국의 숨어 있는 보물도 어딘가에 흩어져 있을 겁니다. 반드시요!"

페일이 양심의 가책을 느끼며 고개를 숙였다.

그런 그들의 행동이 갖는 의미도 모르고 테로스는 기뻐했다.

"그럼 정말 저희들을 영주로 삼아 주시는 겁니까?"

"네. 자리는 얼마든지 있으니 아르펜 왕국으로 정착하세요. 돈 많은… 능력 있는 분들이라면 언제든 환영입니다."

아르펜 왕국에는 주민들이 늘어 가고 있었지만 영주가 없는 마을이 많았다.

모라타에서 먼 곳일수록 영주가 될 정도의 공적치를 쌓은 직업이 모험가나 상인밖에 없는데 그들이 한곳에 정착하지 않기 때문이다.

비어 있는 마을들. 지금 이 순간에도 주민이 늘어나고 개척지가 생기고 있었으니 영주 자리는 얼마든 임명할 수 있었다.

'혼자 다 해 먹어야 하지만… 그렇게 하기 위해서도 영주나 귀족들이 필요하긴 해.'

위드의 머릿속에 있는 아르펜 왕국의 정치 체계는 다단계 피라미드 구조!

영주들이 마을을 확장시키면 결국 늘어나는 것은 세금이 될 것이다.

진홍의날개를 공식적으로 받아들이는 사이에 포로들이 안내하는 은신처에 도착했다.

마을 데릭을 발견하였습니다.
비밀스럽고 불가사의한 발견! 거인들의 땅에서 살아가는 주민들의 마을을
발견했습니다. 위대한 모험의 여정에 새로운 발견을 추가합니다. 이 발견물
을 세상에 알리면 크게 이름을 알릴 수 있을 것입니다. 지식이 2 높아집니
다. 통찰력이 3 증가합니다.

인구 5,000명 정도의 마을이 숲속에 숨어 있었다.

거인들의 눈에 띄지 않기 위해 큰 건물들은 없어도 땅을 파
서 지하에 집을 짓고 살아갔다.

"여보!"

"흑흑. 돌아오셨군요!"

포로들과 주민들이 서로를 알아보고 끌어안았다. 어린아이
들까지 있어서 상당히 가슴 찡한 분위기였다.

"여기도 도시라고 봐야 할까요?"

"앞으로 이곳을 중심으로 활동하면 될 것 같네요."

북부 유저들은 그 광경을 잠시 지켜보다가 곧바로 흩어졌다.

거인들의 땅에 있는 새로운 도시!

조금이라도 빨리 구경을 하고 싶었던 것이다.

위드도 마을의 상점가를 향해 먼저 걸음을 옮겼다.

인간뿐만 아니라 수인족의 상인들이 있었고, 무기점, 방어구
점, 농작물 상점, 잡화점, 보석 세공점, 교역소가 자리를 잡고
있었다.

교역소의 앞에는 말린 고기들을 많이 늘어놓았다.

상인은 늑대를 닮은 인간.

두툼한 뱃살로만 보면 상인 마스터가 의심스러울 정도의 덩

치를 가지고 있었다.

"이게 뭔가요?"

"음. 인간들의 세상에서 온 여행자인가?"

"네."

"이곳까지 오는 인간은 아주 오랜만인데… 로드시커라는 여행자와…….."

모험가 로드시커!

모험가로서는 불세출의 영웅이 가장 먼저 거인들의 땅을 밟았다.

위드는 헤스티거로부터 그와 관련된 퀘스트를 받기도 했지만 시치미를 뚝 떼기로 했다.

'어떻게 퀘스트의 홍수를 벗어났는데… 벌써 끌려 들어갈 수는 없지.'

위드가 천진난만한 미소를 지었다.

"처음 듣는 이름이로군요. 그보다, 이 고기는 파는 건가요?"

"그렇지. 한번 살펴보게."

상인은 말린 고기를 구경하라고 넘겨줬다.

"감정!"

말린 아그작 고기

사나운 맹수의 고기. 고소하며 탁월한 식감을 가지고 있다. 구워 먹는 요리법을 기본으로 한다. 음식 고기 재료 2등급. 데릭 마을의 특산품.
아그작을 사냥할 때의 공격력을 3 높여 주는 효과를 가진다. 자주 먹다 보면 생명력의 최대치가 영구히 50 증가한다.

"음. 훌륭한데."

요리로도 강해질 수 있다!

위드의 입가에 군침이 고였다.

사냥과 퀘스트 때문에 요리 스킬이 고급 2레벨에 머무른 지 꽤 오래됐다.

매번 비슷한 음식만을 해 먹어서 그런지 요리 스킬은 잘 안 올랐다.

다양한 식재료와 조리법을 연구해야 했는데 좋은 음식 재료 는 스킬 향상에 큰 도움이 됐다.

그렇게 보면 요리사야말로 새로운 조리법과 재료를 찾아서 대륙을 떠돌아야 하는 운명!

'요리사를 안 하길 천만다행이지. 매번 음식을 만들어서 팔 려면 바가지를 씌우기도 힘들어.'

식당 장사만큼 쉽게 시작해서 손목뼈 빠지게 고생하고 망하 기 간단한 업종도 없으리라.

교역소에서 판매하는 물고기나 과일, 그 외에 잡다한 물품들 도 품질이 대단히 뛰어났다.

"얼마입니까?"

"55골드야."

"이 고기 한 덩어리에요?"

"아니, 한 점이다."

"헉……."

위드는 살인적인 물가에 침을 꿀꺽 삼켰다.

"저… 혹시 아르펜 왕국이라고 아십니까?"

"모르겠군."

"제가 그곳의 국왕인데요."

"안 살 거면 가게. 어설픈 수작은 하지 마. 한 푼도 깎아 줄 수 없어."

데릭 마을은 흥정이 통하지 않는 지역이었다.

물건의 품질이 좋긴 하지만 거인들의 땅 특성상 수량이 넉넉하지 않았다.

그렇기 때문에 정해진 가격으로 사야 하며 만약 유저들이 몰려오기라도 한다면 판매 가격은 더 오르게 될 것이다.

'안 살 수도 없겠군. 어쨌든 이 고기로 요리 스킬을 높여야 하고, 베르사 대륙으로 돌아가면 먹으려는 사람들이 줄을 설 테니 말이야.'

생명력의 최대치를 조금이나마 늘려 주었으니 비싼 가격에 팔더라도 먹지 않는 유저들은 드물 것이다.

'그래도 바가지를 씌울 수는 없으니 마판 상회를 통해서 50배 정도만 남겨 먹을까? 아냐. 그래도 100배쯤은 되어야……'

데릭 마을의 특산품으로는 고기와 과일 열매, 무기와 방어구가 있었다.

거인들로부터 강제 노동을 하다 탈출한 대장장이들이 대장간에서 바위에서 추출한 신물질로 무기와 장비들을 만들었다.

거인을 사냥하는 데 도움이 될 만한 덫과 기다란 창!

사냥에 도움은 되겠지만 레벨이 500대 후반에서 600대 유저들이 쓸 수 있는 것들이었다.

"가격은 10만 골드. 20만 골드가 넘는 것도 있네. 소모품인

덫도 수천 골드씩 해."

"비싸도 파는 게 어디야. 소모품 중에서 몇 가지는 쓸 수 있겠네."

"그래도 흠… 운 좋으면 사냥이나 퀘스트로 얻는 게 편한데."

"돈을 모아도 구하기 힘들다는 것들은 어쨌든 살 수도 있는 거지."

먼저 무기점과 방어구점으로 달려갔던 유저들끼리 진지하게 이야기를 했다.

여러 상점에서는 베르사 대륙에는 없는 새로운 품목들을 판매했다.

거인들이 착용하는 비취반지 같은 것을 비롯하여 이 지역만의 예술품이나 공예품, 귀금속, 향신료, 광물, 주류 등이 취급됐다.

가격은 비싸지만 상인들이 베르사 대륙을 오가면서 큰돈을 벌 수 있게 된 것이다.

심지어 농산물 상점에서는 퀘스트를 완료하면 100미터의 높이까지 과일이 주렁주렁 열리는 나무의 씨앗까지 판다고 한다.

"교역이란 좋은 거지."

위드는 만족스러웠다.

교역이 활발하게 이루어진다면 아르펜 왕국의 세금 수입이 크게 늘어날 테니까!

경제력이나 기술력이 향상되는 건 덤이라고 할 수 있었다.

'거인들의 땅이라. 여기도 언젠가는 전부 정복해야 할 텐데.'

장기적으로 아르펜 왕국군과 함께 쳐들어올 계획까지 수립!

마을 주민들과 구출한 포로들을 통해 수많은 퀘스트들이 발생했고, 몬스터를 퇴치해 달라거나 거인에 대한 복수와 관련된 의뢰들이 주를 이루었다.

　　북부 유저들은 거인 성채의 퀘스트를 마친 직후라 피곤함에 지쳐 휴식을 취하거나, 조심스럽게 마을에 대한 조사를 해 나갔다.

　　위드에게는 주민들이 알아서 찾아왔다.

　　"구해 주셔서 고맙습니다. 극악한 네크로맨서님."

　　"네크로맨서님의 덕분에 거인들에게서 벗어날 수 있었습니다. 놈들에게 복수도 해 주셨습니다. 언데드들은 혐오스럽긴 하지만 거인들보단 낫겠지요."

　　"인간 중에서 강한 힘을 가지고 있는 분이라고 하더군요. 정말일까요? 믿어지진 않지만 그래도 조금은 신뢰가 가네요."

　　명성이 주는 효과!

　　위드의 30만에 달하는 명성은 베르사 대륙 전역에 자자했다.

　　그동안 교류가 없었던 마을 데릭이었지만 유저들이 오면서 위드의 명성도 따라서 퍼지게 되었다.

　　"거인을 퇴치해 주세요. 네크로맨서님이라면 꼭 하실 수 있어요."

　　"복수를 꿈꾸고 있습니다. 저를 키워 주십시오. 저를 마법사로 만들어 주시면 집안에 내려오는 가보를 바치겠습니다."

　　"이 부근에서 알 수 없는 소리가 들려요. 조사를 해 봐야 알겠지만… 설마 몬스터들의 침략일까요? 거인들에 의해서 전부 먹혀 버린 줄로만 알고 있었는데."

주민들의 말을 들으면서 쏟아지는 메시지 창!

'퀘스트에 함부로 휘말려서는 안 돼.'

위드에게는 난이도 A급 이상의 퀘스트를 가진 주민들이 계속 찾아왔다.

가끔 난이도 S급의 느낌을 주는 퀘스트들.

알 수 없는 어딘가를 조사하라는 의뢰들은 곧바로 거절해야 할 내상이었다.

새로 발견된 거인들의 땅에는 무궁무진한 퀘스트들이 발생하고 있는 것이다.

"으흐흠."

"엣헴."

"커험."

멀리서 파이톤과 양념게장, 페일과 이리엔, 로뮤나 등의 동료들이 위드를 지켜봤다.

"거인들의 땅까지 와서 위드를 만나다니, 무슨 수로 빠져나가지?"

"저는 은신술로 숨어야겠습니다."

큰 덩치의 파이톤도 떨었고, 양념게장은 그냥 어딘가로 사라지고 싶었다.

그 심정은 이리엔과 로뮤나, 수르카와 페일도 마찬가지였다.

"설마하니 오늘 바로 사냥하러 가자고 하진 않겠죠?"

"왜 아니겠어. 위드 님이 조각품을 만들 때를 제외하면 항상 사냥을 했지."

"조각술도 마스터했으니… 특별한 일이 없다면 사냥을 계속

하시겠군요."

제피는 침울하게 말했다.

"그것도 밤샘 사냥 확정이죠."

오랜 동료라는 의리로 빠져나갈 수도 없는 그들!

그들이 큰 각오를 하고 먼저 위드에게 걸어갔다.

"사냥을 같이해 주긴 하겠지만 딱 하루만이네. 연장하더라도 최대 사흘이야!"

"4시간마다 10분씩 휴식 시간은 꼭 지켜 주셔야 됩니다."

파이톤과 양념게장이 먼저 자신의 요구를 이야기했다.

전투 노예인 페일은 기준을 조금 낮췄다.

"저야 언제든 혹사당할 각오가 되어 있지만 식사 시간은 지켜 주세요. 전투하면서 보리빵을 먹을 수는 없습니다. 사람답게는 살아야 하지 않습니까?"

애절한 그들의 말.

다른 동료들은 눈동자를 굴리면서 어떻게 빠져나갈까만 고민을 했는데, 위드는 대번에 인상을 썼다.

"같이 사냥하러 가려고요?"

"응? 안 갈 건가?"

"사냥은 하러 가겠지만 아직은 언데드 소환이 부족해서요. 스킬 노가다를 해야 하거든요."

⬥⬥⬥⬥⬥

위드는 마을 주민으로부터 기본적인 정보를 듣고 나서 간단한 B급 퀘스트를 받았다.

동료들과의 의리!

어쩔 수 없이 사냥에 끼겠다면 데려가겠지만 쉬어도 괜찮다고 했더니 오늘은 따라오는 사람이 없었다.

던전 탐험

마을 데릭에는 가끔씩 사라지는 사람들이 있다. 마을의 어딘가에 위험한 던전이 있다는 소문인데, 유일한 단서는 벌레의 더듬이다. 마을의 평화와 안정을 위해 반드시 던전을 찾아 토벌에 성공해야 할 것이다.

난이도: B.

제한: 명성 10만 이상.

보상: 주민들의 인정. 적치에 따른 광물 보상.

위드는 퀘스트를 수락하며 시커먼 벌레의 더듬이를 받았다.

"전부 쓸어 버리면 된다고요?"

"예. 모험가님의 실력은 잘 모르겠지만… 어렵다면 몬스터를 몇 마리라도 처리해 주시면 됩니다. 몬스터를 없애는 만큼 광물을 드리겠습니다."

"몇 마리나 전부나, 시작하면 다 마찬가지죠. 금방 끝날 테니 걱정하지 마세요."

위드는 언제 이렇게 자신 있는 말을 했었는지 까마득했다.

전전긍긍했고, 어떻게든 퀘스트를 완료하기 위해서 있는 힘껏 발버둥 쳤다. 하지만 그런 고생들도 이제 안녕이었다.

"초반에는 직업에 적응해야겠지만 나중으로 갈수록 네크로맨서의 장점이 살아나게 되겠지. 힘든 건 조각 생명체들에게 다 떠넘기면 돼."

위드는 마나를 모아서 조각 생명체 중 켈베로스를 소환했다.

크우워어어!

머리가 셋 달린 지옥의 파수꾼!

켈베로스의 포효성은 투지가 약한 몬스터들을 얼어붙게 만든다.

위드는 퀘스트를 받으면서 얻은 벌레의 껍질을 켈베로스에게 줬다.

"시끄러우니까 짖지 말고, 이 냄새가 나는 곳을 찾아봐."

컹컹!

켈베로스를 통해 마을 어딘가에 숨겨져 있을 던전 입구를 찾도록 했다.

3개의 머리가 열심히 냄새를 맡으면서 마을을 탐색했다.

위드는 그사이에 마나가 회복되어서 조각 생명체를 불러들였다.

"많이 올 필요도 없지. 조각 소환술!"

켈베로스 다음에 불러들인 생명체는 철혈의 워리어 바하모르그!

위드가 퀘스트를 하는 동안에도 계속 사냥과 전투를 했던 바하모르그의 레벨은 588이나 되었다.

'골렘 제작술이 형편없기는 하지만… 바하모르그를 불러다 쓰면 되지.'

네크로맨서로서 골렘 제작은 기본적으로 마스터해야 하는 필수 스킬이었다.

시체 폭발이 아니고서는 일반 마법사보다도 훨씬 공격력도 약한 네크로맨서.

가까운 거리에서 사냥과 보호 역할을 해 주는 골렘이야말로 네크로맨서에게는 가장 소중한 부하였다.

다만 위드는 전투가 익숙했고, 든든한 조각 생명체들까지 있었으니 근접전의 약점이란 애초부터 존재하지 않는다.

위드는 누렁이와 바하모르그를 이끌고 냄새를 맡은 켈베로스의 뒤를 따랐다.

컹컹!

켈베로스는 우물 안의 통로에서 던전의 입구를 찾아냈다.

던전, 라보스 홀의 최초 발견자가 되었습니다.

혜택: 명성 1,000 증가. 일주일간 경험치, 아이템 드롭률 2배. 첫 번째 사냥에서 해당 몬스터에게 나올 수 있는 것 중에서 가장 좋은 물건 아이템이 떨어진다.

"좋군. 전군 진격."

위드는 소환 해제되지 않은 10마리의 스켈레톤 워리어들을 전진시켰다.

달그락달그락.

진흙에 죽음의 기운을 불어 넣어서 만든 진흙 골렘도 함께 앞으로 가도록 했다.

보잘것없는 10여 기의 언데드 군단!

'함정이나 기습을 당할 염려가 없기도 하단 말이야.'

언데드들을 뒤따라가니 마음이 편안했다.

거인 성채에서부터 서두른 덕분에 조각 파괴술의 효과도 유지가 되고 있었다.

크우와앙!

던전의 몬스터들이 포효하며 나타났다.

베르사 대륙에서는 생전 처음 본 몬스터!

악어처럼 긴 주둥이를 가지고 있었으며 두 발로 걷는다.

행동은 인간과 유사하지만 덩치는 4미터에 달할 정도로 키가 컸다.

"먹잇감! 다 썩어서 먹지 못할 먹이들이 있구나!"

라보스.

2마리의 몬스터들은 단단한 팔을 휘둘러서 스켈레톤을 가볍게 박살 냈다.

그 모습을 위드는 보면서 판단을 내렸다.

'거인들의 레벨이 700대. 기본적으로 이 지역은 레벨대가 높은 지역이지. 은신처인 마을은 좀 더 낮으리라고 짐작했다. 지금의 전투력을 보면… 600이 안 될 것 같아. 특성은 좀 더 연구를 해 봐야 되겠지만.'

수많은 몬스터들을 상대한 덕분에 정보가 없더라도 파악이 빨리 이루어졌다.

위드는 바하모르그에게 명령했다.

"나가서 싸워라."

"알겠다. 주인."

바하모르그는 누렁이를 타고 도끼와 철퇴를 휘두르며 라보스들을 향해 돌진했다.

"콜 데스 나이트 반 호크. 콜 뱀파이어 토리도!"

데스 나이트 반 호크와 토리도 역시 소환!

"바하모르그를 도와서 싸워. 너도 놀지 마라."

냄새로 던전을 찾아낸 켈베로스까지 전투에 참여시켰다.

크우오오오오!

전장의 울부짖음!

바하모르그는 워리어 스킬로 방어력과 생명력을 높인 채 싸웠다.

라보스 2마리를 쉽게 제압할 수는 없지만, 그렇다고 해서 튼튼한 방어력을 가져서 밀리지도 않는다.

크르릉!

켈베로스가 기회를 노리다가 라보스를 물어뜯었다. 그러나 곧 발길질에 걷어차였다.

켕!

라보스의 피부는 굉장히 단단했지만 바하모르그의 철퇴와 도끼질에 조금씩 부서졌다.

오랫동안 싸운다면 바하모르그가 힘들어도 이길 수는 있는 몬스터.

'과연 바하모르그는 최강의 조각 생명체로군. 이 정도 던전에서 거뜬히 버티다니 말이야.'

위드가 조각술을 마스터하면서 조각 생명체들의 힘과 체력이 늘어났기 때문에 바하모르그의 안정감은 더욱 향상됐다.

반 호크와 토리도가 옆에서 거들면서 라보스들의 생명력이 30% 이하로 줄어들었을 때였다.

"반 호크!"

"말하라, 주인."

"최선을 다해서 싸우고 있지?"

"그렇다."

"이제부터는 천천히 해."

위드는 날카롭게 눈을 빛내며 라보스의 생명력이 20% 이하로 줄어들 때까지 기다렸다.

그리고 마침내 10%로 체력이 떨어졌을 때, 반 호크와 토리도에게 물러서라고 지시했다.

"바하모르그, 날 지켜라."

"알겠다, 주인."

위드는 주변을 둘러보고 나서 허리에서 천천히 검을 뽑았다.

콜드림의 데몬 소드를 꺼내 쓸 때는 이렇게 신중했던 적이 없었다.

드래곤의 검인 레드 스타의 경우에는 당당히 대놓고 썼다. 어차피 계속 검을 사용하다가는 드래곤에게 잡혀 죽을 운명이라서 언젠가 잃어버릴 거라고 체념하고 썼다.

하지만 헤스티거가 남긴 검은 달랐다.

로아의 명검.

엘프들의 보물이었고, 인간들이 최고의 명검으로 꼽는 데 주저하지 않는다는 검.

레벨 제한이 650에 고요의 사막을 최초로 정복하여 헤스티거의 유산을 찾은 사람만 얻을 수 있었던 보물 검.

집으로 친다면 강남이나 해운대의 펜트하우스 아파트도 부럽지 않을 정도의 최상급에 해당했다.

스르릉!

맑고 깨끗한 소리.

> 로아의 명검을 무장하였습니다.
> 자연과의 친화력이 높아집니다. 민첩이 26% 향상됩니다. 모든 스탯 +42.
> 대형 몬스터에게 3배의 피해를 입힙니다. 피해의 절반만큼 적의 최대 생명
> 력을 감소시킵니다. 치명적인 일격을 발동시키면 상대의 방어력을 7%씩 약
> 화시킵니다. 불과 바람, 물, 땅이 정령이 기운을 빌려주고 있습니다. 방어력
> 이 117 오릅니다. 검을 활용한 스킬 사용 시 마나 소모가 절반으로 됩니다.
> 상대의 마법 보호를 76%만큼 무시합니다. 아름다운 검으로 인해 예술이
> 35 늘어났습니다. 보호 마법 '큰 숲의 가호'가 사용 가능합니다.

"드디어 최초로 써 보는구나."

고요의 사막과 우주에서 조각품을 만들면서 얼마나 손이 간질거렸는지 모른다.

천리행군을 갓 마친 군인에게 초코파이를 주고 먹지 말라고 하는 격!

위드는 야비하게 웃으며 달려들었다. 바하모르그와 싸우고 있던 라보스의 등을 베었다.

> 검이 정확히 상대의 등을 찔렀습니다.
> 빠르고 정확한 공격에 성공했습니다. 치명적인 일격으로 상대의 방어력을
> 약화시킵니다. 생명력을 3,481 감소시켰습니다.

"음······."

위드는 감동을 느끼며 1초 정도 가만히 있었다.

바하모르그가 입히는 피해량이 2,000 정도였는데 그보다 2배의 공격력을 발휘했다.

'왜 사람들이 뒷산을 오르는데 히말라야에 오르는 등산복을 입는지 알겠다.'

어마어마한 장비발.

순간 네크로맨서로 전직한 것을 후회할 정도로 로아의 명검이 가진 위력은 대단했다.

베르사 대륙의 역사가 조각술 최후의 비기를 찾기 위한 위드의 모험에 의해서 바뀌었고, 그러면서 인간 중의 최강자였던 헤스티거가 남긴 검.

"명품이야. 쓸 만해."

위드는 그를 향해 날아오는 날카로운 꼬리에도 불구하고 앞으로 파고들었다.

'조각사로서 했던 전투 방식은 버려도 된다.'

그동안은 생명력과 마나가 너무 낮아서 스킬도 제대로 못 쓰고 신중하게 싸웠다.

자린고비 정신!

검을 휘두를 때에도 체력 소모까지도 감안해 가면서 싸웠다.

전투 계열이 아닌 직업, 조각사의 뚜렷한 한계!

인내와 맷집을 늘려서 방어력을 키운 건 그 상황에서 할 수 있었던 최선의 선택이자 노력.

다른 동료들의 눈에는 지독하고 무모할 정도로 보였겠지만 그러지 않았더라면 지금처럼 강해질 수 없었다.

조각사를 극복하기 위한 피나는 도전이 있었던 것이다.

'더 이상 그럴 필요가 없어. 기본 생명력도 조금이지만 늘어났고, 체력이 떨어졌을 때는 스킬 위주로 싸우면 되지. 마나의

회복 속도와 최대치가 대폭 커졌다.'

검사나 사막 전사만큼의 공격력은 얻지 못했지만, 네크로맨서가 되었으니 스킬을 듬뿍 사용할 수 있었다.

"신성한 불!"

아름다운 로아의 명검이 붉게 타올랐다.

여신 헤스티아로부터 받은 공격 스킬!

> 신성한 불이 로아의 명검에 부여되었습니다.
> 신앙심에 따라 화염 공격력이 105~271만큼 부여되었습니다. 신성한 불에 의해 일시적으로 언데드 소환 스킬의 위력이 46% 약화됩니다. 가까이 있는 언데드들이 매초 피해를 입습니다.

화르르릌!

로아의 명검이 환한 불길을 내뿜으며 공격력이 2배로 늘어났다.

동시에 쓰러져 있던 스켈레톤들의 뼈마디에서도 불길이 치솟았다.

> 신성한 불에 의해 스켈레톤들이 603의 피해를 입습니다.

'숟가락이 좋아야 밥이 맛있는 건 아니지만, 사냥은 역시 장비발이야!'

위드는 다시 한 번 네크로맨서로 전직한 것을 후회하면서 라보스를 베었다.

> 위대한 공격!
> 검의 날카로움과 신성한 불이 상대의 생명력을 4,391 감소시켰습니다.

치명적인 일격이 아니었는데도 엄청난 피해를 입혔다.

몬스터의 방어력이나 특성, 생명력에 따라서 입히는 피해의 양도 당연히 달라진다.

위드는 만족하면서 공격 스킬을 추가로 사용했다.

"헤라임 검술!"

> 1차 연속 공격이 성공하였습니다.
> 민첩이 20% 늘어납니다.

> 2차 연속 공격이 성공하였습니다.
> 힘이 40% 늘어납니다.

> 3차 연속 공격이 성공하였습니다.
> 민첩이 추가로 40% 늘어납니다.

> 4차 연속 공격이 성공하였습니다.
> 힘이 추가로 40% 늘어납니다.

> 5차 연속 공격이 성공하였습니다.
> 라보스가 불에 타 죽었습니다.

착착 감기는 손맛!

로아의 명검은 가볍기까지 해서 일찍이 느껴 본 적이 없는 빠른 속도로 휘두를 수 있었다.

몬스터가 목숨을 잃자마자 반사적으로 앞으로 뻗어 나가는 왼손.

라보스의 심장을 습득하였습니다.

라보스의 귀한 고기를 3개 습득하였습니다.

불멸의 지혜 목걸이를 습득하였습니다.

전리품 획득.

위드의 손이 부들거리면서 떨려 왔다.

'불멸 세트다.'

최소한 레벨 제한이 600을 넘는 액세서리.

목걸이는 생명력, 힘, 지혜나 지식. 다양한 스탯과 스킬 레벨, 마나의 최대치를 올려 준다. 경매에 내놓아도 가격도 비싸게 팔렸으며 직접 사용하더라도 도움이 많이 되리라.

위드의 손이 떨리는 것은 금전적인 이유만은 아니었다.

던전을 발견했을 때, 첫 사냥 전리품은 최고의 것을 얻을 수 있으리란 건 이미 알고 있었으니까.

몬스터의 레벨이 레벨 600에 가까운 신규 던전이라면 이 정도 전리품이 나오는 게 정상이다.

'검으로 입히는 공격력이 엄청나다. 사냥 속도가 앞으로 어마어마하게 빨라질 거야.'

전투의 달인이었기 때문에 검을 통한 공격이 강해진 것이 생생하게 느껴졌다.

'검사를 할걸. 그랬다면 더 큰 효과를 봤을 텐데. 만약 검술을 마스터라도 했으면……'

로아의 명검을 가지고 검사가 되어 사냥한다면 그 위력을 온전히 다 살릴 수 있었을 것이다.

"커억!"

그 순간 아직 살아 있던 라보스 1마리가 바하모르그의 견제를 피해서 위드의 등을 꼬리로 강타했다.

꼬리 공격에 등을 맞았습니다.
일시적인 마비! 높은 인내력으로 마비 증상을 0.4초로 최소화합니다. 생명력이 7,325 줄어듭니다.

바르칸 데모프의 장비 효과, 생명 그릇이 발동되었습니다.

음습한 구석에 보관된 생명력 3,291를 꺼내옵니다.

생명 그릇에 남아 있는 총생명력: 203,281.

취약!
라보스의 생명력을 매초 820씩 흡수합니다.

"주인, 조심해라."

위드가 큰 타격을 입자마자 바하모르그와 켈베로스가 보호에 나섰다.

헬리움으로 만들었던 여신의 기사 갑옷은 헤르만에게 맡겨 놓았고, 바르칸의 지옥 군주의 로브를 입고 있었다.

마법 방어력이 대단히 높고, 최고 수준의 마나 재생 능력, 무엇보다도 지혜와 언데드 지배 능력을 올려 주는 장비다.

기본 방어력은 약했기에 위드의 생명력이 크게 떨어졌지만 생명 그릇이 있으니 조금도 움츠러들지 않았다.

'됐어. 그냥 빨리 잡으면 돼. 무지막지한 공격력으로 말이야.'

위드는 네크로맨서로서 넘치는 마나를 활용해 아끼지 않고 스킬을 사용했다.

"용암의 강!"

이번에는 사막 전사 최강의 스킬.

아직 스킬의 레벨은 1이었고, 성장시키기 위해서는 고행에 가까운 수련과 전투 경험이 필요했다.

그럼에도 불구하고 위드가 있었던 자리에서부터 용암이 거세게 폭발할 듯이 뿜어져 나와서 라보스를 뒤덮었다.

쿠우와악!

라보스는 급하게 용암 지대를 벗어나려고 했다.

그때 위드의 눈이 날카롭게 빛났다.

"신성한 불, 헤라임 검술!"

신성한 불로 용암의 강으로 인한 화염 피해를 막고, 빈틈을 드러낸 라보스에게 연속 공격!

생명력이 밑바닥이었던 라보스는 더 이상 버티지 못하고 사망했다.

> 위험한 라보스를 2마리 제압했습니다.

> 경험치를 획득하였습니다.

"좋아. 경험치는… 0.2% 정도 늘어났군."

위드는 만족했다.

강한 몬스터들이 있는 사냥터였고 경험치 2배의 효과까지 부여가 된 상태다.

"경험치를 혼자 다 먹어 버리는 거야. 네크로맨서로서 성장하면 그때부턴 완전히 독식이다."

바하모르그와 반 호크, 토리도, 켈베로스와 누렁이의 눈치까지 보이기는 했지만 얼굴에다 자동차에 적용된다는 고강도 강판 정도는 두른 상태.

위드는 바로 언데드 소환 스킬을 사용했다.

"일어나라, 눈 감지 못하고 잠들지 않은 원혼들이여! 일어나서, 여기 살아 있는 자들과 너희를 죽인 자들에게 복수하라! 데드 라이즈!"

조금 전까지 힘들게 싸웠던 라보스가 해골 기사가 되어서 일어났다.

"킬킬킬."

"끌끌."

언데드들이 약하긴 해도 사냥에 없는 것보단 낫다.

애지중지 아껴야 하는 조각 생명체들과는 달리 휴식이 필요하지도 않고, 일회용으로 소모하면서도 전투 속도를 빠르게 할 수 있었다.

신성한 불과 언데드는 대립하는 관계였지만 상황에 맞춰서 활용하면 된다.

언데드 소환 스킬이 늘어나고, 죽은 자의 힘이 강해지면 신성한 불로 인한 피해가 커지겠지만 또 그땐 그 나름대로 방법이 있을 테니까.

'확실히 조각사로만 살 때와는 달라졌어. 전투 스킬 위주로 운용을 할 수 있게 되었으니까 말이야.'

위드는 변화된 스스로를 느꼈다.

네크로맨서였고, 바르칸의 풀 세트가 있었으니 마나가 여유로워 사냥을 멈출 필요가 없다.

조각사를 마스터하는 과정에서 다양한 분야에 대한 경험도 쌓였다.

검과 활도 꽤 높은 수준으로 쓸 줄 알았고, 뮬의 선더 스피어를 얻어서 창술도 약간이나마 익혔다.

모험과 퀘스트를 하면서 쌓았던 스탯들.

사막 전사의 스킬에, 헤스티아 여신이 준 신성한 불.

라보스와의 전투에서 예상과 달리 정말 위험한 상황에 놓였더라면 찰나의 조각술로 시간을 멈춰 벗어날 수 있었다.

전투가 끝나면 언데드까지 일으킬 수 있었으니 그야말로 할 수 있는 것이 많고 다양했다.

〈로열 로드〉를 하면서 수많은 유저들이 검과 마법, 정령술 등을 동시에 익혔고, 또 성공한 이들은 손에 꼽을 정도였다.

위드는 그런 이들의 정점에 있었다.

"성공한 잡캐는 아무도 깔 수 없지."

✧･ﾟ⋆｡✧

아렌 성의 성문 앞.

라페이가 있는 곳으로 헤르메스 길드원들이 모여들었다.

"요즘 레벨 좀 올랐다며?"

"크. 이틀 꼬박 사냥해서 겨우 하나 올렸어."

"상위 던전이 시장통도 아니고 말이야. 너무 북적거리네."

헤르메스 길드원들은 각자 친분이 있는 유저들과 대화를 나누었다.

일주일에 하루씩, 라페이는 헤르메스 길드원들과 함께 아렌 성을 시찰하는 행사를 진행했다.

하벤 왕국으로 불리던 〈로열 로드〉의 초창기부터 아렌 성을 정복한 이후에 이루어지던 행사로, 길드원의 사기를 높이는 효과가 있었다.

매주 도시가 발전하는 모습들을 확인하고, 또 일반 유저들이 헤르메스 길드를 보며 위축되도록 만들었다.

'흠… 별로 안 모였군.'

라페이와 수뇌부에서는 모이는 인원이 갈수록 줄어드는 걸 느꼈다.

과거에는 시찰 행사에 신입 길드원은 물론이고 상위 랭커들까지 참여했다.

당당하게 길드의 수뇌부와 함께 아렌 성을 활보하는 광경은 대단한 영광이었고 멋있었던 것이다.

때때로 시찰 행사가 끝난 후에 던전 공략을 하기도 했으니 가까이 있는 길드원들은 가능한 한 참석하려고 했다.

'예전엔 3,000명은 어렵지 않게 모였는데. 지금은 고작 500여 명 남짓인가?'

라페이는 속으로 아쉬움을 감추고 겉으로는 태연한 척 입을 열었다.

"시찰을 시작하겠습니다."

길드의 수뇌부가 선두에 서고 헤르메스 길드원들이 뒤를 따랐다.

아렌 성의 넓은 대로를 따라 걸으면서 건물들과 사람들을 지켜봤다.

"헤르메스 길드다."

"와… 진짜 할 일 없네. 중앙 대륙을 통일한 제국이라서 북부에서 일부러 구경 왔는데."

"몰랐어? 매주 저러고 돌아다녀."

헤르메스 길드원들이 지나가는 행렬을 구경하는 일반 유저들도 많았다.

과거에는 질투와 분노가 뒤섞인 시선이었다면 지금은 우스워하고 얕잡아 보는 태도가 다분했다.

"크……."

그 소리를 들은 헤르메스 길드원들은 이를 갈았다.

"별것도 아닌 놈들이 입은 살아 가지고."

"내버려 둬. 덤빌 자신도 없는 녀석들이야."

싸운다면 100명이라도 쉽게 쓸어 버릴 수가 있었지만 헤르메스 길드에서는 나서지 않았다.

일반 유저들을 상대로 잔혹한 학살극을 벌이면 방송에 부정적으로 보도가 된다.

과거에는 그런 뉴스들이 헤르메스 길드의 강함을 드러냈지만, 지금은 반란군을 부추기거나 유저들의 반감을 살 여지가 컸다.

참아야 하는 헤르메스 길드원들에게는 조금씩 억울한 측면도 있었는데, 과거에 저지른 행동들이 워낙 많았기에 어쩔 수 없었다.

"대부분 살인자들이네."

"얼마나 못된 짓 하고 살았으면 저러냐."

"강하다고 해도 저러면 안 되지. 초등학교 교육도 못 받은 탓이야."

일반 유저들의 비난을 묵묵히 참고 견디면서 헤르메스 길드의 시찰은 이어졌다.

'이런 수모를⋯⋯.'

라페이는 평소 화를 잘 내지 않는 성격이었다.

대부분의 일들이 그의 예상을 크게 벗어나지 않았다.

심지어는 위드에게 패배할 때마저 그가 전혀 생각지 못했던 결과는 아니었다.

가능성은 희박하지만 위드에게 운이 크게 따라 준다면 질 수도 있다고 보았으니까.

실제로도 위드는 놀라울 정도의 능력과 인기로 하벤 제국의 공세를 매번 아슬아슬하게 막아 냈다.

'아르펜 왕국이 조금 크더라도… 하벤 제국은 쓰러지지 않는다. 중앙 대륙이라는 큰 음식을 먹느라 조금 체했을 뿐이야. 지금은 반란군을 진정시키고 경제를 성장시킨다. 누가 뭐라고 해도 헤르메스 길드는 중앙 대륙을 지배하고 있다.'

일반 유저들에게 세금 인하와 자유를 주면서 흔들리는 제국을 안정시키는 과정에 있었다.

중앙 대륙을 숨어 있는 신화와 비밀, 온갖 전설급 무구들을 발굴하고 독점해 나간다.

헤르메스 길드가 지금까지 일구어 오고 정복한 영토는 넓다. 또 유지하고 있는 전력이 약한 게 아니었으니 통치에 지장이 없다.

아르펜 왕국이 비정상적으로 유저들의 지원을 받고 있기 때문에 싸우기가 힘들 뿐.

만약 위드의 인기가 추락이라도 하는 날에는 베르사 대륙 전체를 정복하는 것도 단기간에 이룩할 수 있을 만큼 시간문제에 불과했다.

차분히 기다리고 배후 작업을 한다면 중앙 대륙을 정복할 때처럼 모든 것을 주도할 수 있으리라고 생각했다.

그렇지만 라페이가 정말 예상하지 못한 것은 지금과 같은 창피함이었다.

'이 정도는 참을 수 있다. 참는 만큼 모두에게 반드시 되돌려준다.'

라페이는 꿋꿋하게 밝은 얼굴로 거리를 걸었다.

그때 유난히 귀여운 여자아이가 눈에 띄었다.

헤르메스 길드의 행차임에도 불구하고 길 한복판을 막고 있는 깜찍한 금발의 꼬마 아이.

〈로열 로드〉는 부모의 허락을 받으면 어린 나이에도 접속할 수 있다.

물론 도시에서 자유롭게 돌아다니기는 하지만 사냥이나 전투가 필요한 모험은 금지였다.

도시 간의 이동에도 제약이 많지만 어린아이들이라면 마법사들이 텔레포트로 옮겨 주기도 했고, 일정 규모 이상의 상단의 상행을 따라서 여행할 수도 있었다.

갑작스러운 전투가 벌어지면 아무것도 볼 수 없다는 제한은 있어도 어린아이들도 〈로열 로드〉의 다양한 직업과 모험을 경험했다.

'귀여운 아이구나.'

'예쁘게 자라겠네. 커서 미인이 되겠다.'

스트레스를 받던 헤르메스 길드원들의 입가에도 흐뭇한 미소가 지어졌다.

괜히 멋진 모습을 보이기 위해 어깨에 힘도 들어갔다.

라페이도 귀엽게 생긴 어린아이를 좋아하는 건 마찬가지라서 조심스럽게 다가갔다.

"안녕, 꼬마 아가씨. 이름이 뭐니?"

다정한 목소리와 잘생긴 외모.

라페이는 꼬마 아이와 친해질 것을 의심하지 않았…….

"말 안 할래요."

꼬마 아이가 질색을 하며 한 걸음 물러났다.

라페이는 낯을 많이 가리는 모양이라고 짐작하며 웃음이 짙어졌다.

"어, 오빠가 무서운 사람 같니?"

"아뇨."

"그럼 왜? 꼬마 아가씨가 좋아할 만한 멋진 선물도 줄 수 있는데……?"

"됐어요. 아무것도 안 받을래요."

여섯 살 정도로 보이는데도 또박또박 말하는 꼬마 아이.

헤르메스 길드원들은 물론이고 길가에 서 있던 사람들도 모두 라페이와 꼬마 아이의 대화에 관심을 가졌다.

"어머니에게 교육을 잘 받았구나."

"네. 엄마가 그랬거든요. 헤르메스 길드는 다 도둑놈들만 모여 있다고요."

"응?"

꼬마 아이는 선명한 발음으로 똑똑히 말했다.

"엄마가 전부 나쁜 놈들이랬어요. 친하게 지내지 말라고요."

"……!"

어린아이의 입에서 나오는 솔직하고 충격적인 발언.

"저는 크면 절대 헤르메스 길드 사람들처럼은 안 될 거예요!"

라페이의 미소가 딱딱하게 굳었다.

"앗… 헤르메스 길드 사람들이랑 말하지 말랬는데."

꼬마 아이가 마치 겁이라도 먹은 것처럼 주춤 물러서더니 쏜살처럼 도망가는 게 아닌가.

헤르메스 길드원들이 얼어붙고, 구경하던 사람들은 크게 웃었다.

　라페이는 아무렇지도 않은 듯이 그냥 다시 걸어갔다.

　'거리에서 이런 수치를 당해?'

　겉으로는 냉정했지만 속은 부글부글 끓었다.

사냥의 기록

"위드 님이… 그냥 갔네요."

"휴우. 정말 무심하기도 하시지. 어떻게 여자 마음을 그렇게 모를까."

수르카와 제피는 크게 한숨을 쉬었다.

그들뿐만이 아니라 먼 산을 쳐다보면서 씁쓸해하는 메이런, 로뮤나, 이리엔, 벨로트… 동료들 모두가 위드의 무신경을 탓했다.

안타까워하던 로뮤나가 벨로트에게 물었다.

"화령 님은 어때요?"

"모르겠어요. 언니도 아무 말이 없어요."

"그렇게 활달하던 분이…….'"

"마음의 상처가 클 것 같아요."

동료들은 처음부터 화령이 위드와 잘되기를 바랐다.

'아깝다, 아까워…….'

'연예인이 왜… 눈이 정말 잘못됐다고!'

'좋아해 주는 사람이 수백만 명은 될 텐데, 왜 하필 위드 님을 짝사랑하지? 취향이란 참…….'

화령의 결정을 같은 여자들도 쉽게 이해하기가 어려웠지만 어쨌든 지지했다.

'둘이 사귀기라도 한다면 전혀 안 어울릴 거야.'

'미녀와 야수는 아니지만. 수전노와 미인은 되겠군.'

'위드 님이… 평범하지는 않지. 구두쇠에 노가다 장인이긴 하니깐.'

제피도 유린에게 푹 빠져 있긴 했지만 화령의 매력에 대해서는 인정했다.

'저런 여자도 없지. 딱 2분 정도면 싫어하던 사람도 좋아하게 만들 수 있을 거야. 연예계에서 최정상의 가수로 활동하는 비결이겠지.'

위드는 모험을 하면서 대기록들을 세우고 아르펜 왕국을 건국했다.

화령에게 남다른 남자 보는 눈이 있다는 생각을 했지만, 위드는 결국 서윤과 인연이 맺어졌다.

그때부터 애매해진 화령의 입장, 얼마 전에 그녀는 하벤 제국의 초대를 받아 영주가 되어 버렸다.

동료들은 위드와 완전히 갈라선 줄 알고 조마조마했지만 그녀가 이번 거인들의 땅 모험에 오랜만에 합류했다.

예전처럼 즐겁게 지내고 있었는데 위드가 오더니 별다른 말도 없이 사냥한다면서 떠나 버린 게 아닌가.

최소한 짝사랑했던 여자의 진심을 생각해서 서운하지 않게 인사라도 나누었으면 좋았을 거란 아쉬움을 동료들은 가졌다.

아찔한 절벽 끝에 서 있던 화령이 한참 만에 동료들에게 돌아왔다.

"언니……."

벨로트가 애처로운 모습에 눈물을 글썽였는데, 화령은 밝고 화사하게 미소를 지었다.

"왜 그래?"

"그게……."

억지로 밝은 얼굴을 한다고 생각하니 벨로트는 눈물이 더 흘렀다.

"언니… 슬프면 그냥 울어도 돼요."

"왜 울어? 위드 님이 그냥 간 거?"

화령은 동료들이 그녀를 측은하게 쳐다보는 걸 보며 생긋 웃었다.

"괜찮아요. 자기 여자 친구한테만 잘하는, 그런 남자라는 거 알고 있었으니깐! 당연한 모습이라고 할까나."

바다처럼 넓은 이해심까지 갖춘 화령.

'진심 아깝다.'

'휴. 인연이란 게 참…….'

동료들이 더욱 애잔하게 생각하고 있을 때 그녀는 악보를 꺼내서 보여 줬다.

"이 곡도 다 위드 님 덕분이에요."

"언니, 이건 뭐예요?"

"지금의 느낌을 듬뿍 담아서 생생하게 작곡에 몰두했거든. 아름다운 선율과 가사. 깊은 감동이 우러나온다고 할까? 역시 위드 님은 내 영혼의 동반자야."

동료들은 한동안 말이 없었다.

'짝사랑도 중증이었어.'

'저 정도면 거의 중독 수준 아닐까?'

❁❁❁❁❁❁

> 언데드 소환 스킬의 레벨이 6으로 상승했습니다.
> 언데드의 생명력과 재생력이 향상됩니다. 스켈레톤의 뼈가 단단해지고 결속력이 강화되어서 쉽게 부러지지 않습니다. 조금의 지성을 갖춘 스켈레톤 병사들은 집단 전투에 능숙해질 것입니다.

> 신앙심이 4 하락했습니다.

> 기품과 용기가 1씩 감소합니다.

위드는 시체가 생길 때마다 언데드로 일으켰다.

언데드 소환 스킬이 늘어날 때마다 스탯이 조금씩 감소하는 페널티를 받고 있었다.

"마음이 아프군. 그래도 당분간은 어쩔 수 없지."

> 높은 통솔력과 용기로 언데드 지휘의 특성을 획득했습니다.
> 엄정한 군율: 언데드들이 전열을 이탈하는 일을 줄입니다. 전사 유형의 언데드들이 명령에 더 빠르게 반응합니다.

조각사로서 긴 시간을 보내고 나서 네크로맨서가 된 만큼, 이미 알려진 언데드 지휘와 관련된 특성은 쉽게 획득했다.

"달, 려, 라, 뼈, 다, 귀, 들, 아."

위드가 지휘를 할 필요도 없이 반 호크가 스켈레톤들을 이끌었다.

고위 몬스터라고 할 수 있는 라보스의 집단 언데드화!

위드와 바하모르그의 뒤를 단단한 뼈마디를 가진 스켈레톤들이 따른다.

공격력이나 생명력은 여전히 제대로 된 도움은 안 될 정도였지만 보이는 위용만큼은 보통이 아니었다.

전투가 벌어지면 원거리에서 공격하는 스켈레톤 궁수들과 메이지들도 없는 것보다는 나았다.

라보스들이 스켈레톤 부대를 공격하는 동안 위드와 바하모르그가 숫자를 착실히 줄일 수 있었으니까.

박살이 난 언데드들은 마나를 투입해서 복원할 수도 있었다. 그리고 마나가 고갈되고 나면 조각품을 만들었다.

"조각술 마스터가 되고 나니 확실히 수월하네."

위드는 조각품에 스킬을 사용했다.

"시간 조각술!"

조각품에 시간의 흐름이 쌓여 갔다.

수년을 지나서 수십 년간 흘러가는 시간들.

쉽게 변형이 오는 나무였다면 빛이 바래면서 오래된 골동품의 느낌을 주었으리라.

강철보다 단단한 금속으로 만든 조각품이었기에 시간 조각술로도 쉽게 변하지 않았다.

"흠. 나쁘지 않아."

거인들의 땅에 나오는 새로운 물질을 제련하다 보니 대장장이 스킬이 제법 잘 오른다.

예전에는 무거운 대장장이용 화로를 가지고 다녀야 했다.

지금은 신성한 불을 피워서 고구마까지 함께 구웠으니 편의성도 확 늘어났다.

오랫동안 정성껏 신성한 불을 피워서 작품을 만든다면 신앙심이 부여되기도 할 테지만 그다지 큰 의미는 없었다.

네크로맨서에게 신앙심이란 그저 위험한 힘에 빠져들지 않게 하는 정도에 불과하니까.

조각사로서도 모험으로 쌓은 신앙심의 효과는 크게 못 보면서 살았다.

가끔씩 받는 여신의 축복 정도!

성기사나 사제가 되면 스킬 전반에 걸쳐 상당한 혜택을 입겠지만 그건 위드 쪽에서 거절이었다.

"신앙심을 위해서 사기도 못 치고, 나쁜 짓도 못 하면서 살고 싶진 않아."

자유로운 악덕 국왕의 영혼!

"시간 조각술 스킬 창!"

시간 조각술 중급 7 (74%)
세월의 조각술(초급)
조각품이 자연스럽게 긴 시간을 경험하게 한다. 때때로 조각품들은 시간이 덧씌워지면서 훌륭한 가치를 갖게 될 것이다. 또한 아주 긴 세월이 지나더라도 자연적으로 입는 손상에 의하여 파괴되는 것을 막아 준다.
찰나의 조각술(중급)
세상을 멈추게 한다. 빛도, 바람도, 사람도. 시간 조각술 앞에 모든 사물이 멈추게 될 것이다. 그 극도의 아름다움에서 혼자만 움직이려면 많은 체력과 정신력이 소모된다. 찰나의 조각술을 펼치기 위해서는 특별한 에너지가 필요하다. 만물과 사람들을 행복하게 하면 찰나의 에너지를 얻을 수 있다. 찰나의 에너지는 많은 이들의 시간을 빼앗을수록 급속하게 소모될 것이다. 짧은 시간의 연속 사용 등에는 막대한 체력과 마나가 소모된다.

위드의 현재 시간 조각술은 중급 7레벨!

하벤 제국의 북부 정벌군과 전쟁을 치를 당시에 시간 조각술이 중급에 올랐었다.

그 이후로도 사냥을 하며 꾸준히 조각품을 만들면서 시간 조각술을 연마했다.

퀘스트와 국왕으로서 통치 행위를 통해서 쌓인 찰나의 에너지 7,281도 대단한 자산이었다.

물론 대규모 전투에서 목숨이 걸린 위기를 남발하다 보면 금방 고갈되어 버릴 수도 있겠지만.

"조금만 있으면, 헤르메스 길드가 절대 쫓아오지 못하는 세상에서 날아오를 수 있겠군. 전진해. 싹 뒤져라. 1마리도 남김없이!"

반 호크가 이끄는 스켈레톤 부대가 빠르게 동굴을 수색했다.

라보스들이 등장할 때마다 위드와 바하모르그, 반 호크, 토리도, 켈베로스가 함께 공격했다.

"신성한 불, 헤라임 검술!"

화염의 검을 휘두르며 몬스터들을 제압!

새로운 스킬과 명검은 놀라울 정도의 전투력을 발휘했다.

"명검에 스킬까지 좋아지니 몸보신이 사기 치는 수준이네."

아직 언데드의 효과를 못 봐서 네크로맨서라고 부르기는 힘든 모습이었지만 사냥 속도는 눈에 띄게 빨라졌다.

언데드들은 오로지 복종할 뿐이다.

경험치를 누렁이와 켈베로스, 바하모르그만 나눠 먹었으니 성장 속도 역시 놀라웠다.

언데드들로 몬스터들을 추적하거나 함정을 걸어 다니라고 해서 잡다하게 소모되는 시간을 아예 없앨 수가 있었고, 전투에서도 약간이나마 부담은 줄어들었다.

조각사의 직업만 가지고 있을 때는 스탯 하나에도 연연해서 일부러 맞아 가면서 싸웠다.

노가다 끝에 스탯이 늘어나면 기분까지 좋았다.

지금은 몬스터를 몽땅 쓸어 버리고 있었다.

띠링!

전투의 대업적!
라보스의 연속 사냥에 성공했습니다. 던전을 장악했습니다. 지혜가 1 증가합니다.

무난한 사냥은 없다.

위드의 레벨이나 스킬, 가지고 있는 전력에서 무리해서 더욱 빠르게 폭풍처럼 몰아붙이며 전투 업적을 달성했다.

"골렘 소환."

위드는 골렘도 불렀지만 이것만큼은 잘 늘지 않았다.

조각 파괴술의 유지 시간이 끝나면서 골렘 소환도 초급 1레벨로 다시 돌아갔다.

크으응.

"적과 싸워라."

크응.

"야! 똑바로 들은 거 맞지?"

진흙 골렘이 어기적거리고 걸어가더니 라보스에게 한 대 맞았다.

진흙 골렘이 파괴되었습니다.

"저런 쓸모없는 놈."

골렘은 원래대로 흙으로 변했다.

"버리긴 아까운 스킬인데… 꾸준히 소환해야겠군. 짐이라도 들고 있으라고 하면 되니까."

최소한의 휴식 시간!

단지 이틀 만에 대형 던전인 라보스 홀의 마지막에까지 이르렀다.

두둥!

라보스 여왕의 둥지에 도착했습니다.
끈끈한 어둠이 자욱하게 퍼져 있는 곳. 살아 있는 자들이 최후를 맞이하는 장소입니다.

명성이 20 증가하였습니다.

위드는 스켈레톤 240마리와 함께 여왕의 둥지로 돌진했다.

둥지의 벽과 천장에는 거미줄처럼 엮여 있는 구조물에 의해 인간이나 엘프, 드워프들이 묶여서 매달려 있었다.

중앙에는 물이 끓는 커다란 가마솥이 있었는데 성인 남성이 들어가기 직전이었다.

라보스 여왕!

대형 악어를 닮은 라보스의 외모는 성별을 추측할 수 없을 정도였지만, 어쨌든 여왕이 위드를 보며 외쳤다.

"침입자! 신성한 나의 공간을 침입하지 마라. 조금이라도 움직이면 너의 동족인 인간을 끓여 먹을 것이다."

위드는 라보스 여왕의 말을 곧바로 흘려들었다.

바가지를 듬뿍 씌울 때 유저들의 말도 무시했는데, 고작해야 몬스터의 말을 귀담아들을 필요 따윈 전혀 없었다!

"넣고 끓여. 푹 삶아 버려."

"뭐라고?"

"세상에 인간이 얼마나 많은데. 어차피 이 순간에도 어딘가에는 죽어 가는 사람들이 있지. 굶고, 병들고. 그들을 내가 전부 살릴 수 있는가?"

"같은 인간이라면 살리려는 노력이라도 해야지. 네가 조금만 물러나면 이 인간은 살 수 있다."

"아냐. 내가 의사도 아니고 정치인이 될 것도 아닌데 모두를 구할 생각은 없어."

"어떻게 그런……! 너에게서는 고귀함이 느껴진다. 넌 인간 왕국의 국왕이 아닌가?"

위드의 명성은 어느새 던전 안에까지 퍼져 있었다.

"됐어. 죽여도 돼. 나한테 세금 낸 적 없는 애들이야."

> 명성이 35 감소했습니다.

> 악명이 2 증가했습니다.

도덕적인 의무가 주어지는 기사라면 명성의 하락 폭은 더욱 컸으리라.

정말 곤란한 퀘스트도 억지로 수행해야 한다거나, 작은 보상에도 불구하고 착한 일을 해야 했으니깐.

때때로 기적의 힘을 발휘할 수 있게 하는 정의 스탯 같은 경우는 기사들의 선택의 폭을 좁게 만드는 족쇄였다.

위드는 검사라면 몰라도 기사 같은 직업은 체질에 맞지가 않았다.

'손해를 입으면서 좋은 일을 할 수는 없어. 내가 이득을 보면 몰라도.'

합리적인 삶의 추구!

위드는 언데드들에게 명령을 내렸다.

"전진!"

언데드 소환이 6레벨이 되면서 스켈레톤 병사들도 꽤나 단단해졌다.

단지 초급 2레벨의 언데드 무기 부여 스킬 때문에 스켈레톤 워리어는 커다란 뼈 몽둥이를 들고 있어서 모양이 안 나올 뿐.

위드의 언데드 소환 스킬이 워낙 빨리 성장한 탓에 비정상적인 형태였다.

스켈레톤 궁수들은 소환될 때부터 자신의 뼈로 활을 만들어서 사용하기에 모습이 조금 양호했다.

유령마를 탄 반 호크가 대검을 휘두르며 언데드의 능력을 상승시켰다.

"일제 공격한다."

언데드들이 라보스 여왕을 향해 무섭게 밀려들었다.

"결국 내 식사 시간을 방해하는구나!"

라보스 여왕은 들고 있던 인간을 내던지고 숨을 크게 들이마셨다.

그 순간 풍선처럼 부풀어 오르는 육체!

순식간에 근육이 솟아나면서 5~6배로 커졌지만 온갖 모험을 다 해 본 위드에게는 별다른 감흥도 없었다.

엠비뉴 교단을 몰락시킬 때 230미터 크기의 흑곰으로도 변신했다.

고작해야 14미터 정도의 조금 큰 몬스터를 두려워할 이유는 전혀 없는 것.

"견고한 격류!"

라보스 여왕이 스킬을 사용하자, 방어막처럼 진흙의 흐름이 생성되었다.

가까이 다가가던 스켈레톤들은 진흙의 흐름에 의해 튕겨지고 일부는 소멸했다.

"먹지도 못할 놈들. 모두 짓이겨 주마."

라보스 여왕이 긴 흑색 봉을 소환하여 몸을 한 바퀴 돌리며 언데드를 후려쳤다.

"쿠엑!"

조금 강해졌지만 10여 기의 스켈레톤들은 공격을 감당하지 못하고 그대로 뼈마디가 박살 나며 쓰러지고 말았다.

"그대로 돌격해라!"

반 호크의 지휘 아래 두려움을 모르는 언데드들은 진흙의 흐름에 몸을 던졌다.

진흙 더미에 의해 뼈마디가 채워지고 사방으로 튕겨 나가면서도 돌진.

라보스 여왕의 흑색 봉이 휘둘러질 때마다 5~6마리 이상의 스켈레톤이 부서졌다.

"활을 쏴라!"

스켈레톤 궁수와 마법사들이 뒤쪽 진열에서 화살을 쏘고 마법 불꽃을 던졌다.

그마저도 빠른 진흙 흐름에 의해 대부분이 차단되었고 일부만이 적중되었다.

라보스 여왕의 단단한 방어력에는 별 영향을 주지 못하는 모습이었다.

'역시 이대로는 무리군. 몸이 커지면서 신체 능력도 상승했을까?'

위드는 날카롭게 관찰했다.

언데드들은 마나 공급이 있으면 부서진 뼈마디를 다시 복원해서 일어날 수 있다지만 현재로써 큰 효과는 없을 것 같았다.

'역시 언데드들이 아직까진 쓸모가 별로 없어.'

아르펜 왕국에도 사냥터야 많이 있었지만, 새로운 던전과 경험치 2배의 이득을 포기하긴 힘들다.

게다가 언데드 소환 스킬을 빨리 증가시키기 위해서는 위험한 전투가 필요했다.

토끼나 여우 같은 시체를 좀비와 스켈레톤으로 소환한다고 해도 스킬 숙련도는 미미하게 늘어날 뿐이었으니까.

위험한 사냥터에서 우수한 품질의 시체를 사용하니 숙련도가 팍팍 늘어났다.

'언데드 소환이 중급만 되면 그때부턴 달라지지. 조각사의 경우에는 묵묵히 성장했지만 네크로맨서는 달라. 사냥이 한 방이야.'

스킬 레벨이 중심이 되는 마법사 계열의 직업!

그동안 퀘스트를 하며 고생한 보람이 있었다. 남들에게는 무리한 사냥이라도 위드에게는 충분히 가능했고, 불가능하다고 부를 정도는 되어야 약간 힘든 수준이다.

실낱같은 가능성마저도 견적을 뽑아 버리는 위드의 본능적인 감각!

라보스 여왕이 언데드를 100여 마리 이상 처치하면서 돌아다녔을 때, 위드의 눈이 날카롭게 빛났다.

"시체 폭발!"

꽈과광!

라보스 여왕 주변의 시체들이 일제히 터져 나갔다.

"크억!"

라보스 여왕의 방어 스킬의 허점을 뚫고 들어간 공격!

위드는 이어서 마법을 사용했다.

"움트고 있는 생명력. 그 전부를 보여 다오. 뷰 라이프 포스!"

라보스 여왕 갈라트로

라보스 종족의 기원은 알 수 없다. 오래전 영광스러운 시기에는 어린 거인들을 잡아먹기도 했지만 힘을 잃어버린 후에는 먹기 편한 인간 사냥에 나섰다. 거인들로부터 도망친 인간들을 따라서 정착한 라보스들은 교활하고, 기초적인 마법도 사용할 줄 알았다. 현재 대부분은 잊어버렸지만.

생명력: 85/100.

마나: 56/100.

'별로 피해를 못 줬네.'

위드도 짐작은 했지만 대미지가 제대로 안 들어갔다.

거인들보다도 라보스가 암흑 저항력은 더욱 강하다.

조각 파괴술을 쓰지 않은 상태에서는 지혜가 작았고, 아직까진 시체 폭발의 스킬 레벨도 너무 낮았다.

'하지만 충분히 사냥이 가능한 수준이야.'

위드는 옆을 돌아봤다.

언제 봐도 든든한 바하모르그.

부서진 언데드들은 마나만 주입하면 다시 일으킬 수 있었고, 반 호크와 토리도 역시 전투에 뛰어들 준비를 마쳤다.

장비발과 스킬발을 내세운 위드의 직접 전투 능력 역시 만만치 않은 상태였다.

"엄습하는 공포, 피의 안개, 들끓는 큰 구더기!"

위드는 초급 2레벨의 저주 마법을 사용했다.

엄습하는 공포 마법이 라보스 여왕의 힘을 3% 약화시켰습니다.

생명력과 체력을 매초 240씩 빼앗습니다.

피의 안개 마법이 시야를 현혹시킵니다.

들끓는 큰 구더기 마법이 라보스 여왕을 느리게 하고, 5초 이상 한자리에 머무르면 중독시킵니다.

저주 마법의 작렬!

역시 스킬 레벨이 낮아 대단한 것은 아니었지만 라보스 여왕을 중심으로 보라색으로 물들었다.

위드가 사자후를 터트렸다.

"전원 돌격!"

✦◦◦◦◦◦✦

언데드들을 몽땅 투입!

부서진 시체는 마나를 주입하여 다시 복구시키거나 시체 폭발로 공격했다.

위드는 지친 라보스 여왕을 바하모르그의 도움을 받아 함께 사냥했다.

레벨이 올랐습니다.

라보스 홀을 장악하고 있던 여왕 갈라트로가 영원한 안식에 들어갔습니다.

위대한 업적으로 인하여 명성이 530 올랐습니다.

카리스마가 3 상승하였습니다.

힘이 1 상승하였습니다.

지식이 1 상승하였습니다.

라보스 홀에서는 여왕을 사냥한 것까지 합쳐서 2개의 레벨이 올랐다.

"괜찮은 싸움이었군."

위드는 언데드를 전부 소모했지만 그래도 만족스러웠다.

레벨 600을 넘어가는 라보스 여왕은 잡기 쉬운 몬스터가 아니었으니까.

게다가 중요한 점은, 바하모르그의 도움을 받긴 했지만 매우 빠르게 던전 공략을 완료했다.

"사냥 속도가 확실히 올랐어. 사소한 부분에서도 언데드들을 마구 쓸 수 있으니까 말이야."

부하를 부려 먹는 분야에 있어서만큼은 전문가급.

얼마든지 적들에게 진격시켜도 되고 파괴당해도 상관없는 하급 언데드들을 용도에 맞게 써먹었다.

일반 라보스들이 간간이 다시 던전에 등장했다.

위드가 예전이었다면 경험치 2배의 효과를 노려서 라보스들을 사냥했으리라.

일주일 동안 던전에서 쭉 지냈을 가능성도 크다. 하지만 지금은 향상된 사냥 속도 덕분에 그럴 이유가 없게 됐다.

"새로운 곳으로 가자."

위드는 던전의 출구로 빠져나왔다.

다른 유저들이 마을 데릭에서 휴식을 취하거나 정보를 캐고 있는데, 줄줄이 구출한 여러 종족을 데리고 나오는 모습은 눈에 띄었다.

"벌써?"

"하루 정도밖에는 안 됐는데 던전 공략 속도 완전 빠르네."

그럼에도 유저들은 별로 놀라지 않았다.

위드라면 하늘의 별도 조각하는데 못 할 일이 무엇이겠는가.

난이도 B급의 던전 탐험 퀘스트 완료를 보고하고, 다른 정보나 퀘스트를 찾았다.

"덩치가 엄청난 거인이 우릴 노리고 있다는 소문이 있네. 놈은 조금 특별해. 아주 미식가지!"

미식가 거인 퇴치 의뢰!

"바쁜 일이 있어서 이만."

"잃어버린 보물을 찾아 주게! 사실 그건 원래 거인들의 것이었지만 어쨌든 다시 빼앗겨 버렸지."

"다른 사람을 알아보셔야 되겠군요."

거인 퇴치 퀘스트가 가장 흔한 것이었지만 위드는 받아들이지 않았다.

언데드들로 거인을 해치우기에는 솔직히 무리.

'조각 생명체들을 총동원한다면 가능성은 있지. 근데 어렵게

1마리씩 잡아 봐야 사냥 속도가 느려서 별 이득은 없어.'

노들레와 힐데른 퀘스트를 할 때 양성한 사막 전사들이 있다면 거인들의 땅도 쓸어 버렸을 것이다.

거인들을 몽땅 생포해서 혹사시켰을지도 모르는 일.

'지금으로써는 사냥에만 집중하자. 내 성장이 가장 우선이야. 레벨 높다고 으스대던 녀석들은 기본 예의가 없었지.'

위드는 가능한 한 자신의 레벨을 비밀로 감춰 왔다.

헤르메스 길드는 물론이고 다른 유저들에게도 노출되지 않도록 했다.

전투력이나 영향력이 어떻든 레벨이 낮은 건 자존심이 상하는 일.

최근에 방송에 나와서 레벨 500을 넘겼다면서 대단한 대우를 받는 유저들을 볼 때마다 속이 쓰렸다.

'내가 더 높아져서 전부 무시해 주겠어!'

❖❖❖❖❖❖

솔라도 던전 격파!

미크틱 협곡의 홀프 떼 제압!

바케 마굴 대학살!

거인들의 땅에서 벌어지는 위드의 사냥은 그대로 방송국들에 비싼 값으로 팔렸다.

"네크로맨서로 전직해서 사냥을 해요?"

"예, 국장님. 신선한 뉴스이지 않습니까? 사냥 동영상을 5개나 구입했습니다."

"위드에 대한 자료야 뭐든 높은 시청률을 기록하기는 합니다만… 비슷비슷한 사냥 영상을 연속으로 보여 주면 재미가 있을까요?"

방송국 임원들은 꽤나 회의적이었다.

"오늘도 사냥하고, 내일도 사냥합니다. 그냥 계속 던전에서 몬스터를 사냥하기만 하는데… 이걸 시청자들이 채널을 고정해 놓고 계속 보겠어요?"

"위드잖습니까. 다른 방송국들이 선점하기 전에 구입해 왔습니다."

"독점입니까?"

"독점은 아닙니다. 그러면 광고 판매 금액의 60%를 요구해서… 최대한 빨리 방송하는 게 이익입니다."

"흐음. 일단 추진을 해 보죠. 편성할 수 있는 시간대를 알아봅시다."

CTS미디어가 신중하게 접근하고 있는 사이, KMC미디어는 영상을 사 오자마자 생중계를 시작했다.

연출 팀에서 급하게 10개가 넘는 조직이 달라붙었다.

각자 3분씩 잘라서 영상의 내용이나 카메라 각도, 음향을 체크한 후에 일단 붙여서 방송을 바로 올려 버렸다.

위드의 열성 팬인 강 부장의 과감한 시도였다.

"방송은 속도지!"

위드가 어디서 무언가를 할 때마다 KMC미디어의 전 직원들은 시청률 상승이라는 보답과 함께 두둑한 상여금을 받았다.

"확률상으로 지금까지 다 성공했으니 100%야. 우리 머리로 이게 된다, 안 된다 하고 따질 필요 없이 시도해 보는 쪽이 낫잖아?"

"그야 그렇죠."

"위드를 다른 방송국에 먼저 뺏길 수는 없지."

임원들도 내용에 대해서는 검토도 안 하고 긴급 편성을 허락했다.

방송국 직원들의 사기도 대단히 높았으니 채널을 통해서 자막으로 방송 예고가 나왔다.

> 정규 방송을 취소하고 1시간 후부터 전쟁의 신, 아르펜의 국왕 위드의 네크로맨서 사냥 영상이 중계됩니다. 시청자 여러분들의 많은 양해와 관심을 부탁드립니다.

시청자들의 반응이 바로 터졌다.

> ─꺄! 위드 님의 사냥이다.
> ─네크로, 네크로맨서!
> ─저 로브에서 냄새 엄청날 듯!
> ─불사의 군단과 관련해서 후덜덜한 위력을 보여 주었던 위드 님이 네크로맨서가 되었군요.
> ─리치였을 때의 포스도 대단하죠. 오크 카리취나 다양한 모습들이 유명하지만 순수한 강함만 놓고 보면 리치가 최고였습니다.
> ─강함? 그건 단연 불의 전사죠. 언데드들이 많다고 해서 극강의 위력을 보여 주는 건 아닙니다. 집단으로 보면 강하기야 하겠지만요.

반가움과 감탄으로 시작된 게시판이 금방 직업에 따른 논쟁으로 불이 옮겨 갔다.

위드가 지금까지 어떤 종족이나 직업이었을 때 가장 강했느
냐에 대한 관심이, 직업의 우열을 평가하고 있었다.

〈로열 로드〉에서 툭하면 나오는 것이 직업에 대한 이야기.

―이것저것 따질 거 없이 네크로맨서 붐이 일어날 듯!
―한때 조각사도 하던 사람이 많았는데, 네크로맨서는 엄청나겠네요.
―조각사 거품이 꺼졌듯이 네크로맨서도 마찬가지이리라 봅니다.
―현재 최강 직업이 네크로맨서임. 1인 군단으로 다 해 먹어요.
―고레벨 네크로맨서들만 그렇죠. 저렙들이 얼마나 고생하는지 모르세요?
  사냥도 힘들어요. 파티 사냥에도 안 끼워 주고요.
―인생 후반 보고 사는 거죠. 다른 직업보다는 장점이 많다고 봅니다. 이것
  저것 다 겪어 본 위드 님이 선택한 게 확실한 증거 아닐까요?
―그래 봐야 암살자나 전투 계열 직업에는 취약함. 가까이 접근해서 한 방
  이면 네크로맨서는 끝.
―언데드들은 집 나가서 놀아요? 뼈 감옥에 갇힌 뒤에 저주에 시체 폭발로
  박살 날 듯.
―신성력을 기반으로 한 장비만 다 갖추고 있으면 네크로맨서 걱정 안 해도
  되죠.
―레벨 높아질수록 장비 하나하나 모으기 정말 어렵습니다. 흑마법 저항 장
  비들 갖추면 정작 일반 사냥 하기 힘들어요. 부자들이라면 모르지만요.
―최강은 흑기사. 바드레이가 베르사 대륙 최강임. 인정?
―그 바드레이도 일대일로는 위드한테 털림. 인정?
―싸워 봐야 앎. 개인적으로는 바드레이에게 한 표.
―여기 헤르메스 길드 첩자가 둘이나 있다!

게시판에는 글들이 폭주했고, 시청률도 따라서 덩달아 올라
갔다.

그리고 결론!

―무엇을 하든 상관없습니다. 용서합니다. 여신님의 별을 조각했기 때문입
  니다. 오! 풀죽여신이여.

―풀죽, 풀죽, 풀죽!

―죽순죽 부대여, 여기 모여라.

―풀죽의 감칠맛을 원하는 이들이여. 대게죽으로 오라!

―풀죽……!

풀죽부대의 정복!

―드디어 논쟁 끝났네요. 풀죽!

―그리고 풀죽밖에 없었다. 풀죽.

―직업이 뭐가 중요합니까. 풀죽!

❖❖❖❖❖

KMC미디어에서는 일단 위드의 사냥 영상을 긴급 편성으로 넣었다.

위드의 인기를 감안하여 시청률이 높을 것이라고 생각했지만, 정작 사냥 영상에 큰 기대는 없었다.

〈로열 로드〉의 초창기도 아니고, 대륙에 변화를 일으키는 엄청난 퀘스트를 진행하는 것도 아닌 사냥 영상이라고 한다.

몬스터를 때려잡는 단순 반복의 연속.

이름이 알려지고 구성이 좋은 파티나 던전 공격대, 탐험을 위한 원정대도 아닌 1명의 사냥에 불과할 뿐이다.

그럼에도 시청률이 평균 이상으로 나올 테니 진행자들은 최고들로 뽑았다.

인터넷 개인 방송으로 시작하여 〈로열 로드〉를 중계하며 인기를 얻은 한상호와 이단아.

방송국의 대표 진행자인 신혜민과 오주완은 이미 맡은 프로그램이 많았다.

젊은 한상호와 이단아에 대한 시청자들의 평가도 높았으니 프로그램을 맡겼다.

"우 PD님, 구성이 단순하네요. 던전 사냥. 그걸로 끝이에요?"

"예. 그냥 영상을 중심으로 방송하면 될 겁니다."

"어렵진 않겠네. 위드 님 영상은 개인 방송 하면서 거의 매일 틀었으니 맡겨만 주세요."

이단아는 20대 초반의 여자면서 〈로열 로드〉에서 원거리 지원을 해 주는 마법사나 사제가 아니라 기사의 직업을 갖고 있었다.

"상호 씨, 네크로맨서에 대해 잘 아세요?"

"몇 가지 기본적인 사항밖에는 모릅니다. 예전에 위드의 영상을 중계하면서 알아본 정도요. 헤르메스 길드의 그로비둔도 있긴 한데 네크로맨서가 그렇게 큰 비중은 아니었어요."

"저도 그 정도밖에는 모르는데."

"단아 씨는 레벨이 높잖아요?"

"그게, 레벨이 400을 넘으면 대부분 네크로맨서를 좋아하진 않고 같이 다니는 경우가 드물어요."

"흠. 그럼 빨리 네크로맨서 공부를 해 봐야겠네요."

〈로열 로드〉와 관련된 사이트에서 네크로맨서에 대해 짧게나마 공부하면서 방송 준비를 했다.

그리고 시작된 〈위드의 사냥기〉는 상상을 초월하는 파급을 일으켰다.

❖❖❖❖❖

위드가 바케 마굴에 들어서는 장면부터 영상은 시작됐다.

한상호가 먼저 멘트를 시작했다.

"바케 마굴. 거인 성채에서 북쪽 영토에 있는 곳입니다. 산악 지대로 위치는 알려졌지만 지형이 험하고 몬스터들이 위험해서 사냥에 나선 유저가 없었습니다."

"그러면 방송으로 시청자 여러분들께 보여 드리는 게 최초인가요?"

"던전에 들어간 것부터가 처음일 것 같습니다. 바케 마굴까지 가지 않고도 마을 데릭과 가까운 곳에 사냥할 던전이 많으니까요."

진행자들은 멘트를 하면서도 위드의 영상에 집중했다.

방송까지 준비 시간이 너무 짧아서 네크로맨서에 대한 사항을 공부하기도 빠듯했다.

저주와 언데드 소환, 골렘, 몇 가지 공격과 방어 마법들.

네크로맨서는 단순한 편이었지만 진행자가 잘못된 지식을 이야기할 수는 없었다.

또한 대본이 준비되어 있지 않아서 즉석에서 이야기도 만들어 내야 한다.

축구를 중계하는 것처럼 현장에 적응해야 했으니 순발력과 재치가 필요했지만 인터넷 방송 출신 진행자가 둘이라 그 부분에서는 강점이 있었다.

'도대체 어떤 사냥을 하려고⋯⋯.'

'네크로맨서는 재미없을 텐데. 언데드들을 싸우게 하고 뒤에서 구경만 하잖아.'

진행자들도 우려를 담아서 시작된 방송!

"바케 마굴은 확실하진 않지만 데릭 마을의 북부 유저들이 모은 정보로 보니 레벨 500대 후반의 몬스터들이 주로 나오는 것으로 알려져 있습니다."

"수준이 굉장히 높네요."

"자료를 보니 핏체라는 몬스터들이 주로 출현한다고도 되어 있네요."

"제가 알고 있는 몬스터예요. 순간적으로 얇은 날개를 펼쳐서 높고 멀리 도약할 수 있고, 잠시 비행도 가능한 몬스터. 맹독을 가졌고 엄청난 체력과 공격력이⋯ 게다가 무리를 지어서 집단 사냥을 하는 특성도 있어요. 특히 지능이 있어서 동료들을 이용할 줄 알고요."

"단아 씨. 정말 제대로 알고 있네요?"

"네. 불과 한 달 전에 저희 파티가 산속에서 그 녀석을 만나서 전멸했거든요."

이단아는 말을 하면서도 어이가 없었다.

고작 3마리의 핏체를 만나서 자신을 포함해 레벨 400대 중반의 파티원 10명이 1명도 생존에 성공하지 못하고 다 죽었다.

어느 정도 싸우다가 패배했다면 힘이 부족했다고 납득이라도 할 수 있었을 것이다.

느닷없이 숲속에서 핏체가 튀어나오더니 일방적으로 공격을 가해 1명씩 사냥당했다.

  끅끅끅.

  이단아의 앞에서 핏체 1마리는 날개를 비비고 상체를 흔들며 웃기까지 했다.

  유저들을 마구 비웃으면서 사냥하는 흉포한 몬스터!

  '으드득. 꼭 복수해 주고 싶었는데. 근데 우리 파티도 전멸을 당했는데 위드가 혼자 사냥한다고? 게다가 여긴 몬스터들이 엄청나게 나오는 마굴이잖아.'

  필드에서는 어쩌다 돌아다니는 몬스터들을 만날 수 있다. 그렇지만 마굴에는 몬스터들이 바글바글했다.

  한적한 시골 동네와 개미굴 정도의 차이라고 할까.

  위드는 아예 핏체가 주로 서식하는 마굴로 들어간 것이다.

  이단아의 목소리가 커졌다.

  "핏체는 무조건 피해야 하는 몬스터예요! 절대 위험하거든요. 아무도 마굴에 들어가지 않았던 건 다 이유가 있는 거죠."

  "그렇지만 위드 님이니……."

  "사냥에 성공할 수 있을 리가 없어요! 죽기 딱 좋은 마굴이거든요."

  "그, 그럴까요."

  한상호의 이마에 땀이 맺혔다.

  이단아가 과하게 감정이입을 하고 있다는 걸 느꼈다.

'위드라면 사냥이 가능할지도. 근데 진짜 마굴 공략에 성공했을까? 성공했으니 영상을 주었겠지?'

솔직히 사냥의 결과도 모른 채로 급하게 진행하는 것이기는 했다.

방송을 시작하면서는 당연히 사냥에 성공했으리라고 염두에 두고 있었으니 따로 조사하지도 않았다.

그런데 막상 핏체가 대거 출몰하는 마굴이라고 하니 이단아의 반응이 아니더라도 사냥 성공에 대한 의구심이 부쩍 치솟을 수밖에 없었다.

'실패했다고 해도 위드가 죽은 건 아니겠지. 그냥 적당히 핏체 몇 마리를 사냥하는 모습이 영상에 담긴 것일까?'

방송 자료에 있는 영상의 길이가 한상호의 눈에 띄었다.

'4시간 48분? 짧네. 그렇다면 공략을 한 건 아니고… 그냥 몇 마리 잡고 나왔나 보군.'

아무렇지도 않게 영상의 길이가 있는 부분을 형광펜으로 슥 표시했다.

"핏체는 굉장히 위험한 몬스터로, 사냥을 권하고 싶지 않아요. 레벨 500대 몬스터 중에서 최고 난이도에 속하죠. 실력이 뛰어난 랭커들이라면 사냥을 할 수는 있겠지만 잠깐의 방심만 있더라도 파티원 전원이 몰살을 당하는……."

이단아도 열심히 말을 하다가 한상호가 가리킨 영상의 길이를 보고는 맥이 풀렸다.

'제대로 사냥한 거 아니야?'

이단아가 허탈해서 말문이 막힐 때, 한상호가 주도권을 받아

진행했다.

"네. 위드가 드디어 사냥을 시작하는 모습입니다."

영상의 위드는 진흙 골렘을 일으키고, 반 호크와 토리도를 소환했다.

진행자들에게도 익숙한 몬스터들. 〈로열 로드〉를 하는 누구나 잘 알고 있는 위드의 두 소환물이었다.

"진흙 골렘. 아직 골렘 소환 스킬이 낮은 것 같습니다."

"골렘이 쓸모가 있으려면 낮은 레벨의 사냥터에나 가능해요. 하지만 높은 사냥터라고 해도 네크로맨서가 성장하는 만큼 따라서 강해지죠."

진행자들은 가능한 한 많은 말을 하지 않은 채 영상에 집중했다.

방송 초기, 위드의 사소한 행동까지도 시청자들이 관심을 가질 것이기 때문이다.

'도대체 어떻게 사냥을 하려고……'

진행자들 역시 궁금한 건 마찬가지였다.

바르칸의 풀 세트를 착용한 위드는 마굴에 조각 생명체로는 누렁이와 바하모르그만 데리고 간 상태였다.

"다녀와."

음머어!

누렁이가 느릿하게 마굴의 안쪽으로 사라지더니 금방 다시 돌아왔다.

뒤에는 누렁이의 탐스러운 육질을 노리는 핏체 2마리를 달고서!

조각 생명체, 아르펜 왕국에서 최고의 인기를 누리는 누렁이를 사냥을 위한 미끼 용도로 활용하는 중이었다.

끆꺄!

핏체들은 침을 질질 흘리며 날아오다가 위드와 바하모르그, 토리도, 반 호크를 봤다.

날개를 활짝 펼치면서 제자리에 멈춘 후에 날카로운 팔목을 교차하며 전투 준비를 하는 핏체들.

그들은 잠시 눈빛을 교환하더니 영악하게 미소를 머금었다.

끆끆끆!

위드와 바하모르그, 그리고 나머지 둘까지도 충분히 사냥이 가능하다는 계산이 섰다.

기술을 발전시키거나 마법을 사용할 만큼 똑똑한 몬스터는 아니지만 사냥과 관련해서는 대단히 영악했다.

"바하모르그. 너부터 가라."

"알겠다. 후우와아아!"

바하모르그가 전장의 울부짖음을 터트려서 아군의 생명력과 사기를 높였다.

로아의 명검!

위드가 착용하고 있는 장비들은 바르칸의 풀 세트였지만 검 만큼은 아니었다.

신성한 불과 용암의 강.

어마어마한 스킬들을 펑펑 터트리면서 핏체를 공격했다.

위드의 잘 쌓인 스탯을 기반으로 한 기본 공격력은 처음부터 검사의 것이 아니었기에 네크로맨서가 되었다고 떨어질 것도 없다.

바르칸의 장비 때문에 물리 방어력이 좀 낮긴 했지만 바하모르그가 대부분의 몬스터들의 관심을 강제로 돌린 덕에 안심하고 공격에 집중했다.

"헤라임 검술!"

신성한 불을 적용한 헤라임 검술로 화려하게 핏체를 베었다.

"칠흑 돌진!"

허점을 틈탄, 유령마를 탄 반 호크의 돌격!

토리도는 환상을 일으키고, 박쥐로 변해서 피의 저주를 뿌려댔다.

한상호가 입을 헤벌렸다.

"잘 싸우네요. 과연 위드입니다. 어떤 군더더기도 보이지 않고, 핏체의 움직임이나 형태, 공격 패턴을 감안한 근접전을 펼치고 있습니다. 부하들의 활약도 놀랍네요."

"네. 정말 잘 싸우는 것 같아요."

"레벨과 스킬이 전투의 전부가 아니죠. 몬스터의 공격 반경을 제대로 공략할 수 있기만 해도 실제 전투력에서는 차이가 나는 만큼, 뛰어난 모습입니다."

"저도 동감해요. 핏체들이 제대로 활동하지 못하네요."

핏체 2마리에게 공간을 내주지 않는다.

고작 몇 사람이 움직일 수 있는 공간만을 놔두고 바하모르그와 위드가 달라붙어서 엄청난 스킬들을 터트렸다.

달빛 조각사

뒤나 옆으로 빠져나가려고 하면 이미 그곳에는 용암의 강이 흐르고 있었다.

반 호크도 돌진해 오고, 토리도가 돌풍을 일으킨다. 기회를 노린 누렁이도 가끔씩 머리로 들이받아 버리는 모습이었다.

핏체가 활용할 수 있는 공간과 속도를 제압한 전투!

"당황이란 게 없고 완벽하게 대응하고 있습니다. 수많은 전장과 퀘스트를 경험한 위드이기 때문이겠죠."

"근데 네크로맨서라고 하는데 전투는……."

"완전히 검사처럼 싸우네요. 마법사 로브를 입고 검을 휘두르다니요. 상식을 초월하는 모습입니다. 앗! 네크로맨서 스킬을 쓰긴 했습니다."

"독기 흡수. 핏체의 독을 그대로 흡수해서 마나로 받아들였습니다."

위드나 바하모르그나 저항력이 높은 편이고, 장비가 좋아서 맹독에는 영향을 덜 받았다.

—아르펜의 영광을 위해!

바하모르그는 무섭게 돌진하고 양손에 잡고 있던 철퇴와 도끼를 휘둘렀다.

전형적인 철혈의 워리어로 방어력은 무시무시했다.

핏체 5~6마리의 집중 공격도 꽤나 오래 버틸 수 있을 정도라 수비는 충분했다.

공격력은 조금 부족하다지만 가까이 달라붙어서 연달아 때리는 무기는 핏체에게 꾸준히 피해를 주었다.

위드의 장비와 스킬, 막강한 화력까지 더해지게 되니 핏체 2

마리는 의외로 금방 목숨을 잃었다.

한상호가 놀랍다는 듯이 말했다.

"사냥에 성공했습니다. 역시 조각 생명체인가요? 부하들의 도움이 있긴 했습니다만 상당히 짧은 시간에 안정적으로 사냥했네요."

"그, 그게… 그래도 저렇게 쉽게 죽을 몬스터들이 아닌데. 그때 우리를 사냥했던 핏체들은요."

이단아는 잠시 공황에 빠졌다.

위드와 그 부하들이 달라붙어서 두들겨 패고 쉽게 잡아 버린 핏체들!

한상호가 위드나 토리도, 반 호크의 상태를 자세히 보고는 말했다.

"별로 다친 곳도 보이지 않습니다. 대부분의 공격을 막거나 애초부터 기회를 안 주었네요."

"아, 저럴 리가 없는데……."

이단아는 상식이 파괴되는 기분이었다.

자신이 마주쳤던 핏체 3마리는 각자가 보스급 이상으로 실력자 유저 10명은 모여야 잡을 수 있을 것 같다는 느낌을 받았었다.

'그때보다 1마리가 적다지만 저렇게 쉽게 때려잡아?'

그 이후 위드는 언데드 소환으로 핏체의 시체를 데스 나이트로 만들었다.

언데드의 꽃이라고 부를 수 있는 데스 나이트!

스스로의 판단에 따라 스킬을 사용할 수 있으며 본격적으로 지성과 생명력도 크게 강화되는 등급이었다.

"영겁의 지배력을 가진 불사의 지휘관을 뵙습니다."

데스 나이트들이 정중하게 무릎을 꿇었다.

위드의 언데드 소환 스킬이 어느새 초급 8레벨에 올랐다.

장비와 스탯, 몬스터의 수준까지 네크로맨서 스킬을 올리기에는 최적이다. 사냥터에서 먹고 자면서 시간 조각술과 꾸준히 언데드 소환만 한 결과였다.

"반 호크. 네가 이끌어라."

"알겠다, 주인. 이 정도면 조금은 쓸 만하다."

위드는 언데드들의 인사를 받으며 사냥을 계속해 나갔다.

데스 나이트를 소환했다고 해서 큰 감흥도 일어나지 않는 모습이었다.

네크로맨서를 한 이상 본 드래곤 정도는 수십 마리 부려 먹고, 둠 나이트 군단 정도는 일으켜야 한다는 엄청난 야망!

2마리의 핏체를 잡을 때의 시간이 2분 정도.

데스 나이트들이 합류하고 나니 3마리의 핏체를 사냥하는 데도 비슷한 시간이 흘렀다.

데스 나이트들은 스켈레톤들과는 달리 암흑 투기를 이용한 근접전 스킬들을 썼고, 쉽게 무너지지도 않았다.

반 호크의 지휘 아래 핏체들을 맹렬하게 공략했다.

"무조건 돌격해라. 너희들의 주인은 나다. 죽음조차도 내가 허락하지 않으면 얻지 못할 것이다!"

악덕 네크로맨서!

"언데드에게는 인권이 없다. 해골이 빠질 때까지 달려라!"

위드는 반 호크와 데스 나이트들에게 오로지 공격만 시켰다.

핏체는 500대 중후반의 레벨.

안전한 사냥터를 전전했던 평범한 유저들에게는 까다로운 몬스터겠지만 수많은 전장을 겪은 위드에게는 아니다.

이단아는 몬스터를 보고 위드와 자신을 동일하게 생각했지만 애초부터 군만두와 탕수육을 훨씬 뛰어넘는 격차가 있었다.

"딱 때려잡기 좋은 녀석들이군. 손맛도 있어!"

예전에 로드릭 미궁을 탐험할 때 500대의 몬스터들을 이미 사냥했다.

핏체 2마리 정도는 바르칸의 풀 세트가 아닌 여신의 기사 갑옷을 입었다면 위드 혼자서도 사냥이 가능할 정도에 불과했다.

"암흑 투기!"

"죽음의 검!"

데스 나이트들은 몬스터들에게 맞아 파괴와 복원을 거듭하며 만만치 않은 피해를 주었고, 그 덕에 사냥이 빨라졌다.

"일어나라, 눈 감지 못하고 잠들지 않은 원혼들이여! 일어나서, 여기 살아 있는 자들과 너희를 죽인 자들에게 복수하라! 데드 라이즈!"

위드는 데스 나이트 덕분에 미끼가 필요 없었으니 누렁이를 타고 사냥에 나섰다. 신중하게 병력과 진형을 고려하며 싸우는 네크로맨서와는 달랐다.

위드와 바하모르그가 선두에서 싸우고 갈수록 증가하는 언데드들은 후방이나 측면에서 지원한다.

어쩌다 데스 나이트들이 부서지더라도 금방 복구가 이루어진다. 전투의 위험을 위드와 바하모르그가 감당하고 있었으니 언데드들의 공격력도 십분 발휘가 됐다.

5마리, 10마리, 25마리, 45마리.

처음이 힘들었을 뿐, 그 이후부터는 사냥에 걸리는 시간이 오히려 짧아지는 느낌이 있었다.

영상을 보며 진행자인 한상호와 이단아의 말문이 막혔다.

"허어… 저렇게?"

"아악! 말도 안 돼. 이건 꿈일 거야."

진행자가 아닌, 위드의 사냥 영상을 보는 두 사람의 관객이 되어 버리고 말았다.

—위, 위드으!
—저게 위드입니다. 모험과 전쟁에서도 특별하지만 사냥에서는 비교가 불가능한 존재죠.
—왜 진작 네크로맨서를 안 했죠? 이렇게 강하고 빠른 사냥은 처음 봐요.
—이제 고대 역사에 남아 있는 〈마법의 대륙〉 유저 출신입니다. 끝났네요. 헤르메스 길드의 명복을 빕니다. 그래도 꽤 오래 버텨 주긴 했어요.
—위드의 첫 직업이 조각사가 아니라 네크로맨서였다면요? 우린 전부 스켈레톤과 살고 있겠죠. 아니면 스켈레톤이 되어 있거나.
—무서워서 풀죽이라고 안 외칠 수가 있나.
—풀죽신교의 전쟁 신 위드!

연출자인 PD와 작가들은 실시간으로 게시판을 확인하면서 미소를 지었다.

진행자들의 얼빠진 모습을 탓하는 글은 거의 없고, 사냥 속도에 대한 놀람이나 찬양만이 가득했다.

위드는 데스 나이트를 50기까지 늘린 후, 스켈레톤 메이지와 스켈레톤 궁수들을 소환하여 원거리 공격을 하도록 했다.

독기를 내던지는 스킬들이 스켈레톤 메이지의 주특기였지만 즉시 발동되는 화염 마법들은 원거리 대미지가 착실하게 누적되었다.

─이 멍청한 놈들, 빨리빨리 움직여라. 뼈마디에 기름칠 좀 해!

스켈레톤은 1마리도 옆길로 새지 않고 정해진 방향으로 이동하고 전투를 치렀다.

위드는 최강의 장비뿐만 아니라 지금까지 진행했던 퀘스트에서 호칭을 얻었다.

불멸의 전사, 영광의 언데드 지휘관.

스스로의 강함에 의해 언데드들을 완벽하게 통제하고 지배했다. 넓은 전장의 완벽한 장악! 잔소리와 독재를 바탕으로 한 지휘 능력!

사냥과 이동을 반복하며 언데드들은 뼈마디가 두꺼워지고 조잡하나마 장비도 향상됐다. 위드가 시체들에 초급 4레벨의 언데드 무기 부여와 방어구 생성 스킬을 사용한 것이다.

─겔겔겔겔!

─죽음의 길로 이끌어라!

언데드들은 미친 듯이 질주했다.

나약한 언데드들을 조합해서 전력을 극대화시켰고, 무자비한 공격성을 발휘하도록 했다.

광란의 전투!

—저, 네크로맨서입니다. 솔직히 고백하는데… 저게 가능한가요?
—어이가 없네. 언데드들이 미쳤어요. 몬스터를 때려잡다가 부서지고, 또 때려잡고.
—마굴에 청소기 틀었나요?
—핏체가 나타났다. 죽었다. 언데드가 늘어났다.
—무섭다. 이런 게 진짜 〈로열 로드〉 랭커구나… 나도 레벨 300은 넘는데. 나 같은 일반인과 차원이 다르네.
—윗분. 절대 그렇지 않아요. 다른 네크로맨서들에 비해서 3배 이상은 빠른 건데요.
—〈로열 로드〉 홈페이지 명예의 전당에서 그로비듄이 사냥하는 거 보세요. 느려요. 맨날 챙길 것도 많아요. 언데드들이 머릿수가 많다고 해도 싸울 때마다 시간이 오래 걸리거든요.
—네크로맨서들이 싸울 때 보면 맨날 도망치는 키 작은 스켈레톤 꼭 있죠!

위드가 이끄는 언데드들은 군단이라고 부를 정도로 세력이 커졌다.

물량전을 바탕으로 한 대진격!

바케 마굴이 빠른 속도로 정복되었다. 대형 마굴이 아니긴 했지만 걸린 시간이 고작해야 4시간 48분이었다!

언데드들이 늘어난 이후부터는 반복되는 사냥을 짧게 압축하느라 전체 방송 시간이 1시간 20분 만에 끝났다.

이어서 솔라도 던전!

언데드들이 우르르 몰려가더니 사냥이 대규모로 일어났다.

반 호크가 이끄는 데스 나이트로 구성된 기사단이 선두에서 돌진했고, 스켈레톤 언데드 군단이 뒤를 받쳤다.

위드와 바하모르그는 난전을 일으키면서 중심에서 싸웠다.

네크로맨서로 전직은 했지만 후방에서 마나 회복을 기다리지 않고 로아의 명검으로 몬스터들을 후려갈긴다.

질풍노도! 엄청난 속도감과 몰입감!

멋진 풍경이 나오더라도 그걸 차분히 감상하거나 설명할 겨를도 없다.

—진군. 달려라, 뼈다귀들아!

데스 나이트와 스켈레톤들이 우르르 몰려가서 자기 몸이 부서지면서까지 몬스터들을 제압한다.

보는 이들은 영상을 따라가면서도 전투를 구경하기에 바빴고, 때때로 말문마저 막혔다.

"허어……."

"꿈이에요. 이건 꿈같아요."

진행자들은 자신이 뭐라고 떠들었는지도 알 수 없을 정도였지만 시청자들의 반응은 대단했다.

⋆⋙☞≪⋆

팔로스 제국의 건국

위대한 사막은 하나로 통합되었다. 용맹한 전사들이여, 뜨거운 열사의 모래를 벗어날 때가 돌아왔다. 팔로스 제국의 영광이 있던 그곳으로, 강물이 흐르고 수풀이 있는 땅으로 돌아가자. 가장 많은 영토를 얻은 이가 팔로스 제국의 황제가 되리라. 최대 1년의 시간이 주어진다.

난이도: 지역 제패.

보상: 팔로스 제국의 황제.

제한: 사막 전사 한정.

팔로스 제국의 재건!

은링, 벤, 엘릭스.

3명의 모험가로 이루어진 대지의그림자 파티는 그동안의 지독한 고생이 끝나 간다고 생각하니 마음이 한결 가벼워졌다.

"됐네요, 이제."

"후. 정말 다신 받고 싶지 않은 퀘스트였어."

"난이도가 진짜 말이 안 될 정도였어."

절망의 평원을 발견했고, 엠비뉴 교단을 세상에 드러나게 만들었던 대륙 최고의 모험가 파티!

그들은 엠비뉴 교단의 보물을 구하기 위한 퀘스트를 위해 대륙 전역을 헤매고 다녔었다.

결과는 허무하게도 위드가 엠비뉴 교단의 총본영을 파괴해 버리는 것으로 미래가 바뀌면서 끝나고 말았다.

"우리에게는 헛수고였지만 그래도 다행이지. 모든 사람들을 위해서 말야."

"엠비뉴 교단이 완전히 사라진 것만 해도 좋네요. 그들의 보물들이나 악마의 술법들이 다 풀려났다면 대륙은 엉망진창이 되었을 거니깐요."

"모험 퀘스트의 난이도를 보면 상황에 따라 악화되는 걸 느낄 수 있지. 〈로열 로드〉에서는 베르사 대륙이 망하는 것도 불가능한 이야기는 아닐 거야."

위드 때문에 찾았던 남부 사막의 메타페이아.

대지의그림자 파티가 중앙 대륙으로 돌아가려던 도중에 쌍봉낙타를 구하다가 받게 된 퀘스트.

사막의 대제왕과 관련된 14단계의 연계 퀘스트도 끝나 가고 있었다.

　"이번에도 고생은 진짜 말도 못 해."

　"아후. 시원하기도 하고, 섭섭하기도 하고……."

　대지의그림자 파티는 그동안 인도자의 역할을 했다.

　위대한 사막의 대제왕의 후예인 젊은 사막 전사들을 사냥터와 퀘스트로 이끌어서 보살피며 성장시켰다.

　분쟁이 끊이지 않는 사막 부족들을 퀘스트와 설득으로 통합시켰으며, 위드의 부하들이 남긴 보물들을 찾아내서 사막의 발전을 위하여 썼다.

　대지의그림자 파티로서도 포기하고 싶은 순간은 많았다.

　기껏 키운 사막 전사들이 허무하게 죽어 버리거나 모래 폭풍에 휘말려 사라지고 나면 퀘스트의 성공 가능성도 희박해졌다.

　북부, 아르펜 왕국에서 퀘스트를 하겠다며 건장한 청년들이 오지 않았더라면 퀘스트의 끝을 보기 힘들었을 것이다.

　"대제왕 퀘스트를 하시겠다고요?"

　"우린 그런 거 잘 모르겠고, 실컷 싸울 수 있다고 해서 왔습니다."

　"싸울 수는 있는데 위험한데요."

　"그걸 원합니다."

　검오치와 수련생들.

　그들은 사막 전사보다도 더 용맹했으며 뛰어난 검술 실력과 투지를 가졌다. 그리고 무식했다.

은링이 그들에게 부탁했다.

"아. 여기선 물러나는 게 좋겠어요."

"남자는 전진이죠!"

과감하게 싸워서 전멸.

"전사들의 레벨을 더 올려야 해요. 조금만 더 키우면 안정권에 접어들 겁니다."

"애늘은 싸우다 보면 알아서 크죠."

사막 전사들까지 데리고 같이 전멸.

사막 부족의 화합에도 사건은 벌어졌다.

"분쟁이 벌어졌습니다. 오아시스의 지배권을 두고 부족들이 다투는데……."

"흠. 저희들이 알아서 해결하겠습니다."

"오아시스의 역사를 감안해 보면요. 그리고 양 부족의 특산품 교역을 알선하는 방향으로 한다면 원만한 해결책이 있을 것 같은데요."

"일단 가 보고 판단하죠."

그리고는 사막 부족들끼리 전쟁을 치르게 만들었다.

대지의그림자 파티는 넓은 사막에서 거센 흙먼지를 일으키며 돌진하는 수만 명의 전사들을 보며 기도 안 찰 지경이었다.

"……."

그럼에도 아르펜 왕국에서 왔다는 사내들은 기적처럼 어찌어찌 승리를 일구어 내기는 했다.

도저히 불가능해 보일 것 같은 전투도 거짓말처럼 이겨 낼 때가 있었으며, 의외로 사막 전사들과 이야기가 잘 통했다.

"칼질 좀 한다며?"

"그런데?"

"심심한데 덤벼라."

지독하게 오만하고 사나운 사막 전사들과 싸우고 고기와 술을 나눠 마셨다.

전사들과 친해지는 과정은 도저히 익숙해지지 않았다.

인구가 1,000여 명에 지나지 않던 사막 도시들은 위드의 조각술 최후의 비기 중 노들레와 힐데른 퀘스트 때문에 번성하게 되었다.

숱한 사막 도시들과 인연을 맺었고 사막 전사들을 양성했다.

"어쨌든 이젠 조만간 팔로스 제국이 건국되겠네요."

"후… 그러게요."

"대제왕의 퀘스트도 마무리라니……."

대지의그림자 파티는 뿌듯함을 만끽했다.

하지만 그들은 상상도 하지 못했다.

대륙의 어딘가에 사막의 대제왕과 관련된 퀘스트를 받은 유저가 또 있다는 것을.

사막의 패자

끝을 모르는 모래사막에는 팔로스 제국의 드넓은 영광이 묻혀 있다. 사막 전사들은 위대한 제국의 부활을 위한 안배를 해 놓았다. 전사들의 피에 흐르는 명예와 투쟁심. 사막에 사는 사람들은 모두 진정한 강자가 나타나 대제왕의 길을 걷기를 기다리고 있다. 사막 전사들의 뜻과 의지를 하나로 모으라. 사막의 시험을 통과한 그대가 부른다면 전사들은 기꺼이 따를 것이다.
난이도: S. 사막 퀘스트.
보상: 대서사시 '팔로스 제국의 건국'으로 연결될 수도 있다.
제한: 역사적인 사막 전사의 인정.

사막의 영웅인 헤스티거에 의해 강제로 부여됐던 퀘스트!

모험가 대지의그림자 파티는 차라리 모르는 게 약이었다.

위대한 조각술 마스터이며, 네크로맨서가 되어서 단물을 빨아먹으려는 위드!

그가 숟가락을 얹기 위해 느긋하게 기다리고 있다는 사실을.

✧◈◎◎◈✧

검오치.

그는 냄새나는 늑대 가죽으로 된 옷을 입고 있었다.

"역시 이 맛 아니냐?"

"야성미가 철철 넘치십니다, 사범님."

"후후."

수련생 122명.

그리고 사막 전사 35만 명으로 구성된 군대를 이끌고 하벤 제국의 아이데른 지역으로 진격했다.

"딱 패싸움하러 가는 기분이다."

"비유가 정말 적절하십니다, 사범님."

"완전 시인 아니십니까?"

"크후훗. 여긴 천국이다. 말이 아니라 주먹과 칼로 이야기를 하니 말이다."

검오치는 스스로의 머리에 대해서 약간의 자부심이 있었다.

'나는 행동하기 전에 먼저 생각한다.'

〈로열 로드〉를 하면서 드디어 생긴 버릇.

어릴 때부터 부모님한테 생각 좀 하고 살라는 말을 수없이 들었는데 드디어 생긴 것이었다.

다른 사범들이 몬스터를 보면 검부터 뽑아 들 때, 검오치는 생각을 했다.

'저놈, 칼질하는 맛 좀 나겠는데.'

강자를 만났을 때에도 생각을 했다.

'팔모가지를 날려 버리고 나서 어깨, 옆구리, 발목 순서대로 쳐야지. 흠뻑 두들겨 패 줘야겠다.'

옛 아이데른 왕국 지역은 현재 하벤 제국의 중소 영주들이 다스렸다.

드넓은 일스 대평원과 소규모 공국 지역의 땅들은 헤르메스 길드에 큰돈을 바쳤거나, 공적을 세운 유저들이 골고루 나눠 먹었다.

"다 쓸어 버리자!"

"후와아!"

검오치와 수련생들이 이끄는 사막 전사들은 일스 대평원을 가로질렀다.

"침략! 침략이다!"

중앙 대륙이 수천여 개 길드로 나뉘어 있던 시절부터 상대적으로 평화로웠던 소규모 공국 지역!

헤르메스 길드가 지배하는 하벤 제국군은 일스 대평원에서 급하게 수비에 나섰다.

"공격 마법을! 더 가까이 다가오면 화살을 쏴라."

일스 대평원에서 수확되는 방대한 곡물!

요새와 성벽에서 막으면 막대한 식량을 사막 전사들에게 넘겨줘야 했던 것이다.

정작 검오치와 수련생들은 농산물 수확에는 아무 생각도 없었는데 말이다.

검오치는 적들을 보며 생각했다.

'머리 숫자가 절반밖에는 안 되는데… 음. 그럼 공격해야지! 내가 봐도 합리적이고 똑똑한 판단이야.'

급하게 모이느라 인근에 100여 명이 넘는 영주들의 군대는 제국군에 참여하지도 못한 상태였다.

"사막의 영광을! 시원하게 싸워 보자!"

"선봉은 제가 섭니다."

"간다. 먼저 가는 사람이 임자다."

"우랴우랴우랴!"

검오치와 수련생들이 진격 명령을 내리자 낙타를 탄 사막 전사들이 해일처럼 전진을 시작했다.

크구구구궁 콰과과광!

마법병단의 마법 공격이 융단폭격처럼 평원에 작렬했다.

"이랴. 달려라!"

"더 빨리. 우리가 먼저 공격한다."

사막 전사들은 마법 공격을 헤치고 돌진했다.

호쾌한 사막 전사들은 검오치와 수련생들과도 비슷한 성격을 갖고 있었다.

오로지 돌진!

적의 눈을 쳐다보면서 최대한 빠른 속도로 달려간다.

하늘에서 쏟아지는 화살비를 시미터를 돌리며 걷어 낸 사막 전사들은 그대로 하벤 제국군의 진영을 강타했다.

"크하하핫. 바로 이 맛이지!"

적진에 난입한 검오치는 병사들을 닥치는 대로 베었다.

"놈. 여기서 막겠다!"

"재밌을 것 같군. 덤벼라!"

검오치는 가끔 기사들과도 창을 맞댔다.

전력을 다해서 말과 낙타를 달리면서 검과 창을 부딪치면서 겨뤘다.

빠른 이동 중 절묘한 균형 감각과 힘, 무기를 다루는 기술을 겨루는 기마전!

"고작 이 정도인가!"

"크윽. 분하다."

검오치의 힘 앞에 하벤 제국 기사들이 낙엽처럼 쓰러졌다.

실력도 실력이지만 낙타와 말을 탄 상태에서는 경험과 감각의 차이가 컸다.

수련생들과 사막 전사들 역시 제국군을 압도했다.

제국군의 정규군은 하벤 지역이나 북쪽에 몰려 있었다.

상대적으로 평화로운 남부 지역에는 하벤 제국군에서도 2급이나 3급에 속하는 제국군 병사들!

헤르메스 길드 유저들도 100명이 좀 넘게 군대에 속해 있있지민 상황이 불리해지는 걸 보자마자 일찌감치 도주한 후였다.

일스 대평원의 승리!

사막 전사들은 고작 수천 명도 죽지 않았는데, 제국군은 4만 명이 죽고 나머지는 전부 포로로 잡혔다.

검오치조차도 놀라서 물었다.

"내 지휘 능력이 이렇게 좋았냐?"

"그러게요. 우리가 해낸 게 맞습니까, 사범님?"

"돌을 던졌는데 코끼리가 쓰러진 것 같다."

"음… 마법 공격을 당할 때 또 그런 식으로 전멸할 줄 알았었는데요."

마찬가지로 이겨서 어리둥절해 있던 수련생이었다.

무턱대고 돌격해서 실컷 싸울 뿐이었지 결과에 대해서는 장담을 못 했다.

특히 이런 큰 규모의 전쟁에서 압도적인 대승이라니!

"뭔가 불안해진다."

대학물을 한 학기 먹다가 쫓겨난 검백십칠치가 말했다.

"사범님, 이럴 때 조언을 얻어야 합니다."

"역시 그렇지. 똑똑한 사람의 이야기를 들어 보자."

검오치와 수련생들은 마법 통신을 이용해서 아르펜 왕국의 군사 총사령관 알카트라와 대화를 나눴다.

　　알카트라는 과거 하벤 제국의 북부 지역을 다스리다가 아르펜 왕국으로 넘어온 나름 뛰어난 지휘관이었다.

> 알카트라: 아마도… 기습의 효과가 컸던 것 같습니다. 하벤 제국이 전쟁을 대비하지 않았던 탓도 있겠지만, 기본적으로 용맹한 낙타 기병들이 돌격에 성공하면 방어 진형이 허무하게 무너져 버리기도 하지요.

　　검백십칠치가 간단히 해석했다.

　　"선빵 날린 게 효과가 컸다는 거 같습니다."

　　"흠. 나도 그렇게 듣고 있었다."

> 알카트라: 다만 문제는 앞으로의 일입니다. 헤르메스 길드의 대규모 병력이 결성되어 일스 대평원을 향하게 되면 지금의 전력으로는 막지 못합니다.

　　"놈들이 떼로 몰려올 거라는데요?"

　　"알고 있다. 많이 겪어 봤잖아. 원래 지면 떼로 몰려오는 거니까."

> 알카트라: 사막 전사들은 제국군 병사들에 비해서 강합니다. 그런데 조합이 너무 나쁘죠. 중보병 사단에 마법병단이 동원되면 허무하게 질 겁니다. 사막 전사들은 공성전으로 버틸 수도 없을 거고, 저라면 원거리에서 끊임없이 마법으로 견제하면서 사막 전사들의 숫자를 줄일 겁니다.

　　"마법으로 멀리서 때린다는데요?"

"그건 좀 많이 아프지."

"어떻게 해결할까요?"

"그것도 그냥 물어보자."

> 알카트라: 정복 전쟁은 오랫동안 준비해야 하는 것입니다. 갑자기 침략해서 크게 이기긴 했지만 다음에 싸우면 질 겁니다.

알카트라는 사막 전사들을 데리고 평원처럼 넓은 지형에서 막아야 한다고 조언을 했다.

30분 가까이 제국군을 상대하는 전투 진형에 대해서도 말을 해 주었는데 검오치와 수련생들은 열심히 들었다.

"커험. 좋은 말씀 감사합니다. 덕분에 전쟁 준비에 도움이 많이 될 거 같습니다."

> 알카트라: 별말씀을요. 언제든 물어보실 것 있으면 연락 주십시오.

마법 통신이 꺼지는 순간, 검오치가 깊은 한숨을 내쉬었다.

"얼마나 알아들었냐?"

"뭔 말을 하는 건지. 뭐라고 설명은 하긴 하던데 졸려서 못 들었는데요."

"나도 잘 모르겠다."

검오치와 수련생들은 모닥불을 피워 놓고 덩치 큰 사내들끼리 주르르 모여 앉아 회의를 나누었다.

엄청난 병력과 포로들. 드넓은 땅!

"우리가 진짜 왕이 될 수 있을까?"

"글쎄요. 반장도 못 해 봤는데요."

"골목대장이 제일 마음 편하고 좋지 않습니까?"

검오치와 수련생들은 머릿속이 깨끗한 게 좋았다.

"앞으로 어떻게 해야 할지 막내한테 물어보자."

"예. 그게 젤 낫겠습니다."

"녀석이라면 방법이 있겠죠."

검오치는 위드에게 귓속말로 지금까지의 사정을 설명하고는 말했다.

> —우리가 어떻게 해야 할지 방법이 있겠냐?

돈이나 이익에 관해서는 초고성능을 자랑하는 슈퍼컴퓨터급의 위드의 두뇌가 회전하고는 결론을 내놨다.

> —사형들이 지키긴 어렵죠. 대평원 부근의 도시도 하나둘이 아니고요.
> —그럼 다음에 싸우다가 다 죽을까?
> —그럴 필요야 있겠습니까. 일스 대평원의 하벤 제국군 병력은 전멸했죠?
> —응. 이 동네 유저들이 그러는데 이 주변 제국군은 없다더라. 도시나 성은 지키고 있겠지만.
> —영주들의 병력은 그리 안 클 겁니다. 세금 거두는 정도의 병력밖에는 안 두는 편이니까요. 걔네들을 전부 치세요.
> —정복하라고?
> —아뇨. 그냥 공격해서 다 함락하고 약탈하세요.
> —약탈?
> —오오… 함락과 약탈이라니!

검오치와 수련생들의 귀가 솔깃했다.

약탈!

아무리 머리가 나빠도 바로 이해가 될 만큼 깔끔하고 시원한 단어였다.

—그다음에는? 제국군이라는 놈들이 물러올 때까지 전쟁 준비를 하며 기다려서 싸우면 되나?

—아뇨. 놈들이 바라는 걸 해 줄 필요는 없죠. 포로들을 잔뜩 데리고 사막으로 물러나세요.

—기껏 군대와 싸워 이기고 땅까지 얻었는데, 다시 철수하라고?

—사형들한테 땅이 왜 필요합니까. 집 짓고 살 것도 아닌데요.

—그렇기는 해.

—대평원의 곡물부터 시작해서 가죽 자원과 돈, 사람을 끌고 사막으로 돌아가세요. 제국군 포로들이 많다면서요.

—다 항복하니까 죽일 수도 없고 잡아 놓긴 했지.

—전부 데려가서 사막 전사 훈련을 시키세요. 그리고 병력을 마구 늘려서 하벤 제국의 이곳저곳을 마구 침략하는 겁니다.

약탈과 침략!

검오치는 생각했다.

'뭔가 마음에 드는 단어들이 많아. 이건 절대적으로 옳은 작전 같다.'

—사막 전사의 전투 방식이죠. 지키지 않고 빼앗기만 하면 됩니다.

—그렇게 간단한 방법이! 근데 놈들이 쫓아오면?

—제국군이 사막까지 들어오진 못할 겁니다. 드넓은 국경을 들쑤시면서 사람이나 자원을 사막으로 전부 끌고 가세요. 부족한 사람과 자원을 챙기면 남부 사막 지역도 빠르게 발전하겠죠.

—음. 발전이라… 좋군. 조금 더 자세히 말해 봐라.

—일스 대평원의 곡물이 있으면 포로들을 먹이기에 충분할 겁니다. 먹이고, 재우고, 일을 시키면 어떻게든 나아지겠죠. 그리고 부족한 자원이 있으면 아르펜 왕국의 해상 교역으로 보내 드릴게요.

—교역?

—식량이나 생산 물자, 전투 물자. 무엇이든지 아르펜 왕국과의 교역으로 확보하면 됩니다.

위드는 짧은 순간이었지만 해상 교역을 통해 사막 지역의 사치품을 수입하고, 아르펜의 물자들을 수출할 생각을 했다.

아르펜 왕국도 개발과 기술의 발전으로 물자의 생산량이 늘어나서 수출로를 필요로 했다.

사막 지역에 병장기를 비롯한 넘치는 전투 물자를 수출하고, 사치품과 금과 은, 동물과 가죽을 수입하면 된다.

사막 지역에 대해서는 특히 잘 알고 있는 위드라서 아르펜 왕국과의 상거래를 통해 얻을 게 많다는 사실을 파악했다.

사막 지역이 자체적으로 발전하려면 많은 시간과 노력이 필요했다.

남부 사막이 아르펜 왕국과의 교역을 진행한다면 발전 속도는 몇 배나 빨라질 것이다.

―정말 그렇게 해 줄 거냐. 고맙다, 막내야.
―예. 팔로스 제국의 건국은… 아니, 사형 일이 제 일 아니겠습니까.

✦∽⟨⟩∼✦

"음. 레벨을 2개 올렸군."

위드는 사냥을 하면서 성장에 완전히 만족하진 못했다.

하루나 이틀에 1개 정도의 레벨 업!

방금 462의 레벨을 달성했다.

남들이 보면 미쳤다고 할 정도로 빠르게 경험치를 모으고 있었지만 레벨 400대의 유저들은 이미 꽤 많아진 시점이었다.

레벨 100 이하의 초보들은 〈로열 로드〉를 하면서도 시간을 보내며 느긋하게 노는 시간이 더 많았다.

순수하게 취미로 〈로열 로드〉를 탐험하고 즐기는 유저들!

불행히도 풀죽신교의 유저들 중에서 대부분을 차지하는 이들이었다.

레벨이 200, 300을 넘어가다 보면 욕심이 생긴다.

사냥도 재미있고, 캐릭터의 성장과 퀘스트를 하면서 무언가를 이루어 내는 성취감에 빠졌다.

레벨이 400대를 넘어가면 퀘스트를 통해 상당한 업적을 쌓는다.

작은 마을은 물론이고, 그 지역의 일부를 변화시킬 수도 있는 상당한 비중을 가진 퀘스트!

특정 마을에 공적을 계속 쌓다 보면 주민들이 영웅으로 칭송하거나 기념비를 세워 주기도 했다.

이런 즐거움에 푹 빠지다 보면 레벨을 올리는 데 소홀하지 못했다.

〈로열 로드〉 전체에서도 1만 등수에 꼽히는 랭커가 된다면 어디서라도 자랑할 수 있었다.

〈로열 로드〉를 즐기지 않는 국가는 거의 없다.

하와이나 홍콩, 파리, 런던, 뉴욕.

어느 도시에서라도 〈로열 로드〉에서 랭커라면 주변 사람들의 관심을 듬뿍 받는 것이 가능했다.

레벨이 곧 인기이고 돈이 되는 세계!

퀘스트와 조각술 최후의 비기를 얻기 위해 뒤처진 위드의

400대 중반 정도의 레벨은 절대 높다고 할 수 없는 수준이 되어 버리고 말았다.

그럼에도 불구하고 다른 유저들처럼 억지로 올린 400대 중반의 레벨은 아니었다.

방대한 스탯과 퀘스트 경험.

조각술 최후의 비기 퀘스트를 하면서 잃어버린 레벨까지 감안하면 간신히 원래대로 복구를 하고 있는 것이었으니까.

"더 높은 곳으로. 진정한 악당이 되려면 강해져야 해. 어중간하게 약한 악당이야말로 졸렬하게 퇴치당하는 뻔한 결말로 가게 되니깐."

위드는 방송으로 판매되는 수익까지도 감안하면 지금 상태가 나쁘진 않다고 생각했다.

"땅을 좀 사 놔야겠어."

은행에 저축은 물론이고, 땅 투기까지도 가능한 한 수익을 올리고 있었다.

믹스커피라도 마시고 싶은 날에는 한껏 거드름을 피우며 추리닝 차림으로 동네 은행에 간다.

프리미어 라운지!

VIP 손님들만을 상대로 하는 은행 창구에서 과자와 커피를 당당하게 꺼내 먹고 나왔다.

친절한 은행 직원들에게 저축 상품에 대한 설명까지 들을 수 있었으니 얼마나 좋은 곳이란 말인가.

"돈이 있으면 커피숍이 따로 없지."

과거에는 천장에 매달아 놓은 생선을 보고 밥을 먹었다지만 그럴 필요가 없는 세상이었다.

돈이 있으면 쓰지 않아도 여기저기서 대우를 해 주었으니까.

심지어 신용카드 회사에서도 하나만 발급받으면 사은품을 듬뿍 안겨 준다고 한다.

예전에는 단돈 만 원도 빌릴 곳이 없었는데 5,000만 원 한도의 마이너스통장이나 대출도 권유했다.

물론 빚은 살아가는 데 전혀 도움이 안 되고, 돈은 빌려서 쓰는 게 아니라는 걸 철저히 몸으로 깨닫고 있는 위드였다.

"참, 그러고 보니 그놈들은……."

위드는 사냥터를 전전하면서 과거 생각이 났다.

학교에까지 빚을 받으러 쫓아오던 사채업자들.

심심하면 찾아와서 지독한 행패를 부리던 사채업자들에 대한 기억은 평생 잊을 수가 없을 것 같았다.

"시간도 꽤 지났으니… 나중에 더 성공해서 꼭 복수를 해 줘야지."

돈과 권력.

위드는 일단 돈부터 많이 갖고 싶었지만 혹시나 권력도 갖게 되면 복수는 필수라고 생각했다.

정득수는 동네 마트에서 장을 볼 때마다 사람들의 시선을 의식하며 조심스러웠다.

"저 남자, 불쌍한 거 같지 않아요?"

"맨날 혼자 돌아다니죠?"

"양복은 자주 입던데 일은 안 하는 거 같아요. 출근하는 모습도 한 번 못 봤어요."

기업 회장으로 살아갈 때는 종업원들의 90도 인사를 받으며 본사에 출근했었다.

해외 출장을 갈 때에도 한국의 대기업 회장으로서 어딜 가더라도 대우를 받았다.

정득수는 최고급 호텔에서 지배인들에게 귀빈 대접을 받았으며 먹고 싶은 음식을 먹지 못할 때가 드물었다.

젊을 때는 신도시 건설 사업을 위해 방문한 사막 한복판에서도 호화로운 요리를 차려 놓고 만찬을 즐겼다.

그리스 남쪽, 지중해에서도 초대형 컨테이너선을 팔아 치우며 최신형 요트에서 파티를 했었다.

수출 목표를 초과 달성했다고 정부로부터 상장도 받아 봤고, 성공한 재벌 2세로 신문에 자주 이름도 오르내렸다.

'그러면 뭐 하나. 다 망해 버렸는데.'

이제는 과거의 영광이 짐처럼 느껴졌다.

호성 그룹의 회사 지분을 정리하면서 가진 상당한 현금과 해외 부동산들.

중년인 지금부터 앞으로 노후를 보낼 돈이야 넉넉했지만 그룹에는 아무 영향력도 남지 않았다.

그에게 아부하던 직원들은 백화 그룹과 벽일 그룹의 눈치를 보면서 연락마저 끊었다.

명절이 찾아오더라도 배 한 상자 보내오는 이가 없었다.

'안 보내 주면 내가 사 먹으면 되지.'

정득수는 장바구니에 라면이나 배, 귤을 담아서 계산했다.

마트에 있던 계산원 아줌마가 친근하게 말을 걸어왔다.

"오후부터 할인 들어가는데. 기계로 하는 거라 10분만 기다리시면 할인 가격에 살 수 있어요."

"괜찮습니다. 지금 계산해 주세요."

"아까워서 그러죠."

"계산하셔도 됩니다."

정득수는 턱을 들고 오만하게 말했다.

기업 회장으로서 살아온 자신이 고작 3,000원 때문에 10분을 기다리지는 않으리라.

당당한 자신감의 표현!

그렇지만 계산대 아줌마도 호락호락하지 않았다.

"이 시간에 마트를 오시고. 회사 다니세요?"

"아뇨."

"그럼 자영업 하세요?"

"아닌데요."

"아, 그러시구나. 죄송해요"

"……."

어딘가 정신 패배를 당한 느낌!

정득수는 마트를 나와서 서둘러 집으로 향했다.

'괜히 이 동네로 이사 왔나?'

바로 이웃집에 누가 사는지도 모르는 세상이다. 이 동네는 유별나게 이웃들끼리 서로 잘 알고 지냈다.

'한적한 동네라서 그렇겠지.'

피붙이인 딸이 사는 집과 가까이 살고 싶었다.

현실은 그룹 회장의 자리를 놓고 나니 서윤은 물론이고 이현을 보기도 껄끄러워서 피해 다니는 처지였다.

딸에게만큼은 대그룹의 오너로서 왕처럼 당당하던 모습으로 기억되고 싶었다.

패잔병의 신세가 되어 주위를 어슬렁거리는 몰골은 너무도 비참했다.

'외국으로 나가 버리면 편하겠지만… 그러면 다시는 한국으로 돌아와서 딸을 못 보겠지.'

정득수는 사람들의 시선을 피해 가면서 집으로 향했다.

'마트에 가는 것도 상당히 귀찮다.'

식사의 대부분을 배달 음식으로 해결했지만 간단한 식료품들은 구입해야 했다.

'자장면도 지겹고… 한 그릇만 배달해 달라고 하면 왜 그렇게 눈치를 봐야 하는 건지.'

정득수가 잠시 푸념을 하면서 걷고 있을 때였다. 그의 집 앞에 이현이 서 있는 모습이 보였다.

'아니, 저놈이!'

그가 한창 잘나갈 때는 씹어 먹어도 시원찮았던 딸 도둑놈.

'사냥하느라 바쁠 땐데… 조각사를 마스터하고 나서 전직도 했잖아.'

아르펜 왕국의 작은 마을들을 오가면서 수레에 잡다한 물품을 가득 실어서 교역을 하고 있는 자신이다.

〈로열 로드〉에서 정득수의 캐릭터인 바트와 위드는 하늘과 땅만큼의 차이가 있었다.

이현을 본, 지나가던 동네 주민들이 한마디씩 했다.

"밥은 먹었는가?"

"예. 집에 별일 없으시죠?"

"별일은 무슨… 덕분에 잘 지내지."

노인들까지도 이현의 앞을 그냥 지나가지 않았다.

"날씨가 많이 추운데 왜 나왔어?"

"볼일이 있어서요. 할머니도 일찍 나와 계시네요?"

"요즘은 폐지도 잘 안 모여서…….."

"추운데 3호집 가서 순댓국이나 드세요."

"또 사 주는 건가?"

"사 주기는 무슨. 제 이름으로 그냥 달아 놓으세요."

동네의 노인들이 이현만 보면 주름살을 펴며 활짝 웃었다.

용돈과 음식을 챙겨 주고, 시장에서 싸게 파는 옷이 있으면 사서 나눠 준다.

말로만 복지를 떠드는 정부보다도 훨씬 믿음직스러운 존재였다.

집주인들이 빈집을 놀리고 있으면 이현이 찾아왔다.

"집이 비었네요?"

"그게… 월세를 내놓긴 했는데 보러 오는 사람이 없어서."

"두 달 넘은 거 같은데. 가격을 싸게 내놓으세요."

"낮추긴 했는데…….."

"부동산에서 그러는데 수리할 곳도 많다던데요. 저쪽에 가건물에 사는 홍춘이 할아버지 집이 무너지기 직전이에요. 고치면서 깨끗하게 쓸 분이니까 월 17만 원에 주세요."

"뭐라고? 그 가격은 곤란한데. 집이 잘 안 나간다고 15만 원이나 깎아 줄 수는 없잖아."

"싫어요? 거절하신 겁니까?"

"어… 뭐, 꼭 그렇다는 건 아닌데."

"사람들이 참 입이 싸요. 저도 그렇고요. 이런 말 퍼지면 그리 좋진 않을 텐데. 이 동네, 오래 사셔야죠?"

"으응. 그래야지."

동네에서 이현의 힘은 절대적!

이현의 말이 떨어지면 노인정에서 화투를 치던 노인들부터 어린이집의 아이들까지 일사불란하게 움직인다.

국회의원이나 시장, 시의원 선거가 있을 때에도 이 동네에 오면 꼭 이현에게 인사부터 했다.

좁은 동네이긴 해도 당당한 지역 유지!

정득수의 눈가가 좁혀졌다.

'저 녀석의 수완이 놀랍기는 해.'

그가 한창 잘나갈 때만 해도… 아니, 지금도 국회의원 정도를 만나거나 시장과 이야기하는 건 어렵지 않다.

하지만 아무것도 없던 젊은 나이에 벌써 이만큼이나 이룩해 낸 건 보통의 능력으로 될 일은 아니었다.

'사람들을 끄는 능력이 있는 건가. 〈로열 로드〉에서만이 아

니라…….'

동네의 중심.

주민들의 말을 들어 보면 몇몇 사람들은 이현의 존재를 껄끄러워했던 적도 있다지만 지금은 다들 좋아했다.

이현 때문에 유명해지고 동네가 살기 좋은 지역이 되었다. 크든 작든 그 영향을 입다 보니 싫어할 수가 없었다.

'근데 저 녀석이 왜 내 집 앞에 서 있지?'

정득수는 다가가야 할지 말지 고민했다. 그런데 지나가던 노인이 다가와서 말했다.

"어서 가 보게."

"예?"

"거참, 눈치도 없나. 바쁜 사람 기다리게 하지 말라고!"

"…….."

이 동네 노인들은 철저히 이현의 편이라는 걸 잠시 잊었다.

만약 이현이 지금 국회의원은 안 되겠다고 말 한마디라도 한다면 당장 시위라도 나설 것이다.

'정말 이사를 갈 수도 없고.'

정득수는 주저하면서 자신의 집으로 걸어갔다.

당당하지 못한 처지라서 어깨가 좁아졌고 발걸음에는 힘이 없었다.

하지만 그를 본 이현이 다가와서 건넨 말에 정신이 번쩍 들었다.

"어르신, 저녁에 저희 집에서 식사라도 같이하실래요?"

"어? 밥이야 뭐, 집에서 대충 먹으면…….."

정득수는 대답하다가 아차 싶었다.

집에 가 봐야 자장면이나 시켜 먹거나 저녁에 치킨이나 주문해서 먹게 될 것이다.

지겹도록 먹고 있는 음식이었고, 딸인 서윤이 보고 싶기도 했다.

'그래도 내가 무슨 염치로⋯⋯.'

정득수가 차라리 거절하길 잘했다고 생각할 때였다.

"지금 집에서 드신다고 확실히 거절하신 거죠?"

"⋯거절한 거 맞네."

"어떻게 한다? 따님에게 집에 모셔 오겠다고 말해 놨는데."

"으응?"

"저녁 같이 먹자고 허락도 받아 놨는데."

"⋯⋯."

정득수는 이현의 바짓가랑이라도 붙잡고 같이 먹자고 말하고 싶었다.

딸과의 저녁 식사.

몇 년 동안 제대로 얼굴도 못 보고 이야기도 못 나눈 딸과의 오붓한 저녁 식사.

호성 그룹의 계열사 하나보다도 더 소중하게 느껴졌다.

'지난번에도 거절하고 얼마나 아쉬웠는지 모른다. 근데 이번에는 딸한테 허락도 받아 놨다고?'

차마 체면 때문에 바지를 붙잡지는 못할 때!

'이놈아, 한 번만 더 권해 봐.'

딱 한 번만 더 권유한다면 못 이기는 척 따라나서리라.

'그림이 그렇게 되어야 좋지.'

정득수는 가만히 서서 먼 산을 쳐다봤다.

하지만 이현이 늘어져라 길게 하품을 하더니 말했다.

"우리랑 정 같이 안 드시겠다면 어쩔 수 없죠. 여러모로 바쁘실 테니까요."

"그…렇지."

텅 빈 집에 가 봐야 할 일은 아무것도 없었다.

그저 밥을 시켜 먹고 〈로열 로드〉에 접속해서 시간을 때울 뿐이었다.

'한 번만 더 권해라. 딱 한 번만!'

정득수의 속이 시커멓게 타들어 가는데, 이현이 성의 없이 말했다.

"그래도 아주 바쁜 일 없으시면 간단히 식사 같이하시죠?"

"그럴까?"

❖❖❖❖❖

"커허험."

정득수 회장은 상다리가 부러질 정도로 가득 차려진 음식을 보며 헛기침부터 했다.

'이게 다 뭐냐.'

잘 구운 관자와 노릇노릇 구운 꼬치구이.

반찬으로는 더덕 무침과 잡채, 두부탕수, 흑임자샐러드.

막 담아 숨이 살아 있는 생김치에 인삼이 들어간 삼계탕!

'냄새가 기가 막히는구나.'

요리는 그릇에 정갈하게 담겨 눈으로도 예쁘게 보였지만, 풍겨 오는 향이 보통이 아니었다.

맛있는 요리만이 풍기는 절대적인 향!

감미롭다는 표현으로는 부족하다. 냄새를 맡고 있으면 저절로 입안에 침이 가득 고였다.

어서 빨리 숟가락과 젓가락을 들어서 음식을 먹고 싶었다.

정득수는 문득 몇 년 전의 일이 떠올랐다.

서윤이 병원에 있을 때 가끔씩 시간이 나면 문병을 갔다.

실어증에 걸려서 창밖만을 바라보는 딸에게 말이라도 몇 마디 걸어 보고 싶어서, 아버지가 얼마나 대단한 사람이며 많은 돈을 가지고 있는지를 이야기했다.

"호성 그룹의 모든 것. 주식과 현금, 전부를 네게 물려줄 거다. 이 세상에서 넌 가장 행복한 아이가 될 거야. 그러니 어서 낫기만 하렴."

딸을 만날 때마다 거액의 돈을 남겨 준다는 말을 되풀이했다. 큰 행복을 주리라 믿고 어서 병원을 나오기만을 바랐기 때문이다.

그러던 어느 날, 서윤이 라면을 끓이는 모습을 봤다.

면과 수프만을 넣는 게 아니라 소시지와 파, 치즈, 만두까지도 섞어서 넣었다.

"맛있겠구나."

정득수가 무심코 말했을 때 서윤이 그릇에 라면을 담아서 넘겨줬다.

'나아가고 있어. 내게 라면을 줬어!'

감격에 겨워서 젓가락으로 라면 면발을 가득 집었다.

'딸이 처음으로 끓여 주는 라면.'

면발이 입안으로 들어가는 순간 깜짝 놀랐다.

'이건 독이다!'

맵고, 짜고, 느끼하고, 기름졌다.

만두가 뭉개져서 국물 위로 떠다니는데 씹는 식감까지도 최악이었다.

"크흐흠."

정득수는 억지로 한입을 먹고 나서 슬며시 젓가락을 내려놓았다.

때마침 비서에게 전화가 왔다.

"…어, 그래? 오늘 갑자기 한 회장이 보자고 한다고? …그래, 식품 수출 때문인 것 같군. 관련 자료 준비해 놓고 있어."

정득수는 다행이라고 생각하며 자리에서 일어났다.

"딸아, 급한 일이 생겨서 내가 가 봐야 할 것 같구나. 다음에 보자."

'내 딸아이가… 이렇게 요리를 잘하다니.'

무사히 퇴원해서 살아가는 것만으로도 기뻤는데 이렇게 맛있는 요리를 할 수 있게 된 것이다.

'시간이 약이었구나.'

정득수는 감격해서 젓가락을 들었다.

자신의 앞에 있는 삼계탕보다도 관자나 꼬치구이, 두부탕수나 잡채부터 먼저 맛을 보고 싶었다.

"…….."

하지만 그때, 서윤이 밥상의 중심에 있던 반찬 그릇들을 이현 쪽으로 옮겨 놓았다.

그뿐인가, 꼬치구이와 관자를 먹기 좋게 찢어서 이현의 숟가락 위에 올려 주는 것이었다.

'딸이… 내 딸이.'

그릇이 조금 멀리 옮겨지긴 했지만 정득수가 먹을 수 없는 건 아니었다.

딱 15센티 정도!

고작 그만큼 멀어졌을 뿐인데도 젓가락을 내밀기에는 굉장히 민망해지고 말았다.

"음. 잘 익었네."

이현이 그 귀한 요리를 입에 넣고 당연하다는 듯이 맛있게 씹었다.

'저, 저런 나쁜 놈이.'

정득수는 체면 때문에, 뭐라고 말하는 대신 수저를 들고 삼계탕 국물을 떠먹었다.

'음, 이것도 맛있긴 하네.'

고기도 찢어서 먹었다.

몸에 좋은 여러 가지를 넣고 푹 끓인 진한 육수와 잘 삶아진 삼계탕.

삼계탕이 맛있다 보니 관자나 꼬치구이, 다른 반찬들에 대한 욕망은 더욱 커졌다.

하지만 밥상에 보이지 않는 선이 그어진 것처럼 감히 팔을 뻗을 수가 없었다.

더군다나 그의 삼계탕에 들어 있는 닭을 보니 다리가 하나뿐이었다.

'설마… 치사하게 닭 다리까지?'

정득수가 슬그머니 살피자 이현의 뚝배기에는 닭 다리가 3개나 들어가 있었다.

위드의 함정

언데드 소환 스킬의 레벨이 9로 상승했습니다.
언데드의 생명력이 크게 높아집니다. 스켈레톤들의 뼈가 제대로 달라붙었습니다. 활동력과 이동속도가 빨라집니다.

죽음을 다루는 지식이 늘어남으로 인해 신앙이 15 감소합니다.

사람들로부터 혐오감을 얻어 명예와 기품이 7 감소합니다.

위드의 언데드 소환이 초급 9레벨에 오르면서 스킬 숙련도 쌓이는 속도가 처음보다 느려졌다.

"뭔가 아쉬운데."

몬스터를 사냥하면서 경험치를 모으고는 있지만 그럼에도 숙련도의 증가 속도가 아쉬웠다.

"스탯들도 떨어지고… 언데드 소환을 빨리 늘리려면 역시 유저들을 상대로 하는 게 최고인데."

유저를 죽이거나, 그들의 시체를 일으키면 몬스터들에 비해 몇 배나 많은 경험치와 숙련도를 얻을 수 있다.

북부 유저들의 시체!

아무리 위드가 필요로 한다고 해도 기꺼이 언데드 소환용으로 죽어 주진 않을 것이다.

'확 거인들의 도시라도 공격하자고 해서 다 죽어 버려?'

음험한 음모 1, 말도 안 되는 퀘스트를 받아서 돌격한 후에 북부 유저들이 다 죽어 버리는 것이다.

그 과정에서 언데드를 소환하면 스킬 숙련도는 대단히 빨리 늘어날 것이다.

'아냐. 그들이 죽고 약해지면 세금을 덜 내게 되는 거지. 장기적인 이익을 고려해 봐야 해.'

사정이 급하다고 해서 거인들의 땅에서 황금 알을 낳고 있는 북부 유저들을 버릴 수는 없다.

인공지능, 정치인들을 능가하는 위드의 머릿속에서 수많은 음험한 음모들이 나타났다가 사라지기를 반복했다.

위드가 생각하는 동안에 만들어진 조각품도 포크를 든 사악한 악마들이 표현되었다.

음험한 음모 2, 3, 4, 5, 6… 15, 16, 17, 18… 540…….

'목적은 단순해. 스탯을 얻고, 전투 공적을 세우고, 전리품도 획득하면 좋지. 스킬 숙련도도 빨리 늘렸으면 하고. 이 모든 것들을 달성하기 위해서는!'

위드의 이마가 찌푸려지면서 마침내 음모가 설계되었다.

　라페이와 헤르메스 길드는 위드가 사냥에 나섰다는 소식을 듣고 방송 영상을 봤다.

　"전투력이… 흐음."

　"도대체 레벨이 몇이지?"

　"모르겠군. 조각사라는 직업이… 우리가 쓰는 스킬과는 구성이 완전히 다르니까."

　헤르메스 길드의 수뇌부는 〈로열 로드〉 전체를 통틀어 상위권의 랭커들로 구성되어 있었다.

　어지간한 유저들은 대충 훑어만 봐도 그 수준을 파악하는데 위드에 대해서는 알기가 힘들었다.

　"저 정도면 레벨이 500은 넘지 않겠습니까? 바드레이 님이 560에 다다르고 있으니까요."

　"전투력으로만 보면… 그 수준도 가능은 할 것 같군요. 레벨에 대한 자신감 없이 위험한 마굴에 들어가진 않았을 겁니다."

　"제 생각은 아닙니다. 근접전을 펼칠 때의 모습들을 보면 공격력이 우리보다 약해요. 생명력이나 방어력도 터무니없이 보잘것없고. 높게 쳐도 우리 정도 수준? 바드레이 님에게 근접하진 못했으리라 봅니다."

　"칼슨 님은 저런 마굴에서 혼자 사냥이 가능합니까? 저는 자신 없는데요."

　"지금까지 조각사로 성장했다는 점을 감안해야 되겠죠. 예술 계열의 직업. 그렇다면 레벨은 높다고 봐야 하지 않을까요?"

"전투력만 보면 안 되죠. 단기간에 어디서 그만한 경험치를 얻습니까? 전투력을 떠나서 몬스터를 만들어서 사냥하진 못했을 테니까요."

위드는 퀘스트를 한다면서 베르사 대륙이 좁다고 돌아다니고 갖가지 생고생을 만들어서 다 한다.

무언가를 끊임없이 해내고 쌓아 지금의 강함을 갖췄는데, 그야말로 잡캐의 정점이라 정확한 분석이 안 됐다.

"극단적인 맹공을 퍼부으면서도 최소한으로 피한다. 간결한 움직임이 뛰어나군요."

"이번에 익힌 화염 스킬의 위력이 상당합니다."

"스킬의 위력이나 발동 모습을 볼 때 검술 스킬은 확실히 아닙니다."

"화염 마법의 계통의 비기가 아닐까 의심이 되는데… 최근의 모험이나 이동 경로를 분석해 볼 필요가 있습니다. 우리가 얻어 내면 좋으니까요."

"화염 마법 때문에 부수적인 효과를 노리고 네크로맨서로 전직을 한 것일까요? 전사 계열은 기본적으로 마나가 부족할 테니 말입니다."

"전투 중에 사용하는 스킬이 너무 많습니다. 각 스킬들의 운용이 수준급이라서 상대한다면 곤란한 점이 많을 겁니다."

"네크로맨서… 흠. 위드가 네크로맨서를 했다라."

"언데드는 아직 별 볼일이 없습니다. 하지만 빠르게 강해지겠죠."

라페이와 수뇌부에서는 난잡하기까지 한 전투를 보며 깊은 경계심을 가졌다.

'위드. 저놈이 했다면 분명히 뭔가가 있다.'

'네크로맨서, 어떤 점을 본 것이지?'

헤르메스 길드에서는 네크로맨서에 대한 분석도 다시 철저히 했다.

이론상으로는 가공할 정도로 빨리 성장하는 직업이라고는 하지만 실제로는 사냥 효율 때문에 그게 잘 안 된다.

언데드를 일으켜서 끊임없이 사냥할 정도로 몬스터들이 한자리에 수천 마리씩 몰려 있지 않다.

웬만한 던전, 고레벨 유저들이 즐겨 찾는 마굴은 경쟁도 치열했다.

아르펜 왕국이나 거인들의 땅은 미발굴 던전들이 있겠지만 그렇다고 그게 무한대는 아니다. 던전을 발견하기 위해서도 행운과 시간, 노력이 필요했고.

'모험… 유저들의 수준은 낮지만 아르펜 왕국 유저들이 더욱 적극적으로 모험을 하지. 던전이나 영토 확대나. 모든 것이 안정되어 있고 경쟁만 치열한 중앙 대륙보다는 나은 점인가.'

평소에 조용하던 모로스 성의 영주 로프너가 제안했다.

"척살대를 보내지요."

"척살대요?"

라페이는 과거에 해 봤던 방법이라서 내키지 않았다.

정예들을 파견해도 대륙 전체를 정신없이 돌아다니는 위드의 뒤꽁무니만 쫓다가 허탕을 치기 일쑤였던 것이다.

"척살대가 위드를 잡을 수 있다고는 생각하지 않습니다만."

"네크로맨서는 좋은 사냥터가 정해져 있습니다. 적당히 강한 몬스터들이 많이 나오는 던전. 그리고 다른 유저들이 사냥을 하지 않는 장소."

"그런 곳은 많지 않죠."

"중앙 대륙에서 언데드를 일으켜서 사냥하진 못할 것이고, 북부나 동부 정도를 돌아다닐 것입니다. 그럼 위드를 잡는 건 시간과 확률의 문제가 될 뿐이죠."

로프너의 제안은 라페이와 헤르메스 길드의 수뇌부에서 긍정적으로 검토됐다.

헤르메스 길드의 체제에 가장 위협이 되는 위드를 죽일 수도 있고, 사냥을 심각하게 방해한다면 그도 나쁘지 않았다.

반란군과의 전쟁도 끝났던 참이라 척살대를 조직하기로 결론을 내렸다.

"이번 일의 책임자로는 누굴 두실 겁니까?"

"다리우스 님이라면… 쓸모가 있겠죠."

헤르메스 길드의 사냥개!

로자임 왕국 출신으로 중앙 대륙으로 건너와서 헤르메스 길드에 소속되었다.

전면에 내세울 만한 인물은 아니더라도 일 처리만큼은 확실했다.

⬥⬥⬥⬥⬥

1시간 후.

마판 상회의 중앙 지부장 검은돈은 헤르메스 길드 유저이며 모로스 성의 영주인 로프너를 만났다.

　　"그러니까 위드 님을 목표로 한 척살대가 운영된다는 말씀이시죠?"

　　"네, 그렇습니다. 조금 전에 회의에서 결정이 났죠."

　　"얼마나 됩니까?"

　　"300명 정도. 척살대에는 바드레이 친위대 유저들도 몇 명 배치됩니다."

　　로프너는 잘 구운 치킨을 뜯으며 자신이 들은 정보를 술술 털어놓았다.

　　과거 위드가 사막의 대제왕 퀘스트를 하면서 역사가 바뀌어 몽땅 망해 버렸던 모로스 성!

　　그러나 퀘스트의 마지막에 엠비뉴 교단을 처치하고 나서 오히려 대대적으로 번성하는 기회를 맞이했다.

　　"후후. 우리 위드 님을 잡을 수 있을까요? 싸우려고 하면 어렵겠지만 워낙 빠른 분이라서요."

　　"30명으로 구성된 각 조마다 랭커들이 최소 2명 이상이 배치되어 있어요. 전투가 벌어지면 헤르메스 길드의 본부에 지원 팀이 500명이 있습니다. 텔레포트를 전문적으로 익힌 마법사들과 함께요."

　　"그러니까 선발대에서 발목을 잡는 사이에 지원 팀이 도착한다는 이야기로군요."

　　"네네, 그렇죠."

　　로프너가 위드의 편에 선 것은 발전에 따른 보답 같은 건 아니었다.

'이쪽이 더 이득이지.'

마판 상회는 아르펜 왕국과의 비밀 교역을 주선했다.

엠비뉴 교단은 사라졌지만 반란군과의 전쟁으로 황폐화된 중앙 대륙. 남들보다 빨리 교역을 통해서 대단한 부를 쌓을 수 있었다.

'게다가 헤르메스 길드에 들켜서 쫓겨나면… 아르펜 왕국의 영주로 삼아 준다고 하니까 말이야.'

로프너는 닭 다리를 뜯으며 씩 웃었다.

모로스 성!

막대한 돈을 지불하고 헤르메스 길드에게서 인수한 성이지만 조만간 들였던 돈은 다 회수될 것이다.

그 뒤부터 벌어들이는 돈은 온전히 다 자신만의 것이었다.

아르펜 왕국에 가서 새로운 성과 마을을 받아서 시작해 보는 것도 재미있지 않겠는가.

'방송으로 보면 정말 활력이 넘치는 곳이지. 다른 사람들에게 자랑하기에도 하벤 제국보다는 아르펜 왕국의 영주가 멋지단 말이야.'

로프너는 아르펜 왕국의 영주가 될 생각을 하며 알고 있는 모든 정보를 술술 이야기했다.

❧❧❧❧❧

위드는 사냥을 하는 한편으로 조각품도 만들었다.

거인들의 땅에 세워진 조각품들!

거인 성채에서 얻은 대량의 광물들은 녹여서 데릭 마을에 거신상으로 만들었다.

"시간 조각술!"

시간 조각술을 써서 작품의 외관을 조금 바꾸었다. 거신상에는 나무 넝쿨과 이끼가 뒤덮였다.

대작! 거신상을 완성하였습니다.

조각술의 절대자! 다재다능한 표현의 거장, 조각사 위드의 작품. 전설에 존재하던 거신 우레타의 모습을 표현했다. 번개와 폭풍을 지배한 거신은 어떤 이유에서인지 사라져 버리고 말았다. 그의 존재는 기록과 이야기를 통해서만 남아 있는데, 거신의 웅장한 모습을 화려한 색채를 가진 희귀 금속을 이용해 강인하게 조각했다. 매우 뛰어난 제련 기술로 만든 금속 조각품으로 현시대에 이러한 예술품을 창조해 낼 수 있는 이는 오로지 위드뿐이다.

예술적 가치: 37,292.

옵션: 거신상이 조각된 마을은 자연재해와 몬스터의 침략의 확률이 74% 감소한다. 거신상을 본 이들은 생명력과 마나 회복 속도가 하루 동안 44% 증가한다. 생명력의 최대치가 25,000 증가한다. 체력과 모든 저항력 11% 상승. 대장장이 스킬의 효과 일시적으로 4% 상승. 모든 스탯이 31 증가한다. 영구적으로 용기와 위엄, 카리스마, 투지 3씩 증가. 워리어와 전사들은 거신상을 보면 방어와 관련된 스탯 중의 하나가 2씩 증가한다. 보호 스킬 '강력한 육체', '파괴자의 검'이 전사들에게 적용된다.

지금까지 완성한 대작의 숫자: 21.

명성이 4,124 올랐습니다.

시간 조각술의 숙련도가 증가했습니다.

예술 스탯이 91 상승하였습니다.

인내가 6 상승하였습니다.

지구력이 2 상승하였습니다.

힘이 2 상승하였습니다.

고대의 거신의 형태를 복원하여 지혜가 4 상승하였습니다.

대작 조각품을 만든 대가로 전 스탯이 3씩 추가로 상승합니다.

"어마어마하다."

"조각품이 완성되는 모습을 보는 건 처음이야."

"스탯도 얻었어!"

위드가 조각을 하는 광경을 틈틈이 지켜보던 북부 유저들.

그들은 감탄을 금치 못했다.

신성한 불로는 조금 부족해서 화로에 불을 때서 온갖 광물들을 제련했다. 그리고 그 광물들의 형태를 두들기고 깎아서 높이 10미터짜리 거신상을 만들어 냈다.

작업의 거대함이야 말할 것도 없지만, 매 순간 쉬지 않고 움직이면서 일을 한 위드가 더욱 놀라웠다.

맨바닥에서 시작했지만 하루가 지나서 다시 보면 상당히 많은 부분에 진척이 있었다.

기가 질릴 정도의 작업량과 속도.

"지독한 노가다다."

"끝판왕이네."

"괜히 마스터를 했겠어?"

"조각사는 저런 사람만 해야 돼. 진짜 누가 옆에서 한다고 하면 피자라도 시켜 주면서 말려야지."

　위드는 북부 유저들의 감탄은 대충 흘려들으면서 큰 소리로 혼잣말을 했다.

"이걸로는 조금 아쉬운데……. 거인들의 땅을 개척하려면 조각품이 더 있으면 좋을 것 같은데. 다 사람들 좋자고 하는 일인데 말이야."

　그러자 모여드는 조각 재료들!

"여기 광물이 더 있습니다. 위드 님."

　페일이 자신이 가진 광석들을 다 내놓았다.

　전투 노예로서의 당연한 의무!

"저도 조각 재료가 있습니다."

　제피는 일찌감치 이런 일이 올 줄 알고 비싼 조각 재료들을 가지고 다니다가 상납했다.

"흐음. 분위기 좀……."

"조각품이 많이 있으면 좋긴 한데."

　북부 유저들도 눈치를 보긴 했지만 저마다 어느 정도씩의 광물을 내놓았다.

　위드가 이곳에 세우는 조각품들이 있으면 가장 큰 혜택을 입는 건 자신들이기 때문이다.

모험가의 조각상, 검사의 조각상, 사제의 조각상.

직업별로 조각품들을 만들어 주면서 시간 조각술을 올렸다.

조각술 최후의 비기이기 때문에 숙련도가 빨리 늘어나지는 않는다.

대작 하나를 조각해도 중급에서 1단계가 오르지 않을 정도!

그렇지만 조각술 마스터로서 작품을 만드니 높은 예술적 가치가 나오고 스킬 효과로 결과물도 조금 나았다.

희귀 광물들로 오르는 대장장이 스킬은 덤!

대장장이 스킬의 레벨이 고급 3으로 상승했습니다.
특수 광물에 대한 지식과 숙련도를 높입니다.

다양한 금속들을 재련하며 오랜만에 대장장이 스킬을 한 단계 높였다.

금속 조각품은 검이나 방어구를 만들 때보다도 오히려 더 많은 숙련도를 줄 때가 있었다.

"역시 금속 조각품은 시간이 걸리고 돈이 많이 들긴 하지만 일석이조란 말이야."

지금은 광물까지도 모두 공짜!

북부 유저들 중 일부는 의심을 시작했다.

"근데 위드 님의 거신상 있잖아. 저렇게 많은 광물들이 어디서 났지?"

"그러게. 거인들을 처치하면 얻는 광물들이 많은데."

"흠흠. 혹시 거인 성채에서……."

"아닐 거야. 위드 님이 그럴 분이 아니잖아. 우리가 모르는 사이에 퀘스트 보상으로 받았거나 사냥으로 얻었겠지."

"역시 그랬겠지?"

제피와 페일은 당연히 진실을 알고 있었다.

'전리품을 훔쳤구나……!'

'역시, 그 짧은 시간에…….'

어쩌면 누렁이를 소환하여 거인들의 주목을 끌며 바쁘게 돌아다닌 것조차도 전부 설계일지도 모른다는 생각이 들었다.

'한번 훑어보기만 하면 전투의 승리와 패배만이 아니라, 전리품 습득에 대한 부분까지도 전부 견적이 뽑힌단 말인가?'

'크으… 지독하다. 영주로서 세금을 빼돌리는 건 절대로 불가능하겠구나. 마을에 있는 강아지가 몇 마리인지도 파악하고 있을 거야.'

위드가 사냥을 다녀오고, 틈틈이 데릭 마을에서 조각품을 만들다 보니 북부 유저들이 쉽게 다가왔다.

깨롬이라는 이름의 사냥꾼 유저가 먼저 말을 걸었다.

"혹시 제 조각품을 만들어 주시면 안 될까요?"

"아, 조각품요? 조각품 의뢰는 요즘에는 안 받는 편이기는 한데……."

위드는 넌지시 한 번은 튕겼다.

도시에서 유저들의 주문을 받아 조각품을 깎아 주는 조각사들은 대부분 스킬의 레벨이 낮은 이들이다.

객관적으로 봐서 조각술을 마스터하기까지 했으니 싼값에 움직일 수는 없다.

"예. 역시 실례였네요. 미그리움을 좀 써 보려고 했는데."

"후, 예술가로서 작품에 대한 열정은 도저히 꺼지지 않네요. 내놓을 미그리움은 얼마나……?"

"전부요."

"흠흠. 이게 땅 파서 하는 게 아니다 보니 제작 비용도 꽤 들어가는데 말이죠."

"아까 보니 스킬로 불 일으키시던데… 어쨌든 2만 골드 정도는 생각하고 있었어요. 너무 작을까요?"

"돈과 미그리움, 어서 내놔 보세요. 그러고 보니 잘생기신 거 같기도 하네요. 작품으로 만들면 보람이 있겠습니다."

위드가 자신들의 조각품을 만들어 주는 기회!

깨롬을 시작으로 해서 북부 유저들이 앞다퉈서 조각품 의뢰와 같이 광물들을 내놓았다.

"일주일 안에 만들어 드리죠."

위드는 대량의 광물을 누렁이와 켈베로스에게 짊어지게 하고 사냥터로 갔다.

언데드를 소환해서 사냥하고, 지치면 조각품을 만드는 노가다의 연속. 광물 자체의 품질이 매우 뛰어났고 조각술도 마스터했다.

그동안의 경험과 감각이 있기 때문에 걸작과 명작이 잘 만들어진다.

착착 쌓이는 스탯과 대장장이 스킬 숙련도!

음식 재료도 입수하면 유저들을 위해서 요리를 만들어 줬다.

"이것도 넣고, 저것도 넣고… 귀한 재료이긴 하지만 다 넣고 끓이면 어떻게든 되겠지."

잡탕!

새로운 맛을 발견하기 위한 레시피를 개발해야 했지만 그건 상당히 까다로운 작업이다.

각 요리 재료들의 손질에서부터 미세한 맛과 향을 위해 온갖 아이디어들을 쥐어짜 내야 하기 때문이다.

위드는 유저들이 거인들의 땅에서 얻은 식재료는 전부 넣고 끓였다.

"저기… 맛은 있는데 무조건 끓이시나요?"

"예. 싫으시면 굽거나 튀겨도 됩니다."

"아, 아니, 그냥 끓여 주세요."

동료들은 그 광경을 구경하고 나서는 평가를 내렸다.

"네크로맨서도 역시 노가다로구나."

"어떤 직업이라도 노가다야."

"인생이 다 그런 건지도……."

⊷⊶⊷⊶

거인들의 땅에서 북부 유저들이 적극적으로 탐험에 나서면서 가까운 던전들은 파악이 끝났다.

위드가 사냥에 나서면 북부 유저들이 양보해 주기도 했지만 몬스터의 숫자가 적었다.

네크로맨서에게 최적의 효율을 올려 주는 사냥터가 아닌 경우가 많았다.

"이젠 다음 계획으로 넘어가야 되겠지."

위드의 입가에 가벼운 미소가 맺혔다.

데릭 마을에서 조각품만 40여 개를 만들었다.

시간 조각술도 중급 9레벨 96%.

대장장이 스킬과 요리 스킬의 숙련도도 꽤나 올렸으니 떠나야 할 때였다.

원래 네크로맨서로 전직을 결심한 이유 중 하나가 조각술 최후의 비기인 시간 조각술 때문이었다.

시간 조각술
여행의 조각술(고급)
시간의 흔적을 좇아서 특정한 시점으로 여행할 수 있다. 특수한 퀘스트들을 진행할 수 있다. 단, 퀘스트와 관계된 것이 아니라 조각사 임의로 과거를 바꾸는 것은 매우 큰 대가를 치르게 될 것이다.

조각사 직업의 모든 가능성이 담긴 기술!

찰나의 조각술로 일시적으로 세상을 멈출 수 있었지만 그 정도로 끝나는 것이 아니었다.

시간 조각술이 고급이 된다면 과거의 역사로까지 들어갈 수 있다.

'사막의 대제왕에서 경험했듯이, 강해지기 위해서는 위험한 적들을 찾아서 싸워야 한다.'

전사나 검사 계열의 직업은 겪어 봤다.

수많은 적들을 상대로 아수라장을 헤쳐야만 전투 공적과 강사의 자격이 주어진다.

네크로맨서야말로 주변이 강할수록 자신의 전투력도 상승하는 직업.

조금 유리하거나 좋은 사냥터를 찾아가려는 게 아니다.

조각사로서 그동안 쌓은 자산과 경험. 지금까지 쌓은 능력을 전부 발휘하여 부딪쳐 보려는 것이었다.

"슬슬 움직여 볼까?"

위드는 주변에 있던 짐을 챙겼다.

왈왈!

켈베로스와 누렁이, 바하모르그도 일손을 거들었다.

광물 제련용 화로에서부터 대장장이와 조각을 위한 시설과 요리 도구까지, 챙겨야 할 것이 한두 가지가 아니었으니까.

데릭 마을의 입구부터 세워 놓은 조각품들은 대단한 가치를 가지고 있었다.

고급 희귀 광물들로 만들어진 자산!

아르펜 왕국으로 옮겨 가면 큰돈을 벌 수 있지만, 그냥 남겨 놓기로 했다.

"이 마을도 내 것으로 해야 해!"

북부 유저들의 편의를 봐주는 건 물론이고 주민들에게 영향력을 남겨 놓기 위함이었다.

데릭 마을
영향력 1위 위드 32%
영향력 2위 테로스 7%
영향력 3위 양념계장 6%

퀘스트와 사냥도 있지만, 조각술 마스터로서 작품을 만들면서 쌓은 영향력!

위드가 짐을 챙기는 사이에 메이런과 수르카, 로뮤나, 이리엔, 페일, 화령, 제피와 벨로트. 파이톤과 양념게장까지 동료들이 몰려들었다.

페일이 가장 먼저 물어 왔다.

"어디로 가실 겁니까?"

"베르사 대륙으로 가야 되겠죠."

이리엔이 머뭇거리다가 말했다.

"괜찮으시겠어요?"

"뭐가요?"

"헤르메스 길드가⋯⋯."

그들도 친한 마판을 통해서 위드를 척살하기 위한 조직이 대대적으로 움직인다는 이야기를 들었던 것이다.

헤르메스 길드에서 전쟁을 치르고 있지도 않으니 여유 병력이 남아도는 상태에서 작정하고 칼을 뽑아 들었다.

"위험하잖아요."

동료들의 얼굴에는 걱정하는 기색이 역력했다.

마음이 여린 이리엔, 여전히 앳된 수르카.

콩깍지가 눈을 뒤덮고 있는 화령까지도!

위드는 가볍게 웃었다.

"괜찮습니다. 전부 해치울 준비가 되어 있으니까요."

화령이 걱정이 된 나머지 슬그머니 대화에 끼어들었다.

"따로 준비하는 모습을 못 봤어요. 여기서는 쭉 조각품만 만드셨잖아요. 혹시 우리들을 안심시키려고 거짓말하시는 거면 그러지 마세요."

걱정과 애틋함이 섞인 시선을 보내는 화령이었다.

"그것도 오래전부터 대비하고 있었습니다."

"언제요?"

"네크로맨서로 직업을 얻기 전부터요. 헤르메스 길드는 항상 저를 방해하니까요."

"그럼 직업을 얻은 것도……."

"메인은 아니지만, 제대로 한탕 해 먹기 위한 준비의 일부라고 할 수 있죠."

페일의 눈에 감탄이 어렸다.

'역시 그랬어.'

갑자기 사람이 변했을 리가 없다.

위드라면 이미 모든 견적을 뽑아 놨다고 보는 것이 옳았다.

헤르메스 길드를 상대하기 위해서 무모하게 덤벼드는 건 그의 방법도 아니었다.

위드가 짐을 챙기는 것을 파이톤이 웃으면서 거들었다.

"껄껄. 이렇게 떠나보내니 아쉽군. 잘 싸우도록 하게. 건투를 빌겠네."

화통하게 웃는 파이톤은 앓던 이가 빠진 것처럼 시원한 표정이었다.

언제 조각품을 깎다가 일어나서 사냥 가자고 할지 몰랐기에 위드를 보기만 해도 심장이 두근거리는 불안감이 있었다.

'이번에 또 헤어지면 몇 달은 안 봐도 되겠지? 바쁜 녀석이라서 좋구나.'

동료들이 짐을 누렁이의 등에 다 실었을 때였다.

위드가 유린을 기다리다가 말했다.

"근데 다들 그렇게 가실 겁니까?"

누렁이의 머리를 쓰다듬고 있던 양념게장이 깜짝 놀라서 대답했다.

"어딜 가요?"

"사냥터요."

"예?"

동료들이 의아해할 때 위드의 입에서 청천벽력과 같은 소리가 나왔다.

"여러분들도 같이 갈 건데요."

❧❦❧

위드는 동료들에게 계획을 밝혔다.

이른바 쥐덫 놓기!

"헤르메스 길드가 저를 노리고 있습니다. 그에 대한 대비책은… 역으로 함정을 파 놓고 노리는 거죠."

동료들과 조각 생명체들을 던전에 매복시켜 놓고 헤르메스 길드의 척살대가 오면 역습을 가하는 것이었다.

물론 진정한 계획은 시간 조각술로 동료들과 역사적인 전투를 벌이는 것이었지만 그 부분은 아직 이야기를 꺼낼 때가 아니었다.

'민주주의란 격렬한 토론이나 설득을 필요로 하지.'

인권!

가치관의 존중!

현대사회에서 필수적인 요소였지만 그냥 적당히 분위기 봐서 끌고 들어가면 끝이었다.

사냥이라는 말에 몸서리를 치던 파이톤이 짙은 흥미를 드러냈다.

"몬스터를 사냥하자는 게 아니었군?"

"네. 헤르메스 길드 사냥이죠."

"놈들이 오지 않으면?"

"안 올 리가 없습니다. 걔들은 나쁜 짓 할 때는 필요 이상으로 부지런한 애들이거든요."

양념게장도 미소를 지었다.

"그러면 좀… 재미있겠는데요."

암살자로서 몬스터 사냥보다는 강자들을 습격하는 재미가 컸으니까.

특히 헤르메스 길드의 최정예들이 모였을 척살대라면 그야말로 꿀잼!

위드는 땅에 무언가 그림을 그렸다.

"장소는 벤트 성에서 북쪽으로 좀 올라가다 보면 거대 던전 몰스가 나옵니다. 입구는 하나뿐인데 내부는 지하 세계라고 할 정도로 넓습니다. 대략 이런 구조죠."

돼지 꼬리와 같은 동그라미들이 그려지고, 그다음에는 영락없이 닭꼬치들이 엇갈려서 세워진다.

"……"

동료들은 그림을 봤지만 던전 구조에 대해서는 전혀 알 수가 없었다.

위드의 그림 솜씨에 대해 익히 알고 있던 벨로트가 땅바닥은 무시하고는 물었다.

"그래서요?"

"역시 그림을 그리니까 이해가 빠르시군요."

"켈록."

"던전은 열네 종류의 몬스터가 나오는데, 그들만의 왕국이라고 부를 정도로 숫자가 많습니다. 일반 유저들이 사냥을 아직 못 하고 있죠."

지역마다 서너 군데 정도는 몬스터들이 넘쳐 나는 던전이 있었다.

때때로 던전의 몬스터 밀도가 높아져서 외부로 몰려나오기까지 할 정도였다.

"여긴 네크로맨서에게는 최적의 사냥터죠. 제가 이곳에서 사냥하고 있으면 눈치를 챈 헤르메스 길드의 척살대가 나타날 겁니다."

페일이 불안한 듯이 물었다.

"우리들만으로 될까요? 놈들은 최소 20명… 많으면 수백 명이 몰려올 텐데요. 위드 님의 언데드가 있다고 해도 힘들지 않을까요?"

데스 나이트로는 감당하기 힘든 헤르메스 길드의 유저들.

페일은 그 점을 지적했는데, 위드는 깊은 한숨을 내쉬었다.

"압니다. 그래서 우릴 도와줄 병력이 있어야 하지요."

"어디에 있는데요?"

"지금부터 모으면 됩니다."

위드는 데릭 마을의 북부 유저들 중에서 함께할 사람들을 골랐다.

비싼 가격에 조각품 의뢰를 한 유저들이라면 절대 배신하지 않으리라.

그 외에도 풀죽신교의 활동이나, 대지의 궁전에서의 전투에 참여해서 공을 세운 유저들 중에서도 선발했다.

최종 인원 300여 명!

"헤르메스 길드랑 싸워야 하는데요. 아직 위험할 거 같아요."

수르카는 여전히 불안해했다.

그러나 위드에게는 마지막으로 숨겨 둔 회심의 카드가 남아 있었다.

"아르펜 왕국에 남아 있는 사형들이 100명 정도 있습니다. 그분들을 부르면 되겠죠."

⟨◈⟩◈◈⟨◈⟩

—위드가 나타났습니다. 몰스 던전으로 들어가는 광경이 목격됐습니다.

—혼자입니까?

—소 1마리와 워리어를 동반하고 있습니다.

—좋아요. 확실하군요. 본진 출발 준비. 주변에 대기 중인 척살대의 상황은 어떻습니까?

—2개 조가 있습니다. 도둑 르네인이 대장입니다.

—르네인이 멀리서 감시하고, 합류 부대를 기다립니다. 천금 같은 기회이니 들키지 않도록 주의하십시오.

헤르메스 길드의 통신 채널!

아르펜 왕국에 흩어져 있던 헤르메스 길드의 척살대가 바쁘게 이동을 시작했다.

수도 아렌 성에서도 본대와 마법사들이 집결했다.

"텔레포트!"

텔레포트 게이트를 이용하여 제국의 북쪽으로 멀리까지 움직인다.

그 이후부터는 마법사들이 마법진을 그려서 척살대를 북쪽으로 계속 이동시켰다.

지역마다 미리 정해진 포인트로 이동하고, 마법사들이 마나를 회복시킬 때마다 한 단계씩 움직인다.

드넓은 아르펜 왕국을 텔레포트로 가로지르기 위하여 모인 마법사들만 230명.

몇 시간씩 걸린 작업임에도 불구하고 위드가 언데드를 이끌고 사냥만 하다 보니 척살대 전원이 모여서 이동할 수 있었다.

"마법사의 지원까지는 필요 없으리라고 봅니다만… 힘을 보여 줄 필요도 있겠죠."

마법병단도 돌아가지 않고 척살대와 함께 몰스 던전을 습격하기로 했다.

"다리우스 님, 그동안 충분하리라고 생각했지만 그럼에도 실패를 거듭했습니다. 이번에는 과하다는 말이 나올 정도로 확실하게, 완벽하게 헤르메스 길드의 힘을 보여 주도록 합시다."

"완벽하게 해내겠습니다. 저만 믿어 주십시오."

다리우스가 이끄는 헤르메스 길드의 척살대와 지원 팀은 무사히 몰스 던전의 입구로 집결했다.

총인원은 암살자들을 위주로 구성된 척살대 300명에 마법사 230명, 지원 팀 500명, 친위대 24명.

헤르메스 길드 유저들이 서로를 보면서 어이없다는 듯이 웃었다.

"고작 1명을 상대하는데 이렇게까지 모인 거야?"

"완전히 힘으로 찍어 누르게 생겼네. 감히 반격이나 가할 수 있을까."

"위드를 죽이려는 경쟁부터가 보통이 아니겠다."

레벨이 400대 중반을 넘은 유저만 1,054명에 달하는 가공할 병력이 집결됐다.

헤르메스 길드가 내정에 많은 힘을 쏟으면서 이미지를 관리하고 있는 와중이기는 했지만, 위드를 향해서는 확실히 칼을 뽑았다.

어차피 욕을 먹을 바에는 힘이라도 과시하자는 의도도 바닥에 깔려 있었다.

"진입합시다."

척살대 유저들부터 차례로 몰스 던전으로 들어갔다.

> ─놈들이 옵니다.

위드는 던전 입구에서 감시하는 '죽음을 몰고 오는 그림자'

양념게장의 귓속말을 받았다.

> —몇 명이나 되죠?
> —지금까지 들어온 녀석들만 400명 정도 되는 거 같습니다.
> —많군요.
> —계속 들어오고 있습니다. 일부는 던전 입구를 봉쇄할 모양입니다.
> —알겠습니다. 수고해 주세요, 게장 님.
> —저기, 이름은 좀……

하루 전, 양념게장은 이번 임무 때문에 어쩔 수 없이 위드와 친구 등록을 했다.

수르카, 이리엔 등 다른 동료들과도 마찬가지였다.

수르카가 먼저 귀엽게 웃으면서 부탁했다.

"암살자님, 친구 등록 좀 받아 주세요."

"커험… 그게요."

양념게장은 서둘러 자리를 피하려고 했지만 위드의 가벼운 입을 막진 못했다.

"영혼을 파괴하는 양념게장 님, 수르카 님이랑 친구 등록 안 하실 겁니까?"

"예?"

"여기에 피하지 못하는 죽음, 양념게장 님과 친구 등록 하길 원하시는 분들이 많은 것 같은데요."

"……."

암살자!

그것도 〈로열 로드〉 최고의 암살자라면 선망하는 유저들이 많기 마련이다.

몬스터 사냥만이 아니라 유저들 간의 일대일 승부에서 절대적인 강함을 보유했다는 뜻이니까.

중앙 대륙에서 헤르메스 길드 유저들 중에서도 영주들을 숱하게 암살했던 절대적인 암살자!

그간 왠지 편하게 대하지 못했던 이리엔, 로뮤나, 벨로트가 이름을 알고는 입을 막았다.

"풉!"

"꺅!"

"에고."

그녀들이 웃음을 억지로 참는 것을 보며 로브 안에 감춰진 양념게장의 얼굴이 붉게 달아올랐다.

제피와 페일은 다행이라고 가슴을 쓸어내렸다.

'난 저런 이름 안 지어서 다행이다. 〈로열 로드〉 시작하던 그날 닭꼬치 먹었는데.'

'이름 갖고 놀리면 안 되는데… 진짜 재밌긴 하네.'

수르카가 눈을 동그랗게 떴다.

"이름이 양념게장이었어요?"

"으음…….."

"와! 저, 양념게장 진짜 좋아하는데. 반가워요."

"크으윽! 네."

어둠의 살인자, 영혼을 파괴하는 양념게장!

수르카가 악수를 위해 손을 잡고 흔들 때, 양념게장의 멘탈도 흔들리고 있었다.

"간장게장도 맛있는데."

"게장은 다 맛있어."

"완전 밥도둑이잖아."

"아, 그래서 암살자 하신 건가?"

그녀들끼리 자유롭게 상상의 나래를 펼쳤다.

사실 그때 일어났던 모든 일이 흉악한 원수 위드 때문이었
다. 양념게장은 참다못해 발끈해서 귓속말을 보냈다.

> —위드 님, 제 허락도 없이 이런 식으로 이름을 가지고 놀리시면 앞으로 곤
> 란한 일이 벌어질 수도 있습니다.

전쟁의 신 위드.

아르펜 왕국의 국왕이라고 할지라도 자유로운 암살자는 굴
복하지 않으리라.

계속되는 놀림에 양념게장은 날카롭게 엄포를 놓았다. 하지
만 고작 그 정도에 반성할 위드가 아니었다.

> —죄송합니다. 화 푸세요.
> —사과는 받아들이겠습니다. 앞으로는 호칭에 주의해 주세요.
> —사과하는 의미로 게장 님께 풀죽신교 최고 명예훈장을 수여하겠습니다.
> —예?
> —잔혹한 살육의 지배자 님을 풀죽신교의 수호신으로 알리겠습니다.
> —허억! 구, 굳이 그러지 않아도 되는데요.
> —새벽의 도시와 모라타의 광장에 양념게장 조각상까지 대형으로 만들어
> 드리죠. 아무한테나 해 드리는 거 아닙니다. 최고의 암살자 양념게장 님
> 에게만 드리는 특혜입니다.

부들부들.

어둠 속에 몸을 숨기고 있던 양념게장은 분노로 몸이 다 떨렸다.

'놀림당했다.'

캐릭터 이름을 정하고 나서 쭉 걱정해 오던 순간이었다.

'양념게장이란 이름이 알려지고 말았어.'

위드를 통해 얻은 분노는 당사자에게 해소할 수도 없었다. 자칫하면 자신의 조각상이 아르펜 왕국 전역을 뒤덮게 되리라.

위드는 심지어 풀죽신교에 양념게장죽 부대를 만들고, 왕국 전역에서 매달 게장 축제까지 벌일 계획이라고 한다.

'복수한다. 그 대상은… 헤르메스 길드다.'

양념게장은 차분히 기다렸다.

다리우스와 척살대 유저들의 목소리가 들렸다.

"위드가 도망칠 거라고는 생각하지 않습니다. 하하! 여기까지 도망도 못 치겠죠. 그래도 철저히 해야 하니 100명 정도는 남겨 놓겠습니다."

척살대 본대가 이동하면서 던전 입구에는 헤르메스 길드의 유저들 100명이 남았다.

'절대자의 눈.'

양념게장은 암살자 스킬을 시전했다.

어둠 속에서만 발동되는 스킬로 상대방의 색깔을 볼 수 있었다. 자신을 기준으로 더 강하다면 붉은색, 약하다면 푸른색으로 뜬다.

양념게장의 레벨이 522.

남겨진 유저들은 대부분 초록색.

'사냥하기에 만만한 정도군.'

양념게장은 정해진 계획에 따라 20분쯤을 기다렸다.

몰스 던전은 상당히 넓은 곳이라서 전체를 수색하려면 3시간은 넘게 걸린다.

위드는 던전의 깊숙한 곳에서 척살대를 기다리고 있을 것이었다.

'시간이 됐다.'

양념게장은 스킬을 사용했다.

'어둠의 장막.'

헤르메스 길드 유저들의 그림자가 길어지기 시작했다.

바람이 불지도 않는데 마법 횃불들이 흔들리더니 하나둘 픽픽 꺼졌다.

물이 스며들듯이 어둠이 번져 나가서 주변을 뒤덮는다.

암살자, 양념게장의 시간이 시작됐다.

❖❖❖❖❖

"컥!"

어둠 속에서 누군가가 목숨을 잃었다.

구석진 곳에서 혼자 있던 유저라서 헤르메스 길드의 유저들도 알지 못했다.

빠르게 회색빛으로 사라지는 시체.

"끅."

"어억!"

1명씩, 1명씩.

외곽에서 눈에 띄지 않는 유저들부터 양념게장은 신속하게 해치웠다.

뒤에서 조용히 접근하여 등이나 목을 찌른다. 머뭇거림 따위는 없는 과감한 손놀림.

생명력이 높은 전사들은 일격에 마비 효과가 발생했고, 2차, 3차의 연속 공격으로 목숨을 거뒀다.

8명이나 죽은 후에야 방만하게 있던 유저들이 이상함을 느꼈다.

"뭐지?"

"이상하네. 입구 쪽에 몇 명 있었던 거 같은데."

"흐음. 기분이 묘하긴 한데."

양념게장은 아직도 방심하고 있는 유저들을 차례로 빠르게 기습했다.

암살은 시간과의 싸움.

"컥!"

3명이 더 죽어 나가고 나서 헤르메스 길드 유저들은 벌떡 일어났다.

"습격이다."

"뭐가?"

"봤어. 어둠 속에서 손이 뻗어 나와서 내 친구인 전사 데렉토를 해치우는 걸!"

"그러면······."

"죽었어. 지금 파티에서도 떠났고."

입구에 있던 헤르메스 길드의 유저들은 급하게 방어 자세를 취했다.

> 두둠킬: 공격을 받았다!
> 꽥꽥이: 위드가 던전 입구에… 아니, 이건 암살자야.
> 바다의왕: 위드의 동료가 나타났다.

헤르메스 길드의 통신망이 북적거렸다.

양념게장은 입구에서의 임무를 마치고 어둠 속으로 조용히 사라졌다.

❖❖❖❖❖

척살대의 본대를 이끌던 다리우스는 통신망을 통해 던전 입구의 소식을 들었다.

"암살자는 무시하고 계속 갑니다. 우리의 목표는 오로지 위드입니다."

무기를 들고 있는 헤르메스 길드 유저들!

바드레이의 친위대원들까지도 동요하지 않았다.

'약해 빠진 놈들이 몇 명 죽어 나가더라도 내가 상관할 바 아니지.'

'동료라… 혼자 있진 않았던 모양이군.'

다리우스도 사소한 방해에 대해서는 신경 쓰지 않았다.

'여기까지 들어온 이상 선택권은 없어.'

1,000여 명의 척살대를 이끌고 있다. 계획과는 달리 조금의 변수가 생겼다고 해서 던전에서 물러난다는 건 있을 수 없는 일이다. 암살자를 잡는 시간마저도 아까웠다.

　"오늘 위드는 우리의 손에 죽습니다. 습격을 알아차린 것 같으니 더 빨리 움직이겠습니다."

　다리우스에게는 리더십이 있었다.

　나쁜 이들과 못된 짓을 저지를 때의 지휘력!

　"이곳에는 20명이 지킵니다. 헤브록 님, 맡아 주세요."

　"알겠습니다."

　위드가 있는 위치는 안다고 하지만 800여 명이 그곳으로 뛰어가는 건 효율적이지 못하다.

　몰스 던전은 규모가 크기 때문에 위드가 척살대를 피해서 도망칠 수 있어서 갈림길이 나타날 때마다 병력을 배치했다.

　헤르메스 길드의 정보력으로 던전의 대략적인 지형과 경로를 입수했다.

　'비밀 통로는 없는 것이 확실하다. 그리고 마법으로 도망치지도 못한다.'

　마법사와 사제들이 공간 이동을 봉쇄하는 마법을 펼쳤다.

　'이 던전은 완벽하게 고립된 상태. 변수 따위는 존재하지도 않지.'

　사각사각.

레벨 487의 도둑 르네인은 어둠 속에 숨은 채 멀리서 지켜보고 있었다.

그가 관찰하고 있는 대상은 위드!

'조각품을 만드네. 조각사니까 당연한 건가. 생각보단 강해 보이지 않는데 부하들이 걸리는군.'

위드는 바하모르그, 누렁이, 켈베로스와 함께 있었다.

르네인은 욕심이 나긴 했어도 입맛만 다셨다.

'습격은 무리겠지. 지켜만 봐도 이번 척살에 제일 중요한 임무를 담당하는 거야.'

척살에 성공하고 헤르메스 길드로부터 받을 보상을 감안한다면 수고에 비해 만족스러웠다.

'조각술을 좋아하나. 마스터를 하고 나서도 계속 조각품을 만드네.'

위드는 몰스 던전으로 들어와서 사냥을 하고 데스 나이트와 스켈레톤 부대를 일으켰다.

마나를 회복하는 동안에는 자리에 앉아서 조각품을 깎았다.

르네인은 성실함에 대해서는 인정해 줄 수 있지만 레벨이 높아질수록 조각품에 무슨 가치가 있을까 싶었다.

'스탯 노가다인가. 성공한 조각품이 스탯을 쌓긴 좋다고 하던데. 그것에 의존해서 강해지긴 힘들다고 보고서가 나왔어.'

사각사각.

'근데 조각품이 익숙하다. 본 적이 있어. 누구였지?'

위드가 깎는 조각품은 평생을 사랑하던 연인을 그리워하면서 살았던 자하브!

'자하브. 그래, 자하브였구나!'

르네인은 점점 드러나는 조각품의 외모를 알아봤다.

베르사 대륙에는 수많은 마스터들이 있었지만, 조각술 마스터 NPC에 대해 유저들의 관심은 거의 없었다.

10대 금역 중의 하나인 그라페스에서 아는 유저도 없이 은거하고 있던 자하브였다.

검술의 마스터이기도 했지만 엠비뉴 교단과의 최후의 전쟁에 헤스티거와 함께 도우면서 대중에게 유명해지게 됐다.

그야말로 위드에게 마지막 사골까지 쭉쭉 빨렸던 자하브.

"그럭저럭 괜찮군."

위드는 젊은 자하브를 조각한 후에는 바로 이베인 왕비도 조각했다.

이베인 왕비도 직접 봐서 눈에 익었던 만큼 조각을 하는 건 매우 빨랐다.

'실력이, 손이 굉장히 빠르구나. 움직이는 대로 만든다.'

르네인이 감탄하는 사이에 자하브와 이베인의 조각상의 외모는 완성되었다.

"시간 조각술!"

위드가 조각술 스킬을 쓰자 조각품은 조금씩 변했다.

자하브와 이베인의 얼굴에 짙은 주름이 생기고, 머리가 새하얗게 변한다.

당당하던 어깨가 좁아지면서 키는 조금씩 줄어들었다.

'저건 뭐지? 조각술의 기술 중 하나인가?'

르네인이 지켜보는 사이에 두 사람의 조각품은 완성!

"이름은 '함께하는 연인들'이라고 하자. 응! 그렇게 해."

〈함께하는 연인들〉을 감상하였습니다.
거장 위드가 만든 작품. 조각술 마스터 자하브와 로자임 왕국 이베인 왕비의
젊은 시절을 표현한 작품입니다. 오랜 시간 동안 조각상들은 함께 자리를 지
켰습니다. 이루어지지 않았지만 영원히 간직될 사랑에 대한 작품.
감성이 충만해져서 지혜와 지식이 영구적으로 2씩 증가합니다. 한 달간 생
명력의 최대치 1,200 증가. 예술이 영구적으로 1 증가합니다. 매력이 영구
적으로 1 증가합니다.

세기의 명작!

'스탯이 오르다니 실력이… 확실히 마스터는 다른가.'

르네인이 감탄만 하고 있을 때였다.

"나 때문에 고생을 좀 하긴 했지만 이걸로 은원은 서로 없는
걸로 하죠."

조각을 하며 이야기하는 위드의 목소리가 들렸다.

르네인은 자세한 사정은 몰랐으니 그저 지켜보기만 했다.

위드는 조각품을 다 만들고 나서 스킬을 사용했다.

"조각 소환술!"

눈부신 금빛과 함께 등장한 것은 활을 메고 있는 금인이.

"불렀는가. 골골!"

"응, 기다려."

아르펜 왕국의 영토 내에 있었기 때문에 조각 소환술에 소모
되는 마나의 양도 크지 않았다.

위드는 또 무언가의 조각품을 만들다가 스킬을 펼쳤다.

"조각 소환술!"

이번에 불러온 것은 백호!

크허어어어어어어어엉!

주둥이를 벌리면서 던전이 떠나갈 정도로 크게 포효했다.

"시끄러워. 구석에서 있어라."

"알았다. 크허헝!"

어둠 속에 숨어 있던 르네인의 가슴이 조마조마해졌다.

'부하들을 더 불렀군. 걸리면 도망도 못 치고 죽는다.'

조각 생명체들의 강함이야 이미 증명되었다.

도둑으로서 웬만한 상대로부터는 벗어날 수 있었지만 백호처럼 빠른 짐승을 피해 던전 내에서 도망치기란 쉽지 않았다.

위드는 조각품을 만들고, 시간 조각술을 쓰더니 또다시 조각 소환술을 펼쳤다.

"불렀어요?"

"응. 기다리고 있어."

하이엘프 엘틴의 소환.

'부하들을 계속 불러오는구나. 습격을 알아차린 것 같은데, 설마하니 싸울 생각인가.'

르네인은 헤르메스 길드의 통신 채널을 통해서 보고했다.

르네인: 놈이 습격을 눈치챘나 봅니다. 조각 생명체들을 불러오고 있습니다.
다리우스: 이쪽도 던전 입구에서 암살자로부터 공격을 받았습니다.
르네인: 어떻게 하죠? 지시를 내려 주십시오.
다리우스: 놈이 도망치지 않도록 감시만 하도록 하세요. 죽고 싶지 않아서 조각 생명체들을 부른 모양인데, 그게 오히려 미련한 짓이 될 겁니다.

'하긴. 이번에 부하들까지 싹 쓸어 버리면 더욱 좋지.'

위드의 분신이나 마찬가지인 조각 생명체들까지 다 없애 버리면 돌이킬 수 없는 타격을 주는 것이다.

'유명한 녀석들인데. 전부 사라지게 되면 아쉽긴 하겠군.'

르네인은 조각품이 만들어지는 과정을 보면서, 조금이지만 조각 생명체에 대한 애착이 생겼다.

저런 부하들을 거느릴 수만 있다면 대단히 특별한 경험이 되리라.

"조각 소환술!"

위드는 여검사 빈덱스, 바바리안 게르니까, 시골 뱀 독사, 지렁이 데스 웜, 기사 게빌, 악어 나일이까지 계속 소환했다.

'이번 전투는 아무래도 무모한데 척살대의 전력을 모르나? 조각 생명체들이 전부 여기서 몰살을 당하겠구나.'

⋘◈◎◎◈⋙

"크윽."

"컥!"

다리우스가 갈림길마다 남겨 놓은 병력은 북부 유저들의 습격을 받았다.

> 코메트: 비상! 이곳은 함정이다. 북부 유저들이 우릴 공격하고 있다!
> 데인저고: 36-2번 갈림길에서도 적과의 전투 중! 놈들은 던전 내부에 숨어 있었다.

갑작스러운 습격!

위드의 목숨을 거두러 출동했던 척살대였지만 던전의 곳곳에서 북부 유저들에 의한 기습이 이루어지고 있었다.

몰스 던전은 규모가 크기 때문에 도주로를 막기 위해 갈림길마다 병력을 남겨 놓지 않을 수가 없었다.

남겨진 병력이 북부 유저들에 의해 거침없이 쓸려 나가면서 다리우스가 이끄는 본대로 소식이 전해졌다.

"이런 빌어먹을! 함정이었구나."

동시에 다섯 곳이 넘는 곳에서 습격을 받았다.

다리우스와 척살대의 본대도 확실히 상황을 파악했지만 어찌할 방법은 없었다.

암살자가 등장했을 때부터 이미 되돌아 나가기에는 너무 멀리 왔던 것이니까.

"북부 유저들은 던전의 주요 위치마다 기다리고 있었던 게 틀림없는 것 같군요."

레벨 500을 넘긴 친위대 추보의 말에 척살대의 유저들이 조용해졌다.

유저들의 눈은 모두 다리우스를 보고 있을 뿐이었다.

'어떻게 할 거냐.'

'이번 일은 네 책임이지.'

'뒤늦게 길드에 가입해서 설치더니, 결국 망하겠구나.'

충실한 사냥개 다리우스의 행동을 보며 탐탁지 않게 여기던 유저들이 많았다.

헤르메스 길드에서는 실패 시에는 가혹할 정도로 처분을 하니 모든 책임을 미루고 있었다.

'어떻게 한다? 적의 전력을 모르겠다. 싸워서 승부를 내? 그런데 최악은… 그래. 여기서 최악은 위드를 놓치는 거야. 위드만 잡으면 나머지는 어떻게든 넘어가면 된다.'

다리우스는 급하게 생각하다가 입을 열었다.

"이동속도를 높입니다. 다른 놈들은 다 무시하고 위드를 쫓습니다."

"남겨진 병력은요?"

"유감이지만 지금 그들을 구하러 갈 여력은 없습니다."

척살대의 본대가 르네인이 알려 주는 위치를 향해 신속하게 움직였다.

'조각 생명체들까지 다 잡아 버리면… 최소한 영주 자리는 얻는다.'

'임무의 가치가 더 높아졌다. 이건 100% 방송으로 중계가 될 거야.'

척살대가 달리면서 이동을 시작한 지 1분도 안 됐을 때였다.

르네인: 위드가 움직이고 있습니다.
다리우스: 놈이 어디로 가든 계속 따라가면서 추적하세요. 우리가 금방 도착할 겁니다.

다리우스와 척살대는 이동속도를 더 높였다.

잠시 후, 또다시 길드 채널의 통신망으로 메시지가 나왔다.

> 르네인: 반대 방향으로 빠지고 있습니다. 놈이 소를 타고 있어서 빠릅니다!
> 다리우스: 절대 놓치면 안 됩니다. 계속 따라가기만 하세요.

"던전을 절대로 빠져나가게 해서는 안 됩니다. 우회할 길도 막아야 합니다."

다리우스는 급하게 척살대의 본대를 세 갈래로 나누었다. 여러 방향에서 동시에 추적하는 것이었는데, 추보로부터 반대 의견이 나왔다.

"미지의 적에게 습격을 받고 있습니다. 지금 병력을 분산시킨다면 피해가 커질 것입니다."

"시간을 아낍시다. 지금 중요한 건 위드이고 시간입니다. 만약 놈이 다른 길로 우리를 통과해서 던전을 나가기라도 하면 어쩔 겁니까? 책임지실 겁니까?"

"……."

추보는 물론이고, 다른 유저들도 그대로 말이 막혔다.

위드라는 목표를 잡으려면 헤르메스 길드 유저들이 생각하기에도 어쩔 수 없는 일이었다.

"위드는 멀지 않은 곳에 있습니다. 최대한 빨리 갑니다."

다리우스의 말에 척살대가 발길을 재촉했다.

> 마둠: 습격이다!
> 고로최: 여기에 함정이…….
> 사각김밥: 도와주세요!

"머뭇거릴 시간도 아깝습니다. 그대로 통과합니다."

척살대에서 남겨 놓은 병력은 차례로 전멸당했다.

북부 유저들이 사제까지 포함하여 50~60명씩 몰려다니면서 해치우기에는 최적의 조합!

척살대 본대는 위드가 있는 방향으로 전력을 다해 달렸다.

"여기까지다."

다리우스가 이끄는 척살대의 본대는 르네인의 안내로 던전의 막다른 곳에서 위드를 만났다.

'됐다. 어찌 됐건 임무는 완수다.'

위드가 용의주도하게 위치를 바꾸는 바람에 추격해 오는 데 시간이 꽤 걸렸다.

'함정. 지독한 함정이었어.'

다리우스는 가슴이 몇 번이나 철렁 내려앉았지만 거만하게 외쳤다.

"위드, 넌 이제 죽은 목숨이다."

이 장면은 어쩌면 수백 번 이상 방송되리라.

다리우스와 헤르메스 길드 유저들이 각자 멋진 포즈로 무기를 뽑아 들었다.

그때까지도 위드와 누렁이의 움직임이 없었다.

"뭐지, 이건? 이상한 기분이 드는데?"

다리우스는 묘한 위화감을 느꼈다.

르네인이 말했던 조각 생명체들도 보이지 않았다.

"어떻게 된 것입니까?"

도둑 르네인이 조용히 나타나서 이야기했다.

"그게… 너무 빨라서 중간에 한 번 놓쳤습니다."

"뭐라고요?"

"그런데 다행히 다시 쫓아올 수 있었습니다. 조각 생명체들은 어딘가로 사라져 버렸지만요."

"젠장!"

다리우스는 더 기다릴 수 없었다.

이번 임무에서 핵심적인 위드부터 처리하고 그다음에는 조각 생명체들을 찾아 나서거나 탈출을 해야 하리라.

"공격 개시!"

위드가 만만치 않은 실력을 가졌으니 먼저 헤르메스 길드 유저들에게 선공을 넘겼다.

"죽음의 무도!"

"회선 칼날!"

선제공격에 나선 10여 명의 헤르메스 길드의 유저들은 각자 자신 있는 공격 스킬들을 작렬시켰다.

물, 불, 바람, 번개, 검.

모든 공격들이 피할 곳 없이 위드와 누렁이에게 쏟아졌다.

우지끈!

콰과과광!

다리우스는 엄청난 파괴의 현장을 멍하니 보았다.

위드는 공격을 막거나 피하지 않았다. 그대로 모든 공격을 허용하더니 감쪽같이 사라져 버렸다.

"이게 뭐지?"

헤르메스 길드 유저들이 다가가서 확인해 보니 무언가가 떨어져 있었다.

긴 낚싯줄에 끼워져 있는 큰 새우!

낚시꾼의 직업 스킬 중의 하나인 '가짜 미끼'였다.

❖❖❖❖❖

위드는 던전을 돌아다니며 언데드 소환 마법을 펼쳤다.

"너희가 살아서 움직이던 땅으로 돌아오라. 이곳은 어두운 곳. 검고 부패한 땅. 영영 사라지지 않을 암흑의 율법을, 모든 이들에게 새길 수 있도록 하라. 언데드 라이즈!"

땅에서부터 꾸물거리면서 일어나는 데스 나이트와 듀라한 부대!

헤르메스 길드 유저들의 시체들은 그야말로 최상급의 품질이라고 할 수 있었다.

라면이라도 별 5개짜리 호텔 라면!

그동안 몰스 던전에서의 사냥에 유저들의 시체까지 포함해서 스킬 숙련도를 쑥쑥 올렸다.

> 초급 언데드 소환 스킬의 레벨이 10이 되어 중급으로 변화합니다.
> 언데드에 대한 지배력이 강화되어 15%의 힘과 생명력이 증가합니다. 언데드의 마법 저항력이 향상되며 밝은 곳에서의 활동력을 크게 늘립니다. 유령

계열의 언데드들을 소환할 수 있고, 강렬한 원한을 품은 언데드들을 일으킬 수 있습니다.

신앙심이 30 감소합니다.

명예가 55 줄어들었습니다.

통찰력이 2 증가합니다.

"역시 싱싱한 시체가 좋지."

벌써 반 호크가 이끄는 데스 나이트 부대만 100명!

"쓸어 버리자!"

위드는 언데드들을 이끌고 사냥에 나섰다.

목표는 몰스 던전을 헤매고 있는 헤르메스 길드 유저들!

양념게장: 미끼가 있던 곳에 도착한 유저들은 347명입니다. 나머지는 곳곳에 흩어져 있습니다.

"위, 위드?"

헤르메스 길드 유저들은 위드를 보고 깜짝 놀랐다. 그 이후에는 언데드 군단을 보면서 얼굴이 굳었다.

"어떻게 여기에… 본대에 잡혔을 텐데?"

"설명해 줄 시간 없어. 방송 보고 알아봐."

데스 나이트들의 진격!

과거와 다른 점이 있다면 이젠 상당히 강했다.

바르칸의 풀 세트도 있다 보니 시체의 품질이 제대로 발휘되고 있는 것이었다.

데스 나이트들이 일대일로는 상대가 안 되지만 수십 명이 달려들었고, 또 바하모르그와 위드가 돌진했다.

"크윽!"

"이럴 수가……."

3~4명씩 흩어져 있던 헤르메스 길드 유저들은 어렵지 않게 사냥당했다.

멍멍!

켈베로스가 부지런히 돌아다니면서 먹잇감들의 냄새를 맡고 있었다.

풀죽신교에 기본 가입되어 있는 북부 유저들에게서는 은은한 풀 향기가 났으니 그들을 제외하는 것으로 충분했다.

때론 헤르메스 길드 유저들이 10명을 넘어가면 언데드만이 아니라 조각 생명체들까지 투입했다.

"밟아."

"알겠다, 주인."

언제라도 든든한 바하모르그를 시작으로, 조각 생명체들이 언데드 사이에서 전투를 펼친다.

"닿지 않는 간지러움!"

위드는 저주 마법을 펼치고 나서 뒤로 물러났다.

부하들이 싸우는 광경을 지켜보는 야비함!

네크로맨서이면서도 하이엘프의 활을 무장한 채로 화살을 쐈다.

속사와 관통은 기본!

헤르메스 길드 유저들에겐 데스 나이트들이 끈질기게 달라 붙었고, 조각 생명체들은 강력했다. 그럼에도 가장 열 받는 것은 멀리서 날아와서 피해를 입히는 화살이었다.

무시할 수 없는 위력을 가졌을뿐더러, 그들에게 약간의 희망도 남겨 놓지 않는 공격이었다.

언데드들은 파괴해 버려도 금방 복구가 되고, 또 도망을 치려고 해도 조각 생명체 중 백호나 켈베로스가 너무 빨라 불가능했다.

헤르메스 길드 유저들의 분노는 결국 위드에게로 향했다.

"위드! 비겁하게 화살만 쏘지 말고 당당히 싸우자!"

"싫어."

"비겁한 승부다. 이 광경이 방송으로 나오면 시청자들의 비난을 받는다는 걸 모르는가?"

"떼로 몰려온 너희들보단 낫겠지."

"……."

지은 죄로 따지면 할 말이 없는 헤르메스 길드 유저들.

위드는 던전에 흩어져 있던 유저들을 사냥하고, 또 전투의 흔적이 있는 곳에서는 언데드를 소환했다.

언데드 소환의 숙련도가 증가합니다.

"룰루루."

흥겹게 콧노래를 부르면서 언데드를 늘려 나가는 위드!

'네크로맨서가 확실히 내 적성에는 잘 맞아. 아주 시원시원

하구나.'

북부 유저들은 던전 입구와 중요한 요충지에서부터 헤르메스 길드 유저들을 격파했다.

던전 내부에 침입한 헤르메스 길드 유저들은 영락없이 갇힌 신세가 되어 사냥당했다.

❖❖❖❖❖❖

다리우스가 이끄는 척살대 본대는 뒤늦게 던전 탈출을 시도했지만, 거듭되는 습격에 만신창이가 되었다.

"철수, 철수한다!"

양념게장이 이동하는 그들의 뒤를 그림자에 숨어 집요하게 노렸다.

"야. 어딜 도망가냐!"

"가지 말고 한판 붙자!"

수련생들로 이루어진 전사 무리와 북부 유저들도 강했다.

무서운 공격력으로 쇄도하는 그들을 버티기 힘든 것은 물론이고, 무엇보다도 멀리서 쫓아오는 악랄한 위드 때문에 희망이 안 보였다.

"언데드 소환!"

척살대와 북부 유저들이 싸울 때마다 뒤에서 화살을 쏘면서 실속을 챙기다가 언데드들을 일으킨다.

어느 쪽이 죽거나 늘어나는 것은 결국 언데드뿐!

'아니, 네크로맨서를 써도 이렇게 추잡하게 쓸 수가 있다니.'

다리우스는 진정으로 감탄했다.

그동안 욕을 먹으면서 어중간하게 나쁜 짓을 해 왔던 자신을 반성하게 될 정도였다.

'스킬 레벨을 기반으로 하는 네크로맨서는 초반 성장이 까다롭지. 근데 거인 성채에서 대박을 치고, 여기서도 숨어서 이득을 볼 건 다 보고 있잖아.'

최후의 결전!

척살대 100여 명은 지하 광장에서 마지막 전투를 펼쳤다.

"이렇게 된 이상 그냥은 안 죽는다."

"도망칠 방법도 없고… 왜 헤르메스 길드인지 보여 주지!"

척살대는 북부 유저를 1명이라도 죽이려고 했지만, 먼저 반호크가 이끄는 데스 나이트들이 덤볐다.

500마리 넘게 늘어난 언데드들을 제거하면서 체력과 마나를 소모했다.

북부 유저들은 멀리서 원거리 공격을 퍼부었으며, 그러는 사이에 언데드들은 또 소환되었다.

척살대에서는 막강한 화력과 전투력을 믿었지만 함정에 빠져서 허우적거리다가 죽어 나갔다.

북부 유저들에게 뛰어들 수도 없었다.

"크하하하. 이곳이 천국이구나."

"예. 이놈들 강한데요!"

아수라장에서 활약하는 검치와 검둘치 그리고 수련생들!

헤르메스 길드 유저들과 난전을 펼치면서 검을 휘두른다.

화살과 마법이 코앞을 스쳐 지나가는데도 꿈쩍도 하지 않고 적들만을 노린다.

그 결과는 척살대의 전멸!

"우아… 우리가 해냈어."

"만세다!"

북부 유저들이 환호성을 질렀다.

그들에게도 피해가 없는 건 아니었지만 헤르메스 길드 유저들은 10배가 넘는 숫자가 목숨을 잃었다.

마음껏 기뻐할 만한 큰 승리였다.

◈◈◈◈◈◈

몰스 던전에서의 역습!

멜버른 광산에서 위드가 당했던 것을 딱 그대로 갚아 주었을 뿐만 아니라, 헤르메스 길드에 또다시 수치를 안겨 준 사건이었다.

이 장면들은 당연하게도 전 세계의 방송국들이 계속해서 중계해 주었다.

위드와 북부 유저들의 이름값이 더욱더 높아진 것은 물론이었다.

"헤헤. 다음에 또 만나요, 위드 님."

수르카가 아쉬운 듯 작별 인사를 했다.

그녀의 옆에는 페일과 메이런, 로뮤나, 이리엔, 화령, 벨로트, 제피, 양념게장, 파이톤까지 배웅을 위해 나와 있었다.

파이톤이 굵은 목소리로 말했다.

"제대로 이야기도 못 해 보고, 아쉽군. 다음에 또 보세."

"후… 정말 즐거웠습니다."

페일도 손을 흔들었다.

헤르메스 길드의 척살대를 요격하면서 레벨과 장비들을 실컷 챙긴 그들!

북부 유저들과 검치와 수련생들도 몇 가지씩의 아이템들을 전리품으로 얻었다.

헤르메스 길드 유저들이 그동안 쌓은 악명이 워낙 대단하다 보니 죽음으로 잃어버리는 페널티도 컸던 것이다.

조각 생명체에 언데드까지 끌고 다니면서 가장 많은 아이템을 챙긴 것은 위드였지만, 1~2개의 전리품도 그들에게는 굉장히 컸다.

"네. 다음에 기회가 되면… 또 보도록 하죠."

위드는 발걸음을 옮겼다.

그의 곁에는 전투 중에만 부르던 반 호크와 토리도도 소환되어 있었다.

시선을 좀 끌기는 했지만 네크로맨서로 전직한 후로는 두 언데드 부하들을 데리고 다니는 모습이 그리 이상하게 보이지 않았다.

'네크로맨서라……. 앞으로는 같이 사냥을 할 일이 별로 없겠네.'

'언데드들. 조각사로 지낼 때는 1인 5역 정도는 했어야 했는데. 네크로맨서가 되어서 위드 님도 조금은 편해지겠구나.'

동료들이 언데드들과 떠나는 위드를 지켜보고 있을 때였다.

위드가 돌아서더니 잠시 머뭇거리다가 말했다.

"그래도 좀 허전한데… 만난 김에 기념으로 사냥이나 한번 할까요?"

"사, 사냥이요?"

사냥이란 단어를 듣자마자 본능적으로 몸을 떠는 페일!

"무슨… 사냥을 또 하려고 그러나."

파이톤의 가슴도 조마조마했다.

과거에 너무 혹독한 사냥을 했던 나머지, 위드와 사냥이라면 마음의 각오를 단단히 해야 한다.

양념게장의 얼굴은 파리하게 질렸다.

"이번엔 대체 며칠이나 사냥을 하시려는 겁니까?"

"그냥 좀 아쉬워서, 여러분들과 한 곳 정도만 사냥할 생각인데요."

"아…….."

수르카를 시작으로 얼굴들이 밝아졌다.

'사람은 변한다더니 네크로맨서가 되니 여유가 좀 생겼구나.'

'뭐, 한 곳 정도라면… 그냥 사냥 한번 하자는 거잖아. 부담이 없네.'

페일을 비롯한 오래된 착한 동료들은 어차피 위드의 제안을 거부하지는 못하는 입장이었다.

전투 노예와 그 친구들.

오랜만에 만나 놓고 사냥 한번 같이하지 않고 헤어지는 것도 이상하다.

파이톤과 양념게장도 서로 잠깐 눈을 마주치고는 고개를 끄덕였다.

"좋군. 그동안 얼마나 강해졌는지도 보겠고."

"네크로맨서는 쉽게 보기 힘든 직업이긴 하죠."

파이톤은 경쟁자라고 할 수 있는 위드의 실력을 옆에서 확실히 보고 싶었다.

양념게장도 네크로맨서로 변한 이후로 얼마나 달라졌는지 확인하고 싶었다.

"가볍게 사냥이나 하러 가죠."

위드가 말하지 않은 조그만 사실은 있었다.

시간 조각술 고급. 여행의 조각술.

시공간을 초월할 수 있는 기술의 본래 의미는 예술을 위해 만들어진 것이었다.

지금은 사라진 왕국이나 문명의 아름다움과 문화를 만끽할 수 있는 예술가를 위한 스킬. 단, 선택하기에 따라서 역사상 최악의 전장으로 갈 수도 있었다.

칼라픽 왕궁

조각술 최후의 비기.

시간 조각술이 고급이 되어야만 열리는 여행의 조각술!

위드는 베르사 대륙의 역사를 빠짐없이 꿰고 있었다.

'몬스터의 침략이나 전쟁. 엄청난 일이 많이 벌어졌지.'

베르사 대륙의 역사서에 보면 중요하게 기록된 사건들이 꽤
있었다.

브루커 왕국, 몬스터 침략으로 이틀 만에 멸망.

네미아스 요새, 37일간의 전투로 폐허로 변함.

바다에서부터 끝을 모르는 몬스터의 침략. 3년간 대륙
의 절반이 몬스터의 침공으로 시달림.

'음. 아주 훌륭해.'

여행의 조각술은 시간의 흔적을 좇아서 특정 시점으로 갈 수

있는 기술이다.

'전쟁이다, 전쟁.'

순수한 조각사라면 역사적으로 예술이 번성했던 시기부터 관심을 가졌으리라.

멋과 낭만을 찾아서 문화와 관광이 번성했던 왕국의 수도로 자유 여행을 떠날 수도 있었다.

혀를 사르르 녹이는 맛있는 음식이나 건물들, 환한 미소를 짓는 미녀들을 구경할 수 있을 테니까.

베르사 대륙의 역사를 돌아다니며 마음껏 여행할 수 있는 조각술 최후의 비기!

위드는 몰스 던전에서 시간 조각술의 스킬 레벨을 고급까지 올렸다.

띠링!

중급 시간 조각술 스킬의 레벨이 10이 되어 고급으로 변화합니다.
시간에 대한 깊은 깨달음을 얻었습니다. 시간과 공간을 초월한 여행의 조각술을 터득했습니다. 현재 3회의 시간 여행이 가능합니다. 시간 여행의 횟수는 매달 1회씩 갱신이 되며, 퀘스트의 완수로 늘어나기도 합니다. 일정한 조건이 갖추어졌을 시에는 특수한 모험이나 역사, 예술, 경영, 전투, 제작 퀘스트를 진행할 수 있습니다. 여행의 조각술은 스킬 레벨이 오를 때마다 더 많은 지역과 퀘스트, 역사를 탐험할 수 있습니다.

스킬 노가다로 획득한 고급 시간 조각술.

위드가 첫 번째로 선택한 장소는 칼라픽의 궁전.

이런 고생은 나눌수록 육체적으로나 정신적으로 행복하기에 동료들을 끌어들이기로 했다.

몰스 던전에서 헤르메스 길드의 척살대를 처리하고 분위기가 잔뜩 고조되었을 때였다.

위드는 동료들과의 이별이 아쉬운 듯이 말했다.

"그래도 좀 허전한데… 만난 김에 기념으로 사냥이나 한번 할까요?"

오래된 순진한 동료들은 물론이고, 파이톤과 양념게장까지 의외로 쉽게 낚였다.

"그럼 사냥이나 하러 가죠."

위드는 작은 목소리로 스킬을 사용했다.

"여행의 조각술."

수천 가닥의 빛들이 모여들더니 사람이 충분히 들어갈 수 있는 크기의 영롱한 포탈이 형성됐다.

시공간을 초월한 여행의 조각술이 발동되었습니다.

"그럼 저 먼저 가겠습니다."

위드는 다른 동료들이 자세한 걸 묻기 전에 서둘러 찬란한 색의 빛으로 이루어진 포탈로 들어갔다.

감쪽같이 사라진 위드.

"와! 위드 님, 새로운 이동 스킬 얻으셨나 보네요."

순진한 수르카는 감탄했다.

이리엔도 착하고 의심을 모르는 성격이었다.

"모험하면서 얻은 스킬인가 봐요."

다른 동료들도 받아들이는 것은 비슷했다.

"아, 부럽다. 근데 네크로맨서한테 텔레포트 게이트 같은 이동 스킬이 있나?"

로뮤나는 조금 질투를 했으며, 제피는 이동 스킬에는 크게 관심이 없었다.

'대게 먹고 싶다. 음… 유린이랑 같이 먹으면 맛있을 텐데. 살을 발라내서 먹여 주고. 크으. 맥주도 한잔하면서.'

벨로트와 화령은 사냥을 좋아하진 않았지만, 딱히 싫어하지도 않았다.

그녀들끼리 레벨을 올리려면 상당히 어려웠는데, 위드와 함께하면 힘은 들어도 지나고 나면 최고의 효율을 보인다.

파이톤은 경쟁심에 불타올랐다.

'전사라면 힘이지. 네크로맨서로 전직을 했다지만… 조각사에서 무력이 약해지진 않았을걸. 이동 스킬까지 얻다니 쓸모가 많을 거야. 어쨌든 자세한 건 옆에서 겪어 보면 알겠지.'

관찰력이 뛰어난 암살자 양념게장조차도 의심을 못 했다.

'아이템을 사용한 것도 아닌 것 같고. 그냥 스킬을 발동하는 형식이네. 처음 보는 것이라 신기한데… 조각술 관련 같기도 하고.'

위드가 있었다면 스킬에 대해서 자세히 물어봤겠지만 먼저 들어가 버렸다. 자세히는 몰라도 나쁜 일이라고는 생각하지 않았다.

'설마 속이거나 뒤통수를 치겠어?'

위드를 향한 수식어부터 어마어마하다.

아르펜 왕국의 국왕이며 전쟁의 신. 최초의 마스터.

모험으로 얻은 수많은 호칭들을 제외하고도 이 정도였다.

'안 좋은 거라면 먼저 선뜻 들어가지도 않았을 거야.'

파이톤과 양념게장은 명성을 믿었고, 동료들은 그냥 의리밖에는 몰랐다.

전형적으로 빚보증 잘못 서 줄 유형들!

페일부터 아무 생각 없이 포탈 안으로 들어갔다.

⊰⧉⧈⊱

페일이 어딘가 이상함을 느꼈을 때는 포탈로 들어간 바로 다음 순간이었다.

그의 몸이 앞으로 나아가면서 수천수만 개의 빛줄기들이 그의 빠른 속도로 스쳐 지나갔다.

'텔레포트가 아니네?'

아득한 하나의 점을 향해서 쇄도하고 있었다.

잠시 후에 약간의 현기증과 함께 포탈을 통과한 장소는 엄청난 함성과 병장기가 부딪치는 소음으로 가득했다.

"반역자들을 제압하라!"

"모든 기사들은 죽음으로 폐하를 지킨다."

"돌격! 돌격! 기사단은 전력을 다해 적진으로 뛰어들라!"

칼라픽의 궁전.

중소 도시의 면적과 가까운 왕궁에는 왕실 기사들과 반란군으로 인한 전투가 한창이었다.

"뭐, 뭐야! 어디야, 이거!"

페일이 놀라서 주위를 둘러보니 다행스럽게도 바로 옆에 위드가 있었다.

"위드 님!"

"음. 일찍 들어오셨군요. 역시 첫 번째로 들어오실 줄 믿고 있었습니다."

"넵. 당연히 위드 님을 따라 첫 번째로… 아니, 근데 이게 뭡니까? 여긴 어디고요?"

"사냥하러 온 곳입니다."

"사냥이요?"

위드는 성공한 사기꾼처럼 흐뭇하게 웃었다.

"네. 여기가 사냥터죠."

띠링!

칼라픽의 생존자

수십 년이 넘도록 가뭄에 시달리며 쇠약해진 왕국 칼레. 아울트 산맥을 내려온 몬스터들로 인하여 왕국의 운명은 풍전등화의 위기에 놓이게 되었다. 귀족파의 반란과 군대의 이탈로 인해 칼라픽 궁전은 피로 물들고 있다. 이 땅에 명예나 권력, 도덕은 이미 땅에 묻혔다. 벌어지는 전투에서 버티고 살아남아라.

난이도: A.

보상: 전사의 용맹과 전리품.

제한: 생존. 퀘스트가 강제로 부여된다.

퀘스트의 발생!

그냥 사냥만 하게 되더라도 쓸 만한데 전투 퀘스트까지 만들어졌다.

위드는 이미 시간 조각술로 온 전후 사정을 알고 있었지만, 페일로서는 기가 막힐 수밖에 없는 노릇이었다.

"갑자기 퀘스트는 왜… 그리고 칼라픽이란 지명의 왕궁이 있었나요?"

"있다고도 할 수 있고, 없다고도 할 수 있습니다."

"왜요?"

"역사적으로 보면 한 780년 정도 전에 멸망했거든요."

"근데 어떻게 제가 칼라픽에 와 있죠?"

"칼라픽이 멸망하던 그 역사 속으로 들어왔거든요."

"……."

시간 여행!

페일의 머릿속을 스쳐 간 단어였다.

순간적으로 투철한 믿음을 가진 전투 노예답게 위드가 굉장하고, 또 이런 모험에 자신을 끌어들여 줘서 고맙다는 생각도 잠시 들었다.

만만한 몬스터를 사냥하는 게 아니라 진정한 모험에 뛰어들려면 믿을 수 있는 동료만을 옆에 둘 것이다. 하지만 적지 않게 불만도 있었다.

"근데 왜 이런 사정을 미리 설명을 안 해 주셨죠?"

"세상 모든 일을 설명하면서 진행할 수는 없습니다. 길게 설명하면 안 올 수도 있을 것 같아서요."

위드는 당당하게 말했다.

험한 세상에서 약간의 꾀를 내면서 살아가는 건 죄가 아니다. 순진하게 아무도 자신을 속이지 않을 것이라고 믿는 사람이 답답할 뿐!

"크으……."

페일은 한 방 얻어맞은 것 같긴 했지만 금방 납득했다.

'음, 맞는 말이지. 제대로 들어 보지도 않고 들어왔으니 위드 님을 탓할 수는 없어.'

위험한 전장에 끌려오긴 했지만 이내 마음이 편안해졌다. 어 쨌든 위드가 찾은 모험이라면 고생은 하더라도 성공 가능성이 크다는 걸 알고 있었다.

"실제로 보니 전투 규모가 정말 크네요."

"역사적인 혈투니까요."

위드와 페일의 눈에 왕궁 건물들이 불에 타오르는 광경이 보였다.

기울어져서 무너지는 건물들 사이에서는 병사들과 기사들이 치열하게 피를 튀기는 전투를 펼치고 있었다.

"왕실의 편에 서서 싸워야 하나요?"

"일단은 그러는 편이 좋겠죠."

"일단요?"

"상황을 봐서 뭐든 해도 될 겁니다. 어차피 살아남기만 하면 될 테니까요."

절대 호락호락하지 않은 퀘스트.

파아아앗!

열려 있던 포탈로 메이런과 수르카가 도착했다.

"여…긴 어딘가요?"

"칼라픽 왕궁입니다."

전투 노예 페일을 따라온 연인과, 일단 별생각 없이 왔던 수르카. 그녀들의 얼굴이 어두워졌다.

"칼라픽 왕궁요? 거긴 역사에 기록된 사지잖아요."

메이런은 방송 진행자로서 베르사 대륙의 역사에 대해서도 해박했다.

페일은 분위기도 모르고 그윽한 시선으로 그녀를 봤다.

"그곳이 여깁니다. 시간 여행을 통해서 왔어요."

"켁! 그럼 죽으러 온 거잖아요."

메이런은 절망적인 상황임에도 불구하고 기쁨에 환한 미소를 지었다.

"아자! 방송 한 건 건졌다!"

헤르메스 길드와의 분쟁이라면 진행자로서 방송의 중립을 지켜야 했겠지만 이번에는 직접 참여할 수 있었다.

수르카가 싸우고 있는 병사들을 잠시 쳐다보더니 위드에게 은근하게 물어봤다.

"귓속말이 보내질까요?"

"모르겠는데요."

"일단 대화 채널로 말해 볼게요."

수르카: 와, 여기 진짜 좋은 사냥터다.

수르카의 대화는 임시로 생성된 시간 포탈을 통해 다른 동료들에게로 전해졌다.

화령: 그렇게 좋아?

수르카: 완전 짱! 언니, 몬스터들이 막 보석 들고 다녀요.

기사들 중에는 보석이 박힌 검이나 갑옷을 착용한 이도 있긴 했다.

벨로트: 전투는 좀 지겨운데.
수르카: 여기 잘생긴 남자들 천국임.

기사들의 외모가 쓸 만하긴 했다.

이리엔: 지하나 흉악한 몬스터는 좀…….
수르카: 여기 멋진 건물이에요.

벨로트, 화령, 이리엔, 로뮤나, 제피 들이 차례로 낚이고, 마지막에는 양념게장과 파이톤까지 들어왔다.

"케엣, 여기가 어디죠?"

벨로트의 질문에 수르카가 큰 소리로 대답했다.

"칼라픽 왕궁요!"

"뭐 하는 곳인데요?"

"극악의 전쟁터예요!"

사기와 도둑질도 대를 이어서 발전하는 법!

위드의 얼굴은 더욱 흐뭇해졌다.

❧

"너희가 살아서 움직이던 땅으로 돌아오라. 이곳은 어두운 곳. 검고 부패한 땅. 영영 사라지지 않을 암흑의 율법을, 모든 이들에게 새길 수 있도록 하라. 언데드 라이즈!"

위드는 시체들로부터 언데드들을 소환했다.

스켈레톤 나이트와 듀라한, 데스 나이트들이 골고루 섞인 조합이 대지에서 일어났다.

"불멸의 전사에게 경배를. 죽음으로부터 돌아온 자가 충성을 바칩니다."

데스 나이트들은 일제히 무릎을 꿇었다.

"적들을 막아라."

위드는 반 호크와 토리도를 소환하여 언데드들을 지휘해서 싸우도록 했다.

동료들도 당황한 것은 잠시였고 금방 자신들이 할 일을 찾아냈다.

각자 무기를 꺼내 들고 다가오는 귀족파의 반란 기사들부터 처치했다.

페일의 궁술은 반란 기사나 귀족들을 향해 백발백중이었고, 메이런은 건물을 박차고 뛰어올라서 화살을 쐈다.

"파이어 필드!"

로뮤나는 일단 광역 화염 마법으로 침략하는 병사들이 접근할 수 없도록 했다.

칼라픽 왕궁에서도 기사대장이 병력을 이끌고 접근해 왔다.

"침입자들! 반란군의 족속인가?"

페일이 활을 내리며 서둘러 말했다.

"우리는 도우러 온 겁니다."

"왕실에 충성을 바친 기사들의 시체로 사악한 언데드들을 불러일으키다니, 너희들의 말은 믿을 수 없다!"

"그건 위드 님이……."

"네크로맨서는 대륙법에 의해 절대 금지된 족속. 시체를 다루는 악독한 기법을 사용하면서 변명을 할 셈이냐!"

동료들의 시선이 일제히 위드에게로 향했다. 어떻게 할 거냐는 질문이 담긴 눈빛.

"네크로맨서는 역시 어쩔 수 없는 약점이 있죠. 하지만 해결할 방법이 있습니다."

위드는 가볍게 미소 지으면서 조각품을 건넸다.

"국왕 폐하의 조각품입니다. 평소 존경하고 있었습니다."

"흠."

미리 오기 전에 깎아 놓은 걸작의 조각품!

조각품 아래에는 잘 붙여 둔 3실버도 있었다.

아부와 뇌물이야말로 복잡한 사회의 톱니바퀴를 부드럽게 구르게 하는 핵심 요소!

기사대장은 조각품을 훑어보더니 땅바닥에 힘껏 내던졌다.

"국가가 망하게 생겼는데 이깟 조각품이라니! 너희들 모두 감옥에 가둬야겠다."

3실버의 뇌물 작전이 실패하는 광경에 동료들의 표정이 안 좋아졌다.

"걱정하지 마세요. 해결 방법은 있으니까."

위드는 3실버를 줍고 나서 주문을 외웠다.

"시체 폭발!"

콰과과광!

왕궁의 기사대장이 있는 지역이 한꺼번에 폭발했다.

> 기사대장 타켄이 사망하였습니다.

> 칼레 왕국과의 적대도가 100이 되었습니다.

"허억!"

위드를 따라다니며 산전수전 다 겪은 페일과 무덤덤한 성격의 제피마저 깜짝 놀랐다.

"이렇게 해결하면 될 것 같군요. 공격!"

위드는 언데드들에게 칼라픽의 왕궁 병력까지도 공격하도록 했다. 그러면서 동료들을 향해 말했다.

"제가 사막의 대제왕 퀘스트를 할 때 느낀 거죠. 여긴 여행의 조각술로 과거를 거슬러 온 곳입니다. 원래의 세계가 아니라서 지금 보이는 모든 NPC들은 우리의 모험이 끝나면 사라지게 될 겁니다."

"아하."

로무나부터 납득을 하고는 고개를 끄덕였다.

아르펜 왕국이나 하벤 제국, 그곳의 주민들은 아이를 낳거나 생산 활동을 하는 등의 생활을 한다.

모험에 대한 대화를 나누는 상대이기도 했으며, 자주 얼굴을 보면 정이 들기도 했다.

"지금 보이는 모든 이들의 수명은 지금 보고 있는 모습이 전부라고 봐야겠네요."

"네. 그렇죠."

"좀 허무해요."

벨로트가 푸념하듯이 말했지만 각자 맡은 역할을 잊지는 않았다.

데스 나이트들이 주위를 에워쌌고, 귀족파의 반란군과 왕궁의 수비 병력을 상대로 전투를 펼쳤다.

"연쇄 관통, 대지의 파동!"

"에헷. 돌풍 화살!"

페일과 메이런은 넘쳐 나는 적들을 향해 마구 화살을 쐈다.

현란하고 빠르게 움직이는 제피의 낚싯줄에 로뮤나의 마법 공격, 수르카의 주먹질!

"이얍. 주먹 강타!"

수르카의 주먹이 확 커지더니 10여 미터를 넘게 날아가서 데스 나이트들과 싸우고 있던 기사의 몸통을 날려 버렸다.

"난전은 마음에 들긴 하군."

파이톤은 대검을 들고 적진으로 뛰어들었고, 양념게장은 어느새 사라졌다.

그가 활동할 때마다 지휘관급 기사들의 목숨이 하나씩 사라지게 되리라.

이리엔은 신성 마법으로 동료들의 체력을 치유해 주었는데, 가끔씩 언데드와 싸우다가 부상을 입은 기사들도 가리지 않고 회복시켜 줬다.

"고맙습니다, 사제님."

"별말씀을요."

위드는 언데드들을 지휘하며 한편으로 화살을 쐈다.

네크로맨서가 다른 직업과 파티를 맺었을 때에 상성이 나쁜 것은 엄연한 사실이다.

직업적인 조화에서 1인 군단인 네크로맨서가 다른 유저들 몇 명과 조합이 잘 이루어지지 않았다.

그 약점을 극복하기 위해서는 적들이 무지막지하게 몰려오는 선장 한복판으로 뛰어들면 되는 것이었다.

❧❧❧

칼라모르 지역의 에바루크 성.

샤먼 다인의 통치를 받는 지역은 반란군으로부터도 피해를 입지 않았다.

"이 깨끗한 거리와 건물들을 보게. 영주님의 덕분이라고 할 수 있지."

"칼라모르 왕국이 그립지 않느냐고? 어째서? 영주님이 부임하고 나서 모든 것이 좋아졌어. 지금은 더 바랄 게 없다네."

"우리 성은 상업과 관광, 생산의 중심지가 되었지. 이사를 온 사람들로 성의 인구가 늘어났고, 어린아이의 울음소리도 그치지 않아."

에바루크 성의 주민들은 다인의 통치를 찬양했다.

유저들 역시 아무 불만이 없었다.

"다인 영주님이 부임할 때만 해도 걱정이 많았는데 말이야."

"응. 다 쓸데없는 걱정이었지."

헤르메스 길드의 영주들은 지독할 정도로 유저들을 쥐어짜내는 것으로 유명했다.

　영주 다인은 부임하자마자 세율을 낮췄고, 사냥터와 퀘스트에서 대부분의 차별을 철폐했다.

　헤르메스 길드에 의무적으로 내야 하는 세금을 제외한다면 최소한의 세금만을 거뒀다.

　도시 자체 사업을 통해서 자금을 형성하고 운영함으로써 경영적인 수완까지 발휘했다.

　"영주님, 이런 식이면 곤란합니다."

　"헤르메스 길드의 통치 지침이 있지 않습니까. 길드의 규율대로 행동하시죠."

　헤르메스 길드 유저들이 오히려 반발할 정도였지만 이내 사그라졌다.

　다인의 친분이 다리우스나 라페이와도 이어져 있다는 소문이 돌고 난 이후였다.

　중앙 대륙이 반란군으로 들끓을 때도 에바루크 성은 발전했고, 지금은 칼라모르 최대의 인구와 경제력을 자랑했다.

　다인은 하루에 몇 번씩 거리 순찰을 하면서 주민들과도 친해졌다.

　"영주님, 여기 약초입니다. 꽃을 준비하려고 했는데 약초를 더 좋아하신다고 해서……."

　"네. 고맙습니다. 잘 받을게요."

　다인은 약초를 씹어 먹으며 환하게 웃었다.

　"역시 치킨을 먹은 후에는 인삼이… 헴헴."

주민들과 유저들을 불편하게 하지 않기 위해 짙은 로브를 뒤집어쓰고 다니는 그녀.

　"사고다!"

　"심하게 다친 부상자가 있다."

　주민 중의 1명이 마차에 치여서 크게 다쳤다.

　다인은 곧장 달려가서 손을 내밀었다.

　"제가 고쳐 줄게요. 절대 회복!"

　성직자처럼 고위 신성 마법으로 치료를 하는 그녀!

　에바루크 성을 중심으로 활동하는 사냥 파티에 끼기도 했다.

　성문에서 사냥터로 가기 위해 사람을 모집하는 장소에 슬그머니 끼어들었다.

　"사냥 갈 사람 구하세요?"

　"1명이 모자란데⋯ 한참 구하고 있었네요. 레벨 400대 유저를 구하는데."

　"저, 그 정도인데요."

　"그러면 같이 가실래요?"

　"네, 갈게요."

　"근데 저희는 전사가 필요한데요. 머리띠와 귀걸이를 보니 샤먼인 것 같은데, 근접 전투 가능하세요?"

　다인은 가볍게 고개를 끄덕였다. 전투라면 전문 분야는 아니지만 상관없었다.

　"네, 돼요."

　"주로 사용하시는 무기가 어떤 거죠?"

　"검, 창, 도끼, 활, 해머, 사슬낫, 밧줄, 곡괭이 정도요."

"아… 그러시군요. 거의 다 다루시네요."

"무기술이 취미라서요."

"파티에 있는 사제가 아직 실력이 좀 모자라서 생명력 관리를 조심하셔야 됩니다."

"치료 마법 돼요."

"정말이요? 그러면 최고죠."

뭐든 잘할 수 있는 샤먼!

단 이도 저도 아니고 제대로 못 키우면 레벨만 높은 샤먼은 절대 파티에 끼워 주지 않는다.

다인은 심심하면 던전에서 놀았기 때문에 레벨보다도 각종 스킬 레벨이 높은 상태였고, 배우고 있는 기술들도 잡다했다.

함정 간파와 해체에서부터 축복과 저주, 몬스터 추적까지 가능했다.

다인이 파티에 낄 때마다 일찍이 이룩해 본 적이 없는 속도의 사냥이 이루어졌다.

필요한 분야가 있으면 그녀가 다 보충해 주었고, 파티원들은 따라오기만 하면 됐다.

"영주님과 사냥해 본 적 있어?"

"없는데. 소문에는 그렇게 잘한다며?"

"잘하는 정도가 아냐. 그냥 쭉 믿고 맡기면 돼. 알아서 다 해 주거든."

다인은 심심하면 던전에 가서 전투도 하고, 도시의 시찰도 했다.

에바루크 성의 인기가 높아지다 보니 유저들이 많아지고 재정도 효율적으로 사용했다.

그녀의 명성이 최고라고는 할 수 없지만, 지역에서의 주민들에게 명성은 더 오를 수 없을 정도였다.

칼라모르 지역 전체에서 다인의 평판이 드높았다.

헤르메스 길드의 수뇌부에서는 회의를 거쳐서 정식으로 제안했다.

"통치 지역을 늘려 보는 게 어떻습니까?"

"얼마나요?"

"에바루크 성 주변으로 7개의 성이 불안한 상태입니다. 영주들이 자격을 잃기도 했고……. 그 지역들을 전부 다스려 보시죠."

"네, 알겠습니다."

다인이 관리하는 영토는 계속 늘어나서 칼라모르 지역의 오분의 일 정도가 되었다.

에바루크 성을 중심으로 기술과 문화, 생산의 교류를 통해 블랙홀처럼 영향력을 키워 나갔다.

⊰⊱⊰⊱⊰⊱

마판 상회의 영업 사원 코묻돈!

그는 마차를 끌고 칼라모르 지역의 에바루크 성에 들어왔다.

"자, 자, 말린 생선 팝니다!"

"오세요. 구경하고 가세요. 1회용 마법을 담을 수 있는 구슬과 영상 대화용 수정을 싸게 내놨어요."

"뱀 껍질, 벌레 껍질, 각종 나무껍질 팝니다. 가치 아시는 분만요."

에바루크 성의 넓은 광장은 마차를 끌고 거래하는 잡상인들의 천국!

땅에 앉아 있거나, 마차에 올라서서 적극적으로 물건을 판매하고 있었다.

'흠. 이들 중 전업 상인은 삼분의 일 정도로군.'

코묻돈은 날카로운 눈빛으로 유저들을 분석하고 있었다.

전투를 회피하는 상인이라면 뱃살과 턱살이 두툼하게 늘어나기 마련이다.

'일반 유저들이 이렇게 많이 물건을 팔고 있다니… 경제가 튼튼해 보이는군. 사소한 교역을 통해서도 경제가 발전하게 되는 거지.'

코묻돈은 아르펜 왕국 출신의 유저였다.

〈로열 로드〉를 시작한 건 늦었지만 그럼에도 아르펜 왕국의 초기 도약기를 경험했다.

'뭐든 된다. 마판 님이 말씀하셨어. 상인이 광장에 많으면 살기 좋은 곳이라고.'

상인이 왕국 내의 물품들의 거래를 독점하기는 불가능했다.

주민들이나 일반 유저들이 마을과 도시를 오가면서 소규모로라도 물품을 옮기는 건 경제적으로 상당히 중요하다.

가죽 제품이나 무기류 등의 생산을 대량으로 하기 위해서는 관련 재료들이 채워져야 한다.

유저들이나 지역 주민들을 위한 일상적인 물품의 보충이 빨리 이루어질수록 치안이 좋고 경제 발전이 빨라진다.

하나의 마을로만 본다면 의미가 적겠지만, 왕국 전체의 규모로 본다면 교역은 생산과 소비, 유저들의 성장에 있어서 굉장히 큰 요소였다.

'에바루크 성에는 활력이 있군.'

코문돈은 짐마차에 실어 왔던 꿀에 절인 과일들을 10분 만에 다 팔아 치웠다.

'물건이 팔리는 속도가 기록적으로 빨라.'

마판 상회에서는 하벤 제국의 각 도시에 비밀 영업 사원을 파견했다.

초보부터 고레벨 유저들이 사용하는 몇 가지 대표적인 물품들을 판매해 보면 모이는 정보가 상당했다.

도시에 어느 정도의 소비 능력이 있는지, 인구와 기술, 유저들의 수준, 만족도까지도 통계적으로 분석할 수 있다.

'에바루크 성이라. 여긴 장기간의 공략을 필요로 하겠어.'

코문돈은 에바루크 성을 지나서 수베인을 향해 이동했다.

마판 상회의 영역은 중앙 대륙으로 옅지만 넓게 퍼져 가고 있었다.

⊰⊱⊰⊱⊰⊱

서윤은 대지의 궁전에 있는 그녀의 방에서 풀죽차를 마셨다.

창가에서 은은하게 비치는 처자식 별!

달밤이 아름답다지만 밤하늘에 떠 있는 처자식 별만큼은 아니었다.

'앞으로 꾸려 나갈 행복한 가정을 위한 조각품.'

이보다 더 큰 선물이 있을까.

서윤은 창가에서 휴식을 취한 후에 책상으로 돌아왔다.

　　중앙 대륙 도시들의 경제력에 대한 분석

　　제국의 인구 이동 현황

　　헤르메스 길드에서 추진 중인 주요 사냥과 퀘스트 전략

　　중앙 대륙 정복 계획

　　바드레이의 근황

그녀는 각종 보고서를 읽으며 헤르메스 길드에 대해 점점 파악해 갔다.

'정말 나쁜 사람들이네.'

위드를 몇 번이나 방해하고 죽이려고 드는 그들에 대한 원망도 컸다. 하지만 그녀는 미워만 하고 있을 정도로 바보가 아니었다.

'내버려 둘 수 없어. 아르펜 왕국은 밀리지 않을 거야.'

국왕 대리인 그녀의 권한은 대단히 컸다.

아르펜 왕국의 정책으로 경제 발전과 초보 유저들을 위해 과감하게 투자했다.

어느 정도 기반이 잡힌 레벨 200대 이후의 유저들은 아르펜 왕국 어느 곳을 돌아다니더라도 잘 살 수 있다.

때론 죽음을 겪을 수도 있겠지만, 그러면서 성장을 하게 되는 것.

푸홀 워터파크에서 비롯된 막대한 자금이 아르펜 왕국의 교통망과 기간산업 발달에 지속적으로 투자되었다.

각 지역의 광역 도시들을 선정하여, 필수적인 생산과 직업 건물도 세웠다.

막대한 돈의 효율적인 투자!

서윤은 기업 경영이나 행정에 높은 안목을 가졌다.

일반적으로 100만큼의 돈을 써서 30 정도의 경제가 상승한다면 그럭저럭이라고 평가할 수 있었다.

부패한 관료들이 있다면 10만큼도 성장을 하지 않는다.

행정과 경영이 합리적이라면 돈의 가치에 따라 고스란히 경제 성장이 이루어진다.

아르펜 왕국은 급속도로 발전하는 국가이니만큼 100만큼의 돈으로 중장기적으로 1,000 이상의 효율을 뽑아내는 것도 충분히 가능했다.

'필요한 부분에 투자하고, 미래를 대비하여 앞서 나가야 해.'

아르펜 왕국의 내실을 다진 이후에 서윤이 살핀 곳은 중앙 대륙이었다.

❖❖❖❖❖❖❖

"커허험."

미판은 두툼한 배를 좌우로 흔들면서 빠르게 걸었다.

무릇 상인이라면 큰돈을 벌 기회가 있더라도 여유를 부릴 줄 알아야 한다.

짜릿한 흥정의 재미!

수십만 골드가 교역에 걸리면 몬스터를 사냥할 때보다도 성취감이 훨씬 컸다.

"그래도 늦을 순 없지."

마판은 육중한 몸으로 뛰기 시작했다.

그가 이 사회에서 존경하는 사람이 딱 1명 있었다.

위드!

'그를 만나기 전에는, 난 그냥 평범하게 돈을 좋아하는 상인일 뿐이었어.'

위드는 돈을 가르쳐 줬다.

지금의 마판은 대충 고객을 보면 가격을 후려칠 방법 서너 가지쯤은 쉽게 떠오르는 베테랑으로 변신했다.

위드를 만나고 대상인이 되었다지만 영광스러운 건 역시 지금 이 순간이었다.

'잘못하면 약속 시간에 늦을 뻔했군. 절대 그럴 수는 없지.'

마판은 서윤이 있는 궁전으로 가서 정중하게 인사를 올렸다.

"얼마까지 알아보셨… 허업! 부르셔서 왔습니다."

"마판 님, 죄송해요. 제가 직접 가야 하는데 바로 처리해야 하는 일이 많아 나갈 수가 없어서요."

"불러 주셔서 영광입니다. 무엇이든 해 드리겠습니다."

마판은 별빛을 가득 담은 듯한 서윤의 눈과 마주치는 것을 더없는 영광으로 느꼈다.

위드가 부러울 때야 수도 없이 많았지만, 아르펜 왕국보다도 서윤의 존재가 더 놀라운 이유였다.

"툴렌 지역에서 사야 할 물건이 있어요. 마판 상회에서 구입이 가능하신가요?"

"네, 당연히요."

"그러면 철광석을 10만 골드만큼 구입해 주세요. 필요한 자금은 왕국 예산에서 보내 드릴게요."

"그렇게 하겠습니다."

마판은 장부에 적긴 했지만 이상하게 여겼다.

'고작 이런 일로… 10만 골드가 그렇게 큰돈은 아닌데. 게다가 툴렌 지역에서 철광석을 사서 아르펜 왕국까지 가져오면 인건비가 만만치 않게 들어가서 적자인데. 북부에 철광석이 부족하지도 않고.'

서윤의 요청은 이제 시작이었다.

"철광석은 리튼 지역에서 판매해 주세요. 시세가 13% 정도 더 높으니 마진은 남을 거예요."

"네, 좋습니다. 상인이 흥정하면 17% 정도는 이문을 얻을 겁니다."

"오르말 성에서 보리를 사서 그라디안 지역에서 판매하는 것도 가능할까요?"

"그쪽은 길이 잘 뚫려 있어서 쉽습니다."

"시세는 5% 더 비싸요. 이쪽에는 53만 골드를 투입할게요."

"바로 추진하겠습니다."

마판은 부탁 내용을 받아 적으면서 의문이 커졌다. 이유를 알고 싶어서 조금 주저하긴 했지만 곧 입을 열었다.

"그런데 거래의 목적이 뭐죠? 이익을 얻으려고 한다면 판매

장소들을 바꾸는 게 낫습니다. 철광석만 하더라도 더 가까운 소므렌의 대장간에 가서 파는 쪽이 더 나은데 말입니다."

"하벤 제국을 방해하기 위해서예요."

"예?"

"적재적소에 물품들이 소비되지 않도록 할 거예요. 정상적인 거래이지만 생산을 방해한다면 경제 발전에 약간이라도 차질을 줄 수 있겠죠."

"……!"

서윤은 설명하면서 단호한 표정을 지었다. 그 광경마저도 아름답기 그지없었지만.

'이런 방법도 있었구나.'

마판은 밀수로 돈을 빼먹을 생각만 했던 자신을 반성했다.

중앙 대륙의 경제는 매우 복잡하면서도 효율적인 시스템에 의해 돌아가게 된다.

톱니바퀴처럼 굴러가는 그 연결 고리를 조금 틀어 놓는다면 상당히 큰 차질이 벌어지게 될 것이다.

마판은 본능적으로 연결 고리를 틀어 버린 이후의 일들도 떠올랐다.

'철광석이 리튼 지역에 판매된다. 철광석이 필요한 가공지에서는 일시적인 품귀 현상이 벌어질 거야. 하지만 상인들이 다시 늦게나마 소므렌 같은 곳으로 가져올 수 있겠지. 그러나 중간 과정이 늘어서 가격이 오를 거야.'

거래가 여러 번 이루어지고 운송비가 붙는 만큼 가격은 높아지게 될 것이다.

장기적으로 보면 하벤 제국의 국력이 악화되는 것이었다.

'우리는 짭짤하게 돈을 벌면서… 이런 식으로 피해를 입히면 교묘한 방법이라서 알아차리기도 힘들 거야.'

❖⟡⟡⟡⟡⟡❖

데스 나이트, 데스 나이트, 데스 나이트, 데스 나이트!

위드는 언데드를 소환하면서 칼라픽의 왕궁에서 한 지역을 사수했다.

왕국의 존망을 건 전투였기에 반란군이나 수비군은 끝도 없이 밀려왔다.

"기사단장을 죽이는 게 아니었어요!"

로무나가 소리치는 걸 위드는 긍정적으로 대꾸했다.

"사냥감이 많아졌다고 생각하세요."

"난이도가 더 올랐잖아요!"

"버틸 수 있는 수준입니다."

"그야 그렇지만……."

"막 때려잡으세요. 이런 기회도 사실 흔치 않으니까요."

로무나는 마나가 회복되면 광역 화염 마법을 썼다.

건물을 부수고, 적들을 대거 불에 태워 버리는 공격!

시원하기는 했지만 마나를 소모하는 마법사의 특성상 잠깐씩 쉬었다.

"이리엔, 제대로 가자."

"응, 알았어. 영민한 축복!"

일시적으로 지혜와 최대 마나를 극대화시켜 주는 축복.

로뮤나는 마법책을 펼쳐서 읽으며 주문을 외웠다.

"뜨거운 대지가 달아올라 불길이 치솟고, 하늘의 불은 이 땅에 내릴지어다."

마법책을 보며 주문을 외우는 데에만 4분이 넘게 걸렸다.

"그레이트 파이어 스톰!"

수백 미터의 대지가 갈라지고 화염이 치솟았다. 하늘에서는 불의 비가 내리고 있었다.

반란군이나 왕궁 수비대를 가리지 않는 로뮤나의 궁극 마법!

"질리도록 싸울 놈들이 많군."

파이톤은 돌파형 전사답게 수르카와 같이 적진을 휘젓고 다니다가 휴식이 필요하면 돌아왔고, 제피는 위드의 곁에서 수비를 맡았다.

페일과 메이런은 그저 기계처럼 화살을 쐈다.

"시체 폭발, 시체 폭발, 시체 폭발!"

위드가 마법을 외울 때마다 시체가 폭발하면서 경험치와 숙련도가 쌓였다.

어느 한쪽이 전멸하기 전에는 끝나지 않는 극악의 전쟁터, 사방에 널린 시체들을 폭발시키면서 주변 병력들에 피해를 안겨 줬다.

양념게장은 조용히 지휘관들만을 목표로 삼았으며, 화령은 이곳에서 단연 돋보이는 존재였다.

처음에 양념게장은 화령이 적진으로 나가는 걸 보며 깜짝 놀랐다.

"왜 그러십니까?"

"그냥 제 곁에 있어 보세요."

"지켜 달란 말씀이십니까?"

"아뇨. 죽일 만한 적들이 알아서 올 거예요."

화령은 전장의 한복판에서 소검을 들고 치마를 너풀거리면서 춤을 추었다.

아름다운 움직임은 적 기사들과 지휘관의 시선을 빼앗을 정도였고, 그들은 강력하게 현혹되어서 다가왔다.

양념게장은 싱거울 정도로 쉽게 지휘관들을 없앨 수 있었다.

따라라랑!

돌무더기 위에 걸터앉아서 하프를 튕기는 벨로트.

칼라픽의 왕궁에 왔을 때만 해도 위험하고 금방 죽을 곳이라고 겁먹었던 동료들은 위드의 계산대로 거짓말처럼 적응하고 있었다.

어디에 내던져 놔도 1인분은 하는 사람들.

위드는 타락한 성자의 지팡이를 흔들었다.

'적들이 마구 달려들고 그들을 해치우는 거다. 끝도 없이 몰려드는 적, 이런 전장을 네크로맨서는 헤집고 다니는 것이지.'

저녁 무렵이 되었을 때는 전투가 끝이 났고, 위드와 동료들이 휴식을 위해 널브러졌다.

"으… 끝나긴 했다."

수르카가 땅에 주저앉았다.

페일과 메이런은 이미 다 소모해 버린 화살을 보충하기 위해서 전장을 돌아다녔다.

화살이 없어도 마나를 모아서 쏠 수는 있었지만 위력이나 마나 소모에서 차이가 나니까.

"같이 주워라."

"알겠음. 주인."

위드는 오랜만에 바람의 정령 씽씽이를 소환해서 화살 수거를 돕도록 했다.

물론 주목적은 화살 외에도 쓸 만한 전리품이 있다면 모조리 얻기 위함이었지만.

"으하아아."

얼굴이 땀에 젖은 화령은 두 팔을 벌리면서 매력적으로 기지개를 켰다.

연예인!

일반인들과 다른 세상에 사는 그녀에게는 밤샘이나 피곤이 익숙했다.

벨로트도 연주를 마쳤지만 얼굴에는 생기가 돌았다.

"조금 살 것 같죠, 언니?"

"응. 오래간만에 힘들게 사냥한 기분이네. 위드 님을 따라다니니깐."

"뭐, 그건 그래요."

위드는 동료들의 상태를 꼼꼼히 체크한 다음에 모닥불을 피웠다.

"뭐 하실 거예요?"

"음식을 만들어야죠."

"우와! 무슨 요리를 해 주실 건데요?"

"별거 아닙니다."

위드가 메고 있던 배낭에서 상당한 양의 요리 재료들이 줄줄이 나왔다.

고급 요리 스킬에 의한 특제 소스를 바른 스테이크 구이와 해산물 수프!

풍기는 냄새와 색감만 봐도 1등급이나 2등급의 비싼 요리 재료들이었다.

파이톤이 맛있고 배부르게 먹을 생각에 함박웃음을 지었다.

"역시 최초의 마스터라서 통이 크군."

위드의 인성에 대해 알고 있는 페일과 제피는 거의 동시에 고개를 갸웃거렸다.

"저건 아닌데. 조각술 마스터를 했다고 사람이 바뀔 리가."

"뭔가 오싹한 기분이 드는데, 이유가 뭘까요."

"칼라픽 왕궁에 도착했을 때보다도 더한 불안감이 들긴 하는군요."

어쨌거나 위드의 요리는 그냥 입안에 넣는 순간 사라진다고 할 정도로 맛이 있었다.

30인분 가까이 차려 놓은 요리들도 동료들이 경쟁적으로 먹다 보니 금방 사라졌다.

얌전한 성격의 이리엔이나 벨로트도 다른 사람들이 먹기 전에 먼저 숟가락을 바쁘게 움직였다.

"위드 님의 요리야. 먹어도 살로 안 갈 거야."

화령은 큰 뼈에 붙은 고기를 두 손으로 잡고 뜯었다.

그렇게 짧게 지나가 버린 식사 시간, 위드가 웃으면서 말을 꺼냈다.

"슬슬 전투준비를 하죠."

"예? 전투는 끝났잖아요."

아직 익숙하지 않은 메이런이 불안하게 쳐다봤다.

"모르셨습니까? 칼라픽의 역사에 대해서요."

"무슨……?"

메이런은 자신이 봤던 베르사 대륙의 역사를 떠올렸다.

역사서마다 조금의 차이는 있겠지만 단순하게 최악의 전쟁터라고밖에는 표현되어 있지 않았다.

"일주일간의 귀족파와의 사투. 밤에도 공격이 이어지지만 어렵게나마 왕실 수비군이 버텨 내죠. 마침내 귀족파를 물리치고 찾아온 평화. 그 이후로 몬스터들이 공격해 오게 됩니다."

"그, 그랬어요?"

"예. 이 퀘스트는 아마 못 해도 열흘짜리일 겁니다."

과로와 혹사.

의외로 놀라지는 않았다.

귀족 반란군의 규모를 봤을 때 전투 한 번으로 간단히 끝나진 않으리란 생각 정도는 하고 있었으니까.

기사들의 레벨 수준은 평균적으로 300대 중후반을 넘는다.

개개인은 약하지만 기사단의 돌격이나 마법병단의 일제 공격은 다들 정신을 바짝 차리지 않으면 위험했다.

게다가 가끔 등장하는 지휘관들은 레벨 400대 중반.

기사들은 무력이 전부가 아니라 지휘 능력을 통해 아군 병력들의 사기와 전체적인 능력을 향상시킨다.

그들을 제압하기 위해서 파이톤과 양념게장이 부지런히 움직였어야 했다.

메이런이 궁금하다는 듯이 물었다.

"근데 엠비뉴 교단도 위드 님이 몰아냈잖아요. 과거에서 그들의 총본영을 파괴하면서 미래에도 사라지게 됐어요. 맞죠?"

"네, 그렇죠."

"근데 우리가 여길 막아 낸다면 베르사 대륙의 미래도 바뀌는 게 아닌가요?"

메이런의 눈빛이 초롱초롱 빛났다.

화령이나 벨로트, 제피는 역사의 변경 같은 건 그다지 관심이 없는 편이었지만, 다른 동료들 역시 결과에 대해서는 궁금했다.

위드는 설거지를 하면서 설명해 주었다.

"시간 조각술. 그러니까 여행의 조각술로 과거로 돌아가서 역사를 바꾸는 건 위험한 요소가 있죠. 나중에 어떤 변화가 생길지 모르니까요. 하지만 이번 퀘스트는 그럴 걱정이 하나도 없습니다."

"왜요?"

"전투가 끝날 즈음 이 지역은 지진이 일어나서 싹 가라앉게 될 테니까요."

✦◦◦◦◦✦

칼라픽의 왕궁!

위드의 동료들은 그저 한 가지만 기억하고 있으면 됐다.

언데드가 아니면 공격하고, 언데드면 놔둔다.

추가로 알아야 할 것이 있다면 적이라도 조만간 언데드가 된다는 사실.

"크웨엑!"

"내 머리를 다오!"

슝슝슝. 슝슝슝!

침을 흘리는 좀비, 머리를 들고 다니는 듀라한.

반 호크가 이끄는 데스 나이트들은 기사단과 정면 대결을 펼쳤다.

"언데드 주제에 쓸데없이 강하군."

"암흑 군대의 총사령관 반 호크다."

"언데드 따위가 자부심은……. 나도 이름을 알려 주지. 고귀함을 아는 기사 크레거다."

"크레거. 곧 넌 내 신입 부하가 될 것이다."

위드는 언데드에만 집중하지 않고 전장을 전체적으로 넓게 살폈다.

칼라픽 왕궁으로 수많은 병력들이 몰려오고 있었다.

귀족파의 반란군, 왕실에 대한 충성심이 가득한 왕국군.

양측 모두 칼라픽의 왕궁에서 일대 격전을 벌이기 위해 오고 있었으니 전투는 밤낮을 가리지 않고 이루어졌다.

"일어나라, 눈 감지 못하고 잠들지 않은 원혼들이여! 일어나서, 여기 살아 있는 자들과 너희를 죽인 자들에게 복수하라! 데드 라이즈!"

위드는 유령마를 타고 다니면서 언데드를 일으켰다.

1단계 언데드 마법으로 좀비에서부터 스켈레톤, 구울을 풍성하게 일으켰고, 기사들이나 귀족들이 싸우고 있는 지역에는 2단계 언데드 마법을 썼다.

"네, 네크로맨서다!"

"어딜 감히. 전투 중에 한눈을 파는 것이냐!"

곳곳에서 부딪친 귀족파의 반란군과 왕국군.

그들이 싸우는 지역에서는 반드시 꾸물거리는 언데드들이 일어났다.

마법의 등급이 오를수록 소환되는 언데드의 종류가 다르고, 생명력, 전투력이 높아진다.

거인 성채처럼 시체의 품질이 훌륭한 편은 아니었으니 마나의 소모를 줄이기 위해서도 마구 언데드를 소환했다.

"크어어억!"

"이럴 수가… 내가 좀비 따위에게!"

"유령이다. 눈이 번쩍거린다. 사제!"

위드의 언데드 소환 마법은 급속도로 성장하고 있었다.

아직 중급 1레벨에 불과했지만 질보다는 양으로 숙련도가 잘 쌓였다.

"단단한 뼈, 악취의 바람."

강화 마법, 저주 마법 계열의 숙련도를 높이는 데에도 그만이었다.

레벨이 낮긴 해도 워낙 적들이 많기 때문에 경험치를 쌓기도 좋은 전장.

수르카와 파이톤이 대화를 나눴다.

"조금 할 만해진 것 같아요."

"확실히 그렇군. 적응되는 느낌도 있어."

위드는 3일째 되는 날, 중대 결단을 내렸다.

"반란군을 칩시다."

메이런은 영문을 알 수 없는 말이 이상했다.

"지금도 싸우고 있는데요?"

"적의 본진을 제압하러 가죠."

"그런 건……."

메이런은 놀라서 눈을 깜빡였다. 진행자로서 나름 강심장이었지만 전장에서 양쪽 군대에 끼어서 싸우는 일은 긴장의 연속이었다.

귀족의 반란군이나 왕국군이나 평소라면 싸우지 않고 피해 갈 상대였는데, 아예 적의 본진을 치자니!

수르카가 박수를 쳤다.

"와, 재밌겠다!"

파이톤도 대검을 땅에 꽂으면서 웃었다.

"찬성이다. 지겨운 싸움에 승부를 낼 수 있겠군."

그렇게 결정된 적의 본진 치기!

"반 호크, 길을 열어야 한다."

"알겠다, 주인."

"적의 기사단도 맡아야 되고, 궁수 부대와 마법병단의 공격도 유도해라. 지휘 부대도 도망 못 가게 붙잡아야 해."

"그걸 다 내가 해야 되나?"

"응. 억울하면 출세해."

막중한 반 호크의 어깨!

데스 나이트들이 귀족파 반란군의 본진을 향해 쳐들어갔고, 위드는 유령마를 소환하여 동료들과 함께 달렸다.

반 호크를 선두로 돌파 진형을 갖춘 데스 나이트들.

위드의 언데드 소환이 중급 2레벨에 오르면서 바르칸의 장비들은 더욱 뛰어난 효과를 발휘했다.

데스 나이트들이 기사들을 거침없이 물리쳤다.

"방어 진형. 방어 진형으로!"

귀족파의 기사들은 방패를 든 중장보병들과 함께 급히 수비를 위해 밀집해야만 했다.

"돌파한다!"

반 호크가 검을 휘두르자, 데스 나이트들은 유령마에서 몸을 내던졌다.

인간이 아니라 언데드이기 때문에 가능한 전술.

유령마와 같이 적진을 몸으로 꿰뚫으며 부딪쳤다.

선두의 데스 나이트들은 집중 공격을 당하며 소멸되었지만, 본진은 빈틈을 드러낸 방어진으로 쇄도했다.

"죽어라. 불멸의 전사 위드 님이 너희들에게 새로운 생명을 내릴 것이다."

"불사의 지휘관을 엎드려 영접하라!"

"긍지 높은 위드군의 진격은 멈추지 않는다!"

뼈에 갑옷을 입은 데스 나이트들이 기괴한 목소리로 떠들면서 기사들을 공격한다.

유령마를 타고 그 뒤를 바짝 따르는 위드는 주문을 외웠다.

"데드 라이즈, 시체 폭발!"

시체들을 즉석에서 일으키고, 그 일부는 폭파시켜서 길을 넓혔다.

조각 파괴술로 모든 예술 스탯들을 지혜로 몰아넣었기 때문에 막강한 위력을 발휘하며 방어 진형이 뚫렸다.

"습격이다!"

"그라우스 공작님을 지켜라!"

왕궁 수비대와 싸우던 반란군 병력들이 급히 회군했다.

데스 나이트들이 송곳처럼 적진을 꿰뚫었지만, 사방에서 그들을 제압하기 위한 병력이 모여든다.

"지금이다. 당장 반란의 무리들을 소탕하고 왕국을 바로 세우자!"

왕궁 수비대도 반란군의 뒤를 쫓아서 추격해 왔다.

"이랴. 달려라, 달려!"

"파이톤 님, 이거 유령마입니다만."

"그냥 기분이라도 내야지. 이랴. 이랴!"

데스 나이트들이 반란군의 지휘부인 그라우스 공작과 그 수비 병력을 덮쳤다.

위드와 동료들은 주변에 있는 강자들을 제압했고, 한순간의 허점을 노린 양념게장이 깊숙이 침투했다.

"처형의 단두대."

하늘 높은 곳에서 뚝 떨어지면서 베어 버린 공격!

"으아아악!"

> 칼라픽 왕국 반란군 대장 지르코 그라우스 공작 3세가 목숨을 잃었습니다.
> 전투 공적에 따라 자유롭게 부여할 수 있는 2개의 스탯을 얻습니다.

> 명성이 690 증가합니다.

> 대규모 전투에서의 업적 달성!
> 1만 명이 넘는 적들을 상대했습니다. 투지와 인내가 1씩 증가합니다.

반란군의 수장인 그라우스 공작이 목숨을 잃으면서 사기가 떨어진 귀족들이 도망치기 시작했다.

"추격해라."

위드는 언데드들을 데리고 경험치를 쓸어 담았다.

반란군이 급격하게 무너지면서 데스 나이트가 1,000기를 넘겼다.

전장을 휩쓸어 버릴 정도는 아니지만 독자적으로 기사단들과도 팽팽하게 싸울 수 있는 전력이었다.

"싸워라."

위드는 지치지 않는 언데드들의 특성을 이용하여 왕국군과도 전투를 개시했다.

싸우고 또 싸운다.

일으키고 또 일으킨다.

"뚫어라. 생명의 주인인 내가 명령한다. 적들을 부숴라!"

네크로맨서의 전투는 단순해서 지루함을 주기 쉽지만, 대규모 전장에서는 아니었다.

강력한 언데드 부대가 전장의 한 영역을 차지하고 증식하며 전투를 벌인다.

　데스 나이트들이 중심이 되어 스켈레톤 부대의 지원을 받고, 유령들은 악귀의 형상으로 도망치는 적들을 물어뜯었다.

신앙심이 2 감소하였습니다.

행운이 3 감소하였습니다.

언데드들의 특성을 활용한 전투를 펼치고 있습니다.
지혜가 1 증가합니다.

　위드는 스탯 하락의 아픔은 있었지만 그조차도 아직 감수할 만했다.

　"쓸어 버려라!"

　그날 밤새도록 전투가 이어졌다.

　원래의 역사대로라면 칼라픽의 왕궁에서의 결전은 며칠을 더 끌었지만 결과가 바뀌었다.

　그라우스 공작이 목숨을 잃고 귀족 반란군의 세력은 돌이킬 수 없는 피해를 입었다.

　왕국 수비대의 병력도 마찬가지로 손실이 컸지만 어쨌든 그들은 승리자였다.

　"모두 함성을 질러라!"

　"고롬 폐하를 위하여!"

　"용기와 희망으로 우리는 적을 극복해 냈다. 왕국의 불안은 곧 제거될 것이다."

왕국의 기사들이 외쳤지만 그들의 기쁨은 딱 자정 무렵까지였다.

언데드들.

반란군이 지리멸렬하면서 더 이상 먹잇감을 찾지 못하게 된 언데드들이 왕국 수비대를 전격적으로 공격하기 시작했던 것이다.

"으으… 이건 정말 나쁜 짓이잖아요."

"시금치피자를 만들어 드리겠습니다."

"시금치피자는 좋아요. 아니… 그게 아니고!"

"톡 쏘는 레몬 음료도 추가."

"뭐, 그렇다면 반대는 안 할게요."

수르카가 따지듯이 이야기를 해 봤지만 금방 설득당했다.

여행의 조각술로 오면서 위드의 은근한 세뇌가 꾸준히 이어졌던 덕분이기도 했다.

이곳의 모든 NPC들이 그들의 모험이 끝나면 사라질 이들. 굳이 선과 악을 나눌 필요는 없었기 때문이다.

"화살이 부족하네요."

"저 화살 남은 거 있습니다. 나눠 드리죠."

"페일 님도 많이 없잖아요."

"괜찮습니다. 아무리 나눠 줘도 더 커지는 게 제 마음이니까요. 하하."

전장에서도 풋풋한 로맨스 영화를 찍고 있는 페일과 메이런은 주변 일에는 관심이 없었다.

어느 쪽이든 싸우면서 멋있는 모습을 보여 줄 생각뿐.

이리엔은 그냥 치료하고, 로뮤나는 과감하게 화염 마법을 퍼붓는다.

화령과 벨로트는 춤을 추고 악기를 연주할 뿐이었다.

"아… 몸을 좀 흔드니까 스트레스 풀린다."

"언니, 진짜 재밌긴 하다. 나 새로운 곡도 만든 거 있는데 들어 볼래?"

양념게장만이 오히려 번뇌에 빠졌다.

"삶과 죽음이라… 착하다고 오래 살아야 하고, 나쁘다고 일찍 죽어야 하나. 이 모험이 끝나면 사라질 생명들처럼 우리들의 인생도 마찬가지인 것을."

TO BE CONTINUED